KB058793

RED MIST

THE NO.1 SCARPETTA SERIES

PATRICIA CORNWELL

RED MIST

붉은 안개

퍼트리샤 콘웰 지음 | 권도희 옮김

알에이치코리아

차례

또 내가 들으니 성전에서 큰 음성이 나서
일곱 천사에게 말하되,
너희는 가서 하나님의 진노의 일곱 대접을
땅에 쏟으라 하더라.

— 요한계시록 16장 1절

01

조지아 여성 교도소

묵은 핏빛으로 녹슨 갈색 철로가 로컨트리의 안쪽으로 향하는 바닥에 금이 간 도로를 가로지르고 있다. 나는 차를 몰고 철로 위를 지나다가 조지아 여성 교도소가 역방향에 있다는 사실을 깨닫는다. 어쩌면 길을 잘못 든 것을 또 다른 경고의 의미로 받아들여 그냥 돌아가는 것이 옳을지도 모른다. 6월 30일, 화요일. 조금 있으면 오후 네 시다. 보스턴행 마지막 비행기를 탈 수 있는 시간이다. 하지만 나는 그렇게 하지 않을 것이다.

조지아 주의 해안 지대 중에서도 햇빛이 찬란하게 비치는 초원을 비껴난 이곳은 스페인 이끼로 뒤덮인 어둡고 기분 나쁜 숲 지대와 나선형 개울이 흐르는 개펄 지대다. 쇠백로와 왜가리는 염수에 발을 적셔가며 저공으로 날다가, 지금 내가 달리고 있는 좁은 도로의 양옆으로 펼쳐져 있는 숲으로 들어간다. 덤불 아래에는 칡이 나선형으로 얽혀 있고, 비늘 모양의 짙은 색 잎사귀들이 숲을 망토처럼 뒤덮고 있다. 그리고 거대한 삼나무의 마디가 굽이진 두꺼운 밑뿌리들이 슬금슬금 물속을 헤치고 다니는 고생시대 생물처럼 늪지에서 솟아올라 있다. 아직까지 보진 못했지만, 저 어딘가에 뱀이나 악어가 있을 것이 분명하다. 문득 내가 타고 있는 커다란 흰색 차량에서 온갖 소음들이 폭발음처럼 요란하게 울리고 있다는 사실을 깨닫는다.

내가 어쩌다 생선 썩은 내 같은 담배와 패스트푸드 냄새가 지독하게 풍기는 이런 고물 자동차를 타고 이런 길을 덜컹거리며 달리게 된 건지 모르겠다. 이 차는 비서인 브라이스에게 예약하라고 했던 안전하고 믿을 만한 중간 크기의 세단, 이를테면 측면과 머리 부분에 에어백과 GPS가 달린 볼보나 캠리 같은 차가 아니다. 공항 터미널 밖에 나와 보니, 웬 젊은 남자가 에어컨은 물론, 내비게이션도 없는 흰색 화물용 밴을 몰고 나타났다. 나는 그 남자에게 실수로 차를 잘못 가져온 것 같다고 말했다. 그 남자는 내 이름을 케이트 스카페타라고 적어놓은 계약서를 내밀었다. 나는 이름이 케이트가 아니라 케이라고 말했지만, 그 계약서에 적힌 이름이 무엇이든 그건 중요한 게 아니었다. 그 화물용 밴은 내가 주문한 차가 아니었다. 피부를 제법 태웠고, 탱크 톱에, 카모 반바지, 낚시용 신발을 신고 있던 젊은 남자는 그 상황에 대해 로카운티 컨시어지 커넥션을 대표해 사과한다고 말했다. 그도 어떻게 된 일인지는 알지 못했다. 분명히 전산 오류일 것이다. 그 남자는 기꺼이 다른 차를 가져오겠다고 했지만, 오늘은 이미 늦었기 때문에 내일은 돼야 가능하다고 말했다.

모든 것이 내가 계획했던 것과 전혀 다르게 전개되자 남편인 벤턴이 했던 말이 떠오른다. 그는 키가 크고 호리호리한 몸매, 숱이 많은 은발 머리, 윤곽이 뚜렷한 잘생긴 얼굴로 대리석 주방 조리대에 기대선 채, 나를 엄숙하게 쳐다보고 있었다. 어젯밤에 우리는 내가 여기에 오는 문제로 말다툼을 했다. 이제야 지금까지 남아 있던 두통이 사라지는 것 같다. 내가 어째서 여전히 와인 반병이면 문제가 해결될 거라는 입증되지 않은 사실을 믿고 있는 건지 모르겠다. 어쩌면 반병 이상 마신 건지도 모른다. 가격에 걸맞은 아주 훌륭한 피노 그리지오(이탈리아산 화이트 와인-옮긴이)였다. 사과 향이 나는 가볍고 상큼한 맛이다.

열린 창문으로 탁하고 뜨거운 바람이 들어온다. 썩은 식물, 소금기 있는 습지, 더러운 진창에서 올라오는 자극적인 유황 냄새가 난다. 가끔씩 굽이진 도로를 덜컹거리며 달리다가 얼룩덜룩한 그림자를 드리우며 죽은 동물을 뜯어먹는 칠면조 독수리 떼와 마주치면 밴의 속도를 줄인다. 대머리에다가 못생긴 그 커다란 새들은 묵직해 보이는 너덜너덜한 날개를 퍼덕이며 천천히 하늘로 날아오른다. 나는 도로 위에 뻣뻣하게 쓰러져 있는 미국너구리를 피해 밴의 방향을 돌린다. 후덥지근한 대기 속에 내가 너무나 잘 알고 있는 지독한 썩은 내가 떠돈다. 동물이든 사람이든 상관없다. 나는 멀리서도 죽음을 감지할 수 있다. 차에서 내려 그 너구리의 사체를 가까운 곳에서 살펴본다면, 정확한 사인이 뭔지, 언제 죽었는지를 알아낼 수 있을 것이다. 아마 어떤 종류의 차에 치였는지까지 알아낼 수 있을 것이다.

대부분의 사람들은 나를 법의관, 어떤 사람들은 검시관이라고 부른다. 가끔씩은 나를 경찰 의사로 혼동할 때도 있다. 정확하게 말하면, 나는 전공이 병리학이고, 부전공이 법의학과 3D 방사선 영상학, 그러니까 직접 메스를 들고 부검하기 전에 시신의 내부를 CT 스캔으로 볼 수 있는 의사다. 나는 법학 학위를 가지고 있고, 공군 예비역 대령이다. 국방부 소속으로, 작년부터 케임브리지 법의학 센터 국장을 맡고 있다. CFC(케임브리지 법의학 센터)는 매사추세츠 주와 매사추세츠 공과 대학(MIT), 하버드가 공동 출자한 자금으로 운영된다.

나는 사인이 무엇인지, 다른 이유는 없는지, 질병이 있거나 독살당한 건 아닌지, 의료사고인지 아니면 불가항력적인 상황이었던 건지, 권총이나 사제 폭탄으로 인한 죽음인지에 대한 결정을 내리는 전문가다. 내가 하는 모든 행동은 법적으로 문제가 없어야 한다. 필요에 따라, 혹은 지시에 따라 미국 정부를 돕기도 한다. 나는 진실만을 말하겠다는 선서를 하고 증언을 한다. 한마디로 대부분의 사람들과는 다른 삶을 살고 있다. 나는 다른 사람들보다 훨씬 객관적이고 침착해야 한다. 어떤 사건, 설령 아주 잔인하거나 섬뜩한 사건이라 할지라도 개인적인 선택이나 감정적인 반응을 보여서는 안 된다. 내 목숨을 노렸던 넉 달 전 그 사건처럼 폭력이 직접적인 영향을 미쳤다고 해도, 나는 바위나 철 기둥처럼 흔들림이 없어야 한다. 결의를 가지고, 차분함과 냉정함을 계속해서 유지해야 한다.

"당신 때문에 PTSD(외상 후 스트레스 장애)에 걸릴 뻔했소." 지난 2월 10일, 내가 우리 집 차고에서 하마터면 살해당할 뻔하고 난 뒤, 군 법의국장인 존 브리그스 장군이 말했다. "이런 말도 안 되는 일들도 있는 법이지. 이 세상은 온갖 미친 일들이 다 벌어지는 곳이니까 말이오."

"맞아요. 존, 이렇게 말도 안 되는 일들도 있죠. 이런 기가 막힌 일들은 전에도 있었고, 앞으로도 있을 거예요." 실제로 마음속은 그렇지 않다는 것을 알면서도, 나는 괜찮고, 아무렇지 않게 여긴다는 것처럼 대답했다. 나는 잭 필딩의 인생이 무엇 때문에 그렇게 잘못된 건지 알아내기 위해 가능한 한 많은 정보를 알아낼 작정이다. 그리고 던 킨케이드가 값비싼 대가를 치르길 바란다. 가석방 기회 없이 수감 생활을 했으면 좋겠다.

나는 이 망할 밴의 운전대에서 손을 떼지 않은 채 시계를 흘깃 본다. 차가 너무 흔들려서 손을 뗄 수가 없다. 보스턴으로 가는 마지막 비행 편은 두 시간도 채 남지 않았다. 시간을 맞출 수도 있지만, 그렇게 하지 않을 것이다. 좋든 싫든 나는 자동 조종장치에 이끌려가듯 여기까지 왔다. 어쩌면 무모한 일일 수도 있고, 복수심 때문일지도 모른다. 나는 화가 나 있다. 지난밤, 유명한 초월주의자가 지었다는 고풍스러운 케임브리지 집에서 저녁을 준비하고 있을 때 FBI 법심리학자인 남편이 이 이야기를 꺼냈다. "당신은 속고 있는 거야, 케이. 다른 사람들한테 속은 걸 수도 있어. 하지만 내가 정말 걱정하는 건 당신이 스스로를 속이고 있을 경우야. 이렇게 당신이 직접 나서서 도움을 주고 싶어 하는 건, 당신의 죄책감을 덜어내고 싶기 때문이니까."

"잭이 죽은 건 내 탓이 아니야." 내가 말했다.

"당신은 항상 그 사람에게 죄책감을 느끼고 있었지. 당신은 자신과는 아무 관계 없는 많은 일들에 죄책감을 느끼는 경향이 있어."

"알아. 하지만 그건 나로서도 어쩔 수 없는 일이야." 나는 수술용 가위로 삶은 대형 새우 껍질을 벗겼다. "위험을 감내해서라도 유용한 정보를 알아내야겠다고 생각하거나, 정의 구현을 돕기 위해 나서야겠다고 마음먹었을 때는 내가 실제로 죄책감을 느꼈을 때지."

"당신은 그런 문제들을 해결하거나 예방할 책임이 당신한테 있다고 생각해. 언제나 그랬지. 어릴 때 병든 아버지를 보살폈을 때부터 말이야."

"난 아무것도 예방하지 못했어." 나는 새우 껍질을 쓰레기통에 던진 뒤, 주방 한복판에 있는 세라믹 글라스로 된 인덕션 쿡탑 위에서 물이 끓고 있는 스테인리스 스틸 냄비 속에 소금을 집어넣는다. "잭은 어릴 때 성추행을 당했어. 난 그런 일이 일어나지 않게 막아줄 수 없었지. 그리고 잭이 자신의 인생을 망치는 것도 막지 못했어. 결국에는 잭이 살해당하는 것도 막지 못했고." 나는 식칼을 들었다. "솔직히 말하면 내 목숨만 간신히 건진 거지." 나는 항균 폴리프로필렌 도마에 칼날 부딪치는 소리를 내며 양파와 마늘을 썰었다. "지금 생각해도 운이 좋았어."

"당신은 서배너에 가면 안 돼." 벤턴의 말에 나는 가야 한다고 대답했다. 그리고 와인 병을 따서 잔에 따라달라고 했다. 우리는 의견이 다른 채로 와인을 마셨다. 주의를 돌려 행복하게 요리하고, 맛있게 먹자는 내 신조를 따른 것이다. 하지만 우리 둘 다 행복하지 않았다. 전부 그 여자 때문이다.

캐슬린 롤러라는 기분 나쁜 존재 말이다. 현재 음주운전 살인으로 20년째 복역 중인데, 지난 70년대에 어린 소년을 성폭행한 혐의로 복역했던 것까지 합치면 감방 안에서 지낸 세월이 감방 밖에서 지낸 세월보다 길다. 그때 피해자였던 어린 소년이 바로 부국장이었던 잭 필딩이다. 그리고 그는 두 사람 사이에 태어난 아이가 쏜 총에 맞아 죽었다. 캐슬린 롤러가 감방에서 낳아 입양 보낸 딸이 언론에서 던 킨케이드라고 부르는 잭을 죽인 범인이다. 여기에는 긴 사연이 있다. 전부 다 이야기하려면 며칠은 걸릴 것이다. 만일 내가 이번 일을 통해 알게 된 것이 있다면, 한 가지 사건은 다른 사건을 불러일으킨다는 것이다. 캐슬린 롤러의 비극적인 사연은 소위 과학자들이 말하는 나비 한 마리의 날갯짓이 지구 반대편에 허리케인을 일으킨다는 나비 효과의 완벽한 사례다.

나는 요란하게 요동치는 밴을 몰고 수풀이 우거진 늪지대를 지나간다. 아마 공룡이 나오던 시대가 이런 풍광이었을 것이다. 나는 나비의 날갯짓이 대체 어디서 어긋나 캐슬린 롤러가 이런 엄청난 혼란을 야기하게 된 것일까 궁금하다. 반들거리는 금속 변기와 잿빛 강철 침대가 놓여 있고, 철망이 박힌 좁은 창문을 통해 잡초가 우거진 감옥의 마당과 콘크리트 피크닉 테이블과 벤치, 간이 화장실들이 보이는 가로 1미터 80센티미터, 세로 2미터 40센티미터인 감방 안에 있는 그녀를 상상해본다. 나는 캐슬린 롤러가 옷을 몇 벌 가지고 있는지조차 알고 있다. 물론 일반인이 입는 그런 옷은 아니다. 죄수복 바지와 상의를 각각 두 벌씩 가지고 있다고 했다. 내가 답장을 하지 않는데도, 그녀는 이런 내용들을 적은 이메일을 보냈다. 캐슬린 롤러는 내게 자신이 교도소 도서관에 있는 책들을 전부 최소 다섯 번씩 읽었으며, 뛰어난 문장력을 가지고 있다고 했다. 그러면서 몇 달 전에는 이메일에 잭에 대한 시를 써서 보냈다.

운명

그는 공기가 되어 땅이 된 내게 돌아왔다.
우리가 서로를 찾아낸 건 처음이 아니다.
(사실 잘못은 아니었다.
그저 우리 두 사람 중 어느 누구도
주의하지 못했던 것뿐이다.
신은 우리가 서로를 필요로 했다는 것을 알고 있다.)
불같이 뜨거운 손가락, 발가락.
차디찬 강철.

오븐에서 뿜어 나온 가스 불빛이

따뜻하게 맞아주는 모텔 간판 불빛처럼 남아 있었다.

나는 그 이메일을 계속해서 읽으면서 단어 하나마다 그 뒤에 숨은 의미를 찾아보았다. 처음에는 가스가 켜져 있는 오븐을 캐슬린 롤러가 자살을 암시하는 불길한 뜻으로 생각하고 걱정했다. 어쩌면 그녀 자신의 죽음을 모텔 간판 불빛처럼 반길 거라고 여기는 것일지도 모른다. 그래서 나는 벤턴에게 그 시를 보여주었다. 벤턴은 그 시가 캐슬린 롤러의 반사회적 인격 장애를 보여주는 거라고 대답했다. 그 여자는 자신이 아무 잘못도 저지르지 않았다고 믿고 있다. 자신이 상담 교사로 일하고 있던 문제아들을 모아놓은 기숙학교에 다니던 열두 살짜리 아이와 성관계를 맺은 것이 아름다운 일이며, 순수하고 완벽한 사랑이라고 믿고 있다. 그것은 운명이다. 두 사람의 운명. 그 여자는 그렇게 착각하고 있다고 벤턴이 말했다.

내게 계속해서 메일을 보내던 캐슬린 롤러는 2주 전, 갑자기 연락을 끊었다. 그리고 내 변호사를 불러 나를 만나 잭 필딩에 대한 이야기를 직접 나누고 싶다고 요청했다. 나는 법의학자로 일을 시작한 지 얼마 안 되었을 때 잭 필딩을 지도했었다. 그리고 지난 20년 동안 많은 일을 함께했다. 그래서 나는 그 여자를 조지아 여성 교도소에서 만나기로 했다. 케이 스카페타 박사로서가 아니라 오로지 친구 자격으로. 케임브리지 법의학 센터 국장이나, 군법의국 검시관, 법의관의 자격으로 가는 게 아니다. 오늘만큼은 그냥 케이로서 가는 것이다. 케이와 캐슬린의 유일한 공통분모는 잭 필딩이다. 우리가 서로에게 하는 이야기는 아무 특혜도 없을 것이고 보호받지 못할 것이다. 변호사 없이, 간수나 다른 재소자들이 옆에 있을 수도 있다.

빛이 이동한다. 빽빽하게 늘어서 있던 소나무들이 조금씩 줄어들면서 음산한 공터가 나타난다. 마치 산업 지역처럼 보이는 곳으로, 지금 달리고 있는 전원 도로 끝쪽에 출입금지라고 쓰여 있는 녹색 금속 표지판이 서 있다. 출입 허가를 받지 못한 자동차는 여기서 바로 돌아나가야 할 것이다. 나는 뒤틀리고 찌그러진 자동차와 트럭 들이 잔뜩 쌓여 있는 폐차장을 지나친다. 그러자 온실 묘목장과 관상용 풀, 대나무, 종려나무 들을 심은 대형 화분들이 보인다. 그 앞에 보이는 잔디밭에는 GPFW(조지아 여성교도소)라는 글씨가 피튜니아와 금잔화 꽃으로 단정하게 새겨져 있다. 마치 도시공원이나 골프장에 도착한 것 같은 기분이다. 흰색 원주에 적색 벽돌로 된 행정 건물 옆에는 어울리지 않게 웅장한 파란색 금속 지붕을 얹은 콘크리트 감호동이 높은 울타리에 둘러싸여 있다. 이중 코일로 감싼 면도날처럼 날카로운 철조망은 햇빛을 받아 수술용 메스처럼 반짝거린다.

조지아 여성 교도소는 수많은 교도소들의 모델이 되는 곳이다. 이곳에 관해 여러 가지 조사한 끝에 알게 된 사실로, 여자 범죄자들을 개도하고 인도적인 갱생이라는 면에서 훌륭한 모범 사례로 여겨진다. 많은 죄수들이 배관공, 전기 기술자, 미용사, 나무 세공사, 정비사, 지붕 이는 사람, 조경사, 요리사, 음식 공급자가 되는 교육을 받고 있다. 죄수들이 직접 교도소 건물과 정원을 가꾸고 유지하며, 음식을 직접 만들고 도서관이나 미용실에서 일을 한다. 병원 일을 돕고, 자신들이 직접 잡지를 출간하기도 한다. 그리고 자신들이 수감되어 있는 동안 최소한 고졸 학력 인증 시험에 통과하기를 기대한다. 이곳에 있는 모든 사람들은 생활비를 벌고, 일할 기회를 얻는다. 브라보 포드라고 부르는 경비가 삼엄한 감방에 갇혀 있는 사람들만 제외하면. 캐슬린 롤러는 2주 전에 브라보 포드에 들어갔다. 그래서 그때부터 내게 이메일을 보내지 못하게 된 것이다.

방문자용 주차장에 차를 세운 뒤, 나는 아이폰을 꺼내 급히 처리해야 할 메시지는 없는지 확인한다. 벤턴이 보낸 메시지가 와 있다. '당신이 있는 그곳은 날씨가 무덥고, 폭풍우가 몰아칠 예정이라니까 조심해. 그리고 일이 어떻게 진행되고 있는지 알려줘. 사랑해.' 사무적이고 현실적인 남편은 자기가 생각했을 때 내게 도움이 될 만한 내용이나 날씨 같은 것을 알려줄 때 틀린 적이 한 번도 없다. 나도 남편을 사랑한다. 그리고 상황이 허락한다면 몇 시간 내에 전화를 할 것이다. 행정 건물에서 양복을 입고 타이를 맨 남자들 몇 명이 교도관의 안내를 받으며 나오는 것을 보면서, 벤턴에게 답장을 보낸다. 그 남자들은 변호사처럼 보인다. 어쩌면 교도소 간부일 수도 있다. 나는 저들이 누구고 무슨 일로 여기 온 것인지 궁금해하며, 그들이 아무 표시 없는 차를 타고 그곳을 떠날 때까지 기다린다. 휴대폰을 가방에 집어넣고, 운전석 아래 숨겨둔다. 아무것도 적혀 있지 않은 빈 봉투에 넣은 운전면허증과 밴 열쇠만 챙긴다.

한여름의 태양이 마치 무겁고 뜨거운 손으로 나를 내리누르는 것 같다. 남서쪽에서 구름이 모여들면서 두껍게 층을 이루기 시작한다. 교도소 마당이 내다보이는 창살 박힌 감방 창문들을 통해 보이지 않는 눈들이 지켜보는 가운데, 라벤더와 섬머스윗(미국 동부 산 까치수염 꽃나무의 일종─옮긴이)의 자욱한 향기를 맡으며 꽃이 핀 관목들과 깔끔하게 관리된 꽃밭 사이의 콘크리트 보도를 따라 걷는다. 수감자들은 가만히 쳐다보는 것 이외에는 아무것도 할 수가 없다. 더 이상 자신들이 속해 있지 않은 세상을 쳐다보며 CIA보다 더 빈틈없이 정보를 모으는 것이다. 지금 나는 캘리포니아 남부 번호판이 달린 커다란 흰색 화물용 밴을 타고 왔고, 평소에 즐겨 입는 사무용 복장이나 현장 조사복이 아닌, 카키색 바지에 흰색과 푸른색 줄무늬 면 셔츠를 입고, 골지 무늬 로퍼와 그에 어울리는 벨트를 매고 있다. 검은색 고무밴드 티타늄 시계와 결혼반지를 제외하면 아무 장신구도 착용하고 있지 않다. 이런 겉모습만 보고 내가 누구인지, 경제적인 수준이 어떤지, 무슨 일을 하는 사람인지 짐작하기는 쉽지 않을 것이다. 오늘 내 차림새와 차가 어울리지 않는다는 것만 제외하면 말이다.

나는 인생에 극적으로 중요한 일이나 흥미로운 일 같은 건 전혀 없고, 아무 생각 없는 금발 머리 중년 여성처럼 보이고 싶었다. 그런데 저 망할 밴 때문에 다 망쳤다! 뒤에서 보면 거의 검은색으로 보일 정도로 짙은 색으로 칠한 창문에, 튼튼한 덧문이 달린 이 흉물스러운 흰색 밴 때문에 건설회사에서 일하거나, 배달 일을 하는 사람처럼 보일지도 모른다. 어쩌면 조지아 여성 교도소에 살아 있는 죄수나, 죽은 죄수를 이송하러 온 것처럼 보일 것이다. 죄수들이 나를 보고 있는 것이 느껴지자 그런 생각이 든다. 그들 대부분은 앞으로 만날 일이 없는 사람들이다. 물론 그중에 뉴스에 나올 정도로 유명한 범죄를 저질렀다거나, 내가 참석하는 전문가들 모임에서 소개될 정도로 극악무도한 범죄자들의 경우 이름은 알고 있다. 나는 주위를 돌아보거나, 창살 안쪽 컴컴한 감방 안에서 나를 쳐다보고 있는 사람들이 누구인지 생각하지 않으려고 애쓴다.

이건 캐슬린 롤러에 대해 느끼는 감정이기도 하다. 그녀가 최근 들어 다른 생각을 하고 있는 건 아닌지 의심스럽다. 캐슬린 롤러 같은 사람들은 나를 자기들이 잃었거나 죽인 사람들과의 마지막 연결 수단처럼 생각한다. 내가 그 죽은 사람들의 대리인인 것이다.

02

보호감호

긴 푸른색 복도 끝에 있는 교도소장 타라 그림의 사무실에는 재소자들이 꾸미고 그들이 만든 가구가 놓여 있다.

책상, 커피 테이블, 의자들은 옻칠을 한 벌꿀색 참나무로 튼튼하게 만든 것이다. 직접 만든 물건들을 좋아하기 때문에 투박하더라도 이런 가구들은 내 취향이다. 창가에는 하트 모양의 얼룩덜룩한 잎사귀들이 달린 덩굴식물 화분들이 가득 놓여 있다. 그 덩굴식물들 줄기가 창틀에서부터 직접 만든 책장 꼭대기까지 기어 올라가, 장식용 깃발이나 매다는 바구니에 심은 길게 늘어진 식물처럼 양옆으로 드리워져 있다. 식물 키우는 데 재능이 있는 것 같다고 인사를 건네자, 타라 그림은 차분하고 듣기 좋은 목소리로 그 화분들은 모두 재소자들이 키우는 거라고 대답한다. 그녀는 정확하게 식물 이름은 모르겠지만, 그 덩굴식물들이 토란과에 속하는 것 같다고 말한다. "골든 포토스예요." 나는 대리석 무늬인 적록색 잎사귀를 쓰다듬으며 말한다. "흔히 악마의 담쟁이덩굴이라고 알려져 있죠."

"계속 자라더군요. 어떻게 할 수가 없어요." 타라 그림이 책상 뒤에 있는 책장에《상습 범행의 경제학》이라는 책을 꽂아 넣으며 말한다. "처음에는 물 컵에 담가두었던 작은 싹이 이렇게 자란 거예요. 그래서 난 여기 있는 모든 여자들에게 이 식물을 인생의 중요한 교훈으로 삼게 했죠. 문제가 될 것 같으면 애초에 발을 내딛지 말아야 한다고 말이에요. 뿌리를 내릴 때 조심하지 않으면 나중에 이렇게 되니까." 그녀는 책장에 또 다른 책을 꽂는다.《속임수의 기술》. "나도 잘 모르겠어요." 타라 그림은 방 안에 퍼져 있는 덩굴식물을 보면서 말한다. "이 안에 있으면 저 식물들에 약간 압도되는 것 같아요."

내가 추측하기에 교도소장의 나이는 40대로 보인다. 키가 크고 호리호리한 몸매에, 이 장소와 어울리지 않는 목까지 올라오고 길이가 종아리까지 내려오는 검은색 드레스를 입고 있다. 목에는 두꺼운 금목걸이를 걸고 있다. 어쩐지 특별히 신경 써서 차려입은 것처럼 보인다. 어쩌면 조금 전에 여기서 나간 방문객들이 거물이기 때문인지도 모른다. 검은색 눈동자, 높은 광대뼈, 뒤에서 틀어 올린 긴 검은 머리. 타라 그림은 교도소장처럼 보이지 않는다. 그리고 그 이름 때문에 그녀 자신이나 다른 사람들이 헷갈리진 않을지도 궁금하다. 불교에서 타라는 해방의 어머니(티베트 불교에 나오는 자비의 여신−옮긴이)인데, 현실의 타라는 확실히 그와는 반대니 말이다. 하지만 그녀의 세상은 엄격하다.

타라 그림은 스커트를 매만지며 책상 앞에 앉는다. 나는 그녀와 마주 보며 책상 맞은편에 놓여 있는 의자에 앉는다. "박사님이 캐슬린을 만나려고 하는 이유가 뭔지 알아야겠어요. 일상적인 일이니 잘 아시겠지만요." 타라가 나를 자기 사무실로 부른 이유를 말한다.

"사실 감방에 있는 사람을 만나는 건 일상적인 일이 아니에요. 보통은 병원에서 보거나, 혹은 그보다 더 안 좋은 상황에서 만나니까요." 내가 대답한다. 그건 법의학적 신체검사가 필요할 경우나, 혹은 죽었을 경우에나 재소자를 본다는 뜻이다.

"만일 캐슬린 롤러에게 전해줄 보고서나, 다른 서류 같은 게 있다면 먼저 허락을 받아야 합니다." 타라 그림이 말한다. 그래서 나는 그녀에게 친구로서 찾아왔을 뿐이라고 한 번 더 말한다. 사실은 아니지만, 법적으로 잘못된 건 없다.

나는 캐슬린 롤러의 친구가 아니다. 원하는 정보를 알아내기 위해 의도적으로 조심스럽게 접근할 것이다. 그녀가 지난 몇 년간 잭 필딩과 연락을 하고 지낸 건지, 감옥 밖에 있을 때 무슨 일이 있었는지에 대해서. 다른 사건들의 사례를 봐도 여성 가해자와 어린 남성 피해자 사이에 성적 관계가 지속되는 경우가 있긴 하다. 그리고 캐슬린은 내가 잭을 알고 지낸 모든 시간 동안 감방을 들락날락했다. 그 사이에 잭이 어린 시절 자신을 괴롭혔던 이 여자와 연애감정을 가지고 관계를 지속했다면, 잭이 정신이 나가 사라졌던 때와도 관련이 있는 건지 궁금하다. 나는 그때 잭을 찾아내 다시 복직시켰다.

던 킨케이드가 딸이라는 것을 잭이 언제 알게 된 것인지, 무슨 이유로 최근 들어 매사추세츠에 있던 그녀와 연락을 한 것인지 알고 싶다. 대체 언제부터 던 킨케이드를 세일럼에 있는 자기 집에서 지내게 한 것일까? 잭의 아내와 가족이 떠난 것도 그 일과 관련이 있는 걸까? 잭은 그 위험한 약물 때문에 자신이 점차 이상해지고 있으며, 그 약물이 던의 방해 작전의 일환이었다는 것을 알고 있었을까? 그는 점차 자신의 행동이 변덕스러워지고 있다는 것과 내가 자리를 비운 동안 케임브리지 법의학 센터에서 저지른 불법적인 행위가 애초에 누구 머리에서 나온 것인지 알고 있었을까?

나는 캐슬린이 무엇을 알고 있는지, 무슨 말을 할지 모른다. 하지만 계획한 대로, 변호사인 레너드 브라조와 연습한 대로 그녀와의 대화를 이끌어갈 것이며, 캐슬린에게는 아무것도 알려주지 않을 것이다. 그 여자는 자기 딸에게 도움이 될 만한 증언을 할 수도 없을 것이며, 법정에서 신뢰도 얻지 못할 것이다. 그렇더라도 나는 던 킨케이드의 변호에 도움이 될 만한 그 어떤 사실도 알려주지 않을 것이다.

"그렇다면 이번 사건과 관련된 어떤 것도 가져오지 않았다는 말이군요." 타라 그림이 말한다. 나는 그녀가 실망했다는 것을 알아차린다. "솔직히 말하자면 매사추세츠에서 일어난 그 사건에 대해 궁금한 게 많았어요. 호기심 때문이죠."

대부분의 사람들이 그럴 것이다. 멘사 살인자들. 살인 사건과 기타 여러 악행을 저지른 천재거나 천재에 가까운 지능지수를 가진 사람들을 언론에서는 그렇게 부른다. 다른 무엇보다 그 사실이 기괴하게 느껴지는 모양이다. 20년 넘게 갖가지 변사 사건들을 담당해온 나 역시 아직 모든 것을 다 알진 못한다.

"캐슬린 롤러와 현재 수사 중인 사건에 관한 이야기는 하지 않을 겁니다." 내가 교도소장에게 말한다.

"캐슬린이 물어보겠죠. 아무래도 자기 딸에 관한 이야기니까요. 던 킨케이드가 그 사람들을 죽였고 박사님까지 죽이려고 했잖아요?" 타라 그림이 내 눈을 똑바로 쳐다보며 말한다.

"캐슬린과 그 사건은 물론, 다른 사건들에 대한 이야기도 하지 않을 겁니다." 난 교도소장에게 아무것도 알려주지 않는다. "그 때문에 여기 온 게 아니니까요." 나는 단호하게 되풀이해서 말한다. "하지만 캐슬린에게 보여주고 싶은 사진이 있습니다."

"먼저 보여주시죠." 타라 그림이 보기 좋은 손을 내밀며 말한다. 조금 전에 바른 것처럼 완벽하게 칠해진 짙은 장미색 매니큐어에, 반지를 여러 개 끼고 있고, 크리스털 베젤의 금색 메탈 시계를 차고 있다.

나는 뒷주머니에 넣어온 평범한 흰색 봉투를 꺼내 교도소장에게 건넨다. 그러자 그녀는 그 안에서 잭 필딩의 사진을 꺼낸다. 상의를 벗고 운동용 반바지만 입은 채로 잭이 평소 자랑스럽게 여기던 67년식 다홍색 무스탕을 세차하고 있는 모습이다. 5년 전에 찍은 사진인데, 결혼한 뒤로 지금처럼 망가지기 전의 모습이다. 비록 직접 잭을 부검한 건 아니지만, 나는 그가 살해당한 이후 지난 5개월간 끊임없이 그 존재를 해체하고 있었다.

부분적으로는 내가 그 일을 어떻게든 막을 수 있었던 건 아닌지 알고 싶기도 했다. 사실 내가 정말 막을 수 있었을 거라고 믿지는 않는다. 나는 잭의 자멸을 결코 막을 수 없었다. 그 사진을 보자 분노와 죄책감이 치솟는다. 그리고 슬픔을 느낀다.

"이 정도는 괜찮을 것 같아요. 그건 그렇고 이 남자는 아주 보기 좋네요. 근육 만드는 데 미친 사람이었나 봐요. 세상에. 하루에 몇 시간씩 운동하면 몸이 이렇게 될 수 있는 거죠?"

나는 벽에 걸린 액자에 들어 있는 증명서들과 상장들을 둘러본다. 그 사진을 보고 있는 타라 그림을 보고 싶지 않기 때문이다. 왠지 모르게 거슬린다. 아마 모르는 사람의 시선으로 잭을 보는 것이 힘들기 때문일 것이다. '올해의 교도소장'. '뛰어난 업적상'. '공로상'. '근무 공로상'. '지속적인 우수상'. '이달의 감독관'. 그중 일부는 한 번 이상 탄 것도 있다. 타라 그림은 켄터키 주 스폴딩 대학교를 우수한 성적으로 졸업했다. 하지만 그녀의 억양은 켄터키 주 출신이라기보다는 루이지애나 쪽에 가깝다. 그래서 나는 그녀에게 어디 출신인지 물어본다.

"원래는 미시시피 주예요. 아버지가 그곳 주립 교도소 감독관으로 계셨거든요. 그래서 어릴 때는 재소자들이 콩과 목화를 경작하는 팬케이크처럼 평평한 2만 에이커의 삼각주 지역에서 살았어요. 그 뒤에 아버지가 앙골라에 있는 루이지애나 주립 교도소에서 일하게 되셨죠. 거긴 도심에서 더 멀리 떨어진 농장 지대였어요. 낯선 곳에서 살게 된 거죠. 하지만 난 아버지가 일하는 곳에서 사는 것이 아무렇지도 않았어요. 다른 사람들이 보면 놀라겠지만, 그런 환경이 평범한 것처럼 익숙해졌죠. 조지아 여성 교도소가 바로 여기 관목지와 습지 한복판에 세워지게 된 건 아버지의 추천이었어요. 가능한 한 적은 비용으로 여성 죄수들을 수용하는 곳이죠. 대를 이어 교도소 일을 하고 있다고도 할 수 있겠네요."

"아버님도 이곳에서 일을 하셨나요?"

"아뇨. 아버지는 여기서 일하지 않으셨어요." 타라 그림이 비꼬는 듯 미소 짓는다. "아버지가 2천 명의 여자 죄수들을 감독하는 모습은 상상할 수 없어요. 아마 조금 지루하게 여기셨을 거예요. 물론 여자 죄수들 중에 남자 죄수들보다 훨씬 질이 나쁜 자들도 있긴 하지만 말이에요. 아버지는 골프장 설계에 대해 조언하는 아널드 파머 같았어요. 이쪽 분야에서는 타의 추종을 불허하는 분이셨죠. 그리고 혁신적이셨어요. 여러 교도소에서 조언을 구하기 위해 아버지를 찾았어요. 예를 들면 앙고라에 있는 교도소에는 로데오 경기장에, 신문사, 라디오 방송국까지 있었어요. 재소자들 중에는 실력이 뛰어난 로데오 타는 사람들이 있었고, 가죽이나 금속, 목공 디자인 전문가들도 있었죠. 그들에게는 자신들이 만든 상품을 팔아 이득을 내도 된다는 허가를 내줬어요." 타라 그림은 당연히 그런 일들이 좋은 일이라는 것처럼 전부 다 말하진 않는다. "박사님이 연루된 사건들과 관련 있는 인물들은 모두 기소된 건가요?"

"그렇길 바랄 뿐이죠."

"적어도 던 킨케이드가 구금되어 있다는 건 알고 있으니까요. 그 여자는 계속 감방에 갇혀 있어야 한다고 생각해요. 죄 없는 사람들을 이유도 없이 죽였으니까요. 던 킨케이드한테 스트레스로 인한 정신적인 문제가 있다고 하더군요. 그게 말이 돼요? 그렇다면 그 여자가 야기시킨 스트레스는 어떻게 할 건데요?" 교도소장이 말한다.

던 킨케이드는 몇 달 전, 버틀러 주립 병원으로 이송됐다. 그곳 의사들이 그녀가 법정에 설 수 있는 상태인지를 결정할 것이다. 계략이고 꾀병이다. 한번 해보자는 거다. 잘못되면 내 수석 수사관인 피트 마리노의 말대로 던 킨케이드는 정신질환자들 사건에 포함될 것이다.

"그 여자가 혼자서 온갖 방법으로 비참하게 죽인 죄 없는 사람들을 떠올리고 싶진 않지만, 그중에서도 최악은 그 불쌍한 어린 소년이에요." 타라가 자기 일과는 상관없는 이야기를 꺼낸다. 나는 어쩔 수 없이 교도소장이 계속 이야기하게 내버려둔다. "부모가 버젓이 집 안에 있는데, 자기 집 마당에서 놀고 있던 힘없는 어린아이를 죽이다니요? 어린아이나 동물을 해치는 일은 절대 용서할 수 없어요." 타라가 어른은 다쳐도 된다는 것처럼 말한다.

"캐슬린에게 이 사진을 줘도 될지 모르겠어요. 갖고 싶어 할 것 같은데." 나는 교도소장의 말에 반박도 긍정도 하지 않은 채 말한다.

"별문제 되지는 않을 것 같군요." 하지만 타라는 확신하는 것처럼 보이진 않는다. 그리고 책상 위로 그 사진을 내밀며 내게 돌려준다. 나는 그녀의 눈빛을 알아차린다.

타라는 생각하고 있다. '어째서 이 남자 사진을 캐슬린에게 주겠다는 걸까?' 간접적으로 캐슬린 롤러는 잭 필딩의 죽음에 책임이 있다. '아니, 간접적이지 않아.' 나는 화가 나기 시작한다. 캐슬린은 미성년이었던 잭과 섹스를 했고, 그 사이에 태어난 아이인 던 킨케이드가 성장해서 자기 아버지를 죽였다. 그 누구보다도 직접적인 책임이 있다.

"캐슬린이 최근에 잭을 본 적이 있는지 모르겠어요." 나는 사진을 받아 봉투에 집어넣으며 설명한다. "그나마 잭이 좀 괜찮았을 때의 사진을 보며 기억해달라고 이 사진을 골랐어요."

나는 캐슬린이 이 사진을 보면 내게 마음을 열 거라고 생각한다. 우리는 누가 누구를 조종하는지 알게 될 것이다.

"박사님은 내가 캐슬린 롤러를 보호감호동으로 옮긴 이유가 궁금하시겠죠." 타라가 말한다.

"내가 아는 건 캐슬린이 보호감호 중이라는 것뿐이에요." 나는 의도적으로 모호하게 대답한다.

"브라조 씨가 설명해주지 않았나요?" 타라 그림은 의심스럽다는 듯, 깔끔한 사각 참나무 책상 위에 양손을 겹쳐 올린다.

레너드 브라조는 형사 재판 변호사다. 브라조는 던 킨케이드의 나에 대한 살인미수죄 재판에 대비해 필요한 사람이다. 연방 검사 밑에서 일하는 과로로 지쳤거나 풋내기인 보조 검사에게 내 안녕을 맡길 생각은 없다. 던 킨케이드의 무료 변호를 맡은 변호사팀은 틀림없이 우리 집 차고 안에서 나를 공격한 것에 대해 어떤 식으로든 이유를 만들어낼 것이다. 그들은 칠흑같이 어두운 차고에 숨어 있던 킨케이드에게 뒤에서 공격당한 건 내 잘못이라고 주장할 것이다. 그때 나는 운 좋게 목숨을 지켰고, 덕분에 지금 넝쿨 식물들이 우거진 타라 그림의 사무실에 앉아 있는 것이다. 내 목숨을 지킨 것에 실제로 아무 책임이 없다는 사실을 인정해야 한다는 사실이 너무 짜증난다.

"캐슬린의 안전을 위해 보호감호가 필요했다는 걸로 알고 있어요." 나는 케블라 세라믹 패널이 들어간 4등급 위장 조끼를 떠올리며 대답한다. 방탄복의 거친 나일론 질감과 새 옷 냄새가 떠오른다. 그리고 그날 밤, SUV 뒷좌석에 실어두었던 방탄조끼를 가지러 컴컴하고 추운 차고에 내려왔다가 그 방탄조끼를 어깨에 걸쳤을 때의 무게감이 떠오른다.

"캐슬린을 브라보 포드로 옮기는 바람에, 박사님도 서배너까지 오는 걸 망설였을 수도 있겠네요. 아무래도 그런 일을 겪고 난 뒤라, 위험할 수도 있는 상황은 피하고 싶었을 텐데 말이에요." 타라가 자기 생각을 말한다.

나는 던 킨케이드가 주입식 칼로 찔러 죽인 첫 번째 희생자의 MRI 스캔에서 봤던 꽃가루처럼 작은 수많은 흰색 점들을 떠올린다. 장기와 심장의 연조직 안쪽 깊은 곳에서 폭발한 것 같은 단춧구멍 같은 상처 주위에 밝은 흰색 입자들이 촘촘히 집중적으로 몰려 있었다. 속에서 폭탄이 터진 것 같았다. 만일 던 킨케이드가 나한테도 같은 무기로 공격했더라면 나 역시 바닥에 닿기도 전에 목숨을 잃었을 것이다.

"그런데 박사님은 그 일이 있을 때 왜 자택에서 방탄복을 입고 있었나요?" 교도소장이 캐묻는다.

내가 하는 일 중에는 국방부와 관련된 일도 있다는 의무 정보와 브리그스 장군이 여군을 위해 개발한 최신식 방탄복에 대한 내 의견을 들어보고 싶어 한다는 사실을 알리지 않는다. 사실상 우연이긴 해도 그 방탄조끼가 강철 칼날을 막을 수 있다는 사실을 알게 되긴 했다. 행운, 놀랄 만한 행운이었다. 그 모든 일이 끝난 뒤 거울에 비친 내 모습을 보고 얼마나 놀랐는지 기억한다. 얼굴이 붉은색으로 뒤덮여 있다. 머리카락도 마찬가지다. 철 냄새와 함께 춥고 컴컴한 차고 안에서 쉭쉭거리는 소리와 함께 내 몸이 따뜻하고 축축한 붉은 안개에 젖어든다.

"뉴스에 나온 내용이 맞다면 그 일이 있었을 때, 그 개도 박사님과 같이 차고에 나갔다죠? 삭은 어때요?" 교도소장이 그 말을 할 때 나는 내 손을 내려다보고 있다. 직업상 청결을 위해 바짝 짧게 깎은 손톱, 깨끗한 손. 나는 숨을 깊이 들이마시고, 사무실에 맴도는 냄새에 집중한다. 피 냄새는 없고, 타라 그림의 향수 냄새만 날 뿐이다. 에스티 로더의 '유스 듀' 향수.

"삭은 잘 있어요." 나는 뭔가 놓친 건 없는지 생각하며 다시 교도소장에게 집중한다. 어쩌다 화제가 구조된 그레이하운드로 넘어간 것일까?

"지금도 박사님이 데리고 있나요?" 타라 그림이 나를 쳐다본다.

"그래요."

"다행이네요. 그 개는 정말 착하거든요. 물론 그 종이 다 그렇지만. 정말 사랑스러운 종이잖아요. 그리고 캐슬린은 그 개를 아무에게도 주고 싶어 하지 않았어요. 캐슬린은 여기서 나가면 그 개를 다시 데려오고 싶어 하죠."

"언제 나오는데요?" 내가 묻는다.

"캐슬린이 그 개를 다른 사람에게 주고 싶어 하지 않았기 때문에 던이 삭을 데려간 거예요. 던도 그 개를 정말 많이 아꼈어요. 동물들한테는 잘 했어요. 적어도 그 점만큼은 인정해요. 그 모든 일들을 알았을 때, 저 두 사람이 연관 있다는 것을 박사님께 알려드렸어야 했는데. 캐슬린과 던 말이에요. 물론 그랬다면 캐슬린은 박사님이 찾는 것과 다른 방향으로 유도했겠지만 말이죠. 내가 여기 교도소장으로 있는 동안, 던은 정기적으로 면회를 왔어요. 일 년에 서너 번은 엄마를 만나러 왔고, 영치금 계좌에 돈을 넣어주곤 했어요. 물론 이제는 들어오지 않지만요. 그 두 사람은 서로 편지를 주고받았어요. 그 편지들은 모두 경찰이 가져갔죠. 비록 지금도 두 사람이 연락하겠다면 막을 순 없지만요. 재소자 간에도 편지를 주고받을 수 있으니까요. 박사님은 전부 다 알고 계실 것 같지만 말이에요."

"내가 알아야 할 일은 아니죠."

"캐슬린은 지금 던이 곤경에 처했는데도 모르는 척하고 있어요. 행여 자기를 도와줄 누군가가 나타났을 때 연좌제로 엮이고 싶진 않을 테니까요. 이를테면 박사님이나 실력 좋은 변호사 같은 사람 말이에요. 캐슬린은 자신에게 유리할 것 같은 이야기만 할 거예요."

"캐슬린이 석방된다는 건 무슨 말이에요?" 내가 다시 묻는다.

"요즘은 모든 사람들이 부당하게 유죄 판결을 받는다는 거 아시잖아요." 교도소장이 말한다.

"그게 캐슬린 롤러에게도 해당되는 줄은 몰랐네요."

"캐슬린은 삭이 아주 오래 살아야 그 개를 다시 볼 수 있을 거예요." 타라 그림이 장담하는 것처럼 말한다. "박사님이 그 개를 거둬주셔서 다행이에요. 우리가 구조해서 훈련시킨 개들이 또다시 갈 곳 없이 떠돌아다니거나, 주인을 잘못 만나 고생하는 건 바라지 않으니까요."

"이제 삭은 갈 곳 없이 떠돌아다니거나 고생하는 일이 없을 거예요." 나는 지금껏 삭처럼 찰싹 달라붙어 그림자처럼 따라다니는 애완동물을 키워본 적이 없다.

"삭도 그렇지만, 여기서 훈련시킨 그레이하운드들은 대부분 버밍엄에 있는 개 경주장에서 데려왔어요. 경주에서 은퇴한 개들을 우리가 데려온 덕에 안락사당하지 않은 거죠. 재소자들에게 생명은 신이 주신 권리가 아니라 신이 주신 선물이라는 사실을 상기시킬 수 있어서 좋았어요. 언제든 줄 수도 있고, 빼앗길 수도 있죠. 박사님이 삭을 거뒀을 때는 던 킨케이드의 개라는 것을 모르셨을 거예요." 교도소장이 말한다.

"삭은 이런 겨울 날씨에 세일럼의 얼음장처럼 추운 집에서 먹을 것도 없이 뒷방에 갇혀 있었어요." 타라는 자신이 원하는 모든 정보를 얻을 수 있을 것이다. 나는 그녀에게 별다른 말을 하지 않을 것이다. "일단 집에 데려간 다음 삭을 어떻게 할지 정할 생각이었어요."

"그래서 던이 삭을 만나러 간 거죠. 그날 밤 개를 데려가기 위해서 박사님 댁에 찾아간 거예요." 교도소장이 말한다.

"그 이야기는 아주 흥미롭군요." 난 대답한다. 그리고 타라가 이런 말도 안 되는 생각을 어쩌다 하게 된 건지 궁금해진다.

"난 박사님이 캐슬린에게 관심을 보이는 이유를 모르겠어요. 박사님 같은 위치에 있는 사람이 이런 행보를 보이는 건 현명하지 못한 일이라고 생각해요. 브라조 씨에게도 그렇게 말했지만, 당연히 그분은 박사님이 캐슬린을 만나기로 한 진짜 동기나, 박사님이 그 여자에게 이렇게 친절하게 대해주는 이유를 말해주지 않더군요."

나는 타라 그림이 무슨 의도로 그런 말을 하는지 알 수 없다.

"내가 좀 직설적인 편이에요. 여기선 하루 중 정해진 시간마다 재소자들이 컴퓨터실에 있는 컴퓨터를 이용해 이메일을 보낼 수 있는 특전을 주고 있죠. 재소자들은 교도소 이메일 시스템을 거쳐 통과된 이메일을 보낼 수도 있고 받을 수도 있죠. 난 캐슬린이 최근 몇 달간 박사님께 이메일을 보냈다는 것을 알고 있어요." 교도소장이 말한다.

"그럼 내가 답장을 보내지 않았다는 것도 알고 있겠군요."

"이메일이든, 손으로 직접 쓴 것이든, 우편으로 온 편지든 외부에서 재소자들에게 보내는 내용은 전부 다 알고 있어요." 타라 그림은 지금 자신의 말이 내게 뭔가 의미가 있기라도 한 것처럼 잠시 말을 멈춘다. "박사님이 이제 와서 무슨 이유로 캐슬린에게 친절하게 대해주는 건지 알아요. 박사님은 정보를 원하고 있어요. 정말 관심을 가지고 있는 건, 캐슬린의 배후에 있는 사람이잖아요. 그리고 그 사람이 무엇을 원하는지 알고 싶어 하죠. 브라조 씨가 박사님께 캐슬린이 지금 곤경에 처했다는 말을 전해줬을 거예요."

"캐슬린 롤러가 어떤 곤경에 처해 있다는 건지, 교도소장님께 직접 듣고 싶군요."

"어린이 성추행범은 교도소 내에서도 모두 싫어해요." 타라 그림이 생각에 잠긴 듯 말끝을 늘리며 천천히 말한다. "캐슬린은 내가 여기 부임하기 훨씬 전에 이미 형기를 마쳤어요. 그런데 석방된 뒤에 계속해서 심각한 문제를 일으켰죠. 캐슬린은 첫 번째 형기를 마친 뒤에 감방에 여섯 번 더 들어왔어요. 그것도 매번 바로 여기 조지아 여성 감옥에 말이에요. 아무래도 캐슬린은 애틀랜타보다 멀리 가본 적이 없는 모양이에요. 전부 마약 때문이었어요. 마지막에 정지 신호를 무시하고 차를 몰고 가다가 운나쁘게 교차로를 지나가던 스쿠터를 탄 10대 소년을 죽인 죄로 유죄를 받아 20년형을 받았죠. 캐슬린이 가석방 자격을 얻으려면 형기의 85퍼센트를 복역해야 해요. 누군가 개입하지 않는 한, 캐슬린은 여기서 여생을 보내게 될 거예요."

"누군가가 개입할 수도 있는 건가요?"

"박사님도 커티스 로버트를 알 텐데요? 애틀랜타 변호사로, 박사님 변호사에게 박사님의 방문을 요청하는 전화를 걸었을 텐데요?"

"모르겠군요."

"난 다른 재소자들이 캐슬린에게 어린이 성추행 전과가 있다는 사실을 몰랐을 거라고 생각해요. 박사님과 관련된 그 매사추세츠 사건들이 뉴스에 나오기 전까지는 말이에요." 교도소장이 말한다.

나는 뉴스에 캐슬린 롤러에 대한 내용이 나온 것을 본 적이 없다. 그런데 지금 이 말은 캐슬린을 브라보 포드로 보낸 이유가 다른 재소자들의 분노를 샀기 때문이라는 뜻이다.

"재소자들 중 일부는 이번에 살해당한 박사님의 동료가 어렸을 때 당한 짓이 어떤 것이었는지 캐슬린에게 그대로 가르치겠다고 벼르고 있어요." 타라가 덧붙인다.

나는 캐슬린 롤러와 잭 필딩의 사회 통념에 어긋나는 관계가 뉴스에 나오지 않았다는 것을 알고 있다. 내가 알기론 그렇다. 레너드 브라조도 그 일에 대해 언급한 적이 없다. 타라 그림의 말은 사실이 아닐 것이다.

"더군다나 캐슬린은 음주운전으로 스쿠터를 타고 있던 소년을 죽이기까지 했잖아요. 이 안에는 엄마들이 많아요, 스카페타 박사님. 손자를 둔 할머니들도 많죠. 심지어 증조할머니까지 있어요. 재소자들 대부분이 아이를 가지고 있죠. 그래서 어린아이에게 해를 끼친 사람을 가만히 두지 않아요. 그런 낌새가 보이기에, 캐슬린을 보호하기 위해 브라보 포드로 옮긴 거예요. 내가 보기에 안전해질 때까지 계속 그곳에 둘 생각이고요." 그녀는 금속처럼 딱딱하게 나직한 목소리로 천천히 말한다.

"정확하게 뉴스에 뭐라고 나왔는지 궁금하군요. 난 매사추세츠 사건과 관련해 뉴스에서 캐슬린의 이름이 나오는 걸 듣지 못해서요." 나는 타라 그림의 이야기가 새빨간 거짓말일지도 모른다는 의심이 들자, 세부적인 내용을 알아내기 위한 시도를 해본다.

"재소자들 중 한 명인지, 아니면 간수들 중 한 명인지 모르겠는데, TV에서 캐슬린의 과거가 나오는 것을 봤다고 하더군요." 타라가 얼버무리며 말한다. "그녀가 성범죄자였다는 내용이 삽시간에 퍼졌어요. 조지아 여성 교도소에서는 인기가 없는 죄목이니까요. 어린아이를 대상으로 한 범죄는 용서받지 못해요."

"그렇다면 그 내용이 뉴스에 나온 걸 소장님이 직접 보신 건 아니란 말이군요?"

"난 못 봤어요." 타라 그림이 마치 뭔가를 알아내려는 것처럼 나를 쳐다본다.

"혹시 다른 이유가 있는 건 아닌지 궁금했을 뿐이에요." 내가 덧붙인다.

"박사님은 그렇게 생각하는 모양이군요." 타라는 질문이 아니라 단정하듯 말한다.

"난 이번 면회를 2주 전에 신청했어요. 정확하게 말하면 레너드 브라조가 연락했죠. 그즈음에 캐슬린이 보호 구치를 위해 브라보 포드로 옮겨졌고, 이메일 연락이 끊겼어요. 하필 내가 캐슬린을 만나게 해달라고 요청한 것과 동시에 그런 소문이 삽시간에 퍼졌다니 아무래도 그런 생각이 들 수밖에요. 안 그런가요?"

타라 그림은 알 수 없는 표정으로 나를 뚫어지게 쳐다본다.

"정말 뉴스에 무슨 내용이 나오긴 한 건지 궁금했던 것뿐이에요." 나는 계속해서 말한다.

03

71번째 방문객

8개월 전, 매사추세츠 북동부에서 시작된 연쇄 살인의 첫 번째 희생자는 대학 미식축구팀 스타 선수로, 보스턴 항 해안 경비대 초소 근처에서 벌거벗은 채 난도질당한 시신으로 발견되었다.

그리고 석 달 뒤에는 세일럼에 있는 자기 집 마당에서 놀고 있던 어린 소년이 흑마술 의식의 희생자인 것처럼 머리에 못이 박힌 채 살해당했다. 그다음으로는 케임브리지 공원에서 MIT 졸업생이 주입식 칼에 찔린 채 발견되었고, 마지막으로 잭 필딩이 자기 소유의 총에 맞아 사망했다. 우리는 잭이 그 모든 범행을 저지르고 자살했을 거라고 생각했지만, 실제로는 잭의 생물학적인 딸이 범인이었다. 아마 나를 죽이려다 실패하지 않았다면, 그녀가 범인이라는 것을 아무도 알지 못했을 것이다.

"언론에서 던 킨케이드에 대해 많이 다루긴 했죠." 나는 계속해서 내 주장을 이어나간다. "하지만 난 캐슬린이나 그녀의 과거에 관해서는 어떤 이야기도 들은 적이 없어요. 실제로 잭이 어릴 때 당했던 일도 뉴스에 나오지 않았죠. 내가 아는 바로는 말이에요."

"외부에서 미치는 영향력을 전부 다 차단할 순 없어요." 타라가 모호하게 말한다. "재소자의 가족들도 왔다 갔다 하고, 변호사들도 드나들죠. 가끔 명확하지 않은 동기를 가진 힘 있는 사람들이 영향력을 행사할 때도 있어요. 그 사람들이 누군가에게 해를 입힐 작정만 하면, 그 대상은 몇 가지 특권들을 잃기도 하고, 혹은 그보다 더 많은 것을 잃게 돼요. 그동안 그런 일들을 바로잡겠다는 진보주의 운동가 같은 사람들이 얼마나 많았는지 모를 거예요. 그 사람들이 그럴수록 더 많은 피해가 일어나고, 수많은 사람들을 위험하게 만들죠. 지금 이게 어떻게 된 일인지는 박사님이 직접 뉴욕에서 여기까지 찾아와 온갖 일에 간섭한 누군가에게 물어보는 게 나을 거예요."

나는 튼튼하고 딱딱하게 교도소장이 요구한 대로 재소자들이 직접 만든 의자에서 일어난다. 열려 있는 블라인드 사이로 회색 죄수복을 입은 여자들이 꽃밭이나 잔디밭과 맞닿은 보도와 울타리 쪽에 나 있는 잡초를 뽑거나 그레이하운드를 산책시키고 있는 모습이 보인다. 날씨가 변덕을 부리는지 하늘이 납색이다. 나는 교도소장에게 뉴욕에서 온 사람이 누군지 물어본다. 대체 누구인 걸까?

"제이미 버거 검사요. 두 분이 친분이 있는 걸로 아는데요." 교도소장이 책상에서 앞으로 나오면서 대답한다.

지난 몇 달간 듣지 못했던 이름이다. 그렇게 생각하자 마음이 아프기도 하고 어색하기도 하다.

"제이미 버거 검사는 사건 수사 중이라고 했어요. 정확하게 무슨 일인지는 모르겠어요. 알 수도 없고요." 제이미 버거는 맨해튼 지방 검찰청 성범죄 전담반 검사로 유명하다. "다른 사람들이나 언론에 새어 나가서는 안 되는 중요한 수사라고 하더군요. 그래서 박사님 변호사에게도 그 상황을 말하지 못해서 마음이 편하진 않았어요. 그런데 문득 박사님은 제이미 버거 검사가 조지아 여성 교도소에 관심을 가지고 있다는 사실을 어떤 식으로든 알고 있을지도 모른다는 생각이 들더군요."

"그 일에 관해서는 아무것도 아는 게 없어요." 나는 얼굴에 감정을 드러내지 않으려고 노력하며 신중하게 대답한다.

"정말 그런 것 같군요." 교도소장이 억울하다는 듯 무시하는 것 같은 눈빛으로 나를 쳐다보며 대꾸한다. "아무래도 내가 지금 박사님께 새로운 정보를 드린 것 같군요. 그렇다면 좋은 일이죠. 나는 속셈을 숨긴 채, 겉으론 다른 말을 하는 사람들을 분간하지 못해요. 박사님이 캐슬린 롤러를 만나러 여기 온 이유를 내가 감독하고 있는 이 조지아 여성 교도소에 있는 다른 누군가와 관련된 일을 숨기기 위한 계략으로 생각하고 싶진 않아요. 실제로 박사님이 여기 온 이유가 제이미 버거 검사의 수사를 돕기 위해서라고 해도 말이에요."

"난 제이미가 한다는 수사와 아무 관계가 없어요."

"그럴지도 모르죠. 정말 아무것도 모를 수도 있고."

"내가 캐슬린 롤러를 만나러 온 것이 제이미가 수사하는 어떤 사건과 관련이 있을 거라고는 꿈에도 생각하지 못했어요."

"롤라 대거트도 여기 있다는 건 알고 있죠?" 타라 그림은 조지아 여성 교도소에 수감되어 있는 가장 악명 높은 죄수를 구조된 경주견이나 로데오 타는 사람, 혹은 길 아래 어린이집에서 키우는 특별한 식물인 것처럼 말한다.

"서배너에 살고 있던 클라렌스 조던 박사와 그 가족의 집에 누군가 한밤중에 침입했죠. 단순한 강도 사건이 아니었어요. 범인은 명백한 살인 의도를 가지고 있었죠. 그 가족은 칼에 찔리고 난도질당한 채 그대로 침대에서 목숨을 잃었어요. 어린 딸, 쌍둥이들 중 한 명만 빼놓고 말이에요. 그 아이는 아래층으로 도망쳐 현관문 앞까지 갔죠."

몇 년 전 로스앤젤레스에서 열린 법의관 협회의 연례모임에서 서배너 검시관인 콜린 덴게이트 박사로부터 그 사건에 관해 들었던 기억이 난다. 피해자의 집 안에서 실제로 무슨 일이 있었는지, 범인은 어떻게 침입한 것인지에 대한 무수한 추측들이 있었다. 그때 범인은 집 안에서 샌드위치를 만들어 먹고, 맥주를 마셨으며, 화장실을 이용했다. 그리고 변기의 물을 내리지 않았다. 그때 당시 나는 그 사건에 관해 밝혀진 것보다 더 많은 의문점들을 느꼈고, 증거 자체가 논쟁거리가 될지도 모른다는 인상을 받았다.

"롤라 대거트는 피 묻은 옷을 빨다가 잡혔어요. 그리고 계속해서 거짓말만 늘어놓았죠. 오랜 기간 학대받은 분노조절 장애가 있는 마약중독자로 체포됐어요."

"난 그 사건에 공범이 있었을 거라고 생각해요." 내가 대답한다.

"이 지역에선 정의가 구현됐다고 생각하고 있죠. 그리고 이번 가을에 롤라는 신 앞에서 모든 것을 털어놓게 될 거예요."

"신원을 알 수 없는 자의 DNA, 지문이 나왔어요." 나는 그 사건의 세부 사항들을 떠올리기 시작한다. "공범이 한 명 이상 있을 가능성을 열어두어야 해요."

"그건 피고 측에서 하는 주장이에요. 롤라가 그 사건과 관계없다면 어째서 그녀의 옷 전체에 피해자의 피가 묻어 있는 건지에 대해 변호사가 내놓은 말도 안 되는 해명이에요. 그쪽에서는 있지도 않은 공범을 만들어 롤라가 그 죄를 뒤집어쓴 거라고 주장하고 있어요." 타라 그림이 나와 함께 복도로 나온다. "항소 기회가 남아 있으니 가능성이 있긴 하지만, 난 롤라가 자유롭게 풀려날 거라는 생각은 하고 싶지 않아요. 듣자 하니 증거들, 그러니까 DNA 같은 것들에 대해 새로 법의학 검사를 하라는 지시가 내려졌다고 하더군요."

"그 말이 사실이라면, 법 집행부나 법원에서는 그렇게 할 만한 확실한 이유가 있었을 거예요." 나는 복도에서 검문소를 내려다본다. 그곳을 지키는 경비들이 뭔가 대화를 나누고 있다. "조지아 수사국이나 경찰, 검찰, 법원이 합법적인 근거도 없이 증거를 다시 검사하라는 지시를 내리진 않았을 테니까요."

"물론 롤라 대거트가 무죄일 가능성도 있겠죠. 그런 식으로 적법하게 일찍 나갈 수도 있겠죠. 그렇게 되면 이곳 조지아 여성 교도소에서 최고의 탈옥이 될 거예요." 이제 공공연하게 분노를 드러내고 있는 교도소장의 눈빛은 냉정하게 빛나고 있다.

"제이미 버거의 일은 사람들을 감옥에서 빼내는 일이 아니에요." 내가 대꾸한다.

"지금은 그런 일을 하는 것처럼 보여요. 버거 검사가 브라보 포드에 사교상의 목적으로 방문한 건 아니니까요."

"정확하게 언제 일이죠? 제이미가 이곳을 찾은 건?"

"도망치듯 서배너로 온 거라고 하더군요. 내가 들은 바로는 그래요." 타라 그림이 뒷말을 흘리듯 정보를 준다. 나는 그 말이 사실일 거라고 확신한다.

만일 제이미가 사형수 감방에 있는 누군가를 만나기 위해 조지아 여성 교도소까지 찾아온 거라면, 지금 나와 똑같은 과정을 거쳤을 것이다. 그녀는 먼저 타라 그림과 마주 앉았을 것이다. 단순한 사교상의 방문이 아닐 것이다. 무엇 때문에 도망친 것일까? 무슨 목적으로? 그건 내가 알고 있던 뉴욕 지방 검사의 성격과는 전혀 어울리지 않는 짓이다.

"버거 검사가 찾아왔고, 지금은 박사님이 찾아왔어요. 박사님도 이런 상황을 우연이라고 믿는 분은 아닐 거예요. 그 사진은 캐슬린이 가지고 있어도 된다고 간수들에게 지시를 내려놓죠."

교도소장이 말한 뒤 사무실로 돌아간다. 나는 긴 푸른색 복도를 따라 나가 검문소로 향한다. 회색 제복에 야구모자를 쓴 교도관이 주머니 속에 들어 있는 물건들을 꺼내 플라스틱 바구니 안에 담으라고 요구한다. 나는 운전면허증과 밴 열쇠를 꺼낸 뒤, 잭의 사진은 교도소장에게 반입을 허락받았다고 설명한다. 교도관은 알고 있다며, 그 사진은 가지고 들어가도 좋다고 한다. 그는 내 온몸을 두드리며 검사한 뒤, 71번째 공적 방문객이라고 말하며 빨간 배지를 건네준다. 그리고 내 오른손에 암호가 새겨진 도장을 찍는다. 나중에 교도소 밖으로 나갔을 때 자외선 아래에서만 보이는 도장이라고 한다.

"이 안에 들어갈 수는 있지만, 이 도장이 손에 찍혀 있지 않으면 절대 밖으로 나갈 수가 없습니다." 교도관이 말한다. 그의 말이 호의로 하는 말인지, 웃자고 하는 말인지 알 수가 없다.

명찰을 보니 그 교도관의 이름은 M. P. 메이컨이다. 그는 문을 열라고 중앙통제실에 무전으로 연락한다. 요란한 전자음과 함께 묵직한 녹색 철제문이 열렸다가, 우리가 안으로 들어가자 다시 철컥 소리를 내며 닫힌다. 그 뒤에 두 번째 문이 열린다. 재소자들의 작업장에 무단으로 들어갈 경우, 엄중 처벌한다는 방문 규칙이 적혀 있는 빨간색 경고문이 보인다. 메이컨 교도관을 따라 금속 문들이 잠겨 있고, 모퉁이나 교차지점마다 보안을 위해 볼록한 보안경이 달려 있는 회색 복도를 지나간다. 타일 바닥에 왁스 칠을 한 지 얼마 되지 않은 듯, 신발 바닥이 끈적거린다.

건장한 체격의 메이컨 교도관은 전투라도 나선 것처럼 빈틈없이 경계하는 분위기다. 원격조종으로 열리는 또 다른 문에 도착할 때까지 그의 갈색 눈은 끊임없이 주위를 살피고 있다. 우리는 열기가 가득한 마당에 들어선다. 마치 잠식하는 위험에서 도망치기라도 하듯 나지막이 머리 위로 들쑥날쑥한 구름들이 흘러간다. 멀리서 번개가 번쩍이고, 천둥소리가 요란하게 울린다. 4분의 1 크기의 콘크리트 보도 위로 빗방울이 떨어지기 시작한다. 오존과 막 자른 잔디 냄새가 난다. 빗방울에 얇은 면으로 된 내 셔츠가 젖기 시작하자, 우리는 서둘러 걸음을 옮긴다.

"좀 더 있다가 쏟아질 줄 알았는데." 메이컨 교도관이 금방이라도 우리 머리 위에서 터질 것처럼 부글거리고 있는 컴컴한 하늘을 올려다본다. "이맘때면 매일 이래요. 보통 오후 4시에서 5시 무렵에 심한 폭풍우가 몰려오죠. 그 덕에 대기가 깨끗하긴 하지만요. 오늘 밤에는 기분 좋게 시원해질 겁니다. 그나마 이맘때는 괜찮은 거예요. 7월과 8월에는 여기 오고 싶지 않을 겁니다."

"찰스턴에서 살았던 적이 있어요."

"그럼 잘 아시겠네요. 여름 동안 다른 곳에 갈 수 있다면, 전 박사님이 오늘 아침 출발한 곳으로 갈 겁니다. 보스턴은 기온이 여기보다 6도는 낮을 테니까요." 그가 덧붙인다. 내가 어디서 출발했는지 교도관이 알고 있다는 사실이 마음에 들지 않는다.

사실 그런 추론을 내리는 것이 어렵지는 않을 것이다. 내가 케임브리지에서 일하고 있다는 사실을 확인한다면, 보스턴 로건 공항이 제일 가깝다는 것을 알 수 있을 테니까. 메이컨 교도관은 바깥문을 열고, 양쪽에 레이저 와이어를 두른 높은 울타리가 쳐져 있는 통로로 나를 안내한다. 브라보 포드는 다른 감옥과 크게 다를 것이 없어 보인다. 하지만 바깥문이 열리고 안으로 들어가자, 회색 콘크리트 블록과 반들거리는 잿빛 콘크리트, 묵직한 녹색 강철에 이 안에 있는 이들이 느끼는 고통과 가혹함이 스며들어 있는 것 같다는 느낌을 받는다. 2층에 있는 통제실은 입구 맞은편에 보이는 쪽이 거울로 된 유리로 되어 있고, 세탁실과 얼음 기계, 주방과 건의함이 있다.

제이미 버거가 정말 이곳에 왔다면, 여기에 있었는지 궁금하다. 롤라 대거트와는 무슨 이야기를 나누었으며, 그 일이 캐슬린 롤러를 보호 구치시킨 것과 무슨 관련이 있는지 알고 싶다. 그리고 나와는 어떤 연관이 있는지도. 여기까지 와서 누군가를 의도적으로 곤란하게 만든다는 건 제이미에게 어울리지 않는 일이다. 다른 재소자들의 적대감을 불러일으키기 위해 캐슬린 롤러의 과거에 대한 소문을 흘린 사람이 제이미라는 건 상상조차 할 수 없는 일이다. 제이미는 영리하고, 상황 판단이 빠르며, 대단히 신중한 사람이다. 만일 무슨 일이 있다면 제이미는 지나칠 정도로 조심할 것이다. 아니, 예전엔 그랬다. 난 지난 6개월 동안 그녀를 보지 못했다. 제이미에게 무슨 일이 일어난 건지 전혀 알지 못한다. 조카인 루시는 제이미에 대해, 무슨 일이 있었는지 말하지 않았고 나도 묻지 않았다.

메이컨 교도관이 커다란 판유리로 된 창문이 달린 작은 방의 강철 문을 연다. 안에는 흰색 포마이카 탁자와 파란색 플라스틱 의자 두 개가 놓여 있다.

"여기서 기다리시면, 롤러 양을 데려오겠습니다. 미리 말하지만, 그 여자는 수다쟁이예요." 교도관이 말한다.

"난 다른 사람의 이야기를 잘 들어주는 편이죠."

"아무래도 재소자들은 관심받고 싶어 하니까요."

"면회객들이 자주 찾아오나요?"

"그 여자야 좋겠죠. 온종일 자기 얘길 들어주는 사람이 있으면 말이에요. 재소자들 대부분이 그럴 겁니다." 그는 내 질문에 대답하지 않는다.

"아무 데나 앉아도 되나요?"

"물론이죠." 교도관이 말한다.

만일 대각선 높이에 숨겨진 카메라가 달려 있지 않다면 일반 접견실이다. 이런 상황에서 카메라가 찍을 대상은 내가 아니라 재소자이기 마련이다. 여기 카메라가 달려 있지 않다면, 틀림없이 어딘가에 도청 장치가 숨겨져 있을 것이다. 천장을 살피다가, 맞은편 자리 위쪽에 금속 화재 스프링클러가 달려 있다는 것을 알아차린다. 그리고 그 옆에는 흰색 링에 둘러싸인 작은 구멍이 보인다. 캐슬린 롤러와 내가 나누는 대화는 전부 녹음될 것이다. 그리고 그 녹음 내용은 타라 그림과 다른 사람들이 들을 것이다.

04

잭 필딩의 사진

캐슬린 롤러가 보호 구치동으로 옮겨진 뒤로, 그녀는 하루 중 23시간을 그물 철망 사이로 잔디밭과 강철 울타리만 보이는 공구 창고 크기의 감방 안에 갇혀 지냈다. 캐슬린 롤러는 더 이상 내게 보낸 이메일에 썼던 콘크리트 피크닉용 테이블과 벤치, 꽃밭을 볼 수 없었다. 이제 다른 재소자나 구조된 개들만 얼핏 볼 수 있을 뿐이다. 그녀는 하루에 한 시간씩 운동을 위해 밝은 노란색 38리터 냉장고 옆에 놓인 의자에 앉아 있는 교도관의 감시를 받으며 울타리가 둘러진 작은 공간 내 '속이 뚫려 있는 완벽한 사각형' 안을 걷는다. 만일 캐슬린이 물을 마시고 싶어 할 때는 철망 안쪽으로 작은 종이컵을 밀어준다. 그녀는 손이 스치거나 끌어안는 것처럼 사람의 손길이 닿을 때의 벅찬 감각이 어떤 것인지 잊었다고 말한다. 브라보 포드에서 2주일이 아니라, 인생 대부분의 시간을 보내기라도 한 것처럼. 캐슬린으로서는 자신이 갇혀 있는 보호 구치동이 사형수 수감동과 다를 바 없다고 말한다.

그녀는 더 이상 이메일에 접속할 수 없으며, 다른 재소자들과도 감방

너머로 소리를 지르거나 감방문 밑으로 살며시 주고받는 '연'이라고 부르는 쪽지를 주고받지 못한다. '연'을 주고받는 건 뛰어난 독창성과 재주가 필요한 일이다. 캐슬린 롤러는 매일 제한된 수의 편지들을 쓸 수 있었지만, 우표를 살 여유가 없었다. 그래서 '당신처럼 바쁜 사람이 나 같은 사람들을 귀찮게 생각하고 신경도 쓰지 않는 것'이 다행이었다고 콕 집어 말한다. 그녀는 책을 읽거나 편지를 쓰지 않을 때는 나사로 고정된 투명한 플라스틱으로 된 13인치 TV를 본다. 내부 스피커도 없고, 신호가 약해서 잘 보이지도 않지만, 캐슬린은 브라보 포드 안에서는 '전자파 장애'가 있는 모양이라고 어림짐작하고 있다.

"엿보기도 해요. 남자 교도관들은 기회만 있으면 내가 옷 갈아입는 걸 훔쳐보죠. 이렇게 혼자 갇혀 있으니 여기서 무슨 일이 일어난다고 해도 누가 알겠어요? 어서 빨리 원래 있던 곳으로 돌아가야 해요." 캐슬린은 주장한다.

샤워는 일주일에 세 번만 할 수 있기 때문에 그녀는 위생 상태도 걱정하고 있다. 그리고 머리와 손톱 손질을 다시 허락받았을 때 솜씨가 좋지 못한 재소자를 만나게 될까 봐 걱정하면서, 짜증난다는 듯 지나치게 짧은 염색한 금발 머리를 가리킨다. 캐슬린은 투옥의 대가로 자신의 외모에 어떤 영향을 미쳤는지 씁쓸하게 투덜거린다. "여기선 머리 모양과 손톱 손질 같은 걸 잘못하면 꼴이 우습고, 잘하면 그나마 괜찮아 보이거든요." 그녀는 감방 안에 있는 강철 세면대 위에 걸린 윤기 나는 강철 거울을 보면 자신이 법을 어긴 대가로 받은 진짜 벌이 무엇인지 끊임없이 떠오른다고 말한다. 마치 자신이 폭행하고 살인한 대상은 사람이 아니라 법 그 자체인 것처럼 말이다.

"생각을 좋게 하려고 노력하죠. '아니야, 캐슬린. 이건 진짜 거울이 아니야'라고." 그녀가 흰색 포마이카 탁자 너머에서 혼잣말처럼 중얼거린다. "여기선 뭘 비쳐도 다 찌그러진 것처럼 보일 테니까요. 안 그래요? TV 신호가 왜곡되는 것처럼 말이죠. 그러니까 내 눈에 보이는 내 모습도 왜곡

된 걸 거예요. 진짜 내 모습은 이렇지 않을 거예요."

캐슬린은 자신의 미모는 사라지지 않았으며, 강철 거울이 제대로 보이지 않는다는 것을 내가 확인해주기를 기다리고 있다. 그 대신 나는 그녀에게 정말 힘들 것 같으며, 만일 내가 비슷한 상황이라면 역시 같은 고민을 가지고 있을 거라고 말해준다. 얼굴에 시원한 바람을 느끼고 싶고, 저녁노을과 바다가 보고 싶을 것이다. 뜨거운 목욕과 솜씨 좋은 미용사가 그리울 것이다. 특히 음식을 생각하면 그녀가 안쓰럽다. 왜냐하면 내게 있어 음식이란 단순한 자양분 이상으로, 음식에 대한 이야기를 자유롭게 나눌 때 편안함을 느끼기 때문이다. 음식은 의식이고, 보상이며, 불안을 달래주고, 어떤 상황에서든 기분을 좋게 해준다.

사실 캐슬린 롤러가 계속 불평을 늘어놓으면서 자신이 받는 형벌을 다른 사람 탓으로 돌리는 동안, 나는 저녁 식사를 기대하며 떠올리고 있다. 호텔 방에서 먹지 않을 것이다. 지저분하고 냄새나는 화물용 밴에 갇혀 있다가 손등에 보이지 않는 암호로 된 도장을 찍고 들어온 이 감옥에서 나가서까지 어딘가에 들어가고 싶진 않다. 먼저 서배너의 역사 지구에 있는 호텔에 수속을 한 다음, 리버 스트리트로 나가 케이준 요리나 그리스 요리를 하는 식당을 찾을 것이다. 이탈리아 요리를 하는 식당이면 더 좋다.

그래, 이탈리아 요리가 제격이다. 먼저 깊은 맛이 나는 적포도주를 몇 잔 마실 것이다. 부르넬로 디 몬탈치노나 바르바레스코면 좋겠다. 그리고 나는 다른 사람들이 말을 걸지 못하게 아이팟으로 뉴스나 이메일을 볼 것이다. 내가 여행을 다니거나, 음식을 먹거나 술을 마실 때, 무슨 일이든 혼자 할 때마다 사람들이 자주 접근하곤 한다. 나는 창가 쪽 자리에 앉아 벤턴에게 메시지를 보내면서 포도주를 마실 것이다. 남편이 말한 대로 뭔가 잘못된 것 같다고 전할 것이다. 나는 함정에 빠졌고, 조종당한 것이다. 그리고 이곳에서도 환영받지 못하고 있다. 난 싸울 준비가 되어 있다. 남편에게 그 사실을 알릴 것이다. 맨손으로 진실을 밝혀낼 것이다.

"자기 모습이 진짜 어떤지 알지 못하는 게 어떤지 알아요?" 쇠고랑을 차고 내 앞에 앉아 있는 여자는 잭 필딩의 죽음이나, 자기가 음주운전으로 죽인 소년보다 자신의 외모가 망가진 것에 가장 크게 상심하고 있다.

"나한테는 엄청난 기회가 있었어요. 정말 대단한 사람이 될 기회를 놓쳤죠. 배우나 모델, 유명한 시인이 될 수 있었어요. 목소리가 좋아서 가수가 될 수도 있었을 거예요. 어쩌면 작사를 직접 했을 수도 있겠죠. 켈리 클라크슨('아메리칸 아이돌' 출신 미국 가수-옮긴이)처럼 말이에요. 물론 내가 젊을 때는 '아메리칸 아이돌'이란 프로그램이 없었지만 말이에요. 외모로는 케이티 페리가 금발인 것과 비슷했을 거예요. 지금도 유명 시인은 될 수 있을 거라고 생각해요. 하지만 예전 내 모습처럼 미모가 뛰어나면 찬사와 성공을 좀 더 빨리 얻을 수 있겠죠. 그때는 내가 지나가기만 해도 교통이 마비될 정도였어요. 사람들이 모두 넋을 잃고 쳐다봤죠. 그땐 내가 돌아보기만 해도 원하는 건 무엇이든 얻을 수 있었어요." 그녀가 말한다.

캐슬린 롤러는 오랜 세월 햇빛을 보지 못해서인지 부자연스러울 정도로 창백하며, 몸살은 물렁물렁하고 형태가 없다. 살이 찐 게 아니라, 만성적인 운동 부족에다가 불가피하게 몸을 많이 움직이지 않는 생활 때문에 몸매가 망가진 것이다. 가슴은 처졌고, 허벅지는 플라스틱 의자에 넓게 펴져 있다. 예전에 주목을 받았다는 그녀의 몸매는 다른 재소자들과 구분되는 흰색 죄수복 속에서 이제 완전히 망가진 상태다. 캐슬린은 이제 자기는 사람이 아니라, 퇴화해서 평형 동물 같은 원시 상태의 존재로 되돌아간 것 같다고 태피(설탕을 녹여 만든 말랑말랑한 사탕-옮긴이)를 연상시키는 잔뜩 늘어지는 조지아식 말투로 냉소적으로 말한다.

"지금 날 보고 있으면, 내가 무슨 말을 하는 건지 의아할 거예요." 내가 1978년에 캐슬린이 잭과 섹스를 한 뒤 체포되었을 당시에 찍은 얼굴 사진을 포함해 그동안 봤던 사진들을 떠올리는 동안 그녀가 말한다.

"하지만 애틀랜타 근처에 있는 특수학교에서 잭을 만났던 당시에는 어땠는지 알아요? 그때 난 정말 굉장했어요. 내 입으로 이런 말을 해도 아무렇지 않아요. 사실이니까. 옥수수염처럼 긴 머리, 풍만한 가슴, 조지아 복숭아 같은 엉덩이, 쭉 뻗은 각선미, 잭이 호랑이 눈동자라고 불렀던 커다란 황갈색 눈동자. 재미있는 건, 어떤 일들은 태어날 때부터 정해져 있거나 구상되어 있는 것처럼 벗어날 길이 없는 듯 일어난다는 거예요. 룰렛 회전판이 돌다가 자기 숫자에서 멈추면 당사자가 열심히 노력하든, 전혀 노력하지 않든 상관없어요. 자기 자신일 수도 있고, 자기 자신이 아닐 수도 있어요. 다른 사건들이나 다른 사람들은 자신 안에 있는 천사나 악마, 승자나 패자를 더욱 강하게 만들 뿐이죠. 전부 회전판에 달려 있어요. 월드 시리즈에서 결승 홈런을 칠 것인지, 강간당할 것인지는. 일단 결정이 되면 다른 일은 다 잊게 되죠. 박사님은 과학자시니, 유전학에 대해 잘 아실 거예요. 인간이 본성을 바꿀 수 없다는 데는 동의하실 거예요."

"어떤 경험을 했는지에 따라서도 영향을 받죠."

내가 말한다.

캐슬린은 자기 말이 끝나기 전에는 내 의견에 관심이 없다는 것처럼 말을 잇는다.

"개들을 보면 알 수 있을 거예요. 학대당한 그레이하운드를 보살피다 보면 어떤 것들에 대해서는 어떤 식의 반응을 보일 거예요. 개도 그 나름의 감성을 가지고 있으니까요. 하지만 그건 그 개가 착하거나 나빠서가 아니에요. 경주에서 우승을 했거나 하지 못했거나 차이도 아니죠. 훈련을 잘 받았거나 그렇지 못해서가 아니에요. 난 그 개가 이미 가지고 있던 무언가를 끌어내고, 격려하고 준비를 시켜주죠. 하지만 천성적으로 타고나지 못한 무언가로 바꿀 수는 없어요."

캐슬린은 자신과 잭이 같은 콩깍지 안에 들어 있던 완두콩이었다고 말하면서 이야기를 끝맺는다. 그녀는 자신이 당한 그대로 잭에게 했다는 것을 그 당시에는 인지하지 못했으며, 사회복지사이자 치료사였음에도 그런 통찰력이 없었다고 했다. 캐슬린은 자기가 열 살 때 지역 감리교 목사에게 성폭행당했었다고 주장했다.

"그 사람은 아이스크림을 내밀었지만, 내가 핥았던 건 아이스크림이 아니었죠." 그녀가 냉소적으로 말을 꺼냈다. "난 사랑에 미쳐 있었어요. 그 사람은 나를 흥분시켰고, 특별하다고 느끼게 해주었죠. 돌이켜 생각해보면 그때 내가 느낀 감정이 특별한 건 아니었던 것 같아요." 캐슬린은 그와의 성적인 관계에 대해 상세하고 생생하게 묘사한다. "부끄럽고 무서웠어요. 난 숨고 싶었죠. 이제 와서 보니 알겠어요. 난 또래 다른 아이들과 같이 어울리지 못했고, 혼자 많은 시간을 보냈어요."

그녀는 억제되지 않는 손을 무릎 사이에 끼운다. 쉴 새 없이 발을 들썩일 때마다 발목에 찬 족쇄와 사슬이 콘크리트 바닥에 부딪쳐 철컹거린다.

"모든 게 지난 뒤에야 무슨 일이 있었는지 깨닫게 된다고 하죠. 그 당시에는 어느 누구한테도 내 생활에 대해, 모텔과 공중전화 부스를 몰래 들락거리면서 어린 소녀가 알아선 안 될 온갖 일들에 대해 거짓말하고 있다는 것을 사실대로 말할 수 없었어요. 난 더 이상 어린 소녀가 아니었어요. 그자는 내게서 어린 시절을 앗아갔죠. 그 관계는 내가 열두 살이 되고, 그 사람이 아칸소의 큰 교회로 옮겨가기 전까지 계속되었어요. 잭과 관계를 맺으면서도 기본적으로는 똑같은 짓을 저지르고 있다는 것을 깨닫지 못했어요. 왜냐하면 난 그렇게 하게끔 이끌어졌고, 준비가 되어 있었으니까요. 잭은 그것을 받아들이고 원하게끔 이끌어졌고, 준비가 되어 있었어요. 맞아요. 잭은 정말 그랬어요. 하지만 이제는 알아요. 사람들은 이런 걸 통찰력이라고 하죠. 우리는 지옥에 가는 것이 아니라, 이미 각자 앞에 놓여 있는 토대 위에 지옥을 만드는 것이라는 것을 알기까지 평생이 걸렸어요. 우린 쇼핑몰을 짓는 것처럼 지옥을 지었어요."

지금껏 캐슬린은 그 목사의 이름을 말하지 않았다. 그 목사는 결혼을 해서 일곱 명의 아이들이 있었는데, 모두 신의 뜻에 따라 그가 만났어야 할 인연이라고 했다. 그리고 그는 캐슬린을 영적인 딸이자, 시녀이며, 애인으로 생각하고 있었다. 그들이 신성한 유대감으로 함께하는 것은 옳은 일이고 좋은 일이었다. 그는 캐슬린과 결혼할 수도 있었고, 헌신적이었지만, 이혼은 죄였다. 캐슬린은 그런 이야기를 단조롭고 편평한 목소리로 말하고 있다. 그 목사는 아이들을 포기할 수 없었다. 그건 신의 가르침을 어기는 것이었다.

"다 개소리였죠." 캐슬린이 증오를 담아 말한다.

그녀는 호랑이 같은 눈으로 똑바로 응시한다. 한때는 사랑스러웠을 땅콩 모양의 얼굴은 이제 형태가 무너져버렸고, 예전에는 아름답고 관능적이었을 입가는 잔주름이 자글자글하다. 치아도 몇 개 빠져 있었다.

"당연히 전부 다 헛소리였어요. 내가 월경이 시작한 것을 숨기고, 몰래 털을 깎기 시작한 뒤에 그자는 다른 어린 여자애들을 건드렸을 거예요. 아름답고 재능이 있고 영리하다는 것만으로는 어딘가 좋은 곳에 도달할 수가 없었어요. 그건 확실해요." 마치 내 맞은편에 앉아 있는 망가진 사람은 자신이 아니며, 예전의 자신은 더더욱 아니라는 것을 알아야 한다는 것처럼 강조한다.

나는 캐슬린 롤러가 젊고 아름다웠을 때를, 영리하고 자유로웠을 때를 상상할 수 있다. 그리고 그녀가 특수학교에서 열두 살이었던 잭 필딩과 성관계를 맺었던 의도도 알 것 같다. 하지만 내 앞에 보이는 건 성폭행의 피해자였다. 그 폭행은 계속해서 다른 폭행으로 이어졌다. 만일 그 목사에 관한 이야기가 사실이라면, 캐슬린이 잭에게 상처를 입힌 것과 똑같이 그자는 그녀에게 상처를 입혔다. 그리고 그 파멸은 여전히 끝나지 않았고, 아마 앞으로도 끝나지 않을 것이다. 그것이 모든 일들이 시작되고 계속되는 방식이다. 하나의 행위, 하나의 기만. 만성적인 거짓이 임계 질량까지 확대되면 삶은 장애를 가지게 되고, 망가지고 더럽혀진다. 그렇게 지옥이 세워지고, 캐슬린이 보낸 시에 나오는 모텔 간판 불빛처럼 사람들을 맞아준다.

"그런 일이 일어나지 않았더라면 내 인생이 달라졌을지 궁금했어요." 캐슬린은 우울한 듯, 분개하며 생각에 잠긴다. "하지만 아마 어떻게 됐어도 난 지금 이 자리에 앉아 있을 거예요. 어쩌면 우리 엄마 배 속에 있었을 때부터 하느님이 그렇게 결정하신 건지도 모르죠. '모든 것을 잃을 것이다. 몇몇은 그녀와 같은 운명을 가지고 있다.' 무슨 뜻인지 아실 거예요. 박사님도 영안실에서 많이 봤을 테니까."

"난 운명론자가 아니에요."

내가 대답한다.

"좋겠어요. 아직 희망을 믿고 있다니 말이에요." 캐슬린이 신랄하게 말한다.

"맞아요."

'하지만 당신을 믿진 않지.' 난 생각한다.

나는 뒷주머니에서 흰색 봉투를 꺼내 그녀 앞으로 밀어준다. 캐슬린은 반쯤 투명해 보일 정도로 하얀 손으로 그 봉투를 받아 든다. 작은 손에는 연한 푸른색 정맥이 도드라져 있고, 손질하지 않은 분홍색 손톱을 바짝 자른 상태다. 캐슬린은 고개를 숙이고 사진을 쳐다본다. 나는 염색한 짧은 머리가 자라면서 나온, 칙칙한 갈색 머리 속에 섞여 있는 백발을 알아차린다.

"플로리다에서 찍은 사진인 것 같군요." 캐슬린은 사진 한 장을 놓고 할 말이 많다는 것처럼 말을 꺼낸다. "잭이 호스로 뿌리고 있는 물보라 사이로 보이는 게 치자나무 덤불인가요? 잠깐만요. 1분만 기다려줘요." 그녀는 눈을 가늘게 뜨고 사진을 쳐다본다. "잭이 나이가 더 들어 보여요. 제법 최근 사진이군요. 이 작은 흰색 꽃들은 조팝나무 꽃이에요. 조팝나무는 이 근방에 많죠. 길을 가다 보면 조팝나무가 보이지 않을 때가 없을 거예요. 서배너가 떠오르네요. 이건 플로리다가 아니라 바로 여기 서배너에서 찍은 사진이에요." 잠시 뒤에 그녀는 긴장된 목소리로 덧붙인다. "이 사진을 누가 찍었는지 알아요?"

"난 이 사진을 누가 찍었는지, 어디서 찍었는지 몰라요." 내가 대답한다.

"이 사진을 누가 찍었는지 알고 싶군요." 그녀의 눈빛이 변한다. "만일 내 눈에 보이는 대로 이 사진을 서배너나 이 근방에서 찍은 거라면, 그래서 박사님이 이 사진을 내게 보여주는 거겠죠. 날 속상하게 만들려고 말이에요."

"난 이 사진을 어디서 찍은 건지, 누가 찍은 건지 몰라요. 당신을 속상하게 만들 생각도 없어요. 그냥 당신이 이 사진을 보면 좋아할 것 같아서 가져온 거예요." 내가 말한다.

"아마 여기가 맞을 거예요. 난 잭이 자기 차를 가지고 여기 왔다는 걸 몰랐어요." 캐슬린의 목소리가 고통과 분노로 날카롭다. "처음 잭을 알았을 때, 서배너를 좋아할 거라고 말했어요. 얼마나 살기 좋은 곳인지 이야기하면서, 잭이 해군에 들어간다면 킹스 베이에 새로 지은 잠수함 기지 근처에 배치될 수도 있을 거라고 말했죠. 박사님도 아시겠지만, 잭은 방랑벽이 있어요. 전 세계 이국적인 지역들을 항해하거나, 린드버그(찰스 린드버그, 1902~1974, 비행기를 타고 최초로 대서양 횡단—옮긴이)의 뒤를 이어 비행을 했을 수도 있는 사람이었죠. 잭은 죽은 사람을 상대하는 의사가 되는 대신, 해군에 들어가서 배나 비행기를 타고 세상을 돌아다닐 수도 있었어요. 그이가 누구한테 영향을 받아서 그 일을 하게 된 건지 궁금했죠."

캐슬린이 나를 노려본다.

"이 사진을 찍은 사람이 누군지, 잭이 여기에 왔던 거라면 내가 몰랐던 이유를 알고 싶어요. 박사님이 이 사진으로 내게서 뭘 알아내려고 하는 건지 몰라요. 그저 잭이 여기까지 와서 날 보려고 하지 않았다는 생각만 드네요. 글쎄, 그건 나도 알아요." 그녀가 신랄하게 말한다.

나는 5년 전에 던 킨케이드가 어디에 있었는지 궁금하다. 그 사진은 그 무렵에 찍은 것으로 보인다. 던 킨케이드는 캐슬린을 만나기 위해 서배너를 종종 찾았으니, 잭이 던을 보러 여기까지 왔을 수도 있다. 그는 이곳에 머무는 동안, 캐슬린을 만나는 일에는 관심이 없었던 것일까? 이제껏 이 여자에 대한 이야기를 많이 들었지만 한 번도 만난 적은 없었다. 지금 캐슬린과 마주 앉아 보니, 최근 5년, 어쩌면 10년 사이에 잭이 캐슬린을 만나기 위해 무스탕을 몰고 여기까지 왔을 것인지 심히 의심스러웠다. 그가 더 이상 그녀를 사랑하거나 신경 쓰는 모습이 상상되지 않는다. 캐슬린은 무자비하고 냉정하며, 타인에 대한 공감 능력이 완전히 결핍되어 있다. 그리고 오랜 세월 알코올중독과 자기 파괴적인 생활, 투옥 생활에 따른 대가는 컸다. 캐슬린은 오래전부터 더 이상 아름답지도, 매력적이지도 않았다. 그건 허영심 많은 부국장이 중요하게 여기는 점이었다.

"그 사진을 어디서 찍었는지, 그 외 세세한 사항들에 대해 아는 게 없어요. 잭의 사무실에 있던 사진인데, 당신이 보면 좋아할 것 같아서 가져온 거예요. 이 사진은 당신이 가지고 있어요. 지난 20년 동안 계속 같이 일했던 것도 아니고, 그 사이사이에 잭이 어디에 있었는지는 몰라요." 나는 캐슬린이 잭에 대해 좀 더 많은 정보를 알려줄 기회를 준다.

"잭, 잭, 잭." 캐슬린은 한숨을 쉬며 말한다. "당신은 내내 돌아다녔지. 잠시도 한 곳에 있지 못했어. 그동안 나는 이 빌어먹을 블랙홀에 잡혀 있었지. 나는 오직 당신을 사랑했다는 이유로 인생의 대부분을, 지금도 이 감방에 갇혀 있는데. 잭."

캐슬린은 사진을 쳐다보다가 나를 올려다본다. 그녀의 눈빛은 슬프기보다는 냉정하다.

"바깥 생활은 오래 하지 못했어요. 약을 다시 시작하는 중독자들처럼 절제를 하지 못했죠. 참아야 했는데. 난 도저히 마약을 끊을 수가 없었어요. 애초에 그렇게 할 수 있는 능력이 없으니까요. 매번 스스로 실패를 자초했죠. 아무래도 그건 유전적인 문제인 것 같아요. 내 DNA에는 실패가 새겨져 있어요. 하느님이 나 같은 사람들을 그렇게 만드신 거죠. 내가 당했던 일을 똑같이 당했는데도 잭은 나를 탓하지 않았어요. 그이는 죽었고, 나도 그렇게 될지 몰라요. 삶에서 중요한 것들은 그 자체의 마음을 가지고 있으니까 말이에요. 우리 둘 다 피해자였어요. 어쩌면 하느님의 피해자일 수도 있죠.

던은 또 어떻고요? 그 애는 태어날 때도 제대로 세상에 나오지 못했어요. 기회가 없었죠. 조산으로 태어나, 그 어린것이 인큐베이터 안에서 온갖 줄과 튜브를 달고 있어야 했어요. 아니, 그랬다고 들었어요. 난 보질 못했으니까. 그 애를 안아보지도 못했어요. 그 어린것은 세상에 태어나자마자 두 달 동안, 다른 사람과의 유대감을 배워야 할 그 시기에 교도소에 있는 도기 그릇 속에서 지내야 했죠. 던은 계속 수양가족들과 잘 지내지 못하다가 마지막으로 캘리포니아에 있는 부부에게 가게 됐어요. 그러다 뭔가 비극적으로 자동차가 절벽에서 떨어지는 사고로 그 부부는 죽고 말았죠. 그때 던은 다행히도 전액 장학금을 받고 스탠퍼드에 가 있었어요. 그리고 하버드에 들어갔죠."

던 킨케이드는 스탠퍼드가 아니라 버클리를 다녔고, 하버드가 아니라 MIT로 옮겼다. 하지만 나는 그 사실을 바로잡지 않는다.

"나처럼 모든 가능성을 다 가지고 있던 그 애의 인생은 시작도 하기 전에 끝나고 말았어요. 법정에서 판결이 어떻게 나든 사람들은 모두 그 아이를 용의자로만 기억할 거예요. 그 아이는 이제 희망이 없어요. 보통 사람은 범죄 용의자가 아니라고 해도 그 아이가 했던 것처럼 일급 기밀 연구소에서 일할 수 없죠."

던 킨케이드는 용의자 이상이다. 그녀는 일급 살인, 살인 미수를 포함한 여러 건에 기소되어 있다. 하지만 난 그 말을 하지 않는다.

"뿐만 아니라 그 아이는 손도 다쳤어요." 캐슬린이 오른손을 들어 올리며 나를 뚫어져라 쳐다본다. "그 아이가 속해 있던 기술 분야는 나노 장비 같은 것들을 가지고 일해야 하는 거잖아요? 그런데 영구적인 장애를 갖게 됐어요. 손가락을 잃었고, 그 손을 쓰지 못하게 됐죠. 그 아이는 벌을 받은 거예요. 박사님도 기분이 좋진 않았을 거라고 생각해요. 누군가를 불구로 만들었으니까."

던은 손가락을 잃지 않았다. 손가락 끝만 잘려나갔고, 힘줄 손상으로 고생했다. 그리고 수술을 했던 의사는 던이 오른손 기능을 모두 회복할 것으로 예상하고 있다. 나는 최선을 다해 그 이미지들을 차단한다. 창문이 있던 자리에 검게 뚫린 공간으로 바람이 불어왔다. 어둠이 빠르게 내려앉고 차가운 공기가 퍼졌을 때, 내 어깨뼈 사이로 뭔가가 세게 부딪쳤다. 그때 내가 균형을 잃으면서 들고 있던 금속 손전등을 심하게 휘둘렀을 때, 뭔가 단단한 것이 갈라지는 느낌이 들었다. 그때 차고에 불이 들어왔고, 벤턴이 권총으로 커다란 검은색 코트를 입은 젊은 여자를 겨냥하고 있었다. 그 여자는 고무바닥 위에 쓰러져 있었고, 잘려나간 흰색 프렌치 네일을 한 집게손가락 끝이 잘려나가 있었다. 그리고 그 옆에는 던 킨케이드가 나를 찌르려고 했던 칼이 떨어져 있었다.

모든 것이 끈적거리는 것 같았고, 피 냄새와 피 맛이 나는 것처럼 느껴졌다. 마치 내가 피 구름 속으로 걸어 들어간 것 같았다. 아프가니스탄에서 급조 폭발물에 날아간 전우를 목격한 군인들에게 들었던 말이 떠올랐다. 1분이다. 그 뒤에 붉은 안개가 퍼진다. 던 킨케이드의 손이 분사용 칼의 날카로운 날에 스치면서 압축되어 있던 제곱인치당 362킬로그램의 탄산가스가 분출되었다. 나는 그녀의 피가 사방으로 퍼지면서 손이 닿지 않는 모든 곳에 흩뿌려지는 것을 느꼈다. 나는 캐슬린 롤러가 잘못 알고 있는 사실을 바로잡아주거나, 아주 사소한 정보라도 주지 않는다. 왜냐하면 내가 자기를 괴롭히고 거짓말한다고 생각하거나, 어쩌면 비웃고 있다고 생각할 수도 있기 때문이다. 타라 그림이 경고했던 말이 떠오른다. 캐슬린은 실제로 딸과 사이가 친밀하면서도 연락이 끊겼다고 거짓말하는 것일 수도 있다.

"세세한 일들까지 많이 알고 있는 것 같군요. 계속 연락하는 모양이에요." 그 대신 나는 이렇게 말한다.

"여기선 방법이 없어요. 연락 같은 건 하지 못해요." 캐슬린이 고개를 젓는다. "그 애가 그렇게 곤경에 처해 있을 때 연락해봐야 좋을 것도 없죠. 더 이상 문제를 만들 필요는 없으니까요. 이건 전부 뉴스를 통해 알게 된 사실들이에요. 감시를 받긴 하지만 컴퓨터실에서 인터넷도 할 수 있고, 도서실에서 신문이나 잡지를 볼 수도 있어요. 난 이리로 오기 전에 도서실에서 일했죠."

"그곳이 좋았던 모양이군요."

"그럼 소장님은 아무 소식도 듣지 못하고 정보를 빼앗는 것으로 사람들이 재활할 거라고 생각하지 않으세요." 그녀는 소장이 듣고 있기라도 한 것처럼 말한다. "우리가 이 세상에 무슨 일이 있는지 모른다면 어떻게 다시 사회에 나가 살 수가 있겠어요? 여기도 중독을 치료하는 곳은 아니에요." 그녀는 브라보 포드를 가리킨다. "여긴 창고고, 묘지고, 썩은 장소예요." 캐슬린은 이제 누가 듣든 말든 신경 쓰지 않는 것 같다. "나한테서 알아내고 싶은 게 뭐예요? 원하는 게 없었으면 여기까지 오진 않았을 거잖아요. 처음에 누가 청했는지는 중요하지 않죠. 어쨌든 변호사들은 그래요." 캐슬린은 당장에라도 공격할 것 같은 뱀처럼 나를 노려보고 있다. "박사님이 친절한 사람이라 여기까지 왔다는 건 믿지 않아요."

"언제 따님과 처음 만난 건지 알고 싶어요." 내가 말한다.

"그 애는 1979년 4월 18일에 태어났어요. 내가 처음 만난 건 그 애가 스물세 살이 됐을 때였죠." 캐슬린은 미리 써놓기라도 한 것처럼 나열하기 시작한다. 이제 친절한 모습은 전혀 없고, 분위기가 냉정하다. "9·11 테러가 있고 얼마 지나지 않았을 때였던 걸로 기억해요. 2002년 1월이었어요. 그 애가 나를 찾고 싶었던 이유 중에는 어느 정도 그 테러 사건도 영향을 끼쳤다고 하더군요. 그리고 그 애를 맡았던 캘리포니아의 부부가 죽는 바람에 난감해진 상태기도 했어요. 인생은 짧다. 우리가 처음 만났을 때 던은 여러 번 그 말을 했어요. 그 애는 자기가 기억할 수 있는 한 오랫동안 나를 생각했고, 내가 누군지 어떻게 생겼는지 궁금했다고 했어요.

던은 친엄마를 찾기 전까지는 마음이 편하지 않을 거라는 것을 알게 됐다고 했어요. 그래서 나를 찾았던 거죠. 바로 여기 조지아 감옥으로 찾아왔어요. 하지만 나는 그때 복역하고 있지 않을 때였어요. 마약 관련 혐의로 기소됐을 때죠. 잠깐 밖에 나갔다가 다시 여기로 돌아왔을 때는 정말 끔찍한 기분이었어요. 너무나 절망적이었죠. 아무 희망도 없고 부당하다고 생각했으니까요. 만일 변호사를 선임할 돈도 없고, 아주 끔찍하고 악명 높은 범죄를 저지르지 않아서 아무도 관심을 가지지 않는다고 생각해보세요. 그런 상태로 갇혀 있는 거예요. 또다시 이곳에 처박혀 있는데 갑자기 그날이 온 거죠. 얼마나 놀랐는지 결코 잊지 못할 거예요. 그날 던 킨케이드라는 이름의 젊은 아가씨가 나를 보기 위해 캘리포니아에서 찾아온 거예요."

"입양 보낼 때 딸의 이름을 알고 있었나요?" 난 더 이상 조심스럽게 묻지 않는다.

"당연히 몰랐죠. 누군가 아기를 입양한 사람이 지어준 이름일 거예요. 아마 던을 데려간 첫 번째 가족이 킨케이드일 거라고 생각해요."

"던이라는 이름은 누가 지은 거죠?"

"내가 지은 이름은 아니에요. 아까도 말했듯이 아기를 안아보기는 커녕, 보지도 못했으니까. 감방에서 조기 진통이 시작되자, 사람들은 서둘러 나를 서배너 지역 병원으로 보냈어요. 아기를 낳자마자 아무 일도 없었다는 듯 곧장 감방으로 돌려보냈죠. 산후조리도 전혀 받지 못했어요."

"아기를 입양 보내기로 한 건 당신의 선택이었나요?"

"선택의 여지가 없잖아요? 동물처럼 갇혀 있는 상황이라면 아기를 그냥 내줄 수밖에 없어요. 이 환경을 한번 생각해봐요."

캐슬린이 노려본다. 나는 아무 말도 하지 않는다.

"부모의 죄를 넘겨받고, 부모의 죄를 이야기하는 곳이죠. 이런 환경에서 애들을 낳고 싶은 사람이 어디 있겠어요. 그럼 내가 어떻게 했어야 했죠? 잭에게 그 모든 걸 떠맡겨야 했나요?" 그녀가 비꼬는 투로 말한다.

"모든 걸 잭에게 떠맡겨야 한다니요?"

캐슬린은 순간 당황한 것처럼 보이더니, 눈가에 눈물이 고인다. "잭은 열두 살이었고, 아무것도 가진 게 없었어요. 그 사람이 던이나 나를 위해 뭘 할 수 있겠어요? 법적으로도 허락되는 게 아무것도 없었기 때문에 그럴 수밖에 없었어요. 우린 괜찮았을 거예요. 그 사람이나 나나. 물론 늘 그 사람과 내가 어떤 인생을 만들어나갔을지 궁금하긴 했지만. 그리고 내 생각에는 아무도 나 같은 엄마를 원할 것 같지 않았어요. 그러니 내가 23년 만에 던 킨케이드라는 이름을 가진 사람과 처음 만났을 때 어떤 반응을 보였을지 상상할 수 있을 거예요. 처음에는 믿지 않았죠. 어쩌면 속임수일지도 모른다고 생각했어요. 아니면 졸업반 학생이 논문을 쓰기 위해 조사 차 온 것일 수도 있었죠. 난 생각했어요. '그 애가 정말 내 아기라는 걸 어떻게 알 수 있지?' 하지만 그 아이를 본 순간 바로 알 수 있었어요. 던은 잭을 많이 닮았으니까요. 적어도 내가 기억하고 있는 그의 모습과 말이에요. 이상했어요. 마치 잭이 여자가 되어 환영처럼 내 앞에 나타난 것 같았어요."

"아까 던이 어떻게든 친엄마를 알아냈다고 했죠. 아버지는 어떤가요? 처음 만났을 때 던이 잭을 알고 있었나요?" 내가 묻는다.

이번 사건의 퍼즐에서 그 조각은 아무도 찾을 수가 없었다. 벤턴과 FBI, 국토안보부의 동료들, 이 사건에 연루된 지역 경찰국에서도 알아내지 못했다. 우리는 잭이 살해당하기 몇 달 전부터 던 킨케이드가 세일럼에 있는 개조한 노선장의 집에서 살았다는 것을 알고 있다. 지금은 잭이 적어도 몇 년 동안 던과 연락했다는 것도 알고 있다. 하지만 그 두 사람이 언제부터 연락하고 지낸 건지, 어째서 연락을 한 것인지, 어디까지 연관되어 있는지를 알 수가 없었다.

나는 기억을 더듬어 리치먼드에서 잭과 함께 법의병리학 일을 하던 시절을 떠올려보았다. 그가 사생아인 딸이나, 그 딸을 낳은 여자에 대해 무슨 말을 했는지 생각해보았다. 나는 잭이 어릴 때 특수학교의 직원에게 성폭행당했었다는 것을 알게 되었다. 하지만 그게 전부였다. 잭과 나는 그 일에 대해 이야기하지 않았다. 잭에게서 그 이야기를 끌어냈어야 했다. 내가 그때 좀 더 적극적으로 나섰더라면 그의 인생에 도움이 되었을지도 모른다. 그런 생각을 떨쳐내자, 좀 더 깊은 내면에서는 그에게 나는 아무 도움이 되지 않았을 거라는 확신이 들었다.

"잭에 대해서는 내가 알려줬어요. 난 솔직하게 털어놓았죠. 그 아이에게 친부모에 대한 모든 것을 말해줬어요. 그리고 잭이 최근까지 보내주었던 사진들을 보여주었죠. 잭과 나는 오랫동안 연락을 주고받았어요. 초기에는 편지를 쓰기도 했었죠." 캐슬린이 말한다.

나는 잭이 죽은 뒤에 소지품들을 살펴보았던 것을 떠올렸다. 캐슬린 롤러에게 받은 편지 같은 건 없었다.

"좀 지나서는 한동안 이메일을 주고받았죠. 지금으로선 그걸 하지 못하는 게 가장 큰 박탈이에요. 이메일은 무료고, 그 자리에서 바로 보낼 수 있어요. 문구류나 우표를 보내주는 사람이 없어도 되죠. 아무도 원하지 않는 쓰레기나 헌 옷 같은 것을 보내줘도 우리는 고맙게 여겨요."

벤턴과 FBI 동료들은 10년 전에 주고받은 그 메일들을 다 읽었다. 그가 설명해준 바에 따르면 그 편지 내용들은 경박하고, 유치하며, 천박함이 배어 있었다고 했다. 그럴 거라고 쉽게 짐작할 수 있었다. 나는 잭의 첫사랑이 캐슬린이라는 것이 의심스럽다. 아마 그녀가 성추행으로 체포되었을 당시에는 캐슬린에게 미쳐 있었을 것이다. 그리고 몇 년 동안 주고받던 편지와 이메일을 보내는 것을 그만두면서 관계가 끊어지고 두 사람의 마음에 상처로 남았을 것이다. 내가 버지니아를 떠났을 무렵에 잭이 캐슬린과 다시 연락하기 시작했음을 알려주는 증거는 없었다. 하지만 그렇다고 해서 잭이 생물학적인 딸, 던 킨케이드와도 연락을 주고받지 않았다는 뜻은 아니다. 실제로 그는 연락을 했다. 중요한 건 그 시기가 언제부터인지다. 어쩌면 5년 전에 이 사진을 찍은 사람이 던일지도 모른다.

"편지는 너무 느려요." 캐슬린은 불평을 계속 늘어놓는다. "내가 자유 세상에 있는 누군가에게 편지를 써서 보내면 답장을 받을 때까지 며칠 동안 감방에서 계속 기다려야 해요. 이메일은 그 자리에서 즉시 주고받을 수 있죠. 하지만 브라보 포드에서는 인터넷 접속이 금지되어 있어요." 그녀는 화가 나 있다. "그리고 내 개들도 볼 수 없어요. 훈련을 시킬 수도 없고, 감방에 그레이하운드를 데려올 수도 없죠. 트레일 블레이저를 한참 훈련시키던 중이었는데, 지금은 볼 수도 없어요." 캐슬린은 목이 멘다. "그 귀한 개들 중 한 마리와 감방에서 같이 지내는 데 익숙해져 버렸는데 말이에요. 독방에 감금된 뒤로 누리지 못하는 일들이 너무 많아요. 〈잉클링스〉 작업도 못 하고 있죠. 아무것도 할 수가 없어."

"감옥에서 출간하는 잡지 말이군요." 나는 기억을 떠올린다.

"내가 편집자예요. 아니, 편집자였죠." 그녀가 씁쓸하게 덧붙인다.

05

브라보 포드의 규칙

"〈잉클링스〉는 톨킨과 C. S. 루이스의 독서모임에서 따왔어요. 그들은 옥스퍼드에 있는 술집에서 만나 예술과 사상에 대한 이야기를 나누었죠. 난 예술이나 사상을 자주 언급하진 않아요. 대부분의 여자들은 그런 데 관심이 없죠. 그들이 신경 쓰는 건 자신을 과시하고, 이름을 올리고, 주목을 받고, 인정을 받는 거예요. 지루함을 이겨내고, 여전히 자기 자신이 뭔가를 만들어낼 수 있다는 작은 희망을 얻고 싶어 하죠." 캐슬린이 설명한다.

"〈잉클링스〉는 여기서만 출간되는 건가요?" 내가 묻는다.

"이 동네에서 유일한 볼거리죠." 그녀의 자부심이 확연히 드러난다. 하지만 캐슬린이 즐기고 있는 것이 문학적인 성취감은 아닐 것이다. 바로 권력이다. "여기선 기대할 것이 별로 없어요. 특별대우라고 해봐야 먹을 것 정도인데, 그 때문에 정기적으로 주방을 점검해요. 그런 건 자유 세상에서였다면 손댈 수 없는 것들이죠. 그리고 〈잉클링스〉 출간이 있어요. 난 그 잡지를 위해 살고 숨을 쉬는 거예요. 그럼 소장님은 규칙만 지킨다면 모든 일에 관대하세요. 소장님은 나한테 정말 잘해주셨어요. 하지만 난 보호감호를 받고 싶지 않아요. 그럴 필요도 없고요. 소장님은 나를 저쪽으로 돌려보내 줘야 해요." 그녀는 마치 타라 그림이 듣고 있는 것처럼 말한다.

캐슬린은 조지아 교도소에서 진짜 권력을 가지고 있다. 아니, 가졌었다. 그녀는 누구를 인정할 것인지, 누구를 거부할 것인지, 재소자들 중에 누구를 유명하게 만들 것인지, 누구를 무명으로 만들 것인지를 결정했다. 내 말이 사실이라고 가정한다면, 특정 재소자들이 그녀를 찾는 이유가 그 때문일지도 모른다. 캐슬린을 독방으로 옮긴 진짜 이유에 타라 그림이 말한 2002년 1월 6일에 서배너에서 있었던 일가 살인 사건이나 제이미 버거가 최근 브라보 포드를 방문한 일이 연관되어 있는 것은 아닐까 생각해본다.

"대학에서 영어를 전공했어요. 시인이 되고 싶었지만, 사회복지 업무를 하게 됐어요. 석사 학위도 받았죠. 〈잉클링스〉를 내는 건 내 아이디어였고, 그림 소장님이 받아들였어요." 캐슬린이 내게 말한다.

캐슬린의 말대로라면 2002년 1월은 던 킨케이드가 처음으로 엄마를 만나러 서배너에 왔을 때였다. 아마 던이 서배너에 왔을 때 그 의사와 가족들이 살해당했을 것이다. 벤턴의 설명에 따르면 죽을 때까지 칼로 난도질하는 것은 종종 성적인 요소가 결부된 사적인 행동으로 구분한다고 했다. 범인은 피해자의 몸을 칼로 찌르는 행위를 통해 흥분하고 자극받는 것이다. 최근에 세일럼에서 일어났던 소년 살인 사건의 경우에는 못으로 두개골을 꿰뚫었다.

"도서실에서 편집회의를 거쳐 검토하고 수정한 뒤에 디자인팀에 레이아웃을 넘기는 거죠." 캐슬린은 자기가 만든 잡지에 대해 말하고 있다. "내가 최종적으로 어떤 식으로 잡지를 출간할 거라고 보고하자, 그림 소장님이 모든 것을 승인해주셨어요. 그러자 작품이 선택된 사람들이 표지에 쓸 사진을 가져왔죠. 그건 정말 큰일이었고, 감정이 상할 수도 있었어요."

"지금 그 잡지는 어떻게 됐죠?" 내가 묻는다. 혹시 롤라 대거트가 던 킨케이드와 아는 사이이거나, 캐슬린이 던의 엄마라는 것을 알고 있는 건 아닌지 궁금하다.

"당연히 나는 참석하지 못하고 있죠." 캐슬린이 화를 내며 말한다. "다른 누군가가 하고 있을 거예요. 아까도 말했지만, 난 도서실에서 일했어요. 하지만 이젠 그 일을 못 해요. 교도소 계좌에 돈이 얼마 남았는지 알아요? 지금까지는 한 달에 24달러씩 들어오던 돈으로 생필품을 사고, 종이와 우표를 샀어요. 그런데 이젠 잔액이 얼마 남지 않았죠. 가지고 있던 돈이 다 떨어지면 누가 밖에서 돈을 넣어주나요? 나를 도와줄 사람이 있나요? 머리를 감을 때 쓸 샴푸는 무슨 돈으로 사라는 거죠?"

난 대답하지 않는다. 캐슬린은 내게서 아무것도 얻지 못할 것이다.

"브라보 포드의 규칙은 모두에게 동일해요. 보호감호를 받는 사람이나 대량 살해범이나. 물론 안전을 위해서는 대가를 지불해야죠." 캐슬린이 말한다. 그녀는 뭔가 내면의 추악함이 드러나기라도 한 것처럼 냉혹해 보인다. "그런데 난 안전하지 않아요. 위험이 코앞에 닥쳤으니까."

"무슨 위험이죠?" 내가 다시 묻는다.

"이 모든 일의 배후에는 롤라가 있어요." 캐슬린은 말한다. 돌고 돌아 원이 완성된다.

제이미 버거는 롤라 대거트와 이야기하기 위해 조지아 교도소를 찾았다. 롤라는 캐슬린 롤러와 연관이 있고, 캐슬린은 나와 연관이 있다. 나는 잘 알지도 못하는 롤라 대거트가 어떤 식으로든 던과 연관되어 있을지도 모른다는 가능성을 계속 열어둔다. 이유를 알 수는 없지만, 우리 모두는 원 안에 있다.

"롤라가 날 여기로 옮기길 원했어요. 자기 옆에 두기 위해서. 여긴 사형수와 공간이 분리되어 있지 않아요. 롤라는 지금 저 안에 혼자 있어요. 그 전에는 배리 루 리버스가 있었죠. 비소를 넣은 참치 샌드위치로 애틀랜타에서 사람들을 죽였던 여자 말이에요." 캐슬린이 화를 내며 말한다.

멜리의 악마. 그 사건에 대해서는 잘 알고 있다. 하지만 그런 티를 내지 않는다.

"그 여자는 친절하게 미소를 지으며 같은 사람들에게 독을 넣은 참치 샌드위치를 매일 먹였어요. 그 사람들은 조금씩 조금씩 죽어갔죠. 치사 주사를 맞기 전에 그 여자는 감방에서 참치 샌드위치를 먹다가 목이 막혀 죽었어요. 인생의 사악한 아이러니라고 할 수 있죠."

"사형수 감방은 위층인가요?"

"지금 내가 있는 감방과 다를 것 없는 최고 보안 감방이에요." 캐슬린은 목소리가 점점 커진다. 점점 더 냉정을 잃고 있다. "롤라는 위층에 있고, 난 아래층에 있어요. 바로 한 층 아래에 있다고요. 그 여자는 나한테 직접 소리를 치거나, 연을 건네지 않아요. 하지만 그 여자의 말은 다 들려요."

"그 여자가 뭐라고 하는데요?"

"위협이요. 난 그 여자가 사람들을 위협하고 있다는 건 알아요."

나는 롤라 대거트도 캐슬린처럼 하루에 23시간 갇혀 있다는 사실을 지적하지 않는다. 두 사람은 물리적인 접촉을 할 가능성이 없다. 그런 롤라가 다른 누군가를 어떻게 해칠 수 있다는 건지 알 수가 없다.

"그 여자는 자기가 짜증을 내면서 내가 위험에 처했다고 하면 사람들이 나를 자기와 같은 동에 옮겨줄 거라는 걸 확실히 알고 있었어요. 사람들은 정말 그렇게 했죠." 캐슬린은 날카로운 어조로 말한다. "롤라는 날 가까운 곳에 두고 싶어 해요." 캐슬린은 말을 덧붙인다. 난 롤라 대거트가 어떤 식으로든 캐슬린을 브라보 포드로 옮기게 했다는 말을 믿을 수 없다.

그건 타라 그림이 한 짓이다.

"예전에도 다른 재소자들과 비슷한 문제를 겪은 적이 있어요? 이렇게 방을 옮겨야 할 정도의 문제 말이에요." 내가 묻는다.

"브라보 포드로 옮긴 걸 말하는 건가요?" 캐슬린이 목소리를 높인다. "아뇨. 난 한 번도 이렇게 격리된 적이 없었어요. 내가 왜 그래야 하죠? 저들은 날 여기서 내보내줘야 해요. 본래 생활로 돌아갈 수 있게 말이에요."

메이컨 교도관이 면회실 창문을 지나쳐간다. 그가 우리를 쳐다보고 있다는 것을 알지만, 돌아보지 않는다. 나는 캐슬린이 보낸 시와 몇 주 전까지만 해도 그녀가 편집했다는 감옥에서 펴낸 문학 잡지를 떠올려본다. 캐슬린이 그 잡지에 다른 사람들의 작품을 무시하고 자신의 작품을 얼마나 많이 실었을지 궁금하다. 흘깃 시간을 확인한다. 면회 시간이 거의 끝나가고 있다.

"어쨌든 잭의 사진을 가져다주다니 친절하네요." 캐슬린은 사진을 든 손을 앞으로 쭉 내밀더니, 눈을 가늘게 뜨고 쳐다본다. "재판이 잘되기를 바랄게요."

그녀가 말하는 방식에 관심이 간다. 하지만 난 아무 반응을 보이지 않는다.

"재판은 피크닉이 아니잖아요. 난 보통 형량이 가벼울 때는 유죄를 인정하곤 해요. 세금을 절약하는 거죠. 정직하게 죄를 인정하고 사과했더니 몇 번은 집행유예를 받았어요. 만일 명성을 지키고 싶은 게 아니라면 그냥 죄를 인정해요. 박사님을 본보기로 삼고 싶어 하는 동료들이 배심원석에 앉아 있는 것보다 나을 테니까." 캐슬린이 으르렁거리듯 말한다.

그녀는 던 킨케이드에 대해서는 생각하지 않고 있다. 던은 결코 죄를 인정하지 않을 것이다. 배 속이 요동치기 시작한다.

"케이 스카페타 박사님은 이미 유명하죠. 밖에서 당신은 엄청난 명성을 가지고 있을 거예요. 안 그래요? 그러니 그렇게 간단하지 않을 거예요." 캐슬린은 생기 없는 눈빛으로 차갑게 미소 짓는다. "이렇게 만나면 그 야단법석이 어떻게 됐는지 알 수 있을 거라고 생각했어요."

"당신이 말하는 야단법석이 뭔지 모르겠군요."

"박사님에 대해서는 귀에 못이 박일 정도로 많이 들었어요. 아마 그 편지들도 읽지 않았을 거예요."

난 캐슬린과 잭이 서로에게 보냈다는 편지에 대해서는 할 말이 없다. 그 편지들을 본 적이 없으니까.

"그 편지들은 읽지 못할 거예요." 캐슬린은 고개를 끄덕이고는 싱긋 웃는다. 이가 빠진 빈틈이 보인다. "사실 아무것도 모를 거예요. 아닌가요?

박사님은 아무것도 몰라야 말이 돼요. 알고 있다면 나를 보러 오진 않았을 테니까. 으스댈 수도 있지만, 그렇지 않을지도 모르죠. 박사님은 자신이 고귀하고 건방지다고 생각하지 않을 수도 있어요."

나는 아무 말 없이 앉아 있다. 태연자약하다. 표정도 변하지 않는다. 궁금한 것도 없다. 화도 나지 않는다.

"이메일을 쓰기 전에 우리는 진짜 종이에 편지를 썼어요. 잭은 아직도 학생인 것처럼 줄이 그어진 공책 종이에 편지를 써서 보냈죠. 90년대 초였을 거예요. 그때 잭은 리치먼드에서 박사님과 같이 일하면서 끔찍한 시간을 보내고 있었죠. 그 사람은 편지에 당신한테 필요한 건 남자와 자는 거라고 했어요. 욕구 불만인 미친년이니, 앞에 같이 뒹굴 작자만 있으면 성격이 훨씬 나아질 거라고 했죠. 잭과 그 당시 같이 일하던 강력반 형사는 영안실이나 범죄현장에서 그런 농담들을 계속했어요. 그들은 당신이 죽은 시신들과 너무 오랫동안 냉장실에 있었으니 누군가 따뜻하게 해줄 사람이 필요하다고 했죠. 누구든 물건을 빳빳하게 세울 수 있는 남자와 같이 있는 게 어떤 건지를 당신한테 보여줄 필요가 있다고 말이에요."

내가 리치먼드에 있을 때 피트 마리노는 강력반 형사였다. 그제야 그 편지들을 보지 못한 이유를 알아차린다. 그 편지들은 FBI에 있을 것이다. 벤턴은 범죄 정보 분석가이자 범죄 수사 심리학자로서 보스턴 지국을 돕고 있다. 그가 실제로 캐슬린과 잭이 주고받은 이메일들을 읽었다는 것을 알고 있다. 벤턴이 그 내용들을 대략 설명해주었기 때문이다. 그리고 그 편지들도 읽었을 것이다. 벤턴은 캐슬린 롤러가 지금 말한 내용을 내게 보여주고 싶지 않았을 것이다. 그는 마리노가 했던 잔인한 말들, 내 뒤에서 나를 조롱했던 말들을 모르게 하고 싶었을 것이다. 벤턴은 내 마음이 상하지 않게, 얻을 게 하나도 없는 언쟁을 피하게 지켜준 것이다. 나는 계속 침착함을 유지한다. 아무 반응도 보이지 않는다. 캐슬린 롤러에게 만족감을 줄 생각은 없다.

"결국 이렇게 만났네요. 마침내 당신을 보게 됐어요. 대장, 보스. 전설의 스카페타 박사." 그녀가 말한다.

"어떤 의미로 보면 당신도 나한테는 전설적인 존재였어요." 나는 아무 꾸밈 없이 말한다.

"잭은 당신보다 날 더 사랑했어요."

"그랬겠죠."

"난 그 사람 평생의 사랑이었어요."

"그랬겠죠."

"잭은 당신 때문에 미친 것처럼 화를 냈어요." 내가 침착하면 할수록 캐슬린은 점점 더 고약해진다. "그 사람은 당신이 사람들을 얼마나 힘들게 하는지 모른다고 했죠. 아마 거울을 보면 당신한테 어째서 친구가 없는지 알 거라고 했어요. 잭은 당신을 '정답 박사'로, 자신은 '오답 박사'라고 불렀어요. 그리고 경찰들도 '오답 형사'나 '오답 경관'이라고 불렀죠. 당신을 제외한 모든 사람들이 틀렸으니까요. '틀렸어, 잭. 이렇게 했어야지. 틀렸다니까!'" 캐슬린은 말을 계속하면서 기쁨을 숨기지 못한다. "항상 잭한테 뭔가를 하라고 하고, 제대로 하는 법을 알려줬죠. '이 빌어먹을 세상이 전부 다 범죄현장이나 법정 소송 사건이라도 되는 것처럼!' 잭은 나한테 불평을 늘어놓곤 했어요."

"나한테도 번번이 화를 냈죠. 그건 비밀도 아니었어요." 나는 이성적으로 대답한다.

"그랬을 거예요."

"일이 쉽다면 아무도 날 비난하지 않겠죠."

"당신 같은 사람들은 일을 쉽게 하지 못해요. 덕분에 다른 사람들은 상대방을 밟고 올라가거나, 방해가 안 되게 걷어차 버리거나 재미 삼아 과소평가해야 하죠."

"난 그런 적 없어요. 만일 잭이 그런 식으로 일을 했다면 부끄러운 일이에요."

"잭은 일이 잘 되지 않을 때마다 당신을 탓했어요."

"종종 그랬죠."

"하지만 난 한 번도 비난한 적이 없어요."

"당신은 무슨 일이 있으면 잭을 비난했나요?" 내가 묻는다.

"잭은 열두 살이었지만, 어리지 않았어요. 전혀 아니었어요. 확실해요. 먼저 시작한 건 잭이었어요. 나한테 말을 걸거나, 날 만질 구실을 만들어 냈어요. 그리고 자기가 어떤 감정인지, 얼마나 내게 반해 있는지 말했어요. 흔히 있는 일이었죠."

'그래, 흔히 있는 일이었겠지. 절대 그렇게 해선 안 되는 일인데도.' 난 생각한다.

"사람들이 내 손에 수갑을 채우고 끌고 갔을 때 잭은 가슴이 아팠죠. 나중에 법정에서 봤을 때 거의 죽어가고 있었어요." 캐슬린은 말한다. 나를 향한 적개심은 갑자기 나타났듯 갑자기 사라졌다. "사람들이 우릴 갈라났죠. 우리를 떼어놨어요. 하지만 우리 영혼까지 갈라놓진 못했죠. 여전히 우리의 영혼은 하나였어요. 잭은 당신을 존경했어요. 그 사람이 당신을 존경한다는 이야길 귀에 딱지가 생길 만큼 들었어요. 그 사람이 그랬다는 건 나도 알아요. 비록 잭은 누군가에 대해 한 가지 감정만 가지진 않았지만 말이에요. 만일 그 사람이 당신을 사랑했다면, 증오하기도 했을 거예요. 당신을 존경했다면, 존경하지 않기도 했죠. 만일 당신과 함께 있고 싶었다면, 도망치고 싶기도 했을 거예요. 만일 그 사람이 당신을 찾아냈다면, 당신을 잃어버리기도 했겠죠. 그런데 이젠 그 사람이 없군요."

캐슬린은 무릎 위에 올린 손을 내려다본다. 그녀가 발을 움직이거나 흔들 때마다 족쇄가 철컥거리며 바닥에 스친다. 캐슬린의 얼굴이 빨갛다. 금세라도 울음을 터트릴 것 같다.

"그 얘길 꺼낼 수밖에 없었어요. 못된 짓이었다는 건 알아요." 그녀는 나를 쳐다보지 않는다.

"이해해요."

"그것 때문에 박사님이 나와의 인연을 끊어버리진 않았으면 좋겠어요.

난 계속 박사님 이야기를 듣고 싶으니까요."

"무슨 이야길 해도 괜찮아요."

"잭이 죽었다는 이야기를 듣고 한동안 어떤 감정을 느껴야 할지 알 수 없었어요." 그녀는 아래쪽을 쳐다보며 말한다. "도저히 이해할 수가 없었어요. 그 사람은 더 이상 내 인생에 속해 있지 않아요. 하지만 과거에 속해 있죠. 내가 여기 있는 이유는 그 사람 때문이었으니까. 그런데 그 이유가 사라졌어도 난 여기서 나갈 수가 없어요."

"유감이에요." 내가 말한다.

"너무 공허하게 느껴져요. 그 말만 계속 머릿속에 떠오르네요. 공허함. 바람이 세서 척박한 커다란 공터처럼 말이에요."

"고통스러울 거예요."

"사람들이 우리를 가만히 내버려두었더라면." 캐슬린이 시선을 위로 올린다. 눈이 충혈되고 눈물이 고여 있다. "우린 서로에게 상처를 주지 않았을 거예요. 사람들이 우리를 그냥 내버려두었더라면, 이런 일은 일어나지 않았을 거예요. 우리가 누구한테 상처를 입혔나요? 다른 사람들도 모두 상처를 줘요."

나는 아무 말도 하지 않는다. 할 말이 없다.

"서배너에서 남은 시간을 알차게 보내길 바랄게요." 그녀의 말이 아주 이상하게 들린다.

유리창으로 메이컨 교도관이 강철 문 앞을 지나가는 모습이 또다시 보인다. 문제가 없는지 확인하는 모양이다. 캐슬린은 그가 지나가는 것을 알고 있으면서도 한 번도 쳐다보지 않는다.

"여기까지 와준 것도, 이렇게 대화를 나눈 것도 기뻐요. 박사님의 변호사나 다른 변호사들이 우리를 위해 방법을 찾아줘서 다행이에요. 다른 무엇보다 사진을 가져다줘서 고마워요." 캐슬린이 덧붙인다. 그 말은 마치 뭔가 다른 뜻이 있는 것처럼, 내가 알아야 할 뭔가가 있는 것처럼 이상하게 들린다. 그리고 캐슬린은 메이컨 교도관의 모습이 보이지 않을 때까지 기다린다.

그녀는 흰색 죄수복 셔츠 속에 손을 넣더니, 뭔가를 브래지어 안에서 꺼낸다. 캐슬린은 작게 여러 번 접은 종이를 내 앞에 놓는다.

06

서배너 일가 살인 사건

주차장 가장자리에 서 있던 팔메토(미국 동남부에 서식하는 작은 야자나무—옮긴이)와 떡갈나무에서 물방울이 떨어진다. 나는 비 냄새와 꽃이 피는 관목에서 나는 향긋한 꽃냄새를 맡는다. 꽃잎들이 밝은색 색종이 조각처럼 바닥에 흩어져 있다. 공기가 탁하고 무덥다. 태양은 서쪽으로 흘러가는 먹구름 사이로 간간이 빛나고 있다. 나는 화물용 밴으로 돌아가 올라탄다. 놀랍게도 아무도 막지 않는다.

메이컨 교도관이 브라보 포드 밖까지 동행해주었다. 보도는 폭풍우 때문에 여전히 젖어 있었다. 그는 지나치게 간섭하지도, 아무것도 묻지 않았다. 하지만 난 그를 믿지 않았다. 메이컨이나 다른 누군가, 어쩌면 교도소장조차도 캐슬린 롤러가 생각지도 못한 방식으로 내게 쪽지를 전한 것을 알아차렸을 거라고는 생각하지 않는다. 검문소에 돌아와, 손에 자외선을 비추니 내 피부에 찍혀 있던 '눈'이라는 암호가 나타났다. 메이컨 교도관은 다른 말은 하지 않고 내게 방문해줘서 고맙다는 인사를 건넸다. 마치 내가 조지아 여성 교도소를 일종의 호의로 방문하기라도 한 것처럼 말이다. 나는 메이컨에게 캐슬린이 신변의 안전을 걱정하고 있다고 말했다. 그러자 그는 미소 짓더니 재소자들은 '과장'해서 말하는 것을 좋아하며, 캐슬린을 브라보 포드로 옮긴 이유도 안전을 위해서였다고 했다. 나는 그에게 인사를 건네고 그곳을 나왔다.

나는 처음에 생각했던 의혹이 맞았다는 결론을 내린다. 캐슬린과 했던 대화는 전부 다 녹음되었을 것이다. 하지만 비디오카메라로 찍지는 않았다. 그렇지 않다면 캐슬린이 내게 조용히 연을 건넸을 때 지켜보고 있던 교도관들이 바로 알아차렸을 것이다. 그랬다면 나는 덩굴로 뒤덮인 교도소장의 방으로 다시 돌아가야 했을 것이고, 돌멩이나 뜨거운 것이라도 되는 것처럼 뒷주머니에 넣어둔 작게 접은 종이를 내놓아야 했을 것이다. 캐슬린도 걸릴 걸 걱정했다면 그렇게 몰래 종이를 주지 않았을 것이다. 그녀 역시 내 상상보다 훨씬 위험한 조작의 한 축일 수도 있다는 의심이 들기 시작한다. 비록 아직은 캐슬린이 나를 이겼을 거라고 단정할 수 없지만, 그녀라면 그럴 수도 있을 것이다.

시동을 걸고, 나는 캐슬린이 내게 준 것을 꺼낸다. 주위에 아무도 없는지 살피기 위해 주차장을 둘러보다가 파란 금속 지붕을 올린 감호동들과 내가 지금 막 나온 적색 벽돌로 지은 행정 건물에 달려 있는 철망을 씌운 좁은 창문을 알아차린다. 보도에서 증기가 올라오고, 열린 차창 문을 통해 눅눅하고 따뜻한 공기가 들어온다. 그리고 주차장 맨 끝에 영구차가 연상되는 검은색 메르세데스 왜건이 서 있다. 시동을 끈 차 안에 여자가 앉아 휴대전화로 통화를 하고 있다. 에어컨이 돌아가지 않으면 차 안이 무덥고 후덥지근할 텐데도, 여자는 창문을 꼭 닫고 있다. 그 여자는 나한테 전혀 관심이 없는 것처럼 보인다. 그런데도 나는 마음이 불편하고 불안하다. 그럴 만한 이유가 있다.

오늘 아침 일찍 벤턴이 로건 공항에 나를 내려준 뒤로, 어쩐지 감시당하고 있는 느낌이 들었다. 아직 그 사실을 입증해줄 만한 물증은 없다. 하지만 여러 가지 이상한 일들을 겪으면서 그 느낌은 점점 더 강해졌다. 내가 결코 빌렸을 리가 없는 이 우스꽝스러운 밴은 더럽고 냄새가 나며, 수납공간에는 보쟁글스(치킨, 비스킷으로 유명한 패스트푸드 체인-옮긴이) 냅킨과 전세 보트 팸플릿들로 꽉 차 있다. 나는 차에 대한 불만을 토로하기 위해 브라이스에게 전화를 걸었고, 이런 고급 자동차 대여 회사에서 이런 차를 내놓는다는 것을 믿을 수가 없다는 음성 메시지를 남겼다. 그랬는데도 브라이스는 전화하지 않았다. 비서가 나를 피하기라도 하는 것처럼 온종일 연락이 되지 않았다. 그리고 이상한 정보를 알게 되었고, 지금은 이 쪽지를 얻었다.

나는 목캔디보다 작아 보이는 다이아몬드 형태로 접은 흰 종이를 펼친다. 파란색 볼펜으로 전화번호가 적혀 있다. 번호가 눈에 익는다 싶더니 이내 누구 번호인지 떠오른다. 작은 인쇄물 안에 '공중전화 이용'이라고 적혀 있다. 밑줄이 그어진 그 지시 사항과 제이미 버거의 휴대전화번호밖에는 아무것도 없다. 늦은 오후 시간이라 주위가 어두워지기 시작한다. 다시 내리기 시작한 비가 밴의 금속 지붕 위를 두드린다. 나는 앞유리에 와이퍼를 켠다. 와이퍼는 기름 얼룩을 남기며 천천히 움직이더니 요란한 소리와 함께 유리를 닦아낸다. 나는 좌석 밑에 두었던 가방을 꺼낸다. 그때 검은색 메르세데스 왜건이 주차장을 빠져나간다. 그 차 뒤범퍼에 해군 잠수부 스티커가 붙어 있는 걸 본 순간 이상한 느낌이 든다. 순간 그 이유를 알아차린다.

누군가 내 가방을 뒤졌다. 확실한 건가? 그렇다고 생각한다. 그래, 확실하다. 나는 몇 시간 전, 이곳에 도착했을 때를 떠올려본다. 그때 나는 벤턴에게 문자 메시지를 보낸 뒤, 휴대전화를 가방 뒷주머니에 넣고 지퍼를 잠갔다. 지갑과 신분증, 열쇠, 그 외 중요한 물건들을 넣어두는 곳이다. 지금 내 휴대전화는 가방 옆에 있는 수납공간에 있다. 내가 교도소 안에 들어가 있는 동안 이 밴을 수색하는 일은 정말 쉽고 간단했을 것이다. 교도관들이 내 열쇠를 가지고 있었고, 난 브라보 포드 안에 갇힌 채 캐슬린과 이야기를 나누고 있었다. 하지만 이 차 안에 그럴 만큼 중요한 물건이 있없는지 모르겠다. 아이폰과 아이패드는 암호를 걸어놓아서 아무도 열어 볼 수가 없다. 그 외에 중요한 물건은 아무것도 없다. 대체 이 안에서 뭘 찾으려고 했던 것일까? 문득 사건 파일을 찾고 있는 것일지도 모른다는 생각이 든다. 아마 그럴 것이다. 내가 여기까지 온 데는 타라 그림에게 말 한 것 이외에 다른 이유가 있기 때문일 거라고 생각했을 것이다.

당장 조카인 루시에게 전화를 걸어서 제이미 버거와 연락했는지 직설 적으로 물어보고 싶다는 생각이 든다. 루시라면 지금 여기서 벌어지고 있 는 일에 대해, 내가 지금 어떤 상황에 처한 건지 정보를 줄지도 모른다. 하 지만 난 자제한다. 루시는 6개월 전, 추수감사절을 함께 보낸 뒤로 제이미 에 대한 이야기를 하지 않았다. 아직 두 사람이 끝났다고 인정하진 않았 지만, 그렇게 될 것이다. 개인적인 이유가 아니라면 내 조카가 뉴욕에서 보스턴으로 옮겨왔을 리 없기 때문이다.

돈 때문은 아니다. 루시는 돈이 필요 없다. 작년에 문을 연 케임브리지 법의학 센터에서 뛰어난 컴퓨터 전문가를 필요로 했기 때문도 아니다. 그 애는 나나 CFC를 위해 일할 필요가 없다. 루시는 필연이라고 믿었던 것 을 잃었다는 두려움 때문에 모든 삶의 터전을 옮기기로 결정한 것이다. 그건 그 애가 늘 잘하는 짓이었다. 루시는 고통을 피하고, 거절을 회피하 는 데 적극적이다. 아마 제이미에게 기회가 있다면 두 사람의 관계는 끝 날 것이다. 그때가 되면 루시 역시 그럴 것이다. 그 애는 이미 보스턴에서 의 새로운 생활을 준비해놓았다. 내 조카는 이미 떠난 뒤에 떠났다고 말 하는 버릇이 있다.

나는 조지아 여성 교도소에서 차를 몰고 나온다. 올 때와 마찬가지로 어린이집과 폐차장을 지나치면서, 공중전화를 찾으려면 어디로 가야 할 지 생각해본다. 요즘은 공중전화가 많지 않았다. 그리고 제이미나 다른 누 군가에게 전화를 걸어야 할지 아직은 확실하지 않다. 벤턴은 내가 함정에 빠졌을지도 모른다고 걱정했다. 이제는 그의 생각이 맞다는 것을 안다. 대 체 누가, 무슨 이유로 이러는 것일까? 어쩌면 던 킨케이드의 변호인단 짓일지도 모른다. 아니면 그보다 더 사악한 어떤 집단일 수도 있고. 던 킨케이드는 나를 죽이려다 실패했다. 그래서 지금이라도 그 일을 마무리하고 싶을 것이다. 그 생각이 북극에서 불어오는 바람처럼 거세게 밀려온다. 머리가 숙취로 고생할 때처럼 지끈거리기 시작한다.

'가능한 한 여기서 멀리 떨어져야 해.' 서배너의 힐턴 헤드 공항에서 비행기를 타는 건 이미 늦었다. 하지만 애틀랜타까지 가면 밤에 보스턴행 비행기를 탈 수 있을 것이다. 이 망할 화물용 밴을 타고? 차가 길 한복판에서 고장 나 늦지 근처 도로변에 서 있는 모습이 떠오른다. 원래 계획대로 서배너에서 하룻밤을 보내는 것이 현명하다. '경솔하게 굴지 말자. 계획적이고 논리적으로 행동해야 해.' 나는 빗속을 달리며 생각한다. 화물용 밴은 혼자 속도를 냈다가 줄였다가 하면서 덜덜거리며 달린다. 그동안 낡은 와이퍼가 요란하게 후들거리는 소리를 내며 앞 창문을 닦고 있다. 치통이 심할 때처럼 머리가 아프다. 오늘 아침 오는 길에 마지막으로 남아 있던 진통제를 먹어서 지금은 없다.

나는 요란하게 트럭 대리점과 정비소를 지나친다. 세상이 가로막고 있는 것처럼 지나가는 모든 장소들이 고립되어 있거나, 들어갈 수 없거나, 불길하게 느껴진다. 몇 킬로미터를 달리는 동안 다른 차는 한 대도 보지 못했다. 그리고 뭔가 나쁜 일이 일어날 것 같다는 이상한 느낌을 받는다. 고요함, 현실의 이동, 항상 치명적인 사고나 잔혹한 사건이 일어나기 전에 드는 불길한 예감. 바로 앞에 보이는 방에서 벌어진 끔찍한 광경. 나는 롤라 대거트를 떠올린다.

서배너 의사 일가 살인 사건에 대해 기억하고 있는 건 별로 없다. 내가 아는 건 오직 피해자들이 아주 잔인하게 살해당했다는 것과 지금까지도 사라지지 않은 범인이 한 명인지 두 명인지에 대한 것, 범인과 희생자들 사이에 어떤 연관이 있는지에 대한 의문이 남아 있다는 것뿐이다. 그때 나는 코네티컷의 그린위치에 있는 호텔에 있었고, 일가족이 '잠을 자다가' 살해당했다는 뉴스를 보았다. 2002년 1월 6일이었다. 그 당시 나는 모든 것들 사이에 끼어 있었다. 직업, 관계, 집, 9·11 이전의 세상과 그 뒤의 세상 사이에. 돌이켜보면 정말 끔찍하고 불안정했으며 절망적인 시기였다. 바로 그런 때 호텔 방에서 저녁을 먹으며 저녁 뉴스를 보다가 서배너에서 10대 소녀가 저지른 것으로 보이는 일가족 학살 사건을 알게 되었다. TV 화면에 반복적으로 비치던 젊은 여자의 얼굴과 피해자가 살았던 연방 양식의 벽돌 저택, 노란색 범죄현장 테이프가 둘러진 포르티코(대형 건물 입구에 기둥을 받친 현관 지붕 – 옮긴이)가 기억난다.

롤라 대거트.

나는 텔레비전 카메라 속에서 법원에 모여 손을 흔들며 자신에게 비난을 퍼붓는 사람들을 향해, 자신이 처해 있는 곤경에 대해 아무것도 모른다는 것처럼 미소 짓고 있던 그녀의 얼굴을 기억한다. 그리고 10대 소녀답게 포동포동한 뺨에 나 있던 잡티와 은색 치아 교정기가 인상적이었다. 롤라는 아무것도 모르는 아이처럼 주위의 관심과 극적인 사건에 멍한 상태면서도 그 상황을 즐기고 있는 것처럼 보였다. 나는 사람들이 보이는 것과는 다른 짓을 한다는 사실을 떠올린다. 그런 실제 사례를 수도 없이 봤으면서도, 너무 쉽게 외모만으로 사람을 판단한다는 사실에 놀랐고, 소름이 끼쳤다. 대체적으로 우리는 잘못 알고 있다.

나는 털털거리는 소리를 내며 차의 속도를 줄인 뒤, 이 근방에서 처음으로 발견한 문이 열려 있는 상가 주차장으로 들어간다. 트럭 몇 대와 SUV들이 서 있고, 트루 밸류 하드웨어, 약국, 총기상점이 있다. 그리고 현금지급기 옆에 공중전화도 있다. 그 옆에는 붉은 원 안에 그려진 신체 도표 위에 '피해자가 되지 말고, 총을 사세요'라는 로고가 비스듬히 쓰여 있는 간판이 놓여 있다. 판유리 뒤로 벽에 걸린 라이플총과 산탄총이 보이고, 진열대 앞에는 남자들 몇 명이 모여 있다. 입구 왼쪽 벽에 달려 있는 스테인리스 스틸 상자 속에 검은색 공중전화가 놓여 있다.

꾸준히 내리는 빗줄기가 밴의 금속 지붕 위를 두드리는 동안, 나는 가방에서 아이패드를 꺼낸다. 단조롭게 움직이던 와이퍼와 전조등은 끄고,

시동을 켜놓은 채 창문을 약간 열어둔다. 브라우저에 들어가, 인터넷에 로그인을 한 뒤 롤라 대거트의 이름을 검색한다. 그리고 지난 11월의 〈애틀랜타 저널〉 컨스티튜션 기사를 읽는다.

서배너 살인범, 상고에서 지다

9년 전, 서배너 의사와 부인, 어린 두 자녀를 잔인하게 살해한 혐의로 유죄 판결을 받고, 사형 선고를 받은 여자에 대해 조지아 대법원은 긴급 유예를 거부하고 사형 집행을 준비하기로 했다.

롤라 대거트는 2002년 1월 6일 이른 아침 시간에 서배너의 역사 지구에 있는 클라렌스 조던의 3층 저택에 침입한 죄로 유죄 판결을 받았다. 검찰과 경찰에 따르면 롤라 대거트는 침대에서 잠들어 있던 35세 의사와 30세 부인 글로리아를 칼로 셀 수 없이 찌른 뒤, 복도로 나와 쌍둥이 아들과 딸이 잠들어 있는 침실로 향했다. 쌍둥이 오빠의 비명소리에 잠을 깬 5세 브렌다는 도망쳐서 계단을 뛰어 내려간 것으로 보인다. 잠옷을 입은 브렌다는 현관문 앞에서 발견되었다. 브렌다는 부모와 오빠인 조시와 마찬가지로 무자비하게 난도질당했으며, 목은 거의 잘려나가 있었다.

살인 사건이 일어나고 몇 시간 뒤에 보안이 해지된 조던의 집으로 돌아온 18세의 롤라 대거트를 체포했다. 롤라 대거트는 약물 남용 주거 프로그램에 등록되어 있었다. 수사팀은 욕실에서 피 묻은 옷을 빨고 있는 대거트를 발견했다. DNA 검사 결과, 롤라 대거트는 살인에 연루된 것으로 밝혀졌다.

오늘 대법원이 내린 조치로 대거트의 모든 진술과 연방 항소, 인신보호 영장 청구는 모두 끝났으며, 내년 봄에 조지아 여성 교도소에서 치사 주사로 사형이 집행될 것이다.

다른 기사들도 훑어보니, 변호인은 롤라가 실제로 살인을 저지른 사람의 공범에 불과하다고 주장했다. 롤라 대거트는 조던의 집에 들어가지 않왔고, 공범이 돈을 훔쳐가지고 나오기만을 밖에서 기다렸다는 것이다. 변호인의 유일한 근거는 인상착의를 설명하지도 않고 신원도 밝히지 않은 공범의 존재뿐이었다. 그 공범이 롤라의 옷을 빌려 간 뒤, 그 옷을 버리거나 세탁하라고 지시했다고 했다. 롤라를 범인으로 만들기 위한 함정이었을 가능성이 있다는 것이다. 롤라는 증인석에 한 번도 서지 않았다. 어째서 배심원들이 소집된 지 세 시간도 지나기 전에 유죄를 결정했는지 알 것 같다.

원래 지난 4월로 예정되어 있던 롤라 대거트의 사형 집행은 잠시 유예된 상태다. 사형 집행에 사용하는 치명적인 화학물질을 두 번이나 투여했음에도 사형수가 죽는 데 시간이 두 배로 걸리고 제대로 형 집행이 이루어지지 않았다. 결국 연방 판사는 롤라 대거트와 연안 주립 교도소에 있는 다섯 명의 남자 재소자들의 사형 집행을 중단시켰다. 판사는 조지아 주에서 사용하는 치사 주사가 사형수들의 고통스러운 죽음을 연장시킬 위험이 있는 건 아닌지, 그로 인해 형벌 집행이 드물게 잔인하게 이루어지는 건 아닌지 확인해야 할 필요가 있었다. 조지아 주의 사형은 10월에 재개될 예정으로, 롤라 대거트의 처형이 첫 번째로 예정되어 있었다.

나는 비를 막아주는 밴 안에 앉아 있다. 만일 롤라 대거트가 살인을 저지르지 않았고 범인이 누군지 안다면 어째서 그 오랜 세월 동안 진범을 보호한 것일까? 몇 달 뒤에 사형을 당할 때도 말하지 않을 것인가? 어쩌면 정말 그녀가 범인일 수도 있다. 제이미 버거는 서배너로 와서 롤라 대거트를 만났다. 아마 캐슬린 롤러도 만나 조기 석방을 약속했을지도 모른다. 하지만 조던 일가 살인 사건이나 던 킨케이드 사건이 뉴욕 시의 성범죄와 어떤 식으로든 관련된 것이 아닌 한, 이 사건들이 어떻게 맨해튼 지방 검사의 관할이 된 것일까?

보다 중요한 것은 제이미가 캐슬린과 그녀의 끔찍한 딸 던에게 관심이 있다면, 어째서 나한테 연락하지 않은 걸까? 제이미는 내게 연락했어야 했다. 나는 옆자리에 내려놓은 꾸깃꾸깃한 작은 쪽지를 보면서 생각한다.

지난 2월에 있었던 일련의 사건들이 떠오른다. 그때 나는 하마터면 목숨을 잃을 뻔했다. 제이미는 연락하지 않았다. 전화조차 없었다. 그녀는 이메일조차 보내지 않았다. 내 상태를 확인하지 않았다. 우리가 절친한 사이라고 할 수는 없을지 몰라도, 제이미의 그런 무관심이 놀랍기도 했고 상처가 되기도 했다.

아이패드를 다시 가방에 넣은 뒤, 나는 지갑에서 비자카드를 꺼내 밴에서 내린다. 굵고 차가운 빗방울이 머리 위로 떨어진다. 나는 공중전화 수화기를 들고, 0을 누른 뒤 캐슬린 롤러가 쪽지에 써준 번호를 누른다. 신용카드를 긁자, 신호음이 떨어진다. 두 번째 신호음이 울릴 때 제이미 버거가 전화를 받는다.

07

지나친 우연

"케이 스카페타예요······." 내가 말을 꺼내자마자, 그녀가 딱딱하고 강한 목소리로 말을 가로막는다.

"오늘 밤은 여기서 묵는 게 좋겠어요."

아무래도 나를 다른 사람으로 착각한 모양이다. "여보세요? 제이미? 케이······."

"내가 있는 데서 당신이 묵는 호텔은 걸어서 갈 만한 거리예요." 제이미 버거의 목소리가 다급한 것처럼 들린다. 무례한 것이 아니라 정감이 없고 무뚝뚝하다. 그리고 내 말은 한 마디도 듣지 않는다. "먼저 체크인부터 해요. 그다음에 만나서 같이 식사하죠."

지금 그녀는 말하고 싶지 않은 게 분명하다. 아무래도 혼자 있지 않은 모양이다. 정말 어처구니가 없다. 당신도 어떻게 된 일인지 모를 때는 누구도 만나겠다고 하진 않을 텐데. 나는 생각한다.

"어디서요?" 내가 묻는다.

제이미는 서배너 강기슭에서 몇 블록 떨어진 곳의 주소를 불러준다.

"기다리고 있을게요. 조금 이따 봐요." 그녀가 덧붙인다.

나는 루시에게 전화를 건다. 그때 지저분한 금색 서버 밴에서 청반바지를 입고 야구모자를 쓴 남자가 내린다. 남자는 한 번도 쳐다보지 않고 내가 있는 쪽으로 걸어오더니, 뒷주머니에서 지갑을 꺼낸다.

"너한테 물어봐야 할 일이 있어." 조카가 전화를 받자마자 내가 말한다. 루시의 불만 섞인 목소리를 듣지 않기 위한 노력이다. "네 사생활을 엿보거나 간섭할 의도는 전혀 없다는 것만 알아줬으면 해."

"그건 질문이 아니잖아." 루시가 말한다.

"이 일로 너한테 전화를 해야 하나 망설였는데, 이젠 할 수밖에 없는 상황이야. 사실 내가 여기 내려온 건 비밀이 아니지. 지금 내가 무슨 말 하는지 알아듣겠니?" 나는 야구모자를 쓴 남자에게 등을 돌리며 말한다. 그 남자는 옆에 있는 현금인출기에서 돈을 찾고 있다.

"그렇게 못 알아들을 정도는 아닌데. 이모가 금속 드럼 안에 있는 것처럼 들려."

"총기상 밖에 있는 공중전화라서 그래. 빗소리가 나서 그런 거고."

"총기상에서 뭘 하고 있는 거야? 뭐가 잘못됐어?"

"제이미." 나는 다시 말을 잇는다. "잘못된 건 없어. 내가 아는 바로는."

긴 침묵이 흐른 뒤, 조카가 묻는다. "무슨 일이야?"

루시의 망설임과 어조에서 내게 알려줄 정보가 없다는 것을 알 수 있다. 그 애는 제이미가 서배너에 있는 것도 모르고 있다. 내가 여기에 무슨 일로 왔으며 어디 묵는지를 제이미에게 알려준 사람은 루시가 아니다.

"내가 서배너에 온다는 걸 제이미에게 알려준 사람이 네가 아니라는 걸 확인하는 것뿐이야." 내가 대답한다.

"내가 그런 짓을 왜 해? 뭐가 어떻게 된 건데?"

"뭐가 어떻게 된 건지는 확실히 모르겠어. 보다 정확하게 대답하자면 아무것도 몰라. 하지만 넌 최근에 제이미와 연락하지 않았다는 거지."

"그래."

"그럼 마리노가 알려준 걸까?"

"아저씨가 왜? 아저씨가 무슨 이유로 제이미한테 연락한단 말이야?" 루시는 마리노가 엄청난 배신이라도 한 것처럼 말한다. 마리노는 제이미 밑에서 일했으니 무슨 말이든 할 수 있는 사이인데도. "사이좋게 잡담을 나누다가 이모가 뭘 하고 있는지 어디에 있는지 정보를 흘린단 말이야? 말도 안 돼. 그런 일은 있을 수 없어." 루시가 질투심을 숨기지 못한 채 덧붙인다.

내 조카는 엄청난 매력을 지니고 있음에도 불구하고 자신이 누군가에게 가장 중요한 사람이 될 수 있다는 걸 믿지 못한다. 나는 종종 그 아이를 '초록색 눈을 가진 나의 괴물'이라고 불렀다. 내가 본 중에 제일 초록색인 루시의 눈은 아주 미성숙하고, 자신이 없으며, 질투심이 담겨 있기 때문이다. 그 애가 화를 낼 때는 만만하게 보면 안 된다. 루시에게 컴퓨터 해킹은 찬장 문을 여는 것처럼 쉬운 일이고, 자기가 사랑하는 사람이나 자신을 향한 범죄를 감지했을 때는 아무렇지 않게 상대방의 정보를 훔치거나 보복을 했기 때문이다.

"마리노가 제이미나 다른 사람에게 내 정보를 흘린 게 아니었으면 좋겠다." 나는 말한다. 그리고 야구모자를 쓴 남자가 현금인출기에서 볼일을 빨리 끝내기를 바란다. 어쩌면 그 남자가 내가 통화하는 내용을 듣고 있을지도 모른다. "혹시 마리노가 뭔가 말을 했다면 금방 알 수 있겠지." 내가 덧붙인다.

루시가 키보드를 두드리는 소리가 들린다. "이제 알게 될 거야. 아저씨 이메일을 열어봤어. 아니야. 제이미한테 연락한 것 같진 않아."

루시는 CFC 시스템 관리자다. 그래서 내 것을 포함한 전자 통신이나 서버에 있는 파일에 접속할 수 있다. 루시는 무엇이든 자기가 원하는 것을 알아낼 수 있다.

"최근엔 없어." 그 애가 말한다. 나는 루시가 마리노의 이메일을 살피고 있는 모습을 떠올려본다. "올해 들어선 아무것도 보이지 않아."

한마디로 제이미와 루시가 깨진 뒤로 마리노가 제이미에게 이메일을 보내지 않았다는 말이다. 하지만 그렇다고 해서 마리노와 제이미가 전화나 다른 수단을 이용해서 연락하지 않았다는 의미는 아니다. 마리노는 순진하지 않다. 루시가 CFC 컴퓨터로 무엇이든 볼 수 있다는 걸 알고 있다. 그는 루시가 필요하다면 합법적이지 않은 경로를 통해서도 정보를 알아낼 수 있다는 것도 알고 있다. 만일 마리노가 나한테 말도 없이 제이미와 연락했다면, 그건 심각하게 생각해봐야 할 일일 것이다.

"마리노한테 직접 물어보면 어떨까?" 나는 머리가 지끈거리자, 관자놀이를 문지르면서 말한다.

루시의 기분이 상한 모양이다. 그 애의 목소리에서 반감이 느껴진다. "그렇지. 아저씨한테 물어볼 수도 있지. 하지만 지금 아저씨는 휴가 중이잖아."

"그럼 마리노의 낚시 여행을 방해해야겠네."

내가 전화를 끊자, 야구모자를 쓴 남자는 총기상 안으로 들어간다. 그 남자는 나를 신경 쓰지 않는 것처럼 보인다. 피해망상이라도 걸린 것처럼 행동하고 싶진 않다. 나는 보도를 따라 하드웨어 가게 앞을 지나가다, 멍크 약국 앞에 조금 전에 봤던 범퍼에 해군 잠수부 스티커를 붙인 검은색 메르세데스 왜건이 서 있다는 것을 알아차린다. 작은 약국에 물건들은 넘쳐난다. 다른 손님은 보이지 않는다. 보행보조기, 압박 스타킹, 높낮이 조절 의자 같은 가정 요양 물품 같은 것들이 복도에 쌓여 있는 것을 보니 시골 가게가 떠오른다. 조제약들을 어디든지 당일에 '집 앞까지' 배송해준다는 친절한 표지판도 붙어 있다. 나는 진통제들이 놓여 있는 선반을 둘러보면서, 제이미 버거가 롤라 대거트에게 관심을 보이는 이유가 무엇인지를 생각해본다.

제이미가 끈질기다는 점에 대해서는 의심해본 적이 없다. 만일 롤라 대거트가 어떤 이유에서든지 중요한 정보를 가지고 있다면 제이미는 사형선고를 받은 살인범이 그 정보를 무덤 속까지 가져가지 못하게 수단 방법을 가리지 않을 것이다. 그것 말고는 제이미가 조지아 여성 교도소를 찾아올 이유가 없다. 하지만 그 상황에서 내가 어떤 위치를 차지하고 있으며, 그 이유가 무엇인지에 대해서만큼은 전혀 짐작할 수가 없다. '곧 알게 되겠지.' 나는 생각한다. 젤라틴 캡슐로 된 애드빌(진통제 상표—옮긴이) 한 통을 들고 계산대로 가지만, 아무도 없다. '두 시간 뒤에는 무슨 일인지 알 수 있을 거야.' 나는 물을 가지러 냉장 칸에 갔다가 아이스티를 고른 뒤 다시 계산대로 돌아와 기다린다.

약사 가운을 입은 나이 많은 남자가 뒤쪽에서 처방전대로 분주히 알약들을 나누고 있다. 다른 사람이 없는 것 같아서 가만히 기다린다. 점차 조바심이 나기 시작하자, 나는 애드빌 상자를 뜯어 세 알을 아이스티와 함께 삼킨다.

"실례합니다." 내가 큰 소리로 부른다.

그제야 약사가 나를 보더니, 뒤쪽에 있는 누군가를 부른다. "로비, 계산대에 좀 나가봐." 아무도 대답하지 않자, 약사는 하던 일을 멈추고 계산대로 나온다.

"죄송합니다. 혼자 있는 줄 몰랐어요. 모두 배달을 갔거나, 아니면 또 쉬는 시간인 모양입니다. 누가 알겠습니까?" 약사는 미소 지으며 내 비자카드를 받아든다. "더 필요한 건 없으신가요?"

내가 밴으로 돌아갈 때 비는 그쳐 있었다. 검은색 메르세데스 왜건도 보이지 않았다. 차를 몰고 가는 동안 구름 사이로 내리비친 햇살에 젖은 도로가 반짝거린다. 벽돌과 돌로 된 낮은 건물들이 서배너 강을 따라 줄지어 서 있는 오래된 도시가 눈에 들어온다. 멀리서 구름이 휘젓고 있는 하늘을 배경 삼아 유명한 사장교 탤마지 메모리얼 브리지의 실루엣이 보인다. 그 다리를 건너면 목적지인 남부 캐롤라이나에 도착한다. 나는 시 파인스에서 벤턴이 지냈던 바다 가까운 콘도와 예전에 내가 살았던 우거진 정원이 있는 역사적인 마차 차고를 그리며, 힐턴 헤드와 찰스턴에서 지냈던 근사한 시간들을 떠올린다.

내 과거의 많은 시간들이 최남단 지역에 뿌리내리고 있다. 금색 돔 지붕을 가진 시청과 잿빛 화강암으로 지은 세관에 도착하자, 향수와 함께 불안함도 느껴진다. 그리고 내가 예약한 강가에 위치한 하얏트 리젠시 앞에는 예인선과 유람선들이 정박해 있다. 반대편 강가에는 호화로운 웨스틴 리조트와 저 멀리 조선소와 창고 위에 앉아 있는 거대한 버마재미처럼 보이는 기중기가 보인다. 오래된 유리 같은 회녹색 강물이 잔잔히 흘러간다.

나는 밴에서 내린 뒤 흰색 재킷과 검은색 버뮤다 반바지를 입고 있는 카리브 해인처럼 보이는 주차원에게 사과한다. 그 차가 한쪽으로 기울어지기 쉽고, 믿음이 가지 않는 빌린 자동차라는 사실을 알린다. 원래 내가 빌리려던 차가 아니며, 도로 곳곳을 지나왔고, 브레이크 상태도 좋지 않다는 것을 말하고 싶은 느낌이 든다. 나는 짐 가방과 다른 소지품들을 챙긴다. 뜨거운 미풍이 떡갈나무, 목련, 야자수를 흔들고, 벽돌로 된 과속방지턱을 넘는 소리가 빗소리처럼 들린다. 비가 완전히 그친 하늘은 해가 저물고 그림자가 퍼져나가기 시작하면서 푸른빛 기운이 얼룩처럼 남아 있다. 세상에서 이 지역은 한숨 돌릴 수 있는 반가운 시간이 있고, 무엇이든 마음대로 할 수 있을 것 같은 곳이다. 예전에는 여러 번 그랬다. 하지만 지금은 그 대신 불안한 느낌이 든다. 뭔지 모를 두려움이 느껴진다. 벤턴이 여기 있으면 좋겠다. 그의 말을 듣고 이곳에 오지 않았으면 좋았을 것이다. 곧장 제이미 버거부터 찾아야겠다.

로비는 내가 묵었던 대부분의 하얏트 호텔들처럼 전형적이다. 넓은 아트리움이 6층으로 된 객실들에 둘러싸여 있다. 나는 유리로 된 엘리베이터를 타고 올라가면서, 조금 전 프런트데스크에 있던 직원과 나누었던 대화를 다시 떠올려본다. 젊은 여자 직원은 몇 시간 전에 예약이 취소되었다고 말했다. 내가 그럴 리 없다고 하자, 그녀는 오후 교대로 근무를 시작하자마자 자신이 직접 그 전화를 받았다고 대답했다. 어떤 남자가 전화를 걸어 예약을 취소했다는 것이다. 누군지 몰라도 내 예약 번호와 정확한 정보를 알고 있었으며, 예약 취소에 대해 사과했다고 했다.

난 혹시 그 남자가 케임브리지에 있는 내 사무실에서 일한다고 하지 않았냐고 물었다. 그 직원은 그런 것 같다고 대답했다. 그 남자의 이름이 브라이스 클라크가 아니냐고 묻자, 직원은 확실하지 않다고 했다. 그래서 나는 어쩌면 사무실에서 취소가 아니라 확인을 위해 전화한 건데, 뭔가 오해가 있었던 모양이라고 말했다. 직원은 아니라고 고개를 저었다. 확실히 아니라는 것이다. 그 남자가 예약을 취소하면서, 스카페타 박사가 가장 좋아하는 도시 서배너에서 하룻밤을 묵지 못하게 되어 몹시 실망하고 있다고 설명했다는 것이다. 심지어 막판에 취소했지만 요금은 받지 않았으면 좋겠다는 말까지 했다고 했다. 내가 만일 애틀랜타에서 연결편을 놓쳤더라면 약속한 시각에 여기 도착하지 못했을 것이다. 그 남자가 제법 수다스러웠다는 직원의 말에 나는 비서인 브라이스가 틀림없다고 확신했다. 브라이스는 아직도 내게 전화를 하지 않았다.

취소된 호텔 방은 화물용 밴과 같은 식이고, 캐슬린 롤러가 준 메모와 공중전화도 같은 식이다. 오늘 있었던 모든 일들이 다 이런 식이다. 이게 전부 어떻게 된 일인지 곧 알게 될 것이다. 나는 방문을 열고 강이 내다보이는 방 안으로 들어간다. 창문을 통해 호텔 높이만 한 컨테이너선이 천천히 바다를 향해 나아가는 모습이 보인다. 나는 벤턴에게 전화를 걸지만, 전화를 받지 않는다. 그에게 문자 메시지로 누군가를 만나러 나갈 것이라는 것과 제이미가 보내준 주소를 같이 찍어 보낸다. 내가 믿는 사람에게 내가 어디에 있는지 알리기 위해서다. 하지만 다른 말은 하지 않는다. 누구를 만나는 건지, 내가 지금 얼마나 불안한지, 사람들이 모두 의심스럽다는 말은 하지 않는다. 나는 짐 가방을 푼다. 일부러 옷을 갈아입으며, 더 이상 신경 쓰지 않기로 마음먹는다.

제이미 버거는 로컨트리에 볼일이 있는 것이다. 그녀가 캐슬린 롤러를 시켜 내가 여기에 있는 동안 이 만남을 주선하게 만든 것이 분명하다. 어쩌면 처음부터 제이미가 나를 여기로 유인하기 위해 캐슬린을 미끼로 삼았을지도 모른다. 하지만 내가 가지고 있는 정보를 아무리 분석해봐도 전부 다 말이 되지 않는다. 그럼에도 어떻게든 말이 되게 만들기 위해 계속해서 정보들을 분류해본다. 여전히 터무니없고 비논리적으로 보인다. 만일 내가 오늘 조지아 교도소를 찾게 된 배후에 제이미가 있고, 이 호텔에서 하룻밤을 묵을 것을 알고 있다면 어째서 재소자를 시켜 휴대전화번호를 건네주어야 했던 걸까? 어째서 간단하게 직접 전화를 하지 않는 것일까? 내 휴대전화번호는 바뀌지 않았다. 제이미 역시 마찬가지다. 그녀는 내 이메일 주소도 알고 있다.

제이미가 내게 직접 연락할 방법은 여러 가지가 있다. 그런데 어째서 공중전화를 쓰라고 한 것일까? 대체 무슨 일이 일어나고 있는 것인가? 화물용 밴, 호텔방 예약 취소. 타라 그림이 했던 말을 떠올린다. '우연.' 나는 우연을 믿지 않는다. 하지만 지금까지 있었던 일련의 사건들만 놓고 보면 타라 그림의 말이 맞다. 무작위로 일어난 것이고 아무 의미도 없다고 하기에는 우연이 너무 많다. 그 모든 일들에는 뭔가가 더해져 있다. 하지만 그게 무엇인지 상상조차 할 수 없다. 그 생각에 더 빠지기 전에 그만 하는 게 나을 것 같다. 나는 이를 닦고, 얼굴을 씻는다. 기분 같아선 뜨거운 물로 샤워를 오래 하거나 목욕을 하고 싶지만 지금은 시간이 없다.

나는 세면대 앞에서 거울에 비친 내 모습을 살핀다. 무더위에 시달리면서 비를 맞고, 감옥에서 몇 시간 보낸 뒤에 에어컨도 없고 제대로 움직이지도 않는 밴을 운전해서 그런지 좀 지쳐 보인다. 나는 제이미를 이런 식으로 만나고 싶진 않다. 사실 어떤 식으로 그녀를 만나고 싶은 건지 모른다. 하지만 나는 제이미와 알고 지낸 세월 동안 사라지지 않는 상반된 감정, 자의식, 약간의 불편함을 인식하고 있다. 비논리적이지만 어쩔 수 없다. 제이미를 드러내놓고 사랑하는 루시를 지켜보는 것은 뭐라 말할 수가 없다.

나는 10년도 훨씬 전에 두 사람이 처음으로 만났던 때를 기억한다. 루시가 얼마나 생기가 넘쳤는지, 제이미의 말과 행동에 얼마나 집중하고 있었는지. 그 애는 제이미에게서 눈을 떼지 못했다. 오랜 세월이 지난 뒤에 그것이 무슨 의미였는지 알게 되었을 때, 나는 놀랐고 기뻤다. 깜짝 놀랐고 불안했다. 무엇보다도 믿을 수가 없었다. 나는 계속 루시가 상처받게 될 거라고 생각했다. 그 애가 평생 가장 큰 상처를 받게 될까 봐 두려웠다. 루시에게 제이미에 비할 수 있는 여자는 아무도 없다. 제이미는 나와 나이가 비슷하고, 영향력이 크며, 눈에 띈다. 제이미는 부자다. 영리하다. 아름답다.

나는 짧은 금발 머리를 세심히 살핀 뒤, 젤을 바른 머리를 헝클어뜨린다. 그리고 거울 속에서 나를 쳐다보고 있는 얼굴을 본다. 위에 달린 전등이 불친절하게도 선이 강한 내 얼굴을 강조해주는 그림자를 드리우고 있다. 눈가의 미세한 주름살이 더 깊게 패이고 코에서 입까지 옅은 주름이 보인다. 나는 찌든 것처럼 보인다. 나이 들어 보인다. 제이미는 한눈에 그간 내가 얼마나 힘들었는지를 알아볼 것이다. 그 살인미수 사건은 흔적을 남겼다. 스트레스는 독성이 있다. 스트레스는 세포를 죽이고, 머리카락을 빠지게 만든다. 극도의 스트레스는 불면증을 불러오며, 제대로 쉴 수 없게 만든다. 실제로는 그렇게 끔찍해 보이지 않을 것이다. 여기 조명 때문에 그렇게 보이는 것이다. 캐슬린 롤러가 나쁜 조명과 시원찮은 거울에 대해 불평을 늘어놓던 것을 생각하자, 최근에 마음을 불편하게 했던 벤턴의 말이 떠오른다.

요전 날 벤턴은 내가 옷을 갈아입고 있을 때 뒤에서 끌어안으며, 내가 엄마와 비슷하게 보인다고 말했다. 그는 내 머리 모양을 말한 것이다. 아마 너무 짧게 자른 걸 불평하는 의미였을 것이다. 하지만 내 귀에는 그렇게 들리지 않았다. 난 엄마와 비슷해 보이고 싶지 않다. 엄마처럼 되고 싶지도, 동생인 도로시처럼 되고 싶지도 않았기 때문이다. 그 두 사람은 지금도 마이애미에서 계속 끝없는 불평만 늘어놓으며 살고 있다. 더위, 이웃, 이웃의 개, 도둑고양이, 정치, 범죄, 경제, 그리고 나에 대해. 난 나쁜 딸이고, 나쁜 언니며, 루시에겐 나쁜 이모다. 그들을 만나러 가지도 않고, 전화도 거의 하지 않는다. 이탈리아인의 유산도 잊었다. 최근에 엄마는 내가 마이애미에 있는 이탈리아인 이웃의 집에서 자랐더라면 어느 정도는 고향 사람 같았을 거라고 말했다.

호텔 밖으로 나오니 베이 스트리트를 따라 서 있는 석조 건물과 벽돌 건물 뒤로 해가 저물고 있다. 여전히 무덥지만, 습도는 거의 사라진 것 같다. 호텔을 뒤로하고 리버 스트리트 쪽으로 걸어가 화강암으로 된 계단을 내려가는 동안 시청 입구에 달린 종소리가 요란하게 울려 퍼진다. 아래층에 있는 연회장에서는 무슨 이벤트 준비를 하는지 아치 모양의 창문들을 통해 불이 환하게 새어 나오고 있다. 이윽고 강이 앞에 보인다. 밤이 다가올수록 흐릿해지는 빛을 받아 강물은 짙은 남색으로 변한다. 하늘은 맑고, 달걀 모양의 커다란 달이 높이 떠 있다. 거리와 보도에는 일몰 크루즈와 식당, 상점에 모여든 관광객들이 가득하다. 노인들이 향모를 엮은 뻣뻣한 노란색 꽃을 팔고 있다. 가늘고 긴 잎사귀에서 바닐라 향이 난다. 멀리서 감상적인 북미 원주민의 피리 소리가 들린다.

지나치는 모든 것들을 생생하게 느낀다. 모든 사람들을 알아차린다. '하지만 아무도 보고 있진 않아. 내가 여기 있는 걸 누가 알까? 누가 신경 쓰는 거지? 어째서?' 나는 느끼지 못하지만, 목적을 가지고 걷고 있다. 제이미 버거나 그녀가 내게 했을지도 모를 일들을 다 잊고 어디 좋은 레스토랑에 들어가고 싶다. 나는 캐슬린 롤러와 그녀의 끔찍한 딸, 잭 필딩에게 일어났던 죽음보다 더 나빴던 끔찍한 일들을 다 잊고 싶다. 내가 도버 공군 기지에 가 있었던 지난 6개월 동안 그는 알아볼 수 없을 정도로 타락해 있었다. 그때 나는 그곳에서 방사능 병리학에 관한 면허를 따고 있었다. 그래야 새로 부임한 케임브리지에서 CT 스캔이나 가상부검을 할 수 있기 때문이다. 나는 잭에게 평생의 기회를 주었다. 그를 믿고 내가 없는 동안 CFC를 맡겼다. 그는 바닥으로 곤두박질쳤다.

어쩌면 약물 때문일 것이다. 잭의 딸은 그를 미친 짐승으로 만들었다. 그리고 어느 정도는 돈 문제도 있었을 것이다. 누구에게도 말하지 않았지만 잭은 차라리 죽는 게 나았다. 나도 그를 다시 상대하고 마지막으로 쫓아내지 않을 수 있어서 다행이었다. 잭이 직접 말하지 않는 한 무슨 생각을 한 건지 나로서는 상상조차 할 수 없다. 하지만 그는 우리 두 사람 앞에 최악이고 잔혹하기 그지없는 최후의 결전을 남겨두었다. 앞으로 일어날 일은 뻔했다. 코앞으로 다가온 평생을 건 대결에서 그는 결국 졌을 것이다. 잭은 내가 돌아오면 자신이 저지른 모든 나쁜 짓, 온갖 혐오스러운 위반사항들을 알게 될 거라는 걸 알고 있었다. 나는 모든 비도덕적이고 이기적인 행동들을 적발했을 것이다. 잭 필딩은 자신이 저지른 짓을 알고 있었다. 그는 내가 자신을 용서하지 않을 거라는 것도 알고 있었다. 나로서도 이번만큼은 그를 지켜주거나 다시 받아들이지 못했을 것이다. 던 킨케이드가 잭을 죽였을 때, 그는 이미 죽어 있었다.

그리고 이상하긴 하지만, 그 모든 일들을 통해 내가 예상치 못한 만족감과 약간의 자존감을 주었다는 것을 깨달았다. 나는 변했고 더 나아졌다. 누구라도 무조건적으로 사랑할 수는 없다. 상대방을 사랑하다가 그 사랑을 끝내버릴 수도 있다. 그렇게 사랑을 끝내버리면 그때는 더 이상 자기 잘못으로 느끼지 않는다. 결국에는 얼마나 자유로운지를 깨닫게 된다. 그 사랑이 깊은지 아닌지로 더 좋거나 나쁠 건 없다. 그렇게 해선 안 되는 것이었다. 잭이 지금도 살아 있다면 나는 그를 사랑하지 않았을 것이다. 세일럼에 있는 잭의 집 지하실에서 그의 시신을 살펴볼 때 난 더 이상 그에게 사랑을 느낄 수 없었다. 내 손 아래 차갑게 굳어 있는 그는 뻣뻣했고 다루기 힘들었다. 잭은 살아 있을 때와 똑같이 죽어서도 더러운 비밀들을 움켜잡고 있었다. 그리고 내 마음속 어딘가에서는 잭이 죽은 걸 기뻐하고 있었다. 나는 안도했다. 다행이라고 여겼다. '자유를 줘서 고마워, 잭. 더 이상 당신한테 내 인생을 낭비하지 않게 영원히 떠나줘서 고마워.'

나는 조금 더 걸으면서 머릿속에서 그를 지우고, 마음을 단단히 먹는다. 아직 빨개지지 않았기를 바라며 눈을 문지른다. 강가를 벗어나 휴스턴 스트리트를 돌자 시청 종이 아홉 번 울린다. 나는 역사 지구 쪽으로 좀 더 깊이 들어간다. 이스트 브로턴에서 오른쪽으로 돌아 지금은 박물관으로 쓰이고 있는 200년 된 이오니아식 기둥과 석회암으로 지은 저택인 오언 토머스 하우스 앞에 있는 애버콘 호텔 앞에서 걸음을 멈춘다. 그 부근에는 남북 전쟁 전에 지어진 우아한 건물들과 저택이 많다. 나는 9년 전 뉴스에서 봤던 3층짜리 벽돌 저택을 떠올린다. 조던 일가가 살던 집은 어디쯤 있을지 궁금하다. 어쩌면 이 근처에 있을지도 모른다. 살인범, 혹은 살인자들은 사전에 그 가족을 목표로 정한 것일까? 아니면 무작위로 걸린 희생자인 것일까? 이 지역에 있는 사람들은 대부분 도난 경보기를 가지고 있을 것이다. 조던 일가는 틀림없이 무기를 가지고 있지 않을 것이다. 보안에 관해 잘 알 것 같은 사람들, 심지어 부자들 중에서도 막상 신경 쓰지 않는 사람들이 있다.

하지만 가족이 모두 잠들어 있는 이른 아침에 이런 고급 주택가를 침입할 계획이라면 제일 먼저 도난 경보기가 설치되어 있는지부터 알아보지 않을까? 총기상 앞에 차를 세워놓고 봤던 기사들 중에 클라렌스 조던이 1월 5일 토요일 오후에 지역 비상 대피소에 자원봉사를 하러 갔다가 저녁 7시 30분경에 돌아왔다는 내용이 있었다. 도난 경보기에 대한 언급은 없었다. 집에 들어갈 때 귀찮아서 그런 것인지 모르지만, 그는 도난 경보기를 작동시키지 않았다. 그래서 도난 경보기는 자정이 지나 아침이 되기 전 어느 시점에서 범인이 침입했을 때 울리지 않았다.

롤라 대거트일 것으로 추정되는 범인은 1층에 있는 주방문 유리를 깨고, 안으로 손을 집어넣어 잠긴 문을 연 뒤 집 안으로 들어갔다. 유리가 깨지고 동작 감지기에 잡혔음에도 도난 경보기는 울리지 않았다. 만일 제대로 작동했다면 범인이 암호를 알고 있다고 해도 문이 열리는 순간 경보음이 났을 것이고, 시스템을 망가뜨리기 전까지 계속 삑삑거리며 울렸을 것이다. 아무리 잠들어 있었다고 해도 가족들이 그 소리를 듣지 못했다는 건 믿기 어렵다. 제이미가 그 답을 알려줄 것이다. 아마 롤라 대거트가 어떻게 된 일인지 그녀에게 사실대로 털어놨을 것이다. 그리고 내가 어째서 이곳에 온 것이며 그 일과는 무슨 상관이 있는지 알아낼 것이다.

나는 어둠 속에서 고르지 못한 철제 가로등 불빛을 받으며 보도에 선 채로 변호사인 레너드 브라조에게 전화를 건다. 그는 스테이크 하우스를 좋아한다. 전화를 받은 그는 지금 팜 스테이크 하우스에 있으며, 주위가 시끄럽다고 말한다.

"밖으로 좀 나갈게요." 무선 이어폰을 통해 그의 목소리가 들린다. "좋아요. 한결 낫군요." 브라조가 덧붙인다. 나는 자동차 경적 소리를 듣는다. "간 일은 어떻게 됐어요? 그 여자는 어떻던가요?" 그가 말하는 여자는 캐슬린 롤러다.

"잭이 자기에게 보냈다는 편지에 대해 말했어요. 난 그런 편지들을 본 적이 없어요. 세일럼 집에 있던 유품들을 살폈을 때 그런 편지는 없었어요. 하지만 그 편지가 있었는데, 사람들이 내게 말하지 않았을 가능성은 있어요." 나는 길 건너편에 있는 흰색 벽돌 건물을 쳐다보며 말한다. 커다란 내리닫이 창이 있는 8층 건물이다. 제이미 버거가 그 안에 있다.

'그는 너한테 화를 냈고 엄청난 욕을 퍼부었어.'

"그건 나도 모르겠군요. 하지만 잭이 그 여자한테 쓴 편지를 왜 그가 가지고 있다는 거죠?" 레너드가 말한다.

"모르겠어요."

"그 여자가 잭에게 그 편지들을 돌려보내기라도 한 걸까요? 바람 소리가 시끄럽네요. 내 말이 잘 들렸으면 좋겠는데."

"어쨌든 그 여자는 그렇게 말했어요."

"FBI라면 그 편지나 잭 필딩, 혹은 던 킨케이드와 연락을 주고받았던 증거를 찾기 위해 그 여자의 휴대전화나 보관해둔 개인 소지품들을 조사할 수 있게 법원 명령을 받았다고 해도 이상할 것이 없죠."

"그럼 우린 그 일에 대해서는 알 필요가 없겠네요." 내가 대답한다.

"맞아요. 경찰이든 법무부든 그 편지를 우리에게 보여줄 의무는 없어요. 그런 편지들이 있다고 해도 말이에요."

당연히 그 편지들을 보여주진 않을 것이다. 내가 살인이나 살인미수로 재판을 받는 것도 아닌데, 공교롭게도 그 편지들은 상황을 악화시킬 것이다. 발견 단계에서 던 킨케이드와 변호사들 역시 기소에 관련된 모든 증거들을 얻을 수 있다. 잭이 캐슬린 롤러에게 쓴 나를 모욕하는 그 편지들까지 포함해서 말이다. 하지만 나는 법정에서 내게 불리하게 사용될 수도 있는 그 편지에 대해 몰랐고, 들은 적도 없었다. 피해자들은 범죄를 당했음에도 아무 권리가 없으며, 길고 지루한 재판 과정 동안에도 아무 권리가 없다. 그 상처는 범죄 피해 자체와 변호사, 언론, 배심원, 내게 일어난 일에 대해 증언하는 목격자들로 인해 계속 낫지 않는다.

'그 사람은 당신이 사람들을 얼마나 힘들게 하는지 모른다고 했죠…….당신한테 필요한 건 남자와 자는 거라고…….'

"그 편지에 뭐라고 쓰여 있을지 걱정하는 겁니까?" 레너드가 묻는다.

"그 편지가 있다면 나에 대해 좋은 말이 쓰여 있진 않을 거예요. 그럼 그 여자에게 도움이 되겠죠."

나는 던 킨케이드에게 도움이 될 거라는 것을, 그 여자의 이름을 소리 내어 말하지 않고 알린다. 나는 지금 어둠 속에서 보도에 서 있다. 사람들과 차들이 옆을 지나간다. 전조등 불빛에 눈이 부시다. 나를 폄하할수록 내 신뢰도는 떨어질 것이고, 나에 대한 배심원들의 연민도 줄어들 것이다.

"이 얘기는 무슨 편지든 나타나면 그때 계속하죠." 레너드는 아직 일어나지 않은 일에 대해서는 신경 쓰지 말자고 한다.

"혹시 제이미 버거의 연락을 받은 적 있어요?" 나는 본론으로 들어간다.

"그 검사 말인가요?"

"맞아요."

"아뇨. 아무 연락도 없었어요. 무슨 일 있습니까?"

"커티스 로버츠란 변호사 알아요?" 타라 그림이 언급했던 변호사다.

"조지아 이노센스 프로젝트(억울하게 유죄 판결을 받은 사람들을 과학 기술을 동원해 무죄 입증을 도와주는 인권 단체―옮긴이)의 자원봉사 변호사예요.

애틀랜타에 있는 회사에서 일하고 있죠."

"그래서 그 사람이 캐슬린 롤러를 무료로 변호해주는 거군요."

"그렇죠."

"어째서 이노센스 프로젝트에서 캐슬린 롤러에게 관심을 가지는 거죠? 음주운전으로 사람을 죽인 죄로 유죄 판결을 받은 것에 무슨 문제라도 있나요?"

"그 여자의 요청이 있었던 걸로 압니다."

나는 그에게 캐슬린 롤러의 쪽지와 공중전화를 쓰라고 했던 지시에 대해서는 말하지 않기로 마음먹는다. '어째서?' 만일 그게 제이미의 지시라면, 그녀는 내 휴대전화로 통화하는 것에 어떤 문제가 있다고 여긴다는 뜻이다. 나는 레너드 브라조에게 자세한 이야기는 나중에 하자고 한 뒤, 저녁 식사 맛있게 하라는 인사를 한다. 전화를 끊은 뒤 무엇이든 직접 대면하기 위해 길을 건너간다. 나는 어느 창문 뒤에 제이미가 있을지 궁금하다. 그리고 그녀가 나를 보고 있다면, 루시가 없는 세상을 바라보는 것이 어떤지 궁금하다. 나는 제이미의 고통을 알고 싶지 않았으며, 더 이상 그녀가 고통스럽지 않기를 바란다.

그 건물에는 부대 서비스가 없다. 심지어 문지기도 없다. 아파트 8SE의 인터컴 버튼을 누르자, 요란한 전자음을 내면서 문이 열린다. 문을 열어준 사람이 물어보지 않고도 내가 누군지 알고 있는 것처럼. 나는 그날 두 번째로 감시 카메라가 있는지 살핀다. 입구 한쪽 구석에 흰색 벽돌과 구별이 되지 않는 흰색 금속 덮개 속에 감시 카메라가 있다. 제이미가 모니터로 보고 있을지도 모른다는 생각이 든다. 어둠 속에서도 작동하는 적외선 장치가 장착된 폐쇄회로 카메라처럼 보인다.

건물의 보안장치는 겉으로 보기에 전자 잠금장치와 인터컴 시스템밖에 보이지 않는다. 나는 호기심이 생긴다. 제이미가 첨단 보안장치를 설치하는 데 어려움을 겪은 게 아니라면. 서배너에는 단순히 휴가차 온 게 아니다. 문을 열려고 하다가, 뒤에서 인기척을 느끼고 깜짝 놀라 뒤돌아본다.

차도 근처 보도 끝에 있는 가로등에 점멸등이 달린 자전거용 헬멧을 쓴 사람이 기대서 있다.

"제이미 버거인가요?" 그 사람이 묻는다. 여자다. 그녀는 배낭을 열더니 커다란 흰색 봉투를 꺼낸다.

"아닌데요." 그 여자가 식당 이름이 새겨진 배달용 봉투를 들고 다가오자 내가 대답한다.

그 여자는 버저를 누른 뒤 인터컴에 대고 말한다. "제이미 버거 앞으로 배달왔습니다."

나는 문을 잡은 채, 그 여자에게 말한다. "그냥 내가 가지고 갈게요. 얼마죠?"

"참치 롤 두 개, 장어 롤 두 개, 캘리포니아 롤 두 개, 해초 샐러드 두 개예요. 결제는 신용카드로 이미 끝났습니다." 그 여자가 봉투를 건네주자, 나는 팁으로 10달러를 준다. "보통 목요일에 주문하시죠. 좋은 밤 보내시고요."

나는 안에 들어가 문을 닫은 뒤, 엘리베이터를 타고 꼭대기 층으로 올라간다. 남동쪽 끝에 있는 집으로 통하는 복도를 따라간다. 양탄자가 깔린 바닥에는 아무도 없다. 나는 초인종을 누른 뒤, 또 다른 감시 카메라 렌즈를 올려다본다. 묵직한 참나무 문이 열리자, 나는 너무 놀라 말문이 막힌다.

"박사, 화내지 말아요." 피트 마리노가 말한다.

08

수사관 마리노

그는 자기 아파트라도 되는 양 나를 방 안으로 초대한다. 나는 유행에 뒤떨어진 철테 안경 뒤로 보이는 마리노의 심각한 눈빛과 뻣뻣한 입매를 보자 불안해진다.

"제이미는 금방 돌아올 거요."

그가 문을 닫는다.

내가 받은 충격은 마리노의 반들거리는 민머리와 햇볕에 그을린 커다란 얼굴부터 양말도 신지 않고 고무 밑창으로 된 캔버스화를 신은 모습을 보자, 갑자기 분노로 돌변한다. 나는 마리노가 입고 있는 하와이안 셔츠를 보면서 내 기억보다 어깨가 넓어지고 배는 들어간 것 같다는 것을 알아차린다. 엉덩이 아래쪽에 카고 주머니가 달린 초록색 낚시 반바지를 입고 있고, 햇빛을 피하지 못한 턱 위쪽은 까맣게 탄 상태다. 어딘가 여름 날씨인 곳에서 보트를 탔거나 해변에 있었던 모양이다. 피부 혈색이 구릿빛이다. 심지어 정수리와 귀 위쪽은 코냑 색이다. 하지만 눈 주위는 하얗다. 모자를 쓰지 않고 선글라스를 쓰고 있었던 것이다. 나는 흰색 화물용 밴과 수납공간에 들어 있던 전세 보트 팸플릿들을 떠올린다. 패스트푸드점 냅킨들도 있었다.

마리노는 보쟁글스와 파파이스의 프라이드치킨과 비스킷을 갈망한다. 그리고 종종 그 음식들이 남부에서 그런 것처럼 뉴잉글랜드의 '식품군'에는 없다고 투덜거린다. 얼마 전에는 헐값으로 나온 연료를 많이 먹는 중고 트럭들과 보트들에 관해 말했고, 따뜻한 날씨가 정말 그립다는 말도 했었다. 나는 그가 이번 달 초 내 사무실로 들어와 쉬고 싶다고 했을 때 약간 신경이 쓰였던 것을 떠올린다. 마리노는 엄청난 휴가 여행을 갈 기회를 얻었다고 했다. 그는 낚시를 하러 가길 원했고, 달력도 깨끗했다. 마리노는 6월 15일에 CFC를 나섰다.

그는 이번 달 중순에 모습을 감췄다. 그와 동시에 온갖 일들이 일어났다. 캐슬린 롤러가 내게 보내던 이메일이 끊어졌고, 브라보 포드로 이송되었다. 갑자기 그녀는 내가 조지아 교도소로 자기를 만나러 와주길 원했고, 잭 필딩에 대해 이야기하고 싶다고 했다. 레너드 브라조는 내가 그 제안을 받아들이는 것이 좋다고 생각했고, 난 이곳에 와서 제이미 버거를 발견했다. 이 모든 것들을 돌이켜보니 무슨 일이 있는 것이 명백했다. 마리노가 내게 거짓말한 것이다.

"제이미는 저녁 식사를 가지러 갔어요. 진짜 음식 말이오. 난 이런 물고기 밥은 먹지 않으니까."

그가 내게서 스시 봉투를 건네받으며 말한다.

나는 한쪽 벽에 책상과 작은 탁자, 의자 두 개와 노트북 두 대, 프린터, 책과 공책이 있는 것을 알아차린다. 바닥에는 두꺼운 서류철들이 쌓여 있다.

"우리 세 사람이 식당에서 이야기하는 건 아무래도 좋은 생각이 아닌 것 같아서 말이오."

마리노가 주방 조리대 위에 음식 봉투를 놓으며 덧붙인다.

"나야 그게 좋은 생각인지 아닌지 모르죠. 당신이 여기 있는 이유조차 모르니까. 그보다 더 중요한 건 내가 여기 있는 이유도 모른다는 거예요."

"마실 것 좀 줄까요?"

"지금은 됐어요."

나는 벽에 붙여놓은 폐쇄회로 모니터와 옷걸이를 지나친다. 순간 담배 냄새를 맡는다.

"이게 대체 무슨 일인지 궁금하게 여기는 건 당연해요. 이건 아무래도 냉장고에 넣어야 할 것 같은데. 화내지 말아요, 박사……."

마리노가 부스럭거리는 소리를 내면서 종이봉투를 열어보며 말한다.

"나한테 그런 식으로 말하지 말아요. 다시 담배 피우는 거예요?"

"그럴 리가. 안 피워요."

"담배 냄새를 맡았어요. 내가 예약하지 않은 밴에서 누군가 담배를 피웠어요. 죽은 물고기와 오래된 패스트푸드 냄새도 났고요. 수납공간에는 의심스러운 팸플릿들도 들어 있었고. 당신이 다시 담배를 피우는 건 아니었으면 좋겠군요."

"담배 끊은 뒤로 한 번도 피운 적 없어요."

"링크 마이클스 선장은 누구예요? '일 년 내내 링크 마이클스 선장과 함께 낚시를.'"

나는 수납공간에 들어 있던 팸플릿상의 사람 이름을 꺼낸다.

"보퍼트에서 전세 보트를 운항하는 사람이오. 좋은 친구지. 몇 번 같이 나간 적이 있어요."

"바다에 나가면서 모자도 안 썼죠? 선크림도 안 발랐을 것이고. 피부암이 심해지면 어떻게 하려고 그래요?"

"완전히 다 나았어요."

그는 의식적으로 몇 달 전에 기저세포암을 떼어낸 정수리 부분을 어루만지며 말한다.

"그걸 떼어냈다고 해서 당신이 선크림을 바르지 않아도 괜찮다는 뜻은 아니에요. 모자도 항상 쓰고 다녀야 하고."

"보트가 속력을 올렸을 때 모자가 날아가 버렸어요. 약간 탄 것뿐이오."

그가 다시 머리를 어루만지며 말한다.

"내가 오늘 타고 다녔던 밴의 번호판은 조회해볼 필요도 없을 것 같군요. 아무래도 그 차는 로컨트리 콘시어지 커넥션으로 돌아가지 않을 것 같으니까. 당신이 아니면 차 안에서 담배를 피운 건 누구죠?"

"중요한 건 박사가 여기에서 미행을 당하지 않았다는 거요. 박사가 그 밴을 탔기 때문에 아무도 안 따라온 거지. 수납공간은 청소하는 걸 잊었소. 박사가 그 안을 볼 거라는 걸 알았어야 했는데."

마리노가 말한다.

"저 차를 가져다준 청년은 대체 누구예요? 로컨트리 컨시어지 커넥션이라는 VIP 렌터카 회사에서 일하는 걸로는 보이지 않아서 말이에요. 당신이 저 밴을 빌렸고, 전세 보트 선장의 아들이라도 대신 내보낸 거예요?"

"저 밴은 빌린 게 아니오."

마리노가 말한다.

"그렇다면 브라이스가 오늘 내 전화를 받지 않은 이유가 뭔지 알 것 같네요. 브라이스도 이번 일에 연루되어 있을 줄 알았어요. 당신이 내 등 뒤에서 몰래 일을 벌이면서, 브라이스한테 내게 도움이 되는 일이라고 하면서 협력을 구하지 않았다면 이런 일은 일어나지 않았을 테니까요. 브라이스한테 호텔 방을 취소하라고 시킨 것도 당신이죠?"

"그 문제는 잘 해결됐으니 아무래도 상관없잖소."

"맙소사, 마리노. 어째서 브라이스한테 내 호텔 방을 취소하라고 시킨 거예요? 어째서 그런 짓을 저지른 거죠? 만일 호텔에 다른 방이 없었으면 어쩔 뻔했어요?"

"방이 있다는 건 알고 있었소."

"난 그 빌어먹을 밴 때문에 죽을 뻔했어요. 차가 제대로 나가지 않는 바람에."

"다른 날은 이상 없었는데. 무슨 일 있었소? 안전하지 않은 줄 알았다면 박사를 그 차에 태우지 않았을 거요. 고장 난 거라면 내가 알았을 텐데."

"안전하지 않다는 건 아주 절제된 표현이네요. 속도가 빨라졌다가 느려졌다가, 도로를 달리는 내내 대발작이라도 일으킨 것처럼 덜컹거렸어요."

내가 대답한다.

"지난밤에 비가 많이 와서 그런 모양이오. 캐롤라이나 남부는 여기보다 훨씬 심한 엄청난 폭풍우가 몰려왔으니까. 지옥처럼 비가 퍼부었지. 그 속에 세워져 있었으니 말이오. 새 후드 실이 필요하긴 해요."

"캐롤라이나 남부?"

"아마 점화 플러그가 젖은 모양이오. 박사가 교도소에 차를 세워둔 동안 더 젖었을지도 모르지. 어쩌면 조이가 도로 구덩이에 부딪치는 바람에 바퀴가 제대로 정렬되지 않았을 수도 있소. 괜찮은 녀석이지만, 멍청하거든. 그 녀석은 차 상태가 그 모양이면 나한테 전화를 했어야 했소. 그 점에 대해서는 미안하게 생각해요. 난 작은 집을 하나 얻었소. 찰스턴의 수족관 근처에 있는 콘도로, 부두와 정박소가 달려 있는 곳이지. 여기서 차나 오토바이로 쉽게 갈 수 있는 곳이오. 박사한테 말하려고 했는데, 일이 벌어지고 만 거요."

나는 주위를 둘러보며, 마리노가 말한 일이란 게 무엇인지 생각해본다.

'무슨 일이 있다는 거지? 대체 무슨 일이야?'

"박사가 미행당하지 않은 건 확실해요. 솔직히 벤턴도 박사의 계획과 일정표에 대해 알고 있잖소. 브라이스가 그 내용들을 이메일로 보냈으니까. 전부 다 CFC 컴퓨터에 남아 있어요."

마리노가 말을 잇는다.

그가 말하고 싶은 건 일정표에 브라이스가 예약한 차량이 적혀 있는 것과 달리, 후드 실 상태도 안 좋고 제대로 움직이지도 않는 이 화물용 밴에 대해서는 나와 있지 않으며, 하얏트 호텔 방도 취소했기 때문에 고려할 여지가 없다는 뜻이다. 하지만 마리노가 무슨 의도로 벤턴을 언급한 건지는 알 수가 없다.

"이렇게 설명할 수 있소. 로컨트리 컨시어지 커넥션에서 케이 스카페타 박사 이름으로 보낸 도요타 캄리는 주차장에 세워져 있어요. 아마 일정표나 이메일, 혹은 다른 경로로 여행 일정을 알아낸 누군가가 그 근처에서 어슬렁거리면서 박사를 기다리고 있었겠지. 하지만 박사는 그 자리에 나타나지 않은 거요. 만일 그자들이 호텔에 전화를 하더라도, 박사가 애틀랜타에서 연결편을 놓치는 바람에 방을 취소했다는 사실을 알게 될 거요."

마리노가 말한다.

"어째서 벤턴이 날 미행한다는 거예요?"

"벤턴이야 그러지 않겠죠. 하지만 누군가가 박사의 이메일이나 벤턴의 이메일을 보고 일정을 알게 될 수도 있단 말이오. 어쩌면 벤턴도 그런 일이 일어날 가능성이 있다는 것을 알기 때문에 박사가 여기 오는 것을 싫어했던 걸 수도 있어요."

"벤턴이 내가 여기 오는 걸 좋아하지 않았다는 건 어떻게 알았어요?"

"박사를 미행하는 사람은 벤턴이 아니니까."

나는 대꾸도 하지 않고, 마리노의 눈을 쳐다보지도 않는다. 대신 주위를 둘러본다. 자세히 보니 오래된 벽돌이 드러나 있고, 소나무 바닥에 거친 참나무 대들보가 보이고, 흰색 회반죽을 칠한 천장이 높은 아파트다. 제이미보다는 내 취향의 집이다. 거실에는 가죽 소파와 거기에 어울리는 안락의자, 석판으로 된 커피 테이블처럼 간단한 가구들만 놓여 있고, 커다란 주방에는 석조 조리대에 스테인리스 스틸로 된 온갖 주방기기들이 놓여 있다. 확실히 제이미 취향은 아니다.

그림도 없다. 내가 알기로 제이미는 그림을 모은다. 커다란 창문으로 어둠이 짙게 내려앉은 가운데 멀리서 새하얀 달이 조그맣게 빛나고 있다. 그 창문 아래 놓여 있는 책상이나 바닥에는 개인적인 물건들은 보이지 않는다. 가구들이나 양탄자가 제이미의 것으로 보이지 않는다. 나는 그녀의 취향을 알고 있다. 현대적이고 단순하며, 단풍나무나 자작나무처럼 가벼운 목재로 된 이탈리아제나 스칸디나비아제의 고급 가구들을 좋아한다.

제이미는 자신의 생활과는 정반대로 단순한 것을 좋아했다. 나는 그녀가 그린위치 빌리지에 있는 루시의 아파트를 얼마나 싫어했는지를 떠올린다. 예전에 양초 공장이었던 근사한 건물이다. 제이미가 그 집을 '루시의 외풍이 심한 오래된 헛간'이라고 불렀을 때 기분이 나빴다.

"제이미가 이 집을 빌린 모양이네요. 어째서죠?"

내가 앉은 갈색 가죽 소파는 복제 가구다. 제이미의 취향이 전혀 아니다.

"당신은 어떻게 이 일에 끼어든 거예요? 난 어떻게 엮이게 된 거죠? 왜 당신은 누군가가 나를 미행할 거라고 확신하는 건데요? 내가 걱정되면 전화할 수도 있었잖아요. 지금 뭐 하는 거죠? 이직이라도 한 거예요? 내게 알리지도 않고 제이미와 다시 일하기로 한 건가요?"

"이직한 건 아니오, 박사."

"아니라고요? 제이미는 당신을 어떤 일에 끌어들였어요. 지금쯤은 제이미가 어떤 사람인지 알아야죠."

제이미 버거는 깜짝 놀랄 정도로 계산적인 사람이다. 그래서 마리노는 제이미와 맞지 않는다. 그는 뉴욕 경찰국에서 수사관으로 제이미의 사무실에 배속되었을 때 맞지 않았다. 지금도, 앞으로도 제이미와는 맞지 않을 것이다. 어떤 이유로든 그녀가 마리노를 이곳에 데려오고, 나를 여기까지 불러들인 건, 사실이든 아니든 계산된 교묘한 책략으로 느껴질 뿐이다.

"당신이 제이미의 요청에 따라 여기 있는 걸 보면, 사실상 그녀를 위해 일하는 거라고 봐야죠. 내 등 뒤에서 제이미의 지시에 따라 내 차를 바꿔치기하고 호텔 방을 취소한 것만 봐도 나를 위해 일하는 건 확실히 아니니까요."

"난 박사를 위해 일해요. 이건 그냥 제이미를 도운 것뿐이오. 난 지금 하는 일을 그만둘 생각이 없어요. 박사를 상대로 그런 지저분한 짓은 하지 않을 거요."

마리노는 깜짝 놀랄 정도로 부드럽게 말한다.

나는 20년 넘게 알고 지낸 세월 동안, 같이 일하면서 그가 내게 지저분한 짓을 했다는 말을 하지 않는다. 캐슬린 롤러가 했던 말을 떠올리지 않을 수 없다. 그 말이 매 순간 머릿속에 들어온다. 잭 필딩이 캐슬린에게 편지를 쓴 건 90년대 초반으로, 학생처럼 유선 공책을 편지지로 썼다. 미숙하고 건방지고 비열한 학생처럼 내게 화를 냈다. 잭과 마리노는 내가 조금 더 편안하게 풀어지고, 인간미를 갖기 위해서는 남자와 잠을 잘 필요가 있다고 생각했다. 순간 내 앞에 서 있는 마리노가 그때의 마리노로 돌아간다.

나는 마리노가 예전에 타고 다니던 진청색의 표시 없는 크라운 빅을 떠올린다. 차 안은 안테나들과 비상등, 구겨진 패스트푸드 봉투들로 가득하고, 재떨이는 넘쳐흘렀으며, 백미러 뒤에 걸어둔 굳어지기 시작한 방향제와 담배 냄새가 가득 배어 있었다. 나는 마리노가 반항적인 눈빛으로 노골적으로 쳐다보던 것을 기억한다. 덕분에 내가 버지니아 주 최초의 여자 법의국장이라는 사실을 잊지 않을 수 있었다. 하지만 그에게 나는 성적 대상이었다. 동맹의 수도(남북전쟁 당시 남부에서 동맹을 만들었고 버지니아 주 리치먼드가 그 중심지였다는 의미 - 옮긴이)에서 매일 일을 마치고 집으로 돌아가던 때가 떠오른다. 그때 나는 어디에도 속해 있지 않았다.

"박사?"

리치먼드. 아는 사람이 하나도 없었던 곳.

"왜요?"

내가 혼자였던 순간을 기억한다.

"괜찮은 거요?"

나는 그때 이후로 스무 살을 더 먹은 마리노에게 집중한다. 내 앞에 서 있는 그는 야구공처럼 머리가 벗어지고, 햇볕에 그을려 있다.

"만일 캐슬린 롤러가 이번 일을 거절하면 어떻게 하려고 했어요? 제이미의 전화번호를 적은 쪽지를 내게 전해주지 않겠다고 했으면? 그땐 어떻게 하려고 한 거죠?"

"나도 그 점을 걱정했소."

마리노는 창가로 걸어가더니 어두컴컴한 바깥을 내다본다.

"하지만 제이미는 캐슬린이 그 쪽지를 당신에게 전해줄 거라는 걸 알고 있었어요."

그는 내게 등을 돌린 채, 제이미가 어디쯤 오고 있는지 찾는 것처럼 창밖을 내다보며 말한다.

"제이미는 알고 있었을 거예요. 그 점이 기분 나쁘긴 하지만."

내가 대답한다.

"박사가 기분이 좋지 않다는 건 알아요. 하지만 이번 일에는 그럴 만한 이유가 있어요."

그는 내 앞에 다가와 멈춰 선다.

"제이미는 지금 박사에게 직접 연락할 수 없는 상황이오. 안전을 위해서 아무도 눈치채지 못하는 방식으로 박사가 먼저 전화를 걸게 만들어야 했어요."

"이번 일이 법적 전략이라면, 어째서 제이미는 스스로를 보호해야 하는 거죠?"

"제이미가 이 모임을 주관한 흔적이 남으면 안 돼요. 이 시점에서 박사에게 연락한 이유는 단순하고 간단하죠. 박사한테는 내일 공식적으로 연락을 취할 거요. 법의관 사무실에서 업무 관련으로 말이오. 하지만 여기선 안 돼요. 지금 이 자리에서 만나는 건 안 된다는 거지."

"내가 제대로 알아들은 건지 확인해봐요. 그러니까 난 지금 여기 있지 않은 거고, 오늘 밤에 제이미도 보지 않았다는 거죠."

"맞아요."

"나도 당신들 두 사람이 지어낸 거짓말에 동조해야 한다는 말이군요."

"박사 자신을 위해서도 필요한 일이오."

"난 누구하고든 연락할 계획 같은 건 없었어요. 당신이 말하는 일이 뭔지도 모르겠고."

하지만 나는 그게 뭔지 알 것 같다. 조던 일가의 부검 기록과 그 사건에 관련해 지역 법의관실과 과학수사연구소에 남아 있는 증거들 때문일 것이다.

"난 아침에 떠날 거예요."

나는 책상 옆 바닥에 쌓여 있는 파일들로 시선을 돌리며 말한다. 파일들은 다른 색 표지에, 내가 알아볼 수 없는 약자나 머리글자로 분류되어 있다.

"내일 아침 8시에 박사를 데리러 가겠소."

마리노는 무슨 일을 해야 할지 모르는 사람처럼 방 한복판에 서 있다. 그리고 그의 거대한 존재감에 주변 모든 것들이 흔들리는 것 같다.

"무슨 일로 모인 건지 말해주면 도움이 될 거예요."

"박사가 화났을 때는 말하기가 어려워요."

마리노가 나를 쳐다본다. 나는 앉아 있지만 그는 서 있다. 난 그 상황이 마음에 들지 않는다.

"마지막으로 확인하는 건데, 당신은 나를 위해 일하는 거예요. 제이미가 아니라. 제이미나 다른 누구도 아닌 나한테 충성심을 보여야 한단 말이에요."

내 목소리는 화난 것처럼 들린다. 하지만 난 상처받았다.

"그렇게 서 있지 말고 자리에 좀 앉아요."

"만일 내가 제이미를 돕는다면 기존과는 좀 다른 방식으로 하고 싶어요. 박사는 안 된다고 할 거요."

그가 안락의자에 앉자 삐걱거리는 소리가 난다.

"지금 당신이 무슨 말을 하는지도 모르는데, 내가 뭐라고 대답할지 어떻게 안단 말이에요?"

내가 어려운 사람이라고 그가 비난하는 것처럼 느껴진다.

"어떻게 된 일인지 박사야 모를 수밖에 없죠. 아무도 이야기해준 사람이 없으니까."

마리노는 몸을 앞으로 내밀며, 작은 바퀴덮개 크기의 맨 무릎 위에 커다란 팔꿈치를 올려놓는다.

"박사를 파멸시키고 싶어 하는 사람들이 있소."

"그거야 이미 기정사실로 생각하고 있는데……."

내가 말을 시작하지만, 마리노가 말을 가로막는다.

"아니요."

그가 고개를 젓는다. 가무잡잡하게 탄 두툼한 턱 위에 모래처럼 수염이 거뭇거뭇 올라온다.

"박사는 알고 있다고 생각하지만, 사실 그렇지 않아요. 던 킨케이드가 뻐꾸기 둥지 속에 갇혀 있는 동안에는 박사한테 손을 대지 못할 거라고 생각하겠지만, 다른 방식도 있고 다른 사람들도 있어요. 던 킨케이드는 박사를 끌어내릴 계획을 가지고 있소."

"그 여자가 어떻게 버틀러 교도소 직원들이나 경찰들 모르게, FBI의 눈을 피해 불법적인 연락을 하거나 폭력적인 의도를 전달할 수 있다는 건지 모르겠네요."

나는 이성적이고 냉정하게 말한다. 잭과 마리노가 20년 전에 나에 대해 했던 시시껄렁한 농담이나, 날 어떻게 생각했는지에 대해, 나를 비웃고 고립시킨 일에 대해 마음 상하지 않기 위해 노력하면서 감정을 억누르고 분노를 다스린다.

"그거야 쉽죠. 그 여자의 지저분한 변호사들이 있으니까. 그자들도 제이미가 캐슬린 롤러와 만났을 때 했던 것과 같은 방식으로 연락을 취했을 겁니다. 녹화나 녹음이 걱정될 경우 글로 쓰면 되는 거요. 쪽지를 건네주는 거지. 메모지에 쓴 걸 읽으면 되는 거요. 아무 말도 할 필요가 없어요."

"당신 말대로라면 던 킨케이드의 변호사들이 청부 살인자를 고용했을 가능성도 있겠군요."

"그자들이 청부 살인자를 고용했는지는 모르겠소. 하지만 그자들은 박사를 파멸시키고 감옥에 보내고 싶어 하지. 어떤 식이든 박사는 지금 아주 위험한 상황에 처해 있는 거요."

마리노는 생각에 잠긴 채 말한다.

나는 지금 그가 한 말을 완전히 믿는다. 그리고 그 정보들은 모두 제이미에게서 나왔을 거라고 생각한다. '제이미는 어떻게, 무엇 때문에 그런 정보들을 알아낸 걸까?'

"그래도 청부 살인자보다는 당신 밴을 모는 게 더 위험한 것 같아요. 도로 한복판에서 멈춰 섰으면 어쩔 뻔했어요?"

내가 쏘아붙인다.

"차가 고장 났다면 내가 알았을 거요. 박사가 온종일 어디에 있었는지 정확하게 알고 있으니까. 딘 포레스트 로드 북쪽 2킬로미터 정도 떨어진 곳에 있는 총기상 바로 옆에 있었잖소. 내 밴에 GPS 추적 장치를 붙여서 구글 맵으로 위치를 확인할 수 있어요."

"정말 말도 안 돼. 이 모든 일을 꾸민 사람은 누구예요? 진짜 이유는 뭐예요? 당신 생각은 아닐 거예요. 제이미는 여기 와서 롤라 대거트와 이야기를 했죠? 그 사건에서 내가 무슨 일을 할 수 있다는 거예요? 당신은 무슨 일을 하는 거고? 제이미가 진짜 원하는 게 뭐죠?"

"두 달 전에 제이미가 CFC로 전화했소. 우연히 브라이스 사무실에서 내가 그 전화를 받았지. 제이미는 마침 캐슬린 롤러와 같은 교도소에 있는 롤라 대거트 사건과 관련된 정보를 찾고 있다고 했어요. 제이미는 내가 롤라 대거트에 대해 아는 것이 없는지 관심이 많았소. 어떤 이유로든 던 킨케이드 조사에서 그 여자의 이름이 나왔다면……."

"나한테 그 말을 했어야죠."

나는 마리노의 말을 가로막는다.

"제이미는 박사가 아니라, 나한테 물어봤소."

그는 마치 제이미 버거가 CFC 국장이고, 자기 상관인 것처럼 말한다.

"오래지 않아 제이미가 전화 건 용건이 그게 다가 아니라는 걸 알게 됐어요. 일단 그 전화는 지방 검사 사무실 번호가 아니었소. 모르는 번호였어요. 제이미가 낮 시간에 자기 아파트에서 전화한 거였지. 이상하다는 생각이 들었어요. 그러자 제이미가 말했소. '너무 깊이 관여하다 보니 한숨 돌리기 전에 긴장을 좀 풀어야 할 것 같아서요.' 그 말은 내가 제이미와 함께 일할 때 전화 통화가 아니라 은밀히 이야기할 필요가 있을 때 쓰던 암호였지. 그래서 난 곧장 남부역으로 달려가 아셀라 특급을 타고 뉴욕으로 갔소."

마리노는 사과하지 않는다. 그는 자신이 하고 있는 일과 말에 확신이 가득하다. 마리노는 지난 두 달 동안 내게 아무 말도 하지 않은 것에 대해 전혀 거리낌이 없다. 제이미 버거가 아주 능숙하고 민첩하게 마리노를 체스판의 졸처럼 움직였기 때문이다. 그녀는 마리노에게 전화를 걸어 암호를 말했을 때 자신이 무슨 일을 하고 있는지 정확하고 알았다.

"난 사실 놀랐소. 박사가 그 망할 집에 여전히 살고 있다는 것도 그렇고, FBI 요원인 벤턴과 박사가 전화를 도청당하고 있다는 것도 몰랐다니 말이오."

마리노가 말한다.

그는 가죽 의자에 몸을 파묻으며, 두꺼운 다리를 꼰다. 예전에 가공할 만한 힘을 가졌던 다리에 아직 남아 있는 힘을 볼 수 있다. 권투 선수였을 당시 마리노의 사진을 봤던 기억이 난다. 헤비급 선수일 때의 그는 문명화된 모습은 찾아볼 수 없는 짐승 같은 모습이었다. '얼마나 많은 사람들이 마리노로 인해 뇌진탕을 입거나, 뇌 손상으로 목숨을 잃거나, 얼굴이 망가졌을까?'

"그자들은 박사의 이메일을 봤을 거요. 아마 박사를 뒤쫓으면서 미행하고 있을 거요."

내가 그의 커다란 무릎에 남아 있는 흐릿한 흉터를 보면서 어디서 그 상처가 난 건지 궁금해하고 있을 때 마리노가 말한다.

난 소파에서 일어난다.

"상황이 어떤지 박사도 알아야 해요."

마리노의 목소리가 뒤따라온다. 나는 한 번도 쓰지 않은 것 같은 설비가 잘 갖추어진 주방으로 들어간다.

"그자들은 박사를 염탐할 수 있게 법원 명령을 얻었어요. 박사는 나중에야 그 사실을 알게 될 거요."

09

진실의 일면

나는 그에게 마실 것을 권하지 않는다. 냉장고를 열고 유리 수납칸을 살피면서 아무 말도 하지 않는다. 포도주, 탄산수, 다이어트 콜라. 그릭 요거트. 고추냉이와 생강초절임, 저염간장.

찬장을 열자, 이 집에 속한 걸로 보이지 않은 기본적인 접시들과 취사 도구들이 보인다. 소금과 후추 외에 다른 양념은 없다. 조니워커 블루 5년 산 한 병도 있다. 나는 식료품 저장실에서 물을 한 병 가져온다. 저장실 안에는 더 많은 다이어트 음료들과 종합비타민, 진통제, 소화제가 들어 있다. 그걸 보니 제이미가 제대로 된 생활을 하지 않고 있다는 것을 알 수 있다. 나는 상실감을 두려워하는 사람들의 찬장과 식료품 보관실, 냉장고에 무엇이 들어 있는지 알고 있다. 제이미는 루시를 잊지 못하고 있었다.

"어떻게 박사한테 말하지 않을 수 있단 말이오? 나라면 그러지 않았을 거요. 원칙 같은 건 지키지 않았을 거란 거지. 만일 연방 요원들이 박사를 쫓고 있다면 그 사실을 알리고 조심하라고 했을 거요. 나라면 그렇게 했어요. 벤턴이 착한 연방 요원처럼 규칙을 지키면서 자기가 속해 있는 기관에서 아내를 조사하는데도 아무것도 하지 않고 앉아 있을 때 말이오. 그자는 그날 밤 그 일이 터졌을 때도 그랬지. 박사가 컴컴한 바깥에 나가 있는 동안 난로 앞에 앉아 술이나 마시고 있었잖소."

마리노는 벤턴에 대한 험담을 계속 늘어놓는다.

"그런 건 아니에요."

"벤턴은 던 킨케이드를 포함한 다른 범인들이 도주 중인 상태였다는 것을 알고 있었소. 그런데도 밤중에 박사를 혼자 내보냈어요."

"별일 없었잖아요."

"박사가 죽지 않은 건 기적이오. 빌어먹을, 난 그 일은 벤턴 책임이라고 생각해요. 그자의 무신경 때문에 눈 깜짝하는 순간에 모든 일이 끝났을 수도 있소."

난 소파로 돌아간다.

"난 벤턴을 용서할 수 없어요."

그는 마치 자기에게 용서를 빌어야 할 일인 것처럼 말한다. 어떻게 제 이미가 마리노에게 벤턴에 대한 악감정을 불러일으켰는지 궁금하다.

그녀는 가볍게 자극만 해도 폭발하는 마리노의 질투심을 건드렸을 것이다.

"벤턴은 박사가 여기 오는 것을 바라지 않았소. 하지만 같이 올 생각은 없었지. 안 그래요?"

마리노는 큰 소리로 격하게 말한다. 나는 그 편지에 대해서, 그가 얼마나 이기적이고 불안한지에 대해 생각한다.

내가 버지니아 주 법의국장으로 임명되었을 때, 마리노는 인기 있는 형사였다. 그는 전혀 도움이 되지 않았고 불친절했다. 마리노는 나를 계속 일에서 배제시키다가, 언젠가부터 나를 친구이자 동료로 생각하기 시작했다. 어쩌면 그럴 만한 이유가 있었던 건지도 모른다. 내가 가진 권한이나 그를 대하는 방식 때문일 수도 있다. 나를 자기편으로 만드는 것이 나았을 것이다. 특히 좋은 일자리는 적고, 그도 나이가 들어가고 있는 상황에서 좋은 일자리를 얻으려면 말이다. 만일 내가 마리노를 해고했다면, 그는 잘해야 핑커턴 경비원 자리를 얻었을 것이다. 나는 화가 치솟지만, 그 즉시 감정을 억누른다. 금방이라도 눈물이 터질 것 같다.

"난 벤턴이 나와 같이 서배너로 오는 걸 바라지 않았어요. 그리고 그 사람은 틀림없이 교도소에 들어갈 수 없었을 거예요. 그건 불가능한 일이었을 테니까."

나는 물을 한 모금 마시고 대답한다.

"심지어 당신 말대로, FBI가 말도 안 되는 이유로 나를 수사 중이라고 해도 벤턴은 모르고 있을 거예요."

나는 가죽 소파에 기대앉는다.

"그쪽에서 벤턴에게 말하지 않았을 테니까."

나는 내 평판에 대한 캐슬린 롤러의 말을 다시금 떠올리면서 논리적으로 대답한다. 캐슬린과 달리 난 잃을 것이 있다.

난 암시 비슷한 경고를 받은 것을 생각한다. 마치 캐슬린은 내게 경고하는 것 같았고, 앞으로 내게 닥쳐올 불행을 생각하며 기뻐하는 것 같았다. 나는 그 편지들과 그녀가 말해준 편지 내용들을 떠올린다. 그 일로 받은 상처에 멍해진다. 20년도 훨씬 지난 일이고, 그리 중요한 일이 아님에도 그렇다.

"그 빌어먹을 수사기관에서 범죄 정보부서 일을 하는데 어떻게 모를 수가 있단 말이오?"

마리노가 단호하게 말한다. 이럴 때마다 나는 그가 벤턴을 얼마나 싫어하는지 알 수 있다.

마리노는 내가 벤턴과 결혼했다는 사실을 결코 받아들이지 못하고, 그로서는 절대 이해할 수 없는 차원의 매력을 가진 냉담해 보이는 남편과 내가 행복할 수도 있다는 것을 인정하지 않을 것이다.

"당신은 이 일을 어떻게 알게 됐는지부터 말해봐요."

내가 말한다.

"연방 요원들이 CFC에 자료 보존 명령을 내렸어요. 우리 서버에서 아무것도 지우지 못하게 말이오. 그 사실이 뭘 말하겠소. 그자들은 박사의 이메일을 몰래 훔쳐봤을 것이고, 어쩌면 다른 것들을 봤을 수도 있다는 거요."

"법원에서 그런 명령이 떨어진 걸 나는 왜 몰랐던 거죠?"

나는 CFC 서버에 있는 아주 민감한 정보들을 떠올린다. 그중 일부는 극비로 분류되어 있으며, 심지어 국방부의 일급비밀인 정보들도 있다.

"젠장. 내가 하는 말을 듣고도 박사는 어떻게 그렇게 침착할 수 있는 거요? FBI가 박사를 조사하고 있어요. 박사를 겨냥하고 있는 거란 말이오."

마리노가 말한다.

"날 표적으로 삼고 있다는 건 이미 알고 있어요. 연방 범죄로 기소 위기에 처해 있을뿐더러, 연방 요원들과 면담도 했으니까. 저들은 나를 대배심에 세울 거예요. 지금쯤 레너드 브라조한테 연락했을지도 몰라요. 그런데 어째서 법원 명령에 대해 아무도 나한테 말하지 않은 거죠?"

내가 다시 묻는다.

"박사가 알 필요가 없다고 생각했기 때문일 거요. 나도 그 일은 모르고 있었소."

"루시는 알고 있어요?"

"그 애는 IT 전문가잖소. 그 통지는 루시가 받았겠지. 전자 통신을 삭제하는 문제는 그 애한테 달린 일이니까 말이오."

루시는 그 일을 마리노에게 알렸다. 하지만 나한테는 말하지 않았다.

"우린 원래 아무것도 삭제하지 않으니까, 보존 명령은 사실상 아무 의미가 없죠."

내 생각에 이건 위협 전술이다. 마리노는 법률가가 아니다. 제이미는 자신의 목적에 부합하는 이유로 그가 도를 넘게 만들었다.

"박사는 이 일이 아무것도 아닌 걸로 여기는 것 같소."

마리노는 믿지 못하겠다는 얼굴이다.

"애초에 내 사건은 연방 법원에서 재판받기로 되어 있어요. 연방 요원들, FBI가 전자 기록에 관심을 가지는 건 당연해요. 특히 잭의 기록들을 주목하겠죠. 내가 도버에 있는 동안 잭은 다수의 불법적인 활동과 위험한 사람들에 깊이 연루되어 있었으니까요. 딸인 던 킨케이드와 연관된 건 말할 것도 없고 말이죠. FBI는 이미 나와 있는 잭과 관련된 정보들을 모두 봤어요. 아직도 더 찾고 있는 중이죠. 그래서 난 보존 명령이 떨어질 거라고 예상했어요. 하지만 그럴 필요도 없었죠. 내가 뭘 지운단 말이에요? 조지아 여행 일정? 난 루시가 이번 일을 혼자서만 알고 있었다는 사실이 더 놀라워요."

"우리 모두 사법 방해죄로 기소당할 수도 있으니까."

마리노가 말한다.

"아무래도 제이미가 당신 머릿속에 그런 걱정을 심어놓은 게 분명해요. 제이미가 이 일로 루시와도 이야기했나요?"

"제이미는 루시와 말을 하기는커녕, 그 애 얘기도 꺼내지 않아요."

마리노가 제이미와 루시가 연락하지 않았을 거라는 내 생각을 확인해준다.

"내가 루시와 브라이스에게 말했지. 신중하게 행동하지 않으면 박사가 감옥에 갈 수도 있다고 말이오. 그리고 박사가 몰라도 되는 일들이 뭔지 말해주었소."

"당신이 그 두 사람의 입단속을 시킨 덕분에 내가 감옥에 가지 않게 됐으니 고맙다고 해야겠네요."

"하나도 재미없소."

"전혀 아니에요. 마치 내가 어떤 정보를 가지고 있고, 그 정보들을 삭제하는 등의 불법적인 대응을 하는 것처럼 보이고 싶지 않아요. 난 항상 감시당하고 있어요, 마리노. 일거수일투족을 말이에요. 제이미가 뭐라고 했기에 그렇게 편집증적으로 불안해하는 거예요?"

"그자들이 박사에 대해 캐묻고 다닌다고 했소. 지난 4월에 FBI 요원 두 명이 제이미의 아파트로 찾아왔다고 했어요."

난 배신감을 느낀다. FBI나 벤턴, 심지어 제이미도 아닌 마리노에게. 그 편지들. 그가 내 후배인 잭과 함께 그런 식으로 나를 조롱하고 폄하하고 있을 줄은 꿈에도 몰랐다. 일을 시작한 지 얼마 되지 않았던 내 등 뒤에서 마리노는 내가 데리고 있는 직원을 물들이고 있었다.

"그자들은 제이미에게 박사의 성격에 대해 질문했다고 했소. 제이미가 박사를 개인적으로 알고 있는 데다가, 리치먼드 시절부터 함께했던 역사가 있으니까."

마리노가 말한다. 하지만 나는 캐슬린 롤러가 그 편지들에 대해 했던 말만 떠오를 뿐이다.

"그들은 제이미가 공직을 떠나기 전에 궁지로 몰아넣고 싶어 했어요. 아마 유감도 있었을 거요. 정치적으로. 아무래도 제이미는 뉴욕 경찰과 문제도 있고……."

"맞아요. 내 성격이 그렇죠."

도저히 참지 못하고 속마음이 튀어나온다.

"왜냐하면 나는 일에 관한 한 아주 끔찍한 사람이니까요. 정말 곤란한 사람이죠. 죽어야만 관련될 수 있는 사이니까."

"그게 무슨……?"

"곤란한 사람이란 이유로 고소당할 수도 있겠네요. 사람들을 비참하게 만들고 망가뜨리는 끔찍한 인간이니까. 어쩌면 그런 이유로 감옥에 가게 될지도 몰라요."

"무슨 문제라도 있소? 대체 무슨 말을 하는 거요?"

마리노가 나를 쳐다본다.

"아무도 잭이 캐슬린 롤러에게 보낸 편지들을 나한테 보여주고 싶은 사람은 없을 거예요. 왜냐하면 당신과 잭이 리치먼드에 있을 당시 나에 대해 뭐라고 떠들었는지 알고 있으니까. 당신과 했던 말을 잭이 캐슬린에게 그대로 편지에 써서 보냈죠."

"무슨 편지를 말하는 건지 모르겠군." 마리노는 멍한 표정으로 몸을 앞으로 내민다. "잭의 집에서 편지 같은 건 나오지 않았소. 캐슬린 롤러에게 받은 편지도 없었고. 잭이 정말 편지를 보냈다고 하더라도 그 여자한테 무슨 이야기를 했다는 건지 모르겠소. 하지만 난 그런 편지는 없었을 거라고 생각하오."

"어째서요?"

난 더 이상 참지 못하고 소리친다.

"잭은 여자 없인 못 살던 사람이오. 그런데 자기가 어릴 때 성추행했던 여자와 편지를 주고받는다는 걸 부인이나 여자 친구들이 알게 되면 좋을 게 없잖소?"

"그 두 사람은 이메일도 주고받았어요. 그건 사실이잖아요."

"부인이나 여자 친구들이 잭의 이메일까지 보진 않았을 거요. 하지만 우편함에 들어 있거나, 서랍이나 다른 곳에 놓아둔 편지는 볼 수도 있지. 난 잭이 그런 위험을 감수했을 거라고 생각하지 않아요." 마리노가 말한다.

"그런 식으로 내 기분을 달래려고 하지 말아요."

"난 어떤 편지도 본 적 없소. 그리고 잭은 캐슬린 롤러에 대해 철저히 숨겼어요. 우리가 알고 지낸 세월 동안 잭은 한 번도 그 여자나 특수학교에서 있었던 일에 대해 말한 적이 없어요. 그리고 그 당시에 내가 했던 말들도 기억나지 않아요. 솔직히 아주 좋은 말만 하진 않았겠지. 박사가 처음 법의국장으로 왔을 때는 까칠하게 굴기도 했을 거요. 박사도 아무 짝에도 쓸모없는 죄수가 떠드는 헛소리에 신경 쓸 것 없소. 그 여자의 말이 사실이든 아니든 캐슬린 롤러는 박사를 상처 입히고 싶은 거니까."

우린 서로를 쳐다본다. 나는 아무 말도 하지 않는다.

"제이미가 너무 늦는 것 같군요." 마리노가 갑자기 자리에서 일어나더니 창밖을 내다본다. "박사가 나한테 화를 내는 이유를 모르겠소. 사실 박사는 잭에게 화가 난 거니까. 그 망할 자식. 박사는 잭에게 화를 내야 해요. 구제불능 거짓말쟁이 녀석. 박사가 얼마나 그 녀석에게 잘해줬는데.

던 킨케이드가 잭을 먼저 처리해서 다행이오. 아니면 내가 했을 테니까."

그가 내게 등을 돌린 채 계속 창밖을 내다보고 있는 동안, 나는 아무 말 없이 자리에 앉아 있다. 느닷없이 폭발했던 감정은 거센 폭풍우처럼 지나간다. 그러자 조금 전에 마리노가 제이미 버거에 대해 했던 말이 떠오른다. 나는 그의 크고 넓은 등을 쳐다보며, 조금 전 제이미가 공직을 떠난다고 했던 말이 무슨 의미냐고 물어본다.

"말 그대로요." 마리노가 뒤돌아보지도 않고 대답한다.

제이미는 더 이상 맨해튼 지방 검사가 아니라는 것이다. 그녀는 검사직을 사임했다. 일을 그만둔 것이다. 실력이 뛰어난 수많은 검사들이 그렇듯 그녀도 반대편으로 돌아선 것이다. 대부분은 그렇게 된다. 끝도 없이 이어지는 비극적인 사건들과 기생충 같은 인간들, 무자비한 폭력배들, 요리조리 빠져나가는 사기꾼들에 질려버리면, 칙칙한 관청과 복잡하고 따분한 관료 체계 속에서 박봉에다 힘들기만 한 그 일을 그만두는 것이다. 나쁜 사람들이 나쁜 사람들에게 나쁜 짓을 한다. 공공의 인식에도 불구하고 피해자들이 항상 순진하거나 불쌍한 것도 아니다. 제이미는 내 환자들은 거짓말하지 않는다는 점이 행운이라고 말하곤 했다. 목격자나 피해자는 힘들 때만 진실을 말했다. 제이미는 그들이 죽은 사람이라면 한결 쉬울 거라고 생각한다고 말했다. 적어도 그녀의 말 중에 하나는 맞다. 죽은 상태에서는 거짓말하는 게 더 힘들다.

하지만 난 제이미가 공직을 떠날 거라는 생각을 결코 해본 적이 없었다. 은퇴 파티나 송별회, 심지어 오찬이나 케이크, 퇴근 뒤에 술집에서 한잔하는 것조차 거절했다는 마리노의 이야기를 들으며 그녀가 돈에 이끌려서 그런 결정을 내리진 않았을 거라고 생각한다. 제이미는 대대적인 축하를 받거나, 어떤 공지도 없이 조용히 떠났다. 그리고 바로 CFC로 전화를 걸어 롤라 대거트에 대해 물었다고 한다. 나는 무슨 일이 벌어졌다는 것을 알게 된다. 제이미뿐만 아니라 마리노에게도 말이다. 그 두 사람의 인생이 변했다는 것을 느끼며, 그 사실을 내가 이제야 알게 되었다는 것에 실망한다. 두 사람 중 누구도 내게 그 사실을 말해주지 않았다는 것이 슬프다.

어쩌면 내가 정말 사람들에게 어려운 사람일지도 모른다. 캐슬린 롤러는 내게 잔인한 평가를 내리며 의기양양한 표정을 짓는다. 평생 그 순간을 가장 고대하고 있었던 것처럼. 나는 무방비 상태다. 내가 얼마나 무방비 상태인지를 깨닫는다. 왜냐하면 캐슬린이 했던 말 중에는 진실의 일면도 있기 때문이다. 난 쉬운 사람이 아니다. 실제로 친구도 별로 없다. 루시, 벤턴, 예전 직원들 중 몇 명. 그중에는 마리노도 있다. 가장 안 좋은 건 마리노가 여전히 옆에 있고 난 변화를 원하지 않는다는 것이다.

"뭔가 알아보려고 제이미가 CFC에 전화한 것 같지는 않아요. 내가 보기에 그녀가 CFC에 전화를 하고, 당신이 기차를 타고 뉴욕으로 간 건 우연의 일치가 아니에요. 당신이 낚시며 보트 이야기를 꺼내더니, 남부로 사라져버린 것도 말이죠." 나는 비난하는 어조로 말하지 않는다.

"내가 박사와 함께 일하지 않는 게 나을지도 몰라요." 마리노가 다시 의자 앞으로 돌아오며 말한다. "강력반 형사로 일했을 때가 더 좋았던 것 같소. 박사 사무실에서 일하다가 제이미 사무실에서 일하고, 이렇게 다시 박사 사무실에서 일하는 대신 말이오. 난 경험 많은 강력반 형사고, 범죄현장과 살인 사건 수사에 단련된 사람이니까. 젠장, 그런 일들이 내가 할 수 있고 잘 아는 일이잖소? 난 남은 평생을 좁은 사무실 안에 처박힌 채 지시가 내려오길 기다리거나, 무슨 일이 일어나기만 기다리고 싶지 않아요."

"당신은 일을 그만둘 생각이군요. 지금 그 말을 하려는 거죠?"

내가 대꾸한다.

"그런 건 아니오."

"당신은 원하는 인생을 살 자격이 있어요. 내가 알고 있는 어느 누구보다 그럴 자격이 충분하죠. 다만 당신이 그런 생각을 나와 나눌 수 없다고 생각한다는 게 실망이에요. 그 점이 가장 괴로워요."

"일을 그만두고 싶은 건 아니오."

"이미 그런 생각을 하고 있는 것처럼 들려요."

"난 독자적으로 일하고 싶어요. 뉴욕에 갔을 때 제이미와 그런 이야기를 했소. 제이미는 독립하면서 내게도 생각해보라고 했어요. 그래야 그녀가 맡은 사건들을 도와줄 수 있으니까 말이오. 박사도 내 도움을 필요로 한다는 걸 알고 있소. 난 그저 누구에게도 속하고 싶지 않은 것뿐이오."

"당신이 나한테 속해 있다고 생각한 적 없어요."

"난 그저 조금 더 독립적으로, 자존심을 지키고 싶은 것뿐이오. 박사는 그런 걸 모를 거라고 생각해요. 박사 같은 사람은 자존감이 부족할 이유가 없으니까."

"나 역시 마찬가지예요." 내가 대답한다.

"난 그저 물가에 있는 작은 집에 살면서, 오토바이를 타고 낚시도 하러 다니고 싶소. 그리고 날 존중해주는 사람과 일하고 싶은 거요."

"제이미가 롤라 대거트 사건에 당신을 고용했나요?"

"제이미한테 보수를 받지는 않았소. CFC에서 일하고 있는 한 그렇게 할 수 없다고 했지. 그리고 적절한 때에 그 문제에 대해 박사한테 말하려고 했어요." 마리노가 말할 때 잠긴 방문을 여는 소리가 들린다.

제이미 버거의 모습과 함께, 고기 냄새가 난다. 감자튀김과 트뤼프 냄새도 난다.

10

델리의 악마

그녀는 주방 조리대 위에 커다란 푸른색 종이봉투 두 개를 올려놓는다. 보안 카메라가 필요한 조지아 해안 지역에서 비밀 작전을 수행하고 있는 전직 뉴욕 지방 검사는 눈에 띄게 여유롭고 밝은 모습이지만, 나는 그녀가 메고 있는 갈색 소가죽 호보 핸드백 속에 총이 들어 있을 거라고 생각한다.

제이미의 보기 좋게 다듬은 검은 머리는 내가 기억하는 것보다 좀 더 길다. 이목구비가 뚜렷한 얼굴은 여전히 예쁘고, 젊은 애들처럼 유연한 몸매에 색이 날아간 청바지와 흰색 셔츠를 걸치고 있다. 장신구는 전혀 하지 않고, 화장도 아주 연하게 하고 있다. 지금껏 제이미는 대부분의 사람들을 속였을지 몰라도 나를 속일 순 없다. 그녀의 눈에 드리운 그림자가 보인다. 그녀의 미소가 불안하다는 것을 알아차린다.

"미안해요, 케이." 제이미가 볼품없이 무거워 보이는 가방을 의자에 걸쳐놓으며 말한다. 난 그녀가 총을 들고 다니는 것이 마리노의 영향인지 궁금하다.

아니면 루시와 함께 지낼 때 얻은 습관일 것이다. 제이미가 무기를 숨기고 다닌다면 불법일 가능성이 있다. 그녀는 조지아에서 권총 소지 허가를 받지 않았을 것이다. 제이미는 이곳에 제대로 된 아파트를 빌리지 않았다. 그리고 보안 카메라와 총은 불법이다. 어쩌면 일상적인 예방책일지도 모른다. 제이미는 내가 당한 것처럼 일상에서 험한 일이 일어날 수 있다는 것을 잘 알고 있기 때문이다. 그게 아니라면 제이미의 두려움과 불안정함 때문일 수도 있다.

"누군가 날 이런 식으로 끌고 온다면 정말 화를 냈을 거예요. 하지만 앞으로는 이해할 수 있을 것 같아요." 제이미가 말한다.

나는 자리에서 일어나 그녀를 안고 인사할까 생각해보지만, 제이미는 이미 종이봉투를 펼치고 있다. 그녀가 나와 일정 거리를 유지하고 싶어하는 것처럼 보인다. 그래서 나는 그냥 소파에 앉아 지난 크리스마스 때 뉴욕에서 있었던 일과 우리가 함께했던 모든 시간들, 지금 내가 어디 있는지 루시가 안다면 어떻게 할 것인지에 대한 생각을 모두 하지 않으려고 애쓴다. 여전히 아름답지만 상처 입은 눈과 뻣뻣한 미소를 지으며, 그런 위치에 있는 루시의 아파트를 떠올리게 하는 오래된 집에서 핸드백에 총을 소지한 채로 음식 포장지를 풀고 있는 제이미를 보고 루시가 어떤 반응을 보일 것인지 생각하고 싶지 않다.

나는 불신이 임계질량에 이르렀음을 느낀다. 제이미는 자기가 원하는 것을 가지는 것에 익숙한 부류의 여자다. 그런데 한 번 싸워보지도 않고 루시를 포기했고, 너무 쉽게 직장을 그만두었다. '무슨 이유인지는 몰라도 그렇게 하는 것이 자신의 목적에 부합되기 때문이다.' 평결을 내리는 것처럼 그런 생각이 떠오른다. 그래도 난 상관없다는 것을 상기한다. 내가 여기 있는 이유와 내가 의심하고 있는 것—조카의 옛 연인에게 속아서 이용당하고 있다는 것이 사실로 드러나지 않는 한 아무래도 상관없다.

"여기서 몇 블록 떨어진 곳에 있는 '일 파스티치오' 기억해요?" 제이미가 바닥에 포일이 깔려 있고 플라스틱 뚜껑이 덮인 그릇과 수프 같은 것이 담겨 있는 플라스틱 용기를 꺼낸다. 집 안에 허브와 샬럿, 베이컨 냄새가 퍼진다. "지금은 '브로턴 앤드 불'로 바뀌었어요." 제이미는 서랍을 열더니 나이프와 포크, 냅킨을 꺼낸다. "그 집은 알이 작은 양파를 넣은 포트파이가 굉장해요. 토끼찜과 살사 그린토마토 오일을 곁들인 새우 비스크, 할라페뇨를 넣은 베이컨을 곁들인 구운 가리비 요리도 맛있었어요." 그녀는 또 다른 음식 그릇의 뚜껑을 연다. "각자 알아서 먹으면 돼요. 먹기 편하게 덜어줄게요." 그녀는 다시 생각에 잠긴다. 자신이 빌린 집이 익숙하지 않은 것처럼, 식당 식탁이 어딘가에 있기를 바라는 것처럼 주위를 둘러본다.

"새우 바비큐 좀 줘요." 마리노가 의자에서 말한다.

"튀김도 있어요. 그리고 트뤼프 오일을 곁들인 마카로니 치즈도 있어요." 제이미는 마리노가 편한 동료라도 되는 것처럼 말한다.

"그건 됐어요." 마리노가 얼굴을 찌푸린다.

"새로운 것도 시도해보면 좋을 거예요."

"트뤼프이나 트뤼프 오일 같은 건 됐어요. 그렇게 지독한 냄새가 나는 건 먹어보고 싶지 않으니까." 마리노가 책상 옆 바닥에 쌓여 있는 갈색 파일을 집어 들며 말한다. 그 파일에는 검은색 매직펜으로 BLR이라고 쓴 스티커가 붙어 있다.

"좀 도와줄까요?" 난 제이미에게 묻는다. 하지만 자리에서 일어나진 않는다. 그녀가 자신의 공간에 내가 들어가는 걸 원하지 않는다는 것을 느꼈기 때문이다. 어쩌면 단순히 내가 거리감과 건드릴 수 없다는 느낌을 받은 건지도 모른다.

"그냥 가만히 있어요. 종이봉투를 열고 음식을 접시에 담기만 하면 되니까. 당신처럼 요리를 하진 못해도 이 정도 일은 나도 할 수 있어요."

"냉장고에 당신 스시가 있소." 마리노가 말한다.

"내 스시라고요? 좋아요. 안 될 거 없죠." 그녀는 냉장고 문을 열고 마리노가 넣어둔 그릇을 꺼낸다. "가게에 내 신용카드가 등록되어 있어요. 사실대로 말하자면 거의 중독 상태거든요. 적어도 일주일에 세 번은 시키니까. 수은을 걱정해야 할 정도예요. 케이는 아직도 스시를 먹지 않나요?"

"그래요. 아직도 안 먹어요."

"괜찮으면 비스크는 머그에 부을게요. 어디까지 말했어요? 무슨 이야기까지 했는지 알려줘요."

"당신들 두 사람이 오늘 저녁에 이런 일을 저지를 수밖에 없을 만큼 곤경에 처했다는 건 알았어요." 내가 마리노를 대신해서 대답한다.

"정말 미안해요." 제이미가 다시 사과한다. 하지만 그리 미안해하는 것처럼 들리지 않는다.

그녀는 자신이 그런 짓을 해도 된다는 확신이 있는 것처럼 말한다.

"솔직히 지금 일어나고 있는 일에 대해 확실하게 알려주는 것이 내가 할 일이라고 생각해요. 그리고 그 일을 하는 데 있어서 특별히 주의를 기울였을 뿐이에요." 제이미는 주방에서 움직이면서 나를 흘깃 쳐다본다. "당신 뒤를 지켜줘야 한다는 도덕적인 책임감을 느껴요. 지나칠 정도로 신중하게 행동해야 하는 상황에서 당신한테 전화하거나 이메일을 보내거나 직접 연락하는 건 영리하지 못한 짓이죠. 솔직히 말해서 난 연락할 수 없었어요. 당신이 전화해야만 했죠. 당신이 그 사실을 말하지 않는 한 아무도 모를 테니까."

"내가 다른 사람에게 무슨 이야기를 하겠어요? 여름 캠프에서 물건 찾기 게임이라도 하는 것처럼 재소자한테 몰래 받은 쪽지를 들고 가장 가까운 공중전화를 찾아갔다고요?" 내가 대꾸한다.

"난 어제 캐슬린을 만났고, 그 여자가 오늘 당신과 만나기를 고대하고 있다는 것이 떠올랐죠."

"떠올랐다고요?" 난 마리노를 쳐다보면서 제이미에게 되묻는다. "그걸 어떻게 알았는지 알 것 같네요. 아무래도 커티스 로버츠가 당신들과 연결되는 모양이에요. 조지아 이노센스 프로젝트에서 레너드 브라조에게 전화한 변호사 말이에요."

"솔직히 말해서 당신이 일 때문에 이 지역에 오면 내게 연락해달라고 했을 뿐이에요." 제이미가 말한다.

"나를 이 자리에 오게 만들려고 여러 가지 준비를 했죠. 사실대로 말도 하지 않고 말이에요." 내가 대꾸한다.

"마리노는 당신에게 알리고 싶어 하지 않았어요." 그녀는 계속해서 이야기한다. "당신을 이런 식으로 초대하는 것도 내켜 하지 않았죠. 지금 같은 상황에서는 어리석은 짓일 수도 있다면서 말이에요. 부정적인 결과가 나올 수도 있는 일은 아무에게도 알리지 않는 편이 나을 거라고 했죠."

"누군가 확실히 알려준 셈이네요. 지금 내가 여기 앉아 있는 걸 보면 말이에요." 내가 대답한다.

"내가 담당한 사건의 목격자와 특별한 대화를 나누는 중에, 당신이 나한테 연락해주기를 바라는 마음으로 쪽지를 건넸어요." 제이미는 적어도 자기 생각에는 완전히 정당한 일인 것처럼 말한다.

"조지아 교도소에서 녹화하거나 녹음을 했을지도 몰라요." 내가 지적한다.

"캐슬린에게 내 전화번호와 공중전화로 연락해달라는 말을 당신에게 전해줄 수 있냐고 메모지에 적었어요. 우리가 앉아 있는 동안에 그 여자는 그 내용을 읽었죠. 소리 내어 말하진 않았어요. 지켜보는 사람도 없었어요. 그 메모지는 내가 가져왔어요. 캐슬린은 어떤 식으로든 기꺼이 돕겠다고 했어요."

"교도소장 말대로라면 캐슬린은 감형을 받게 될 거라고 확신하고 있었으니까요." 내가 말한다.

"당신이 받은 쪽지도 없애는 게 좋을 거예요."

"결국 당신이 내게 아무 말도 하지 말라고 했고, 내 통신 보안을 걱정했다는 뜻이군요. 내 사무실과 집 전화, 휴대전화. 이메일까지 말이에요." 난 결론을 내린다.

"말하지 말라고 한 건 아니에요. 연방 요원들은 항상 목격자들이 관심 가는 대상들과 수사 중인 사건에 대해 이야기하는 걸 좋아하지 않죠. 하지만 난 당신한테 말하지 말라는 지시를 내린 적 없어요. 내가 그런 지시를 내리지 않았다는 것을 그쪽에서 몰랐을 뿐이죠. 나로선 그편이 좋았어요. 어떤 영향도 받지 않아도 되니까요. 그래서 난 우리가 이번 일을 성공할 수 있었고 장애물도 뛰어넘었다고 생각해요. 내일은 또 다른 날이고, 다른 이야기를 할 거니까. 다 함께 다른 임무를 하게 될 거고요. 만일 그쪽에 우리가 콜린 덴게이트의 사무실에 함께 있는 것을 들킨다고 해도 그건 중요하지 않아요. 연방 요원들이라고 해도 당신이 이곳에 와 있는 동안 우리가 함께 사건을 수사하는 것을 막을 순 없을 테니까요." 제이미가 말한다.

"사건 수사란 말이죠." 내가 그 말을 따라 한다.

"멍청한 녀석들." 마리노가 말한다. 그는 형사를 그만두고 범인을 체포할 권한이 사라진 뒤로 FBI를 싫어한다. 그 적개심은 벤턴과도 관련이 있다.

"될 수 있는 한 FBI를 약 오르게 하지 않는 게 낫죠." 제이미가 찬장에서 접시와 머그를 꺼내며 덧붙인다. "내가 그쪽을 약 올리면 당신한테도 좋을 게 없으니까요. 이번 일은 어느 정도 파브만이나, 그자가 일으킨 문제와도 연관되어 있어요."

댄 파브만은 뉴욕 경찰 정보국의 부청장이다. 예전에 그와 제이미 사이에는 불화가 있었다. 몇 년 전 뉴욕 시 법의국장으로 일했을 때 나도 그자와 잘 지내지 못했다. 하지만 최근 일어난 일들이나 법무부와 관련된 내 일에 파브만 부청장이 어떤 잠재적인 문제들을 가지고 있는지는 모른다. 나도 제이미만큼 말을 많이 한다. 나는 그녀에게 파브만이 나와 무슨 관련이 있는지 모르겠다고 말한다.

"뉴욕 경찰이나 파브만이 매사추세츠에서 일어난 사건들이나 던 킨케이드의 체포와 기소에 무슨 관련이 있다는 건지 모르겠네요." 나는 말한다. 마리노가 파일을 넘기면서 공문서처럼 보이는 서류를 꺼낸다. 군데군데 주황색 형광펜으로 칠해져 있다.

"당신 사건은 연방 사건이에요. 국방부 소속인 법의학자를 공격한 사건이기 때문에 연방 관할로, 연방 공무원을 공격한 사건으로 인정된 거죠. 그래서 연방 법정에서 재판이 있을 예정이에요. 그건 좋은 일이에요. 그 덕분에 당신이나 당신 사건에 FBI가 관심을 가지게 된 거죠." 제이미가 말한다.

"그건 나도 알아요."

"그렇다는 건 파브만이 차기 FBI 국장이 될 수도 있다는 뜻이에요. 그자가 언론을 담당한다는 의미죠. 그런 이야기 들어봤어요?"

"나도 소문은 들었어요."

"난 전력을 다해 파브만의 임명을 막을 생각이에요. 국가 범죄 통계나 테러 경보를 또다시 바꿀 수는 없으니까. 파브만은 내 팬이 아니거든요."

"그런 일이야 없겠죠."

"지금은 더 안 좋아요. 우리 관계는 최악이라고 할 수 있죠. 이번엔 내가 반드시 이길 생각이에요. 파브만은 뉴욕 경찰 범죄 통계에 대해 거짓말을 하고, 자료를 속였다고 비난한 나를 용서하지 않을 테니까. 예전에 당신도 같은 이유로 그자와 싸웠잖아요." 제이미가 조리대 위에 접시를 늘어놓으며 말한다.

"실제로 파브만이나 뉴욕 경찰국이 자료를 속였다고 비난한 적은 없어요."

"난 그렇게 했어요. 당신도 그자가 그런 짓을 저질렀다고 해도 놀라지 않았을 거예요." 제이미는 서랍에서 서빙 스푼을 꺼낸다.

"파브만은 항상 정치적으로 유리하게 통계를 내고 상황을 바꾸는 습관이 있었죠. 하지만 그자가 자료를 속인 죄로 비난당했다는 이야기를 들어본 적이 없어요." 내가 대답한다.

"당신은 정말 몰랐던 모양이네요."

"몰랐어요." 나는 다시 대답한다. 제이미는 루시가 내게 그 일에 대해 뭔가 이야기했을 거라고 생각했던 모양이다. 제이미가 파브만과 맞섰을 때는 루시와 헤어지기 전이었던 모양이다.

마리노는 내 앞에 놓인 커피 테이블 위에 서류를 놓는다. 나는 조지아 여성 교도소의 '기밀' 도장이 찍힌 서류의 사본을 집어 든다.

치명적인 주사약을 투입하는 사형의 추천 절차

재료

티오펜탈나트륨 5gr/2% 세트 살균 50cc 주사기

판크로늄브롬화물 주사약(20mg) 정맥 주사선

염화칼륨 주사약, USP(40mEq) 살균 20cc 주사기

그리고 '세트'에 약물 준비 과정이 포함되어 있는데, 약물 섞는 방법과 정맥 주사선을 18개지 바늘에 연결하는 법, 식염수를 들어가게 하는 법이 나와 있다. 나는 그 문서에 사람 죽이는 방법을 단계별로 알려주는 내용이 형식도 없이 대충 적혀 있다는 것에 깜짝 놀란다.

정맥주사선에 공기를 뺀 뒤, 주사약을 넣을 준비를 하고…….

"그래도 나는 예의를 지켜서 언론에 터트리는 대신 부청장을 직접 찾아가서 이야기했어요." 제이미는 자신과 댄 파브만, 뉴욕 경찰국과의 갈등에 대해 계속 설명하고 있다.

재소자에게 집행하기 전에, 정맥 캐뉼러에 약물이 제대로 들어 있는지 확인하고 정맥 주사액이 들어가지 않았는지 확인해야 한다…….

"운이 나쁘게도 부청장은 시장과 친구예요. 일이 더럽게 됐죠. 나는 그 무리들과 맞서야 했어요." 제이미가 설명한다.

"그럼 당신과 파브만의 싸움 때문에 FBI에서 내 이메일을 훔쳐보고 전

화를 도청한다는 건가요? 당신이 자료를 속였다고 부청장을 비난했다는 이유로? 그리고 내가 그자와 몇 년 전에 몇 번 싸웠다는 이유로 말이에요?" 나는 믿기 어렵다.

마리노가 그 문서의 다른 장을 가져온다. 난 그다음 장을 들고 형광펜으로 칠해진 단락을 읽는다.

> 티오펜탈나트륨을 주입한 뒤에는 일반 식염수로 씻어낸다. 이 단계는 대단히 중요하다. 만일 티오펜탈나트륨이 정맥 안에 남아 있는 상태로 판크로늄브롬화물을 주입하게 되면 침전물이 형성되어 주사선을 막을 가능성이 있다.

"적이 생기면 골치 아파지는 거죠." 제이미는 내 말에 대답하지 않고 종이 포장지에서 젓가락을 꺼낸다. "뉴욕은 지방 검사직을 그만둬야 할 정도로 엉망이 됐어요. 아파트도 내놨어요. 어디서 살지 생각 중이에요."

"파브만과의 험악한 관계 때문에 뉴욕을 떠난다는 말이에요? 상상조차 못 한 일이에요." 나는 조지아에서 가장 악명 높은 독살범, 델리의 악마에 관한 서류들을 보면서 말한다.

1989년에서 1996년 사이에 배리 루 리버스는 열일곱 명을 중독시켰으며, 그중 아홉 명이 목숨을 잃었다. 수많은 회사들이 위치한 애틀랜타의 고층 빌딩에서 작은 샌드위치 가게를 하던 그녀는 살충제 회사에서 구한 비소를 단골 고객들에게 먹였다. 아무것도 의심하지 않는 순진한 손님들은 날마다 배리의 가게 앞에 줄을 서서 참치 샌드위치를 주문했다. 샌드위치와 감자 칩, 피클, 소다에 2달러 99센트인 스페셜 메뉴였다. 마침내 배리의 가학적인 범죄가 발각되었을 때, 그녀는 경찰에게 '음식에 대해 불평을 늘어놓는 사람들에게 지쳐, 그들에게 정말 불평할 만한 것을 주기로' 결심했다고 말했다. 그리고 '자신을 함부로 대해도 좋은 흑인 여자처럼 취급하면서 부려먹는 거지소굴' 같은 그곳이 지겨웠다고 했다.

"다른 미묘한 것들도 있었죠. 유감스럽게도 개인적인 문제도 있었고.

FBI 요원들이 아주 부적절한 방식으로 우리 집 문 앞에 찾아왔어요. 제일 먼저 파브만에 대한 이야기가 나왔죠. 당신도 그 사람이 나에 대해 가장 좋아하는 점이 뭔지 상상이 갈 거예요. 바로 당신과 내가 가족 같은 사이라는 거죠." 내가 그 문서를 읽고 있는 동안 제이미 버거가 말한다.

나는 DOC#121195인 배리 루 리버스에게 주입할 처형 약물들의 관리 연속성 양식을 살펴본다. 처방전은 2009년 3월 1일 오후 3시 20분에 작성되었다. 캐슬린 롤러의 말에 따르면 배리 루 리버스는 자기 감방 안에서 참치 샌드위치를 먹다가 질식사했다. 만일 그 말이 사실이라면 그녀는 처형 당일 오후 3시 20분이 지난 어느 시점에 질식사했을 것이다. 처방된 치명적인 약물들은 실제로 투여되지 않았다. 왜냐하면 교도관들이 배리를 바퀴 달린 들것에 묶어 옮기기 전에 죽었기 때문이다. 문득 그 여자의 마지막 식사가 희생자들이 먹은 것과 똑같은 음식이라는 생각이 떠오른다.

"당신은 조지아 교도소를 오가면서 상고를 한 롤라 대거트를 만났어요. 그 여자가 뭔가 아주 중요한 이야기를 했을 거예요. 그렇지 않았다면 당신이 서배너까지 올 리 없으니까. 당신이 뉴욕에서의 문제 때문에 여기 왔다는 건 도저히 믿을 수 없어요." 내가 제이미에게 말한다.

"그 여자는 별 도움이 되지 않았어요. 당신 생각과 달리 롤라 대거트가 두려워하는 건 바늘이 아니라 '페이백'이니까요. 그 여자는 그자가 조던 일가를 죽였다고 주장하고 있어요."

"페이백이 누군지 말하던가요?" 내가 묻는다.

"악마라고 하더군요. 롤라의 방에 피 묻은 옷을 가져다 놓은 사악한 유령이라고 했어요."

"사형 집행이 올가을로 예정되어 있는데도 여전히 그런 말을 하던가요?"

"10월 31일, 핼러윈 데이죠. 난 롤라의 처형을 연기한 판사가 의심스러워요. 그 사람은 모든 사람들에게 자신이 롤라 대거트를 어떻게 생각하는지, 앞으로 넉 달간 그녀가 거짓말하고 있다는 것을 확실하게 밝히고 싶은 거니까요. 그 사건에 대해서는 여전히 감정이 격해요. 롤라가 지은 죄에 합당한 벌을 받기를 많은 사람들이 원하고 있어요. 그 사람들은 롤라가 가능한 한 고통스럽게 죽음을 맞이하길 원하고 있죠. 펜토탈나트륨을 투여한 뒤에 시간을 조금 지체하면 어떻게 되는지 당신도 알 거예요. 그리고 주사선에서 공기를 빼는 걸 잊는 거죠. 주사선이 막히기를 바라면서 말이에요." 제이미가 말한다.

마리노가 테이블 위에 컬러로 출력한 인쇄물을 올려놓는다. 부검 사진들이다. 난 그 사진들을 살펴본다.

"당신도 알다시피 티오펜탈나트륨은 효능도 빠르지만 그만큼 빨리 씻겨 내려가기도 해요. 만일 남은 약물, 그러니까 근이완제인 판크로늄브롬화물을 제때 투여하지 않는다고 생각해봐요. 약을 투여하지 않고 시간을 오래 끌면 어떻게 되죠? 티오펜탈나트륨, 그러니까 마취제가 씻겨 내려가기 시작할 거예요. 주사선이 막히면 교도관들이 새 주사선을 연결할 것이고, 모든 약이 투입되었을 때 티오펜탈나트륨의 효능이 사라지기 시작하겠죠.

잠이 든 것처럼 보이지만, 뇌는 깨어 있는 상태예요. 눈을 뜰 수도, 말을 할 수도 없고, 몸이 묶인 채 들것에 실려 가는 동안 아무 소리도 낼 수 없지만, 의식은 그대로 깨어 있고 숨을 쉴 수가 없어요. 장시간 지속되는 판크로늄브롬화물이 심장 근육을 마비시키고, 숨을 막히게 하죠. 남들이 보기엔 평온하게 잠들어 있는 것처럼 보이지만, 얼굴이 파랗게 변하고 숨이 막히는 거예요. 1분, 2분, 3분, 어쩌면 조금 더 걸릴 수도 있죠. 그렇게 소리 없이 고통스럽게 죽어가는 거예요." 제이미가 말한다.

배리 루 리버스의 부검은 콜린 덴게이트가 맡았다. 난 그가 식당에서 비소가 든 샌드위치로 무고한 희생자들을 중독시킨 범인에 대해 어떤 느낌을 받았을지 알 것 같다.

"소장을 제외하면 사형 집행인들이 알았겠죠. 모자와 고글을 쓴 익명의 의사도 알았을 거예요. 모니터를 통해 죽은 자가 심장이 멈추기 전에 얼마나 큰 고통을 겪었는지 알았겠죠. 하지만 사법 살인을 관장하는 사람들 중 일부는 암살단으로 사형수들에게 고통을 안겨주는 일을 해요. 그들의 비밀 임무는 가능한 한 변호사나 판사, 대중들 모르게, 사형수들에게 더 많은 고통과 공포를 안겨주는 거죠. 그런 일들이 수 세기 동안 이어져 왔어요. 사형 집행인은 날이 무딘 도끼를 쓰거나, 일부러 빗맞혀서 몇 번이나 내리치곤 했죠. 교수형을 집행할 때도 올가미를 느슨하게 묶은 뒤 야유하는 군중들 앞에서 밧줄 끝을 비틀면서 천천히 목 졸라 죽였으니까요." 제이미는 냉장고에서 포도주와 다이어트 콜라를 꺼낸 뒤 엉덩이로 문을 닫으며 말한다.

마치 재판에서 제이미 버거의 모두진술을 듣고 있는 것 같다. 나는 여기 법정에서는 판사와 정치인을 포함한 대부분의 사람들이 콜린 덴게이트와 마찬가지로 제이미의 말에 마음이 흔들리지 않을 거라는 것을 안다. 콜린이 조던 일가에게 일어난 일만이 아니라 롤라 대거트에게 일어날 일에 대해서도 어떻게 생각하는지 알 것 같다. 그래, 감정이 격하다. 특히 조지아 수사국의 서배너 해안 지역 범죄 연구소의 수뇌부인 혈기왕성한 아일랜드인 동료들의 경우에는. 콜린은 로컨트리로 온 제이미 버거에게 깊은 인상을 받지 못할 것이며, 침입자처럼 느낄 수도 있다. 제이미에게 시간을 내줄 것인지조차 의심스럽다.

"케이, 당신도 잘 알겠지만 난 방해 인물들을 제거하기 위해 나치 독일에서 시작된 안락사를 미국에서 모방해야 한다는 걸 믿지 않아요. 안락사가 합법이 되어선 안 돼요." 제이미는 스시와 해초 샐러드를 접시에 담으며 말한다. "의사들은 죽음을 선고하는 일을 포함해서 사형 집행에 관해 어떤 역할도 할 수 없게 되어 있어요. 치사 약물들을 얻기도 점점 힘들어지고 있죠. 그런 약들을 만든다는 오명 때문에 우리 제약업체에서는 점차 생산을 줄이고 있어서, 일부 주에서는 수입을 하고 있어요. 그런 수입 약품들은 원료와 품질이 의심스럽죠. 교도관들이 그런 약물을 사용하는 건 불법임에도 아무도 막지 못하고 있어요. 의사들이 참여하고, 약사들이 조제한 약을 감옥에서 사용하는 거예요. 누군가의 확신이나 도덕적인 신념과는 관계없이 롤라 대거트는 조던 일가를 살해하지 않았어요. 그 여자는 클라렌스, 글로리아, 조시, 브렌다를 죽이지 않았어요. 실제로 롤라는 그 사람들을 만난 적도 없어요. 그 여자는 그 집에 들어간 적도 없어요."

나는 사진들을 들여다보다가 마리노를 흘긋 쳐다본다. 내가 알기로 그는 사형에 찬성하는 입장이었다. 눈에는 눈. 자신들이 저지른 만큼 당해야 한다.

"난 롤라 대거트는 망가진 사람이라고 생각하오. 난폭한 마약중독자지. 하지만 누군가를 죽이거나, 그런 일을 도울 사람은 못 돼요. 그 여자는 '페이백'이라고 부르는 사람이 만든 함정에 빠진 것 같아요. 아마 롤라는 재미있는 장난인 줄 알았을 거요." 마리노가 말한다.

"누가 그런 걸 재미있다고 생각하겠어요?"

"그 범죄를 진짜 저지른 자겠죠. 롤라는 사회 복귀 훈련시설에서 어떤 꼬마애가 자기를 잡아끌었다고 했소. 기본적으로 모자란 사람이기도 하고." 마리노가 제이미를 쳐다본다. "아이큐가 얼마라고 했죠? 70? 내가 보기엔 정신지체요."

"그 여자가요?" 내가 묻는다.

"무고한 롤라가 재판을 받고 유죄를 선고받은 거예요. 2002년 1월 6일 이른 아침에 무슨 일이 있었는지 자세히는 몰라요. 하지만 조던의 집 안에 있던 사람이 롤라가 아니었다는 것을 입증할 새로운 증거를 가지고 있어요. 법의학적인 견지에서 보면 어떤지 모르겠지만. 아무래도 난 그쪽으론 전문가가 아니니까요. 예를 들면 시신에 난 상처들을 봐요. 전부 같은 무기에 당한 거라면, 그 무기는 대체 무엇인 걸까요? 그 혈흔 패턴은 무엇을 의미하는 걸까요? 옆집 사람들이 개를 데리고 나왔다가 우연히 뒷문 유리가 깨진 것을 보고 초인종을 누르고 전화를 걸었지만 아무도 대답하지 않았을 때는 조던 일가가 죽고 시간이 얼마나 지났을 때였을까요?"

"콜린은 그쪽 분야의 전문가예요." 내가 대답한다.

"제법 좋은 오리건 피누(적포도주)가 있어요. 당신 마음에도 들 거예요."

제이미가 말한다.

내가 부검대 위에 누워 있는 배리 루 리버스의 사진을 보는 동안, 그녀는 포도주병의 코르크를 뽑는다. 배리의 어깨가 폴리프로필렌 받침대가 받쳐져 있어 피가 묻은 지저분한 긴 백발과 함께 고개가 뒤로 넘어가 있다. 후두와 성대 위까지 가슴을 절개한 사진을 보니 기도에는 아무것도 없다. 작은 삼각형 성대를 절개한 근접 사진을 봐도 아무것도 막힌 것이 없고 깨끗하다.

성대에는 땅콩이나 포도 같은 작은 것도, 커다란 고깃덩어리처럼 질식할 만한 것도, 아무것도 없다. 콜린은 다른 것보다 음식이 걸려 있는지부터 확인했을 것이다. 그도 이 사안이 중요하다는 것을 알고 있기 때문에 즉시 부검을 시행했고, 부검이 끝난 뒤에도 몇 시간이나 연구실에 남아 있었다. 보고서 위에 적혀 있는 부검 시간과 날짜를 보니 3월 1일 오후 9시 17분이다.

나는 사진들을 좀 더 자세히 들여다보면서 캐슬린 롤러가 말한 것처럼 배리 루 리버스의 죽음에 뭔가 다른 이유가 있는 건 아닌지 살펴본다. 마리노에게 부검 보고서 중에 구조대와 경비의 진술 내역을 찾아달라고 부탁한다. 그가 그 파일들을 찾아 건네준다. 난 배리 루 리버스가 호밀빵에 피클을 곁들인 참치 샌드위치를 먹고 오래지 않아 죽은 것을 확인한다. 배리의 위에서는 생선 조각, 피클, 빵, 캐러웨이 씨로 보이는 소화되지 않은 음식 200밀리리터가 나왔다.

하지만 배리 루 리버스가 질식사했다는 캐슬린의 주장을 뒷받침해줄 만한 건 아무것도 없다. 하임리히 요법(음식이나 약물이 목에 걸려 질식의 위험이 있는 경우 실시하는 응급 처치법―옮긴이)을 실시한 사람은 없었기에, 목에 걸렸을 샌드위치 덩어리나 다른 무언가를 토해내는 건 불가능한 상황이었다. 부검에서 아무것도 찾아내지 못한 것이 말이 되지 않았다. 공문서에는 사례나 질식을 유발한 음식에 관한 언급이 없다. 그래도 콜린은 조사했다. 부검 사진을 보면 알 수 있다.

나는 콜린이 오후 8시 57분에 수기로 작성한 부검 계획서를 본다. 타라 그림이 질식사의 가능성을 언급했다. "배리 루는 숨을 쉬기 힘들어하는 것 같았어요." 시신을 영안실로 운송하는 동안 교도소장은 콜린에게 전화로 말했다. 타라 그림의 말에 따르면 직접 본 건 아니지만, 배리 루가 '숨을 쉬기 힘들어했고 고통스러워했다'는 보고를 들었다고 했다. 그녀는 교도관들은 불안감 때문일 거라고 생각했다고 콜린에게 말했다. "사형 집행 시간이 머지않았기 때문에 배리 루는 많이 불안해하고 감정적으로 많이 격해져 있었어요. 지금 생각해보니 마지막 식사를 하다가 질식사한 게 아닌가 싶네요."

콜린은 부검 계획서에 그런 사항들을 기록해두었다. 그리고 부검에는 참석하지 않은 교도소장과 통화하고 한 시간도 지나기 전에 그는 배리 루 리버스의 시신을 절개하면서 제일 먼저 음식이 걸려 있는지를 확인했다. 그 자리에는 영안실 조수를 비롯하여, 사망조사관과 조지아 교도소 대표로 M. P. 메이컨이 참관했다. 바로 오늘 오전에 나를 안내해주었던 교도관이었다.

11

부검 보고서

예비 부검 보고서에 나열된 사망 원인은 부정확했고, 방식도 부정확했다. 부정확에 부정확인 것이다. 법의병리학 안에서 이런 경우는 무안타로 점수가 나지 않은 상태에서 계속 경기가 진행되다가 결국에는 비나 어둠 때문에 점수가 나지 않은 상태로 경기가 끝나는 야구 시합과 마찬가지다.

모든 죽음은 결과가 나와야 한다. 결론을 내지 못했을 때는 좋은 시합을 한 것이 아니다. 항상 그 사실을 알고 있다. 하지만 이제까지 콜린 덴게이트나 나와 같은 법의학자들은 실패할 때가 있다는 것도 받아들여야만 했다. 죽은 사람들이 우리가 알아야 하는 것들을 말해주지 않으면 우리 스스로 수긍할 수 없더라도 의학적으로 가장 합당한 대답을 내놓는 수밖에 선택의 여지가 없기 때문이다. 우리가 시신과 유품을 놓아주어야만 법률 사무, 보험 관련 문제들, 장례식 절차들이 해결된다. 그리고 살아 있는 사람들의 삶은 계속된다. 배리 루 리버스의 경우에는 아무도 유가족이 나서지 않았기 때문에 공동묘지에 매장되었다.

결국 콜린은 부검 보고서를 심근경색으로 인한 급성심장사로 기록했다. 사망진단서도 마찬가지였다. 관상동맥질병에 근거한 진단이었다. 좌전하행지의 60퍼센트. 구에서 1센티미터 오른쪽의 20퍼센트. 굴절관상동맥은 깨끗했다. 배리 루는 사형 집행을 기다리고 있었다. 목격자들의 말에 따르면 호밀빵으로 만든 참치 샌드위치와 감자 칩, 펩시콜라로 마지막 식사를 한 지 얼마 지나지 않아 숨이 가빠지면서 땀을 흘리고 극심한 피로감을 호소했다고 했다. 그 증상들은 임박한 사형 집행으로 인한 공황 발작으로 볼 수 있었다. 콜린이 부검하면서 위를 열었을 때 소화되지 않은 음식들이 그대로 남아 있었던 것도 공황 발작 때문이라고 볼 수 있다. 극심한 스트레스나 공포심 때문에 소화 기능이 완전히 정지된 것이다.

사람들 말에 따르면, 배리 루는 오후 7시 15분에 심장마비로 죽은 것으로 보인다. 사형 집행 예정 시간까지 두 시간도 채 남지 않은 때였다. 내가 계속 배리 루의 부검 보고서를 보는 동안, 제이미는 주방에서 흰색 접시에 음식들을 담으면서 계속 조던 일가에 대해 이야기한다. 그녀는 사체에 남아 있는 부상이나 다른 인공물들, 범죄현장 정보에 대해 가능한 한 정확하고 확실한 해석을 원하고 있다. 내 도움이 필요한 것이다.

"피해자들의 몸에 남아 있는 부상이나 다른 사항들 모두 콜린이 알려줄 수 있을 거예요. 콜린은 범죄현장에 갔었고, 부검도 했으니까요. 그 사람은 아주 유능한 법의관이에요. 이번 사건에 대해 콜린과 이야기해봤나요?" 내가 묻는다.

"범인은 한 명이오. 롤라 대거트. 사건은 종결됐고. 여기 있는 사람들은 모두 그렇게만 말하더군요." 마리노가 말한다.

제이미가 포도주잔을 꺼내는 동안, 나는 몇 년 전 로스앤젤레스에서 있었던 법의관 협회 연례모임에서 그 사례 발표를 할 때 콜린의 태도를 떠올려본다. 그는 개인적으로 클라렌스 조던 박사와 부인 글로리아, 어린 자녀 브렌다와 조시의 잔혹한 죽음에 대해 눈에 띄게 분노하고 있었다. 당시 콜린은 그 범죄를 단독범의 소행으로 보고 있었다. 범죄를 저지르고 몇 시간 뒤에 사회 복귀 훈련시설 욕실에서 옷에 묻은 피해자의 피를 빨고 있던 10대 소녀가 범인이었다. 콜린이 롤라 대거트의 알 수 없는 공범에 대한 소문과 후일담은 변호사가 만든 이야기라고 했던 것이 떠오른다.

"몇 주일 전에 딱 한 번 콜린 덴게이트의 연구실에 찾아갔었어요. 그 사람이 밖에서 만나주지 않아 찾아갔더니 자리에서 일어나지도 않더군요." 제이미가 말한다.

"당신한테 우호적이지 않을 수는 있지만, 그래도 의도적으로 변호사의 일을 방해할 사람은 아니에요." 내가 대답한다. 사실은 제이미가 제이미라서 문제라고 말하고 싶다. 그보다 더 나쁜 건 그녀가 남부의 작은 도시에 온 북부 침략자 중 한 명이며, 모든 사람들을 아래로 내려다보고, 편견이 심하며, 부정직하고 어느 정도는 멍청하다고 여기는 뉴요커라는 사실이다.

남북 전쟁 재연이나 성 패트릭 기념일에 아일랜드 퍼레이드에 참가하는 것처럼 지역 전통에 깊이 물든 환경에서 성장한 콜린을 상대로 제이미가 어떤 태도를 보였을지 의심스럽다.

"콜린은 규정에 따라 무죄 증거가 될 수 있는 건 무엇이든 내줄 거예요." 내가 덧붙인다.

"그 사람은 자발적으로 나서지 않았어요."

"콜린이 자발적으로 나서야 할 일은 아니에요."

"그 사람은 내가 대체 이론을 뒷받침할 다른 누군가를 찾고 있다고 생각해요."

"콜린이야 그렇게 생각할 수도 있죠. 사실 그게 당신이 하는 일이니까요. 지금 당신이 하는 일이 바로 좋은 변호사가 하는 일이잖아요. 당신이 어떻게, 무슨 이유로 이 일을 하게 된 건지는 모르겠지만요. 당신은 지방검사를 그만두고 갑자기 롤라 대거트를 대변하는 반대 진영에 들어갔죠. 그리고 배리 루 리버스한테는 무엇 때문에 관심을 가지는 거예요?" 내가 묻는다.

"잔인한 데다가 아주 드문 처벌이었으니까요." 제이미가 포도주를 따른다. "배리 루는 겁에 잔뜩 질린 채 감방에서 사형 집행을 기다리다가 심장

마비로 사망했어요. 그 여자가 독을 넣어 피해자들에게 주었던 음식과 똑같은 음식을 마지막 식사로 주다니, 그건 대체 누구 생각이죠? 배리 루의 생각이었을까요? 만일 그렇다면 어째서 그런 걸까요? 죄책감을 나타내기 위해서? 아니면 자신이 저지른 일에 대한 자신감 때문에?"

"그건 법의학 분석으로는 대답할 수 없는 문제예요." 내가 대답한다.

"난 그 메뉴를 고른 건 배리 루가 아닐 거라고 생각해요. 들것에 실려 사형대로 끌려가기만을 기다리고 있던 그 여자를 조롱하기 위한 것이었죠. 암살단은 배리 루가 저지른 죄에 걸맞은 끔찍한 죽음을 선사하고 싶었을 거예요. 배리 루는 공황 발작을 일으켰어요. 말 그대로 죽을 만큼 무서웠다는 말이죠." 제이미는 자신의 뜻을 굽히지 않는다.

"난 그 여자가 어떤 고통을 겪었는지 몰라요. 당신도 모를 거예요. 그런 일을 당하지 않는 한 아무도 모르겠죠. 내가 궁금한 건 당신이 갑자기 그 사건에 관심을 가지게 된 이유예요. 어째서 당신이 감옥에 잡아넣던 부류의 사람을 그렇게 열성적으로 변호하는 건지 모르겠어요." 난 솔직하게 말한다.

"갑자기는 아니에요. 계속 염두에 두고 있었어요. 파브만과의 문제 때문에 그냥 묻어두긴 했지만……. 당신이 생각하는 것보다 더 오래전부터 생각하고 있었던 사건이에요. 조한테는 작년 말에 다른 용의자들을 조사하고 있다는 보고도 했어요. 부당하게 유죄 판결을 받은 사건들에 관심을 가지고 있었으니까."

"조가 아주 식겁했을 거요." 마리노가 다른 보고서를 펄럭거리며 농담한다. "그 이야기를 할 때 몰래 훔쳐봤으면 좋았을걸." 그가 제이미에게 말한다.

조지프 나일은 맨해튼 지방 검사로, 제이미의 옛 상사다. 그는 부당한 유죄 판결을 받은 사람들의 무죄를 밝히려고 하는 사람이나 조직에게 호의적인 인물이 아니다. 대부분의 검찰들은 솔직히 다른 법조인들이 야기한 부당함과 맞서 싸우는 임무를 좋아하지 않는다.

"난 조에게 이노센스 프로젝트에서 일하는 안면 있는 변호사들과 이야기했다는 사실도 알렸어요." 제이미가 설명을 계속한다.

"조지아에서요?" 내가 묻는다.

"뉴욕에 있는 전미 조직에서요. 하지만 커티스 로버츠도 알아요. 그래서 커티스에게도 물어봤죠."

"그래서 레너드 브라조는 나와 캐슬린 롤러와의 만남 배후에 당신이 있다는 것을 몰랐던 거군요. 나도 알 수가 없었고." 나는 추정해본다.

"난 법률회사들과 접촉하면서 범위를 좁혀갔어요. 내가 살고 싶은 곳이 어딘지에 달려 있었죠." 제이미는 내 말을 듣지 못한 것처럼 말한다.

"롤라 대거트 사건이 당신이 고른 법률회사와 관련 있는 모양이군요." 나는 대놓고 말한다.

"남부와 남서부에 있는 회사들이 봤을 땐 큰 사건이죠." 제이미는 내게 포도주잔을 건네주고, 마리노에게는 다이어트 콜라를 건네며 말한다. "공화당을 지지하는 주들은 사형에 찬성하는 사람들이 많아요. 당연히 앨라배마나 텍사스에 본거지를 둘 생각은 없어요. 하지만 내가 롤라 대거트의 부당한 유죄 판결에 관여하는 이유에 대답하자면, 그 여자는 이노센스 프로젝트와 무료로 자신의 사건을 맡아줄 변호사들에게 수없이 많은 편지를 썼어요. 사실 그 편지들은 엉망이었죠. 그러다 비상 상황이 벌어졌고, 조지아 대법원에서 사형 집행을 거부한 덕에 이번 11월로 사형이 연기되면서 수많은 공공 정책 기관들이 법률 검토를 하게 됐어요. 올해 초에 바로 여기 조지아에서 서투르게 진행된 사형 집행을 놓고, 의도적으로 잔인하게 처형한 것은 아닌지 문제가 야기됐거든요.

롤라 대거트 사건에 관심이 있냐는 질문을 받았어요. 그 사건은 여자가 담당하는 편이 나을 것 같다고 말이에요. 난 관심 있다고 했죠. 롤라는 남자들과 협력하는 법을 모르거든요. 실제로 남자를 믿지 못하죠. 어렸을 때 의붓아버지에게 지독한 성폭행을 당했으니까. 그래서 내가 한번 살펴보겠다고 했죠. 물론 그 당시에는 당신과 어떤 연관이 있을 줄은 몰랐어요.

롤라의 사건을 살펴보기 시작한 건, 던 킨케이드가 당신을 공격하기 전이었으니까."

"난 롤라 대거트가 던 킨케이드의 생물학적인 엄마와 같은 교도소에 있다는 것 외에 무슨 연관이 있는지 모르겠어요. 물론 던의 엄마인 캐슬린 롤러는 롤라가 자신과 연관 있다고 하긴 했지만 말이에요. 대립 관계에 있다고 하더군요." 내가 대답한다.

"조지아, 버지니아, 플로리다, 공화당 지지 주에 감금된 사람들에 관한 국가 소송이나 공공 정책들 중에서 이런 사례들은 대부분 재검토하고 있었어요." 제이미는 내 말을 무시하고 말을 계속한다. "결함이 있는 법의학적 증거, 오인, 강압적인 자백 때문에 종신형이나 사형 선고를 받은 사람들에 대해서 말이에요. 그리고 사형수 중에 여자는 많지 않아요. 현재 롤라는 조지아에서만이 아니라, 전국 56개 주에서 유일한 여자 사형수예요. 그리고 나 정도의 경험과 실적을 가진 여성 법조인도 별로 없죠."

"그건 내 질문에 대한 답이 아니잖아요. 지역마다 지부가 있는 커다란 회사에서 일하는 편이 나았을 텐데, 어째서 이런 특정 지역에 내려올 만큼 이 사건에 관심을 가지고 있는지 말해줘요." 나는 제이미가 자화자찬하게 내버려두지 않는다.

"이미 알겠지만, 제대로 된 식탁이 없어요. 그러니까 편하게 거실에서 먹죠. 그냥 그 자리에 앉아 있어요. 음식은 내가 가져갈게요." 제이미가 음식 접시를 가져온다. 그리고 그녀는 짙은 푸른색 눈으로 내 눈을 쳐다본다. "당신이 안전하게 여기 와서 다행이에요, 케이. 그 과정에서 불편하고 혼란스럽게 한 점은 유감스럽게 생각해요."

거짓말한 것이 유감스럽다는 뜻이다. 제이미가 조지아에서 유일한 여자 사형수이자 가장 악명 높은 살인자를 석방시키는 데 성공해 범죄 변호사로서의 명성을 얻으려고 내 도움을 구하기 위해 나를 조종하는 법을 찾았던 것을 유감스럽게 여기는 것이다. 그녀에게 이타심이 없다고 생각하고 싶진 않다. 하지만 작은 야망과 다른 동기 부여 요인들이 있다는 것은 확신한다. 제이미는 단지 잘못된 것을 바로잡기 위해서 이 일을 하는 게 아니다. 어쩌면 그런 생각은 거의 하지 않을지도 모른다. 그녀는 힘을 원한다. 제이미는 뉴욕 지방 검사 사무실에서 쫓겨나듯 나온 뒤에 부활하고 싶은 것이다. 그리고 파브만을 비롯해, 그보다 훨씬 긴 명단에 있을 적들을 밟을 수 있는 충분한 영향력을 원하고 있다.

"난 다이어트 콜라 같은 건 마시지 않을 거요. 믿을지 안 믿을지 모르겠지만, 인공 감미료를 먹어도 살 쪄요." 마리노가 음식을 먹으면서 말한다.

"당신한테 알려줄 게 두 가지 있어요." 제이미가 스시 접시를 들고 소파에 앉으며 내게 말한다. "좀 더 조심하는 게 좋을 거예요. 아무래도 당신이나 나는 이번 사건에 대해 전부 알고 있으니까 말이에요. 경찰이나 FBI가 이렇게 집중할 때는 결코 정의를 위해서가 아니에요. 사실이 그래요. 처음부터 끝까지 항상 그렇죠. 할당량, 신문 헤드라인, 승진뿐이에요." 그녀는 포도주잔을 든다.

"미리 경고해줘서 고마워요. 하지만 당신이 도와줄 필요는 없어요." 내가 말한다.

"그렇겠죠. 하지만 난 당신 도움이 필요해요."

"설탕, 가짜 설탕." 마리노가 숟가락으로 머그를 요란하게 긁으면서 날 흘깃 쳐다본다. "난 둘 다 피할 거요."

"아무래도 콜린과의 관계가 그리 편하지 않은 모양이군요. 그 사람은 완고하긴 해도, 일은 잘해요. 함께 일하는 동료들이나 법 집행관들을 존중하죠. 콜린은 남부 신사이면서 뼛속까지 아일랜드인이에요. 그런 사람과 일하려면 방법을 알아야 해요." 나는 제이미에게 확실하게 말한다.

"난 따돌림당하는 데 익숙하지 않아요." 제이미는 능숙하게 젓가락질을 한다. "내가 버릇이 없다고 할지 모르겠지만, 아무래도 검사로 있을 때에 비해 법의관 사무실이나 경찰들에게 환영받지 못하고 있으니까요." 그녀는 생강초절임과 매콤한 참치 롤을 먹는다.

"당신은 적이 아니에요. 변호사가 된 거죠. 우리 동료들 중에 검찰 측만 진실을 찾는다고 생각하는 사람은 없을 거예요."

"콜린은 내게 롤라의 사형을 면해주고 감옥에서 빼낼 작정이냐고 화를 냈어요. 그 사람은 조지아 교도소에서 배리 루 리버스에게 지나치게 잔인하게 대했다는 주장에 대해서는 관심이 없었어요. 오직 고통과 괴로움을 안겨주기 위해서 말이에요. 그리고 성인이 된 지 얼마 안 된 나이에 교도소에 감금되었던 롤라에게도 그렇게 할 거예요. 그 모든 일들이 너무 야만적이고 터무니없어요. 왜냐하면 롤라는 무고하니까요. 아마 콜린은 내가 심문하는 것 같은 느낌을 받았을 거예요." 제이미가 말한다.

"당신은 정말 그랬을 거예요. 하지만 우린 심문받는 데 익숙해요."

"그 사람은 그걸 좋아하지 않는 것 같았어요."

"아마 당신 방식이 마음에 들지 않았던 거겠죠."

"나한테도 좋은 코치가 있으면 좋을 텐데요." 제이미가 미소 짓는다. 하지만 그녀의 눈은 웃고 있지 않다.

"도덕적인 의무감에서 누군가 나에 대해 거짓말하고 다닌다는 것을 알려줘서 고마워요. 아마 그 누군가는 연방 요원들과 문제가 생기길 바라고 있을 거예요. 하지만 이건 그 대가로 할 일이 아니에요." 나는 날카롭게 말한다.

"여기 어딘가에 샵스를 숨겨두진 않았을 것 같군요." 마리노가 제이미에게 말한다. 그는 온종일 아무것도 먹지 못한 것처럼, 벌써 새우 비스크와 감자튀김을 절반 먹어치운 뒤였다.

제이미가 롤을 한 개 집어 고추냉이에 찍으면서 말한다. "아무래도 무알코올 음료를 사놓을 걸 그랬네요. 미안해요." 그리고 그녀는 내게 말한다. "무슨 일이 벌어지고 있는지 당신한테 먼저 정확하게 알려줘야겠다고 생각했어요. 나중에 그 사실을 합법적인 방식이나 직업적인 방식으로 알게 되면 당신한테 불리하니까요. 그러기 위해 가장 안전한 방법은 일상적인 일들 뒤에서 이야기하는 거죠."

"당신은 재소자를 시켜 내게 휴대전화번호를 주고 공중전화를 이용하게 했어요. 이런 게 일상적인 일인지 모르겠네요." 난 가리비를 집어 든다.

"맞아요. 내가 캐슬린에게 그렇게 해달라고 했죠."

"그 여자가 다른 사람한테 말하기라도 하면 어떻게 하려고 했어요?"

"누구한테 말한다는 거죠?"

"교도관들 중 한 명한테 할 수도 있죠. 다른 재소자들도 있고. 변호사도 있어요. 재소자들은 기회만 되면 이야기를 하니까요."

"그런 건 신경 쓰지 말아요." 마리노가 새우를 먹고, 냅킨으로 입가를 북북 닦으며 말한다. "감옥에 있는 사람은 누구든 걱정할 것 없어요." 그가 케첩을 한 봉지 더 뜯으며 내게 말한다. "박사가 걱정해야 할 사람은 FBI요. 만일 그들이 하는 모든 일들을 제이미가 박사한테 알려주었고, 그래서 갑자기 그들이 나타나 박사를 심문해도 전혀 놀라지 않을 거라는 걸 알게 해서 좋을 건 없어요. 난 밴에 좀 가봐야겠소. 어쩌면 샵스도 한 팩 사 올 수 있고."

마리노의 말대로 내가 이 모든 일들을 미리 알고 있다는 것을 알게 되면 FBI 쪽에서 좋아하지 않을 것이다. 하지만 너무 늦었다. 내게 무슨 죄목을 씌운 건지 정확하게 몰라도 이제 놀랄 일은 없다. 정황상 던 킨케이드와 변호인단이 나를 상대로 얼토당토않은 거짓 사건을 만들어냈을 것이다. 처음도 아니고, 마지막도 아닐 것이다. 나는 사망 기록이나 연구실 결과를 조작하고, 증거에 라벨을 잘못 붙였다는 등의 아무 근거도 없는 비행과 위반, 평판이 안 좋은 태도로 고소당했다. 내가 하는 일에서는 항상 누군가 불행해진다. 이쪽이든 저쪽이든 몹시 곤란을 겪게 될 확률이 50퍼센트다.

"다음번에는 잊지 않을게요. 당신이 좋아하는 걸 제대로 준비해두죠. 샵스, 버클러, 벡스. 여기서 멀지 않은 드레이턴에 가게가 있어요. 거기 무알코올 맥주도 있을 거예요. 미리 생각하지 못해서 미안해요." 제이미가 마리노에게 말한다.

"그런 건 나 외에 아무도 마시지 않을 거요. 다른 사람들이야 그럴 필요

139

가 없잖소?" 마리노는 자리에서 일어난다. 가죽 의자에서 찢어지는 것 같은 소리가 난다. 그 커다란 의자를 양피지로 감싸놓기라도 한 것처럼. "박사가 주차권을 가지고 있겠군요. 가만히 생각해보니, 어쩌면 교류발전기에 문제가 있는 걸지도 모르겠소. 이 시각이면 아직 문을 연 정비소가 있을 거요." 그는 시간을 확인하더니 제이미를 쳐다본다. "난 지금 가는 게 좋을 것 같소."

난 가방에서 주차권을 찾아 그에게 건넨다. 마리노가 방문을 열자, 마치 배터리가 다 된 연기 탐지기에서 나는 것 같은 경보음이 요란하게 울린다. 나는 다시 조던 가를 떠올린다. 그날 밤 도난 경보장치를 켜지 않았다는 것이 사실이라면, 어째서 그런 것일까? 그저 부주의하고, 아무 일도 없을 거라고 믿었기 때문인 걸까? 범인은 도난 경보장치가 작동하지 않는다는 것을 미리 알고 있었던 건지, 아니면 단순히 운이 좋았던 것인지 궁금하다.

"갈 준비가 되면 나한테 연락해요. 내가 데리러 올 테니까. 밴에 문제가 있으면 택시를 잡겠소. 나도 오늘 밤에는 하얏트에서 묵으니까. 박사와 같은 층이오." 마리노가 내게 말한다.

그 시점에서 내가 몇 층에 묵는지를 마리노가 어떻게 알고 있는지 묻지 않는다.

"내가 박사 가방을 가져왔소. 작업복이라든가 여러 가지 물건들을 챙겼어요. 박사야 원래 여기서 하루나 이틀 정도만 머물 계획이었을 테니까. 방에 가져다 놔도 되겠소?" 그가 덧붙인다.

"그렇게 해요." 내가 대답한다.

"열쇠를 주면 일이 수월할 것 같은데."

난 다시 자리에서 일어나 마리노에게 방 열쇠를 준다. 그가 나가자, 그곳에는 나와 제이미만 남는다. 마리노가 이런 상황에 무알코올 맥주가 필요하다거나, 정비소가 문을 닫았을 시각에 밴을 수리한다고 나간 건 핑계일 거라는 생각이 든다. 아마 제이미가 그에게 식사를 마치면 자리를 비워달라고 미리 언질을 줬을 것이다. 아니면 내가 미처 보지 못한 사이에 마리노에게 신호를 보냈을지도 모른다. 마리노가 휴가를 얻어 보스턴으로 간 것이나, 내 가방을 챙겨온 것만 봐도 알 수 있는 일이다. 지금 이 순간 내가 제이미의 아파트에 앉아 있는 건 철저하게 계획된 일임이 분명하다.

제이미는 푸른색 가죽 신발을 벗고 자리에서 일어난다. 스타킹을 신은 발로 오래된 소나무 바닥을 밟으며 주방으로 가더니 포도주병을 집어 든다. 그녀는 내게 좀 더 강한 것이 마시고 싶다면 좋은 스카치도 있다고 알려준다.

"괜찮아요." 나는 내일 무슨 일이 있을지 알기에 거절한다.

"좀 더 센 걸 마시는 게 좋을 것 같아요."

"됐어요. 당신은 마셔요."

난 제이미가 찬장을 열고 조니워커 블루를 꺼내는 모습을 지켜본다.

"FBI든 누구든 날 어떻게 할 수 있을 거라고 생각해요?" 내가 묻는다.

"대책을 강구해야 해요. 절대 이대로 당하진 않을 거예요." 제이미는 내 질문과 다른 대답을 한다.

그녀는 스카치위스키 병의 금속 따개를 돌린다. 제이미가 그런 술을 혼자 마시기 위해 샀다는 것이 믿어지지 않는다. 밤새 이 자리에서 내 방어막을 무너뜨리고 자신이 원하는 것을 얻기 위해 준비했을 가능성도 있다.

"자각은 치명적인 무기가 될 수 있어요. 저쪽 관점에서는 말이에요." 그녀가 덧붙인다.

"누구의 관점에서 말이에요?" 나는 제이미가 가리키는 사람이 누군지 확실하지 않기에 물어본다.

12

도난 경보장치

제이미는 얼음도 없이 스카치를 잔뜩 따른 뒤 한 손에는 포도주병을, 다른 한 손에는 술잔을 든 뒤 주방에서 나온다.

"던 킨케이드의 관점이죠. 그쪽 변호사의 관점이기도 하고. 저들에 따르면 던은 정당방위였다고 해요. 하지만 당신은 정당방위가 아니었죠." 제이미가 말한다.

"그런 주장을 할 줄 알았어요. 잭이 지난 핼러윈에 윌리 제이미슨을 찔러 죽이고, 여섯 살인 마크 비숍의 머리에 망치로 못을 박아 넣어 죽였으며, MIT 대학원생인 엘리 샐츠를 죽이고 나서 총으로 자살했다고 말이에요. 우리 미친 부국장은 이제 더 이상 스스로를 변호할 수 없으니까요." 내가 대답한다.

"그리고 그 사람의 미친 상사인 당신이 던 킨케이드를 공격한 거죠." 제이미가 자리에 앉는다. 난 그녀가 테이블 위에 올려놓은 술잔에서 목탄과 구운 과일 냄새를 맡는다.

"그 여자가 그런 식으로 거짓말한다고 해도 전혀 놀랍지 않아요. 나야 그날 밤에 던 킨케이드가 진입로의 동작 감지등을 고장 낸 뒤, 차고 안에 숨어 있다가 날 공격한 거라는 이야기를 듣고 싶긴 하지만."

"그 여자가 케임브리지에 있는 당신 집에 간 건 개 때문이었어요. 당신이 구한 그레이하운드 삭 말이에요. 그 여자는 그 개를 돌려받고 싶었던 거죠." 제이미가 말한다.

"그런 식으로 말하지 말아요." 나는 슬슬 짜증이 나기 시작한다.

"당신은 전날 범죄현장이었던 잭의 지하실에서 주입식 칼을 빼돌렸고……."

"그 칼은 내가 갔을 때 이미 없었어요. 경찰이 말해줄 거예요. 그곳에는 텅 빈 상자와 이산화탄소 가스통만 있었다는 걸 말이에요." 난 제이미의 말을 가로막는다. 점차 인내심이 바닥나기 시작한다.

"경찰은 그 여자를 기소하고 싶어 하잖아요. 안 그래요?" 제이미가 내 잔에 포도주를 따라준다. "경찰들은 던 킨케이드에 대한 편견이 있어요. 게다가 이번 사건에는 FBI인 당신 남편까지 관련되어 있어서 더 복잡해요. 사실 공정하고 객관적으로 보긴 어려운 상황이잖아요?"

"그러니까 지금 당신 말은 벤턴이 현장에서 그 칼을 치웠을 수도 있고, 그 사실을 알고 있는 내가 거짓말하고 있다는 건가요? 우리가 증거를 조작하고, 정의 구현을 가로막고 있다는 말이에요?" 나는 제이미에게 맞선다. 그녀가 어느 편인지 알 수가 없지만, 내 편은 아닌 것 같다.

"지금 이건 내가 그렇게 말했거나, 그런 생각을 한다는 게 아니에요. 던이 그렇게 말할 거란 말이죠." 제이미가 말한다.

"그 여자가 무슨 말을 할지 당신이 어떻게 안다는 거죠?"

"던 킨케이드는 그날 밤 당신이 집에서 방탄복을 입은 채, 자기가 나타나길 기다리고 있었다고 주장할 거예요. 당신이 나중에 무슨 일이 있었는지 몰랐다는 주장을 하기 위해 차고에 있는 동작 감지등의 전구를 느슨하게 해놓고, 켜지지도 않는 맥라이트를 들고 있었다는 거죠. 당신은 공격을 받아 반사적으로 어둠 속에서 앞이 보이지 않는 상태로 묵직한 금속 손전등을 휘둘렀다고 주장하고 있지만, 사실 숨어서 던을 기다렸던 건 당신이라는 거죠." 제이미가 대답한다.

"그건 낡은 손전등이었어요. 집 밖에 나오기 전에는 켜보지도 않았어요. 미리 확인했어야 하는 건데. 그리고 동작 감지등의 전구를 느슨하게 해놓은 건 내가 아니에요." 나는 솟구치는 짜증을 숨기기 어렵다.

"당신은 모든 준비를 끝내고, 던 킨케이드가 삭을 데리러 나타나기만을 기다렸어요." 제이미는 소파에 좀 더 편안하게 앉더니, 무릎 위에 쿠션을 놓고 그 위에 팔을 걸친다.

"경찰, 연방 요원들을 비롯해 모든 사람들이 그 여자를 찾고 있는 상황에서 개를 데리러 내 앞에 나타난다는 게 말이 된다고 생각해요? 그런 말도 안 되는 이야기를 누가 믿겠어요?" 내가 따진다.

"던은 경찰이 자기를 찾는 줄 몰랐다고 할 거예요. 누군가 자기를 찾고 있다는 건 상상도 하지 못했다고 하겠죠. 자기는 잘못한 일이 없으니까."

제이미가 술잔을 들어 올린다. 값비싼 스카치가 싸구려 유리잔 속에서 금색으로 빛나고 있다. 제이미는 그 술을 한 모금 삼킨다.

"던 킨케이드는 그 그레이하운드를 사랑한다고 말할 거예요. 세일럼에 있는 아빠 집에서 엄마가 훈련시킨 개를 자신이 보살펴왔다고 하겠죠. 그 여자는 당신이 그 개를 훔쳐갔기 때문에 그 개를 돌려받고 싶었던 것뿐이라고 할 거예요. 그러다 자기를 공격한 당신에게서 간신히 칼을 빼앗았지만, 그 과정에서 손을 심하게 베이면서 손가락 일부가 잘려나갔고 신경과 힘줄 부상으로 고통스러웠다고 할 거예요. 그런 상태에서 당신이 묵직한 금속 손전등으로 머리를 내려쳤다는 거죠. 그리고 그때 벤턴이 차고에 나타나지 않았다면 당신이 끝장을 냈을 거라고 말할 거예요. 자기는 죽었을 거라면서 말이에요." 제이미가 말을 잇는다.

"던이 벌써 그렇게 말했다는 거예요, 아니면 그렇게 말할 거란 뜻이에요?" 나는 접시를 내려놓고 제이미를 쳐다본다. 식욕이 싹 가신다. 오늘 밤에는 더 이상 먹을 수 없을 것 같다. 한 입 더 입에 넣었더라도 삼키지 못했을 것이다.

내가 아무것도 모르는 상태였다면 제이미 버거를 던 킨케이드의 변호사라고 생각했을 것이다. 그리고 이런 말을 하기 위해 서배너로 날 끌어들인 거라고 생각했을 것이다. 하지만 난 그렇지 않다는 것을 알고 있다.

"그 여자는 그렇게 말할 거예요. 그리고 이미 그렇게 말하기도 했고요." 제이미가 젓가락 끝으로 해초 샐러드를 집으면서 대답한다. "던은 변호사에게 그렇게 말했어요. 그리고 캐슬린 롤러에게 보낸 편지에도 그렇게 썼죠. 재소자들은 가족일 경우 다른 재소자에게 편지를 보낼 수 있어요. 던은 영리하게도 캐슬린을 엄마라고 썼더군요. '사랑하는 엄마'로 시작해서 마지막에는 '사랑하는 딸'이라고 서명했어요." 제이미는 그 편지들을 본 것처럼 말한다. 어쩌면 봤을지도 모른다.

"캐슬린도 딸에게 편지를 보냈나요?" 내가 묻는다.

"그 여자는 그런 적 없다고 했어요. 하지만 그게 사실인지는 모르죠. 케이, 당신은 이런 이야기를 듣고 싶지 않을 거예요. 하지만 던 킨케이드는 제법 연기를 잘해요. 손을 쓰지 못하게 된 영리한 과학자가 외상과 뇌진탕 때문에 정신과 감정적인 문제를 겪고 있는 것처럼 행세하고 있죠. 심각한 머리 부상 때문에 심한 부작용이 지속되고 있다고 설명하면서 말이에요."

"꾀병이에요."

"예쁘고 매력적이에요. 그리고 지금은 해리성 장애로 고통받고 있죠. 망상과 인식 장애가 있어요. 그래서 버틀러로 이송된 거예요."

"의도적으로 그런 척하는 거예요."

"던 킨케이드의 변호사들은 전부 당신 탓이라고 하고 있어요. 그리고 다음에는 민사 소송이 이어질 거예요. 이건 내 생각이지만, 당신이 오늘 던의 엄마와 만나 과거에 대해 이야기한 건 영리하지 못한 짓이었어요. 당신을 더욱 의심스럽게 여길 거예요."

"캐슬린을 만난 건 당신이 꾸민 일이잖아요. 내가 여기 온 건 당신 때문이에요." 그녀에게 내가 바보가 아님을 상기시킨다. 제이미는 내 입지가 약해지길 원한다.

"여기까지 당신 팔을 잡아끈 사람은 없어요."

"그럴 필요가 없죠. 내가 올 거라는 걸 당신은 알았을 테니까요. 그래서 이런 준비를 한 거잖아요." 내가 대답한다.

"확실히 당신이 올 거라고 생각하긴 했어요. 앞으로 캐슬린과 다시는 연락하지 말아요. 만날 필요도 없어요." 제이미는 내 변호사라도 되는 것처럼 말한다. "당신의 형사 사건이 길어질 거라고 생각하니 소송이 걱정되더군요." 그녀는 선동적인 시나리오에 색을 칠하기 시작한다.

"만일 강도가 당신 집에 침입해 뒤지다가 부상을 입었다면, 그자는 고소할 거예요. 모든 사람들이 소송을 걸죠. 소송은 새로운 국가사업이고, 사실상 모든 범죄 행위에 필연적인 여파를 미쳐요. 그것도 강도, 강간, 살인을 시도한 자들이 먼저 나서고요. 성공하는 경우도 있어요. 그럼 그들은 피해자나, 한술 더 떠서 피해자의 자산에 소송을 걸죠." 내가 말한다.

"난 당신을 짜증나게 하거나 겁을 주려는 게 아니에요. 곤란한 상황에 처하게 하려는 것도 아니고요." 제이미는 빈 접시 위에 젓가락과 냅킨을 내려놓는다.

"그야 그렇겠죠."

"내가 엄포를 놓는다고 생각하는군요."

"그런 말 한 적 없어요."

"케이, FBI가 내 아파트에 찾아왔을 때, 그쪽에서는 당신이 심리적으로 불안해 보이진 않았는지, 폭력성은 없는지, 내가 걱정할 만한 어떤 특징은 없는지 알고 싶어 했어요. 믿을 만한 사람인지, 약물이나 알코올중독은 아닌지 말이에요. 당신이 완벽한 살인을 저지르고 빠져나올 수 있다고 자랑했다는 게 사실이에요?"

"그런 자랑 한 적 없어요. 그리고 내 차고에서 있었던 일은 완벽한 것과는 거리가 멀기도 하고요."

"그렇게 말하면 던 킨케이드를 죽일 의도는 있었다는 뜻이 돼요."

"내가 공격할 생각이었다면, 주방 서랍에서 손전등보다는 더 좋은 무기를 가지고 나갔을 거예요. 다만 내가 그때 정신이 없었고, 수면 부족이 아니었더라면, 좀 더 신경을 썼을 것이고 그 모든 일들이 일어나지 않았을 거라는 건 인정해요."

"FBI는 당신과 잭 필딩의 관계에 대해 알고 있는지 물었어요. 두 사람은 연인 사이였고, 당신이 잭에게 어떤 소유욕이나 부자연스러운 집착을 보이진 않았는지, 그에게 버림받자 질투심으로 분노에 차 있진 않았는지 말이에요." 제이미가 말한다.

"정당방위에 그런 말도 안 되는 이야기를 갖다 붙였단 말이에요?" 내가 묻는다.

"그래요. FBI에서는 그런 일에 관대하지 않아요. 정보 수집 능력이 뛰어나고, 은혜를 모르는 인간들이죠. FBI 요원들은 어째서 당신에 대해 물어보는 건지 말도 하지 않았어요."

"이건 대가를 치를 일이 아니에요." 나는 다시 말한다.

"난 당신이 자기가 저지르지도 않은 범죄로 사형을 당하게 된 사람을 도와주고 싶어 할 거라고 생각했어요. 어떻게 보면 당신도 비슷한 상황에 처해 있는 셈이죠. 무고하게 누군가를 죽였거나 죽이려고 했다는 누명을 썼다는 점에서 말이에요." 제이미가 강조한다.

"옳고 그름을 따지기 위해 나한테 누명까지 씌울 필요는 없어요."

"롤라는 끔찍한 방법으로 죽게 될 거예요. 그들은 고통을 없애주거나 자비를 베풀어줄 마음이 없어요. 클라렌스 조던 박사는 오래전부터 서배너의 유지였고, 착한 기독교인이었어요. 도덕적이고 관대한 사람이었죠. 도움이 필요한 사람들을 무료로 치료해주기도 했고, 추수감사절이나 크리스마스 때는 응급 센터나 무료 급식소, 푸드 뱅크에서 자원봉사도 했죠. 성인이라고 부르는 사람도 있었어요."

신앙심이 깊고 성인이라고 불린 사람이라면 도난 경보장치에 신경 쓰지 않았을 수도 있다. 그 도난 경보장치는 그가 직접 설치한 것일까, 전에 살던 집주인이 설치한 것일까?

"조던 가의 도난 경보장치에 대해 자세히 알아요?" 내가 묻는다.

"살인이 있던 날 아침에는 도난 경보장치가 해제되어 있었어요."

"그 점이 이상하지 않아요?"

"계속 신경이 쓰이긴 했어요. 어째서 도난 경보장치가 해제되어 있던 걸까요?"

"롤라는 다른 말을 하지 않던가요?"

"롤라는 그 집에 들어가지 않았어요. 납득이 갈 만한 설명을 할 수가 없네요." 제이미가 말한다.

"조던 가에서 평소 도난 경보장치를 사용하지 않는 습관이 있다는 걸 알려줄 만한 사람이 없나요?"

"이제 그런 습관이 있는 걸 알려줄 만한 사람은 아무도 없어요. 하지만 마리노가 조사 중이에요." 제이미가 말한다.

"만일 도난 경보장치가 제대로 작동되고 있었고 경보 회사에 전화선이 연결되어 있다면, 경보장치를 작동시키고 해제시킨 기록이 남아 있을 거예요. 조던 일가가 도난 경보장치를 이용하고 요금 납부를 했다면 거짓 경보가 울렸다거나 전화선에 문제가 있었을 경우 기록이 남아 있을 거예요." 내가 말한다.

"좋은 지적이에요. 내가 봤던 기록이나 면담 내용 중에는 그런 내용이 충분히 나와 있지 않았어요."

"담당 수사관에게서 이야기는 들어봤나요?"

"GBI 특수요원 빌리 롱은 5년 전에 은퇴했어요. 그가 쓴 보고서와 수사 기록들이 남아 있죠."

"직접 만나서 이야기해봤어요?"

"마리노가 만났어요. 롱 수사관에 따르면, 그날 밤 도난 경보장치가 해제되어 있던 건 조던 일가가 사람들을 믿었거나, 특별한 보안 의식이 없었기 때문일 거라고 생각하더군요. 실수로 경보장치가 작동되는데 지쳤을 수도 있고요." 제이미가 말한다.

"그렇다고 밤에도 경보장치를 완전히 꺼두었단 말인가요? 그건 너무 심한 것 같은데."

"부주의한 건 맞지만 이해하지 못할 일은 아니에요. 아무래도 25년 전이었으니, 그럴 수도 있죠. 문을 열 때마다 경보장치가 울렸을 거예요. 경찰들이 그때마다 출동하자, 질려서 경보장치를 꺼버린 거죠. 열쇠로 잠그는 데드볼트도 있었는데, 어린애가 있다 보니 혹시 집에 불이 났을 때 갇힐 수도 있다는 생각이 들었나 봐요. 그래서 데드볼트도 잠그지 않았고, 결국 침입자가 유리창을 깨고 안으로 들어갈 수 있었던 거죠."

"그럼 조던 일가는 어째서 그렇게 부주의했던 거죠?" 내가 묻는다.

"롱 특수요원의 말에 따르면 그 당시에는 전체적인 분위기가 그랬을 거라고 하더군요." 제이미가 말한다. 나는 한편으론 내키지 않으면서도 그 사건에 점점 깊이 들어가고 있다.

결국 제이미에게 넘어갔기 때문이다.

지금 이 자리에 나를 데려와 이런 대화를 하기 위해 그녀도 어느 정도 위험을 감내했기 때문이다.

"유감스럽게도 사건이 해결됐다고 생각했을 때 그런 가정들이 많이 나오는 법이죠."

"맞아요. 그들은 사회복귀시설 욕실에서 롤라 대거트가 빨고 있던 피 묻은 옷에서 조던 일가의 DNA를 발견했으니까요." 제이미도 동의한다.

"GBI나, 검찰 측에서 도난 경보장치에 대해 전혀 신경 쓰지 않은 이유도 알 만하죠." 내가 말한다.

"당신이 어째서 그 문제에 신경 쓰는지 궁금한데요." 제이미가 술잔을 들며 말한다.

"경보장치의 작동 여부를 알고 있었는지, 몰랐는지에 따라 침입자에 대한 정보를 얻을 수 있으니까요." 제이미도 이미 알고 있겠지만, 난 이미 이 사건에 푹 빠져 있다. "문밖에서 번호판이 보였나요? 침입자가 유리를 통해 경보장치의 작동 여부를 알아볼 수 있었을까요?"

"사진으로 봐서는 잘 모르겠어요. 하지만 유리를 통해 번호판의 불빛이 초록색인지 빨간색인지 보였을 가능성도 있어요. 그랬다면 경보장치의 작동 여부를 알 수 있었겠죠."

"그런 세세한 사실들이 중요해요. 살인자의 사고방식을 알 수 있으니까요. 범인은 조던 일가를 무작위로 고른 걸까요? 그냥 운이 나빠서? 범인은 주방문 유리를 깨고 집 안에 들어갔다가 혹시라도 도난 경보장치가 울리면 그냥 도망갈 생각이었을까요? 아니면 경보장치의 작동 여부를 알아야 할 이유가 있는 누군가가 우연한 기회에 경보장치가 꺼져 있다는 것을 알게 된 걸까요? 아니면 경보장치가 꺼져 있다는 것을 알 수 있는 사람이었을까요? 조던의 집은 아직 그대로 남아 있나요?"

"주방은 개조했어요. 확실한 건 아니지만, 건물 뒤쪽은 변경된 것 같아요. 원래 있던 주방문을 없애고, 대신 미닫이문을 달았어요. 지금 그 집에 살고 있는 주인이 이용하는 경보 회사는 '서던 알람'이에요. 표지판과 창문에도 스티커가 붙어 있어요."

"나라도 그랬을 거예요."

"조던 가의 경보 회사가 '서던 크로스 시큐리티'라는 것밖에 알아낸 게 없어요."

"들어본 적이 없는 회사네요."

"전문적으로 역사적인 건물들을 대상으로 하는 작은 지역 회사예요. 이를테면 그런 건물들의 원래 목재를 손상시키지 않는 것을 우선으로 여긴다고 하더군요." 제이미는 술을 한 모금 더 삼킨다. "몇 년 전에 경제가 나빠지면서 부동산 가치가 떨어지고, 특히 오래된 건물들은 가치가 급격히 떨어지면서 회사가 파산했어요. 그중 많은 건물들이 콘도와 사무 공간이 되었더군요."

"그건 마리노가 알아냈겠군요."

"누가 알아냈는지는 중요하지 않잖아요?"

"그 사람은 경험이 많고, 철저히 수사하니까 물어본 거예요. 마리노는 믿을 만한 정보만 가져오죠."

제이미는 내 말이 틀리다는 것처럼 나를 쳐다본다. 그녀는 내가 질투하는 건 아닌지 살피고 있는 것이다. 제이미는 마리노가 CFC를 그만둘 계획을 가지고 있다는 것과 여기서 일하고 있는 것을 내가 좋아하지 않을 거라고 생각한다. 어쩌면 그녀는 내게서 마리노를 빼앗았다고 은근한 만족감을 느끼고 있는지도 모른다. 하지만 내가 느끼는 감정은 질투가 아니다. 마리노에게 제이미가 영향을 끼친다는 것이 마음에 들지 않는 것이다. 그녀가 생각하고 있는 그런 이유는 아니다. 난 제이미가 마리노나 다른 사람의 행복에 신경을 쓸 거라고 믿지 않는다.

"콜린 덴게이트에게 경보장치에 대해 아는 게 없는지 물어봤어요? 어째서 경보장치가 꺼져 있었는지 수사관들에게 들은 내용은 없다던가요?" 내가 묻는다.

"경찰 수사와 관련된 내용은 나한테 말해줄 수 없다고 하더군요. 콜린은 내가 필요한 정보를 알려주긴 했지만 도움을 주진 않았어요. 솔직히 말하면 협조적이진 않았어요. 자기 의견을 말해주긴 했지만, 나와 함께하진 않더군요."

"콜린이 마리노와 이야기했나요?"

"콜린한테 마리노를 보내지 않았어요. 적절하지 않을 것 같아서요. 콜린은 나나 당신 같은 사람한테 말할 것 같았어요."

'그렇지 않을 텐데.' 나는 생각한다. 마리노는 거친 전형적인 경찰에 가까운 사람이다. 콜린은 마리노를 편하게 생각했을 것이다.

"클라렌스 조던은 어떤 의사였나요?" 나는 그에게 일어난 일이 내 책임인 것처럼 물어본다.

"워싱턴 애비뉴에서 아주 성공한 가정의학과 전문의였죠. 클라렌스 조던 같은 사람은 아무도 죽이지 못해요. 그 부인도 마찬가지죠." 제이미는 나를 계속 쳐다보며, 술을 마시고 말을 한다. "그 예쁜 아이들은 말할 것도 없고요. 사람들은 롤라가 결백하다는 것을 받아들이고 싶어 하지 않아요. 이 부근에서 롤라는 잭 더 리퍼나 마찬가지죠."

"전문가로서의 내 도움을 구하기 위해 날 초대한 당신 방식은 나로선 익숙하지 않은 방법이었어요." 마침내 내가 말한다.

"여기선 여러 가지 일들이 진행되고 있어요. 당신을 여기 오게 한 건, 우리 두 사람 모두를 돕기 위해서였어요."

"잘 모르겠어요. 내가 아는 건 당신이 마리노에게 일을 시키는 법을 알고 있다는 거죠. 아니, 더 정확하게 말하면 여전히 마리노에게 일을 시키는 법을 알고 있다고 해야겠네요." 내가 말한다.

"연방 수사국에서 당신한테 관심을 가지고 있어요, 케이. 내가 보기엔 대수롭게 넘길 일이 아니에요."

"형식적인 거죠. 당신이 더 잘 알 텐데요. 내가 누군지를 고려한다면, 특히 국방부 소속임을 생각하면 어떤 혐의든 조사는 받아야 해요. 만일 내가 부활절 토끼라고 고소당하더라도 확인해봐야 한다는 거죠."

"당신도 어떤 이유로든 고소당했다는 사실이 뉴스에 나가는 걸 원하지 않을 거예요. 그것도 누군가를 공격했거나 불구로 만들었다는 죄목으로는 말이에요. 그런 뉴스가 헤드라인에 나가는 건 그리 유쾌한 일이 아니니까."

"날 위협하는 게 아니었으면 좋겠어요. 변호사들이 하는 말처럼 들리네요." 내가 말한다.

"맙소사, 그런 거 아니에요. 내가 왜 당신을 위협하겠어요?"

"당신이 이러는 이유야 명확하죠."

"난 당신을 위협하지 않아요. 사실 당신을 돕고 있는 거예요. 당신을 도울 수 있는 사람은 나밖에 없을 거예요." 제이미가 말한다.

나는 그녀가 무슨 말을 하는지 알 수가 없다. 제이미 버거가 나를 어떻게 도울 수 있다는 건지 모른다. 하지만 물어보지 않는다.

"많은 사람들이 던 킨케이드를 동정하고 있어요. 내 생각에 당신에 대한 살해 미수 사건을 배심원들이 받아들이지 않을 수도 있어요."

"그럼 던 킨케이드가 그대로 빠져나갈 수도 있다는 말인가요? 어떻게 해야 할지 모르겠네요."

"가장 중요한 건 그 여자를 가능한 한 오래 감옥에 집어넣는 거잖아요?"

"던 킨케이드는 내 사건보다 다른 사건들로 재판받아야 돼요. 네 건의 살인 사건에 대해 말이에요." 난 그 여자가 무슨 짓을 저질렀는지를 넌지시 비친다.

"멘사 살인자들, 애석하게도 그 사건들에서 던 킨케이드는 잭 필딩의 희생양으로 보여요." 제이미는 남아 있는 스카치를 뚫어지게 쳐다본다. "배심원들은 그 사건들을 불안정하고 공격적인 성향을 가진 법의학자이자, 보디빌더였던 죽은 남자가 저지른 가학적인 범죄로 여길 거예요."

나는 아무 말도 하지 않는다.

"최악의 경우 그 살인 사건 재판이 잘 풀리지 않는다면 오히려 당신이 힘들어질 거예요. 그 살인 사건들을 잭이 저지른 것으로 만들고 던이 빠져나간다면 당신도 방법이 없게 돼요." 제이미는 아직도 검사인 것처럼 말한다. "만일 배심원들이 잭을 그 사건들의 범인으로 믿게 되면 그때 당신은 개를 돌려받으려고 집에 찾아온 아무 죄 없는 여자를 공격한 범인이 되는 거예요. 최소한 당신은 고소를 당하게 될 거예요. 돈도 많이 들고 험한 꼴을 보게 되는 거죠." 그녀는 다시 변호사로 돌아와 말한다.

"잭이 범인으로 몰리게 되면 좋을 게 없죠." 나도 인정한다.

"당신 사건을 해결하기 위해서는 은 총알이 있어야 해요. 안 그래요?" 제이미는 우리가 마치 기분 좋은 대화를 하고 있는 것처럼 나를 보며 미소 짓는다.

"그래요. 우린 항상 은 총알이 있기를 바라죠. 하지만 옛날이야기에 나오는 것 말고 그런 게 진짜 있는지 모르겠네요."

"은 총알은 존재해요. 그리고 우리한테도 하나 있죠." 제이미가 말한다.

13

새로운 단서

그녀는 자신만만하게 최근에 재실시한 DNA 검사 결과, 조던 일가 살인 사건에 던 킨케이드가 연관되어 있다는 증거가 나왔다고 말한다.

"조던의 집에서 채집한 샘플들, 칼 손잡이에 묻은 피를 포함해 사건이 일어났던 당시에는 맞춰보지 못했던 샘플들까지 다시 분석해본 결과 일치했어요." 제이미가 설명하는 동안, 나는 그녀가 기대한 반응을 보이는 대신 아이폰에 온 문자 메시지를 확인한다.

감사. 안도. 어떻게 감사를 표해야 하죠, 제이미? 원하는 건 뭐든 해줄게요. 당신은 말만 해요.

"던 킨케이드는 현장에 있었어요. 그 여자는 살인 사건이 일어난 당시 조던의 집 안에 있었어요. 던은 화장실에 소변과 체모를 남겼어요. 다섯 살짜리 브렌다가 범인을 할퀴면서 손톱 밑에 피부세포와 피가 남아 있었어요." 제이미는 의심의 여지가 없다는 듯 단언한다.

그녀는 자신이 한 말의 중요성을 느껴보라는 듯 잠시 내게 시간을 준다. 덕분에 나는 완전히 다른 문제를 생각한다.

'당신 괜찮아? 지금 어디야? 애너 코퍼 LLC(유한회사)는 뭐지?' 벤턴이 문자 메시지를 보냈다.

"당신이 캐슬린 롤러에게 관심을 가질 만하군요." 나는 벤턴에게 물음표를 답장으로 보내며 제이미에게 말한다.

그가 무슨 말을 하는 건지 알 수가 없다. 애너 코퍼 LLC는 들어본 적이 없다.

"캐슬린은 당신에게 협조하면 거래가 이뤄질 거라는 희망이 있었을 거예요. 아마 감형이나 사면 위원회에 영향력을 행사해준다고 속였겠죠."

"그 여자는 아주 협조적이었어요. 맞아요. 그 여자는 인생을 되찾고 싶어 하거든요. 무엇이든 할 기세였어요." 제이미가 대답한다.

"DNA 검사에 대해 알려주었나요? 새로 한 검사 결과가 생물학적인 딸을 가리키고 있다고 말이에요."

"아뇨."

"어떻게 확신하죠? 조지아 교도소에서는 그 안에서 벌어지는 일들이나 전해지는 이야기들에 대해 아주 관심이 많은 것 같던데."

"충분히 조심했어요."

"살인 사건이 일어난 직후 경찰들에게 체포되었을 때 롤라 대거트는 상처를 입고 있었죠? 그 상처를 확인해봤나요? 찰과상인지, 긁힌 자국인지, 타박상인지? 법의학적 신체검사는 받았겠죠?"

"내가 알기론 그렇지 않았을 거예요. 그 상처가 확실하지 않아도 단서가 될 수 있었죠. 브렌다가 범인과 몸싸움을 하다가 피가 날 정도로 상대를 심하게 할퀸 건 확실하니까요. 그래서 경찰 쪽에서는 롤라에게 할퀸 상처가 없다는 것을 문제 삼지 않았을 거예요." 제이미가 말한다.

"만일 그 여자에게 상처가 없었다고 해도 단서가 됐을 거예요." 나도 동의한다. "그리고 브렌다의 손톱 밑에서 나온 생물학적인 증거인 DNA가 롤라의 DNA와 일치하지 않았다는 건 새로운 단서가 되죠. 아주 큰 단서예요. 중요한 문제기도 하고."

"맞아요. 롤라가 범행을 저지르지 않았다는 것을 의미하니까요."

"아니면 공범이 있었다는 의미기도 하죠."

"사람들의 마음은 강철 문처럼 닫혀 있어요. 이 지역 사람들은 이 살인 사건을 해결하고 싶어 해요. 자신들의 평화와 안전을 위해 사건을 해결해야 하는 거죠. 자기들이 사랑하는 도시의 질서와 분별력이 회복되었다고 느끼기 위해서 말이에요."

"유감스럽게도 이미 일은 벌어졌죠. 그것도 아주 극도로 감정적이고, 사람들의 이목을 끄는 사건이 말이에요."

"조던 일가를 살해하고, 할퀸 상처를 가지고 있으며, 샌드위치를 만들고, 아래층 화장실을 쓴 범인은 던이에요. 아이러니하게도 매사추세츠에서 당신한테 일어난 사건 덕분에 그 사실을 알게 됐어요. 당신을 공격했다가 체포당한 뒤에 던의 DNA가 CODIS(DNA 검색시스템)에 등록됐으니까요. 마침 그때 내가 조던 일가의 범죄현장에서 나온 DNA를 재검사한 뒤 CODI에 집어넣었다가 알게 된 거죠. 그 사실을 알고 깜짝 놀랐어요. 정말 뜻밖이었죠." 제이미가 상황을 정리한다.

"그렇게 놀랄 일은 아니에요." 나는 제이미의 말에 동의하지 않는다. "캐슬린 롤러는 조던 일가가 살해당했던 시기에, 그러니까 2002년 1월에 던이 서배너에 있었다고 했어요. 오늘 그 여자를 만났을 때 말해주더군요. 아마 그때 던과 처음 만났을 거예요. 자기 딸이 무슨 짓을 저질렀는지 캐슬린이 알았을까요?"

"몰랐을 거예요. 던이 체포당하고 싶은 게 아닌 다음에야 캐슬린에게 그런 이야기를 하진 않았을 테니까. 한 번 사건을 저지르고 엄청난 휴식기가 있었네요. 우린 던 킨케이드가 서배너에 있었던 것을 알고 있어요. 그랬을 거예요. 만일 던이 지난 2월 당신 집에서 있었던 일에 대해 계속 거짓말해도 상관없어요. 그 여자의 신뢰성에 금만 가면 모든 것이 끝나니까." 제이미가 말한다.

"이제 내가 당신 사건을 도와야 할 이유가 두 개나 있군요."

"케이, 정의가 우선이에요."

"DNA 결과는 언제 알았어요?"

"한 달쯤 됐어요."

"내가 아는 한, 그 소식은 들은 적이 없어요. 단 한 마디도 말이에요. 하지만 그렇다고 다른 사람들도 모른다는 말은 아니에요." 내가 말한다.

"던이나 변호사들도 그 여자의 DNA가 9년 전에 있었던 조던 사건과 연관되어 있다는 건 몰라요." 제이미는 나와 다르게 자신 있게 대답한다.

"어디 검사실에 의뢰했어요?" 내가 묻는다.

"애틀랜타와 오하이오 페어필드에 있는 다른 검사실 두 곳에 맡겼어요."

"아무도 모른다고 했죠. FBI도 모르고 있을까요? 재검사에 대해 조지아 검찰총장의 허가는 받았겠죠?" 내가 회의적으로 물어본다.

"그래요."

"그런데 검찰총장도 그 결과에 대해 모른다는 건가요?"

"검찰총장님과 다른 주요 인물들은 이번 사건에 대한 준비가 끝날 때까지 정보를 공개할 수 없다는 점을 이해해주셨어요. 사실 준비를 시작한 지 얼마 되지 않기도 하고요."

"가장 큰 위협은 정보 유출이죠." 나는 얼마 전까지 그녀에게 아주 분명했을 사실을 상기시킨다.

제이미는 자신만 생각하고 있다. 어쩌면 필사적인 것일지도 모른다.

"이번 사건에서 정보가 누출된다면 가장 큰 위협이 될 거예요. 실제로 아주 위험하죠. 조던 사건에는 조지아 주 정부에 있는 권력자들을 포함해 개인적으로 관심을 가진 사람들이 많아요. 이 지역에서 가장 악명 높은 살인 사건을 잘못 처리했으며, 실은 아무 죄도 없는 10대 소녀에게 사형 선고를 내렸다는 것이 밝혀지면 몹시 곤란해질 사람들이죠."

"난 핵무기를 떨어뜨리자는 게 아니에요."

"그렇죠. 하지만 당신이 너무 이상적인 걸 수도 있어요. 이번 사건에 흥분하고 있잖아요. 이해는 해요. 내가 도움이 되려면, 이번 일이 아무도 모르게 진행되고 있는 건 아니라는 사실부터 지적해야 되겠어요." 타라 그림이 떠오른다. 그리고 그녀가 어떻게 새로 검사를 했다는 사실을 알고 있는 건지 궁금하다.

그녀는 재검사를 하고 있다는 걸 알고 있다. '누가 말해준 것일까?'

"그럼 당신이 날 도와주면 되겠네요. 무슨 이야기든 기꺼이 들을게요." 제이미가 말한다. 하지만 기꺼워하는 표정은 아니다.

제이미는 지치고, 걱정이 가득해 보인다. 눈에는 졸음이 가득하고, 예전에 봤던 반짝거림은 더 이상 보이지 않는다. 그녀는 뭔가 불편한지 끊임없이 소파에서 앉은 자세를 바꾼다. 발을 깔고 앉았다가 다시 내려놓는다. 가만히 있지 못하고, 술을 너무 많이 마신다.

"이미 새로운 DNA 결과에 대해 알고 있는 사람들이 있고, 훼방을 놓으려고 하거나, 이미 훼방을 놓고 있는지도 몰라요. 당신이 새로 검사한 DNA 증거는 FBI 연구소와 결합된 색인 시스템에 넣어, 체포된 사람들 색인과 대조했을 거예요. 그래서 던 킨케이드와 일치한다는 결과가 나왔겠죠. 그러니까 FBI에서 던 킨케이드에 대해 모를 거라는 당신 생각은 확실한 게 아니에요. FBI는 던에게 각별한 관심을 기울이고 있으니, 9년 전 서배너 살인 사건과의 연관성을 알아냈을 수도 있어요. 만일 검찰총장이 알고 있으면 주지사도 알 가능성이 있어요. 주지사는 롤라 대거트의 사형 집행에 꽤 공을 들였을 거예요. 타라 그림과 이야기했을 때, 그 여자는 증거를 재검사했다는 것을 알고 있었어요. 그리고 그렇게 되면 조지아 감옥에서 최고의 탈옥이 될 거라는 말도 했죠." 난 제이미에게 말한다.

"그들은 모든 것을 기록해요." 제이미는 내가 말하는 내용이 자신과 관계없다는 듯 사무적으로 대답한다. "브라보 포드의 면회실에서 하는 말은 모두 녹음되고 있다는 것을 알고 있었어요. 그래서 은밀하게 해야 할 이야기들은 메모지에 적었고, 그 메모지도 다시 챙겨왔어요. 캐슬린은 자기가 알아서 말을 할 때 주의하더군요. 하지만 롤라는 다른 문제예요. 그 여자는 지능이 낮고, 충돌조절 장애가 있어요. 롤라는 자신을 자랑하고 과시하면서 주목받고 싶어 해요. 그 여자한테 증거를 재검사했다는 말은 했지만, 결과는 알려주지 않았어요."

"그 여자가 그 사실을 알고 있을 수도 있어요. 그렇다면 캐슬린에 대한 적개심도 말이 되죠. 캐슬린은 지난 9년간 자기가 저지르지도 않은 죄로 감옥에서 살게 만든 사람의 엄마니까 말이에요." 내가 말한다.

"제일 큰 걱정은 내가 준비를 끝내기도 전에 언론에 이 일이 알려지는 거예요." 제이미는 말한다.

"당신이 걱정해야 할 건 그런 게 아니에요. 여기 보안 카메라에 경보장치까지 설치했잖아요." 난 제이미가 총을 가지고 있는 건 말하지 않는다. "당신의 직업과 개인적인 안전에 대해 걱정하고 있다는 뜻으로 볼 수 있죠." 내가 덧붙인다.

"당신도 여기서 일하게 되면 일급 보안 시스템과 감시 카메라를 달아야 할 거예요." 그녀가 덧붙인다. 나는 제이미가 루시 이야기를 꺼낼 것인지 궁금하다. "좀 더 많은 법의학적 사실들을 확인하고 모든 것이 확실해지면 난 롤라의 일급 살인 유죄 선고를 물려달라는 청원서를 쓸 거예요. 난 자연과학에 복수하고 싶은 마음을 돌렸어요. 그래서 당신이 날 도와주길 바라는 거예요."

제이미는 내가 무슨 말을 해주길 바라는 것처럼 잠시 말을 멈춘다. 하지만 난 확답하지 않는다.

"이 사건에서 롤라와 연결시키는 건 피 묻은 옷밖에 없어요. 틀림없이 던 킨케이드가 롤라에게 그 옷을 빨라고 시켰거나, 롤라의 방에 갖다 놓았을 거예요. 하지만 모든 것들에 대해 좀 더 자세히 알아야 해요. 난 모든 것을 갖춘 상태에서 앞으로 나갈 거니까." 제이미가 말한다.

"롤라와 던은 서로 아는 사이인가요? 두 사람의 관계에 대해서는 밝혀진 게 있어요?" 난 다시 벤턴에게 온 문자 메시지를 보며 묻는다.

'어디 있어? 호텔 방에는 없는 것 같은데.'

'난 안전해.' 나는 답장을 보낸다.

'시간 괜찮으면 전화해줘(평판이 실추됐어).'

내가 세 번째로 물음표를 답장으로 보내는 동안 제이미가 말한다. "난 당신을 끌어들이면서 법을 위반하지 않았어요. 당신과 이 일에 대해 의논해도 좋다는 허락을 롤라에게 받았으니까요."

"어째서요? 게다가 당신이 무슨 말을 해도 롤라는 들어줄 텐데요."

"법정에서 당신의 영향력은 지대하니까요. 평판이 좋지 않고, 유명하지 않은 법의학자를 세우는 건 우리 입장에서는 무모한 일이에요." 제이미가 대답한다.

그녀는 지금 무모하게 콜린 덴게이트를 법정에 세우지 않겠다는 뜻이다. 적어도 그녀는 그렇게 생각하고 있다.

"이 살인 사건에 대한 대중의 분노를 생각하면 인기 있는 자리는 아니에요. 이렇게 오랜 시간이 지났음에도 사람들의 마음속에는 여전히 증오로 가득 차 있으니까요. 조던 일가를 살해한 범인이 미인인 던 킨케이드로 판명되면 당신 사건에도 도움이 될 거예요." 제이미는 그 점을 다시 한번 강조한다.

그녀는 지금 내게 옳은 일을 하라면서 뇌물을 주려고 하고 있다. 어쩌면 내 기분이 상한 것은 그 때문일 것이다.

"만일 던 킨케이드가 잠들어 있는 일가족 전체를 죽였다면, 매사추세츠 범행을 저질렀을 수도 있어요. 그리고 그 여자가 당신에 대해 하는 말은 아무도 믿지 않을 거예요." 제이미는 그 말 속에 내포되어 있는 칭찬이나 불필요한 논쟁을 끝맺는다.

"롤라는 던 킨케이드에 대해 뭐라고 하던가요? 그 여자가 말하던 '페이백'이라는 미지의 공범이 던이라는 것을 인정하던가요?" 내가 묻는다.

"아뇨." 제이미는 소파 끝에 앉아 술잔을 흔들면서 나를 쳐다본다. 자세를 쉴 새 없이 바꾸면서 점점 더 술에 취해간다. "롤라는 모른다고 했어요. 1월 6일 아침, 사회 복귀 훈련시설에 있는 자기 방에서 깨어나 보니 피 묻은 옷이 바닥에 떨어져 있었다고 했어요. 무슨 문제라도 생길까 봐 겁에 질린 롤라는 그 옷을 빨기로 한 거예요."

"그 말을 믿어요?"

"롤라는 두려워하고 있어요. 그건 믿어요. 그 여자는 계속 '페이백'이라는 사람 이야기를 할 때마다 겁에 질려 있었어요."

"그러니까 악마인지 괴물인지 사람인지 모를 상대를 무서워한다는 거죠? 그 여자가 만들어낸 존재가 아닐까요?"

"롤라는 길에서 던을 만났고, 돈이나 마약으로 유인당했을 가능성이 있어요. 결과적으로 자신을 이런 함정에 빠지게 만든 상대방의 본명을 모르는 것도 가능하죠."

"롤라는 던이 서배너로 와서 살인을 저질렀던 그 시각에 사회 복귀 훈련시설에 있었을 거예요." 나는 롤라로 인해 마약 혐의로 외출이 금지된 채, 사회 복귀 훈련시설에서 지냈던 누군가를 떠올린다.

"관리가 엉망인 사회 복귀 훈련시설이었어요. 입주자들은 허락을 받고 외출을 하게 되어 있었죠. 롤라는 일자리를 찾거나, 서배너 요양원에 있는 병든 할머니를 만나기 위해 밖으로 나갔어요. 던과 같은 사람을 만날 기회가 많았죠. 던은 가명을 사용했을 거예요. 페이백이라는 별명을 썼을지도 모르죠. 그래서 롤라가 그 이름만 아는 것일 수도 있어요. 던이 저지른 일을 생각해보면 자기 정체를 숨기는 게 당연하죠. 하지만 상관없어요. DNA는 거짓말을 하지 않으니까요. 아무리 가명을 써도 소용없죠." 제이미가 말한다.

"롤라에게 던 킨케이드의 이름을 들어본 적 있는지 물어봤어요? 그 이름을 듣자 두려움을 숨기는 것 같진 않던가요?"

"롤라는 그런 이름을 모른다고 했어요. 기억에 없다고 했죠. 던 킨케이드의 이름을 듣고 생각나는 게 없냐고 물어봤지만, 아무것도 없다고 하더군요. 나도 많이 조심했어요. DNA 결과는 말하지 않았어요." 제이미가 아까 한 말을 되풀이한다.

"페이백이 누구든, 롤라는 그 사람을 두려워하고 있어요. 9년이나 지났는데도 말이에요."

"롤라는 페이백의 목소리를 들었다고 말했어요. 페이백이 롤라가 말을 듣지 않을 경우 얼마나 무서운 일을 당하게 될지 설명하는 소리를 들었다고 했죠. 지금도 롤라는 페이백이 누군지 우리한테 말해주지 않아요." 제이미가 말한다. 나는 페이백이 분장했을 가능성이 있다는 생각을 한다.

헬러윈에 사형 집행이 예정되어 있는 아이큐가 70밖에 되지 않는 젊은 여자의 머릿속에 정서적인 손상을 입힐 정도로 무서운 환상을 심어준 것이다.

"우리가 들어야 할 유일한 소리는 DNA예요. 그리고 던 킨케이드는 안전하게 갇혀 있고요." 제이미가 말한다.

"롤라는 던 킨케이드가 감옥에 갇혀 있다는 걸 알아요? 언제 재판을 받는지도?" 확인하고 싶다.

"롤라는 던이 매사추세츠에서 다수의 살인 사건으로 기소당했다는 건 알고 있어요. 뉴스에 나왔고, 나도 말했으니까요. 조지아 교도소에서는 캐슬린 롤러의 딸이 버틀러에서 재판을 기다리고 있다는 것이 비밀도 아니에요."

"캐슬린을 만나서 던에 관한 이야기를 했군요."

"내가 캐슬린을 만났다는 건 이미 알고 있잖아요. 물론 그 딸에 대한 이야기도 했죠."

"던이 갇혀 있는데도, 롤라는 여전히 무서워서 말을 못 한다는 거죠." 제이미가 뭐라고 해도 이건 말이 안 된다.

자기가 저지르지도 않은 범죄로 10년 가까이 사형수로 살아온 롤라가 진범인 던 킨케이드가 매사추세츠에 갇혀 있다는 걸 알고 있다면 어째서 아직도 무서워하는 걸까? 그리고 캐슬린 롤러는 어째서 롤라를 두려워하는 걸까? 여기엔 뭔가 잘못된 것이 있다.

"두려움은 가장 강력한 감정이에요." 제이미가 불분명한 발음으로 자신 있게 말한다. "롤라는 아주 오랫동안 바깥세상에 있는 그 사람을 두려워했어요. 여전히 살아 있고 상상할 수 없을 만큼 잔인한 던을 말이에요. 당신도 그 여자가 무슨 짓을 했는지 알잖아요. 던 킨케이드는 스물세 살 때 자고 있던 조던 일가를 몰살했어요. 그러고 싶었기 때문이죠. 유혈 스포츠였기 때문이에요. 재미있기 때문이겠죠. 그리고 그 자리에서 샌드위치를 만들어 먹고, 맥주를 몇 모금 마신 뒤에 모든 죄를 지능이 모자란 열여덟 살짜리 여자애에게 뒤집어씌웠어요."

"그냥 나한테 요청할 수도 있었잖아요. 다른 건 필요 없었어요. 그랬다면 당신은 나를 끌어들이기 위해 복잡하게 작전을 세울 필요도 없었고, 나는 당신이 대가를 주고 날 이용하는 것 같다는 걱정도 할 필요가 없었어요. 상대가 FBI든 누구든 난 싸울 수 있어요. 이제까지 우리가 겪어왔던 일들을 생각해보면 당신이 도와달라는 말만 해도 내가 도울 거라는 걸 알았어야죠."

"도와달라고 말만 하면 당신이 서배너로 와서 내가 맡은 롤라 대거트 사건의 법의학 전문가로 나서줄 수 있었던 말인가요?" 제이미는 술잔을 다시 채울 것인지를 고민하는 것처럼 잔을 쳐다본다. "나한테 모든 일에 대해 예, 아니오, 라고 대답만 하는 당신의 시골뜨기 동료인 콜린 덴게이트의 일을 가로챌 수 있단 말인가요? 당신이 그 사람과 맞설 수 있었던 말인가요?"

"콜린은 시골뜨기가 아니에요. 그 사람은 자신의 견해와 신념에 확신이 있는 것뿐이에요." 내가 대답한다.

"당신이 어떻게 생각할지 몰랐어요." 제이미가 말한다. 그녀는 콜린 덴게이트가 찾아낸 것들 중에 내가 의문을 표한 것에 대해서는 언급하지 않는다.

제이미는 '가족'으로만 생각하고 있다. 그녀는 루시와 자기 사이에 무슨 일이 생기자, 내게서 어떤 도움도 얻지 못할 거라고 생각한 것이다.

"루시는 당신이 여기 있는 걸 모르는 것 같더군요. 오늘 오후 캐슬린에게서 당신 전화번호를 받은 뒤에 루시한테 전화를 걸었더니 당황하는 눈치더군요. 그 애한테 내가 서배너로 간다는 걸 당신한테 말했냐고 물었더니 자기는 아니라고 했어요. 루시는 당신과 이야기한 적이 없다고 하더군요." 나는 제이미가 물어봤어야 할 질문에 대답한다.

"우린 지난 여섯 달 동안 한 번도 이야기한 적이 없어요." 제이미의 시선이 나를 비껴간다. 그녀의 목소리가 초조하고 까칠하게 들린다.

"무슨 일이 있었는지 말할 필요는 없어요."

"내가 루시한테 다시는 보고 싶지 않으니까 어떤 이유로든 연락하지 말라고 했어요." 제이미가 차갑게 말한다.

"설명하지 않아도 돼요." 내가 다시 말한다.

"루시가 당신한테 우리가 헤어진 이유를 말하지 않은 모양이네요."

"그 애는 보스턴으로 이사 왔어요. 당신은 옆에 없었고, 이야기도 하지 않더군요. 그 애로선 그 정도면 다 설명한 거예요." 내가 대답한다.

"루시가 고의로 그런 건 아니지만, 한 번만 더 생각했더라면 어떤 일이 일어날지 예측할 수 있었을 거예요." 제이미는 자리에서 일어나더니 술병이 있는 주방으로 향한다. "그 애도 나를 다치게 할 생각이 없었다는 건 알아요. 그렇지만 루시가 내가 만든 모든 것을 망가뜨렸다는 사실은 변하지 않죠. 그 애가 일으킨 피해는 그레그가 저지른 일에 못지않아요."

그레그는 제이미의 전남편이다.

"적어도 그레그는 내가 하는 일에 무엇이 필요한지는 알았어요." 제이미는 주방으로 가서 술잔에 스카치를 따른다. "법조인이고, 분별 있는 이성적인 인간답게 그레그는 일이 어떻게 진행되는지 정확하게 알고 있었죠. 그리고 적용되지 않는다고 하더라도 완전히 무시할 수만은 없는 특정 규칙과 현실이 있다는 것도 알았어요. 그런 상황에서 그레그는 최소한 조심스러웠고, 영리했으며, 전문가였어요. 만일 관계나 이별 행위에 있어서 누군가에게 '전문가'라는 말을 쓸 수 있다면 말이죠." 제이미는 소파로 돌아와 다시 구석 자리에 앉는다. "그레그는 도와준다는 명목으로 나를 파멸시킬 수 있을 정도의 무모한 일은 절대 하지 않았어요."

"루시가 무슨 짓을 했는지, 아니, 무슨 짓을 했을 거라고 생각하는지 말하지 않아도 돼요." 나는 조용히, 신중하게 말한다. 그래야 내가 정말 느끼는 감정을 나타내지 않을 수 있다.

"파브만이 자료를 속이는 걸 내가 어떻게 알았다고 생각해요?" 제이미는 내 눈을 쳐다본다. 그녀의 눈동자는 큰 상처를 입은 것처럼 어둡다. "단순히 그 통계가 사실이 아닐지도 모른다고 의심하는 정도가 아니라 확실하게 거짓이라는 것을 어떻게 알았겠어요?"

나는 대답하지 않는다. 이미 그녀가 무슨 말을 하고 싶은지 알고 있기 때문이다.

"루시는 실시간 범죄 센터를 해킹해서 서버와 중앙컴퓨터, 데이터웨어하우스에 들어갔어요." 제이미의 목소리가 멘다. 순간 나는 그녀가 받아들이려고 하지 않는 엄청난 상실감을 알게 된다. "루시가 파브만을 어떻게 생각하는지 알고 있었어요. 우리가 함께 있을 때마다 내가 불평하는 소리를 지겹게 들었을 테니까요. 난 루시가 뉴욕 경찰국 컴퓨터 시스템을 해킹해서 내 주장을 입증할 수 있도록 도와주길 기대했던 게 아니었어요."

"그 애가 그런 일을 할 줄 알았잖아요."

"나도 내 탓이라는 건 알아요." 그녀의 시선이 또다시 나를 지나친다. "내가 저지른 치명적 실수는 그 아이의 한계선이 없는 자경심에 굴복한 거예요. 그리고 루시의 반사회적인 성향을 직시하게 된 거죠. 다른 누구도 아닌 나는 그 애가 좋아하는 게 뭔지 알고 있어요. 당신도, 나도 알고 있죠. 그런 그 애를 어떻게 구해야 할지, 어쩌다 루시와 얽히게 된 건지……."

"얽혀요?"

"당신이 나한테 도움을 청했기 때문이죠." 제이미는 술을 한 모금 마신다. "폴란드, 그 애가 거기서 했던 일 때문에 말이에요. 맙소사. 당신은 전혀 모르는 사람들과 어떻게 관계를 맺는 거죠? 그것도…… 말은 하지 않을게요."

"살해된 사람들이요?"

"난 내가 원하는 것 이상으로 알고 있어요. 늘 내가 원했던 것보다 그 아이 덕분에 더 많은 것을 알고 있었죠."

제이미 버거가 무엇 때문에 변했는지 생각해본다. 그녀는 이런 자아도취에 익숙하지 않았다. 너무 빨리 자신을 제외한 다른 사람들의 탓을 하고 있다.

"내가 그 아이한테 '다른 말은 하지 마'라는 말을 몇 번이나 했는지 알아요? 난 듣고 싶지 않았어요. 난 법조인이에요. 어쩌다 그렇게 바보 같은 짓을 한 건지." 그녀는 더 이상 혀가 마음대로 움직이지 않는 것처럼 어설프게 말한다. "아마 파브만을 혐오했기 때문이었을 거예요. 그자는 오랫동안 나를 내쫓고 싶어 했어요. 하지만 그런 식으로 생각했던 사람이 그 사람만 있었던 건 아니라는 걸 몰랐던 거죠. 루시가 그 정보를 주었을 때 난 파브만이 자료를 위조했다는 것을 알았어요. 난 당연히 경찰국장에게 가서 증거를 요구했죠."

"당신이 줄 수는 없었을 테니까요."

"난 경찰국장이 요구할 거라고 생각하지 않았어요."

"어째서요?"

"감정적인 문제 때문이에요. 그들을 잡을 수 있다고 생각한 건 돌이킬 수 없는 오판이었어요. 도리어 내가 고소를 당했죠. 난 위태로운 상황이었어요. 직접적으로 말할 수 있는 건 아무것도 없었어요. 그럴 필요도 없었죠. 그쪽 사람들이 전략적인 상황에서 루시의 이름을 들먹거렸어요. 그자들은 알고 있었어요. 어렸을 때 FBI와 ATF에서 해고된 말썽꾸러기 법의학 컴퓨터 전문가에 대해서요. 그 아이의 능력을 모두가 알고 있어요. 그리고 난 당신이 루시한테 말하는 것처럼 통제할 수가 없어요. 조언하자는 건 아니지만……." 그녀가 말을 꺼낸다.

"그 아이에 관해서는 나한테 어떤 조언도 하지 않는 게 좋을 거예요." 내가 대답한다.

"당신이 동의하지 않을 줄 알았어요……."

"이건 동의하고 안 하고의 문제가 아니에요." 난 제이미의 말을 자른다. 그리고 자리에서 일어나 빈 접시들을 모은다. "당신과 루시의 관계는 나와 달라요. 항상 달랐고, 앞으로도 다를 거예요. 만일 당신이 지금 한 말이 모두 사실이라면, 그 애는 아주 끔찍한 판단을 내린 거예요. 너무나 어리석고 자기 파괴적인 일을 저지른 거예요." 난 접시들을 주방으로 나른다. "이제 좀 쉬는 게 좋겠어요. 피곤해 보여요."

"당신이 그렇게 말하니까 흥미롭네요." 제이미가 어설프게 포도주잔들과 빈 술병을 나른다. "자기 파괴적이라니. 여기서 파괴된 사람은 나라고 생각하고 있었는데."

나는 뜨거운 물을 틀고, 개수대 밑에서 거의 빈 세제통을 찾아낸다. 스펀지를 찾자, 제이미는 사는 걸 잊었다고 말한다. 그녀는 조리대에 기대서서 내가 설거지하는 모습을 지켜본다. 제이미는 나와 전화 통화를 하고, 내가 도착했을 때 집을 비우기 위해 몇 블록 떨어진 식당까지 걸어갔던 것 말고는 아무 일도 하지 않았다. 마리노가 그녀를 위해 무대를 만들었다. 덕분에 제이미는 화려하게 입장할 수 있었다. 그리고 계속해서 대본에 적힌 대로 상황을 끌고 나갈 수 있었다.

"안타깝게도 난 사람들을 잘 잊지 못해요." 난 맨손으로 세제를 묻혀 접시들을 씻으면서 말한다. "아마 그 사람들이 죽으면 그땐 나도 할 만큼 했다는 생각이 들지 모르겠어요. 그리고 그들이 떠난 건 잘된 일이라고 혼자 되뇌이죠. 하지만 사실 그런 건 아니에요. 그런 의미가 아니에요. 어쩌면 그런 점이 내 가장 큰 단점일지도 몰라요. 그건 그렇고 혹시 이 집에 행주가 있다면 접시 닦는 것 좀 도와줘요."

"행주도 있어야겠네요." 제이미가 대신 종이 수건을 집어 들며 말한다.

"그냥 선반에 두고 자연 건조시키는 게 낫겠어요."

난 빈 포장 용기들을 쓰레기통에 넣는다. 냄새가 심한 마카로니 치즈가 들어 있는 용기의 뚜껑을 덮어 텅 빈 냉장고에 집어넣으며, 트뤼프에 관해서는 마리노의 말이 맞다고 생각한다. 나도 이 음식이 싫다.

"어떻게 해야 할지 모르겠어요." 제이미는 설거지나 로컨트리로 오게 된 상황에 대해 말하는 것이 아니다. 그녀는 지금 루시에 대해 말하고 있는 것이다. "당신은 그 골칫거리를 어떻게 사랑할 수 있어요?"

"누굴 말하는 거예요?"

"당신은 그 애의 가족이니까. 똑같진 않겠죠. 아침에 두통이 심할까 봐 걱정이네요. 기분이 좋지 않아요."

"물론 똑같지 않죠. 난 어떤 경우에도 그 애를 사랑하니까. 내 정치적 이미지에 도움이 되지 않거나 쓸모가 없을 때도 말이에요." 난 소파로 돌아가 가방을 집어 든다. 무슨 말을 할지 겁이 날 정도로 화가 난다. "도대체 누가 골칫거리라는 거예요?"

"언젠가 내 목을 부러뜨릴 근사한 말을 사랑하는 것과 마찬가지예요."

"그렇게 만든 게 누군데요? 그런 위험한 행동을 하게끔 자극한 사람이 누구죠?" 난 주방으로 돌아간다.

"내가 정말 루시한테 그런 일을 시켰다고 생각하는 건 아니죠?" 제이미는 졸린 듯 나를 쳐다본다.

"그럼요." 난 마리노에게 전화를 건다. "당신이 나한테 서배너로 와달라고 부탁하지 않은 것처럼 루시한테도 뉴욕 경찰국 컴퓨터를 해킹하라고 시키진 않았을 테니까요."

14

연방 양식의 맨션

마리노의 밴이 여기서 몇 블록 떨어진 강 쪽 어딘가에서 요란한 엔진 소리를 내며 다가오고 있다. 참나무 컴컴한 그늘 아래에서 기다리고 있던 나는 앞으로 나온다. 제이미 버거와 한순간도 더는 같이 있을 수 없었기 때문이다.

"전화 그만 끊어야겠다. 한 시간쯤 뒤에 호텔 방에 돌아가면 다시 전화할게. 지금은 통화하기 힘들 것 같아." 이제까지 나는 간신히 화를 억누른 채 조카를 비판하지 않는 어조로 통화하고 있었다.

"내가 호텔 전화로 걸어도 돼. 이모가 휴대전화 쓰고 싶지 않으면 말이야." 루시가 말한다.

"이미 쓰고 있잖아. 이미 썼는데 뭐." 난 제이미와 공중전화를 쓰라는 그녀의 제안, FBI의 도청에 대해 어떻게 생각하는지 자세히 말하지 않는다.

"이모는 그런 일들에 전혀 신경 쓸 필요 없어. 이모 일이 아니야. 이모 문제도 아니고. 더 이상은 내 문제도 아니야."

"아무 일도 없던 것처럼 그냥 넘어갈 일은 아니야." 나는 마리노가 오고 있는 방향을 쳐다본다. 그의 밴이 확실하다. 수리는 하지 않은 모양이다.

길 건너편에는 나무가 우거진 정사각형 모양의 대지에 오언스 토머스 하우스가 어둠 속에 우뚝 서 있다. 사문석 포르티코(대형 건물 입구에 기둥을 받친 현관 지붕─옮긴이)와 높은 흰색 기둥에 연한 영국식 치장 벽토를 바른 건물이다. 오래된 나무들이 흔들리고, 강철로 된 램프에는 불이 붙어 있다. 순간 뭔가가 움직이는 것 같다. 그쪽을 돌아봐도 아무것도 발견하지 못한다. 내 상상이다. 난 지치고 스트레스를 많이 받은 상태다. 불안하기도 하다.

"그 일에 대해 알고 있는 사람이 누군지, 뭔가를 찾아내진 않았는지 여전히 걱정하고 있는 중이야. 그건 이모 말이 맞아." 루시가 말한다. 난 길쪽으로 다가가 주위를 살펴본다. 아무도 보이지 않는다. "CFC에 자료 보존 명령이 내려진 걸 알았을 때, 그 일 때문이라고 생각했어. 해킹 사건 때문에 날 쫓고 있는 거라고 말이야. 충분히 조심했어. 아마 FBI나 ATF에서 문제에 휘말렸을 때와 비슷할 거야."

"널 뒤쫓는 사람은 없어, 루시. 그런 생각은 안 해도 돼."

"그건 제이미가 특정 인물에게 무슨 말을 했는지, 무슨 말을 하고 다니는지, 사실을 어떻게 왜곡시켰는지에 달렸지. 이모가 들은 이야기는 정확한 게 아니야. 제이미가 이 모든 상황을 악화시켰어. 나를 나쁜 사람으로 만드는 데 집착하고 있지. 그래야 자기가 한 일이 정당한 것처럼 느껴질 테니까. 그래야 제이미가 어째서 저렇게 된 건지 모든 사람들이 이해해줄 테니까 말이야."

"그래. 나도 그렇게 생각해." 나는 아직 소리만 들리고 보이지는 않는 밴을 찾는다. 아직도 내 조카를 사랑하는 것 같은 누군가를 완전히 멸시하려고 노력하면서 아베르콘 쪽으로 다가간다.

"그게 내가 뉴욕을 떠난 진짜 이유야. 대놓고 혐의를 받은 건 아니지만, 정보 위반에 관한 이야기가 나왔다는 걸 알게 됐어. 거기서 법의학 컴퓨터 작업을 계속할 방법이 없었지."

"제이미가 너를 대한 방식이 네게 큰 상처를 주었고, 그 때문에 뉴욕을 떠난 거야. 네가 직접 만든 모든 것을 남겨놓고 말이지. 네가 소문 때문에 보스턴으로 돌아와서 이 모든 일들을 다시 시작한다는 말은 도저히 믿을 수가 없어." 나는 차분하고 조용하게 루시의 말에 반박한다.

난 제이미가 살고 있는 건물을 돌아본다. 그녀의 집 창문에 불빛이 보인다. 제이미의 형체가 침실로 보이는 방의 커튼 뒤에서 움직이는 것이 보인다.

"나한테 말해줬으면 좋았을 텐데. 왜 말하지 않은 건지 모르겠구나." 내가 덧붙인다.

"내가 CFC에 있는 것을 이모가 원하지 않을지도 모른다고 생각했어. 이모는 IT 전문가로 나를 쓰고 싶어 하지 않고, 내가 옆에 있는 걸 원하지 않을 거라고 말이야."

"제이미가 했던 것처럼 나도 널 밀어냈을 거라는 거니? 제이미는 네가 자기한테 약한 걸 알고 위법을 저지르게 만들었어……. 이런 식으로 말할 생각은 아니었어." 나는 결국 참지 못하고 말한다.

루시는 아무 말도 하지 않는다. 나는 제이미 버거의 형체가 불빛이 새어 나오는 창문 앞을 왔다 갔다 하는 모습을 본다. 문득 침실에 설치한 보안 카메라 모니터를 보고 있는 건지도 모른다는 생각이 든다. 그녀도 나를 지켜보고 있을지 모른다. 아니면 내가 속에 담아둔 말을 퍼붓고 다시는 돌아오지 않을 것처럼 나온 것 때문에 고통스러워하고 있을 수도 있다. 사람은 변하지 않는다는 옛말이 떠오른다. 하지만 제이미는 변했다. 그녀는 제대로 보관하지 못한 포도주처럼 상태가 좋지 않았던 오래전 상태로 돌아갔다. 다시 거짓된 삶을 살고 있다. 하지만 이제는 제이미를 받아들일 수 없다. 나는 그녀의 불쾌한 면을 알게 되고 말았다.

"어쨌든 이젠 알겠어. 그렇더라도 아무것도 바뀌는 건 없을 거야." 난 루시에게 말한다.

"하지만 중요한 건 제이미가 말한 내용을 믿으면 안 된다는 거야."

"상관없어." 이젠 정말 상관없다.

"그저 원래 문제가 된 전자 기록들을 살펴보다가 암호화된 번호 몇 개를 확인한 게 다야. 하지만 그런 일은 하지 말았어야 했어."

그렇다. 루시는 그런 일을 하지 말았어야 했다. 하지만 제이미가 한 짓은 더 나빴다. 계산적이고 냉정했다. 그보다 더 불친절할 수는 없었다. 제이미는 루시에 대한 힘을 남용했고, 배신했다. 제이미가 다음에 타협하고 이용할 대상이 누군지 궁금해하면서 나는 전화를 끊는다. 루시와 마리노, 나도 그 목록에 포함되어 있을 것이다. 난 서배너에 있고, 몇 시간 전까지만 해도 아무것도 몰랐던 사건에 관여하게 됐다. 난 다시 제이미의 집을 올려다본다. 그녀의 형체가 불빛이 새어 나오는 창문 앞에서 왔다 갔다 하는 모습이 보인다. 방 안을 서성거리는 것 같다.

거의 새벽 한 시다. 고르지 못한 가로등 불빛 속에 밴이 유령처럼 하얗게 빛을 내며, 공포 영화에 나오는 악마에게 홀린 것처럼 제멋대로 속도가 빨라졌다가 느려졌다가 요란하게 흔들리고 덜컹거리며 내가 있는 쪽으로 다가온다. 마리노는 몇 시간 전에 제이미의 아파트에서 나간 뒤에 정비공을 찾지 못한 모양이다. 나는 이제 그가 내가 원하거나 필요로 하는 것과는 아무 관계 없는 이유로, 의도적으로 제이미와 나만 남겨놓았다는 것을 확신한다. 마리노가 요란한 브레이크 소리를 내며 제이미의 아파트 건물 앞에 차를 세운다. 내가 삐걱거리는 조수석 문을 열어도 실내등은 들어오지 않는다. 마리노는 항상 자기가 타는 차의 실내등을 꺼둔다. 그래야 상대방에게 쉬운 표적이 되지 않는다고 했다. 나는 뒷좌석에 봉투들이 놓여 있는 것을 알아차린다.

"뭘 산 거예요?" 내 목소리가 날카롭게 들린다.

"물이랑 호텔 방에서 필요한 물건들 좀 샀어요. 무슨 일 있었소?"

"기분 좋을 일은 없죠. 왜 제이미와 나만 남겨두고 나간 거예요? 제이미가 그렇게 하라고 했어요?"

"호텔로 돌아갈 때 나한테 전화하라고 했잖소. 밖에서 얼마나 서 있었던 거요?" 마리노가 묻는다.

나는 안전벨트를 맨 뒤, 삐걱거리는 차 문을 닫는다. "바람 좀 쐬려고 나왔어요. 정말 끔찍한 소리가 나네요. 이 소리를 계속 듣다가는 사람이 죽을 수도 있겠어요."

"내 생각엔 박사 혼자 돌아다니지 않는 게 나을 것 같소. 특히 이런 밤에는 말이오."

"멀리 간 것도 아니잖아요."

"제이미가 박사와 둘만 있고 싶다고 했소. 박사도 그렇게 하고 싶을 거라고 생각했고."

"제발 날 위해서라고 하지 말아요. 조던 가가 있는 쪽으로 돌아갔으면 좋겠어요. 이 차가 완전히 고장 난 게 아니라면 말이에요. 점화 플러그가 젖은 것 때문인 것 같진 않아요."

"교류기 때문인 게 확실해요. 아마 플러그 선도 느슨해졌을 테고. 배전기 캡도 지저분하겠지. 날 도와줄 정비공을 찾았소." 마리노가 말한다.

나는 제이미의 아파트를 올려다본다. 그녀는 차양을 내리지 않은 거실로 돌아와 있다. 제이미가 창문 앞에 서서 우리를 내려다보는 모습이 보인다. 그녀는 밤색 옷으로 갈아입은 뒤였다. 아마 목욕 가운일 것이다.

"좀 소름 끼치지 않소?" 마리노가 남쪽으로 차를 몰며 말한다. 어둠 속에서 나무와 관목 들이 무더운 바람 속에 흔들리고 있다. "제이미한테 여기 집을 얻은 이유가 사건 현장과 가깝기 때문이냐고 물었어요. 아니라고 하긴 했지만, 여기서 현장까지는 2분밖에 안 걸려요."

"제이미는 집착하고 있는 거예요. 일생일대의 사건에. 다만 난 제이미가 무슨 일을 하고 있는 건지 확실히 모르겠어요. 서배너 사건인지, 자기 자신의 일인 건지."

우리는 정원과 창문에서 불빛이 새어 나오는 오래된 대형 주택들을 지난다. 저택들의 외관은 다양한 양식과 소재로 되어 있다. 이탈리아, 식민지, 연방 양식, 치장 벽토, 벽돌, 목재, 자갈. 그리고 길 오른쪽에는 연철 울타리가 둘러싸고 있는 작은 공원처럼 보이는 공개된 공간이 있다. 가까이 가자 백열 가로등에 흐릿하게 묘비와 지하 묘소, 흰색 십자가가 보인다. 공동묘지의 남쪽은 이스트 페리 레인에 접해 있다. 나무들이 무성한 넓은 부지에 크고 오래된 집들이 있는 곳이다. 그중에서 총기상 앞에 차를 세워놓고 롤라 대거트에 관한 기사를 검색했을 때 사진으로 봤던 연방 양식의 맨션이 보이는 것을 알아차린다.

무더운 밤공기를 타고 협죽도의 달콤한 향기가 풍기는 가운데, 나는 내리닫이 창이 달린 3층 회색 벽돌 건물과 높이 솟은 하얀 기둥이 측면을 받치고 있는 웅장한 중앙 포르티코를 살펴본다. 붉은색 타일을 깐 지붕에는 굴뚝 세 개가 우뚝 솟아 있고, 저택 한쪽에는 예전에는 통해 있었지만 지금은 유리문을 단 간이차고가 붙어 있다. 우리는 그 집 바로 앞에 차를 세운다. 아무리 근사한 집이라고 해도 이런 집에서 산다는 건 상상할 수가 없다. 어떤 곳이라고 해도 사람이 살해당한 곳에서는 살지 않을 것이다.

"여기 오래 있을 순 없어요. 박사도 이미 예상했겠지만, 수상한 사람이나 차가 나타나면 아무래도 이웃들이 민감한 반응을 보이니까 말이오. 오른쪽 집 뒤쪽을 보면, 그러니까 간이 차고 뒤쪽에 범인이 침입한 주방문이 있어요. 여기선 보이지 않지만 바로 거기요. 사건이 있던 1월 6일, 옆집에 있는 대형 빌라에 사는 사람이 개를 데리고 밖으로 나왔다가 조던 가의 주방문 유리가 깨져 있고, 이른 시간이었는데 불도 환하게 켜져 있는 걸 알아차렸소. 당시 상황을 재현해보면, 이웃에 사는 레니 캐스퍼는 키우는 개가 짖어대는 바람에 새벽 4시경에 일어났어요. 캐스퍼는 도저히 개를 진정시킬 수가 없자, 밖에 데리고 나가기로 했소."

"그 이웃집 사람과 직접 얘기해봤어요?"

"통화를 했소. 그 사람은 당시에 언론과 인터뷰를 했고, 그때 했던 것과 똑같은 얘기를 해줬어요." 마리노는 차 창문으로 이탈리아식 저택을 내다보며 말한다. "새벽 4시 30분경, 레니 캐스퍼는 개를 저기 야자수와 관목이 있는 곳으로 데려가 볼일을 보게 했소."

그는 두 집 사이에 있는 야자수와 협죽도, 노란색 재스민 덩굴을 가리킨다.

"그러다 조던 집의 주방문 유리가 깨져 있는 걸 알아차렸지. 그 사람 말로는 주방에 불이 켜져 있었고, 2층 방에서도 불빛이 새어 나오고 있었다고 했소. 그러다 개가 짖은 게 그 집에 누군가 침입했기 때문일지도 모른다는 생각이 들었다고 했어요. 그래서 집에 돌아와 조던 집에 전화를 걸었지만 아무도 받지 않자 경찰에 신고했소. 5시쯤 경찰이 조던 집에 가보니 주방문이 열려 있고 도난 경보장치도 꺼져 있었어요. 그리고 계단 맨밑에, 현관문 근처에 어린 소녀의 시신이 쓰러져 있었소."

나는 예전에 조던 일가가 살았던 집을 살핀다. 가로등의 어슴푸레한 불빛 속에 그림자가 드리워진 정원의 면적을 추정해본다. 진입로엔 화강암자갈이 깔려 있고 가장자리에는 벽돌이 놓여 있다. 밴에서 내려 무단 침입을 하지 않는 한 도저히 볼 수 없는 간이 차고 뒤쪽에 있는 주방문까지는 평평한 디딤돌이 깔려 있다.

"그 사건이 일어나고 얼마 지나지 않아 캐스퍼는 멤피스로 이사 갔어요. 맞은편에 살던 이웃도 이사 갔고. 부동산 가치가 엄청 떨어졌다고 들었소. 실제로 당시 몇 블록 안에 살던 사람들 중에 여기 남아 있는 사람은 아무도 없어요. 내가 알기로 조던의 집은 유령 관광에서 가장 유명한 장소 중 한 곳이기도 해요. 바로 건너편에 서배너에서 가장 유명한 공동묘지도 있으니까. 유령 관광들 상당수의 시작과 끝이 아베르콘과 오글소프라고 했소. 우리가 몇 분 전에 지나쳐온 입구 말이오."

마리노가 뒷좌석으로 손을 내밀더니, 부스럭거리며 종이봉투 속에서 물 두 병을 꺼낸다.

"마셔요." 그가 물 한 병을 내게 건넨다. "온종일 땀을 흘린 것 같은 느낌이오. 알다시피 발품을 팔았더니." 마리노는 서배너의 유령 나오는 집들과 그런 곳을 찾아다니는 사람들에 대한 이야기를 계속한다. "그런 사람들 중 일부는 밤에 촛불을 켜요. 오래전부터 박사가 이 집이나 이 근방 어딘가에서 산다고 생각해보시오. 조던 일가가 이 집에서 살해당했다는 것이 안내서에 실린 뒤로 계속 유령 관광객들이 몰려와 넋을 잃고 쳐다보면 어떨지. 이젠 생각하기도 싫을 마당에, 롤라 대거트의 사형 집행에 관한 뉴스와 함께 모든 일들이 새삼스러워진 거요. 이 근방에 사는 모든 사람들이 조던 일가 살인 사건을 다시 떠올리게 된 거지."

"낮에 여기 있었어요?"

"집 안에 들어간 건 아니지만." 그는 물을 요란한 소리를 내며 삼킨다. "사건이 일어난 지 9년이나 지났으니 별다른 게 없을 거요. 여러 번 사고 팔렸고, 여러 사람들이 살았으니 내부는 전부 다 바뀌었을 거요. 더군다나 사건의 정황이 명백하잖소. 던 킨케이드는 유리를 깬 뒤 아주 쉽게 문을 열었을 거요. 제이미가 데드볼트 이야기를 했을 거요. 사실 아주 멍청한 짓이지. 데드볼트를 유리문이나 유리창 근처에 설치하고 잠그지 않는 것 말이오. 그럴 경우 선택을 해야 해요. 불이 났을 때 집 안에 갇혀 있거나, 외부인이 아주 쉽게 들어와 잠든 사이에 목숨을 잃거나."

"제이미 말로는 당신이 경보장치가 어째서 꺼져 있었는지에 대해 알아보고 있다고 들었어요. 경보장치는 누가 설치한 거죠? 조던 일가가 평소에 사용을 했나요? 제이미 말로는 실수로 경보장치가 자꾸 울리는 바람에 껐을 거라고 하던데."

"그랬을 거요."

"지금 우리가 있는 거리에서 말할 수 있는 건 한 가지네요. 여기선 주방문을 볼 수가 없어요. 거리를 걸어가거나, 차를 타고 지나갈 때 얼핏 봐선 집 뒤에 주방문이든 다른 문이든 있다는 걸 알 수 없었을 거예요. 간이차고 때문에 보이지 않으니까요."

"하지만 디딤돌이 보이니까 뒤쪽에 문이 있다고 생각할 수 있을 거요."

"디딤돌은 후원으로 통하는 것일 수도 있죠. 그 점을 알아야 해요." 난 물병의 뚜껑을 연다. "여기서 중요한 건 거리에선 주방문이 보이지 않는다는 거예요. 9년 전, 이 집에 침입한 범인은 유리로 된 뒷문이 달려 있다는 것과 데드볼트를 잠그지 않는 경우가 종종 있다는 것을 알고 있었어요. 사전에 정보를 모았을 수도 있다는 거죠."

"던 킨케이드는 사전에 정보를 모으는 부류였을 거요. 이 집에 돈 많은 의사가 산다는 걸 알고 있었겠지. 아마 사전 답사를 했을 거요." 마리노가 말한다.

"그러다 마침 운 좋게 데드볼트가 잠겨 있지 않고, 경보장치도 해제되어 있었다는 건가요?"

"그랬을 거요."

"9년 전, 던 킨케이드가 서배너에 왔을 때 어디서 묵었는지, 얼마나 있었는지 알아냈어요?"

"버클리에서는 12월 7일에 가을 학기가 끝났고 1월 15일에 봄 학기가 시작됐소. 그 여자가 가을 학기를 마쳤고, 봄 학기에 등록했다는 건 확실해요."

"그럼 이 지역에서 크리스마스 휴가를 보냈을 수도 있겠군요. 엄마를 만나기 몇 주 전부터 이곳에 있었을 수도 있어요." 내가 결론을 내린다.

"그 시기에 롤라 대거트를 만났을 수도 있을 거요." 마리노가 제안한다.

"아니면 롤라에 대해 알게 됐겠죠. 두 사람이 서로 아는 사이일 거라고 확신할 수 없어요. 지금 롤라가 던 킨케이드에 대해 알고 있다면 그건 매사추세츠 사건과 제이미나 다른 누군가가 말해줬기 때문일 거예요. 제이미가 뭐라고 말을 하든, 롤라는 던이 조던 일가 살인 사건에서 뭔가를 했다는 것을 알고 있을 수도 있어요. 새로 검사한 DNA 결과가 새어 나갔을 수도 있어요. 지금 롤라가 무엇을 알고 있든 간에, 9년 전 조던 일가 살인 사건이 일어났을 때 던 킨케이드를 누군가와 연결시켰다고 볼 수는 없어요. 적어도 롤라가 이름을 알고 있는 사람과는 말이에요. 그 당시 던이 무슨 수업을 들었는지 알아요?"

"내가 알기론 나노기술에 관련된 과목들이었소."

"대부분 재료 과학과 엔지니어링 관련 분야였죠." 나는 일가족 네 명이

밤에 잠을 자다가 목숨을 잃은 집을 쳐다본다. 여전히 혼란스럽다.

'어째서 경보장치를 꺼둔 것일까? 데드볼트는 어째서 잠그지 않은 걸까? 그것도 절도나 온갖 범죄들이 많이 일어나는 크리스마스 시즌에?'

"조던 일가는 원래 부주의하거나 무신경한 편이었나요? 대책 없이 이상적이거나 순진무구한 사람들이었어요? 보통 역사 지구에 위치한 유서 깊은 집에 사는 사람들은 자산과 사생활을 지키는 데 신경을 많이 쓰잖아요. 문단속을 잘하고 도난 경보장치도 설치하죠. 관광객들이 자기들 집 정원이나 베란다에 마음대로 들어오는 걸 원하지 않을 테니까요."

"그래요. 나도 그 점이 마음에 걸려요." 마리노가 말한다.

컴컴한 밴 안에서 마리노가 내 쪽으로 몸을 내밀더니 차창 밖으로 저택을 쳐다본다. 9년 전 지금과 비슷한 시각에 그런 사건이 일어났던 장소로는 전혀 보이지 않는다. 자정이 넘은 시각이었다. 내가 보고서에서 읽은 바로 사건은 새벽 1시와 4시 사이에 일어났다.

"2002년에 비해 이제는 보안 개념이 많이 달라졌을 거요. 특히 여기 서배너에서는 말이오. 더 이상 경보장치를 작동시키지 않거나 자물쇠를 잠그지 않는 사람은 아무도 없을 거요. 모두 범죄를 걱정하고 있지. 사람들은 백만 달러짜리 저택에서 살던 일가족이 잠자리에서 살해당했던 사건을 잊지 못하고 있으니까 말이오. 우리가 늘 보아왔듯 사람들은 어리석은 짓을 해요. 하지만 클라렌스 조던은 아주 부유했고, 명절 때마다 온갖 자원봉사를 다 한 사람이었소. 추수감사절, 크리스마스, 새해가 되면 조던은 병원, 응급실, 노숙자 쉼터, 무료 급식소에서 일하느라 바빴지. 그 사람은 아내와 어린아이들의 안전에 대해 전혀 걱정하지 않았을 수도 있소."

"그 사람이 어떤 사람이었는지는 알 수가 없어요."

"조던은 경보장치를 켜지 않은 채 잠자리에 들었소." 마리노는 내 주의를 끌기 위해 계속해서 세세한 사항들을 반복한다.

"경보 회사 기록은 어때요?"

"그 회사는 2008년 가을에 문을 닫았소."

조던이 살았던 저택의 위층 창문에서 불이 깜박거린다.

"서던 크로스 시큐리티의 대표였던 대릴 시먼스와 이야기했는데, 옛날 기록들이 없다고 하더군요. 그 사람 말로는 사업을 접은 뒤 회사 컴퓨터를 자선단체에 기부했다고 했소. 다시 말해 그 기록들은 3년 전에 모두 사라졌다는 말이오." 마리노가 말한다.

"합리적이고 제대로 된 사업가라면 세무 감사에 대비해 적어도 7년 동안은 기록들을 가지고 있을 텐데요. 다른 이유가 있는 게 아니라면 말이에요. 백업 자료도 없다고 하던가요?"

"걸렸군." 현관에 불이 들어오자, 마리노가 말한다.

현관문이 열리고 잠옷 바지만 입은 근육질의 남자가 계단에 나와 이쪽을 노려보자, 우리는 눈에 띄게 요란한 소리를 내며 차를 출발시킨다.

"대릴 시먼스가 조던 가의 경보장치와 관련해 사람들의 연락을 받고 싶어 하지 않는 건 박사도 이해할 수 있을 거요. 경보장치만 제대로 작동했더라면 그 일가족은 죽지 않았을 테니까 말이지." 밴이 요란한 소리를 내며 달리는 동안 마리노가 말한다.

"그 경보장치를 어째서 꺼둔 걸까요? 그 경보장치는 조던 박사가 설치한 건가요? 아니면 저 집의 전 주인이 설치한 거였나요?"

"시먼스는 기억이 나지 않는다고 했소."

"그렇군요. 네 사람이나 살해당한 사건과 관련된 일인데도 기억하지 못한단 말이네요."

"기억하고 싶지 않은 거죠. 타이태닉을 만들었던 사람처럼 말이오. 누가 인정하고 싶겠소? 기억상실에 기록은 버린 거요. 그 사람은 내 전화를 받는 것을 좋아하지 않았어요." 마리노가 말한다.

"기부했다는 그 회사 컴퓨터가 어떻게 됐는지 알아봐야겠네요. 어쩌면 자료들이 어딘가에 그대로 남아 있거나, 시먼스가 그 자료가 든 디스크를 금고에 넣어두었을지도 몰라요. 월차계산서나 일지를 살펴보는 것도 도움이 될 거예요. 당시 사건을 담당했던 수사관들이 알고 있을지도 몰라요.

롱 수사관은 뭐라고 하던가요? 제이미 말로는 당신이 그 사람과 이야기를 했다던데." 내가 묻는다.

"롱 수사관이 그때 이후로 뇌졸중에 걸린 데다, 이젠 나이도 많고 정신이 없다는 말은 못 들었소?"

밴에서 폭발음 같은 소리가 난다. 총성 같은 소리를 내며 우리는 예술대학 근처에 있는 극장과 카페, 아이스크림 가게, 자전거 가게를 지나쳐 간다.

"2002년은 그렇게 옛날이 아니에요. 내 기준으로 당시 사건들은 아직 콜드 케이스(미제 사건)도 아니에요. 미온적일지는 몰라도 완전히 수사를 그만둘 정도로 오래된 건 아니란 말이에요. 지금 우리가 50년 된 미해결 살인 사건에 대해 이야기하는 게 아니잖아요. 이렇게 유명한 대형 사건의 경우에는 자료도 많을 것이고, 당시 일을 기억하는 사람들도 많잖아요."

"롱 수사관은 자기가 아는 건 다 보고서에 적었다고 했소. 그래서 내가 조던 가의 도난 경보장치에 대한 내용은 없었다고 했더니 롱 수사관은 자꾸 실수로 경보가 울려서 꺼둔 거라고 했어요." 마리노가 말한다.

"만일 그 수사관이 그렇게 알고 있다면 경보 회사와 이야기해봤을 거예요." 우리는 어둠 속에 벤치들과 존 웨슬리의 동상이 있는 레이놀즈 스퀘어를 돌아간다. 근처에는 오래전 말라리아 환자들을 위한 병원으로 사용했던 오래된 건물이 있다.

"그랬겠지. 하지만 롱 수사관은 기억하지 못했소."

"기억에 문제가 생기죠. 뇌졸중에 걸리면 말이에요. 그리고 그 사람들은 수사를 재개해 자신들이 잘못했음을 밝히는 일에는 관심이 없을 테니까요."

"맞아요. 아무래도 일지를 살펴봐야 되겠군." 마리노가 말한다.

"이 근방에는 서던 크로스 시큐리티의 경보장치를 단 사람들이 제법 있었을 거예요. 그 고객들은 어떻게 됐다고 하던가요?"

"다른 회사에 넘겨줬을 거요."

"그럼 그 회사에 기록 원본이 있을 수도 있겠네요. 어쩌면 하드 드라이브나 컴퓨터 백업장치라도 가지고 있을지 몰라요." 내가 제안한다.

"좋은 생각이오."

"루시가 도와줄 거예요. 그 애는 흔적을 지운 전자 기록들을 복구하는 데 능하니까."

"제이미는 그 애의 도움을 받는 걸 원하지 않을 거요."

"루시는 제이미를 돕는 게 아니에요. 우리를 돕는 거죠. 벤턴도 이 문제에 대해 흥미로운 견해를 보여줄 거예요. 우리가 얻을 수 있는 정보는 모두 이용해야 해요. 증거가 다른 방향을 가리키고 있는 것처럼 보이니까 말이에요. 그나마 우리가 멀리 가는 게 아니라서 다행이에요. 이 차에서 금방이라도 폭발할 것 같은 소리가 들리니까 말이에요." 밴이 심하게 덜컹거리며 강을 따라 북쪽으로 올라가는 동안 내가 말한다.

우리가 지나친 식당들이나 맥줏집들은 거의 문이 닫혀 있고, 보도에는 사람이 없다. 바로 앞에 블록 전체를 밝게 비치면서 하얏트 호텔이 우뚝 서 있다.

"뭔가 방해하고 있는 것 같은 느낌이오. 사람들이 기억을 못 한다거나, 기록이 사라졌거나 하는 게." 마리노가 말한다.

"제이미가 서배너에서 일을 시작한 건 최근이에요. 경보 회사가 사업을 접고 기록을 없앤 건 적어도 3년 전의 일이잖아요. 그러니까 방해를 받고 있다고 말할 순 없어요. 적어도 대놓고 그 사건과 관련된 일로 방해를 받는 건 아니에요."

"그렇다고 해도 이 일을 다시 파헤치는 걸 원하지 않는 무리들이 있는 건 확실한 것 같소."

"그것도 확실한 건 아니에요. 이미 살인 사건 수사와 재판, 언론으로 인해 고충을 겪은 사람들은 더 이상 나서고 싶지 않을 거예요. 특히 이런 소름 끼치는 사건일 경우에는 말이죠." 내가 대답한다.

"롤라 대거트를 그냥 사형대에 앉히고, 모든 일을 끝내는 편이 쉬울 테니까." 마리노가 말한다.

"그런 사람들도 있겠죠. 그편이 쉽고 감정적으로도 만족스러울 테니까." 그런 뒤에 내가 묻는다. "애너 코퍼가 누구예요?"

"제이미가 박사한테 그 이야기까지 한 줄 몰랐소." 마리노는 호텔 앞에 요란하게 차를 세우며 말한다.

"애너 코퍼나 애너 코퍼 LLC가 뭔지 알고 싶어요." 내가 다시 묻는다.

"제이미가 어떤 일에 자기 이름을 쓰고 싶지 않을 때 사용하는 유한회사요."

"그럼 서배너 아파트도 그 이름으로 빌렸겠군요."

"그 이야기를 박사한테 했다니 사실 깜짝 놀랐소. 박사한테는 LLC에 대해 절대 말하지 않을 줄 알았는데." 마리노가 말한다.

호텔 대리 주차요원이 조심스럽게 운전석 옆으로 다가온다. 이 차에서 나는 소리 때문에 주차하려는 건 아닌지, 확신이 서지 않는 모양이다.

"내가 직접 주차하는 게 나을 것 같소만." 마리노가 대리 주차요원에게 말한다.

"죄송합니다만, 주차장에는 들어가실 수 없습니다. 지하 주차장에는 출입 허가를 받은 사람만 들어갈 수 있습니다."

"그렇지만 댁도 이 차를 운전하고 싶진 않을 거요. 저기 커다란 야자수 나무 아래 세워두겠소. 내일 아침 일찍 정비사한테 가야 하니까."

"숙박 고객이십니까?"

"VIP지. 집에선 부가티를 타요. 이번에는 짐이 좀 많아서."

"원칙적으로는 그렇게 할 수 없습니다만……"

"죽을 수도 있소. 댁도 이 차를 타고 죽고 싶진 않을 것 아니오."

마리노는 요란한 소리를 내며 벽돌을 쌓은 진입로 한쪽 옆에 차를 세운다. "애너 코퍼는 1년쯤 전에 루시가 만든 회사요. 그 애의 생각이었지. 타당한 이유가 있어서 만든 건 아니었을 거요. 루시와 제이미가 다투고 난 뒤였으니까. 아마 그때 많은 일들이 있었겠지."

"그럼 그 회사는 루시 건가요, 제이미의 것인가요?" 마리노가 시동을 끄고 차 안이 조용해지자 내가 묻는다. 새벽 2시인데도 창문으로 불어오는 바람은 여전히 후덥지근하다.

"제이미의 것이오. 루시가 그 회사를 만든 건, 애초에 제이미를 숨기기 위한 연막이었으니까. 어떻게 보면 재미 삼아 했을 거요. 루시는 인터넷 법률 사이트 중 한 곳에 들어가 애너 코퍼 LLC를 신청했어요. 서류는 우편으로 받았고, 그 서류를 커다란 상자에 넣어 제이미에게 준 거요."

"그 얘긴 제이미한테 들은 건가요? 아님 루시한테 들었어요?"

"루시한테 들었소. 보스턴으로 돌아온 지 얼마 되지 않아 이야기하더군. 그래서 제이미가 그 회사를 실제로 이용하고 있다는 것을 알고 깜짝 놀랐소."

"그건 어떻게 알았어요?"

"서류, 청구서 주소 때문에 알았소. 제이미의 보안 시스템을 설치하는 걸 돕기 위해서는 제대로 된 정보를 알아야 하니까." 우리는 밴에서 내린다. "제이미는 여기서 그 이름을 사용하지. 약간 특수한 상황이라는 건 인정해요. 적어도 내 생각에는 말이오. 제이미는 빌어먹을 법조인이니까. 새 유한회사를 5분 만에 만들 순 없었을 거요. 제이미는 어째서 그런 추억이 있는 회사를 계속 이용하는 걸까요? 어째서 과거를 잊고 앞으로 나아가지 못하는 거요?"

"그렇게 할 수 없으니까요."

제이미는 루시를 포기할 수 없다. 적어도 루시의 아이디어를 포기할 순 없다. 벤턴도 똑같이 생각하고 있는지 궁금하다. 그는 애너 코퍼가 '평판이 실추됐어'라는 문자를 보냈을 때, 벤턴이 제이미를 언급한 것인지 궁금하다. 만일 벤턴이 제이미의 아파트를 확인했다면, 애너 코퍼 LLC의 이름으로 되어 있다는 것을 알았을 것이고, 그 사람이 누군지를 확인했을 것이다. 벤턴은 제이미가 운명의 장난처럼 우리 인생에 다시 나타난 것을 받아들이고 싶지 않을 것이다. 그는 제이미가 뉴욕 생활을 포기해야만 했던 상황에 대해서도 뭔가 알고 있을지 모른다.

우리는 불이 환하게 밝혀진 로비로 들어간다. 새벽 시간이라 데스크 앞에는 직원이 한 명밖에 없고, 바에도 손님이 몇 명밖에 없다. 유리 엘리베이터 앞에 도착하자, 마리노는 버튼을 여러 번 누른다. 그렇게 하면 문이 빨리 열리기라도 하는 것처럼.

"젠장. 밴에 음식들을 놓고 왔소." 그가 말한다.

"루시가 애너 코퍼가 무슨 뜻인지 말하던가요? 그 이름은 어디서 얻었다고 하던가요?"

"그루초 마르크스(1890-1977, 미국의 희극 배우-옮긴이)와 연관이 있는 것 같소만. 박사한테도 물을 갖다 줄까요?" 그가 묻는다.

"아뇨. 괜찮아요." 난 욕조에 몸을 담글 생각이다. 전화도 해야 한다. 마리노가 내 방에 들르는 걸 원하지 않는다.

난 엘리베이터에 올라탄 뒤, 마리노에게 아침에 보자고 말한다.

15

범죄 연구소

오전 8시인데도, 해가 뜨자마자 여전히 무덥다. 난 검은색 작업복과 검은색 발목 높이까지 오는 부츠를 신고 무더위에 시달리며, 호텔 앞 벤치에 앉아 근처 스타벅스에서 산 벤티 사이즈의 아이스커피를 마시고 있다.

시청에서 7월의 첫날을 알리는 종을 울린다. 깊고 아름다운 종소리가 울려 퍼질 때, 택시 기사가 나를 쳐다보고 있는 것을 알아차린다. 바지를 높이 올려 입은 비쩍 마르고 초췌해 보이는 남자로, 스페인 이끼처럼 지저분하게 수염을 기르고 있다. 그 남자를 보니 남북 전쟁 당시 사진에 나오는 사람들이 떠오른다. 바깥세상과 고립된 도시에서 보이는 많은 사람들처럼 그도 선조들의 고향에서 이주해온 지 얼마 되지 않았으며, 여전히 그 특징을 가지고 있을 것이다.

나는 캐슬린 롤러가 유전에 대해 말했던 것을 떠올린다. 비록 우리가 살아남기 위해 분투하지만, 여전히 생물학적 힘에 따라 어떻게 될지가 결정된다는 것이다. 캐슬린은 운명론을 설파했다. 하지만 그녀의 생각이 완전히 틀린 건 아니다. 나는 숙명론과 DNA에 대한 캐슬린의 이야기를 떠올린다. 그녀는 자신에 관해서만 이야기한 건 아니다. 딸에 대한 이야기를 암시한 것이다. 캐슬린은 내게 경고했다. 아마 나를 위협할 생각이었을 것이다. 던 킨케이드에 대해서도 연락한 적이 없다고 했지만, 여러 정황상 사실로 보이진 않는다. 캐슬린은 자신이 말한 것보다 더 많은 것을 알고 있고, 비밀을 간직하고 있다. 마침 내가 여기 왔을 때 타라 그림이 캐슬린을 브라보 포드로 옮긴 것도 뭔가 연관이 있을 것이다. 제이미 버거가 제대로 문제를 만든 것이 분명하다.

제이미는 자신이 무엇을 상대하고 있는지 모른다. 왜냐하면 그녀가 자신의 신념이나 정당한 동기로 이 일을 하는 것이 아니기 때문이다. 제이미가 이 사건을 맡은 건 뉴욕 경찰과 정치인들, 내 조카와 그녀를 관련시킨 대부분의 사람들을 무너뜨리겠다는 이기적인 이유에서다. 그리고 이제 우리 중 누구도 좋은 곳에서 끝낼 수 없게 되었고, 안전도 보장할 수 없게 되었다. 벤턴, 마리노, 루시, 나는 물론, 제이미조차 그렇다. 비록 그녀는 내가 이 사실을 지적한다 해도 모르겠지만. 제이미는 스스로를 완전히 속이고 있고, 나는 리치먼드 시절 디너가 말해주었던 것을 상기하며 그녀에게 동참한다.

'비록 다른 사람의 꿈속이라 하더라도, 당신은 깨어난 곳에서 살아야 할 거요.'

간밤에 거의 잠을 이루지 못하고 아침에 깨어났을 때, 내가 내린 결정을 포기할 수 없다는 것을 깨달았다. 너무 위험하고, 제이미의 사건에 대한 분석이나 접근 방식에 믿음이 가진 않았지만, 내가 도움이 된다면 무슨 일이든 할 것이다. 기꺼이 자진해서 하는 건 아니다. 나는 납치되다시피 끌려왔다. 그건 엄연한 사실이다. 롤라 대거트나 던 킨케이드, 그녀의 엄마인 캐슬린 롤러에 대해 위기감을 느꼈기 때문도 아니다.

9년 전 살인 사건이나, 최근 매사추세츠 사건 때문도 아니다. 물론 그 사건들이 연관되어 있다는 건 아주 중요한 사실이고, 나는 최선을 다해 수사할 것이다. 가장 중요한 이유는 제이미가 나와 가까운 사람들을 개입

시켰기 때문이다. 그녀 때문에 루시, 마리노, 벤턴이 위험해질 것 같은 느낌이 든다. 제이미는 우리 관계를 위협했고, 항상 복잡하게 만들었다. 약한 실로 연결된 것 같다. 우리의 연결망은 서로가 함께할 때만 굳건하다.

제이미는 내 가족, 유일한 가족을 우습게 여겼다. 유감스럽지만 난 어머니나 동생은 가족으로 생각하지 않는다. 그들을 믿을 수 없고, 솔직히 날 보살펴줄 거라고 생각하지 않는다. 제이미까지 포함해 내 원이 넓어졌을 때는 행복했었다. 하지만 그녀가 우리를 변화시키고, 가만히 있던 내 원 밖으로 끌고 나가려고 하는 건 용납할 수가 없었다. 제이미는 냉정하고 부당하게 루시를 버렸다. 그리고 지금 그녀는 마리노가 직업을 바꾸고, 정체성을 재정립하게 만들려고 하고 있다. 간단히 말해 제이미는 내 남편인 벤턴에 대한 마리노의 질투심을 자극한 뒤, 내 안전과 행복에 대해서는 무관심하게 만들어 날 배신하게 만들었다.

만일 그 오래전 살인 사건이 최근 살인 사건과 아무 연관이 없다 하더라도 서배너라는 공통분모가 있다. 이제 난 발을 뺄 수가 없다. 난 호텔 숙박을 연장하고, 새벽에 벤턴과 함께 헬리콥터를 타고 올 루시를 위한 방을 예약했다. 난 그들의 도움이 필요하다고 말했다. 보통 때는 부탁하지 않지만, 이번에는 여기 와줬으면 좋겠다고 했다. 마리노의 흰색 화물용 밴이 호텔 앞 벽돌로 된 진입로에 들어선다. 여전히 소리는 요란하지만, 적어도 흔들리진 않는다. 난 벤치에서 일어선다. 지저분하게 수염을 기른 택시 기사 앞으로 걸어가면서 미소를 지어 보인 뒤, 스타벅스 컵을 쓰레기통에 넣는다.

"안녕하세요." 택시 기사가 계속 쳐다보자, 난 인사를 건넨다.

"실례가 안 된다면 무슨 일을 하는지 물어도 될까요?" 그가 나를 위아래로 훑어보며 묻는다. 택시 기사는 일곱 시간 전에 마리노가 상태가 좋지 않은 밴을 세웠던 야자수 나무 아래 세운 푸른색 택시에 기대서 있다.

"군대에서 의학 연구를 해요." 나는 기사에게 오늘 아침, 검은색 카고바지, 금색으로 CFC 문양을 새긴 검은색 전술 셔츠, 부츠를 신은 내 모습을 보고 궁금해하는 사람들에게 말해준 것과 같은 대답을 한다.

새벽 2시에 호텔 방에 들어가자 마리노가 가져다 놓은 가방이 보였다. 안에는 길에서 일할 때 필요한 물건들이 들어 있었다. 하지만 도시, 그것도 아열대 기후에는 전혀 맞지 않은 것들이었다. 마리노가 짐을 싼 것이다. 실제로 내 사무실 옷장과 욕실, 영안실 탈의실에 있는 사물함에서 물건들을 챙겨온 것이다. 지난 몇 달간, 특히 마리노가 휴가를 떠난 2주일 전까지 물건들이 없어지긴 했다. 군용 셔츠가 더 많았던 것 같은데 없었고, 카고바지도 확실히 몇 벌 더 있어야 했는데 없었다. 부츠도 두 켤레 있었는데, 한 켤레밖에 없었다. 가방에 들어 있는 물건들은 마리노가 보기에 필요할 것 같은 물건들을 챙긴 것이다. 내가 여기에 와도 자기와 함께 연구실이나, 법의관 사무실에서 많은 시간을 보낼 거라고 생각한 것이다.

비상사태로 갑자기 출장이 잡히거나, 어딘가에서 꼼짝 못 하게 될 경우, 보통은 브라이스가 내 짐을 쌌다. 그는 재킷, 블라우스, 바지를 챙기고, 구김이 가지 않게 휴지를 덧댄다. 브라이스는 신발, 양말, 운동복, 화장품까지 챙겨준다. 그가 고른 물건들은 내가 짐을 쌀 때보다 훨씬 사려 깊고 섬세했고, 대개의 경우 우리 집에 들러 물건들을 챙겼다. 브라이스는 속옷을 포함해 내가 필요할 것 같은 물건이면 무엇이든 챙겼다. 종종 아무 사심 없이 다양한 상표와 소재, 그가 좋아하는 세제와 섬유 유연제에 대한 이야기를 해주기도 했다. 브라이스였다면 이런 여름에 조지아에 있는 내게 방한 작업복 세 벌과 남자용 흰 양말 세 켤레, 방탄조끼, 부츠, 데오드란트 한 개, 방충제를 넣어 보내지 않았을 것이다.

"아침 식사는 했소?" 내가 차 문을 열자, 마리노가 말한다. 나는 차 안이 어제보다 훨씬 깨끗해진 것을 알아차린다. 감귤향의 방향제 냄새와 버터, 스테이크와 달걀 냄새가 난다. "여기서 3킬로미터 정도 떨어진 헌터 육군 비행장 근처에 보쟁글스가 있어요. 시험 운전 삼아 갔다 왔지. 이제 이 밴은 새 차나 마찬가지요."

"에어컨은 여전히 상태가 좋지 않은 모양이네요." 난 안전벨트를 매면서, 가운데가 불룩하게 나온 종이봉투가 놓여 있는 것을 알아차린다. 창문을 연다.

"그건 새 압축기를 달아야 해결될 거요. 하지만 이 정도도 힘들었어요. 그러니까 이 정도 바람이 나오는 것도 대단하단 뜻이오. 그리고 박사도 에어컨이 시원찮은 것에 익숙해져야 할 거요. 예전처럼 말이오. 내가 어릴 땐 에어컨이 안 달린 차들이 많았는데."

"안전벨트도, 에어백도, 안티락 브레이크나 내비게이션도 없었죠." 내가 대꾸한다.

"박사를 위해 달걀 비스킷을 사 왔소. 혹시 배가 고프면 스테이크나 달걀, 치즈도 있어요. 그리고 아이스박스에 시원한 물도 있소." 그가 엄지손가락으로 뒷좌석을 가리킨다. "보쟁글스에는 올리브 오일이 없어요. 그러니 그냥 먹어요. 박사가 버터에 대해 어떻게 생각하는진 알지만."

"나도 버터 좋아해요. 너무 좋아해서 안 먹는 거예요."

"맙소사. 나는 지방에 대한 갈망이 뭔지 몰랐소. 하지만 지금은 그걸 알고 있지. 몇 가지 것들은 싸우지 않는 게 낫다는 걸 알게 됐소. 박사도 그런 것들과 싸우지 않으면 그쪽에서도 반격하지 않을 거요."

"버터가 반격하면 바지 단추가 잠기지 않죠. 당신은 간밤에 잘 보낸 모양이네요. 목욕도 하고, 차를 고치러 나갈 시간이 있었나 봐요?" 내가 묻는다.

"말했다시피 정비사를 찾았어요. 인터넷에 나온 전화로 연락했지. 그 사람과 새벽 5시에 정비소에서 만났어요. 우린 교류 발전기를 갈고, 타이어의 균형을 맞추고, 바퀴 집을 청소하고, 플러그 전선을 조였소. 그리고 와이퍼 날을 갈고, 청소도 좀 했어요." 그가 웨스트 베이로 향하며, 식당과 치장 벽토, 벽돌, 화강암으로 된 가게들, 참나무와 목련, 배롱나무와 같은 가로수들을 지나친다.

마리노도 작업복을 입고 있다. 하지만 자기가 직접 고른 덕분인지 CFC 여름 유니폼인 카키색 카고바지와 얇은 면으로 된 베이지색 폴로셔츠를 입고 있다. 부츠 대신 나일론 메시와 스웨이드로 된 운동화를 신고 있다. 대머리와 햇볕에 탄 코를 보호해줄 야구 모자에, 선글라스를 쓰고, 땀에 젖은 목덜미에는 선크림을 듬뿍 발랐다.

"작업복을 챙겨줘서 고마워요. 언제 가져간 거예요?" 내가 묻는다.

"떠나기 전에요."

"그럴 거라고 생각했어요."

"박사 것도 여름옷으로 챙겨왔어야 했는데. 많이 더울 거요. 내가 대체 무슨 생각으로 그 옷들을 챙겨왔나 모르겠소."

"아마 옷장 안에 있는 걸 뒤지다 보니 이렇게 된 거겠죠. 그리고 그때만 해도 매사추세츠는 여름 작업복을 입기엔 약간 쌀쌀했으니까 말이에요. 올봄은 이상하게 쌀쌀했으니까. 그리고 내 여름 작업복은 집에 있어요. 브라이스한테 물어봤더라면……."

"알고 있소. 하지만 그 친구를 끌어들이고 싶지 않았어요. 브라이스가 알게 되면 입단속을 시키기 어려우니까. 그리고 그 친구한테 맡겼다간 일이 커졌을 거요. 아마 박사가 패션쇼에라도 나가는 것처럼 커다란 트렁크를 챙겨줬을 테니까."

"당신이 떠나기 전에 내 짐을 쌌다는 거죠. 그때가 정확하게 언제예요?" 내가 묻는다.

"사무실을 나가기 전에 몇 가지 챙겼소. 14일인지, 15일인지 모르겠군. 사실 난 여기 와서 무슨 일을 할지 몰랐어요."

마리노는 US 17에서 돌아 남쪽으로 향한다. 열린 창문으로 오븐처럼 뜨거운 바람이 들어온다.

"난 당신이 무슨 일을 할지 알고 있었을 거라고 생각해요. 왜 여긴 청소를 안 했어요?"

나는 좌석 사이에 놓여 있는 종이봉투에서 아침 식사를 꺼내기 전에, 수납공간을 열고 냅킨을 꺼내 무릎 위에 깐다.

"휴가를 떠나기 전에 이미 제이미를 돕기 위해 여기로 올 작정이었다는

걸 인정하는 편이 나을 거예요. 당신도 내가 진짜 목적을 모른 채, 아무것
도 없이 여기까지 뒤따라오게 될 거라는 걸 알고 있었잖아요." 내가 그에
게 말한다.

"박사한테 미리 말하지 못했던 이유를 말했잖소."

"그랬어요. 하지만 내가 납득하지 못한다고 해도 당신은 자신의 추론에
확신을 가지고 있었을 거예요. 사실 당신의 추론이라고 할 수도 없죠. 그
건 제이미의 추론이니까."

"난 박사가 FBI의 염탐에 대해 관심 없는 이유를 모르겠소."

"믿지 않으니까요. 설령 그들이 그렇게 한다고 해도 아무것도 얻지 못
할 거예요. 당신도 하나 줄까요?" 난 버터로 미끈거리는 노란색 포장지에
싸여 있는 따뜻한 비스킷을 살펴본다.

"당신이 먹을 것 빼고는 다 똑같아요."

"알겠어요. 이게 내 건가 봐요. 다른 것들보다 가벼운 걸 보니까." 난 냅
킨을 더 꺼내 마리노의 무릎에 깔아준다. "좀 더 확실했으면 좋겠어요.
FBI가 아니라 당신 말이에요."

"화내지 말아요."

"난 확실했으면 좋겠다는 거예요. 싸우자는 게 아니라. 두 달 전, 제이미
가 CFC에 전화하기 전에 당신은 이미 찰스턴에 아파트를 빌렸어요. 그런
뒤에 기차를 타고 뉴욕으로 가서 제이미를 몰래 만난 거잖아요?"

"그냥 생각하고 있었던 거요."

"내가 묻고 있는 건 그게 아니잖아요."

내가 치킨프라이 스테이크와 달걀, 치즈 비스킷의 포장지를 벗겨주자,
마리노는 커다란 손으로 받아 한 번에 3분의 1가량을 먹는다. 무릎 위에
깔아놓은 냅킨 위로 버터가 묻은 부스러기들이 눈처럼 떨어진다.

"난 궁리 중이었소. 찰스턴에서 한동안 지낼 아파트를 알아보긴 했지
만, 사실 제이미에게 이야기하기 전까지는 몽상에 가까웠지. 제이미는 롤
라 대거트 사건을 맡았다고 하면서, 내 도움이 필요하다고 했어요. 좀 놀

랍다는 생각이 들었소. 마침 내가 머물 아파트를 알아보고 있는 지역에서 일이 있다고 하니까. 보면 알다시피 여긴 낚시를 하기에도 좋고, 오토바이를 타기에도 좋은 곳인데 사형 제도도 있는 곳이었소. 어쨌든 난 제이미의 뜻을 따르기로 마음먹었어요. 개인적으로 일을 하는 것도 좋을 것 같았소."

"물론 제이미의 제안이었겠죠."

"제이미는 영리하고 합리적이니까. 내가 편한 시간에, 내가 원하는 장소에서 일할 수 있을 뿐만 아니라, 수입도 있을 테니까 말이오." 마리노는 비스킷을 한 번 더 베어 문다. "지금이 아니면 기회가 없을 것 같았소. 좋은 기회였지. 원하는 게 바로 눈앞에 있을 때 하지 않으면 기회는 두 번 다시 오지 않는 법이잖소."

"제이미가 뉴욕에서 있었던 일에 대해 말해주던가요? 왜 검사를 그만뒀는지?" 내가 묻는다.

"박사한테도 루시가 한 짓 때문이라고 말한 줄 알았소."

"제이미가 당신한테 루시 이야기를 하지 않았다고 했잖아요." 난 달걀 비스킷을 꺼낸다. 평소에는 패스트푸드를 먹지 않고, 마리노와 달리 이런 음식에 중독된 것도 아니지만, 갑자기 배가 고팠기 때문이다.

"사실 말하진 않았소." 마리노가 말한다. 우리는 베테랑 파크웨이를 지나가고 있다. 길게 뻗은 숲길을 지나가기 좋은 때다. 맑은 하늘에는 흰 구름이 떠 있고, 오늘 하루도 무척 더울 것 같은 조짐이 보인다. "제이미는 실시간 범죄 센터에 대해 말했어요. 보안을 위태롭게 했는데, 기본적으로는 자기 탓이었다고 말이오. 공개적으로 비난하는 사람은 없었지만, 마침 그녀가 뉴욕 경찰의 범죄 데이터가 조작됐다고 주장하고 있을 때 하필 경찰국 컴퓨터 시스템이 뚫렸고, 제이미가 유명한 해커와 관계가 있다는 것 때문에 말이 났다고 했소."

"그건 루시가 한 이야기와 달라요. 실시간 범죄 센터가 문제가 아니라고 했어요. 그들이 담당한 구역의 중범죄를 경범죄로, 강도 사건을 범죄 행위 고발로 바꾼 거라고 하더군요."

"그건 나쁜 짓이잖소."

"정확하게 어떻게 한 건지는 모르지만, 나쁜 짓인 건 맞아요. 그리고 조금 전에 말한 그 유명한 해커는 유감스럽게도 루시를 말하는 거죠. 사람들은 그 애를 그렇게 생각해요."

"그렇소, 박사. 그 애는 항상 그래요. 루시는 어딘가 들어갈 수 있으면 들어갔을 거요. 그리고 들어갈 수 없는 곳이 별로 없지. 이제는 박사도 그 사실을 알았을 거요. 그렇다 해도 달라질 건 없잖소? 사실 내가 그 애라고 해도 필요한 걸 얻기 위해서는 그렇게 했을 거요. '법'이란 스키 상급자 코스 경사지에 쌓아놓은 모굴(스키 탈 때 점프할 수 있도록 높게 쌓아 다져놓은 눈 더미 — 옮긴이)과 같아요. 넘어가기 어려우면 어려울수록 루시는 좋아할 거요."

나는 열린 창문으로 황갈색 습지와 구불구불한 강어귀와 시냇물을 본다. 썩은 달걀 냄새 같은 진창의 악취가 무더운 바람에 실려온다.

"남들이 어떻게 생각하든 루시는 신경 쓰지 않을 거요." 마리노가 비스킷 포장지를 구겨버리며 말한다.

"자기가 신경 쓰지 않는 것처럼 보이고 싶은 거예요. 루시는 당신이 생각하는 것보다 훨씬 많은 것들을 신경 써요. 제이미를 포함해서 말이에요." 나는 비스킷을 한 입 베어 먹는다. "이걸 먹으면 후회하겠지만, 맛은 좋네요."

"점심을 먹지 못할 수도 있으니, 난 한 개 더 먹어야겠소."

"어떻게 된 건지 모르겠지만 살이 좀 빠진 것처럼 보이네요."

"때마다 음식을 챙겨 먹는 게 아니라 배가 고플 때만 음식을 먹었소. 그렇게 하는 법을 반평생을 살고서야 알았지. 무슨 뜻인지 알지 모르겠지만, 세포 단계에서 배가 고파질 때까지 기다려요."

"무슨 말인지 모르겠어요." 난 비스킷 한 개를 건네주며 말한다.

"그렇게 하면 효과가 있어요. 장난 아니지. 목적은 생각하지 않아요. 음식이 필요하면 세포가 알려줘요. 그때 음식을 먹으면 되는 거요. 난 더 이상 식사에 대해 생각하지 않아요." 그는 입 안 가득 비스킷을 베어 먹으며 말한다. "이제 이렇게 할까 저렇게 할까 계획도 세우지 않고, 하루 중 언제 음식을 먹어야겠다는 생각도 없소. 내 세포가 말을 해주면 그때 음식을 먹는 거지. 5주 동안 7킬로그램 정도 빠졌소. 그 주제로 책을 써볼까 하는 생각도 들었어요. '살이 쪘다고 생각하지 말고 그냥 먹어라.' 말장난이지. 정말 사람들에게 살쪘다는 생각을 하지 말라는 게 아니에요. 아예 생각을 하지 말라고 말하는 거요. 사람들이 그렇게 할 수 있을 거라고 믿어요. 내가 구술하면 누군가 타자를 쳐주겠지."

"당신이 다시 담배를 피워서 걱정이에요."

"박사가 자꾸 그런 말을 왜 하는 건지 모르겠소."

"당신 밴 안에서 누군가 담배를 피웠으니까요."

"차 안 냄새가 괜찮은 줄 알았는데."

"어제는 좋지 않았어요."

"낚시를 같이 하는 친구가 두 명 있소. 창문을 열고 달리면 지옥 불처럼 뜨겁지. 그 친구들이 창문을 닫고 담배를 피운 모양이오."

"당신이 그냥 얼버무리는 걸 수도 있죠." 내가 대꾸한다.

"그깟 담배가 뭐라고 그러겠소? 갑자기 흡연 단속 경찰이라도 된 것처럼 말하는군요."

"로즈가 어떻게 됐는지 잊지 말아요." 나는 폐암으로 끔찍한 죽음을 맞이한 비서 로즈를 그에게 상기시킨다.

"로즈는 담배를 피우지 않았소. 평생 한 번도 피우지 않았죠. 로즈는 나쁜 습관이 하나도 없었는데 암에 걸렸어요. 어쩌면 그게 이유일지도 몰라요. 박사도 너무 지나치게 애쓰면 모든 게 더 안 좋아질 수도 있소. 그렇게 자신을 다그치다 보면 건강 상태가 좋은데도 일찍 죽을 수 있어요. 난 로즈가 아직도 우리 옆에 있었으면 좋겠소. 똑같진 않겠지. 난 사람들을 떠나보내는 게 싫어요. 아직도 박사 사무실에 가면 로즈가 낡은 IBM 컴퓨터 앞에 앉아 자판을 두드리고 있을 것 같은 생각이 들어요. 결코 떠나지 못하는 사람들이 있지. 그런 사람들은 영원히 우리 옆을 떠돌고 있을 거요."

"당신은 최근에 기저세포암 진단을 받았고, 몇 개의 병변을 제거했어요. 절대로 담배를 다시 피우면 안 돼요."

"담배 때문에 피부암이 걸린 건 아니오." 마리노가 말한다.

"암에 걸릴 확률이 세 배예요."

"알았소. 그리고 이제부턴 다른 사람이 피우는 담배도 뺏도록 하지. 그런 건 별일도 아니오."

"'담배는 더 이상 피우지 마라. 담배는 빼앗아버려라.' 이런 책도 쓸 수 있겠네요. 사람들은 그 책도 사볼 거예요."

"루시가 걱정하고 있는 일은 아무도 입증할 수 없을 거요." 마리노는 본론으로 돌아간다. 더 이상 잔소리를 듣고 싶지 않기 때문이다. "그 일로 고소당할 사람은 아무도 없어요. 제이미가 지방 검사를 그만두었으니까. 파브만 같은 사람들이 원하는 대로 단순하고 분명하게 처리한 셈이지. 그 사람은 지금 복권에 당첨된 것 같은 기분일 거요."

"제이미는 아니라고 하지만, 이대로 물러나진 않을 거예요."

"제이미는 지금 하는 일을 좋아해요."

"내가 보기엔 아니에요."

"물론 기분이 좋진 않을 거요. 억지로 밀려난 셈이니까. 직장에서 쫓겨난 사람 기분이 좋을 리 없지 않소?"

"나라면 뭔가를 파멸시키는 일에 다른 사람을 끌어들이진 않을 거예요. 그 사람과의 인연을 끊고 싶지 않으니까요." 내가 말한다.

"그렇죠. 하지만 루시와 헤어진 것도 제이미가 지방 검사직을 물러난 것과 상관이 있을 거요."

"전부 그 일 때문이죠. 제이미가 자초한 일이 아니에요. 그녀는 알고 싶지 않은 사실을 알게 된 거예요. 그래서 무너뜨렸고 망가뜨렸어요. 그래야 모든 것을 다시 시작할 수 있으니까요. 하지만 뜻대로 되지 않았어요. 결코 그렇게 되지 않았죠. 거짓말로 세운 토대 위에 자신을 세울 수는 없는 법이에요. 당신이 제이미의 보안과 감시 카메라 설치를 도왔다고 했죠? 총도 가지고 있던데요?"

"실내에서 두 번 정도 사격 강습을 해줬소."

"누가 하자고 했어요?"

"제이미가 하자고 했소."

"뉴요커들은 대부분 총을 가지고 다니지 않아요. 그쪽 문화가 아니죠. 부자연스러워요. 제이미는 어째서 갑자기 총을 가지고 다닐 생각을 한 거죠?"

"아마 여기 내려와서 그럴 거요. 원래 자기가 있던 곳도 아닌 데다, 무시무시한 던 킨케이드와 관련 있는 곳이니까. 제이미는 뭔가 겁먹고 있어요. 루시 덕분에 총은 익숙할 거예요. 루시야 늘 무장하고 있으니까. 어쩌면 그 애는 샤워할 때도 글록을 가지고 들어갈지 몰라요. 아마 제이미는 루시와 함께 살면서 총에 익숙해졌을 거요."

"루시를 다치게 할까 봐 농담처럼 뱉었던 말에서 나온 애너 코퍼라는 유한회사를 이용하는 것도 익숙해진 것처럼 말이죠. 맞아요. 그루초 마르크스가 거액을 투자한 애너콘다 코퍼라는 광산 회사는 대공황 때 돈을 벌었지만 환경을 오염한다는 비난을 받았죠. 여기서 어떻게 된 줄 알아요?"

"아니. 모르겠소."

"큰 가치가 있어 보이는 뭔가에 투자했지만 해악이 있었고, 결국 모든 것을 잃게 된 거죠. 당신도 비슷한 상황에 처해봤잖아요."

"박사는 예전에 마르크스가 진행했던 라디오 프로그램을 들어본 적이 있소? '모든 걸 걸어라.' 백악관이 무슨 색인지, 그랜트의 무덤에 묻힌 건 누군지 그런 내용이 나왔죠. 마르크스는 정말 재미있었어요. 박사도 제이미에 대해서는 걱정할 필요 없어요."

"제이미에 대해서는 걱정해야 해요. 당신도 마찬가지고요. 한 사건에 객관적인 도움을 주다 보면 다른 문제, 특히 보복성 안건이나, 아주 개인적인 안건, 역기능적인 안건들이 따라오게 돼요. 제이미는 복수와 함께 자신을 다시 일으켜줄 몇 가지 중요한 것들을 만들어내기 위해 상상할 수 있는 모든 방법을 다 쓰고 있어요. 그것 말고 다른 요인들도 있죠. 내가 지금 무슨 말을 하고 있는지 당신도 알 거라고 생각해요."

마리노는 우리 사이에 놓여 있는 보쟁글스 봉투에서 요란한 소리를 내며 냅킨을 꺼낸다. 우리는 다리를 타고 오기치 강을 건너간다.

"난 그저 당신이 조심하길 바라는 거예요." 나는 잔소리를 계속 한다. "당신이 CFC 일을 그만두고 개인 자문 상담 일을 하겠다고 해도 막을 생각은 없어요. 하지만 제이미와 일할 때는 아주 조심해야 해요. 제이미에 대해 완전히 아는 것이 어려운 이유가 뭔지는 알죠?"

마리노는 포레스트 강을 지나는 동안 입과 손가락을 닦는다. 작은 새우잡이 배들이 정박해 있고, 갈매기들이 긴 나무 부두에 모여 있다.

"누구든 자신이 미처 깨닫지 못한 강력한 동기에 따라 움직일 경우에는 위험해요. 내가 하고 싶은 말은 이게 다예요." 난 마리노가 내 말을 이해했거나 납득했을 거라고 기대하지 않는다.

제이미는 마리노의 자존심을 세워준다. 난 마리노를 그런 식으로 대하고 싶지 않다. 그가 내가 원하는 대로 따라주도록 아양을 떠는 재주가 없다. 난 직설적이고 솔직하다. 그 때문에 마리노는 짜증을 낸다.

"잘 들어요. 난 멍청하지 않소. 제이미가 다른 일들을 하고 있고, 루시 때문에 복잡하다는 것도 알아요. 제이미는 지나칠 정도로 무방비하지. 지방 검사 시절에 어땠는지 기억하고 있어요. 사실 두 사람 사이는 비밀도 아니었고, 도리어 드러내놓고 다녔으니까."

바로 앞에 서배너 몰이 보인다. 지난번 이곳에 왔을 때 콜린 덴게이트와 점심 식사를 했던 곳이다. 그때가 언제인지 기억을 떠올려본다. 아마 3년 전일 것이다. 나는 아직 찰스턴에 있었고, 콜린은 조지아 연안에서 빈발한 증오 범죄를 상대하고 있었다.

"비밀로 할 필요는 없죠. 사실 두 사람이 서로 사랑한다면 드러나는 게 당연한 일이니까요." 내가 말한다.

"솔직히 말해서 모두가 박사처럼 생각하는 건 아니오. 그 두 사람이 함께 있는 건 전형적인 동화 속 커플이 아니니까. 윌리엄 왕자와 케이트가 아니란 말이오. 모든 사람들이 제이미와 루시를 축복하진 않아요. 이건 내 생각이긴 하지만, 제이미는 헤어지고 싶었던 것 같소. 아무래도 루시와 함께 있다 보니 여러 가지 문제들이 생기니까 말이지. 갑자기 리얼리티 쇼에서 제이미한테 투표라도 하는 것처럼 인터넷에 올라오기 시작했어요. 동성애자 검사, 레즈비언 법조인. 추잡한 일이었지. 그리고 제이미는 검사를 그만뒀어요. 그 사실을 인정하지 않는다고 해도 제이미는 유감스럽게 여기는 것 같아요."

"제이미가 유감스럽게 여긴다고 생각하는 이유가 궁금하네요."

우리는 미들 그라운드 드라이브라는 좁은 2차선 도로를 지나 소나무들과 덤불이 우거진 국유지를 통과한다. 주거지가 있는 흔적은 없다. 조지아 수사국은 어떤 이유에선지 법의학자의 사무실과 법의학 연구실을 이런 곳에 고립시켜놓았다.

"젠장. 박사는 제이미가 자신이 선택한 삶에 만족하고 있다고 생각해요? 이건 전적으로 내 생각이오."

"나도 당신 생각을 듣고 싶은 거예요."

"두 사람이 헤어진 뒤, 제이미는 NBC의 베이커 토머스라는 남자를 포함해 남자들을 만나기 시작했소."

"제이미가 말해주던가요?"

"아직 뉴욕 경찰국에 친구들이 있어요. 두 달 전에 제이미를 만나러 갔을 때, 그 친구들을 통해 들은 이야기요. 그 정도면 확실한 거 아니겠소? 제이미가 같이 나간 기자는 뉴욕에서 제일 잘나가는 독신남 중 한 명이오. 심지어 나도 그 남자에 대한 이야기를 알고 있을 정도니까. 그 기자가 결혼하지 않은 건 우연이 아니오. 루시는 그 남자를 브라이스가 즐겨 다니는 술집 중 한 곳인 빌리지에서 본 적이 있다고 했소."

해안 지역 범죄 연구소는 숲 한복판에 자리 잡고 있으며, 그 주위는 아무도 넘어오지 못하게 끝을 뾰족하게 만든 높은 울타리가 에워싸고 있다. 입구에는 빗장이 질러져 있고, 왼쪽에 있는 인터컴 꼭대기에는 카메라가 달려 있다.

"제이미와 몇 시에 만나기로 했죠?" 내가 묻는다.

"제이미는 박사가 먼저 와서 사건을 살펴보는 게 나을 거라고 생각했소."

"오늘 제이미와 통화했어요?"

"아직. 하지만 통화할 생각이오."

"알겠어요. 내가 먼저 사건들을 검토해보죠. 제이미만 괜찮다면 계속 지켜볼 필요는 없으니까."

"박사가 뭐든 알아내면 제이미에게 전화할 거요. 젠장, 여긴 우리보다 훨씬 보안이 철저한 것 같군."

"증오 범죄들 때문이에요. 이 연구소가 설립될 당시에만 해도 이 지역에선 증오 범죄들이 기승을 부리고 있었어요. 콜린이 아주 강경하게 말하곤 했죠. 그중에서도 특히 한 사건은 우리가 찰스턴에 있을 당시에 뉴스에 나오기도 했어요. 당신도 기억할 거예요."

마리노가 밴의 속도를 줄인 뒤 인터컴 앞에 차를 댄다.

"조지아 주의 러니어 카운티에서 있었던 사건이에요. 은퇴한 교사였던 로저 모스블리라는 아프리카계 미국인이 백인 여성과 교제를 했어요. 그는 밤늦게 차를 몰고 집에 돌아갔는데, 진입로에 들어서자마자 백인 남자 두 명이 앞에서 뛰어나왔어요."

마리노가 창밖으로 팔을 내민다. 인터컴 버튼을 누르자 요란한 소리가 울린다.

"그들은 병과 야구방망이로 로저 모스블리를 죽일 듯이 때렸어요. 그런데 콜린에게 그 사건을 정당방위로 만들 수 있게 도와달라는 압력이 들어왔죠. 운전자 폭행 사건이었어요. 모스블리가 먼저 공격했다고 하라는 거죠. 피고들은 상처 하나 없는 반면, 모스블리는 안전벨트도 풀지 못한 채 차에서 끌려 내려오는 바람에 엄청난 타박상과 찰과상을 입었는데 말이에요."

"백인 우월론자들은 나치 찌꺼기들이니까." 마리노가 말한다.

"콜린은 모든 것을 사실대로 말했다는 이유로 위협당하기 시작했고, 재판 직전인 어느 날 밤에는 연구실 유리창으로 총알이 날아왔어요. 그 뒤로 울타리를 친 거죠."

"무고한 사람을 사형대에 올리고 싶어 하는 사람 같진 않군요." 마리노는 다시 인터컴 버튼을 누른다.

"만일 그런 사람이었다면 이렇게 연구실 보안을 철저히 할 필요가 없었을 거예요." 나는 제이미 버거가 콜린 덴게이트를 오해하고 있고, 잘못 알고 있다는 말을 덧붙이지 않는다. 아직은 마리노가 훌륭한 일을 하고 있다고 생각하는 변호사가 실은 자기밖에 모르고 정직하지 않다는 사실을 알리지 않는다.

스피커에서 여자 목소리가 나온다. "무슨 일이시죠?"

"스카페타 박사와 마리노 조사관이 덴게이트 박사를 만나러 왔소." 마리노가 말하는 동안, 나는 아이폰에 온 문자 메시지를 확인한다.

11분 전에 루시가 문자를 보냈다. 지금 막 벤턴과 함께 연료를 넣기 위해 뉴저지의 밀빌에 착륙했다는 것이다. 남서쪽에서 불어오는 강풍 때문에 고생하는 모양이었다. 바로 그때 벤턴이 보낸 문자가 도착한다.

'D. K.는 버틀러에서 나왔어. 당신한테 먼저 알려줘야 할 것 같아서. 조심해.'

요란한 소리와 함께 금속 문이 천천히 열리고, 아스팔트 도로가 나타난다. 앞에 치장 벽토와 벽돌로 된 연구실 건물이 보인다. 단층이지만 넓다. 주차장에는 문에 금색과 청색의 GBI 문장을 붙인 흰색 SUV 몇 대와 군용 녹색 캔버스로 지붕을 댄 흰색 랜드로버 한 대가 서 있다. 오래전부터 콜린 덴게이트가 몰고 다니는 차다.

"덴게이트 박사한테 새로 DNA 검사를 했다는 말을 할 거요?" 마리노가 묻는다. 나는 벤턴이 보낸 문자에 대해 생각하고 있다. 다른 생각은 할 수가 없다.

바람 한 점 없는 날씨라 깃대에 꽂힌 깃발이 축 늘어져 있다. 보도 가장 자리는 벌새들이 좋아하는 브러시 나무의 빨간 꽃들이 피어 있고, 잔디 가장자리에 있는 스프링클러 분사구에서 물이 나오고 있다. 우리는 방문객용 주차 자리에 차를 세운다. 앞에는 테러범의 공격에 대비해 방탄 반사로 된 유리창이 보인다. 내 머릿속에는 오직 던 킨케이드가 버틀러 주립 병원에서 탈출했다는 생각만 떠오른다.

그게 사실이라면 누군가 목숨을 잃게 될 것이다. 한 명이 아닐 수도 있다. 확신한다. 던 킨케이드는 무서울 정도로 영리하다. 그녀는 가학적이고, 약탈자로서의 삶을 살고 싶어 한다. 아무도 그 여자를 막을 수 없다. 나를 포함해 아무도 못 했다. 난 그 여자를 잠시 잡아두긴 했지만, 확실히 막은 건 아니다. 그리고 내가 아직 살아 있는 유일한 이유는 운이 좋았기 때문이다. 내 얼굴에 물방울이 튀자, 그 여자에게서 튄 핏방울이 떠오른다. 내 입과 치아와 혓바닥 안에 느껴졌던 철과 염분 맛을 기억한다. 내 얼굴을, 내 눈을, 내 머리카락 속을 핏빛 안개가 뒤덮는다. 타라 그림은 캐슬린 롤러가 감옥에서 일찍 나갈 수도 있다고 했다. 던 킨케이드가 이쪽으로 올지도 모른다.

"박사? 유령이라도 본 것 같은 얼굴이오."

마리노가 내게 말하고 있다는 것을 깨닫는다.

"미안해요." 난 밴의 뒷문을 연다.

"DNA 검사에 대해 콜린 덴게이트에게 말할 거요?" 그가 다시 묻는다.

"아뇨. 그건 내가 할 말이 아니에요. 아무것도 모르는 것처럼 살펴보는 게 나을 것 같아요. 열린 마음으로 사건을 살펴볼 생각이에요." 나는 아이스박스에서 물방울이 뚝뚝 떨어지는 물병들을 살핀다. "이 안에 얼음을 언제 넣은 건지 모르겠네요. 이 정도면 차도 우릴 수 있을 것 같은데요."

"그래도 젖어 있긴 하잖소." 마리노가 내게 물병을 건네준다.

"전화 한 통만 하고 바로 들어갈게요." 난 무더운 나무 그늘 아래로 걸어가, 벤턴에게 전화를 건다. 루시와 벤턴이 아직 헬리콥터에 타지 않았기를 바라면서 말이다.

"아직 거기 있어서 다행이야." 벤턴이 전화를 받자 난 진심으로 말한다. "바람이 심하다니 큰일이네. 서배너까지 와달라고 해서 미안해. 그래서 고생하는 거잖아."

"바람은 걱정하지 않아도 돼. 서서히 잦아들고 있으니까 말이야. 당신은 괜찮아?"

"날씨에 안 맞는 옷만 빼면."

"루시가 연료를 채우는 동안 커피 마시고 있어. 뉴저지도 많이 더워."

"어떻게 된 거야?"

"아직 공식적인 발표는 없었어. 별다른 문제만 없으면 걱정하지 않아도 될 거야. 하지만 우린 그 여자가 무엇을 좋아하고, 어떤 짓을 할 수 있는지 알잖아. 던 킨케이드가 교도관들과 버틀러의 관계자들에게 병원에 가야 한다고 설득했다는군. 응급실에 말이야."

"무엇 때문에?"

"천식이 있다고 했어."

"예전부터 있던 병이 아니라면 지금도 멀쩡할 거야." 나는 화가 치솟는 것을 느끼며 말한다.

"잭도 천식이 있었잖아. 공평하게 말하자면 천식은 유전될 수도 있어."

"꾀병이거나 고도의 수작이겠지." 난 공정하게 생각하고 싶지 않다.

"던 킨케이드는 오늘 아침 7시에 구급차를 타고 병원으로 갔어. 버틀러에 있는 정보원은 던 킨케이드 사건과 관계가 없다 보니, 직접적으로 듣진 못한 모양이야. 그래서 30분 전에 메시지를 남겼더군. 그나마 당신이 먼 곳에 가 있어서 다행이야. 그래도 조심해야 해. 아무래도 불안하니까. 믿을 수가 없어."

"지금 우리가 이야기하는 상대를 생각해보면 그럴 수밖에 없잖아." 증기처럼 후덥지근한 공기 때문에 가슴과 등에 땀이 흐른다. "던 킨케이드는 여전히 구류된 상태인 거지?"

"그런 것 같긴 한데, 자세한 건 모르겠어."

"그런 것 같다고?"

"케이, 내가 알고 있는 건 그들이 그 여자를 매사추세츠 종합병원으로 옮겼다는 것뿐이야. 그것도 조금 전에 말이지. 던 킨케이드가 의료상의 문제로 치료받고 있을 때 심문하면서 괴롭힐 수는 없어. 그 여자한테는 권리가 있으니까."

"물론 권리가 있지. 우리보다 더 말이야."

"그 여자가 수작을 부리는 기술과 능력을 알고 있으니까, 이번 일도 무슨 계책을 부리는 건지도 몰라." 벤턴이 말한다.

"저쪽에서 뭔가 알게 되더라도 단서가 될 가능성은 없을 거야." 매사추세츠 종합병원에서는 아무것도 알아낼 수 없다는 의미다.

"그런 게 아니라면 던 킨케이드의 변호사 측에서 동정을 얻거나, 학대를 받았다는 걸 암시하거나, 당신 때문에 그 여자의 정신 건강이나 신체 건강에 피해를 입었다는 헛소리를 하기 위한 계략일 수도 있지. 스트레스 때문에 천식이 심해졌다고 말이야."

"나 때문에 입은 피해?" 지난밤 제이미가 했던 말이 떠오른다.

"그 여자한테는 명백한 사건이니까."

"당신이 그 여자의 일을 사건이라고 생각하는 줄 몰랐어."

"그 여자가 사건으로 만들었다는 뜻이지. 그 여자한테는 사건이라거나, 내가 그렇게 생각한다는 뜻으로 한 말은 아니야. 당신 목소리 화난 것처럼 들리는데."

"그 여자가 내 유죄를 입증할 증거를 조작하고 있다는 걸 당신이 알고 있었다면, 나한테도 말해줬으면 도움이 됐을 거야." 내가 대꾸한다.

내가 수사받는 중이라는 걸 남편이 알고 있다는 마리노의 비난이 떠오르자 기분이 좋지 않다. 어떻게 나와 한 집에 살면서 그런 일을 알고 말을 안 할 수가 있을까. 그리고 벤턴은 아무래도 상관없다는 것처럼 그날 밤 나를 밖에 혼자 내보낸 것일까. 그에게 내가 아무 의미가 없는 것처럼. 그가 나를 사랑하지 않는 것처럼. '마리노의 질투심.' 난 다시 생각한다.

"그 문제에 대해서는 거기 가서 이야기해. 만일 그 여자가 모든 걸 당신 탓으로 돌릴 거라는 걸 모르고 있었다면, 그건 당신만 몰랐던 거야. 루시가 헬리콥터로 가고 있네. 나도 그만 가봐야겠어. 다시 착륙하면 전화할게." 벤턴이 말한다.

그가 날 사랑한다고 말하자, 난 전화를 끊는다. 아스팔트 위로 열기가 올라오기 시작한다. 스프링클러에서 나온 물줄기가 나뭇잎 위로 퍼진다. 나는 연구실 건물로 들어간다. 로비에는 편안해 보이는 푸른색 천 의자와 소파가 놓여 있고, 베이지색과 장밋빛의 페르시아 세라피 디자인의 양탄자가 깔려 있다. 화분에 심은 야자수 나무가 놓여 있으며, 황백색 벽에는 사시나무들과 정원 사진이 걸려 있다. 나이가 많은 여자가 혼자서 한쪽 구석에 앉아 멍하니 창밖을 쳐다보고 있다. 아무도 여기 있고 싶어 하진 않겠지만 고상한 곳이다. 난 제이미 버거를 생각한다.

공중전화를 쓰고, 아무 이야기도 하지 않은 척하라고 했다. 누가 엿듣고 있어도 상관없다. 난 제이미를 믿지 않는다. 그녀의 휴대전화는 신호음이 떨어지자 음성사서함으로 넘어간다.

"제이미, 케이예요. 북부에 일이 터졌어요. 당신은 알고 있을지도 모른다는 생각이 드네요." 무슨 일이 일어난 게 제이미의 잘못이라는 것처럼 내 말투에는 비난이 담겨 있다. 어쩌면 정말 그럴지도 모른다.

던 킨케이드가 행동을 개시한 건, DNA 검사에 대해 알고 있기 때문일 것이다. 제이미가 너무 순진했거나, 다른 생각을 하지 않은 것이다. 문제를 일으킬 수 있는 많은 사람들은 그 문제가 뭔지 알고 있을 것이다. 나는 제이미의 말처럼 DNA 검사를 한 것이 비밀이라고 생각하지 않는다. 그녀는 끔찍한 위험에 처하게 된 것이다.

"이 메시지를 들으면 나한테 바로 전화해요. 내가 전화를 받지 않으면 콜린의 사무실에 전화해서 날 찾고요." 나는 그런 뜻을 담아 말한다.

16

신원을 알 수 없는 DNA

콜린 덴게이트는 희끗희끗한 빨간 머리를 아주 짧게 깎고, 윗입술 위에는 녹슨 자국처럼 짧게 깎은 콧수염이 남아 있다. 그는 살찌지 않은 총알 같은 체격을 가지고 있고, 내가 아는 대부분의 법의관들처럼 유머 감각은 거의 없다.

콜린은 나를 본부 안쪽으로 이끈다. 나는 마디 그라(참회의 화요일)를 위해 옷을 입혀놓은 해골을 지나친다. 그 위에는 뼈와 박쥐, 거미, 구울(사람 시체를 먹는 악귀 - 옮긴이) 모빌이 에어컨에서 나오는 차가운 바람에 빙글빙글 돌며 흔들리고 있다. 으스스한 휴대전화 벨 소리가 울리고, 콜린의 아내가 마녀 같은 웃음소리를 내며 딸의 자전거 열쇠를 찾지 못하겠다고 하자, 그는 볼트 커터를 이용하라고 말한다. 복도를 지나갈 때 이번에는 콜린의 휴대전화에서 〈스타트렉〉에 나오는 트라이코더(영화에 나오는 의료 진단기)에서 나는 것 같은 기이한 진동 소리가 울리더니, 새미 청이라는 이름의 GBI 수사관이 해리 트루먼 공원 도로에서 발생한 오토바이 사건 현장이 수습되고, 시신은 운송 중이라는 것을 알린다.

"내 전화는 무슨 소리로 저장했어?"

난 콜린이 무슨 벨 소리를 정했을지 궁금하다.

"당신은 절대로 전화를 안 하잖아. 그래도 생각해보면, 그레이트풀 데드의 〈여자를 믿지 마세요〉가 좋을 것 같은데. 내가 잘 나가던 시절에 두 번 정도 공연에 간 적이 있지. 요즘 내는 음악은 예전 같지 않던데. 사람들이 좋아할지 모르겠어." 그가 말한다.

마리노는 지금 휴게실에서 이두박근에 싱긋 웃고 있는 날개 달린 해골 모양의 문신을 한 수즈라는 독물 학자를 상대로 커피를 마시며 시시덕거리고 있을 것이다. 콜린은 나와 단둘이서만 이야기하고 싶다고 했다. 내가 여기 온 이유를 알고 있음에도 불구하고 아직까진 친절하다.

"커피 줄까? 아니면 비타민 워터?" 우리는 구석에 있는 그의 사무실로 들어간다. 건물 뒤쪽에 있는 하역장이 내려다보인다. 지금 막 대형 트럭이 들어오고 있다. "이런 날씨에는 코코넛 워터가 좋아. 칼륨을 보충해주거든. 그래서 내 개인 냉장고에 항상 비치해두지. 특정 생수들도 전해질이 있어서 이런 더위에 도움이 돼. 어떤 게 좋아? 아무거나?"

콜린의 조지아 사투리는 많이 느린 편이 아니다. 이곳에서 그는 아주 활기차게 말을 빨리 하는 것이다. 나는 마리노의 차에서 가져온 미지근한 물을 마신다. 내 착각이겠지만, 죽은 생선 냄새가 나는 것 같다.

"예전엔 플로리다나 찰스턴의 여름 날씨를 견뎠는데. 게다가 마리노의 차는 에어컨이 잘 안 돼." 내가 말한다.

"이상 고열을 내고 싶은 게 아니라면 어쩌자고 옷을 그렇게 입은 건지 모르겠네." 콜린이 내가 입고 있는 검은색 작업복을 살펴본다. "난 평소에는 수술복을 입어." 지금도 그는 크렘 데 멘테(박하로 만든 술-옮긴이) 색의 면으로 된 수술복을 입고 있다. "시원하고 편하니까. 이런 계절에는 아주 나쁜 일이 아니면 검은색 옷은 안 입지."

"이야기하자면 길어. 당신도 시간이 없을 거고. 사실 이 옷은 추운 날씨에는 괜찮아."

"차에 에어컨을 달았다는 게 정말 놀랍지 않아?" 콜린이 인체공학적 의자 뒤에 있는 작은 냉장고를 열고 물 두 병을 꺼내 한 병을 내게 건네준다. "이 지역에 사는 모든 사람들의 차에 에어컨이 달려 있진 않아. 이를테면 내 랜드로버도 그랬고. 1983년형인데, 저번에 당신 만난 뒤로 완전히 싹 고쳤어." 그는 파일이 가득 쌓여 있는 책상 뒤에 앉는다. 사무실 안에는 콜린의 수집품들이 가득하다. "알루미늄 바닥, 새 시트, 새 기어 게이터, 앞유리. 지붕틀을 떼고 검은색으로 칠도 했지. 그러면서도 에어컨은 신경 쓰지 않았어. 그리고 차를 몰고 나가 보니 의대를 막 졸업한 젊은이가 된 것 같은 느낌이 들더군. 창문을 활짝 열고 땀을 흘리면서 말이야."

"다른 사람은 같이 타고 싶지 않을 거야."

"그건 부가 이익이고."

나는 의자를 끌어당긴다. 우리 두 사람 사이에는 커다란 단풍나무 책상이 놓여 있다. 그 위에는 탄피들과 로켓 모양의 색 바랜 놋쇠 대구경 탄피들이 가득 들어 있는 유리병들과 작은 공과 제복 단추들, 작은 공룡, 우주선 장난감, 사람 뼈로 볼 수도 있는 동물 뼈가 담긴 비밀첩보부 재떨이, 남북 전쟁 기간에 찰스턴 외항에서 사라졌다가 10년 전에 발견된 CSS H. L. 헌리 잠수함 모형이 놓여 있다. 책상과 책장을 빽빽하게 메우고 있는 그 별난 수집품들에는 모두 사연이 있고 의미가 있겠지만, 나로선 일일이 열거하거나 설명할 수가 없다. 그중에는 콜린의 어린 시절 장난감들도 있는 것 같다.

"CIA에서 표창을 받았어." 내가 사무실을 둘러보는 걸 알아차리자, 콜린이 왼쪽 벽에 걸린 근사한 액자 속에 들어 있는 기관 인장이 박힌 금메달을 가리키며 말한다. CIA 정보요원들에게 큰 도움을 주었다는 것을 뜻하는 증명서다. 하지만 수령인의 이름도, 날짜도 적혀 있지 않다.

"5년 전에 받은 거야. 이 근방 늪에 떨어진 비행기 추락 사고를 담당했을 때지. 갑자기 CIA 요원들과 군대 법의관들이 나타날 줄은 몰랐어. 킹스 베이의 원자력 잠수함 기지에서 일해야 했지. 더 이상은 말할 수 없어. 거기서 하는 일들에 대해서는 아무 말도 할 수 없다는 걸 당신도 알 거야. 어쨌든 첩보 관련 일은 엄청 힘들었어. 그리고 그 뒤에 랭글리에 불려가서 상을 받았지. 입이 간지러워 못 참겠어서 당신한테 말하는 거야. 누가 누군지도 모르겠고, 그쪽에서도 메달을 누구한테, 무슨 일로 주는지도 말하지 않더군. 거기서 내가 얻은 건 계속 입을 다물고 있어야 한다는 것밖에 없었어."

콜린은 녹갈색 눈으로 나를 뚫어지게 쳐다본다. 나는 차가운 물을 한 모금 마신다.

"조던 일가 살인 사건에 당신이 어째서 관여하는 건지 모르겠어, 케이." 마침내 그는 내가 여기 앉아 있게 된 본론으로 들어간다. "당신 친구인 버거가 전날 전화하더니, 그 사건을 다시 살펴보기 위해 당신이 올 거라고 하더군. 제일 먼저 든 생각은⋯⋯." 콜린이 책상 서랍을 연다. "어째서 당신이 직접 전화하지 않았을까 하는 거였지." 그는 느릅나무 속껍질로 만든 목사탕이 든 작은 통을 건네준다. "이거 먹어봤어?"

나는 통을 받아 목사탕을 하나 꺼낸다. 마침 입과 목이 말랐기 때문이다.

"강연하거나 증언할 때 먹으면 좋을 거야. 가수들한테 인기가 있다고 하더군. 그래서 나도 알게 됐어." 그는 내게서 통을 돌려받은 뒤 목사탕을 입에 집어넣는다.

"전화할 수 없었어, 콜린. 어젯밤까지만 해도 당신을 볼 줄 몰랐으니까." 난 사탕을 빨면서 이야기한다. 살짝 거친 촉감에 상쾌한 단풍나무 향이 난다.

그런 일은 있을 수 없다는 듯 콜린이 얼굴을 찌푸린다. 그가 자리에 기대앉자, 의자에서 삐걱거리는 소리가 난다. 콜린은 목사탕을 한쪽 뺨이 볼록하게 문 채, 내게서 시선을 떼지 않는다.

"조지아 여성 교도소에 있는 캐슬린 롤러라는 재소자와 만나기로 되어 있어서 서배너에 온 거야." 나는 어디서부터 시작해야 할지 생각하며 말을 꺼낸다.

그는 고개를 끄덕인다. "버거한테 들었어. 그 여자는 당신이 조지아 여성 교도소에 있는 재소자를 만나러 오는 거라고 하더군. 사실 내가 이해할 수 없었던 건 당신이 여기까지 와서 내 얼굴을 보고 가거나, 점심이라도 같이 먹자고 연락하지 않았다는 거야."

"내가 올 거라고 제이미가 당신한테 말했다는 거지." 나는 제이미가 콜린이나 다른 사람들에게 무슨 말을 했는지 궁금하다. 자신의 목적을 위해 얼마나 많은 사람들을 끌어들인 걸까. "연락하지 못해서 미안해. 하지만 잠깐 들렀다 갈 생각이었어."

"그 여자가 전화를 하도 해서, 여기 있는 사람들이 전부 다 알 정도야." 제이미를 말하는 것이다. 그가 목사탕을 이리저리 굴리자, 작은 동물이 입안에서 움직이고 있는 것 같다. "맛이 괜찮지? 목을 보호해주기도 하고. 다른 사탕들은 목을 보호해준다고 했지만 사실은 그렇지 않다는 것을 알게 됐거든. 이 사탕은 실제로 점액막을 감싸줘. 나트륨이나 글루텐 성분이 들어 있지 않아. 방부제도 없고, 가장 중요한 건 멘톨이 들어 있지 않다는 거지. 실제로는 아무 소용이 없거든. 목에 관해선 멘톨이 만병통치약처럼 여겨지지만, 일시적으로 목청을 줄어들게 만드는 효과가 있을 뿐이야." 그는 그랑 크뤼(프랑스산 최고급 와인-옮긴이)의 맛을 보는 소믈리에처럼 목사탕을 음미하며, 천장을 올려다본다. "남성 사중창단에서 노래를 부르기 시작했어." 그는 그것으로 모든 설명이 되는 것처럼 덧붙인다.

"다시 말해, 난 다른 볼일이 있어서 잠깐 서배너에 왔고, 지난밤에야 당신 사무실로 가야 한다는 이야기를 전해 들었어. 당신이 제이미에게 협조적이지 않았다고 하던데. 그래서 내가 당신은 약간 고집이 세긴 해도 시골뜨기는 아니라고 했지." 내가 말한다.

"난 시골뜨기야. 하지만 당신이 날 그렇게 부르지 않는 이유를 알 것 같아. 덕분에 기분도 한결 낫고. 그렇게 부르면 아무래도 약간 무시당하는 것 같은 기분이 드니까 말이야. 바보같이 들릴 수도 있다는 건 알지만, 당신이 아니라 제이미 버거의 전화를 느닷없이 받았을 때 좀 그랬어. 개인적인 일과 상관없이 난 당신이 생각하는 것보다 훨씬 일이 많다고 생각하니까. 제이미 버거는 다소 연극적으로 행동하고 있어. 애초에 자기 마음대로 나를 롤라 대거트에게 사형 집행 주사를 꽂을 작정으로 자기를 방해하는 편견이 심한 서배너의 시골뜨기 법의관으로 정해놓고 대하고 있지. 무엇보다 사람을 죽였으면 그에 합당한 벌을 받아야 하는 거야. 메이슨 딕슨 선(메릴랜드 주와 펜실베이니아 주의 경계선으로 남부와 북부의 경계 – 옮긴이) 남쪽에 있는 사람들은 모두 그렇게 생각할걸. 서쪽에 있는 사람들까지 말이야."

"제이미는 여기 왔을 때 당신이 반기지 않았다고 하던데. 자기를 무시했다고 했어."

"그 여자를 반기지 않은 건 맞아. 왜냐하면 그때 전화로 어떤 불쌍한 여자한테 당신 남편은 자살했다는, 누구도 듣고 싶지 않을 말을 하고 있었으니까." 콜린은 눈을 가늘게 뜬다. 화가 치솟는 듯 목소리가 점점 커진다. "밖에서 맥주를 마시면서 게잡이 통발을 수선하던 중에 사고로 총이 발사된 것이 아니었어. 남자가 그날 밤 밖에 나가기 전에 여자를 끌어안고, 이상할 정도로 다정하게 사랑한다고 말했다고 해서 자살할 마음이 없었다는 뜻은 아니지. 유감스럽게도 내가 쓴 부검 보고서와 사망 진단서 때문에 여자는 남자의 생명보험을 받지 못하게 됐어. 그런 와중에 제이미 버거가 월 스트리트처럼 차려입고 나타난 거야. 전화선 너머로 상대방 여자가 주체 못할 정도로 울고 있는 동안 버거는 내 사무실 앞에서 어슬렁거렸지. 난 그 전화를 도저히 끊을 수가 없었어. 그래서 뉴욕 변호사에게 커피를 권했지."

"제이미한테 아무 감정도 없었다는 건 알겠네." 내가 비꼬듯 말한다.

"현장 사진을 포함해서 조던 일가 사건과 관련된 자료를 보여줄게. 도움이 될 거야. 당신이 보기에 이야기하고 싶은 게 있으면 얼마든지 이야기할 수 있어."

"당신은 롤라 대거트가 조던 일가 살인 사건의 단독범이라고 확신하고 있지. 로스앤젤레스에서 있었던 법의관 협회 연례모임에서 당신이 이 사건에 대해 발표했을 때도 그 생각이 확고했잖아."

"케이, 나도 진실을 추구해. 당신처럼 말이야."

"아무래도 브렌다 조던의 손톱 밑에서 나온 피부와 혈액 DNA가 롤라 대거트와 맞지 않다는 점이 이상해. 그 DNA는 가족들과도 맞지 않았어. 다시 말해 미지의 인물이 있었다는 뜻이지."

"'아무래도'는 중요한 뜻을 가진 말이야."

"그 DNA는 가해자나 침입자의 것일 가능성이 있을 것 같은데." 내가 덧붙인다.

"난 실험실 보고서를 해석하거나, 그게 무엇을 뜻하는지 결정하진 않아."

"그저 그 문제에 대해 당신 생각은 어떤지 궁금한 것뿐이야, 콜린."

"브렌다 조던의 손은 믿을 수 없을 정도로 피투성이였어. 그래, 부검을 했을 때 그 아이의 손톱 밑에서 알 수 없는 사람의 DNA가 나왔고, 난 그 의미를 알지 못해. 그건 아무 관계가 없는 증거일 수도 있어. 브렌다의 손톱 밑에서는 그 아이의 피와 오빠인 조시의 DNA도 나왔으니까."

"오빠의 DNA가 나왔다고?"

"브렌다의 침대 옆에 조시의 침대가 있었어. 내가 보기엔 조시의 피가 브렌다의 손과 몸에 묻은 것 같아. 범인이 조시를 먼저 죽인 뒤에 브렌다를 공격한 거겠지. 아니면 브렌다를 먼저 칼로 찔렀을 수도 있어. 범인은 아이가 죽었다고 생각하고 조시를 공격했는데, 브렌다가 죽지 않고 도망간 것일 수도 있지. 정확하게 무슨 일이 있었는지는 몰라. 아마 앞으로도 알 수가 없겠지. 아까도 말했지만 난 연구실 보고서를 해석하고, 그것이 무엇을 뜻하는지 결정하지 않으니까 말이야."

"현장에서 신원을 알 수 없는 DNA가 나온 건 중요한 문제라고 생각해. 그 사건에 공범이 있을 수도 있다는 거니까."

"처음부터 현장 상태가 좋지 않았어. 그 집에 있으면 안 되는 사람들까지 드나들었으니까 말이야."

"그 사람들이 시신을 건드린 건 아니겠지?"

"그러지 않은 게 그나마 다행이었어. 경찰들이 시신 근처에 아무나 어슬렁거리게 했다가는 나한테 엄청 깨질 거라는 걸 알고 있었으니까. 하지만 중요한 건 그 당시 롤라 대거트 이외에 다른 사람이 연관되어 있을지도 모른다는 가능성은 받아들여지지 않았어."

"어째서?"

"그 여자는 분노 조절 장애와 마약 문제로 사회 복귀 훈련시설에 있었고, 살인 사건이 일어난 지 몇 시간 지나지 않아, 조던의 피가 묻은 옷을 빨고 있는 게 발견되었으니까. 그리고 그 여자는 이 지역에 살아. 조던 일가는 면직물로 재산을 모은 서배너의 오랜 명문이며, 조던 박사는 부자에다 성공한 의사라는 기사를 뉴스에서 봤거나 사람들한테 들었을 거야. 조던 박사의 집은 사회 복귀 훈련시설에서 걸어갈 수 있을 정도로 가까운 곳에 있었어. 롤라 대거트는 살인 사건이 일어나기 한 달 전부터 사회 복귀 훈련시설에서 지내고 있었고, 조던 일가가 도난 경보장치를 그리 켜지 않는다는 것을 포함해 여러 가지 정보를 모을 시간이 많았을 거야."

"경보장치가 잘못 울린 적이 많았다고 했으니까."

"아이들 때문일 거야. 경보장치의 가장 큰 문제는 아이들이 잘못 건드릴 경우가 많다는 거지." 콜린이 말한다.

"전부 추측에 불과해. 절도가 동기가 아니란 것도 추측일 뿐이잖아." 내가 지적한다.

"증거가 없으니까. 하지만 누가 알겠어? 온 가족이 다 죽었는데. 뭔가 없어진 게 있다 해도 알려줄 사람이 없잖아."

"집 안이 어질러져 있었어?"

"아니. 하지만 그 집에 사는 사람들이 다 죽은 마당에 어딜 뒤졌는지, 뭐가 바뀌었는지 누가 알겠어?"

"결국 그 당시에 DNA 검사 결과는 상관없었다는 말이네. 당신을 다그치자는 건 아니야. 하지만 아무래도 그 결과가 신경 쓰여."

"얼마든지 다그쳐도 돼. 난 그저 내 일을 한 거니까. 별로 상관없어. 그 DNA는 뒤섞여 있었어. 당신도 알겠지만, 그 샘플 결과만으로 단순하게 결정을 내리는 건 아니니까. 혈액과 피부세포, 그 외 다른 곳에서 발견된 신원불명의 DNA는 언제부터 남겨져 있었던 걸까? 그 사건과는 관계없는 증거일 수도 있다는 거지. 최근에 집에 손님이 찾아왔을 수도 있고, 브렌다가 전날 누군가와 접촉했을 수도 있어. 그들이 뭐라고 할지 당신도 알 거야. 사건을 실험실 가운 주머니에 넣지 말라고 하겠지. 언제 어디서 나온 건지 알 수 없다면 그 DNA는 아무 쓸모가 없어. 사실 내 이론은 검사를 세심하게 해도 나오는 건 별로 없다는 거야. 방 안에서 누군가 숨을 쉬었다고 해서 그 사람이 누군가를 죽였다는 뜻은 아니니까. 이 이야기는 괜히 시작했다가는 끝이 안 나. 당신도 내 철학이나, 러다이트(19세기 초반 산업화 반대 운동을 한 인물 — 옮긴이) 같은 소리를 들으려고 온 건 아니니까."

"하지만 범죄현장이나 시신에서 나온 DNA와 롤라 대거트의 DNA가 일치하지 않았잖아."

"그건 그래. 그렇지만 누가 유죄인지 아닌지를 결정하는 건 내 일이 아니야. 난 그저 내가 알아낸 사실들만 보고서로 작성했을 뿐이고, 나머지는 판사와 배심원이 결정했지. 일단 자료들을 줄 테니까 보고 나서 이야기해."

"제이미가 당신과 배리 루 리버스에 대해 이야기했다고 들었어. 그 여자 자료도 같이 볼 수 있을까?"

"제이미 버거가 사본을 가져갔어. 잘은 모르지만, 벌써 두 달 전에 그 자료를 요구했을 거야."

"힘들지 않으면 원본을 보고 싶은데."

"최근 들어서는 자료를 종이에 남기지 않아. GBI는 종이를 전혀 쓰지 않으니까. 원한다면 출력해줄 수는 있어. 아니면 당신이 직접 컴퓨터로 봐도 되고."

"전자가 좋아. 훨씬 수월하고."

"취향 특이하네. 전자 자료로 보여줄게. 하지만 나한테도 그 이상하고 잔인한 길로 가라고만 하지 말아줘. 버거가 지금 어떤 생각을 하고 있는지 알고 있고, 깔끔하게 떨어지는 조각들을 어떻게 맞추고 있는지도 알아. 좋은 의미로 하는 말은 아니야. 놀랍고 구역질 난다는 뜻이지. 버거는 이미 기자회견 예행연습을 끝냈어. 선정적인 측면에서 조지아에서 사형수가 고통스럽게 죽어간 것을 어떻게 비난할 것인지 생각하고 있지."

"집행을 기다리며 사형 집행실 밖에 있는 구치소에서 대기하고 있던 사람이 갑자기 목숨을 잃는 건 흔한 일이 아니야. 특히 그 사람이 매 순간 감시당하고 있던 상황에서는 말이지." 내가 말한다.

"케이, 솔직히 말해서 그 여자는 매 순간 감시당하고 있진 않았을 거야. 배리 루 리버스는 음식을 먹은 뒤에 기분이 좀 좋지 않았겠지. 사실상 심장마비의 전형적인 증상임에도 불구하고, 처음에는 소화가 안 되는 거라고 생각했을 수도 있어. 바로 그때 교도관들이 의료지원을 요청했지만, 너무 늦은 거지."

"그 여자가 사형 집행실에 끌려들어가기 직전에 일어난 일이야. 집행을 도와줄 의사들을 포함해 의료인들이 바로 앞에 있었겠지. 의사, 아니면 적어도 사형 집행인 중에 심폐소생술 훈련을 받은 누군가가 근처에 있었을 테니, 신속하게 대응할 수 있었을 거야."

"그건 세기의 아이러니지. 사형 집행인들 중 누군가가 배리 루 리버스를 살려낸 뒤에, 다시 사형을 집행한다면 말이야." 콜린은 책상에서 일어난 뒤, 목사탕 통을 내게 건네준다. "가지고 가도 돼. 난 트럭 한 대 분량만큼 샀으니까."

"마리노도 같이 볼 수 있으면 좋겠는데."

"그 사람은 당신과 같이 일하고 있고, 당신은 그 사람을 믿고 있겠지. 상관없어. 당신이 자료를 보는 동안, 우리 쪽 병리학 전문가 중 한 명이 같이 있을 거야."

콜린이 내 옆에 누군가를 두겠다는 건, 자신을 보호하기 위해서일 뿐만 아니라 나를 위해서이기도 하다. 내가 자료를 조작하거나 빼돌리지 않았다는 것을 증명하기 위해서다.

"당신이나 GBI가 가지고 있는 옷가지들도 보고 싶은데." 나는 그를 따라 복도로 나간다. 법의 병리학, 법 인류학, 역사 연구 사무실들을 지나 휴게실, 화장실을 지난 뒤 오른쪽에 있는 회의실로 들어간다.

"롤라 대거트가 사회 복귀 훈련시설의 욕실에서 빨았던 옷 말이야? 아니면 피해자들이 살해당했을 당시에 입고 있던 옷을 말하는 거야?"

"전부 다." 내가 대답한다.

"재판에서 증거로 제출됐던 것까지 포함해서 말이지?"

"응."

"당신이 원하면 그 집도 보여줄 수 있어."

"건물 외관은 봤어."

"집 안쪽도 볼 수 있게 주선해줄 수 있어. 누가 살고 있는지도 모르고, 그렇게 좋아할 것 같진 않지만."

"지금 당장 볼 필요는 없을 것 같아. 사건 자료를 먼저 살펴본 뒤에 필요하면 말할게."

"원본 슬라이드를 보고 싶으면 현미경을 준비해줄 수도 있어. 맨디가 알아서 해줄 거야. 맨디 오툴이 당신과 같이 있을 테니까. 아니면 재절단해서 두 번째 슬라이드를 만들 수도 있어. 아직도 조직 부분을 가지고 있으니까. 만일 조직을 재절단하게 되면 새 증거가 만들어지는 거야. 하지만 당신이 가진 의문에는 해답이 될 수 있겠지."

"원본으로 보여줘."

"옷가지들은 여러 곳에 흩어져 있어. 그래도 대부분은 우리 연구실에 있지. 난 그 어떤 것도 내 시야에 두거든."

"그렇겠지."

"두 사람 예전에 만난 적이 있는지 모르겠네." 콜린이 말하자, 나는 푸른색 수술복 위에 실험실 가운을 걸치고 있는 여자가 회의실 입구에 서 있는 것을 알아차린다.

맨디 오툴이 다가와 내 손을 잡고 흔든다. 그녀는 나이가 마흔 살 정도로 보이고, 큰 키에 수망아지 같은 다리를 가지고 있다. 긴 검은색 머리는 뒤에서 묶었다. 맨디는 특이한 매력이 있다. 비대칭인 이목구비와 암청색 눈동자는 정이 가진 않지만 눈을 뗄 수가 없다. 콜린은 집게손가락을 들어 경례를 하더니, 맨디와 나만 남겨놓고 나간다. 적당한 크기의 회의실에는 체리 나무 탁자가 있고, 그 주위에는 촘촘한 쿠션을 놓은 검은색 가죽 의자 여덟 개가 놓여 있다. 튼튼한 알루미늄 틀로 된 이상할 정도로 두꺼운 유리창으로 높은 철책선으로 둘러싸인 주차장이 내려다보인다. 그 너머로 흐린 하늘까지 끝없이 펼쳐져 있는 짙은 녹색의 소나무 숲이 펼쳐져 있다.

17

사건 파일

"제이미 버거는 같이 오지 않았나요?" 맨디 오툴이 탁자 끝에 있는 의자에 앉으며 묻는다. 그 앞에는 비타민 워터와 이어폰이 꽂힌 블랙베리 전화기가 놓여 있다.

"나중에 올 거예요." 내가 대답한다.

"아직 포기하지 않은 사람도 있어야죠. 박사님이 제이미 버거와 그 일을 같이 한다면 좋을 것 같아요. 모두에게 공정해야 하니까요." 내가 묻기라도 한 것처럼 콜린의 병리학 전문가는 제이미에 대한 이야기를 한다. "2주 전에 제이미 버거가 이곳에 왔을 때 화장실에서 마주쳤어요. 내가 손을 씻고 있는데, 제이미가 배리 루 리버스의 아드레날린 수치에 대한 이야기를 꺼냈어요. 그래서 만일 배리가 사형 집행 당일 밤에 괴롭힘을 당했다면, 스트레스나 공포를 나타내는 아드레날린 수치가 급격히 올라갔어야 했는데, 조직학상으로 아무것도 보이지 않았다고 대답했죠. 아드레날린은 현미경으로 보이지 않으니까요. 특별 생화학적 연구가 필요하죠."

"그건 콜린도 알고 있으니 아마 의뢰했을 거예요." 내가 대답한다.

"콜린은 제대로 했어요. 모든 수단을 동원했죠. 혈액, 유리, 수액 검사까지. 난 제이미 버거가 그 실험 결과를 우연히 발견한 모양이라고 생각했어요. 배리 루 리버스는 아드레날린 수치가 적당했어요. 하지만 사람들은 그런 결과를 대충 읽고 말아요. 안 그런가요?"

"사람들은 그런 조사 결과를 대충 읽고 지나가는 바람에 중요한 내용을 놓치죠." 내가 대답한다.

"누군가 음식을 먹다가 질식했거나, 심장마비 같은 갑작스러운 고통을 느낄 경우, 공포심과 우울함 때문에 아드레날린이 많이 분비돼요." 맨디는 말한다. 그녀는 푸른 눈동자로 나를 똑바로 쳐다본다. "만일 질식사였다면 아드레날린 수치가 많이 올라갔을 거라는 뜻이에요. 숨을 쉴 수 없는 것보다 사람을 더 공포스럽게 만드는 건 없죠. 이런, 무서운 생각이네요."

"맞아요."

제이미 버거가 나에 대해 뭐라고 했는지 궁금하다. 그녀는 내가 어제 조지아 여성 교도소에서 캐슬린 롤러를 만났다는 이야기를 콜린에게 했다. 제이미는 또 무슨 말을 했을까? 맨디 오툴은 어째서 나를 저렇게 뚫어지게 쳐다보는 걸까?

"CNN 프로그램에 나오시는 걸 봤어요." 맨디가 말한다. 그제야 그녀가 내게 관심을 가지는 이유를 알 수 있다. "그만두셔서 섭섭했어요. 그 프로그램 정말 좋아했거든요. 다른 프로그램들처럼 선정적이거나 소리만 지르는 게 아니라, 법의학에 관한 상식을 알려주셨거든요. 박사님 이름으로 쇼를 하게 되면 정말 좋을 거예요. 혹시 조직학에 대해 이야기할 사람이 필요하다면……."

"고마워요. 하지만 지금 일 때문에 TV 프로그램은 못 나가게 됐어요."

"요청만 하면 언제든 뛰어나갈 텐데요. 하지만 아무도 조직 처리 과정을 보고 싶어 하지 않죠. 박사님도 아시겠지만, 난 신체에서 견본을 떼어내는 과정이 가장 근사한 것 같아요. 비록 완벽한 고정제를 찾아내고, 그걸 어떻게 이용할지 알아가는 과정도 흥분되지만 말이에요."

"콜린과 일한 지는 얼마나 됐어요?"

"2003년부터 같이 일했어요. 바로 GBI가 종이를 없애기 시작했던 해 죠. 조던 사건에 관해서는 어떻게 보느냐에 따라 운이 좋을 수도 있고 나쁠 수도 있어요. 지금은 전부 다 전자화되었지만, 2002년 1월에는 그렇지 않았어요. 박사님은 어떠신지 몰라도, 전 여전히 종이가 좋아요. 항상 누군가는 스캔을 하지 않는 경우가 있어요. 콜린이 있을 때만 제외하고 말이에요. 그 사람은 종이에 대한 강박증이 심해요. 서류 사이에 종이 냅킨이 끼어 있어도 신경 쓰지 않고 그대로 파일에 집어넣죠. 항상 세부적인 사항들이 중요하다고 말하면서 말이에요."

"그건 콜린 말이 맞아요." 내가 대답한다.

"난 수사관이 되었어야 해요. 그래서 콜린에게 계속 박사님이 계셨던 뉴욕 시의 OCME 같은 사망 조사 학교에 보내달라고 요청하고 있는 중이에요. 하지만 전부 돈이죠. 그 외엔 아무것도 없어요." 맨디는 탁자 위에 놓여 있던 이어폰 꽂은 블랙베리를 집어 든다. "이제 일하시게 가만히 있을게요. 필요한 거 있으면 말씀하시고요."

나는 문에서 가까운 탁자 끝부분에 쌓여 있는 네 개의 사건 파일 중에 맨 위에 있는 것을 집어 든다. 전혀 예상하지 못했던 것들이 나오기를 바라며 재빨리 훑어본다. 콜린은 내게 동료로서의 존중과 동종업자로서의 예의, 그 이상을 보여주었다. 법적으로 그가 보여줄 수 있는 건 직접 작성한 기록들뿐이다. 이를테면 법의관의 초동수사 보고서, 예비 보고서, 최종 부검 보고서, 부검 사진들, 연구실과 특별 의뢰한 검사 사실들 같은.

만일 콜린이 내키지 않았다면, 개인적인 메모나 일정표 같은 건 보여주지 않았을 것이다. 뿐만 아니라 아무거나 자기 마음대로 대충 고른 서류들만 내밀어, 제대로 된 자료를 요청하는 나와 갈등을 일으킬 수도 있었다. 그보다 더 나쁜 건, 나를 일반인이나 언론 쪽 사람처럼 대하면서 자료를 요청하는 공식적인 요청서를 쓰게 만든 뒤, 서비스에 대한 비용이 포함된 청구서로 응대했을 수도 있다. 요청한 자료를 우편으로 받기 전에 먼저 비용 지불을 해야 할 것이고, 그 모든 과정을 끝내고 자료를 보게 되는 건 내가 케임브리지로 돌아간 다음으로, 7월 중순 이후에나 가능했을 것이다.

"수즈는 배리 루 리버스가 독살된 거라고 했소." 마리노는 회의실로 들어오면서 큰 목소리로 말한다. 그리고 탁자 끝에 앉아 있는 맨디 오툴을 쳐다본다. "여기 모르는 사람이 있군." 그가 덧붙인다. 나는 마리노가 누군가를 보고 좋아할 때면 언제든지 알 수 있다.

맨디가 이어폰을 빼고 인사를 건넨다. "안녕하세요. 난 맨디라고 해요."

"그래요? 무슨 일을 합니까?"

"병리학 전문가죠."

"난 마리노라고 해요." 그는 내 옆에 앉는다. "피트라고 불러요. 조사관 일을 하고 있소. 아무래도 당신은 감시역인 것 같은데."

"신경 쓰지 말아요. 그냥 음악 들으면서, 이메일 확인하고 있으니까." 맨디는 다시 이어폰을 귀에 꽂는다. "무슨 말이든 해도 돼요. 날 벽지라고 생각하고."

"벽지에 대해선 좀 알지. 벽지 때문에 정보가 새어 나가 얼마나 많은 사건들이 날아갔는지 모를 거요." 마리노가 말한다.

난 두 사람의 대화를 거의 듣지 않은 채, 고마움과 안도감을 느끼면서 콜린 뎅게이트가 준 자료들을 살펴본다. 그를 찾아가 고맙다는 인사를 하고 싶을 정도다. 부분적으로는 제이미 버거에게 속고 부당한 대우를 받으면서 느꼈던 모욕감과 당혹함의 반작용일 수도 있다. 콜린은 아주 쉽게 여러 가지 책략이나 술책을 써서 자료를 살펴보는 것을 불편하게 만들 수도 있었다. 하지만 그렇게 하지 않았다.

롤라 대거트는 유죄라고 생각하는 개인적인 견해와는 관계없이, 콜린은 자신이 정의라고 믿는 것을 다른 사람들에게 강요하려 하지 않는다. 그가 넘겨준 파일의 두께를 보니 일은 정반대로 했다. 콜린은 별로 숨기는 게 없다. 다른 사람들이 보기에도 공개 여부에 문제 될 것 같은 자료들까지 그대로 넘겨주었다. 채텀 카운티 지방 검사인 터커 리들리의 승인이 없었다면 이렇게까지 관대할 수는 없을 것이다. 난 리들리가 기록 공개법에 대한 법적 권한을 조금이라도 넘어섰을 거라고 생각하진 않는다. 내가 요청할 수 있는 자료는 가장 기본적인 법의관 보고서들밖에 없다. 하지만 내가 관심 있는 건 그 외의 자료들이다.

바로 사건과 체포 보고서들, 전과나 병력, 목격자 진술 같은 경찰 보고서 같은 것들이다. 고인의 사건 기록에서 뭔가 찾아낼 수도 있다. 형사들이 법의관에게도 사건 기록 사본을 건네주기 때문이다. 나 같은 법의관은 종이 한 장, 전자 파일들까지 전부 다 보존한다. 하지만 지금 여기선 내게 그런 서류들까지 보여주진 않을 것이다. 콜린이 나를 이 회의실로 데려왔을 때, 검토할 분량이 많지 않을 거라고 예상했다. 만일 그에게 그럴 의도만 있었다면 사무실과 복도를 오가는 동안 그 여백을 채울 수도 있었을 것이다.

"여기서 무슨 일이 일어나면 어떤 식으로든 알게 돼요." 맨디가 다시 이어폰을 빼면서 말한다.

"그래요? 배리 루 리버스에 대해서도 아는 게 있소? 떠도는 소문 같은 건 없고? 그 여자 사건에도 관여했었소?" 마리노가 대놓고 추파를 던진다.

"나야 조직학 쪽 일을 하니까, 콜린이 부검하는 동안 부검실을 드나들면서 조직 부분들을 모았죠."

"당신은 분명히 몇 시간 뒤에 왔을 거요." 마리노는 마치 맨디 오툴을 심문하는 것처럼 말한다. "공식 입회인 명단에 없었으니까. 메이컨과 다른 교도관 두 명의 이름은 봤지만, 당신 이름은 본 기억이 없어요."

"그야 난 공식 입회인이 아니었으니까요."

난 의자 방향을 돌린다. 크고 뾰족한 소나무들과 검은색 연처럼 그 위에 떠 있는 독수리들이 보인다. 그리고 나는 조던 사건이 더 이상 유효하지 않으며, 모든 직접적인 소송은 마지막이라고 주장할 수 있을 것으로 판단을 내린다. 지방 검사가 아무 방해도 하지 않고 내게 자료를 공개한 이유도 설명이 된다. 수사가 종료되면 서류는 공개 대상이 된다. 조금 더 추론해보면 터커 리들리는 롤라 대거트 사건이 완전히 끝났다고 간주하는 것이다. 제이미가 증거를 재검사했음에도 불구하고, 터커 리들리와 콜린 덴게이트의 머릿속에서는 이미 롤라 대거트의 항소가 끝났고, 주지사가 사형을 종신형으로 감형해주는 것을 거절했을 때 수사는 종결됐다고 간주한 것이다.

"저 사람은 항상 저렇게 까다로워요?" 맨디가 묻는다. 그녀가 마리노에 대해 말하고 있다는 것을 알아차린다.

"당신을 좋아해서 그런 거예요." 나는 대중의 인식을 떠올리며 대답한다.

바로 그것 때문에 지방 검사는 나 정도의 지위와 평판을 가진 사람을 방해하지 않은 것이다. 그는 기꺼이 이곳을 공개하고 나를 받아들여 주었다. 어째서? 더 이상 문제 될 것이 없으니까. 터커 리들리가 신경 쓸 건 핼러윈에 약속된 롤라 대거트의 죽음뿐이다. 그로선 그녀가 나타나지 않을 거라고 믿을 이유가 없다. 아마 그 반대로 생각하고 있을 것이다.

혹시 새로운 DNA 결과가 누설되었다고 해도, 롤라의 형이 곧 집행될 것이기 때문에 내가 무엇을 보든 상관없는 것이다. 어쩌면 내가 느끼는 두려움 또한 타당할 것이다. 던 킨케이드는 자신이 조지아에서 새로운 살인 혐의를 받게 되었다는 것을 알고 있다. 이곳에서는 매사추세츠와 달리 사형 선고를 받을 수도 있다. 그래서 던 킨케이드는 뭔가를 계획하고 있다. 아마 버틀러처럼 법정 기관 수준의 보안이 되지 않는 보스턴 병원에서 탈출할 것이다.

"그 여자의 시신이 들어왔을 때 주변에 누가 있었는지 알아보려는 거요. 자꾸 신경이 쓰이니까. 아무래도 뭔가 이상해요. 밤 9시에 조직학자가 일하고 있었다는 것도 약간 이상하고." 마리노는 맨디 오툴에게 계속 물어본다.

"배리 루 리버스가 죽은 날 밤, 난 고정제 종류에 관한 논문 마감 때문에 늦게까지 실험실에 있었어요." 맨디가 말한다.

"난 그 고정제란 게 노인들 틀니 붙일 때 쓰는 것인 줄 알았소."

"전자 현미 기술을 위한 글루타르알데하이드의 이점과 수은(mercurial, 수은을 뜻하는 mercury의 형용사형이지만, '변덕스러운'이라는 뜻도 있다-옮긴이)의 문제점들에 대한 논문이에요."

"나도 변덕스러운 사람들 싫어해요. 그런 사람들은 골치 아프니까."

"수은은 중금속이기 때문에 조직을 처리할 때 문제가 되죠." 맨디는 마리노를 놀리고 있다. "만약 세포핵을 세세히 살펴보고 싶은 거라면 부양 용액을 이용하는 게 나을 거예요."

"데이트할 때 설명하기 어렵겠군."

"콜린이 교도소에서 전화를 받았을 때, 나도 여기 있었어요. 바로 복도 오른쪽에 말이에요. 그래서 내가 부검대를 준비하고, 필요한 게 있으면 돕겠다고 했죠. 하지만 입회인은 하지 않았어요." 맨디가 다시 본론으로 돌아온다.

"소문에 대해서도 말해줘요. 그 여자에게 일어난 일에 대해 무슨 말들은 없었소?" 마리노가 다시 묻는다.

"원래 배리 루 리버스는 마지막으로 먹었던 음식 때문에 질식사한 걸로 생각했어요. 하지만 증거가 없었죠. 지금 생각나는 다른 소문은 없었어요. 제이미 버거가 이 사건을 조사하기 전에는 그 사건에 대해 이야기하는 사람이 없었으니까. 물이든 커피든 필요한 걸 말씀하세요. 하지만 나도 여기서 나갈 순 없으니까 박사님이 원하는 걸 말씀하시면 준비시킬게요." 그녀는 나를 가리키며 말한다. "당신은 원하는 게 있으면……." 맨디는 마리노에게 미소를 지으며 말한 뒤, 다시 이어폰을 낀다. "직접 가져와요."

"수즈는 배리 루 리버스의 일산화탄소량에 한 가지 흥미로운 점이 있다고 했소." 마리노는 여전히 맨디에게 관심을 거두지 않은 채 내게 말한다. "8퍼센트였다고 하더군요. 수즈 말로는 정상적인 경우에는 많아야 6퍼센트라고 했소."

"그 점이 어째서 흥미롭다는 건지 모르겠네요." 나는 콜린 덴게이트와 GBI 수사관 빌리 롱이 증언했던 롤라 대거트에 대한 청문회 사본을 살펴면서 마리노의 말에 대꾸한다. "배리 루가 어떤 경우에 속하는지 알아봐야죠. 담배를 많이 피웠을 수도 있어요."

"이제 교도소 안에서는 담배를 피울 수 없어요. 내가 알기론 몇 년 됐을 거요."

"그래요. 교도소 안에서는 마약, 알코올, 현금, 휴대전화, 무기도 안 되죠." 나는 2002년 1월 6일 이른 아침에 실제로 있었던 일을 기록한 자료를 살펴보면서 말한다. "교도관들이 담배를 줬을 수도 있어요. 힘을 가진 사람들이 규칙을 깨니까."

"배리 루의 일산화탄소량이 담배 때문이었다고 하더라도, 누군가가 무슨 이유로 담배를 줬단 말이오?"

"누군가 그랬다고 해도 우리로선 알 수가 없죠. 하지만 담배의 일산화탄소와 니코틴이 심장에 압박을 주는 건 사실이에요. 심장 질환으로 인해 동맥이 좁아져 있을 경우에는 더 악화시키죠. 그래서 내가 당신한테 담배를 피우지 말라고 하는 거예요." 나는 다 본 서류를 마리노가 있는 쪽으로 넘겨주며 말한다. "배리 루의 심장은 스트레스를 받아 이미 무리하고 있는 상태에서, 담배를 피우는 바람에 더 악화된 거예요."

"그렇다면 담배가 심장 마비를 일으킨 원인일 수도 있다는 말이잖소." 마리노가 주장한다.

"배리 루가 집행을 기다리는 동안 누군가 담배를 준 것이 요인이었을 수는 있어요." 나는 비영리 시설인 리버티 사회 복귀 훈련시설에 대한 서류를 읽으면서 말한다. 리버티 사회 복귀 훈련시설은 여성들 대상의 비보호, 비영리 프로그램을 운영하는 곳으로, 이스트 리버트 스트리트에 위치해 있다. 조던 일가와 가까운 콜로니얼 공원묘지에서 몇 블록밖에 떨어지지 않았다. 걸어서 15분 정도면 갈 수 있을 것이다.

1월 6일 아침 6시 45분경, 리버티 사회 복귀 훈련시설의 건강 담당 자원봉사자는 무작위 약물 검사를 위해 시설을 돌며 소변 샘플을 채취하기 시작했다. 그녀는 롤라 대거트의 방 앞에서 노크했지만 대답이 없었다. 그 자원봉사자가 방에 들어가자 물소리가 들렸다. 욕실 문을 노크하고 롤라의 이름을 불렀지만 아무 대답이 없자, 자원봉사자는 걱정되는 마음에 안으로 들어갔다.

그녀는 롤라가 벌거벗은 채로 뜨거운 물이 쏟아져 나오는 샤워기 앞에서 있는 것을 발견했다. 자원봉사자의 증언에 따르면 그때 롤라는 겁에 질리고 흥분한 상태로 샴푸를 이용해 옷에 묻어 있던 피처럼 보이는 얼룩을 씻어내고 있었다고 했다. 자원봉사자가 롤라에게 다쳤냐고 묻자, 롤라는 아니라고 대답하면서 혼자 있게 해달라고 요구했다. 세탁기가 있는 곳까지 갈 수 없기 때문에 옷을 빨아야 한다고 주장했다. 그리고 '그 망할 검사 컵을 세면대 옆에 놔두고 가면 조금 뒤에 소변을 주겠다'고 했다.

서류에 따르면 그때 자원봉사자가 뜨거운 물을 끈 뒤, 롤라에게 샤워기 밖으로 나오라고 요구했다고 되어 있다. 타일 바닥에 놓여 있던 '여성 사이즈 4의 황갈색 코듀로이 바지 한 벌, 여성 사이즈 4의 푸른색 터틀넥 스웨터 한 벌, 미디엄 사이즈의 암적색 애틀랜타 브레이브스 윈드브레이커에는 전부 피가 묻어 있었고, 샤워기 바닥에 흐르는 물은 피 때문에 붉은 빛이었다'고 자원봉사자는 증언했다. 그리고 그녀가 롤라에게 누구 옷이냐고 묻자, 롤라는 5주 전에 여기 들어와 유니폼을 지급받기 전에 입고 있던 옷이라고 대답했다. "밖에 있을 때 입던 옷이에요. 여기 들어온 뒤에는 옷장 안에 넣어두었어요." 롤라는 자원봉사자에게 설명했다.

그렇다면 어떻게 옷에 피가 묻은 거냐고 묻자, 롤라는 처음에는 모른다고 했다가 다시 이렇게 말했다. "그날이에요." 롤라는 잠결에 그런 거라고 말했다. 자원봉사자는 다음과 같이 증언했다. "내 앞에서 없는 말을 만들어내고 있다는 느낌을 받았어요. 그런 점에서 롤라는 이 시설에서 유명했으니까요. 항상 큰 소리로 말하면서 누군가가 자신에게 감동했다거나, 자신을 위기에서 구해줬다는 말을 했어요. 롤라는 관심을 받거나 자신을 지키고 호감을 사기 위해서라면 무슨 이야기든 다 했죠. 그로 인해 어떤 일이 일어날지에 대해서는 전혀 인지하지 못했어요.

안타깝게도 롤라는 여기서 양치기 소년이나 마찬가지였어요. 그리고 그 피가 롤라의 생리혈이 아니라는 건 너무 확실했죠." 청문회에서 자원봉사자는 선서했다. "생리혈이 허벅지와 무릎, 바짓단, 그리고 스웨터의 앞부분과 소매, 재킷에까지 묻는다는 건 말이 안 됩니다. 세탁 중이었음에도 피가 많이 묻어 있었어요. 너무 많이 묻어 있었죠. 그 피가 어디서 나온 것이든, 그 피를 흘린 사람은 출혈이 심했을 거라는 생각이 들었습니다. 사람의 피일 경우에 말이지만.

또한 롤라가 어째서 밖에서 입던 사복을 입고 있었던 건지도 알 수가 없었습니다. 시설 안에서 지내는 동안에는 유니폼을 입고 있어야 하니까요." 자원봉사자는 비난하듯 증언했다. "시설에 들어 올 때 입고 있던 사복은 이곳을 나갈 때만 입을 수 있는데 말입니다. 그 안에서는 유니폼만 입을 수 있어요. 그러니까 롤라가 사복을 입고 잠자리에 들었다는 건 말이 안 되는 일입니다. 롤라가 한 이야기는 전부 말이 되지 않았어요. 내가 그렇게 말하자, 롤라는 다시 말을 바꿨습니다.

롤라는 욕실에서 피 묻은 옷이 들어 있는 비닐봉지를 발견했다고 했습니다. 그럼 그 비닐봉지는 어디 있냐고 묻자, 롤라는 다시 말을 바꿔 비닐봉지는 없다고 했어요. 롤라가 자다가 일어나 욕실에 갔더니 문 왼쪽 바닥에 옷가지들이 놓여 있었다고 했습니다. 그래서 피가 젖어 있었는지 말라 있었는지 물었더니, 롤라는 얼룩 중에 찐득거리는 것도 있고, 마른 것도 있다고 했어요. 그리고 옷에 피가 왜 묻었는지 모르지만, 자기 탓이라고 할까 봐 세탁하려고 했던 거라고 주장했어요."

롤라는 누군가 옷장에 넣어뒀던 그 옷들을 가져갔다가 피를 묻힌 뒤, 자기가 잠든 사이에 욕실에 그 옷들을 가져다 놓은 거라고 주장했다. 대체 누가 그런 짓을 했으며, 롤라는 어째서 잠에서 깨지 않은 걸까? 그런 짓을 한 사람은 '유령처럼 소리를 내지 않았거나, 악마'일 것이다. 롤라는 자원봉사자에게 이렇게 말했다. "내가 여기 오기 전에 저질렀던 일에 대해 누군가 복수하는 거예요. 어쩌면 나한테 약을 공급해주던 사람일지도 몰라요. 모르겠어요." 그리고 롤라는 화를 내며 소리치기 시작했다.

"아무한테도 말하지 말아요! 그 옷들을 버릴 순 있지만, 다른 사람한테는 말하지 말아요! 감옥에 가기 싫단 말이에요! 난 아무 짓도 안 했어요. 하나님께 맹세코 아무 짓도 안 했단 말이에요!" 자원봉사자는 롤라가 그렇게 말했다고 증언했다. 나는 그 서류를 읽으면서 당시 사람들이 롤라 대거트 이외에 다른 용의자를 생각하지 않은 이유를 알게 된다.

18

핏빛 안개

내가 넘겨준 자료들을 마리노는 궁금한 게 없다는 듯 성의 없이 대충 보고 넘긴다. 그는 그 자료들을 이미 본 것일 수도 있다.

"이 자료들을 다 봤어요?" 내가 묻는다.

"제이미가 모아놓은 자료들을 보여줬소. 하지만 저 사람한테 받은 자료는 아니지." 제이미가 콜린 덴게이트에게 자료를 얻지 못했다는 뜻이다.

"콜린이 이 자료들을 넘겨주진 않았을 거예요. 그 사람이 작성한 게 아니니까. 제이미는 자료들을 채텀 카운티 대법원에서 얻었을 거예요."

"제이미는 콜린이 박사한테는 자료들을 전부 보여줄 거라고 했소."

"제이미 말이 맞아요. 하지만 결정적인 정보는 아직까지 없어요."

"그럴 거요. 어떻게 봐도 롤라 대거트가 범인으로 보이니까. 유죄 판결을 받았다고 해도 놀랄 일도 아니오. 박사도 사건 정황을 봤으니 알 거요."

"유니폼 문제가 신경 쓰이네요. 제이미 말로는 롤라가 리버트 사회 복귀 훈련시설에 있으면서 면접을 보러 나가거나 요양원에 계신 할머니를 보러 갔다고 했어요. 롤라는 취침 점호 시간에 돌아와 있기만 하면, 허가

229

를 받아서 얼마든지 외출이 가능했던 것 같아요. 그럼 그럴 때는 무슨 옷을 입고 나갔을까요?"

"내가 알기론 유니폼이 일상복과 비슷했어요. 청바지와 데님 셔츠 같은 거였소. 그 시설에서는 모두들 그 옷을 입었어요."

"과거형으로 말하네요." 난 콜린의 사무실에서 가져온 물을 한 모금 마신다. 검은색 작업복은 땀으로 축축하고, 에어컨은 서늘하다.

"롤라 대거트 때문에 일이 틀어졌소. 그것도 개인 기부로 운영되던 특별한 장소가 말이오. 서배너의 부자들은 롤라가 클라렌스 조던과 가족들을 살해한 죄로 유죄 판결을 받은 뒤에는 더 이상 리버티 사회 복귀 훈련시설에 내던 기부금을 접었소. 특히 조던은 어려운 사람들이나 의사에게 갈 여유가 없던 사람들이 있던 쉼터와 클리닉을 돕는 것으로 유명했으니까." 마리노가 말한다.

"조던이 리버티 사회 복귀 훈련시설에도 도움을 주었나요?" 나는 회의실 온도를 맞추기 위해 자리에서 일어나며 말한다.

"내가 알기론 아니오."

"리버티 사회 복귀 훈련시설은 없어졌겠군요. 혹시 너무 더우면 말해줘요." 난 자리에 다시 앉는다. 맨디 오툴은 우리에게 신경 쓰지 않는다. 모르는 척하는 것처럼 보인다.

"여성들을 위한 노숙자 쉼터는 구세군에서 운영하고 있소. 더 이상 예전처럼 사람은 없지만, 이번 경우는 같은 상황이라고 볼 순 없지. 박사도 사건 자료를 읽었으니, 롤라 대거트가 누군가를 죽이고 도망갈 만큼 똑똑하지 않다는 건 알았을 거요." 마리노가 말한다.

"롤라가 도망간 건 아니죠. 하지만 그 여자가 사람을 죽였는지 아닌지는 몰라요."

"악마가 롤라의 옷을 가져갔고, 범행 뒤에 그 여자 욕실에 옷들을 남겨뒀소. 그런데 그 여자는 그 악마를 페이백이라고만 말했대요." 마리노가 말한다.

"롤라는 욕실에서 말 그대로 피투성이 옷을 빨면서 피 묻은 손을 봤을 때 페이백에 대해 생각하기 시작한 것 같아요." 나는 앞에 놓인 서류들을 정리하며 대답한다. "누군가, 그러니까 예전에 마약 하던 시절에 만났던 누군가가 자신에게 복수하는 거라고 말이에요. 롤라는 자신이 함정에 빠졌다는 생각을 했을지도 몰라요. 그러면서 그 일에 대해 책임져야 할 사람으로 페이백을 언급하기 시작했을 수도 있어요."

"박사는 정말 롤라가 그 사건과 아무 상관이 없고, 범인이 누군지 모른다고 생각하는 거요?"

"어떻게 생각해야 할지 잘 모르겠어요. 아직은 말이에요."

"이 상황이 어떻게 보일지는 잘 알아요. 그때나 지금이나 마찬가지지. 얼토당토않은 얘기잖소. 박사가 DNA 검사 결과를 보게 되면 롤라의 옷가지에서 조던 일가 전원의 피가 검출되었다는 것을 알게 될 거요. 그래서 난 제이미에게 처음부터 그걸 어떻게 해명할 생각인지 모르겠다고 말했소." 마리노가 말한다.

"제이미는 그 점에 대해서 롤라의 변호인단이 했던 것과 같은 식으로 해명할 거예요. 롤라의 DNA는 조던의 집이나 피해자들의 몸, 그들이 살해당할 때 입고 있던 옷가지에서 나오지 않았다고 말이에요." 나는 사진이 포함된 자료를 살피면서 대답한다. "롤라의 DNA는 샤워기 아래에서 빨았던 옷가지에서만 발견되었어요. 코듀로이 바지와 스웨터, 윈드브레이커에서만 발견됐죠. 하지만 그 옷에서 피해자들의 DNA도 나왔어요. 비록 과학적으로 의문점이 남아 있었음에도 배심원들은 거기서 유죄를 확신했어요." 나는 어떤 의문점인지 말하지 않는다.

그 자리에 맨디 오툴이 있었기 때문이다. 그녀는 우리 이야기를 듣고 있지 않은 것처럼, 음악을 듣고 있는 것처럼 이어폰을 낀 채로 블랙베리의 자판을 누르고 있다.

"롤라 대거트는 벌거벗은 채로 샤워기 밑에서 옷을 빨고 있었소. 그래서 그 여자의 DNA가 남아 있는 걸 수도 있어요. 전부 다 만졌을 테니까.

뿐만 아니라 그 옷에는 처음부터 롤라의 DNA가 있었을 거요. 리버티 사회 복귀 훈련시설에 처음 들어왔을 때 입고 있던 옷이라고 했으니까."

"맞아요. 그 옷이 다른 사람 옷이었다 하더라도 롤라가 샤워기 속에 그 옷을 갖고 들어간 순간, 그 여자의 DNA가 묻었을 거예요. 그런 데다 원래 그 옷은 롤라의 것이었으니, 그 여자의 DNA가 검출되었다는 건 사실 아무 의미가 없어요. 만일 롤라 이외에 다른 사람의 DNA가 발견되었다면 그건 얘기가 다르지만 말이에요." 난 따로 언급하진 않았지만, 던 킨케이드를 떠올리며 말을 덧붙인다. "만일 다른 누군가가 롤라의 옷을 입었다면, 욕실 바닥에 있던 바지와 스웨터, 윈드브레이커에 그 사람의 DNA가 남아 있었겠죠?" 나는 정보를 누설하지 않기 위해 주의하며 말한다.

맨디 오툴에게 새로 실시한 DNA 검사 결과를 알릴 생각은 없다. 제이미의 말에 따르면 콜린 덴게이트는 그 결과를 모른다고 했다. 아는 사람이 거의 없다고 했다. 그녀가 어떻게 그 사실을 확신할 수 있는 건지 이해할 수가 없다. 그렇게 믿고 싶다거나, 그 소망이 현실이 되기를 바라는 마음에서 한 말이 아니라면 말이다. 내가 보기에 제이미는 몇 주 내에 롤라의 판결을 철회해달라고 청구할 것이다. 바로 그 순간에 그 진실을 알리려면, 그전에는 내용이 유출되면 안 될 것이다. 그렇게 하는 것이 사건으로 봐서는 안전하지만, 제이미는 안전하지 않다. 내가 그녀의 새 직업과 여기서 맡은 대형 사건에 대해 알았더라면, 제이미는 나를 서배너에 오게끔 속일 수 없었을 것이다.

만일 이 사건에 대해 생각할 시간을 주거나, 거짓말을 하고 속임수를 쓰는 대신 솔직하게 말했다면, 내가 법의학 전문가로서 자신의 편에 서지 않을지도 모른다는 제이미의 생각은 한참 빗나간 것이다. 이런 모든 일들을 생각하면 할수록 제이미의 제안을 거절할 수밖에 없다는 생각이 든다. 다른 사람을 추천해줄 수도 있을 것이다. 하지만 그 이유는 콜린이 발견한 사실들과 추정들에 대해 내가 검토하는 것에 대한 그의 반응을 걱정해서가 아니다. 내가 걱정하는 건 루시의 반응이다. 내가 제이미와 같이 일하게 되면 그녀와의 불편한 과거로 인해 오염될지도 모르고, 어떤 이유를 떠올려도 좋은 생각이 아닌 것 같다는 느낌이 든다.

"롤라의 옷을 빌려 간 누군가가 조던 일가를 살해한 거라면, 어째서 그 사람의 DNA가 바지나 스웨터, 윈드브레이커에 남아 있지 않은 거요?" 마리노가 던 킨케이드든 다른 사람이든, 진짜 범인의 DNA가 롤라의 옷가지에서 발견되지 않은 이유를 확인한다.

"뜨거운 물로 비누칠을 해서 빨래하면 땀이나 피부세포의 DNA는 사라지죠. 혈액일 경우에는 그렇지 않지만, 그 양이 어느 정도냐에 따라 달라져요. 만일 아주 소량일 경우라면, 그러니까 어린아이가 할퀸 상처에서 난 피 정도라면 샤워기 물에 씻겨나가죠." 나는 생각나는 것을 그대로 말로 옮긴다. "특히 2002년에는 지금처럼 정밀하게 검사할 수 없었어요. 당시 롤라 대거트의 신발도 살펴봤나요?"

"무슨 신발을 말하는 거요?"

"신발이 있었을 거잖아요. 리버티 사회 복귀 훈련시설에서 신발은 제공하지 않았나요?"

"그 시설에서 신발은 주지 않았던 것 같소. 청바지와 데님 셔츠만 줬지. 하지만 잘 모르겠군요." 마리노는 계속해서 맨디 오툴을 쳐다보면서 대답한다. 맨디는 마리노를 보고 있지 않다. "신발에 대해 말한 사람은 없었던 것 같소."

"누구든 롤라의 신발에 피가 묻어 있는지 확인했어야 해요. 롤라가 신발을 빨았다는 기록은 없으니까. 속옷도 마찬가지고요. 만일 옷에 그 정도로 피가 묻었다면, 팬티나 러닝셔츠, 브래지어, 양말에도 스며들었을 거예요. 하지만 롤라는 바지와 스웨터, 재킷만 빨았어요."

"신발이라." 마리노가 대꾸한다.

"신발은 중요해요."

신발은 마지막 순간에 그 사람의 발이 어디에 있었는지를 말해준다. 살인 현장 어디에 있었는지. 브레이크 페달을 밟았는지, 가속장치를 밟았는지. 사람이 뛰어내렸거나 누군가 밀어서 떨어진 먼지 낀 창틀 위나, 베란다 위에. 피해자의 시신을 밟았는지 걷어찼는지. 혹은 범인이 건설 현장에서 도망치다가 마르지 않은 시멘트 위를 밟고 지나간 적도 있었다. 구두, 부츠, 샌들, 온갖 종류의 신발들에는 특유의 자국과 독특한 흠집이 있기에 증거를 남긴다.

"조던 일가를 죽인 사람이 누구든 신발에 혈흔이 남아 있을 거예요. 설령 아주 소량이라 하더라도 말이에요." 내가 말한다.

"아까도 말했지만, 신발에 대한 건 못 들었소."

"콜린이 다른 증거들과 같이 연구실에 가지고 있는 게 아니라면, 이젠 너무 늦었네요." 나는 지난가을 롤라 대거트에 대한 관대한 처분을 요청했던 당시 재판 관련 사진들을 살펴보며 말한다.

처음 몇 장은 희생자들에 대한 인도적인 마음을 불러일으키고, 조지아 주지사인 지블런 맨프레드의 분노를 일으키기 위한 인물 사진들과 자연스러운 모습을 찍은 사진이다. 서류에 첨부되어 있는 신문 기사 사본에 따르면, 주지사는 롤라를 구명하기 위한 노력들이 배심원과 항소 법원에서 거부된 것으로 알려진 증거들에 기반한 것이라고 했다. "우리는 언제까지나 인간의 타락을 보여주는 이런 무자비한 행위에 대해 반추해야 할 겁니다. 그리고 롤라 대거트는 무서운 범죄를 저질렀습니다. 2002년 1월 6일, 일가족을 잔인하게 살해하고 싶다는 기분이 들자 그대로 실행한 겁니다. 그렇게 하고 싶다는 것 이외에는 다른 동기도 없었습니다." 그는 공식 발표를 했다.

나는 조던 일가가 잔혹하게 목숨을 잃기 몇 주일 전에 마지막 크리스마스 시즌을 보내면서 찍은 가족사진을 보았을 때 주지사가 느꼈을 분노를 상상할 수 있다. 친절해 보이는 회색 눈동자를 가진 클라렌스 조던은 진녹색 양복에 격자무늬 조끼를 차려입고, 수줍은 미소를 짓고 있다. 그 옆에 앉은 부인 글로리아는 평범해 보이는 젊은 여성으로, 짙은 갈색 머리를 양 갈래로 나눈 채 녹색 벨벳과 주름 장식이 달린 옷을 얌전하게 차려

입고 있다. 부모의 양옆에는 커다란 푸른색 눈동자, 아마색 머리칼에, 장밋빛 뺨을 하고 있는 다섯 살 된 쌍둥이가 앉아 있다. 조시는 아버지와 똑같이 옷을 입었고, 브렌다는 어머니와 똑같이 입었다. 그 뒤로 첨부된 사진들을 넘겨본다. 그러다 보니 17페이지부터 나올 악몽에 빠진 일가족의 모습이 더욱 잘 그려진다.

아이의 피 묻은 맨팔이 피로 물든 침대 밖에 드리워져 있다. 곰돌이 푸가 그려진 벽지와 서부 시대의 올가미, 카우보이모자, 선인장이 그려진 시트에는 핏방울과 커다란 얼룩, 뭔가를 닦아낸 것 같은 자국이 남아 있다. 바로 그 순간 던 킨케이드가 허락도 없이 내 머릿속에 들어온다. 나는 그 여자가 어두운 침실 안에서 광분한 듯 공격한 뒤 손과 무기에 묻은 피를 시트로 닦아내는 모습을 본다. 던 킨케이드의 갈망과 분노가 느껴지고, 칼을 휘두르고 찌를 때마다 쿵쾅거리는 심장박동과 거친 숨소리를 듣는다. 나는 그 여자가 다섯 살밖에 안 된 아이들을 죽인 이유를 생각해본다.

쌍둥이, 예쁜 푸른색 눈동자와 금발 머리의 남자아이와 여자아이는 나이가 어려서 그런지 거의 똑같이 생긴 것처럼 보인다. 던 킨케이드는 이전에 아이들을 만난 적이 있을까? 예전에 어디선가 보고, 아이들의 집과 가족들의 습관에 대한 정보를 모은 것일까? 조시와 브렌다에 대해, 아이들이 어느 방에 있는지는 어떻게 알았을까? 무슨 생각으로 그렇게까지 격분한 것처럼 아이들을 공격한 것일까? 아이들이 각자 자기 방에서 잠들어 있었다면, 그녀가 정말 죽이고 싶었던 건 누구일까?

그런 건 중요하지 않다. 확실한 목적이 있는 경우, 이를테면 절도와 같은 것이 아니라면 서두를 필요가 없었을 것이다. 부모들은 몰라도, 어린아이들은 스스로를 지킬 수도 없을뿐더러 범인이 누군지 알아보지도 못할 테니까 말이다. 납득할 만한 이유 같은 건 없을 수도 있다. 오직 높은 개인적 원동력이 있을 뿐이다. 그리고 난 던 킨케이드의 증오심을 느낀다. 피해자의 피는 그녀가 계시한 분노의 언어다. 나는 던 킨케이드가 나를 찾아왔던 것과 달리, 무작위나 충동적으로 조던 일가를 죽였다고 생각하지 않는다. 그 이상의 뭔가가 있었다. 그녀는 조던 일가를 전부 다 죽이고 떠날 생각이었다. 아이들까지 포함해서. 어째서 그런 걸까?

'자신이 가지지 못한 것을 아이들에게서 빼앗기 위해.' 그 생각이 떠오른다. 아이들로부터 안전한 집과, 그들을 보살펴주고 버리지 않는 부모를 빼앗은 것이다. 나는 그 여자의 모습을 떠올리지 않으려고 애쓴다. 그 일이 있은 뒤 9년 뒤에 나를 찾아왔던 그 여자의 모습을. 침실 바닥에 떨어진 피는 내 차고 바닥에 흘린 피가 된다. 나는 얼굴 위로 따뜻한 분무를 느낀다. 철 냄새가 난다. 짭짤한 철 맛이 난다. 난 던 킨케이드를 떠나보낼 것이다. 복도에 남아 있는 핏자국을 따라가는 동안, 억지로 생각에서 몰아내고, 내 영혼에서 사라지게 만들 것이다.

부분적인 발자국, 핏방울, 흔적, 자작나무 바닥에 난 기다란 자국. 난간을 따라 흰색 회반죽 벽 위에는 작은 손자국과 함께 피 묻은 옷과 피 묻은 머리카락이 스친 자국이 보인다. 그리고 사람이 부딪힌 것 같은 자국과 함께 흰 벽을 따라 동맥에서 쏟은 것 같은 커다란 핏방울이 번져 있다. 몇 분 이상은 살지 못했을 치명적인 부상이다. 경동맥이 절단됐거나 부분적으로 잘려나갔다. 살인자가 뒤에서 쫓아와 공격했을 것이다. 그리고 경동맥 핏자국은 증발한 것처럼 사라진다. 계단 앞에는 더 많은 핏자국들이 나타나고, 거의 현관 앞에서 몸을 잔뜩 웅크리고 있는 작은 시신 아래에서 고이기 시작한 커다란 웅덩이까지 이어진다. 헝클어진 금발 머리에 분홍색 스펀지 밥 잠옷을 입고 있다.

체스판처럼 검은색과 흰색 타일이 깔려 있는 주방에는 하얀색 개수대에 혈액 잔여물과 피 묻은 행주 두 장이 돌돌 말려 있다. 조리대 위에 놓인 자기 접시 위에는 반쯤 먹다 남은 샌드위치가 놓여 있다. 피 묻은 손자국이 여기저기 남아 있는 샌드위치는 노란색 치즈 덩어리와 삶은 햄이 거의 통째로 들어가 있다. 칼 손잡이에도 핏자국처럼 보이는 게 남아 있다. 마리노가 자리에서 일어난다. 나는 맥박이 빨리 뛰는 것을 느낀다.

흰 빵, 머스터드와 마요네즈 병이 놓여 있고, 빈 샘 애덤스 맥주병 두 개가 남아 있다. 그리고 손님용 침실에 붙어 있는 욕실의 회색 대리석 바닥에는 온통 핏방울과 발자국이 남아 있다. 복숭아색 면으로 된 손수건들은 피에 젖은 채 세면대 옆에 둘둘 말려 있고, 라벤더 향이 나는 손비누통은 피 묻은 지문이 보이게 옆으로 돌려져 있다. 조개 모양의 비눗갑에도 핏빛 물이 고여 있고, 변기 물은 내리지 않았다. 난 서류들을 살피면서 지문 검사 보고서를 찾는다. '분석 결과 보고서는 어디에 있지? 콜린이 그 서류도 췄을까?

그 보고서를 찾아낸다. 지문 검사 보고서는 GBI가 요청한 것이다. 손비누통과 주방 칼에 남아 있던 피 묻은 지문들은 동일인의 것으로, 신원은 밝혀지지 않았다. 통합 지문 감식 시스템에서도 나오는 게 없었다. 하지만 던 킨케이드의 지문은 그 사건이 있었던 9년 뒤인 지난 2월에 체포된 뒤에야 등록되었다. 조던 일가 살인 사건 현장에 있던 손비누 병과 칼 손잡이에서 나온 신원 불명의 지문들은 아직도 통합 지문 감식 시스템에 남아 있을 것이다. 그렇다면 어째서 던의 지문이 등록되었을 때 확인되지 않은 걸까? 새로 실시한 DNA 검사를 통해 그 살인 사건이 던 킨케이드와 연관 있음이 밝혀졌다. 그렇다면 그 지문은 그녀의 것이 아니란 말인가?

"뭔가 잘못됐어." 나는 중얼거리면서 더 많은 사진을 보기 위해 페이지를 넘긴다.

집 뒤편의 좁은 계단과 바닥에 테라코타 타일을 깔고 유리문을 단 베란다에도 핏방울이 남아 있다. 검붉은 얼룩 옆에는 라벨을 붙인 1.5센티미터 흰색 플라스틱 자가 놓여 있다. 벽돌색 타일 바닥을 따라 핏방울이 드문드문 떨어져 있는데, 사진은 총 일곱 장이다. 각각 지름이 1밀리미터 이상인 핏방울들은 미세하긴 하지만 가장자리가 부채꼴 모양이다. 각각의 핏방울 주위를 아주 미세한 핏방울들이 둘러싸고 있다. 거의 90도 각도에서 느리거나 중간 속도로 떨어진 것이다. 바닥이 매끈하고, 평평하고 단단하기 때문에 떨어질 때 충격으로 분산된 것이다.

그 핏방울은 정원으로 이어져 있다. 정원에는 별채로 들어간 것 같은 발자국이 남아 있다. 오래전에 지어진 것 같은 별채는 설계에 조경이 포함되어 있어 돌담을 허물어 안이 보이게 되어 있다. 그리고 지하 저장실의 용도인 것 같은 지대가 움푹 파인 곳에는 나무들이 잔뜩 심어져 있다. 아폴로 화분, 꽃다발을 들고 있는 천사, 등불을 든 소년, 새와 함께 있는 소녀. 오래된 조각상들이 있고, 그중 일부는 흰곰팡이가 끼어 초록색으로 변해 있다. 마른 핏자국이 잔디와 모과나무 이파리, 금계목, 영국 회양목에 남아 있다. 그리고 더 많은 핏방울들이 바위 위에 모여 있어, 마치 봄에 꽃이 핀 암석 정원처럼 보인다. 나는 결론 내리는 것이 조심스럽다. 지금 보고 있는 것에서 너무 많은 것을 읽으려고 하지 않는다.

패턴을 찾기 위해서는 더 많은 핏자국이 필요하다. 하지만 이건 흘린 피가 아니다. 앞이나 뒤로 튄 자국이 없다. 피 묻은 발자국으로 베란다로 나가거나, 후원이나 정원으로 나간 것도 아니다. 피 묻은 옷이나 흉기에서 떨어진 것처럼 보이지도 않는다. 아이가 손톱으로 할퀸 범인의 상처에서 이렇게 많은 피가 흐르진 않았을 것이다. 테라코타 타일 바닥에 떨어진 일곱 개의 핏방울들은 약 45센티미터 간격으로 떨어져 있었고, 그중 한 개는 누군가 밟은 것처럼 번져 있다.

누군가 피를 흘리며 베란다로 나가는 모습을 떠올려본다. 뒷문으로 나가기 위해 후원을 지나 정원을 거친다. 아니면 다른 방향으로 갔을지도 모른다. 어쩌면 누군가 피를 흘리면서 집에서 나간 게 아니라, 집으로 걸어 들어간 것일지도 모른다. 지금까지 본 자료 중에는 이 중요한 증거에 대한 언급이 없다. 지난밤, 제이미도 말하지 않았다. 마리노도 언급하지 않았다. 갑자기 사람들의 말소리가 들린다. 나는 정신을 차리고 고개를 들어 올린다. 마리노가 문 앞에 서서 맨디 오툴과 이야기를 나누고 있다. 그 뒤에서 콜린 덴게이트가 특유의 표정으로 전화를 받고 있다.

"……그쪽에서 이야기를 들었어요? 이런 식으로 계속 전화하지 말았으면 좋겠어요. 내가 할 수 있는 대답은 항상 같으니까. 그 사람들한테 전해요. 그쪽에서 뭐라고 하든 난 신경 쓰지 않는다고. 아무 데도 손대지 말아요. ……뭐라고요? 맞아요. 당신은 그 사람들, 그 교도관들 중 누구도 안 되는 일이라는 걸 몰랐나 보군요. ……우리는 항상 그 상황에 속해 있어요. 그자들이 현장에서 일하는 법에 대해 아무것도 모른다는 건 말할 것도 없고." 콜린이 말한다. 조금 전에 들었던 〈스타트렉〉의 트라이코더에서 나는 것 같은 이상한 전자음의 주인공인 GBI 수사관 새미 청과 통화하는 모양이다.

"알았어요. ……그래요. 한 시간 안에. ……그래요. 그 여자도 그렇게 말했어요." 지금 나에 대한 이야기라도 하는 것처럼 콜린은 내게서 시선을 떼지 않는다. "알았어요. 물어보죠. ……아니요. 정식으로 세 번째 하는 말인데, 교도소장은 거기 있으면 안 돼요." 그가 말한다. 나는 자리에서 일어난다.

콜린이 전화를 끊은 뒤 내게 말한다. "캐슬린 롤러야. 당신도 같이 가는 게 좋을 것 같아. 그럼 도움이 될 거야."

"어디로 가는데?" 하지만 나는 이미 알고 있다.

콜린이 맨디 오툴을 돌아본다. "내 장비를 가져다주고, 질리안 박사한테 이제 들어올 자동차 사고 사망자 좀 봐줄 수 있는지 알아봐 줘요. 당신도 도와줄 일이 있어요. 피해자의 불쌍한 모친이 오전 내내 로비에서 기다리고 있는데, 가서 어떤지 좀 봐줘요. 나도 만나보겠지만, 지금은 갈 수 없는 상황이라서 그래요. 물이든 음료수든 필요한 건 없는지 좀 살펴드려요. 망할 주 경찰관이 신원 확인을 하라고 모친을 곧장 부르는 바람에 일이 곤란하게 됐어요. 내가 들은 바로는 상태가 아주 안 좋은 것 같으니까."

19

사진 속의 또 다른 흔적

콜린 덴게이트가 랜드로버의 기어를 4단으로 바꾸자, 커다란 엔진에서 배가 고플 때 나는 것 같은 소리가 울린다. 빽빽한 숲에 숨어 있는 좁은 도로를 따라, 소나무 그늘이 드리워진 굽이진 길을 지나치자, 아파트 건물이 늘어서 있고 태양이 환하게 비치는 평지가 나온다. 해안 지역 범죄 연구소는 배트 케이브처럼 문명 세계 속에 숨겨져 있다.

뜨거운 바람이 올리브색 캔버스 지붕을 흔들고, 북소리처럼 요란한 소리가 울리는 가운데 콜린은 캐슬린 롤러가 혼자 있다가 죽음을 맞이했다는 의심스러운 정황에 대해 자세히 설명해준다. 다른 재소자들이 소리를 들었을지는 모르지만, 캐슬린이 감방 안에서 죽었을 때 아무도 본 사람은 없다. M. P. 메이컨 교도관은 청 수사관에게 연락할 때 심장마비인 것 같다고 했다. 청 수사관의 말에 따르면, 교도소에서는 캐슬린의 죽음을 로컨트리의 여름 날씨로 인한 돌연사로 보고 있다고 했다. 열사병, 심장마비. 높은 콜레스테롤 수치. 청 수사관은 캐슬린이 건강에 신경을 쓰지 않았다고 했다.

메이컨 교도관의 말에 따르면, 캐슬린은 아침까지만 해도 아무 이상이 없었다고 했다. 오전 5시 40분에 분말 달걀, 굵게 빻은 옥수수, 토스트, 오렌지, 우유 230밀리리터가 담긴 아침 식사 쟁반을 감방문에 달린 출구로 넣어주었을 때만 해도 몸이 불편하다거나 아프지 않았다. 나중에 메이컨 교도관이 식사를 가져다주었던 담당 교도관에게 물어보자, 기분도 좋고 말도 많았다고 했다.

"새미 말로는 캐슬린 롤러가 교도관에게 해시 브라운을 곁들인 텍사스 오믈렛을 어떻게 하면 먹을 수 있냐고 물었다는군. 농담을 한 거지. 캐슬린은 최근 들어 전보다 음식에 집착하게 됐다고 했어. 새미가 보기에는 캐슬린이 이제 조지아 교도소에 오래 있지 않을 거라는 생각을 하는 것 같았다는 거야. 자기가 원하는 것은 무엇이든 가질 수 있다는 기대감 때문에 좋아하는 것들을 떠올리면서 음식을 먹었다는 거지. 그런 증상은 예전에도 본 적이 있어. 자기 손이 닿는 곳에 들어왔다고 믿기 전까지는 빼앗긴 것들을 완전히 잊고 사는 거야. 재소자들이 생각하는 건 음식, 섹스, 알코올, 마약이 전부지." 콜린이 말한다.

"이번에는 그 이상이었을 거요." 뒷좌석에 앉아 있던 마리노가 큰 소리로 말한다.

"캐슬린은 협조했기 때문에 감형을 받게 될 거라고 생각하고 있었어." 나는 벤턴에게 문자를 보내며, 콜린에게 말한다. "형기가 줄어들어서 바깥세상에 나갈 수 있다고 생각하고 있었지."

나는 벤턴에게 그가 루시와 함께 서배너에 도착해도 연락되지 않을 수 있다는 문자를 보낸다. 지금 죽음의 현장에 가는 길이며 누가 죽었는지를 알린 뒤 던 킨케이드나, 그 여자가 천식이라고 주장하는 병에 대해 뭔가 새로운 것을 알게 되면 바로 알려달라고 부탁한다.

"제이미 버거가 이곳 판사나 검찰들한테 영향력이 있는 거요?" 콜린이 백미러로 마리노를 보며 묻는다.

"바람 소리 때문에 잘 들리지 않소." 마리노가 큰 소리로 대답한다.

"창문을 올리는 걸 좋아하지 않을 것 같아서요." 콜린이 소리친다.

"제이미가 이곳 법조계에 영향력이 있는지 없는지는 모르지만, 항의 집단을 조직하는 힘은 무시할 수 없을 거야. 특히 요즘처럼 인터넷이 있는 경우에는 말이지." 나는 제이미 버거가 일으킬 수 있는 피해를 콜린에게 상기시킨다. "제이미는 사교적이거나 정치적인 압력을 넣는 캠페인을 완벽하게 해낼 수 있어. 최근 미시시피에서 인권 단체와 시민 단체가 주지사에게 압력을 넣어 강도죄로 사형 선고를 받은 자매의 형 집행을 중단시킨 사례처럼 말이야."

"말도 안 돼. 대체 누가 강도죄로 사형을 선고하겠어?" 콜린이 경멸하듯 말한다.

"뒷자리에 있으니 무슨 말을 하는지 잘 들리지 않아요." 마리노가 의자 끝에 걸터앉으며 땀에 젖은 얼굴을 앞으로 내민다.

"안전벨트 매요." 창문으로 들어오는 뜨거운 바람을 맞으면서, 요란한 차 소리가 울리는 가운데 내가 말한다. 만일 이 랜드로버가 사막을 통과하거나, 바위가 많은 경사면을 올라가고 싶은 거라면, 이런 포장 고속도로를 달리는 건 몹시 지루할 것이다.

우리는 빨리 달리고 있다. 이제 204 이스트로, 서배너 몰을 지나 포레스트 강과 오기치 강 쪽으로 향하고 있다. 습지대와 끝없이 펼쳐진 덤불숲을 지나친다. 머리 바로 위에 떠 있는 태양은 섬광 장치처럼 앞이 보이지 않을 정도로 강렬하게 하얀색 랜드로버의 네모난 앞쪽과 다른 자동차들의 앞유리를 비추고 있다.

"내가 말하고 싶은 건, 제이미는 언론을 이용해서 조지아를 편협한 야만인들이 사는 곳으로 만들 거라는 거야. 실제로 제이미는 그런 일을 즐기면서 하지. 그리고 터커 리들리나 맨프레드 주지사가 그걸 원할지 의문이야." 내가 콜린에게 말한다.

"지금은 그게 문제가 아니야. 그런 건 생각할 겨를도 없다고." 콜린이 말한다.

그의 말이 맞다. 적어도 캐슬린 롤러 사건 앞에서는 그렇다. 그녀는 집행유예나 감형을 받기는커녕, 이제 다시는 바깥세상 음식을 맛볼 수 없을 것이다.

"캐슬린 롤러는 아침 8시에 간수와 함께 운동을 하러 운동장으로 나갔어." 콜린이 말한다. 그의 설명에 따르면 여름에는 재소자들의 운동을 아침에 한다고 했다.

캐슬린은 평소보다 천천히 운동장을 걸으면서, 틈만 나면 덥다고 투덜거렸다. 그녀는 지쳤고, 습도 때문에 숨을 쉬기 힘들 정도였다. 9시가 조금 지나 감방으로 돌아온 캐슬린은 다른 재소자들에게 너무 덥고 지쳤다며 투덜대며 차라리 감방에 있는 게 나았을 거라고 말했다. 그리고 두 시간 뒤 캐슬린은 계속해서 불평을 늘어놓으며 몸 상태가 좋지 않다고 했다. 그녀는 지쳤다. 움직이기도 힘들 정도였다. 그리고 숨을 헐떡거리면서 힘들어했다.

캐슬린은 그날 아침 식사가 몸에 받지 않았으며, 말도 죽일 정도로 심한 더위와 습기 속에 걷지 말았어야 했다고 걱정했다고 한다. 정오 무렵, 그녀는 가슴 통증을 호소하며, 심장마비가 오지 않기를 희망했다. 그리고 캐슬린은 더 이상 아무 말도 하지 않았다. 그러자 다른 감방에 있던 재소자들이 도움을 청하기 위해 소리쳤다. 캐슬린의 감방문이 열린 건 12시 15분경이었다. 그녀는 침대 위에 쓰러져 있었고, 다시는 숨이 돌아오지 않았다.

"그 여자가 당신한테 했다는 말은 내가 들어도 이상해. 하지만 사형수가 캐슬린을 어떻게 할 수 있는 방법은 없어." 콜린은 누군가를 구하기에 아직 늦지 않았다는 것처럼 자동차들 사이를 지그재그로 뚫고 지나가며 말한다.

그는 캐슬린 롤러가 브라보 포드로 옮긴 것이 롤라 대거트 때문이며, 롤라가 두렵다고 했던 주장을 말하고 있는 것이다.

"난 그 여자가 했던 말을 옮긴 것뿐이야. 당시에는 심각하게 여길 필요가 없을 것 같았어. 롤라 대거트가 캐슬린을 어떻게 할 방법이 없으니까. 하지만 캐슬린은 롤라가 자기를 해칠 거라고 생각하는 것 같았어." 내가 대답한다.

"시점이 이상하네. 내가 할 일이 뭔지 확실히 알겠어. 사망자가 누구도 이해할 수 없는 예측이나 예언을 한 사례지. 그다음이 뭔지는 당신도 알 거야. 그 사람의 죽음." 콜린이 말한다.

확실히 나도 가족들에게 사랑하는 사람에 대한 꿈을 꾼다거나, 죽음을 예감하는 느낌이 들면 말해달라고 했던 적이 있다. 뭔가가 비행기나 차에 타지 말라고 하거나, 특정 출구로 나가지 말라거나, 사냥이나 자전거 타기, 조깅을 하러 나가지 말라고 할 때가 있다. 그런 이야기들은 물론이고, 비참한 최후를 맞이하게 될 피해자나 비난을 받게 될 누군가가 경고나 암시를 받았다는 건 전혀 새로울 게 없다. 하지만 난 캐슬린 롤러가 했던 말이나, 그녀에게 그런 말을 들은 사람이 나만은 아닐 거라는 의심을 떨쳐 버릴 수가 없다.

만일 우리가 나눈 대화가 은밀히 녹음되었다면, 위험하기 짝이 없는 감방으로 자신을 옮긴 것은 터무니없고 부당한 일이라는 캐슬린의 불평을 알고 있는 사람이 또 있다는 의미다. 그것도 그 말을 한 지 하루도 채 지나지 않아서 말이다.

"캐슬린은 브라보 포드에 갇혀 있게 되면 아무도 보지 않는 사이에 교도관들이 자기에게 나쁜 짓을 할 수도 있다고 했어. 그 여자는 혼자 격리되면 공격당할지도 모른다고 걱정했지. 심각해 보였어. 합리적이라고 할 수는 없었지만, 진짜 믿고 있는 것 같았지. 다시 말해 캐슬린이 효과를 노리고 말한 것 같다는 느낌은 들지 않았다는 거야." 난 콜린에게 말한다.

"아무래도 대부분의 시간을 갇혀 지내니까 재소자들 사이에 문제가 있겠지. 그럴듯한 이야기이긴 해. 너무 이야기를 꾸며대다 보면 더 이상 꾸민 이야기가 아니게 되지. 적어도 그 사람들한테는 말이야. 그리고 재소자들은 항상 누군가 자기한테 손을 대려 한다고, 학대한다고, 다치게 한다고, 죽이려고 한다고 말을 해. 당연히 자기들은 죄가 없으니, 교도소 안에 있을 수 없다는 말도 하지." 콜린이 말한다.

딘 포레스트 로드를 돌자, 전날 공중전화를 이용했던 상가가 나타난다. 나는 새미 청이 전화했을 때 보고 있던 사진 속 핏자국들에 대해 물어본다. 콜린이나 마리노는 조던 가의 베란다와 후원, 정원에 피가 떨어져 있는 것을 몰랐던 건가? 누군가 피를 흘렸고, 그 사람은 그 집에서 나와 정원을 통과해 이스트 리버트 스트리트 쪽으로 도망쳤을 수도 있다. 아니면 후원에서 부상당한 사람이 피를 흘리며 집 안으로 돌아갔을 수도 있다. 그 핏자국이 살인 사건이 일어났던 시각에 떨어진 건 아닌지도 알고 싶다.

"일정한 간격으로 떨어져 있었어. 누군가 몸을 쭉 펴고 걸어가면서 피를 흘린 거야. 집으로 들어갔을 수도 있고, 집 밖으로 나갔을 수도 있지. 이를테면 누군가 손을 베었을 수도 있어. 아니면 머리를 다쳤거나, 코피를 흘린 걸 수도 있고." 내가 설명한다.

"손을 베었다는 말이 이상하네." 콜린이 대꾸한다.

"난 그 일에 대해서는 몰랐소." 마리노가 내 귀에 대고 큰 소리로 말한다.

"그 핏자국에서도 DNA를 채취했을 거라고 생각해요." 내가 덧붙인다.

"베란다나 후원에 떨어진 피에 대해선 전혀 모르고 있었어요. 제이미도 그 사진은 없는 것 같던데." 마리노가 말한다.

"비공개니까." 내가 어제 조지아 교도소를 나온 뒤로 지나왔던 길을 되짚어가면서 콜린이 말한다. "그 사진은 실제 DNA 보고서에 첨부되어 있을 거야. 하지만 그 핏자국은 살인 사건과 관련 없는 것으로 밝혀졌어. 당시에 나도 그 핏자국을 조사했지만, 결국 아무것도 아닌 걸로 판명됐지."

"범죄현장을 조사할 때 찍은 사진이던데." 내가 말한다.

"롱 수사관 말에 따르면 그 사건 파일 중 일부는 재판 때 증거로 제출하지 못했다고 했어. 연관이 없다고 결론 내린 거지. 당신이 글로리아 조던의 사진을 봤는지 모르겠네." 콜린이 말한다.

"아직 못 봤어."

"그 사진을 보면 글로리아 조던의 왼쪽 엄지손가락에 베인 자국이 있는 걸 볼 수 있어. 첫 번째와 두 번째 관절 사이에 말이지. 생긴 지 얼마 되지 않는 상처라 방어흔인 줄 알았는데, 다른 방어흔은 하나도 없었기 때문에 사실 좀 당황했어. 존슨 부인은 목, 가슴, 등을 칼로 스물일곱 번 찔렸거든. 목이 거의 잘려 있었어. 침대에서 죽었는데, 반항하기는커녕 무슨 일이 있었는지도 몰랐을 거야. 베란다에 떨어진 핏방울의 DNA를 확인한 결과, 글로리아 조던의 것으로 나왔어. 그제야 조던 부인이 엄지손가락을 베인 건 그전이고, 살인 사건과는 관계가 없을 수도 있다는 생각이 들었지. 요즘에는 그런 경우가 많아. 조사 중인 범죄와는 관계없는 오래된 피, 땀, 침이 나오지. 옷이나 자동차 안, 욕실 안, 계단 위, 진입로, 컴퓨터 자판 위에서 말이야."

"시신을 검사할 때 엄지손가락에도 피가 묻어 있었소?" 망가진 자동차와 트럭 들이 뒤섞여 있는 폐차장을 지날 때 마리노가 묻는다.

"세상에……. 피가 묻어 있지 않은 곳이 없었어요. 손을 이렇게 하고 있었으니까." 콜린이 핸들에서 손을 떼고 목 아래 밀어 넣는다. "아마 목이 잘린 뒤 반사적으로 손을 올렸거나, 죽을 때 옆으로 쪼그리고 누우면서 그렇게 된 걸 수도 있어요. 아니면 범인이 그런 자세를 만들어놓은 걸 수도 있고. 피해자들을 조롱하기 위해 시신을 가지고 연출했을 수도 있어요. 한 마디로 조던 부인은 양손으로 목을 감싸고 있었다는 거죠." 콜린이 대답한다.

"그런 거라면 욕실에서 뭘 하다가 손을 베었을 수도 있잖소?" 마리노가 묻는다.

"아뇨. 이웃 사람들 중에 조던 부인이 사건 전날 오후에 정원에 나와 있었다는 증언을 한 사람이 있어요. 아마 나무들 가지치기를 하고 있었던 모양이에요." 콜린의 말에, 나는 조던 가 후원에 있는 정원을 떠올린다. 사진에서 떨어진 나뭇가지, 웃자란 가지, 이목에 자란 싹을 보았다.

글로리아 조던은 정원 일을 많이 하지 않았거나, 가지치기를 하다가 엄지손가락을 베이는 바람에 멈춘 것이다.

"푸들을 키우는 옆집 남자를 말하는 거요? 살인 사건이 일어난 날 아침 주방문의 유리가 깨진 것을 보고 경찰에 신고한 레니 캐스터?" 마리노가 묻는다.

"맞아요. 이제야 이름이 생각나는군요. 내가 기억하기로는 그 남자 집에서 조던 가의 후원이 보이는데, 사건 전날 조던 부인이 오후에 나와 정원 일을 하고 있는 걸 봤다고 했어요. 그러니 조던 부인이 가지치기를 하다가 손을 베었다고 보는 게 타당하죠. 그 핏자국들은 부인이 엄지손가락을 베인 뒤 정원에서 집으로 돌아가면서 남긴 거지. 케이, 당신이 사진에서 본 현장에 남은 패턴은 부인이 다친 손을 붙잡는 바람에 생긴 것 같아. 부인은 집으로 걸어갔고, 베란다 바닥에 핏방울을 떨어뜨렸어. 그리고 손님용 욕실이 있는 복도에서도 그 핏방울을 찾았지."

"그럴 수도 있겠네." 뭔가 수상하다.

"상처가 심해. 당신도 사진이나 조직학을 보면 알겠지만 말이야. 감염된 건지, 혈압도 있고, 조직 반응도 있었어."

"그랬겠지." 난 대답한다. 하지만 여전히 의심스럽다. "그런데 어째서 반창고를 붙이지 않은 걸까? 소독도 하지 않은 거야?"

"모르겠어. 나도 그 점이 약간 이상해. 하지만 사람들은 이상한 짓을 많이 하잖아. 실제로 상처에 소독도 하지 않는 사람들이 많아."

"어쩌면 상처에 바람이 통하기를 바란 걸 수도 있지. 어떤 사람들은 그렇게 해요." 마리노가 소리친다.

"조던 부인은 의사와 결혼했어요. 벌어진 상처에 가장 흔하게 일어나는 문제가 감염이라는 건 잘 알고 있을 거예요. 실제로 그 여자가 최근에 파상풍 주사를 맞지 않은 채로, 정원 관리 도구에 베인 거라면 파상풍에 걸렸을 수도 있어요." 내가 말한다.

"베란다나 정원에 떨어진 피에 대해서는 다른 논리적인 설명이 없어요.

확실히 조던 부인의 피였으니까. 뭔가 피를 흘릴 만한 일이 있었던 거지. 그리고 그 상처는 부인이 잠든 상태로 목숨을 잃을 때까지 칼에 찔린 것과는 상관이 없어요. 조던 부인과 남편 둘 다 불안 완화제와 진통제를 복용했는데, 클로나제팜이었죠. 클로노핀은 불안이나 걱정을 완화시켜주고, 근육 이완 작용도 하는 약이에요. 어떤 사람들은 수면제로 쓰기도 해요." 콜린이 마리노에게 설명해준다. "조던 부부는 아무것도 모르고 목숨을 잃었을 수도 있어요."

"당신 생각엔 범인이 남편을 먼저 죽인 것 같아?" 내가 묻는다.

"그 순서를 알 수는 없지만, 상식선에서 보면 범인은 클라렌스 조던을 먼저 죽이고, 부인을 죽이고, 아이를 죽였을 거야."

"남편이 바로 옆에서 죽을 때까지 칼에 찔리고 있는 상황에도 부인이 깨지 않았다는 거지? 클로나제팜을 많이 먹은 게 분명해." 내가 말한다.

"순식간에 일어난 일일 거야. 기습 공격인 거지." 콜린이 말한다.

"부인의 신발은 살펴봤어? 만일 조던 부인이 상처에서 피를 흘리면서 집 안에 들어왔다면 정원에서 신고 있던 신발에도 피가 묻었을 텐데. 신발에 묻은 피를 확인한 사람은 없는 거야?"

"아무리 봐도 박사는 신발에 집착하는 것 같소." 마리노가 내 뒤에서 말한다.

"살해당한 당시 부인은 잠옷에 맨발이었어. 아무도 신발엔 관심을 가지지 않았지." 콜린이 대답한다.

"베란다 바닥과 복도에 피를 흘린 건 언제지?" 현관에 화분과 마름모꼴 관목을 심은 초록색 집을 지나갈 때 내가 묻는다. "그 뒤로 밤까지 시간이 있었는데 닦지도 않았단 말이야?"

"겨울이라 베란다를 별로 사용하지 않았을 거야. 그리고 타일색이 암적색이었어. 복도 바닥은 검은색 목재였고. 아마 피를 흘린 걸 몰랐거나 잊어버렸을 거야. 조던 부인의 DNA가 검출됐으니까 그 피는 부인이 흘린 게 맞아." 콜린이 강조한다. "당신도 살인이 일어났던 날 새벽에 부인이 아래층이나 바깥에 피를 흘렸을 거라고 생각하진 않겠지. 아무리 봐도 부인이 침대 밖으로 나갈 일은 없었으니까 말이야."

"나도 조던 부인이 후원이나 베란다에 피를 흘린 뒤에, 침대로 돌아와 일가족을 다 죽인 범인의 칼에 찔려 죽었을 거라고는 생각하지 않아." 나는 그 당시 모든 사람들이 범인을 잡았다고 믿고 있었기에, 조사를 제대로 시작하기도 전에 끝냈을 가능성도 있다는 것을 떠올린다.

롤라 대거트가 사회 복귀 훈련시설에서 피 묻은 옷을 빨고 있는 것을 발견하자 쉽게 추정했고, 그 추정이 틀렸다고 해도 상관이 없었다. 베란다 바닥에 떨어진 피나, 글로리아 조던의 엄지손가락의 베인 상처, 도난 경보 장치의 해제, 신원 미상의 지문은 더 이상 중요하지 않았다. 롤라의 말도 안 되는 거짓말과 기가 막힐 알리바이로 사건은 종결되었다. 범인은 재판에서 사형 선고를 받았다. 이미 답을 알고 있으면 더 이상 물어볼 것이 없는 법이다.

20

재소자의 증언

우리는 랜드로버의 뒷좌석에서 범죄현장 도구들과 개인 보호 장비들을 챙긴 뒤 꽃이 핀 관목과 꽃밭 사이의 콘크리트 보도를 따라간다. 눈부신 햇살에 화사한 꽃 색이 빛을 발한다. 흰 기둥의 벽돌 건물에 있는 검문소에서 메이컨 교도관과 교도소장이 우리를 기다리고 있다.

"너무 끔찍한 일이에요." 타라 그림이 우리를 맞이한다. 오늘은 이름에 맞게 처신한다.

그녀는 싸늘한 검은색 눈동자로 나를 보면서, 미소도 짓지 않고 입을 꾹 다문다. 전날 입고 있던 우아한 검은색 드레스에 비해, 오늘은 파스텔 블루 스커트 정장에 느슨한 나비넥타이가 달린 커다란 꽃무늬 블라우스를 입고 발가락이 나오는 단화를 신고 있다.

"덴게이트 박사와 함께 있었나 보군요. 벌써 보스턴으로 돌아간 줄 알았는데요." 타라 그림이 말한다. 난 그녀의 실망감과 적의를 느낀다.

그녀는 내가 여기서 멀리 떨어진 북쪽으로 돌아갔거나, 적어도 돌아가는 길이라고 생각한 모양이다. 나는 그 눈과 얼굴 표정을 보며 타라 그림이 머릿속으로 재빨리 다시 계산하고 있다는 것을 알 수 있다. 마치 내 존재가 다음에 일어날 일에 어떤 영향을 줄지 생각하는 것 같다.

"이쪽은 나와 같이 일하는 수사관이에요." 나는 그녀에게 마리노를 소개한다.

"서배너에는 무슨 일로 온 거죠?" 타라 그림은 예의를 차릴 생각도 없는 모양이다.

"낚시하러 왔소."

"뭘 낚는단 말이죠?"

"시끄럽게 우는 물고기를 주로 잡았소만." 마리노가 대답한다.

타라 그림이 마리노의 어설픈 말장난을 알아차렸는지 몰라도 티를 내지 않는다. "이렇게 바로 와주셔서 감사드려요." 메이컨 교도관과 다른 교도관들이 우리가 가져온 범죄현장 도구와 장비를 살피는 동안 그녀가 콜린에게 말한다.

교도관들이 개인 보호 장비를 조사하려고 하자, 콜린이 막아선다.

"여긴 손대지 않는 게 좋을 거요. 사방에 그쪽 DNA가 남는 걸 원하지 않는다면 말이오. 여자가 어떻게 죽었는지 모르는 상태니까 조심하는 게 좋을 거요."

"그냥 보내드려요." 교도소장이 낭랑한 목소리로 군사령관처럼 단호한 어조로 말한다. "당신은 나와 같이 들어가서, 브라보 포드까지 안내해줘요." 그녀가 메이컨 교도관에게 지시를 내린다.

"GBI 수사관인 새미 청이 여기 와 있을 텐데요." 콜린이 말한다.

"네. GBI에서 나온 수사관은 지금 감방을 살피고 있어요. 이건 어떻게 해드릴까요?" 타라 그림은 콜린에게 완전히 다른 목소리로 말한다. 마치 내가 이 자리에 없고, 우리가 할 일이 별일 아니라는 것처럼 말이다.

"어떻게 하다니요?" 우리가 맨 앞에 있는 강철 문으로 들어가자, 문은 다시 요란한 소리를 내며 닫힌다. 두 번째 문도 열렸다가 닫힌다. 메이컨 교도관은 무전기로 중앙통제실과 연락하면서 3미터 정도 앞장서서 가고 있다.

"우리가 짐을 옮겨드릴까 해서요." 교도소장이 제안한다.

"간단하고 깔끔하게 우리가 직접 들고 가는 게 나을 것 같습니다. 우리 쪽 밴도 이리로 오고 있는 중이에요." 콜린이 대답한다.

교도소장의 안내에 따라 우리는 미로처럼 보이는 복도를 따라간다. 모퉁이마다 잠긴 문이 있고, 벽 위에는 커다란 볼록 거울들이 복도가 연결되는 지점을 비추고 있다. 모든 것이 회색 콘크리트와 회색 강철로 되어 있다. 우리가 숨이 막힐 것 같은 무더운 바깥으로 다시 나왔을 때, 여자들이 조용히 움직이고 있는 모습이 보인다. 여자들이 입고 있는 회색 옷 때문에 마치 교도소 마당이 그늘진 것처럼 보인다. 그들은 무리 지어 건물 사이를 지나다니거나, 보도를 따라 나 있는 잡초를 뽑고 있다. 미모사 나무 아래에 모여 있는 그레이하운드 세 마리는 쪼그리고 앉아 있거나 잔디 위에 누운 채 숨을 헐떡거리고 있다.

재소자들은 우리가 지나가는 모습을 무표정하게 쳐다보고 있다. 이미 교도소 전체에 캐슬린 롤러가 죽었다는 소식이 퍼진 것이 확실하다. 그들 사이에서 캐슬린 롤러는 누군가가 그녀를 해칠지도 모른다는 이유로 2주 전, 억지로 보호감호를 받게 된 것으로 나름 유명했던 구성원일 것이다.

"밖에 오래 두진 않을 거예요." 메이컨 교도관이 브라보 포드로 통하는 문을 여는 동안, 타라가 내게 말한다. 난 그녀가 개들에 대해 말하고 있다는 것을 알아차린다. "이런 날씨에는 개들이 용변 볼 때를 제외하면 대부분 실내에서 지내게 하고 있어요."

나는 구조된 그레이하운드가 신호를 하면 감방에서 지내야 하는 시련이 어떨 것인지 상상해본다.

"물론 긴 코와 마른 체형을 보면 더위에 적응을 잘하는 개들이긴 해요. 속 털도 없죠. 무더위 속에 경주하는 모습을 생각해보세요. 그래서 이곳에서도 잘 지내는 거예요. 하지만 우리는 주의해서 보살피고 있어요." 내가 동물 학대라고 비난이라도 한 것처럼 교도소장은 말을 계속한다.

메이컨 교도관이 벨트에 차고 있던 긴 사슬 끝에 달린 열쇠 뭉치로 브라보 포드로 통하는 문을 열자, 우리는 딱딱한 잿빛으로 된 우울한 세상에 발을 들여놓는다. 2층에 거울 유리로 된 감시탑 옆을 지나칠 때는 경계가 고조되는 것을 느낄 수 있다. 보이지 않는 곳에서 교도관들이 감시하며, 실내문을 통제하고 있다. 내가 어제 갔던 면회실이 있는 왼쪽 방향이 아니라, 오른쪽으로 향한다. 아무도 없는 스테인리스 스틸로 된 주방을 지나치자, 산업용 대형 세탁기들이 나란히 서 있는 세탁실이 나온다.

또 다른 묵직한 문을 통과하자 콘크리트 바닥에 고정된 의자와 탁자 들이 있는 넓은 공간이 나타난다. 그 한 층 위에 보행자 통로가 있고 그 뒤에는 녹색 철제문이 달린 최고 보안 등급의 감방들이 있다. 그 문들에는 각각 작은 유리창이 달려 있다. 그 안에 갇혀 있던 여성 재소자들이 우리를 뚫어지게 쳐다보더니, 동시에 발로 문을 걷어차기 시작한다. 그들이 금속 문을 발로 걷어차자, 깜짝 놀랄 정도로 시끄러운 소리가 울리기 시작한다. 마치 지옥문을 두드리는 소리 같다.

"젠장." 마리노가 중얼거린다.

타라 그림은 그 자리에 꼿꼿하게 서서 보행자 통로를 쭉 훑어보다가, 우리가 들어온 문 바로 위에 있는 감방에 시선을 고정한다. 밖을 내다보는 창백한 얼굴이 보인다. 내가 있는 자리에서 잘 보이지 않았지만, 긴 갈색 머리와 거친 눈빛, 웃음기 없는 입매를 가진 여자가 한 손을 창문에 대더니 교도소장을 향해 가운뎃손가락을 들어 올린다.

"롤라." 문을 두드리는 요란한 소리가 계속되는 가운데, 롤라 대거트의 눈을 쳐다보며 타라 그림이 말한다. "온순하고, 남을 해치지 않고, 무고한 롤라." 그녀가 날이 선 목소리로 말한다. "지금 보고 있는 사람이에요. 유죄 판결은 잘못된 것이며, 사회로 돌려보내야 한다고 생각하는 바로 그 롤라 말이에요."

우리는 이동한다. 유리로 된 문을 지나자, 도서관 책들이 쌓여 있는 카트 옆 탁자 위에는 다 맞추지 못한 라스베이거스 퍼즐이 놓여 있다. 금속 탁자 위에 분류해둔 퍼즐 조각 더미가 쌓여 있다. 메이컨 교도관은 짤랑거리는 열쇠 더미로 또 다른 문을 연다. 그리고 우리가 그 안으로 들어가자, 문을 걸어차는 소리가 멈춘다. 그리고 다시 정적이 흐른다. 양옆에 문이 여섯 개 있는데, 포드의 다른 부분과 격리된 곳이다. 반들거리는 강철 손잡이에는 쓰레기통으로 쓰는 빈 흰색 비닐봉지가 걸려 있다. 그리고 창문으로 보이는 수감자들의 얼굴은 젊은이부터 노인까지 다양하다. 그들의 긴장된 분위기에서 멋모르고 덤벼들었다가 이내 겁에 질려 도망가는 야생동물이 떠오른다. 그들은 밖에 나오고 싶다. 그들은 무슨 일이 일어났는지 알고 싶다. 나는 그들의 두려움과 분노를 느낀다. 냄새로도 맡을 수 있을 것 같다.

메이컨 교도관은 우리를 이끌고 제일 안쪽 방으로 향한다. 창문으로 얼굴을 내미는 사람도 없고, 문도 열려 있다. 마리노는 범죄현장에서 입는 방호복과 카메라 장비를 꺼낸다. 마구간보다 더 작아 보이는 캐슬린 롤러의 감방 안에는 GBI 수사관 새미 청이 책들 사이에서 찾은 것이 분명해 보이는 메모장을 읽고 있다. 회색으로 칠한 금속 선반 두 개에 다른 메모장들도 놓여 있다. 그는 장갑을 낀 손으로 페이지를 넘기고 있다. 청은 머리에서 발끝까지 흰색 타이백 방진복을 입고 있다. 마리노가 '과잉 살상복'이라고 부르는 것으로, 대부분의 수사관들은 그 옷을 걸치는 것을 귀찮게 여겨 수술용 장갑과 빅스에서 나온 마스크만 쓴다.

청의 검은색 눈이 마리노와 나를 스치고 지나간다. 그는 콜린을 보자 말한다. "이 안에 있는 건 모두 사진을 찍어야 할 것 같습니다. 접촉 여부 때문에 현실적으로 우리가 할 수 있는 일이 많지 않을 것 같아요."

그의 말은 교도관들과 다른 교도소 직원들이 캐슬린의 감방을 드나들었고, 오랜 기간 수없이 많은 다른 재소자들이 이곳에 구금되어 있었을 거라는 뜻이다. 의문사일 경우에 하는 지문 조사나 일상적인 법의학적 절차는 현장이 오염되었기 때문에 여기선 별 도움이 되지 않을 것이다. 구금 상태에서의 죽음은 집 안에서 일어난 살인 사건과 유사하다. 양쪽 사례 모두 지문과 DNA가 복잡하게 나타나고, 범인이 정기적으로 범행이 일어난 장소나 지역에 나타나지 않은 한 큰 도움이 되지 않는다.

청은 표현을 신중하게 한다. 그는 캐슬린 롤러의 죽음이 교도소에서 일하는 누군가의 책임일 수도 있다는 말을 공개적으로 하고 싶지 않기 때문이다. 캐슬린 롤러의 감방을 조사하더라도 전형적인 범죄현장에서처럼 무언가를 알아내긴 힘들 것이다. 청은 메이컨 교도관과 타라 그림 앞에서, 자신이 여기 온 주목적이 사건 현장인 캐슬린의 감방을 안전하게 지키면서 그 두 사람을 포함해 누구도 잠재적인 증거에 손을 대지 못하게 하기 위해서였다는 것을 말하지 않는다. 물론 그가 도착했을 때 이미 현장은 온전한 상태라고 보기에는 너무 늦었지만 말이다. 우리는 캐슬린이 죽고 나서 어느 정도 시간이 지난 뒤에 GBI와 콜린의 사무실에 연락한 것인지 알 수 없다.

"시신에는 손대지 않았습니다. 13시에 여기 도착했을 때, 캐슬린 롤러는 이 상태였어요. 내가 들은 바로 캐슬린 롤러는 내가 여기 도착했던 1시경에 사망했다고 합니다. 하지만 이런 사건의 경우에는 시간이 불투명하기도 하죠."

캐슬린 롤러는 구겨진 회색 담요와 얇은 시트가 깔린 좁은 철제 침대에 누워 있다. 침대는 금속 망을 덮은 창문 아래 붙은 선반처럼 벽에 붙어 있다. 캐슬린은 비스듬히 누운 채로, 눈을 약간 뜬 채 입을 벌리고 있다. 다리는 얇은 매트리스 가장자리에 축 늘어져 있다. 흰색 죄수복 바지는 무릎 위로 올라와 있고, 흰색 셔츠는 가슴까지 말려 올라가 있다. 아마 심폐소생술을 시행할 때 그렇게 됐을 것이다. 아니면 죽기 전에 몸부림을 쳤거나, 조금이라도 편해지고 고통에서 벗어나기 위한 헛된 시도로 자세를 바로잡으려다 그렇게 됐을 수도 있다.

"심폐소생술을 시행했나요?" 나는 타라 그림에게 묻는다.

"물론이죠. 모든 노력을 다 했어요. 하지만 캐슬린은 벌써 숨을 거둔 뒤였어요. 어떻게 된 일인지 모르지만 순식간에 세상을 떠난 거죠."

나는 마리노와 콜린과 함께 흰색 작업복을 입다가, 캐슬린의 감방 맞은편에 수감된 재소자가 유리창으로 쳐다보고 있음을 알아차린다. 그녀는 둥근 얼굴에 입이 쑥 들어갔고, 백발은 심한 곱슬머리다. 내가 쳐다보자, 그 여자도 나를 쳐다보더니 큰 소리로 말하기 시작한다. 철문이 가로막고 있어서 소리가 좀 멀다.

"순식간에? 순식간은 무슨!" 여자가 소리친다. "내가 30분도 넘게 소리친 뒤에야 나타나 놓고! 30분이라고! 저 여자는 숨을 쉬지 못하고 있었어. 그 소리를 들었단 말이야. 그래서 내가 누구든 와 달라고 소리쳤지. 저 여자는 숨을 헐떡거리며 말했어. '숨을 쉴 수가 없어, 숨을 쉴 수가 없어. 앞이 보이지 않아. 누가 좀 도와줘, 제발!' 30분이었다고! 그리고 저 여자는 조용해졌어. 내가 불러도 대답하지 않았지. 난 목청이 터져라 소리쳤어. 누구든 좀 와보라고……."

타라 그림은 재빨리 그 재소자 방문 앞에 가더니, 손가락으로 유리를 두드린다. "조용히 해, 엘레노라." 교도소장이 말하는 방식을 보니 엘레노라가 그 이야기를 처음 한 모양이다. 타라 그림은 진심으로 깜짝 놀랐으며, 화가 난 것처럼 보인다. "이분들이 일할 수 있게 가만히 있어. 그리고 나중에 당신을 부를 테니까 그때 본 대로 말하면 돼." 그녀는 재소자에게 말한다.

"30분은 지났다고! 왜 그렇게 오래 걸린 거야? 여기서 사람이 죽어가고 있는 걸 알면서도 그런 거라면 너무하잖아. 불이나 홍수가 났을 때, 닭 뼈에 질식이라도 했을 때 이렇게 한다면 너무 심한 거야." 엘레노라가 내게 말하면 돼.

"좀 가만히 있어, 엘레노라. 때가 되면 부를 테니까 그때 당신이 본 대로 말하면 돼."

"내가 본 대로 말하라고? 난 아무것도 못 봤어. 저 여자를 볼 수 없었지. 아까 말했잖아. 난 아무것도 못 봤어."

"그렇겠지. 당신이 처음 한 말은 아무것도 보지 못했다는 거였어. 그런

데 이제 마음이 바뀐 거야?" 타라 그림이 냉정하게, 상대방을 무시하는 것처럼 말한다.

"볼 수 없었으니까! 아무것도 볼 수 없었어! 저 여자가 일어서서 창밖을 내다본 게 아니니까. 난 저 여자를 볼 수 없었어. 그래서 더 무서웠지. 저 여자가 살려달라고 애원하면서 고통에 몸부림치는 소리만 들었으니까. 고통스러워하는 동물처럼 오싹한 신음 소리를 냈어. 이 안에서 사람이 죽어가고 있으면 누구든 와야 하잖아! 비상 단추를 누를 수도 없는데 말이야! 이 사람들은 저 여자가 감방 안에서 죽도록 내버려뒀어. 그냥 이 안에서 죽게 내버려둔 거라고!" 엘레노라가 눈을 크게 뜨고 나를 쳐다본다.

"그만하지 않으면 보호 감방에 집어넣을 거야." 타라가 경고한다. 어떻게 해야 할지 알지 못하는 것처럼 보인다.

타라 그림은 이런 상황을 예상하지 못했을 것이다. 그리고 엘레노라라는 재소자도 다른 많은 재소자들처럼 조심성이 많다는 생각이 든다. 그녀는 교도관들이 처음에 상황을 물어봤을 때는 가만히 있었을 것이다. 그렇게 기회를 노리고 있다가, 우리가 도착하자 이런 소란을 일으킨 것이다. 그렇지 않으면 엘레노라는 벌써 보호 감방에 들어가 있었을 것이다. 말이 좋아 보호 감방이지 실은 체벌 방이나 정신병 환자들을 가두는 감방을 말하는 것이다.

보호복을 입은 콜린이 미끄러지는 것 같은 소리를 내며 캐슬린 롤러의 감방으로 들어간다. 마리노는 매끈한 콘크리트 바닥 위에서 범죄현장 도구상자를 연다. 그가 카메라를 확인하는 동안, 나는 벽에 기대서 커다란 검은색 부츠 위에 씌운 신발 싸개를 내려다본다. 수술용 장갑을 끼는 동안 엘레노라가 나를 쳐다보는 시선이 느껴진다. 히스테리에 가까울 정도로 잔뜩 겁을 집어먹은 시선이다. 타라 그림이 엘레노라가 더 이상 말하지 못하게 하려는 듯 또다시 창문을 손으로 두드린다. 그러자 유리창에 대고 있던 엘레노라의 겁먹은 얼굴이 움찔한다.

"어째서 캐슬린이 숨을 쉬지 못한다고 생각했지?" 우리를 의식한 듯 타라 그림이 큰 소리로 묻는다.

"숨을 쉴 수 없었던 게 확실해. 본인 입으로 그렇게 말했으니까." 엘레노라가 철문 뒤에서 대답한다. "그리고 통증을 느꼈고, 기운이 없다고 했어. 너무 힘들어서 몸을 움직일 수가 없다고 했지. 숨도 가빴어. 그리고 그 여자가 소리쳤지. '숨을 쉴 수가 없어. 어떻게 된 건지 모르겠어.'"

"보통 숨을 쉬지 못하면 말을 못 해. 당신이 잘못 생각한 걸 수도 있어. 숨을 쉬지 못하면 소리도 지르지 못하지. 특히 이런 두꺼운 철문 밖에 들릴 정도로는 말이야. 고함을 지르려면 폐에 공기가 가득해야 하니까." 타라가 엘레노라에게 말하는 소리가 들린다.

"그 여자는 말을 할 수 없다고 했어! 말하는 데 문제가 있었다니까! 목이 부은 것 같았어!" 엘레노라가 주장한다.

"말을 못 한다고 다른 사람한테 말했다니, 모순이잖아. 안 그래?"

"그 여자가 그렇게 말했어! 하나님께 맹세해!"

"말할 수 없다고 말하는 건, 일어설 수 없으니까 도움을 청하러 뛰어가겠다는 거나 마찬가지잖아."

"그 여자가 그렇게 말했어. 하나님과 예수님께 맹세해!"

"말이 안 되잖아. 그러니까 좀 진정해, 엘레노라. 목소리를 낮춰. 내가 당신한테 물어보는 것만 대답하면 돼. 그렇게 소란을 피우거나 큰 소리 내지 말고 말이야." 타라 그림이 두꺼운 강철 문 뒤에 있는 재소자에게 말한다.

"난 지금 사실대로 말하는 거야. 마음에 들지 않아도 어쩔 수 없어!" 엘레노라는 점점 더 흥분한다. "그 여자는 도움을 청하고 있었어! 내가 이제껏 들어본 중에 가장 무서운 소리였지! '아무것도 보이지 않아. 말도 할 수 없어. 난 지금 죽어가고 있나 봐! 하나님 맙소사! 일어날 수가 없어!'"

"그만하면 됐어. 엘레노라."

"그 여자가 한 말이야. 숨을 헐떡거리면서 애원했지. '제발 도와줘요!' 겁에 질린 채 애원했어. '제발, 어떻게 된 건지 모르겠어! 제발 나 좀 도와

쥐요!'"

타라는 다시 유리를 두드린다. "그만큼 말했으면 됐잖아, 엘레노라."

"그 여자가 한 말이야. 내가 한 말이 아니고. 그 여자가 말했어. '제발 도
와쥐요! 제발! 어떻게든 해쥐요!'"

"캐슬린한테 알레르기가 있었을 수도 있어요. 음식이나 곤충에 말이에
요. 말벌이나 벌이 원인일 수도 있고, 다른 사람한테 말하지 않은 알레르
기가 있었을지도 몰라요. 야외 운동을 하다가 뭔가에 쏘인 건 아닐까요?
그냥 그런 생각을 해봤어요. 날이 이렇게 무덥고 후덥지근한 데다가, 꽃들
이 활짝 펴서 말벌들이 많거든요." 교도소장이 나한테 말한다.

"알레르기를 가진 사람의 경우, 곤충의 침이나 어패류, 땅콩 같은 음식
으로 인한 과민성 반응은 보통 아주 빨리 나타나요. 캐슬린 롤러는 그 정
도로 순식간에 숨이 끊어진 것 같지는 않네요. 몇 분이나 걸렸으니까 말
이에요." 내가 대답한다.

"그 여자는 적어도 1시간 30분 동안 상태가 좋지 않았어! 왜 그렇게 시
간이 오래 걸린 거야?" 엘레노라가 외친다.

"캐슬린이 속이 안 좋은 것 같진 않던가요? 혹시 구토를 하거나 설사를
했다는 말을 듣지 못했어요?" 난 두꺼운 유리 뒤에 있는 엘레노라를 보며
묻는다.

"속이 안 좋았는지는 모르겠지만, 속이 쓰리다고 했어. 다른 소리는 듣
지 못했고. 화장실 물 내리는 소리 같은 것도 못 들었어. 그 여자는 독을
먹었다고 소리쳤지!"

"그럼 독을 먹은 걸 수도 있겠네요." 타라가 그 근원을 생각하라는 것처
럼 내게 눈짓하며 말한다.

엘레노라는 흥분한 듯 눈을 빛내며 불안한 표정을 짓고 있다. "그 여자
가 말했어. '독을 먹었어! 롤라가 한 짓이야! 롤라가 한 짓이라고! 나한테
독을 먹였어!'"

"그만하면 됐어. 이제 그만 해." 내가 캐슬린 롤러의 감방으로 들어갈 때

타라가 말한다. "말 좀 조심해. 여기 사람들도 있으니까." 등 뒤에서 타라
가 엘레노라에게 하는 말이 들린다.

21

범죄현장

어제 오후에 만났을 때 캐슬린 롤러가 불평하던 반들거리는 강철 거울에 새미 청 수사관이 내 뒤쪽으로 걸어가 문 앞에 서 있는 모습이 보인다.

"난 여기 있을게요. 충분히 살펴보십시오." 청이 내게 말한다.

변기와 세면대는 스테인리스 스틸로 된 것으로, 물 내리는 버튼과 수도꼭지 외에는 아무것도 움직일 수 없게 되어 있다. 나는 캐슬린 롤러가 죽기 전에 속이 안 좋았던 증거가 될 만한 것이 있는지 살펴보고 냄새를 맡아본다. 아주 흐릿하게 전기 냄새가 난다.

"이상한 냄새 안 나요?" 나는 청 수사관에게 묻는다.

"잘 모르겠는데요."

"정확한 건 아니지만 전기 냄새 같은 게 나요. 기분 나쁜 독특한 냄새예요."

"글쎄요. 주위를 둘러봤지만 냄새 같은 건 맡지 못한 것 같은데. TV에서 나는 냄새일지도 모르죠." 그가 선반 위 투명한 플라스틱 속에 들어 있는 작은 텔레비전을 가리킨다.

"그건 아닌 것 같아요." 난 세면대에 물 얼룩과 흐릿하게 흰색 잔여물이 남아 있는 것을 알아차린다.

몸을 앞으로 숙이자, 냄새가 더 강해진다.

"뭔가가 끊어졌거나, 헤어드라이어가 과열됐을 때 나는 것 같은 매캐한 냄새예요. 일종의 배터리 냄새 같기도 하고." 나는 최선을 다해 그 냄새를 설명한다.

"배터리요? 이 안에는 배터리가 없어요. 헤어드라이어도 없고요." 청 수사관이 얼굴을 찡그린다.

그가 세면대로 다가가 몸을 앞으로 숙인다. "그러네요. 정말 냄새가 나요. 난 후각이 박사님처럼 좋지 못한가 봐요."

"세면대에 있는 이 잔여물을 검사해보는 게 좋을 것 같아요. 이쪽 미세증거물 연구소에는 SEM(전자현미경)과 EDX(에너지 분산형 X선 분광계)가 있나요? 형태학적인 면에서는 고배율 확대경으로 봐야 할 것이고, 용액 안에 들어 있는 미립자 종류도 알아볼 수 있죠. 금속인지 다른 물질인지 말이에요. 화학물질이나 약물 같은 건 X선 분광계로 확인되지 않죠? GBI 에 주사형 전자현미경이 있는지 모르겠네요. 분자 지문을 얻기 위해서는 가능하면 EDX와 FTIR(적외선 분광기)를 쓰는 게 좋을 거예요."

"소형 FTIR은 있는 것 같습니다. 위험 물질 확인용으로 말이에요."

"요즘엔 아주 유용하죠. 폭발 물질이나 대형 살상 무기, 신경과 수포 작용제, 흰 가루들을 조사할 때 말이에요. 증거물 연구소의 책임자 입장에서도 상당히 매력적이죠. 분석이 빨리 끝나거든요. 선 앞까지 옮겨놓을 수만 있다면 분석은 몇 시간이면 끝나죠. 증상에 대한 설명은 하지 않을게요." 나는 신중하게 단어를 골라가며 낮은 소리로 말한다. 누가 엿듣고 있을지도 모르기 때문이다.

그 사람이 누군지는 의심의 여지가 없다.

"나도 상당히 매력적인데." 청은 키가 작고 마른 체격에, 짧은 검은색 머리, 진지한 표정을 짓고 있다. 목소리는 단조롭지만, 검은색 눈빛은 친근하다.

"좋아요. 지금 당장은 약간의 매력만 보여줬으면 좋겠어요." 내가 대꾸한다.

"박사님은 캐슬린이 여기서 구토했을 거라고 보는 겁니까?"

"냄새는 나지 않아요. 하지만 그렇다고 캐슬린의 속이 편했다는 뜻은 아니에요. 다른 감방에 있는 엘레노라한테 속이 쓰리다고 했으니까." 내가 대답한다.

감별 진단에서 가장 고려해야 할 사항은 진단을 내릴 자격이 없는 사람들이 제안한 사항이다. 확실히 객관적이지 않기 때문이다. 캐슬린 롤러의 급성 심장사는 건강관리를 하지 못한 그 나잇대의 여자에게 위험할 수도 있는 환경에서 이루어진 격한 운동이 촉발했다고 볼 수 있다. 캐슬린은 긴 바지와 긴 소매인 합성섬유 죄수복을 입은 채로, 바깥 기온이 38도에 육박하고 습도가 최소 60퍼센트인 날씨에 야외에서 운동을 했다. 스트레스는 모든 것을 악화시킨다. 캐슬린은 격리동으로 옮겨진 것에 대해 화를 내고 스트레스를 받고 있었다. 더군다나 평생 몸에 나쁜 음식만 먹고, 마약과 알코올중독으로 인해 원래 심장병이 있었다고 해도 놀랄 일이 아니다.

"쓰레기봉투 말이에요. 다른 감방문 앞에는 흰색 쓰레기봉투들이 걸려 있던데 여긴 없어요. 아무것도 없거나, 꽉 찼다는 의미겠죠." 난 청에게 말한다.

"좋은 질문이군요." 그는 나와 눈을 마주친다. 우린 무슨 뜻인지 안다는 눈빛을 교환한다.

만일 여기에 쓰레기봉투나 쓰레기가 있었다고 해도, 청이 도착했을 무렵에 사라졌다는 의미다.

"좀 둘러봐도 될까요? 당신 허락 없이는 아무것도 손대지 않을게요."

"박사님이 수집하라고 했던 것만 제외하면 괜찮습니다. 여기서의 일은 끝났으니까요. 편한 대로 하세요." 청은 장갑 낀 손으로 비닐 포장된 소독한 도포용 도구를 꺼내며 세면대 쪽으로 향한다.

"뭐든 손을 대면 말할게요." 나는 그에게 말한다. 법적으로 이 현장은 청의 담당이기 때문이다. 오직 시신과 다른 생물학적 관련 증거들, 미세 증거들만 콜린 덴게이트의 담당이다. 그리고 나는 초대받은 손님으로, 허락을 받아야 하는 외부 전문가에 불과하다. 군대 법의학팀의 관할인 사건이 아니라면, 다시 말해 국방부에서 관여하는 일이 아니라면 나는 매사추세츠 밖에서는 법적인 권한이 없다. 아주 사소한 일이라도 하기 전에 말해야 한다.

변기 맞은편에 있는 벽에는 잿빛 금속 선반 두 개가 달려 있다. 그 위에는 책과 메모장, 밀수품을 숨기지 못하게 투명 플라스틱으로 된 소지품 보관함이 놓여 있다. 보관함을 열자 코코아버터, 노그제마(화장품 상표─옮긴이), 발삼 샴푸, 민트 구강청결제, 페퍼민트 치약 냄새가 난다. 플라스틱 비누통에는 커다란 흰색 아이보리 비누가 놓여 있고, 칫솔이 들어 있는 플라스틱 통과 헤어젤처럼 보이는 플라스틱병이 있다. 작은 플라스틱 빗도 들어 있는데, 손잡이가 없는 솔빗이다. 커다란 폼 롤러도 있다. 캐슬린 롤러의 머리가 길었을 때부터 있던 물건들인 것 같다.

소설책, 시집, 감화를 주는 책들이 있고, 투명한 플라스틱 바구니 안에는 편지와 메모장, 편지지가 담겨 있다. 캐슬린의 소지품을 뒤지거나, 철저하게 수색한 흔적은 보이지 않는다. 하지만 처음부터 그런 방해의 증거가 뚜렷하게 남아 있을 거라고 기대하지도 않았다. 청이 도착하기 전에 캐슬린의 소지품들을 뒤졌다면, 그건 마리화나 칼 같은 교도소에서 금지하고 있는 물건을 찾기 위해서가 아니었을 것이다. 지금 나로선 알 수 없는 뭔가 다른 목적에서였을 것이다. 교도관들은 무엇을 찾으려고 했던 걸까? 모르겠다. 하지만 GBI 요원이 도착하기 전에 쓰레기봉투를 치운 사람에게 합법적인 이유가 있진 않았을 것이다. 안 좋은 느낌이 점점 더 강해진다.

"괜찮다면 이걸 좀 보고 싶은데요." 나는 청에게 바구니 안에 들어 있는 물건을 가리키며 말한다.

"편하게 보세요." 그가 세면대를 도포 도구로 닦아내면서 말한다. "와, 정말 이상한 냄새가 나네요. 박사님 말이 맞았어요. 뭔지 몰라도 회색이군요. 희부연 회색이에요." 청은 그 도구를 플라스틱 보관함에 넣고, 푸른색 뚜껑 위에 마커로 쓴 라벨을 붙인다.

메모장은 줄이 그어진 것으로, 위쪽이 붙어 있고 뒤에 판지가 부착되어 있다. 아마 매점에서 구입했을 것이다. 이곳에선 스프링이 달린 공책은 철사가 무기가 될 수 있기 때문에 팔지 않을 것이다. 시와 산문이 적혀 있고, 그 사이에 그림을 그리거나 낙서를 해놓았다. 하지만 대부분이 날짜가 적혀 있는 일기다. 나는 제일 먼저 최근 일기 중에 빠진 날짜가 있는지 확인한다. 메모장들을 살펴보니, 캐슬린이 음주운전으로 사람을 죽이고 조지아 교도소에 들어온 3년 전부터 일기를 상세히 기록했음을 알 수 있다. 그녀는 독특한 서체로 메모지의 앞뒷면을 빽빽하게 메우고 있었는데, 6월 3일 이후로는 일기가 없다.

6월 3일 금요일

내가 잃어버린 세상에 비가 쏟아지고 있다. 그리고 지난밤 바람이 내 창문 창살을 두드리자, 띠톱이 톱질하는 것 같은 소리가 났다. 팽팽한 강철 줄이 귀에 거슬리는 쇳소리였다. 금속으로 된 무서운 야수 같았다. 경고하는 것 같았다. 나는 여기 누워 금속이 내는 요란한 신음 소리와 반향을 들으며 생각했다. '뭔가가 오고 있다.'

두 시간 전 식당에서 저녁 식사를 할 때도 그런 느낌을 받았다. 그 느낌을 말로 설명할 수가 없다. 시선이나 비판처럼 실체가 있는 것이 아니라, 그냥 느껴지는 것이다. 하지만 분명히 말할 수 있다. 무슨 일이 일어나려고 하고 있다.

식당에 있는 사람들은 모두 나를 보지 않고 뭔지 알 수 없는 다진 고기 요리를 먹고 있었다. 마치 자기들만의 비밀이 있는 것처럼, 내가 그 자리에 없는 것처럼 말이다. 나는 그들과 말을 할 수 없다. 나는 그들을 볼 수 없다. 나는 누구도 아는 척할 수 없고, 그들도 내가 그렇다는 것을 알고 있다. 여기선 사람들이 모르는 것이 없다.

나는 음식과 주목에 대해 생각한다. 아무리 나쁜 음식이라도, 음식이 떨어지면 사람들은 살인을 저지를 것이다. 신용을 잃어도 죽일 것이다. 심지어 부당하고 어리석은 신용이라 할지라도 말이다. 〈잉클링스〉에 요리법들을 게시했지만 신용을 얻지 못했다. 그대로 먹을 수 있는 것도 아니고, 전혀 이득이 되지 않았기 때문이다. 어쨌든 그건 내 선택이 아니다. 나는 최종 결정권이 없었고, 내 탓이라는 비난을 듣게 될까 봐 걱정했다. 여기선 아주 사소한 비난이라도 오래 간다. 나는 이게 어떻게 된 일인지 모른다. 내 잡지가 나오고, 갑자기 이곳으로 옮겨졌다.

60명이 전자레인지 한 대를 같이 쓴다. 우리가 마마의 시험용 주방에서 음식을 만들 때 다른 재소자들은 나나 내 창의적인 요리에 대해 언급한다. 아니, 언급했었다. 이제 그들은 더 이상 나를 언급하지 않을 것이다. 심지어 내 아이디어가 인정받은 경우라도 말이다. 나는 항상 창의력으로 대우를 받아왔다. 쓰레기 옆에서 쓰레기 같은 일을 하지 않는다면 누가 그런 생각을 하겠는가?

식당에서 쓰레기를 얻어온다. 우린 쓰레기를 먹는다. 나는 소고기 치즈 스틱, 토르티야, 버터 조각으로 군만두를 만드는 법을 가르쳤다. 팝 타르트, 바닐라 크림 쿠키, 딸기맛 쿨에이드로 딸기 케이크를 만든다. 그래, 내가 처음에 그렇게 했기 때문에 대우를 했던 것이다.

누가 무슨 말을 하든 상관하지 않는다. 그 요리법은 내 것이다! 누가 쿠키에서 긁어낸 바닐라 크림과 쿨에이드를 섞어서 분홍색 당의를 만들 생각을 하겠는가? 누가 팝 타르트를 녹이고, 쿠키를 부숴서 물에 넣은 뒤(여러 번 말하지만 재구성과 재창조다) 전자레인지에 넣고 가운뎃부분이 부풀어오르게 만들 수 있겠는가?

감방의 줄리아 차일드. 바로 나다. 당신들이 아니라! 다른 사람들보다 훨씬 오래전부터 이곳에서 지내면서, 내가 만든 요리법은 전설처럼 전해져 오며 진부한 표현이나 속담처럼 인용되고 있다. 하지만 편협하고 무지한 인간들 사이에서 애초에 누가 만들었는지는 오래전에 잊혔다. '좋은 남자는 찾기 힘들다'는 플래너리 오코너가 한 말이 아니다. 그건 노래 제목이었다. 그리고 '분열된 가정은 제대로 설 수 없다'는 링컨이 한 말이 아니다. 예수님이 하신 말씀이다. 무엇이든 제일 처음이 어디였는지 기억하는 사람은 없다. 모두 빼앗긴다.

나는 말했다시피 내 요리법을 잡지에 실었다. 나를 포함해 아무도 믿지 않는다. 우스꽝스러운 아이러니다. 나는 속임수를 썼다. 내가 옆에서 당신들이 잘못하고 있는 거라고 말해줘도, 입을 쭉 내밀고 뿌루퉁하니 음식을 먹는다. 내가 들어가도 당신들의 식탁에 내 자리는 없다. 주인이 있는 자리라면서.

내가 그 원인을 모른다고 생각하지 마라. 나그네쥐들은 바다로 이끌려 들어간다.

5시가 되자 불이 꺼진다. 또다시 어둠이 내려앉는다.

감방문 밖에 수많은 눈과 귀가 있기에, 나는 내가 읽은 내용을 말하지 않는다. 메모장이 적어도 한 권은 사라진 것 같다는 말도 하지 않는다. 6월 3일 이후로 캐슬린은 일기를 한 권 이상은 더 썼을 것이다. 더 중요한 건, 그때가 브라보 포드로 옮긴 시점이라는 것이다. 난 캐슬린이 일기 쓰는 것을 갑자기 중단했을 거라고 믿지 않는다. 그것도 격리된 동으로 옮겨진 뒤에 말이다.

지난 2주 동안, 캐슬린은 평소보다 더 많은 글을 썼을 것이다. 그녀는 하루 중 23시간을 아무것도 보이지 않는 이 작은 방에서 보내야 했다. TV는 제대로 나오지 않고, 다른 재소자들과도 격리됐으며, 도서관에서 하던 일이나 잡지 만드는 일, 이메일 접속도 못 하게 되었다. 누군가가 우리에게 보여주고 싶어 하지 않는 캐슬린의 일기에는 무슨 내용이 적혀 있는 걸까? 하지만 난 아무것도 묻지 않는다. 나그네쥐들이 바다로 이끌려 갔다는 문장에 담긴 상징에 얼마나 놀랐는지도 말하지 않는다.

만일 나그네쥐들이 재소자를 의미하는 거라면, 누가 그들을 이끌고 갔다는 것일까? 조금 전 롤라 대거트가 타라 그림에게 손가락 욕을 하는 모습이 떠오른다. 감방문을 걷어차기 시작한 건 롤라일 것이다. 허세와 적대감이 가득하고, 충동조절 장애에, 아이큐가 낮다는 롤라를 캐슬린은 두려워했다. 하지만 롤라 대거트는 캐슬린의 죽음과 관련이 없다. 또한 일반 감방에 있는 재소자들이 캐슬린을 식당에서 피하기 시작한 것과도 아무 관련이 없다. 롤라 대거트의 생각이나 말, 누군가와 문제가 있다는 것을 다른 동에 있는 재소자들이 어떻게 알 수 있단 말인가? 그녀는 캐슬린이 여기 있었던 것처럼, 위층에 있는 감방에 혼자 격리되어 있다.

캐슬린이 다른 사람을 언급했는지 생각해본다. 그러다 그녀를 보호감호동으로 옮기게 된 건 어린아이를 죽였다는 사실이 다른 재소자들에게 알려졌기 때문이라고 했던 타라 그림의 말이 떠오른다. 어떻게 소문이 나게 된 것일까? 어떤 말들이 돌았던 걸까? 교도소장은 그런 사실이 알려진 것에 대해 다른 사람들을 탓했다. TV에 나온 것을 다른 재소자가 봤을 수도 있고, 다른 사람이 봤을 수도 있다. 타라 그림은 누군지 모른다고 했지만, 난 어제 사무실에서 그 이야기를 들었을 때 믿지 않았다. 지금도 그녀를 믿지 않는다.

누가 영향력을 행사한 건 아닌지 의심이 든다. 재소자들을 자극해 사소한 일에 분노하게 만들어 잡지를 믿지 못하게 하고, 결국 타라 그림이 〈잉클링스〉 출간을 허락하지 않게 만든 것일 수도 있다. 그녀는 이름이 붙어 있지 않은 요리법에 대해 최종 결정권을 가지고 있었고, 재소자들은 불만을 느꼈다. 그리고 실제로 그 작은 무시는 큰일이 되었고, 캐슬린은 감방을 옮겨야 했다. 아마 그녀는 편집증과 흥분 상태로 그 이유를 떠올렸을 것이다. 처벌처럼 느껴지는 전례 없는 자유의 상실 뒤에는 롤라 대거트가 있다고. 아니면 누군가 캐슬린에게 그런 생각을 심어줬을 수도 있다. 메이컨 교도관 같은 자들이 그런 말을 전하면서 짓궂게 놀렸을 수도 있다. 그래서 캐슬린은 롤라가 자신을 위협하고 있다고 믿게 된 건지도 모른다. 그런 건 중요하지 않다. 롤라는 캐슬린을 죽이지 않았으니까.

마리노가 흰색 시트로 덮여 있는 침대 발치 쪽으로 가서 전자 온도계를 이용해 주변 온도를 재기 위해 내 옆을 지나쳤지만, 난 이상한 점들을 말하지 않는다. 그는 시신의 체온을 재는 콜린에게 두 번째 온도계를 건네준다. 목격자들의 증언에도 불구하고, 사후 변화를 기반으로 추정한 사망 시각은 대략 12시 15분이다. 사람들은 실수를 한다. 그 상황에 놀라고, 정신적인 충격을 받다 보면 사소한 부분들을 잘못 알기 마련이다. 거짓말을 하는 사람들도 있다. 아마 조지아 교도소에 있는 사람들은 전부 그럴 것이다.

나는 다른 곳에서 6월 일기를 적은 메모장이 나올 수도 있다는 생각에 주위를 좀 더 살핀다. 잿빛 벽에는 손으로 옮겨 쓴 시와 캐슬린이 내게 이메일로 보냈던 산문 구절들이 붙어 있다. 책상 앞 벽에 붙어 있는 시의 제목은 〈운명〉이다. 바닥에 고정된 강철 의자 위에는 또 다른 투명 플라스틱 바구니가 놓여 있다. 조금 전에 본 다른 것보다 크기가 큰 바구니에는 단정하게 개킨 속옷과 죄수복이 담겨 있고, 캐슬린이 매점에서 산 것 같은 라면 봉지와 허니 번 두 개가 들어 있다. 나한테는 도서관 일을 못 하게 되면서 돈이 없다고 했지만, 아직 물건을 살 만큼은 남아 있었던 모양이다. 어쩌면·최근에 산 게 아닐 수도 있다. 캐슬린이 브라보 포드로 옮긴 건 불과 2주 전이다. 나는 장갑 낀 손가락으로 허니 번을 찔러본다. 상한 것 같지는 않다.

플라스틱 바구니 바닥에는 〈잉클링스〉 몇십 권이 놓여 있다. 조금 전에 읽었던 캐슬린의 일기에서 언급되었던 6월호도 있다. 잡지의 표지는 기고자의 예술적인 사진으로, 그달에 제일 뛰어난 글을 쓴 여성의 사진을 앤디 워홀의 인물화처럼 실었다. 아무래도 조지아 교도소에 수감된 재소자들과 이 잡지를 접할 수 있는 사람들이 읽을 글을 썼기 때문이다. 뒷면에는 잡지를 만든 사람들의 이름이 나와 있다. 미술 감독, 디자인팀, 당연히 편집자인 캐슬린 롤러의 이름도 있다. 그리고 '인도주의와 계몽주의'로 예술을 지지해주는 교도소장인 타라 그림에 대한 감사 인사도 있다.

"체온이 제법 남아 있는데. 34도야." 콜린이 강철 침대 옆에 웅크리고 앉아 체온계를 들고 말한다.

"여긴 22도요." 침대 발치에서 마리노가 장갑 낀 손으로 온도계를 들어 올리며 말한다. 그리고 시간을 확인한다. "지금 시각은 2시 17분이고."

"사망한 지 두 시간이 지났는데 체온이 3도 떨어졌다는 말인데. 좀 빨리 떨어지긴 했지만 정상 범위 안에 들어 있네." 나는 그 말밖에 할 수가 없다.

"그래. 캐슬린 롤러가 입고 있는 옷도 그렇고, 이 안의 온도도 높은 편이니까. 이걸로 사망 시간이 대충 나오는 거지."

콜린의 말은 사람들이 말한 시간보다 캐슬린이 30분, 혹은 1시간 먼저 죽었다고 해도, 체온이나 사후 경직 같은 사후 지표로는 그 사실을 알아낼 수 없다는 뜻을 담고 있다.

"손가락에 살짝 사후 강직이 시작되고 있어." 콜린이 캐슬린의 왼손 손가락을 다루면서 말한다. "시반은 아직 나타나지 않았고."

"이 더위에 운동장에 나갔던 게 원인일 수도 있잖소." 벽에 붙은 종이들부터 감방의 구석구석을 살피던 마리노가 말한다. "열사병일 수도 있어요. 그런 일도 있잖소? 실내로 들어왔다고 해도 이미 문제가 생긴 거자."

"캐슬린 롤러가 이상 고열로 죽었다면, 심부 체온이 이보다 높았을 겁니다. 그런 경우 사후 몇 시간이 지나도 정상 체온보다 높게 나와요. 그리고 사후강직은 더 빨리 시작됐을 것이고, 시반도 불균형으로 나타날 거예요. 그리고 건너편 감방에 있던 재소자가 말한 캐슬린의 증상은 심한 더위에 장시간 노출되었을 때 나타나는 증상과 일치하지 않습니다. 심장마비일 가능성은 있어요. 무더운 날씨에 격렬한 운동을 하면 심장마비가 일어나는 경우도 있으니까." 콜린이 자리에서 일어나며 말한다.

"캐슬린 롤러는 그냥 운동장을 걷기만 했어요. 한 바퀴나 두 바퀴 돌 때마다 쉬었고." 마리노는 이미 들었던 이야기를 되풀이한다.

"격렬한 운동의 정의는 사람마다 다르니까요. 하루 중 대부분의 시간을 감방 안에 가만히 앉아 있던 사람이잖습니까? 캐슬린은 아주 무덥고 습한 날, 바깥에 나가서 땀을 많이 흘렸을 거예요. 그러다 혈액량이 줄어들면서 심장에 무리가 온 거죠." 콜린이 대답한다.

"밖에 있는 동안 물을 마셨다고 하던데." 마리노가 말한다.

"그렇다고 해도 물을 충분히 마셨을까요? 캐슬린은 감방에서 물을 충분히 마시고 있었을까요? 그렇지 않았을 겁니다. 보통 사람은 하루에 평균적으로 열 컵 분량의 수분이 빠져나간다고 해요. 이렇게 무덥고 습한 날에는 땀을 많이 흘리게 될 경우 11리터가량의 수분이 빠져나갈 수도 있습니다."

그리고 콜린이 감방에서 나가자, 나는 청 수사관에게 선반과 책상에 있는 물건들을 조금 더 살펴봐도 괜찮을지 물어본다. 그의 허락을 받자, 잭 필딩이 캐슬린에게 내가 힘들고 같이 일하기 불편하다고 썼다는 편지를 보냈던 것을 떠올리며 투명 플라스틱 바구니 안에 들어 있는 편지들을 다시 살펴본다. 나는 잭이나 던 킨케이드가 보낸 편지들을 찾아본다. 하지만 그런 편지들은 없다. 중요할지도 모르는 인물에게 받은 편지는 보이지 않는다. 단 한 통, 내가 보낸 것처럼 보이는 편지를 제외하면 말이다. 나는 믿을 수 없다는 눈으로 발신자 주소를 본다. 편지봉투는 브라이스가 5천 부 주문한 CFC 로고가 찍힌 흰색 봉투다.

케임브리지 법의학 센터
법의학 국장
미 공군 대령
케이 스카페타 MD, JD

편지봉투 뚜껑의 밀봉한 부위가 길게 찢겨 있다. 아마 교도소에서 편지를 검사할 때 남긴 흔적일 것이다. 가로 25센티미터, 세로 33센티미터 크기의 봉투 안에는 위쪽에 내 사무실 주소가 찍힌 편지지가 접혀 있다. 편지 본문은 타자로 치고, 서명만 검은색 잉크로 되어 있다.

6월 26일

친애하는 캐슬린,

책에 대한 이야기를 이메일로 보내줘서 정말 고마워요. 당신이 보호감호동으로 옮긴 뒤 강압적인 구금 때문에 얼마나 충격을 받고 고통스러울지 충분히 알 것 같아요. 난 당신을 만나, 우리가 알고 있는 아주 특별한 남자에 대해 진솔한 이야기를 나누기로 한 6월 30일이 오기를 기대하고 있어요. 그 사람은 우리 두 사람의 인생에 아주 큰 영향을 주었죠. 그리고 무엇보다 중요한 건 내가 그 사람에게 최선을 다하고 싶었다는 것과 의도적으로 상처 주고 싶은 마음은 없었다는 것을 당신이 믿어주는 거예요.

오랜 세월 끝에 마침내 당신과 만나 대화를 나눌 그날을 기대하고 있을게요. 언제나처럼 필요한 게 있으면 뭐든 말해줘요.

애정을 담아,

케이

22

위조 편지

나는 마리노가 옆에 있음을 느낀다. 그는 옆에 서서 내가 보라색 장갑을 낀 손으로 들고 있는 그 편지를 읽고 있다. 마리노와 눈이 마주치자, 나는 살짝 고개를 젓는다.

"이게 대체 뭐요?" 그가 작은 소리로 묻는다.

나는 대답 대신 타자로 친 단어 중에 '얼마나 충격을 받고(it's impact)'라는 부분을 가리킨다. 부적절한 용법이다. It's는 소유격으로 쓰기 때문에 여기선 its가 맞다. 따라서 축약형을 쓰면 안 된다. 하지만 마리노는 이해하지 못한다. 지금 당장은 이 편지에 나온 부적절한 용법과 내가 쓰지 않는 표현들, 그리고 캐슬린 롤러가 진짜 내 친구라도 되는 것처럼 '애정을 담아, 케이' 같은 끝인사를 하지 않는다는 것을 설명할 수 없다.

내가 캐슬린에게 이런 식으로 편지를 쓰거나, 말을 한다는 건 상상도할 수 없다. 잭 필딩에게 '의도적으로 상처 줄 마음은 없었다'는 말은 의도하지는 않았어도 상처를 준 것 같은 의미가 내포되어 있다. 나는 지난밤에 제이미가 했던 이야기를 떠올린다. 캐슬린의 딸 던 킨케이드는 나를

273

불안정하고 폭력적인 사람으로 몰아가고 있다고 했다. 하지만 던 킨케이드가 이 편지를 위조하진 않았을 것이다. 이 편지를 보냈을 무렵 버틀러 주립 병원에 갇혀 있었고, 이런 일을 할 수 없었을 테니까.

나는 편지지를 불빛에 비춘 뒤, 마리노에게 편지지에 CFC의 투명무늬가 박혀 있지 않은 것을 알려준다. 그도 그 편지가 가짜라는 것을 확실히 알게 된다. 그리고 나는 책상 위에 편지지를 내려놓은 뒤, 마리노가 자주 보지 못했던 일을 시작한다. 장갑을 벗어 흰색 작업복 주머니에 넣은 뒤, 휴대폰으로 사진을 찍기 시작한다.

"니콘 카메라로 찍는 게 낫지 않소? 눈금자로……." 그가 이해할 수 없다는 표정으로 묻는다.

"아뇨." 난 그의 말을 가로막는다.

35밀리미터 카메라나 클로즈업 렌즈, 삼각대나 특수 조명은 필요 없다. 라벨을 붙인 15센티미터 눈금자도 필요 없다. 지금 사진을 찍는 건 다른 이유가 있어서다. 나는 마리노에게 별다른 말은 하지 않았지만, 지금 문가에서 이 모습을 지켜보고 있는 청 수사관에게는 말해야 할 것 같다.

"이쪽에 문서 조사 연구실도 있나요?" 내가 그에게 다가가 묻는다.

"있어요." 청 수사관은 내가 비서인 브라이스에게 문자를 보내는 모습을 지켜본다.

"내 사무실에서 쓰는 편지지를 페덱스 당일 배송으로 이쪽 연구실로 보내라고 하면 될까요? 받는 사람은 누구로 하죠?"

"내 이름으로 보내면 됩니다."

"알았어요. 새미 청, GBI 수사대." 나는 말하면서 문자를 보낸다. "조사해보면 CFC의 정본 편지지와 이 편지지 사이에 결정적인 차이가 있다는 걸 알게 될 거예요." 나는 책상 위에 있는 편지지를 가리킨다. "이를테면 투명무늬가 없죠. 내 비서가 이것과 똑같이 생긴 편지지와 봉투를 보내면, 직접 비교해봐요. 그땐 내 말에 반박할 수 없는 확실한 증거를 보게 될 거예요."

"투명무늬요?"

"그것만이 아니에요. 확대해서 보거나, 화학 첨가물을 분석하면 같은 종이가 아니라는 걸 알 수 있을 거예요. 어쩌면 폰트도 약간 다를 수 있어요. 그건 잘 모르겠네요. 제일 놀라운 건 여기 표식이 없다는 거죠. 나중에 다시 보내드릴게요."

브라이스가 보낸 사진을 첨부한 메시지를 저장한 뒤 청을 돌아보다가, 맞은편 감방 유리창에 아무도 보이지 않는 것을 알아차린다. 엘레노라의 얼굴이 보이지 않고, 소리도 들리지 않는다.

"교도소에서는 편지가 오면 확인을 해요. 다시 말해 누군가 이 편지가 왔을 때 이 봉투도 확인했다는 거죠. 규정에 따라 교도관이 미리 훑어보았거나, 캐슬린 앞에서 뜯어봤을 거예요. 이 봉투 안에 동봉된 것이 무엇이었는지 알아볼 수 있을까요? 편지지 한 장 보내는데 이 타이벡 봉투는 너무 크고, 우편 요금도 1달러 76센트면 너무 비싸니까요. 물론 이 편지를 보낸 사람이 과불했을 가능성도 있어요." 내가 청에게 말한다.

"그럼 박사님이 보낸 게 아니라는……." 그는 말을 꺼내다가 뒤쪽을 돌아본다.

"내가 보낸 게 아니에요." 나는 고개를 젓는다. 이 편지는 내가 쓴 게 아니다. 편지는 물론, 봉투에 다른 것을 담아 보낸 적도 없다. "다른 사람들은 어디 있어요?"

"덴게이트 박사가 물어볼 게 있다고 해서 여자를 조용한 곳으로 데려갔어요. 당연히 그 여자가 하는 이야기는 입을 열 때마다 점점 더 상세해지고 있죠." 청 수사관이 엘레노라를 언급한다. "하지만 메이컨 교도관은 여기 있어요." 그는 메이컨 교도관에게 들릴 정도로 큰 소리로 말한다.

"그 사람한테 지난 며칠 사이에 캐슬린 롤러가 받은 편지가 있는지 물어보면 되겠네요." 나는 청에게 여기서 있었던 일이나, 편지에 대해 사실대로 이야기하면 안 된다는 말을 굳이 하지 않는다.

나는 새 장갑을 끼고, 내 사무실 편지지처럼 보이는 편지를 집어 든다.

그 편지지를 불빛에 비춰본 뒤, 투명무늬가 보이지 않는 것을 다시 확인한다. 그리고 동시에 이 편지를 내가 보낸 것처럼 위조한 사람은 CFC에서 이 같은 서신과 문서에 대한 위협을 막기 위해 투명무늬를 넣어 주문 제작한, 저렴한 25퍼센트 재생 면지를 이용한다는 것을 모른다는 것을 깨닫는다. 성능이 좋은 복사기를 이용해 편지지 윗부분의 주소나 내가 만든 서류처럼 위조하는 것이 가능할 수도 있지만 정품 CFC 종이를 손에 넣지 못하는 한, 이런 식으로 위조하고 무사히 빠져나갈 수는 없다. 이 편지를 보낸 사람은 경찰이나 과학자, 심지어 나를 속일 수 있는지 없는지는 상관하지 않았을 수도 있다는 생각이 든다. 이 가짜 편지의 유일한 목적은 캐슬린 롤러에게 내가 편지를 보낸 것처럼 믿게 만드는 것이었을 수도 있다.

나는 편지를 원래대로 반으로 접은 뒤 커다란 봉투에 집어넣는다. 아무리 봐도 너무 큰 봉투에 만일 동봉된 것이 있었다면 무엇이었을지 다시금 궁금하다. 내가 캐슬린 롤러에게 보낼 만한 물건이 뭐가 있을까? 캐슬린이 내가 보냈을 거라고 믿고 받은 건 무엇일까? 나로 가장한 그 사람의 궁극적인 목표는 무엇일까? 어제 타라 그림이 에둘러서 내가 접근한다는 식의 말을 했던 것과, 캐슬린이 나의 너그러움에 대해 말했던 것이 떠오른다. 나는 그들의 말이 당혹스러웠다. 캐슬린이 정확하게 뭐라고 했는지 생각한다. 나 같은 사람들이 그녀 같은 사람들을 염두에 두거나 관심을 보이는 것에는 뭔가가 있다고 했다. 그때는 그저 내가 그녀를 만나러 온 사실을 빗대서 한 말이라고 생각했다.

하지만 캐슬린이 말한 것은 내가 보냈다고 생각한 편지와 그 안에 든 무언가를 받고 고맙다고 한 것이었다. 내가 어제 만나러 오기 전에, 그녀는 위조 편지를 받았다. 서배너 소인이 찍혀 있고, 6월 26일 오후 4시 45분에 지역 우편으로 받은 것이다. 우편번호 31401인 것으로 보아 우체국을 이용했을 것이다. 26일이면 지금부터 닷새 전인 일요일이다. 그때 나는 집에 있었는데, 루시가 벤턴과 나를 데리고 자기가 좋아하는 테킬라 바, 롤리타 코시나에 데려갔다. 종업원들이 그날 밤 내가 그곳에 있었다는 것을 증언해줄 것이다. 오후 4시 45분에 1,600킬로미터나 떨어진 서배너에 있다가 오후 7시에 보스턴에 있는 블랙베이에서 저녁을 먹을 순 없다.

"더 이상 못 참겠군. 화장실에 다녀와야겠소." 마리노가 황급히 밖으로 나간다.

"내가 모셔다드리죠." 메이컨 교도관이 말한다. 순간 나를 대신해 마리노가 그 편지를 보냈다고 주장할 수도 있겠다는 생각이 든다. 6월 26일에 그는 이곳에 와 있었거나, 적어도 사우스캐롤라이나 근처에 와 있었을 것이다.

나는 다시 청에게 주의를 돌린다. 그는 감방문 앞에 서서 검은색 눈으로 나를 쳐다보고 있다.

"몇 가지 더 확인해봐도 괜찮을까요? 조사가 끝나면 알아낸 사실은 모두 말씀드릴게요." 내가 청에게 말한다.

그는 시간을 확인한다. 청 수사관이 고개를 돌리더니, 메이컨 교도관이 마리노를 화장실로 데리고 가는 것을 본다.

"밴이 도착했나요?" 내가 묻는다.

"박사님만 준비되시면요."

"콜린은 어떻게 하고 있죠?"

"박사님이 마무리할 때까지 기다리고 있는 것 같습니다. 우리가 시신을 운반해가기만 기다리고 있는 것 같아요."

"알았어요. 괜찮다면 캐슬린의 손을 감싸고, 사진도 찍을게요."

"사진은 많이 찍었는데요."

"그러셨겠죠. 하지만 나는 철저하게 하는 걸 좋아해서요." 내가 그에게 말한다.

"카메라는 없어도 괜찮습니까? 모든 걸 철저하게 하는 걸 좋아하신다면, 사물함도 보셨겠군요."

"사물함이요?" 나는 청이 말하는 사물함을 찾아 감방 안을 돌아본다.

"침대 발치에 붙어 있습니다. 커버 밑에 있어요." 그가 그쪽을 가리킨다.

"한번 보고 싶네요."

"얼마든지 보십시오."

"빨리 살펴볼게요. 여기서 수집한 물건들을 가지고 연구실로 갈 수 있게 말이에요. 수사관님은 이미 준비가 끝나신 것 같으니까요."

"난 괜찮습니다. 교도소를 좋아하거든요. 첫 번째 결혼도 생각나고."

나는 캐슬린의 책상 위를 다시 살펴본다. 싸구려 흰색 편지지와 봉투, 빅펜, 우표 묶음철, 주소록처럼 보이는 작은 수첩이 보인다. 아는 이름이 보이지 않지만, 던 킨케이드와 잭 필딩의 이름을 찾아 주소록을 넘긴다. 두 사람의 이름은 나오지 않는다. 실제로 대부분이 조지아 주소다. 그러다 애틀랜타 외곽의 트리플 Q 특수학교의 주소가 나오자, 이 수첩이 아주 오래된 주소록이라는 것을 깨닫는다. 트리플 Q는 캐슬린이 상담사로 있던 곳으로, 70년대 중반에 잭과 만났던 곳이다. 적어도 30년은 된 수첩이라고 생각하면서도 계속 페이지를 넘기다가, 캐슬린이 최근에 알게 된 사람들의 연락처는 이 수첩에 기록하지 않았을 것으로 단정한다. 만일 그녀가 최근 주소록을 가지고 있었다면, 그 주소록 역시 없어진 것처럼 보인다.

"이것도 봐야 할 것 같은데요." 나는 청 수사관에게 말한다.

"아, 봤습니다."

"오래된 거네요."

"그렇더군요." 그는 내가 무슨 말을 하는지 알고 있다. "그럴 수밖에 없죠. 캐슬린 롤러는 친구가 없으니, 더 이상 편지를 쓰거나 전화를 걸 상대가 없었을 거예요."

"캐슬린은 편지 쓰는 걸 좋아한다고 했어요." 우표 묶음철을 펼치자, 총 스무 장 중에 여섯 장이 비어 있다. "캐슬린은 도서관에서 일하면서 교도소 매점 통장에 돈을 모았어요. 어쩌면 가끔 가족이 영치금을 넣어주었을 지도 모르죠." 던 킨케이드를 가리키는 것이다.

"지난 다섯 달 동안 가족이 돈을 보낸 적은 없었고, 브라보 포드로 옮겨진 뒤로는 입금 내역이 없습니다."

"그럴 거예요." 나도 캐슬린이 브라보 포드로 옮긴 뒤로는 돈을 모을 상황이 아니라는 것에 동의한다. 던 킨케이드도 버틀러나 케임브리지 감옥에서 돈을 보내줄 순 없었을 것이다. "통장에 돈이 얼마나 남아 있는지 보고, 최근에 무엇을 샀는지 확인해보는 것도 좋을 것 같네요." 내가 제안한다.

"좋은 생각이군요."

책상 위에는 휴대용 사전과 유의어 사전, 도서관에서 빌린 워즈워스와 키츠 시집 두 권이 있다. 그런 뒤 나는 침대 발치에 웅크리고 앉아, 캐슬린 롤러의 다리가 걸쳐져 있다는 것을 염두에 둔 채 담요와 시트를 걷어낸다. 내 왼쪽 어깨가 캐슬린의 둔부에 스친다. 아직 따뜻하지만, 살아 있는 사람처럼 따뜻하진 않다. 시간이 지날수록 계속 체온이 식을 것이다.

나는 사물함을 연다. 금속 서랍에 개인 소지품들이 뒤죽박죽으로 잔뜩 들어 있다. 그림, 시, 가족사진, 어린 시절 사진들도 몇 장 있다. 점점 더 매력적으로 성장하던 아름다운 금발 머리 소녀가 갑자기 육감적인 몸매에 짙은 화장, 생기 없는 눈동자를 가진 요부가 되었다. 가족이라도 되는 것처럼 잭 필딩의 사진이 여러 장 있었는데, 그중에는 내가 어제 캐슬린에게 준 사진도 있다. 잭의 어린 시절 사진도 몇 장 있는데, 아마 예전에 편지를 주고받을 때 보내준 사진인 모양이다. 그 사진들은 여러 번 꺼내본 것처럼 가장자리가 낡고 해져 있다.

다른 일기장은 보이지 않지만, 15센트 우표 전지와 가장자리에 고깔모자와 풍선으로 파티 느낌을 낸 편지지가 있다. 재소자가 골랐을 것 같지 않은 모양의 편지지로, 아마 생일 파티나 행사 때 초대장으로 쓰고 남은 것일 것이다. 이런 모양의 편지지는 교도소 매점에서 팔지 않을 것이다. 캐슬린이 음주운전 사망사고로 감옥에 들어오기 전에 가지고 있던 것일 수도 있다. 그렇게 보면 눈부시게 푸른 하늘 아래 백사장에 밝은 노란색과 빨간색 파라솔이 꽂혀 있고, 갈매기가 날아다니는 15센트 우표 그림도 설명이 된다.

내가 마지막으로 15센트 우표를 산 지 20년은 지났을 것이다. 따라서 캐슬린이 지금까지 이 우표를 간직하고 있는 건 특별한 이유가 있거나, 누군가 보내줬기 때문일 것이다. 나는 캐슬린이 우편 요금을 감당하기 어렵다고 말했던 걸 기억한다. 이 우표 전지는 원래 스무 장으로 된 것인데, 열 장이 보이지 않는다. 나는 그 얇은 편지지 뭉치 중에 맨 윗장을 들고 불빛에 비춰본다. 그 앞장에 편지를 쓸 때 눌린 자국이 보일 수도 있기 때문이다. 그 편지지를 잡고 방향을 돌려가며 불빛을 비추자, 꾹꾹 눌러쓴 글자 자국이 보인다. 날짜는 6월 27일. 인사말은 '사랑하는 딸에게'.

"……그래요. 그 여자의 행적을 정확하게 물어보기 위해서죠. 소장님은 캐슬린 롤러가 운동장에서 한 시간 동안 걸었다고 했어요. 한 시간 내내 말이에요. 좋아요. 그건 알겠습니다. 하지만 이미 말했다시피 그 자리에 함께 있었던 교도관의 이야기를 들어봐야 할 필요가 있어요. 캐슬린 롤러가 물은 마셨는지, 얼마나 많이 마셨는지, 얼마나 자주 휴식을 취했는지, 어지럼증이나 근력 저하, 두통, 메스꺼움 같은 건 호소하지 않았는지 말입니다. 다른 불평은 없었는지 말이죠." 열려 있는 감방문 뒤에서 콜린이 타라 그림에게 말하는 소리가 들린다.

"내가 전부 다 물어봤고, 박사님한테 그대로 전했어요." 타라 그림이 나지막하지만 듣기 좋은 목소리로 말한다.

"그걸로는 충분하지 않습니다. 그 교도관을 직접 불러주거나, 우리를 그 사람이 있는 곳으로 데려가 주시죠. 그 교도관과 직접 이야기해봐야겠습니다. 운동장도 보고 싶군요. 이 모든 일들이 원활하게 이루어져야 더 이상 지체 없이 시신을 가지고 돌아갈 수 있을 겁니다……."

나는 몇몇 단어들을 알아볼 수 있지만, 편지지에 남아 있는 자국들을 모두 다 알아볼 순 없다. 아무래도 창살로 덮인 창문으로 들어오는 빛과 흐릿한 감방 조명보다는 나은 조건에서 제대로 살펴보기 전까지는 캐슬린이 편지에 뭐라고 썼는지 알아보기 힘들 것이다. 아마 감방 조명은 불을 끄고 숨어 있다가 교도관을 공격하는 일을 방지하기 위해 중앙통제실에서 조절하고 있을 것이다. 나는 이제는 눈에 익은 서체를 어렴풋이 알아본다.

나도 알아. (……) 농담이지? (……) 그래서 나도 나누려고 생각했어. (……) PNG에 (……) 어느 정도는 맞을 거야. (……) 뇌물로 나를 사로잡으려고 했지만 (……) 넌 어때? (……)

PNG는 '환영받지 못한 사람(persona non grata)'을 말하는 건가? 법적인 개념에서 환영받지 못한 사람은 특정 국가에서 출국 요청을 받는 견책당한 외교관을 말한다. 캐슬린이 누구를 말하는 건지 생각하고 있을 때, 마리노가 감방에 들어오는 소리가 들린다. 그는 침대 옆에 튼튼해 보이는 방수 펠리컨 케이스를 내려놓는다.

"확대경으로 확인할 게 있어요. 가능하면 발광 다이오드가 달린 10배율로요. 여긴 조명이 시원찮으니까요." 마리노가 케이스의 뚜껑을 열자, 내가 말한다.

그가 빛이 나는 확대경을 찾아 건네자, 나는 전원을 켜고 천천히 캐슬린 롤러의 창백한 손을 살핀다. 분홍빛이 도는 매끈한 손바닥, 손가락과 안쪽 살, 주름진 피부, 지문, 푸르스름한 정맥을 조명 달린 10배 확대경으로 들여다본다. 살짝 들어간 그녀의 손톱은 깨끗했고, 손톱 속에는 죄수복이나 침대 시트에서 묻은 것 같은 희끄무레한 섬유조직이 보인다. 오른손 엄지손톱에 오렌지색 물질이 끼어 있다.

"가는 핀셋과 GSR(전기 피부 반응) 기구가 있는지 봐줘요. 콜린한테 없으면, 청 수사관이라도 가지고 있을 거예요." 나는 마리노에게 말한 뒤, 캐슬린의 오른손 엄지손가락 두 번째 관절을 잡고 들어 올린다. 시신의 체온은 식어가고 있지만, 여전히 살아 있는 것처럼 유연하다.

마리노가 케이스 안에 있는 도구들을 살핀다. "여기 있소."

외과 수술 조수처럼 마리노는 장갑을 낀 내 손바닥 위에 핀셋을 올려놓는다. 그리고 손바닥과 손등에 총탄 잔여물을 들어 올리기 위해 원형 탄소 테이프 흡반을 붙인 작은 금속 토막을 건네준다. 나는 마리노에게 확대경을 캐슬린의 엄지손톱 위에 들고 있으라고 한 뒤, 핀셋으로 희끄무레한 섬유조직과 오렌지색 물질을 고정한 뒤, 흡반이 붙어 있는 금속 토막으로 건져낸다. 그리고 그것들을 작은 증거 보관용 비닐에 넣고 라벨을 붙인다.

나는 침대 옆에 웅크리고 앉아, 밖으로 보이는 캐슬린의 다리와 맨발을 살펴본다. 확대경을 들고 왼쪽 발등을 보니 불그스레한 자국들이 군데군데 남아 있다.

"벌레한테 물린 것 같은데." 마리노가 말한다.

"뭔가 뜨거운 게 튄 것 같아요. 발등에 뜨거운 물방울이 떨어지면 1도 화상을 입을 수 있어요."

"이 안에서 어떻게 뜨거운 게 튀었는지 모르겠소." 그가 시신 위로 몸을 숙이더니, 내가 말하는 부위를 자세히 들여다본다. "세면대 온수가 그 정도로 뜨겁나?"

"가서 물을 한번 틀어봐요. 하지만 그건 아닐 것 같아요."

"물을 틀어도 괜찮은 거요?"

"세면대는 검사를 끝냈어요. 뜨거운 물이 나오는지 확인하고 싶으면 물을 틀어도 돼요. 어쩌면 뭔가 가지고 있었을지도 모르죠. 전기가 통하는 물건이라든가." 청이 감방문 앞에서 말한다. "감전당했을 가능성도 있습니까?"

"지금으로선 어떤 가능성도 열려 있어요." 내가 대답한다.

"누군가 헤어드라이어, 다리미 같은 물건들을 쓰라고 가져다줬을 수도 있죠. 확실히 규정에는 어긋나지만 말입니다. 하지만 만일 그런 거라면 전기 냄새가 나는 것도 설명이 되죠." 청이 말한다.

"그런 거라면 플러그는 어디에 꽂았을까요?" 감방 안에는 콘센트가 보이지 않는다. 벽 높은 곳에 있는 TV 선을 꽂은 콘센트는 손을 댈 수 없게 막아둔 상태다.

"배터리로 작동되는 물건이 폭발했을 수도 있소." 마리노가 세면대 물을 틀면서 말한다. "배터리로 작동되는 물건이 그 정도의 열을 발산할 수 있다면 폭발할 수도 있을거요. 하지만 그런 상황이었다면 캐슬린 롤러는 발등에 작은 흔적이 남는 정도가 아니라 더 심한 부상을 입었을 거요. 벌레에 물린 게 아닌 건 확실해요?" 그는 물줄기에 손을 대고 물이 어느 정도 뜨거워지는지 확인하고 있다. "아무래도 그쪽이 더 말이 되는 것 같은데. 밖에 나갔을 때부터 상태가 좋지 않았잖소. 그럴 수 있어요. 망할 말벌이 내 양말과 신발 위를 쏘고 죽은 적이 있소. 한번은 할리 데이비드슨을 타고 꿀벌 떼를 뚫고 달리다가 쏘인 적도 있고. 헬멧 안쪽에 쏘이는 건 정말 재미없지."

"그런 경우라면 부종이 있거나 조금이라도 부었을 거예요. 이건 최근에 입은 화상 자국이에요. 피부 외피에만 1도나 2도 정도 화상을 당한 거죠. 제법 아팠을 거예요." 내가 설명한다.

"세면대 물은 아닌 것 같소. 전혀 뜨겁지 않으니까. 미지근하지도 않아요." 마리노가 세면대 수도를 잠그며 말한다.

"캐슬린 롤러가 어쩌다 화상을 입었는지 한번 물어봅시다."

마리노는 청을 지나 감방 밖으로 나간다. "혹시 화상을 입은 적이 있는지 박사가 알고 싶어 하오." 마리노의 목소리가 들린다.

"누가요?" 콜린의 목소리다.

"캐슬린 롤러 말이오. 누군가 캐슬린에게 아주 뜨거운 커피나 차 같은 것을 줘서 발에 흘린 적이 있는지 말이오."

"왜요?" 콜린이 묻는다.

"그건 불가능해요. 격리된 재소자들은 전자레인지를 이용할 수 없어요. 브라보 포드 안에는 주방을 제외하면 전자레인지가 없으니까요. 그리고 캐슬린은 주방에 들어갈 수가 없어요. 캐슬린이 화상을 입을 정도로 뜨거운 뭔가를 만질 가능성은 없어요." 타라 그림이 대답한다.

"왜 그런 걸 물어보는데?" 콜린이 입구에 모습을 보이며 묻는다. 더 이상 흰색 타이백 작업복을 입고 있지 않다. 땀을 많이 흘려서 그런지 기분이 썩 좋아 보이진 않는다.

"왼쪽 발에 화상을 입었어. 뭔가 떨어뜨렸거나 튄 자국이야." 내가 대답한다.

"사무실에 가서 자세히 살펴보지." 그는 다시 문 뒤로 사라진다.

"캐슬린을 발견했을 때 신발이나 양말을 신고 있었나요?" 나는 누구에게랄 거 없이 물어본다.

타라 그림이 감방 입구에 모습을 보인다.

"아니요. 우린 캐슬린의 신발이나 양말을 벗기지 않았어요. 운동을 끝내고 들어와서 자기가 직접 벗었을 거예요. 우린 아무것도 손대지 않았어요."

"양말이나 신발을 신고 있던 상태라고 해도, 이 정도 화상이면 느낌이 좋지 않았을 거예요. 캐슬린이 운동할 때 절뚝거리진 않았나요? 어딘가 불편하다고 말했다거나?" 내가 묻는다.

"덥고 힘들다는 불평만 했다고 들었어요."

"감방에 돌아온 뒤에 화상을 입었을 수도 있겠네요. 운동을 마치고 돌아와 샤워를 했나요?"

"다시 한 번 말하지만, 그건 불가능해요. 화상을 입을 만한 건 아무것도 없었으니까요." 타라가 적의를 숨기지 않고 단호하게 천천히 말한다.

"오늘 아침 감방에서 전기 제품 같은 걸 사용할 일은 없었나요?"

"그럴 일은 없어요. 브라보 포드의 모든 감방에는 콘센트가 없어요. 캐슬린이 화상을 입을 만한 건 아무것도 없어요. 백 번을 물어봐도 내 대답은 똑같을 거예요."

"화상을 입은 흔적이 있어요. 왼쪽 발에요." 내가 대답한다.

"그게 화상 자국인지 모르겠군요. 캐슬린은 화상을 입을 수가 없었어요. 박사님이 잘못 알고 계신 거예요." 타라가 나를 노려본다. "여긴 화상을 입을 만한 물건이 아무것도 없으니까요. 어쩌면 모기한테 물렸거나, 벌에게 쏘인 걸 수도 있죠."

"이건 물리거나 쏘인 자국이 아니에요."

나는 캐슬린의 머리를 촉진한다. 평소 하던 것처럼 보라색 장갑을 긴 손가락으로 두개골의 윤곽을 느끼며 목으로 내려가는 것이다. 금이 갔다거나, 머리카락 속에 숨겨진 연조직 출혈로 인해 물렁물렁해진 부분이라든가, 대부분 감지하기 힘든 부상들을 찾아내는 것이다. 캐슬린은 아직 따뜻하다. 내가 손으로 머리를 더듬자, 마치 잠들어 있는 것처럼 입술을 살짝 벌린다. 금세라도 눈을 뜨고 뭔가 말할 것 같은 모습이다. 상처나 이상한 건 아무것도 없다. 나는 마리노에게 카메라와 15센티미터짜리 투명 자를 달라고 한다.

손톱 밑에서 오렌지색 물질과 섬유조직을 빼낸 손에 초점을 맞추고 시신의 사진을 찍는다. 왼쪽 발등의 화상 자국을 찍은 뒤, 영안실로 이송하는 도중에 다른 물질이 들어가거나, 없어지는 것이 없게 손과 발을 갈색 종이봉투로 감싼 뒤 손목과 발목을 고무줄로 고정한다. 이제 타라 그림은 허리에 양손을 올린 채 입구에 서서, 노골적으로 내가 일하는 모습을 지켜보고 있다. 나는 사진을 더 많이 찍는다. 필요한 것보다 훨씬 많이 찍는다. 내가 화가 났을 때 시간을 끄는 방식이다.

23

죽은 자를 돌보는 사람들

콜린이 해안 지역 범죄 연구소의 뒷문을 열자, 우리는 차에서 내려 무더운 바깥으로 나와 천둥 같은 소리를 내며 짙은 먹구름이 다가오는 거친 바다를 쳐다본다. 4시가 조금 지난 시각이다. 남서쪽에서 풍속 30노트의 거센 바람이 불어온다. 루시의 말에 따르면 헬리콥터가 뒤로 밀려날 정도의 강풍이라고 한다.

"로키 산맥의 기상 상태가 나아지고 비바람이 멈추기를 기다렸다가, 연료를 넣기 위해 럼 버튼에 착륙해야 해. 끝도 없이 소나무들과 돼지 농장들 위를 날아가는 거 지겨워 죽겠어. '화재 예방 불길(더 큰 화재를 막기 위해 일부러 불을 붙이는 것-옮긴이)' 때문에 사방에서 연기가 올라오고 있고. 다음부터는 이모부가 버스를 타는 게 나을 것 같아."

"마리노가 조금 전에 공항으로 출발했어. 그리고 엄청난 폭풍우가 몰려오고 있는 것 같아." 나는 콜린과 함께 직원 주차장과 배달용으로 쓰는 넓은 아스팔트 도로를 가로질러 가며 조카에게 말한다. 이제 눈에 보일 정도로 습도가 높다.

"우린 괜찮을 거야. 계속 시계 비행 중이고, 1시간이나 1시간 15분 정도 더 걸릴 것 같아. 아니면 싸움닭 찰리 쪽으로 진로를 돌려서 머틀 비치에서 해안 쪽으로 따라갈 거야. 그렇게 되면 많이 돌고, 시간도 더 걸리겠지만." 루시가 말한다.

싸움닭 찰리는 민간 비행기나 작전에 참여하지 않는 비행기들에게는 공개하지 않는 위험한 훈련이나 작전에 이용되는 군사작전 지역 영공이다. 만일 군사작전 지역이 이용 중이거나 '뜨거운' 상황일 때는 멀리 떨어져 있는 게 상책이다.

"내가 너한테 항상 하는 말 알지. 문제가 있더라도 서두르지 마." 난 루시에게 말한다.

"밀콤(milcom)에서 들은 대로라면 그쪽은 뜨거울 거야. 실은 나도 저고도 전술이든 곡예비행이든 중간에 끼는 건 원하지 않아." 루시는 국방 통신이나 UHF 모니터링을 언급하면서 말한다.

"그런 일은 없었으면 좋겠다."

"드론이나 캘리포니아에 있는 컴퓨터로 원격조종되는 윙윙거리는 비행체들을 피하는 건 말할 것도 없고. 이모는 이 근처에 얼마나 많은 군부대와 제한구역이 있는지 모르지? 거기에 데어 스탠드(사냥꾼들에게 유리한 장소를 제공하기 위해 나무들로 둘러싸인 공터-옮긴이)도. 이모도 아직 어떻게 된 일인지 모르는 모양이네. 목소리가 안 좋은 것 같아." 루시는 캐슬린 롤러에게 무슨 일이 있었는지를 말하는 것이다.

"뭐든 찾아내기만 바랄 뿐이야."

"보통은 바라는 것보다 많이 찾아내잖아."

"이번 사건은 평소와 달라. 교도소에서도 힘들었고, 내 목소리가 안 좋은 건, 실제로 별로 안 좋기 때문이야." 감방 입구에 서서 나를 노려보던 타라 그림의 얼굴을 떠올린다. 그리고 그 뒤에 캐슬린 롤러의 운동을 감독했던 교도관을 만났다.

공격적인 분위기에 화난 눈빛, 몸집이 큰 슬레이터 교도관의 말에 따르면 평소와 다른 점은 전혀 없었다고 했다. 캐슬린은 오전 8시에서 9시까지 브라보 포드로 옮긴 뒤에 '항상 하던 것처럼' 운동을 했다고 했다. 그리고 우리는 슬레이터 교도관의 안내에 따라 운동장을 살펴보았다. 나는 캐슬린이 몸이 안 좋다거나 불편하다는 말을 하진 않았는지 물었다.

이를테면 지친다거나, 어지럽다거나, 숨을 쉬기 어렵다고 하진 않았는가? 벌레에 물린 것처럼 보인 적이 있었는가? 절뚝거리면서 걷지는 않았는가? 아픈 것처럼 보이진 않았는가? 슬레이터 교도관은 그날 아침에 캐슬린은 다른 말이 없었고, 그저 더위를 불평했다고만 말했다. 이미 이곳에서 여러 번 들었던 말이다.

슬레이터 교도관은, 캐슬린이 운동장을 돌면서 주기적으로 철책 울타리에 몸을 기댔으며, 몇 번인가 쭈그리고 앉아 운동화 끈을 다시 맸다고도 했다. 한쪽 발이 불편했을 수도 있지만, 화상을 입었다는 말은 하지 않았다. 슬레이터 교도관은 브라보 포드에서 화상을 입는 건 불가능한 일이라는 타라 그림이 우리에게 했던 불필요한 변명을 앵무새처럼 따라했다.

"어째서 그런 생각을 하는 건지 모르겠네요." 교도소장을 쳐다보며 슬레이터 교도관이 우리에게 말했다. 브라보 포드에 있는 재소자들은 전자레인지를 이용할 수 없고, 화상을 입을 정도로 뜨거운 물이 나오지도 않는다. 캐슬린은 운동장을 돌다가 이따금 목이 간지러운 것 같다면서 물을 달라고 했다. 꽃가루나 먼지 때문일 수도 있고, '감기에 걸린 것 같기도 하고, 졸린 것 같다는 말을 하기도 했다'는 것이다.

"무슨 뜻으로 '졸리다'는 말을 했을까요?" 내가 묻자, 교도관은 짜증스러워하는 것 같았다. "글쎄요. 그냥 졸리다고 했어요." 슬레이터 교도관은 그렇게 말해서 유감스럽다는 듯 다시 그 말을 되풀이했다. 그리고 그만 돌아가고 싶어 했다. 나는 졸린 것과 피곤한 것의 차이에 대해 설명했다. 신체활동을 하게 되면 피곤해지고, 병에 걸릴 수도 있다고 지적했다. 하지만 졸리다는 건 잠이 몰려오고 눈을 뜨기 힘든 상태를 말하는 것으로, 수면 부족에서 기인하는 경우일 수도 있지만, 저혈당처럼 건강 상태가 안 좋을 때 나타나는 증상일 수도 있다.

슬레이터 교도관은 타라 그림에게 눈짓하더니, 콜린과 내게 캐슬린은 아침 식사를 마친 뒤 얼마 되지 않았을 때 더위와 습기가 심한 밖에 나가고 싶지 않다고 투덜거렸다고 대답했다. 확실하진 않지만 너무 많이 먹어서 소화불량이었을 수도 있고, 속쓰림이 있었을지도 모른다. 슬레이터 교도관은 캐슬린이 항상 조지아 교도소의 음식에 대해 불평했다는 말도 덧붙인다.

캐슬린은 브라보 포드의 감방으로 음식이 전달되든 식당에서 먹든 음식에 대해서는 항상 '안달'했다고 했다. 내내 음식 얘기만 했는데, 보통은 맛이 없다거나 양이 부족하다고 불평했다. "캐슬린은 항상 뭔가 마음에 안 드는 게 있었어요." 슬레이터 교도관이 말했다. 나는 말할 때마다 음조 변화와 시선이 계속 흔들리는 교도관의 모습에서 어제 캐슬린과 이야기를 나누었을 때와 같은 느낌을 받았다. 슬레이터 교도관은 교도소장을 신경 쓰고 있었고, 사실대로 말하지 않고 있었다.

"벤턴은 뭘 하고 있니?" 난 루시에게 묻는다.

"보스턴 지국과 통화 중이야."

"새로 알아낸 건?" 나는 딘 킨케이드에 대한 소식을 알고 싶다.

"내가 알기론 없어. 하지만 이모부가 평소처럼 아무도 듣지 못하게 경사로에서 진지한 표정으로 통화하는 중이야. 바꿔줄까?"

"굳이 그럴 거 없어. 이따가 만나서 이야기하자. 여기 누가 있을지도 모르지만." 루시가 제이미 버거와 마주칠 경우에 대비해서 한 말이다. 아까 전화를 했는데도, 제이미는 여전히 소식이 없다.

"그게 그 사람 문제일지도 몰라." 루시가 말한다.

"이런 건 문제도 아니야. 차라리 네가 불편한 만남을 하지 않는 것이 낫지."

"숨이 막힐 테니까."

콜린과 함께 영안실에 도착하자 크레오소트와 뜨거운 햇볕을 받아 탈 것 같은 쓰레기통 냄새가 난다. 영안실은 창문이 없는 연노란색 콘크리트 건물로 측면에 냉난방 환기 장치가 달려 있고, 한쪽엔 산업용 예비 발전기가, 다른 한쪽엔 구역이 있다. 뒤쪽 울타리 너머로 키 큰 소나무들이 바람에 흔들리고 있고, 저 멀리 몰려오고 있는 먹구름에서 번쩍거리며 번개가 내리치고 있다. 남서쪽 먼 곳에서부터 비가 내리는 것이 보인다. 플로리다에서 이쪽으로 폭풍우가 몰려오고 있다. 거대한 금속 덧문이 올라가자, 우리는 텅 빈 콘크리트 공간으로 들어간다. 콜린은 그 안에 있는 또 다른 문을 열쇠로 연다.

"우린 일 년에 평균 두 번 부검을 하고, 대여섯 번 검안을 해." 콜린이 루시의 전화로 중단되었던 조지아 교도소와 관련된 업무에 대한 이야기를 마무리한다.

"내가 당신이라면, 타라 그림이 교도소장이 된 뒤에 일어났던 일들은 모두 검토했을 거야." 내가 대꾸한다.

"대부분 암이나 만성폐쇄성 폐 질환, 간 질환, 울혈성 심부전이야. 조지아에서는 재소자가 죽을병에 걸렸을 경우 형 집행 정지를 하지 않아. 그래서 우리가 필요한 거지. 유죄 판결을 받은 흉악범을 암에 걸려 죽어간다고 출소시켰다가, 은행을 털거나 다른 사람을 총으로 쏴 죽일 수도 있으니까."

"재소자들이 호스피스에서 죽는 경우가 아니라면, 죽음에 의심의 여지가 있다는 말이잖아. 나라면 다시 살펴볼 거야." 내가 제안한다.

"생각해보지."

"조금이라도 마음에 걸렸던 일이 있었다면 내가 다시 살펴볼게."

"솔직히 말해 그 당시에는 마음에 걸리지 않았는데, 당신 말을 듣다 보니 뒤늦게 생각나는 일이 있어. 샤니아 플레임스. 정말 안타까운 사연이지. 산후 우울증에 망상 장애까지 있던 여자가 결국 자기 아이들 셋을 죽였어. 베란다 난간에 아이들의 목을 매달았지. 루더워시에서 타일 회사를 운영하는 남편은 그때 시외에서 낚시를 하고 있었어. 그러다 집에 돌아왔는데 그런 상황이라니 어땠을까?"

콜린은 바닥 저울과 대형 냉장고, 상자들이 놓인 작은 사무실이 있는 반입 구역 안에서 대형 검은색 장부를 확인한다.

"됐어. 그 여자는 여기 있어." 캐슬린 롤러를 말하는 것이다.

"샤니아 플레임스는 조지아 교도소에서 돌연사했지." 내가 말한다.

"사형수였어. 4년 전에 그 여자는 아침에 운동을 마치고 난 뒤에 자살했지. 질식사였어. 죄수복 바지를 이용해 한쪽 다리로 목을 감고, 다른 한쪽으로 발목을 묶은 거야. 스스로 자신의 몸을 꼼짝 못 하게 묶은 셈이지. 그런 뒤에 엎드려서 다리를 침대 가장자리에 걸친 뒤, 산소가 뇌로 가지 못하게 경정맥을 압박하며 힘껏 잡아당긴 거야."

우리는 흰색 타일이 깔린 복도를 따라 탈의실과 욕실, 온갖 저장고들을 지나 부패부검실로 들어간다. 부검대 한 개와 서랍이 두 개 달린 냉동 냉장고가 있다. 콜린은 그 사건을 두고 사실상 자살로 밝혀질 환경에서 이상할 정도로 독창적인 방식의 죽음이었다고 말한다. 그리고 샤니아 플레임스가 바지를 이용한 방법이 제대로 통할 것인지 확신이 가진 않았지만, 시험해보진 않았다고 한다. 콜린은 그 사건과 관련해 기억나는 세부적인 사항들을 말해주다가, 또 다른 사례를 떠올린다. 작년에 레아 애버너시라는 죄수가 변기에 얼굴을 박은 채 발견되었다는 것이다. 변기의 강철 가장자리에 목을 눌린 것이 자세성 질식사의 원인이었다.

"그 여자의 목에는 졸린 흔적이 없었어. 하지만 폭이 넓고 비교적 부드러운 천을 이용하면 묶인 흔적이 남지 않을 수도 있지." 콜린은 샤니아 플레임스에 대해 이야기한다. "목 안쪽에는 다른 상처가 없었어. 그것도 이상할 건 없어. 불완전하게 목을 조인 상태로 자살 교살을 하거나, 자세가 좋지 않은 상태로 교살할 경우엔 그러니까. 레아 애버너시의 경우에도 다른 증거나 상처는 없었지."

배리 루 리버스의 경우에도 그는 주로 내력에 기반해 소거법의 원칙으로 진단했다.

"법의학을 하고 싶진 않았어." 콜린은 깊은 강철 개수대와 빨간색 생화학 쓰레기통, 바구니, 선반에 일회용 방호복이 있는 대기실로 들어가면서 우울하게 말한다. "답답하니까."

"레아 애버너시는 무슨 죄를 지었는데?" 내가 묻는다.

"청부살인으로 남편을 수영장에 빠뜨려 죽였어. 사고로 위장하려고 했지만 뜻대로 되지 않은 거지. 남편 뒷머리에 큰 타박상을 입었고, 커다란 두개내혈종도 있었어. 물에 빠지기 전에 죽은 거지. 더군다나 그 여자는 자기와 내연관계인 남자에게 청부살인을 의뢰했어."

"그래서 그 여자는 어떻게 됐어? 변기 물에 익사한 건 아니겠지?"

"그건 불가능한 일이지. 교도소 변기는 길고 얕은 데다가, 물은 제일 밑에만 고여 있으니까. 감방 안에 있는 다른 물건들과 마찬가지로 자살 방지용으로 만들어져 있어. 익사나 질식사를 하려면 누군가 머리를 억지로 밀어 넣지 않는 한 불가능해. 아까 말했듯이 레아 애버너시는 아무 상처도 없었고, 다른 표식도 없었어. 그냥 그 여자가 속이 안 좋았던 거지. 토하고 있었는지도 모르고. 어쩌면 식이장애가 있었던 걸 수도 있어. 그래서 부정맥이 오고, 의식을 잃은 거야."

"그럼 그 여자는 살아 있는 상태에서 그 자세 때문에 목숨을 잃은 거라고 추정할 수 있겠네."

"추정이야 어떻게 하든 상관없어. 다만 다른 건 없었어. 유독성 물질도 없었고, 다른 배제할 만한 요소들도 없었지." 콜린이 침울하게 말한다.

"상징적이야. 남편은 익사했고, 여자는 변기에 머리를 집어넣은 채 죽었어. 얼핏 봐서는, 잘 모르는 사람이 보면 익사한 것처럼 보였을 거야. 샤니아 플레임스는 아이들을 목매달아 죽였고, 자기도 목매달아 죽었어." 나는 타라 그림이 아이들이나 동물들에게 해를 끼친 사람은 용서하지 않는다고 했던 말을 떠올린다. 생명은 줄 수도 빼앗을 수도 있는 선물이라고 했다. "참치 샌드위치에 독을 넣었던 배리 루 리버스는 마지막 식사로 같은 걸 먹었지."

우리는 방수 토시와 앞치마를 착용하고 신발 커버, 외과 수술용 모자와 마스크를 쓴다.

"이런 거추장스러운 것들을 걸치지 않아도 괜찮았던 예전이 좋았던 것 같아." 콜린이 화가 난 듯 말한다.

"그때도 괜찮았던 건 아니야. 이렇게 하는 게 더 좋다는 걸 몰랐던 거지." 나는 수술용 마스크로 코와 입을 가리며 말한다. 그리고 눈을 보호하기 위한 보안경을 쓴다.

"확실히 이제는 걱정해야 할 게 더 많아졌어." 콜린이 끔찍하다는 듯 말한다. "이 세상에는 이제껏 본 적도, 들은 적도 없는 끔찍한 재앙이 닥칠지도 몰라. 화학물질과 질병의 무기화. 누가 뭐라고 하든 상관없어. 엄청난 수의 전염병으로 죽은 시신이나 오염된 시신에 대비할 수 있는 사람은 없으니까."

"기술로 인한 파괴를 기술이 바로잡을 순 없어. 만일 최악의 사태가 벌어져도 아무도 제대로 대처할 수 없을 거야." 나도 동의한다.

"그것도 당신 같은 사람이나 그렇게 말하는 거야. 사실 인간의 본성을 치료할 수는 없어. 요즘 사람들이 무슨 짓이든 저지를 수 있다는 걸 알면 지니도 병 속에 다시 들어가지 않았을 거야."

"콜린, 지니는 원래 병에 들어가 있지 않았던 것 같은데. 확실히 병은 아니야."

우리는 열린 문으로 엑스레이실을 통과한다. 이제 더 이상 사용할 일이 없는 실시간 투시경이 얼핏 보인다. 하지만 컴퓨터 단층 촬영이나 3D 소프트웨어 자기 공명 화상법 같은 기술 발달도 우리를 도울 수 없을 것이다. 캐슬린 롤러가 어떻게 죽었는지는 CT나 MRI, 그 외 어떤 기계로 스캔해도 보이지 않을 것이다. 나는 새미 청이 문서와 검사 샘플 들을 연구실로 보냈기를 바란다.

부검실 안에는 지저분한 수술복과 피 묻은 비닐 앞치마를 두른 근육질의 젊은 남자가 시신을 봉합하고 있다. 시신은 아침에 있었다는 오토바이 사고 사망자인 모양이다. 머리가 심하게 찌그러진 캔처럼 기형이고, 얼굴은 도저히 알아볼 수 없을 정도로 망가졌으며 온몸이 피투성이다. 모든 것이 색감과 질감이 부족한 영안실의 살균된 차가운 콘크리트와 반들거리는 금속과 현저하게 대조적이다.

나는 피해자의 나이를 짐작할 수 없다. 하지만 머리는 까맣고, 몸은 호리호리하면서도 잘 단련되어 있다. 그런 몸을 만들기 위해 수고를 아끼지 않은 것처럼 보인다. 나는 혈액과 세포가 분해되기 시작했을 때의 냄새를 맡는다. 생명 활동이 그 자체로 분해에 열중하는 동안 머리 위로 비치는 전등 불빛 속에서 흰색 실을 달고 있는 긴 외과용 바늘이 반짝거리고, 개수대에 떨어지는 물방울이 강철 위를 두드린다. 그 방의 한쪽 끝에는 캐슬린 롤러가 누워 있는 바퀴 달린 들것이 놓여 있다. 캐슬린은 하얀색 시신 주머니 안에 들어가 있다.

"그 남자를 검안 대신 부검해야 하는 이유가 뭔가?" 콜린이 머리를 짧게 깎고, 목 한쪽에 해병대 불도그 문신을 한 영안실 조수에게 묻는다. "잘못 보면 산탄총에 맞은 것처럼 보일 정도로 머리가 거의 남아 있지 않은데 말이야. 검안하는 것만으로도 충분한 것처럼 보이는데. 오토바이 사고 사망자에게 조지아 납세자들의 세금을 낭비하는 이유는 뭐지?"

"이 남자가 교통 체증 시간에 오토바이를 타고 맞은편 차선으로 뛰어든 이유가 심장마비를 일으켰기 때문일 수도 있으니까요." 그는 시신의 흉골에서 골반까지 Y자형으로 봉합하며 말한다. "이 남자는 병력이 있어요. 지난주에도 가슴 통증 때문에 병원에 입원했죠."

"그렇게 결정한 거야?"

"그 결정은 제가 할 일이 아니죠. 그 정도로 대우가 좋진 않잖아요."

"그 정도로 좋은 대우를 받는 사람은 없어." 콜린이 말한다.

"트럭에 깔려 이 지경이 됐지만, 이 남자는 그전에 심장이 멎었기 때문에 심장마비로 숨을 거뒀어요."

"호흡 정지가 아니고? 스카페타 박사를 만난 적이 있는지 모르겠군." 콜린이 엄숙하게 말한다.

"네. 이 사람은 확실히 숨이 멎었어요. 박사님, 만나뵙게 돼서 반갑습니다. 전 콜린 박사님한테 잔소리를 좀 해야겠어요. 누군가는 해야 할 일이라서요." 조지가 봉합하면서 내게 윙크한다. "박사님이 여기 오는 의대생들에게 심장마비와 호흡정지는 사망 원인이 아니라는 말을 일주일에 몇 번이나 하는 줄 아세요?" 그는 자기 상사를 흉내 낸다. "열 번 총에 맞고, 심장이 멈추고, 숨이 멎어도 그 때문에 죽는 건 아니다." 조지는 웃기는커녕, 미소조차 짓지 않고 있는 콜린을 놀린다.

"이 일은 거의 끝났어요. 다음 부검에도 제가 있어야 할까요?" 조지가 보다 진지한 모습으로 말한다.

그는 바늘을 돌려 매듭을 지은 뒤, 두꺼운 실을 자른다. 그리고 바늘을 스티로폼에 꽂아둔다.

"제가 없어도 되면 오늘 아침에 도착한 물품들을 치울까 싶어서요. 전 그 구역을 깨끗하게 치우는 일이 좋거든요. 조만간 샘플 병들은 정리해야 할 거예요. 계속 이런 말씀 드리고 싶진 않지만, 박사님도 선반이 무너져서 사방에 포르말린과 온갖 것들이 떨어지는 걸 원하진 않으시죠? 공간도 없고, 돈도 없어요. 전 이곳을 배경으로 컨트리 노래를 만들 거예요." 조지가 내게 말한다.

"그것들을 버리면 내가 어떻게 할지 알 거야. 잠깐 밖에 나갔다 와. 스카페타 박사와 내가 먼저 시작하고 상황을 볼 테니까." 콜린의 표정이 굳어 있다. 나는 그의 눈빛으로 무슨 생각을 하고 있는지 알 수 있다.

콜린은 자기가 놓친 것이 없는지 궁금한 것이다. 죽은 자들을 돌보는 우리 같은 사람들이 제일 두려워하는 것이 바로 그것이다. 만일 우리가 오진을 할 경우 다른 사람이 죽을 수도 있다. 일산화탄소 중독인지, 살인 사건인지를 알아낸다면 그와 유사한 일들을 막을 수 있다. 우리가 누군가를 ✝할 수 있는 경우는 드물지만, 가능한 한 모든 조사를 다 해야만 하는 것이다.

"예전 사건들 조직 샘플을 다 가지고 있어?" 나는 배리 루 리버스나 샤니아 플레임스 레아 애버나시의 조직 샘플이 남아 있는지 묻는다.

"위 조직만 제외하면. 위 조직은 냉동 보관해야 하니까."

"그건 왜 보관하고 있는 건데?"

"모르겠어. 생각해본 적 없으니까. 이유는 없는데 그냥 그렇게 하고 싶었어."

"우리 같은 사람들이 그런 말을 몇 번이나 할 것 같아?" 나는 콜린의 기분을 풀어주려고 애쓴다. "포르말린 고정 조직 검사에 성공할 때마다. 그리고 무엇을 찾느냐에 따라서 말이야."

"그게 문제지. 어디를 검사할까?"

우리는 황갈색 에폭시로 마감한 바닥을 가로지른다. 그쪽에는 기둥 위에 탁자 세 개가 더 있고, 개수대가 부착되어 있으며, 그 아래 공간에는 공기 후드가 설치되어 있다. 각 위치에 세워져 있는 카트에는 수술 도구들, 증거용 튜브, 용기, 도마, 머리 위쪽 코드 릴에 플러그를 꽂은 전기 진동 톱, 밝은 빨간색 뚫림 방지용 일회용 용기가 가지런히 놓여 있다. 캐비닛, 라이트박스, 자외선 공기 살균제는 벽 쪽에 있고, 증거 건조 캐비닛과 작업대, 서류 작업할 때 쓰는 금속 접이식 의자가 있다.

"내 담당은 아니지만, 캐슬린 롤러가 노출되었을지도 모르는 물질 일 순위는 과열된 전기 절연체와 비슷한 냄새가 나는 희끄무레한 회색 잔여물이야. 세면대에 묻어 있던 그 물질은 최대한 빨리 분석해달라고 도움을 청했어. 확실히 캐슬린의 감방에서는 특유의 냄새가 나지 않았던 것 같아. 당신한테 어떻게 하라고 말할 생각은 없어. 설령 당신이 영향을 끼쳤더라도 말이지.

새미는 우리 두 사람한테 영향을 받았을 거야. 증거, 도구 자국, 서류, 그 모든 게 도전적이잖아. 요즘엔 전부 DNA가 있다지만, DNA가 모든 문제를 풀어주진 않아. 하지만 검찰 측에 말은 해볼 수 있지. 특히 경찰에 말이야. 검사하는 사람들이 바로 알아낼 거야. 난 아무 냄새도 맡지 못했지만, 당신 말을 믿어. 당신이 하고 싶은 건 무엇이든 말해도 돼. 당장은 과열된 전기 절연체 같은 냄새가 나는 독이 있는지 생각나지 않으니까."

"대체 그게 뭘까? 캐슬린이 가지고 있던 건 뭘까? 그리고 어떻게 구한 거지? 그것도 브라보 포드 같은 일급 보호감호동에서 말이야. 공용 구역에 갈 수도 없고, 다른 재소자들과 만날 수도 없는 상태에서 금지된 물건을 어떻게 손에 넣은 걸까?"

"일단 캐슬린 롤러의 감방에 들어갔던 사람들을 걱정해야지. 구금된 상태에서 사람이 죽으면 항상 그 점이 신경 쓰여. 정상적인 환경에서도 어떻게 될지 모르는데, 이번 일은 정상적인 범주가 아니잖아. 더 이상은 말이야." 콜린이 말한다.

24

불길한 예감

작업대 위에는 크기가 다른 장갑 상자들이 놓여 있다. 나는 우리 두 사람이 쓸 장갑을 두 켤레 꺼낸다. 그사이 콜린은 부스럭거리는 소리를 내며 시신 주머니의 지퍼를 내린다.

나는 콜린을 도와 캐슬린 롤러를 부검대로 옮긴다. 그는 벽에 붙어 있는 통에서 서식을 꺼내 금속 클립보드에 끼워 넣는다. 나는 캐슬린의 손목과 발목을 고정시켰던 고무줄을 풀고, 양손과 왼쪽 발에 씌워두었던 갈색 종이를 벗긴다. 그 종이들은 증거 조사 연구실로 보내기 위해 잘 접어 봉투에 넣는다. 그런 뒤에 작업대 위에 있는 통에서 흰색 방습지를 뜯어내, 우리가 쓰고 있는 부검대 옆에 있는 부검대 위를 덮는다.

캐슬린의 시신은 이제 차가워졌지만, 몸은 여전히 유연하다. 그래서 옷을 벗기기가 수월하다. 벗겨낸 옷은 우리 옆에 종이를 덮은 부검대 위에 올려둔다. 등에 커다란 감청색 글씨로 '재소자'라고 찍혀 있는 흰색 죄수복 상의. 다리 옆쪽에 GPFW라는 푸른색 이니셜이 새겨진 앞 단추가 달린 흰색 바지. 브래지어. 팬티. 나는 수술용 조명을 밝힌 뒤, 확대경을 들고 옷가지들을 살핀다. 바지 오른쪽 다리 부분에서 캐슬린이 손을 닦은 것처럼 흐릿하게 남아 있는 오렌지색 얼룩을 발견한다. 나는 그 얼룩 옆에 자를 대고, 선반에서 카메라를 가져온 뒤에 조명을 맞춘다.

"여기선 음식 검사를 어디서 하는지 모르겠네. 이건 치즈처럼 보이지만, 확인해봐야지. 따로 채취하진 않고, 이대로 검사하게 할 생각이야. 캐슬린의 오른쪽 엄지손톱 밑에도 오렌지색 물질이 끼어 있었어. 어쩌면 캐슬린이 만진 것과 죽기 얼마 전에 먹은 게 같은 걸지도 몰라."

"GBI에서는 음식물이나 화장품, 소비재 같은 건 애틀랜타에 있는 사설 검사실에 분석을 맡겨. 재소자들이 치즈 스틱이나 치즈 스프레드를 매점에서 구할 수 있을 것 같진 않은데."

"노란빛이 도는 오렌지색인 걸로 봐서 체더치즈나 체더치즈 스프레드야. 캐슬린의 감방에서 치즈나 치즈 스틱 같은 건 보지 못했지만, 그렇다고 아예 없었다고 볼 수도 없지. 쓰레기 봉지가 없어지지 않았다면 더 많은 것을 알 수 있었겠지만. 플레임스 사건에서는 눈이나 얼굴에 점상 출혈이 있었어?" 나는 캐슬린 롤러의 시신이 있는 부검대 앞으로 돌아오며, 샤니아 플레임스의 죽음을 다시 화제에 올린다.

"아니. 하지만 혈관 압박인 자살 교살의 경우 항상 점상 출혈이 나타나는 건 아니잖아."

"당신이 설명한 대로라면 그 여자는 죄수복 바지로 목과 다리를 묶었다는 거잖아. 그런 상태에서 혈관 압박이 일부분도 아니고 완전하게 이루어졌다거나, 교사로 이어질 수 있을 것 같진 않은데." 내가 말한다.

"흔히 볼 수 없는 사례긴 하지." 콜린이 진지하게 동의한다.

"연출일 가능성은?"

"그 당시에는 그런 생각이 전혀 안 들었어."

"그야 그렇지. 나라도 그런 생각은 안 했을 거야."

"연출일 수도 있을 거야. 하지만 그런 상황이면 저항 흔적이나, 그 여자를 무력하게 만든 증거가 나올 거라고 생각했지. 그런데 타박상조차 없었어." 콜린이 말을 잇는다.

"이미 죽은 여자를 그런 자세로 발견되도록 연출한 게 아닐까 하는 생각이 들어서."

"이제 나도 많은 생각이 드네." 콜린이 엄숙하게 말한다.

나는 캐슬린의 오른쪽 아래 복부에 있는 문신의 크기를 잰다. 팅커벨처럼 생긴 요정 문신으로 한쪽 날개에서 다른 날개까지 16센티미터다. 그림이 늘어난 것으로 보아, 캐슬린이 지금보다 살이 찌지 않았을 때 그 문신을 새긴 것으로 보인다.

"만일 그 여자가 이미 죽은 상태에서 그런 자세가 만들어진 거라면, 진짜 사인은 뭘까?" 나는 계속 샤니아 플레임스를 생각하면서 콜린에게 묻는다.

"어떤 이유로 죽었든 살인으로 볼 만한 증거나 특이사항은 없었어." 콜린은 목에 걸치고 있던 마스크를 입과 코 위로 올리며 말한다. "부검이나 독성 검사에서 별다른 게 나오지 않았으니까."

"표준 약물 검사로는 나오지 않는 독극물이 셀 수 없이 많아." 나는 캐슬린의 시신을 옆으로 돌린 채 등을 살펴보며 생각에 잠긴다. "상당히 빠르게 반응하고, 목격자가 믿을 수 없다거나 피해자가 격리되어 있어서 크게 눈에 띄지 않아 알려지지 않은 증상들을 일으키는 독극물들이 많지." 나는 다른 문신의 크기를 잰다. 이번에는 유니콘이다. "가장 중요한 건, 생존 가능성이 없다는 거야. 말도 못 하고 죽는 거지. 실패한 경우는 알려지지 않았고."

"어쨌든 우리는 아는 게 없어. 알 수도 없지. 누군가 교도소에서 많이 아팠다고 해도 살아 있기만 하면 알 도리가 없으니까. 우리한테 죽을 뻔했다는 보고까지는 들어오지 않아."

콜린은 손가락으로 팔과 아래쪽 다리를 눌러보고, 하얗게 변하는 정도를 확인한다. 눈꺼풀을 들춘 뒤, 플라스틱 자로 동공의 크기를 잰다.

"똑같이 6밀리미터 팽창했네. 이론적으로는 아편을 복용하면, 죽은 뒤에 동공이 수축된다고 해. 아직 본 적은 없지만. 다른 약물들은 팽창을 일으키지. 죽은 사람의 동공도 팽창되고." 그는 메스를 들고 재빨리 쇄골에서 쇄골까지 절개한 뒤, 아래쪽으로 길게 절개한다. "PERK가 있어야겠어. 성폭행 검사는 물론이고, 생각나는 검사는 전부 다 해야지." 그는 오른쪽 집게손가락으로 메스를 유도하면서, 왼손으로 잡은 겸자를 엄지손가락으로 조종해, 척추 조직을 비추기 시작한다.

"어느 캐비닛에 있어?" 내가 묻자, 콜린은 장갑 위로 피 묻은 손가락을 들고 가리킨다.

나는 물적 증거 회수 키트(PERK)를 찾아, 성폭행 여부를 검사한다. 구멍마다 면봉으로 채취하고, 사진을 찍은 뒤 증거 봉투에 넣고 라벨을 붙인다.

"독극물 검사를 위해 콧구멍과 입 안도 면봉으로 채취할 거야. 머리카락도 보내야지." 나는 콜린에게 알린다.

그가 늑골의 흉갑을 떼어내 발치에 있는 플라스틱 양동이에 집어넣었을 때, 영안실 조수인 조지가 필름을 들고 들어온다. 그가 필름을 라이트박스들에 붙이자, 내가 그쪽으로 가서 살펴본다.

"오래전에 오른쪽 경골에 골절상을 입은 적이 있어. 최근엔 아무것도 없네. 전형적인 관절염 변화밖에는." 나는 그 옆에 있는 라이트박스 쪽으로 옮겨, 하얗게 보이는 뼈와 어둡게 보이는 장기들을 살핀다. "위에 음식물이 제법 남아 있어. 아침 식사는 5시 40분에 했다고 했고, 사망 시각은 정오 무렵이니 여섯 시간 정도 지난 뒤라 기대하지 않았는데 말이야. 위 배출이 지연됐나 봐." 나는 부검대로 돌아와 메스를 집어 든다. "기본적으로 소화가 중단된 원인이 있을 거야. 배리 루 리버스도 마지막 식사가 소화되지 않았지. 다른 두 명은 어땠어?" 나는 샤니아 플레임스와 레아 애버나시를 언급한다.

"기억이 어렴풋하긴 한데, 맞아, 두 사람 다 소화되지 않았어. 배리 루 리버스의 경우도 확실히 그랬고. 난 스트레스 때문이라고 생각했어. 집행

직전이었으니까 말이야. 사형수들은 마지막 식사를 해도, 대부분 불안과 공포 때문에 소화를 시키지 못해. 어떻게 먹는 건지는 모르겠지만. 만일 내가 사형 집행을 당한다면 음식 같은 건 먹을 생각도 하지 않을 거야. 그냥 버번 한 병과 쿠바산 시가 한 박스만 달라고 할 거니까."

나는 위를 자른 뒤 내용물들을 통에 넣는다. "확실히 오늘 아침 일찍 감방에 가져다줬다는 음식은 아닌 것 같네."

"달걀이나 빻은 옥수수가 없어?" 콜린이 양손으로 간을 들어내, 전자저울에 달린 스테인리스 스틸 그릇에 담으며 내 쪽을 흘깃 본다. 그리고 손잡이가 길고 칼날이 넓은 부검용 칼을 집어 든다.

"치킨, 파스타, 오렌지색 조각들이 280리터야."

"오렌지가 나온 거야? 그럼 아침 식사 때 나왔다는 오렌지겠네." 콜린이 빵을 썰 듯 간 부위를 잘라낸다.

"오렌지가 아니야. 과일이 나왔다는 뜻이 아니라, 오렌지색 물질이 나왔다는 거지. 치즈처럼 보이는데. 내가 캐슬린의 엄지손톱과 바지에서 찾아냈던 오렌지색 물질과 같은 색이야. 캐슬린은 오늘 아침에 치킨, 파스타, 치즈를 어디서 먹은 걸까?" 내가 대답한다.

"간에 지방이 있긴 하지만, 나쁜 상태는 아니야. 하지만 알코올중독자들도 세 명 중 한 명은 간이 멀쩡하지." 콜린은 폐를 살피기 시작한다. "당신도 어떻게 하면 알코올중독자가 되는지 알잖아. 주치의보다 술을 많이 마시면 되지. 그러니까 저쪽에서 캐슬린이 아침에 뭘 먹었는지 거짓말했다는 말인데. 치킨에 파스타? 정말 모르겠네." 그는 폐를 들어 저울에 올린 뒤, 손에 묻은 피를 수건에 닦는다. "저들이 어떤 방법을 써서 캐슬린을 죽인 거라면, 우리가 여기서 이 여자가 아침에 뭘 먹었는지도 알아내지 못할 거라고 생각할 정도로 멍청하다는 건가?" 콜린은 폐의 무게를 클립보드 위에 기록한다.

"모든 사람들이 빈틈없는 건 아니니까. 특히 캐슬린이 아침 식사를 5시 30분에서 6시 사이에 한 게 사실이라면, 브라보 포드에서 준 음식을 먹었다는 건 확실하지." 나는 통에 독극물 검사 라벨을 붙인다. "캐슬린이 숨을 거둔 시각에는 음식들이 소화되었을 거라고 생각했을 수도 있어. 정상적인 상황에서라면 그랬을 테니까."

"충혈이 약간 있네. 부종도 좀 있고." 콜린은 폐를 자른다. "폐포 모세혈관에 충혈이 있어. 폐포 공간 안에 분홍색 거품 유동체. 전형적인 급성 호흡 부전이야."

"전형적인 심부전. 그래도 깜짝 놀랄 정도로 상태가 좋네." 나는 커다란 도마 위에서 캐슬린의 심장을 자른다. "색이 약간 연하긴 한데, 상처는 없어. 맥관 구조는 넓고 확실해. 판막, 건삭, 유두근에는 아무 이상 없고." 나는 해부한 사항을 기록한다. "심실 벽은 두껍고, 심실 지름도 적당하네. 대혈관 통로는 넓고 확실해. 심근에 상처도 없고."

"확실히 알 수가 없군." 콜린은 손을 다시 닦은 뒤, 기록한다. "협심증으로 의심할 요소가 없어. 결국 모든 길은 독극물을 가리키는 건가."

"협심증의 징후는 전혀 없어. 조직학적 증거를 살펴보면, 이론상으로는 심근경색 이후에 심근세포가 분리되지. 하지만 보통 난 해부적 증거를 보지 않는 한 회의적이야. 그런데 증거가 보이지 않네. 대동맥에 아테롬성 동맥경화증이 약간 보여." 고개를 들었을 때 부검실 문이 열리는 것이 보인다. "내가 보기엔 심장 관련 질병으로 죽었다는 징후는 아무것도 없어." 조지가 들어오고, 그 뒤로 귀에 익은 목소리가 들린다.

벤턴의 침착하고 그윽한 바리톤 목소리다. 이어서 초록색 폴로셔츠에 구겨진 카키색 바지를 입은 호리호리하고 잘생긴 그의 모습이 보이자 기분이 들뜬다. 벤턴은 은발을 뒤로 넘겼다. 아마 에어컨이 없는 차를 타고 오느라 땀이 났기 때문일 것이다. 우리가 지금 죽음의 냄새가 가득한 삭막한 부검실에 있다거나, 내가 흰 가운을 입고 피 묻은 장갑을 낀 채 캐슬린 롤러의 사체를 절개해 부검대 아래 바닥에 놓인 양동이에 적출한 장기들을 넣고 있는 것도 상관없다.

나는 벤턴을 봐서 행복하다. 하지만 그를 가까이 볼 수 없는 건 부검 중인 영안실에 있기 때문이 아니다. 그리고 루시의 모습도 보인다. 가냘픈 몸에 검은색 비행복을 입고, 빛을 받아 로즈골드색으로 빛나는 적갈색 머리카락을 어깨까지 늘어뜨리고 있다. 두 사람 모두 부검실 맞은편에 서 있다.

"그쪽에 가만히 서 있어." 난 두 사람에게 말한다. 벤턴의 모습에서 뭔가 일이 잘못됐다는 것을 알아차린다. "캐슬린이 아직 뭐에 노출됐는지 모르니까. 일단 독살을 의심하고 있긴 한데. 마리노는 어디 있어?"

"마리노는 들어오지 않았어. 당신이 우리더러 가까이 오지 말라고 하는 것과 같은 이유에서겠지." 벤턴이 말한다. 아무래도 뭔가 일이 크게 잘못 됐다.

나는 벤턴의 얼굴을 본다. 표정을 읽을 수는 없지만, 서 있는 자세에서 긴장감을 느낄 수 있다. 그는 나를 쳐다보고 있다. 어쩐지 불안해 보이는 것으로 보아 큰 걱정거리가 있는 것이다.

"던 킨케이드가 코마 상태야." 벤턴이 말한다.

머릿속 저편에서 경보음이 울리기 시작한다.

"착륙하자마자 들었는데, 확실한 건 아니지만 던 킨케이드가 뇌사 상태라고 했어." 벤턴은 콜린과 내가 들을 수 있게 말한다. "당신도 알 거야. 저들이 그렇다고 해도 사실 확실한 건 아니라는 걸. 원인이 뭔지 모르겠지만 상당히 의심스럽긴 해." 그는 덧붙인다. 나는 지난밤 아파트를 나올 때 봤던 제이미 버거의 얼굴을 떠올린다.

그녀는 졸린 것처럼 보였고, 동공이 팽창되어 있었다.

"모든 정황상 던 킨케이드의 뇌에 산소 공급이 제대로 이루어지지 않은 모양이야." 벤턴이 말한다. 새벽 1시경, 내가 그곳을 떠나기 전에 제이미가 했던 말이 귓가에 들리는 것 같다. 목소리는 잔뜩 쉬었고, 발음이 불분명했다. "그들이 그 여자의 감방에 도착했을 때, 이미 숨을 쉬지 않았다고 했어. 응급 처치를 했지만 소용이 없었다는군."

내가 제이미의 아파트에 도착했을 때 음식 배달이 왔던 것이 기억난다.

낯선 사람이 건네준 음식 봉투를 나는 아무 생각 없이 받았다.

나는 말을 꺼낸다. "그 여자는 괜찮을 거야. 천식 발작이면······."

"당시엔 정보가 한정적이었고, 지금은 모두 쉬쉬하고 있는 중이야. 처음엔 천식 발작인 줄 알았다가 던 킨케이드의 증상이 심각해지자, 버틀러의 직원이 과민증이라고 생각하고 에피네프린을 주사했어. 하지만 아무 효과가 없었다는 거야. 던 킨케이드는 말을 하지도, 숨을 쉬지도 못했지. 독극물에 당했을 가능성도 염두에 두고 있어."

나는 가로등 앞에 세워둔 오토바이에 기대서 있던 헬멧 쓴 여자를 떠올린다.

"그 여자가 어떻게 버틀러에서 독극물에 당하게 된 건지 알 수 없는 상황이지만." 벤턴이 부검실 저편에서 말한다.

배달을 왔던 여자는 스시가 들어 있는 봉투를 내게 건네주었다. 뭔가 잘못된 것 같다는 느낌이 어렴풋이 들었지만, 난 그 느낌을 무시했다. 그날 잘못된 일들을 너무 많이 겪었기 때문이다. 어제 벤턴이 보스턴 공항까지 나를 태워다 주었을 때부터 모든 일이 시작되었다. 온종일 뭔가 잘못된 느낌이 들었다. 그리고 그 뒤의 일들이 떠오르기 시작한다. 마리노와 내가 한 시간쯤 이야기한 뒤에 제이미는 아파트로 돌아왔다. 그녀는 자기가 스시를 주문했다는 것도 기억하지 못했지만, 나는 이상하게 생각하지 않았다.

나는 메스를 내려놓는다. "혹시 오늘 제이미와 통화한 사람 있어? 난 오늘 연락이 안 되던데."

아무도 대답하지 않는다.

"제이미는 오늘 연구실에 들르겠다고 했어. 그래서 내가 메시지를 남겼는데, 전화를 안 하네." 나는 모자와 일회용 가운을 벗는다. "마리노는 어때? 혹시 오늘 제이미와 통화했다고 해? 마리노는 제이미한테 전화를 걸었을 텐데."

"아저씨가 우리와 같이 여기 오는 동안 전화했는데, 받지 않았어." 루시가 말한다. 그 애의 표정을 보니 내가 왜 그 질문을 하는지 알아차린 듯하다.

나는 일회용 작업복을 쓰레기통에 버린 뒤, 장갑을 벗는다.

"911에 연락 좀 해줘. 그리고 새미 청한테 만나자고 전해주고. 반드시 구급차도 보내달라고 해." 나는 콜린에게 제이미의 아파트 주소를 건네준다.

25

제이미의 아파트

순찰차 두 대와 새미 청의 흰색 SUV가 8층짜리 벽돌 건물 앞에 서 있다. 하지만 구급차의 불빛이나 점멸등은 보이지 않고, 비극이나 재앙의 징후도 없다. 사이렌 소리는 가까이에서도, 멀리에서도 들리지 않는다. 그저 화물용 밴의 요란한 엔진 소리와 새로 간 와이퍼가 돌아가는 소리만 들린다. 창문을 닫은 상태라 답답하고 숨이 막힌다. 송풍기에서는 뜨거운 바람과 습기가 나오고, 자동차 세차할 때 나는 것 같은 소리를 내며 비가 쏟아진다. 천둥이 요란하게 우는 가운데 유구한 도시는 안개에 싸여 있다.

청과 서배너 채팀 소속 경관 두 명이 지붕 달린 현관문 계단 위에 모여 있다. 지난밤, 오토바이를 타고 어디선가 유령처럼 나타났던 음식을 배달한 여자와 내가 마주친 곳이다. 루시, 벤턴, 마리노, 나는 밴에서 내려 비바람이 거센 바깥으로 나간다. 다시 한 번 구급차가 있는지 주위를 둘러보지만, 보이지도 않고 사이렌 소리도 들리지 않는다. 내가 구급차를 요청했음에도 보이지 않자 기분이 좋지 않다. 구급대를 부르고 싶었던 건 혹시 모를 사태에 대비해서다. 만일 어떻게든 구할 수 있는 상황이라면 구조

시간을 절약하기 위해서다. 벽돌 보도 위에 박수 소리처럼 요란한 소리와 함께 빗방울이 떨어지며 김이 올라온다.

"경찰입니다. 댁에 계십니까? 경찰입니다!" 경관이 인터컴 버튼을 누르며 외친다. "대답이 없어." 그가 뒤로 물러서며, 폭우가 내리는 주위를 둘러본다. "다른 방법을 강구해야 할 것 같은데. 망할 날씨 같으니." 그는 빗물이 파도처럼 줄기차게 쏟아져 내리는 시꺼먼 하늘을 올려다본다. "차에 비옷이 있는데."

"그 정도론 얼마 버티지 못할 거야. 비옷 가지러 갔다 오는 사이에 다 젖을걸." 다른 경관이 말한다.

"우박만 내리지 않길 바랄 뿐이지. 상태가 안 좋은 차가 한 대 보이는데. 누군가 하이힐을 신고 쫓아오는 것 같아."

"뉴욕 지방 검사가 여긴 왜 온 거지? 휴가차 온 건가? 이 건물에는 장기 투숙자들이 많아. 그중에 여름에 휴가를 떠나면서 방을 빌려주는 사람들이 있지. 지방 검사는 여기서 단기 투숙을 하는 걸까?"

"구급차는 안 불렀어요?" 내가 거대한 떡갈나무와 스페인 이끼를 지저분하고 너덜너덜한 넝마처럼, 잿빛 장식 천처럼 흔들고 있는 거센 바람을 뚫고 큰 소리로 묻는다. "구급차를 부르는 게 좋을 거예요." 경관 두 명과 청이 바로 머리 위에서 내리치는 것 같은 천둥과 보도와 거리, 박공 천장 위로 쏟아지는 비를 뚫고 나타난 우리 네 명을 쳐다보자, 내가 덧붙여 말한다.

"이 건물에 관리실이 있는지 모르겠군요. 그쪽에 열쇠가 있을 겁니다." 경관 중 한 명이 말한다.

"건물 안에 아무도 없진 않겠죠."

"이런 오래된 곳에는 관리실이 없는 경우도 있어요." 청이 말한다.

"아니면 이웃 사람들에게 문을 열어달라고 해볼 수도 있고……."

그때 마리노가 손에 열쇠를 들고 경관들을 밀치듯 앞으로 나온다.

"와, 일이 쉬워졌군요. 누구십니까?"

나는 마리노가 문을 여는 동안, 청이 우리가 누구이며 왜 여기 있는지 설명하는 것을 알아차린다. 흠뻑 젖은 검은색 작업복과 부츠도 신경 쓰인다. 물이 뚝뚝 떨어지는 머리카락을 손가락으로 쓸어내리며 엘리베이터로 향하는 동안 'FBI', '보스턴', '덴게이트 박사와 함께 일하는 법의국장'이라는 말을 듣는다. 루시는 손으로 내 등을 누른 채, 뒤에 바짝 붙어 있다. 난 그 애의 손길에서 무언가를 느낀다. 내 등을 누르고 있는 그 애의 손길에서 필사적인 느낌을 받는다. 오랜만에 받은 느낌이다. 루시는 어릴 때 겁이 나거나 보호받고 싶을 때면 내 옆에서 떨어지려 하지 않았다.

그럴 때면 나는 루시에게 괜찮다고 말해주었다. 어느 정도는 사실이기 때문이다. 하지만 우리의 희망대로, 우리가 원하는 대로, 완벽한 세상이 될 거라는 것을 믿진 않는다. 아직은 아무것도 모른다는 것을 조카에게 상기시켜주었다. 비록 나 자신은 희망을 가지고 있지 않지만. 사실 희망을 느낄 수가 없다. 제이미는 전화하지 않았고, 아파트 전화나 이메일, 문자 메시지에 답하지 않는다. 지난 새벽 1시쯤 마리노와 내가 이곳을 떠난 뒤로 제이미에게 아무 소식이 없다. 하지만 거기엔 그럴 만한 사정이 있을 거라고 루시에게 말했다. 조카를 안심시키기 위해서 우리가 할 수 있는 모든 일을 다 하는 동안 최악을 가정할 필요는 없다고 되풀이해 말한다.

하지만 나는 최악을 가정한다. 내가 겪고 있는 일은 지금껏 인생 여정에서 우울하게 반복되는 주제로 슬픔에 찬 오랜 친구나, 암울한 동반자처럼 고통스럽게 친숙하다. 이런 내 반응은 너무나 잘 알고 있는 그런 느낌으로 콘크리트처럼 단단한 곳에 함몰되는 것과 같고, 깊은 어둠, 밑바닥이 없는 가벼운 공간, 손이 닿지 않는 곳에 무겁게 내려앉는 것과 같다. 조용히 죽음의 장소로 걸어 들어가기 전, 오로지 나만 할 수 있는 일이 기다리고 있는 것 같은 느낌이 든다. 루시가 지금 어떤 마음인지 알 수가 없다. 지금 내가 느끼는 것 같은 느낌이나 예감이 아니라, 뭔가 혼란스럽고 모순되는 불안한 감정일 것이다.

다 함께 여기까지 20분 동안 차를 타고 오는 동안, 루시는 아픈 사람처럼 안색이 창백하고 화가 난 것 같기도 하고 겁에 질린 것처럼 보인다. 나는 루시의 강렬한 초록색 눈동자 속에서 감정의 불길과 그림자를 본다. 그리고 조카의 내적인 혼란을 고스란히 드러낸 말을 듣는다. 루시의 말로는 두 사람이 마지막으로 대화를 나눈 건, 제이미가 루시에게 그릇된 이유로 일을 저질렀다고 비난을 퍼부었던 6개월 전이다. '무슨 일을 했는데?' 내가 물었다. '사람들을 구하고 지키기 위해 필요하다면 거짓말을 진실로 바꾸는 일이지. 제이미가 하는 일이 그런 거였으니까. 제이미를 편하게 해주려고 했어. 제이미는 꼭대기에서 반대편으로 떨어지기 위해 거대한 진실의 산을 힘겹게 올라가는 것 같았으니까.' 비가 내리기 시작하자, 후덥지근해진 밴 안에서 루시는 큰 소리로 말했다. 그 애의 목소리에는 두려움과 분노가 모두 실려 있었다. '그게 내 눈에는 뚜렷하게 보였기 때문에 제이미에게 경고했던 거야. 난 제이미가 무슨 일을 하고 있는지 정확하게 말했어. 그녀는 정말 그랬으니까.'

"앞장서요." 벤턴이 마리노에게 말한다.

'제이미는 계속해서 위험한 상황으로 들어가고 있었어.' 우리가 탄 차가 폭우를 지나갈 때 루시가 말했다. 그 애의 목소리가 숨이 찬 것처럼 살짝 떨린다. '왜 그런 짓을 하는 거지? 도대체 왜!'

"혹시 검사님께 무슨 문제가 있습니까? 개인적인 문제나 경제적인 문제 같은?" 경관들 중 한 명이 마리노에게 묻는다.

"아니요."

"그렇다면 어디 나간 걸 수도 있지 않을까요? 관광하러 나갔거나 다른 볼일이 있어서 말이에요."

"제이미는 안 그래요. 절대 그럴 일 없어." 루시가 말한다.

"휴대전화를 놔두고 갔거나, 배터리가 나갔을 수도 있죠. 그런 일이 얼마나 많은데요?"

"제이미는 관광 따위 안 한다니까." 루시가 내 뒤에서 말한다.

마리노가 소매로 비에 젖은 얼굴을 닦아내고, 주위를 둘러본다. 다른 사람의 말에는 아랑곳하지 않는 무례한 태도 이면에 극도로 불안해하고 있는 것 같은 눈빛이다. 엘리베이터 문이 열리고 벤턴과 루시를 제외한 나머지 사람들이 올라탄다. 아직까지 불길한 예상을 할 필요가 없는 상황에서 자꾸만 긴박감이 흐르자, 경관은 계속 다른 가능성을 제시하며 분위기를 가라앉히려고 말한다.

"아무 일 없을 겁니다. 이런 경우 많이 봤어요. 다른 지역으로 간 사람이 연락되지 않으면? 아무래도 사람들이 걱정하죠."

그들은 순찰 경관들이다. 이번 일도 일반적인 안전 확인에 불과하다. 어쩌면 평소보다 좀 더 극적이고, 거창하며, 공직에 있는 사람들이 우르르 몰려오긴 했지만, 그럼에도 안전 확인 이상은 아니다. 그 경관들로서는 일상적으로 하는 일이다. 특히 지금처럼 관광객들이 몰려오는 휴가철, 방학일 경우에는 더 많이 있는 일이다. 사람들은 911에 전화를 걸어 잠깐 동안 연락되지 않는 친구나 가족이 잘 있는지 확인해달라고 한다. 그런 경우 100에 99는 아무 일도 없다. 무슨 일이 있다 해도 비극은 아니다. 사람이 죽은 채로 발견되는 경우는 거의 없다.

"나도 갈래." 루시가 말한다.

"내가 먼저 가볼게."

"이모랑 같이 갈래."

"지금은 안 돼."

"갈 거야." 루시가 고집을 부린다. 그러자 벤턴이 루시를 뒤에서 붙잡는다. 그는 루시가 계단으로 올라오거나, 아파트 안으로 뛰어들지 못하게 확실히 막아줄 것이다.

"바로 전화할게." 나는 엘리베이터 문이 닫히는 틈으로 루시에게 약속한다. 문이 완전히 닫히고, 루시의 모습이 보이지 않자, 가슴 안쪽에 설명할 수 없는 지독한 통증이 느껴진다.

윤기 나는 오래된 목재와 반들거리는 놋쇠로 된 엘리베이터는 올라가기 시작하자 흔들거린다. 나는 경관들에게 모두 제이미 버거와 연락이 안 되며, 그녀는 서배너에 관광하러 온 게 아니라고 설명한다. 제이미는 휴가 차 이곳에 온 것이 아니다. 물론 아무 일도 아닐 수 있다. 나 역시 아무 일도 없기를 바란다. 하지만 지금 이 상황은 제이미의 성격과 맞지 않으며, 오늘 덴게이트 박사의 사무실에 들르겠다고 했는데 나타나지도 않고 전화도 없었다. 구급차를 불렀어야 했다. 지금이라도 부르는 게 나을 것이다. 나는 이 말을 집요하게 반복하면서, 경관들에게는 자신들만의 생각이 있다는 것을 알게 된다.

그들은 마리노가 지금 연락도 안 되고 전화도 안 받는 타지에서 온 여자와 함께 산다고 생각한다. 그렇지 않다면 어째서 아파트 열쇠를 가지고 있겠는가? 지저분한 가정사에 대해서 말하고 싶어 하는 사람은 없다. 나는 제이미가 뉴욕 주 지방 검사라는 사실을 다시 한 번 강조하며, 우리가 그녀의 안전을 걱정할 만한 이유가 있다고 말한다.

"마지막으로 본 건 언젭니까?" 경관 중 한 명이 마리노에게 묻는다.

"어젯밤이오."

"평소와 다른 점은 없었습니까?"

"없었소."

"무슨 문제도 없었고요?"

"그래요."

"무슨 말을 했습니까?"

"아뇨."

"혹시 사소하게라도 의견 충돌이 있었나요?"

"없었소."

"가볍게 다투진 않았습니까?"

"그런 일은 전혀 없었소."

"이번 일은 여러 가지 특수한 상황이 있어요." 엘리베이터가 멈추자, 청이 경관들에게 말한다. 그것이 청이나 우리가 할 수 있는 유일한 설명이다.

우린 캐슬린 롤러나, 그녀가 독살당했을 수도 있다는 말을 하지 않을 것이다. 내가 먼저 롤라 대거트나 멘사 살인자들에 대한 정보를 주지도 않을 것이다. 정신 이상 범죄자들을 위한 주립 병원에 감금되어 있던 던 킨케이드가 뇌사 상태에 빠졌으며, 어쩌면 그녀 역시 중독된 것일 수도 있다는 것 또한 알리지 않을 것이다. 지난밤, 제이미가 주문하지도 않은 스시를 배달 왔던 여자에 대해서도 말하지 않을 것이다. 어떤 말이나 설명을 하고 싶지도, 추측이나 상상도 하고 싶지 않다. 지금 나는 제정신이 아니다. 동시에 우리 앞에 어떤 일이 기다리고 있을지 벌써 알고 있기에 두렵다. 우리는 엘리베이터에서 내려 복도로 나선다. 마리노가 복도 끝에 있는 묵직한 참나무 문을 연다.

"제이미?" 그가 아파트에 들어서며 큰 목소리로 부른다. 그 순간 나는 도난 경보장치가 설정되어 있지 않다는 것을 알아차린다. "젠장!" 문 옆에 달려 있는 번호판을 흘깃 쳐다보던 마리노 역시 불길한 조짐을 알아차린다. 땀으로 번들거리는 햇볕에 탄 그의 얼굴이 붉게 달아오른다. 카키색 바지는 비에 젖어 회색으로 보인다. "제이미는 항상 도난 경보장치를 켰어요. 집에 있을 때조차 말이오. 이봐요! 제이미, 어디 있소? 이런 젠장."

주방은 내가 이 집을 나설 때와 똑같은 상태로 보인다. 조리대 위에 있는 제산제 병만 제외하면. 어젯밤 설거지를 하고, 남은 음식들을 치울 때는 보이지 않았던 것이다. 제이미가 '브로턴 앤드 불'에서 음식을 포장해 왔을 때 식탁 의자에 걸쳐놓았던 커다란 갈색 핸드백이 응접실 소파 위에 놓여 있고, 그 속에 들어 있던 물건들이 커피 테이블 위에 쏟아져 있다. 우리로서는 제이미가 무엇을 잃어버린 건지, 무엇을 찾고 있던 건지 알 수 없다. 청과 나는 마리노의 뒤를 따라 침실로 향한다.

문 앞에서 나는 침대와 구겨진 초록색과 녹색 이불, 그리고 밤색 목욕 가운을 걸친 제이미가 이상한 자세로 쓰러져 있는 것을 본다. 엉덩이를 한쪽으로 비튼 채로 엎드린 자세다. 팔과 머리는 침대에서 떨어져 축 늘어져 있다. 캐슬린 롤러와 비슷하게 잠자다가 죽었다고 보긴 힘든 자세다. 마치 최후의 순간에 고통스러워하면서 몸부림을 친 것처럼 보인다. 침대 옆 램프는 켜져 있고, 커튼은 드리워져 있다.

"젠장. 맙소사." 마리노가 중얼거린다. 내가 그녀 옆으로 다가가자 탄 과일 냄새와 목탄 냄새가 난다. 침대 옆 탁자에 스카치를 쏟은 모양이다. 술잔이 옆으로 쓰러져 있고 충전기에는 전화기가 꽂혀 있지 않다.

나는 제이미의 목 옆에 손을 대고 맥박을 잰다. 하지만 그녀의 몸은 이미 싸늘하게 식었고, 사후 경직도 진행 중이다. 나는 청 수사관을 쳐다본다. 바로 그때 경관들 중 한 명이 방 안으로 들어온다.

"바로 돌아오죠. 차에 가서 장비를 가져와야겠어요." 청은 그 자리를 떠난다.

경관은 침대 오른쪽으로 늘어져 있는 시신을 본다. 그는 가까이 다가오더니, 벨트에 있던 무전기를 꺼낸다.

"아무것도 손댈 생각 마시오." 마리노가 무섭게 노려보며 쏘아붙인다.

"나도 알아요."

"알긴 뭘 안다는 거요. 댁은 여기 있을 이유가 없어. 그러니 여기서 당장 나가요." 마리노가 소리친다.

"선생님, 좀 진정하세요."

"뭐, 선생님이라고? 내가 애들이라도 가르치는 줄 아나? 그렇게 부르지 마시오."

"진정해요. 제발." 내가 마리노에게 말한다.

"제기랄. 정말 믿을 수가 없군. 세상에나. 이게 도대체 무슨 일이란 말이오?"

"아무래도 노출을 제한하는 게 낫겠어요. 이번 일을 어떻게 대처해야 할지 모르겠네요." 내가 경관에게 말한다. 그러자 그는 몇 발짝 뒤로 물러나 입구에 선다. 마리노는 시신을 쳐다보다 시뻘건 얼굴로 시선을 돌린다.

"그 말씀은 뭔가, 이를테면 전염성이 있을 수도 있다는 의미인가요?" 그 경관이 묻는다.

"모르겠어요. 하지만 가까이 오거나, 손을 대지 않는 편이 좋을 거예요."

나는 제이미를 살피며, 뭔가 알아낼 수 있을지 살핀다. 아무것도 알 수가 없다. "루시와 벤턴은 여기 들어오지 못하게 해요. 루시가 이 광경을 볼 필요는 없어요. 이 모습을 보면 안 돼요." 난 마리노에게 말한다.

"젠장. 빌어먹을!"

"당신이 가서 루시가 이 안에 들어오지 못하게 해줄래요? 아파트 문은 잘 닫고 나가는 게 좋겠어요."

"망할. 이게 도대체 무슨 일이란 말이오?" 마리노의 목소리가 떨리고, 눈동자는 충혈된 채 빛이 난다.

"제발 문을 잘 닫고 나가요." 마리노에게 다시 한 번 강조한다. "같이 온 경관한테 문 앞에서 아무도 들어오지 못하게 지켜달라고 해주세요." 나는 짧은 붉은 머리에 깊은 푸른색 눈동자의 경관에게 말한다. "우린 아무것도 할 수 없어요. 손도 대면 안 돼요. 의심스러운 사망 사건이 일어났으니, 여길 범죄현장으로 여겨야 해요. 독극물이 사용됐을 수도 있으니, 일이 복잡해지기 전에 지금 당장 막아야 할 필요가 있어요. 경관님도 이 방 안에 있지 않는 편이 좋겠어요. 지금 우리가 상대하고 있는 게 뭔지 모르니까. 하지만 경관님이 여기 있었으면 좋겠어요. 나와 같이 여기 있어줘요." 나는 경관에게 말한다. 마리노는 밖으로 나간다. 발소리가 요란하게 들린다.

"여기가 범죄현장이라고 생각하는 이유는 뭔가요?" 붉은 머리 경관이 주위를 둘러본다. 하지만 문 쪽으로 가진 않는다. 그는 내가 그 말을 한 뒤로는 시신에 관심을 보이지 않는다. "밖에 있는 가방만 제외하면 말이에요. 만일 누군가 이 안에 들어와 강도로 돌변한 거라면 피해자가 아는 사람일 거예요. 그렇지 않으면 어떻게 이 안에 들어올 수 있겠어요?"

"우린 이 안에 누가 있었는지 몰라요."

"이 아파트 안에 독성 물질이 있을 수도 있다는 말이군요."

"맞아요."

"어쩌면 피해자는 가방에서 약을 찾아, 과다 복용한 걸 수도 있지 않을까요?" 경관은 문 앞에서 꼼짝도 하지 않은 채 말한다. "욕실을 살펴봐야 할 것 같은데요." 그는 침대 왼쪽에 있는 문을 쳐다본다. 하지만 조금도 움직이지 않는다.

"아무것도 하지 말고, 그냥 여기 같이 있어주기만 하면 돼요." 난 휴대전화를 꺼내 벤턴의 전화번호를 누르며 말한다.

"작년에 현장을 본 적이 있어요. 마약을 과다 복용한 여자였는데, 여기 상황과 비슷했죠. 약을 찾느라고 가방과 서랍을 뒤진 것만 제외하면 아무 이상이 없었어요. 그 여자는 침대에서 죽은 채로 발견됐죠. 이불을 덮는 대신, 이불 위에 쓰러진 채로 말이에요. 댄서가 되려고 했던 아주 예쁜 여자였죠."

나는 '통화' 버튼을 누르며 욕실을 쳐다본다. 하지만 그쪽에 가까이 가지 않는다. 살짝 열린 문틈으로 불빛이 새어 나온다. 침대 옆에 놓인 램프도 켜져 있고, 욕실 불도 켜져 있다. 제이미는 지난밤 침대에 눕지 않았다. 설사 그렇게 했어도 어느 시점에서 다시 일어났다.

"사람들은 사고라고 말했지만, 제가 보기엔 자살이었어요. 남자 친구와 헤어진 지 얼마 되지 않았었거든요. 그 여자는 문제가 많았어요." 경관이 혼잣말하는 것처럼 말한다.

"루시는 이 안에 들어오면 안 돼." 벤턴이 전화를 받자마자 내가 말한다. 그는 그 말의 의미를 알아차리자, 아무 말도 하지 않는다. "어떻게 해야 할지 모르겠어." 나로서도 지금 당장 벤턴이 루시에게 뭐라고 말해야 할지 알 수가 없다.

루시도 이내 진실을 알게 될 것이다. 한 가지 질문에 가능한 대답이 두 개밖에 없으니까. 제이미가 아파트 안에서 죽었는가, 죽지 않았는가. 그리고 루시는 이미 대답을 알고 있다. 상황을 설명하는 내 말을 가만히 듣고 있는 벤턴의 모습을 보자마자 알았을 것이다. 그리고 그는 루시의 두려움을 없애기 위해 할 수 있는 일이 없다. 표정이나 미소, 태도, 한 마디 말로도 모든 것을 떨쳐버릴 수 있지만, 벤턴은 루시에게 그 어떤 것도 표현하지 않을 것이다. 내 이야기를 듣는 동안 앞만 똑바로 쳐다보고 있을 그의 모습이 떠오른다. 루시는 최악의 사태라는 것을 깨달았을 것이다. 나도 지금은 어떻게 해야 할지 알지 못한다. 게다가 지금은 밖에 나가 루시를 달래줄 수가 없다. 여기서 일어난 일을 처리해야 한다. 나는 지금 제이미를 상대해야 한다. 그다음에 무슨 일이 일어난 건지 알아내야 한다.

나는 침대에 있는 제이미의 시신을 쳐다본다. 가운은 젖혀져 있는 상태이고, 끈은 엉덩이 부근에서 꼬여 있다. 그 속에는 아무것도 입고 있지 않다. 나는 붉은 머리 경관이 입구에 서서 제이미의 그런 모습을 보고 있다는 것이 견딜 수가 없다. 하지만 나는 그녀에게 손을 댈 수 없다. 아무것도 건드릴 수가 없다. 그래서 창문 옆에 서 있다. 돌아다니지도 않고, 가까이 가지도 않는다.

"루시 옆에 있어줘. 가능한 한 빨리 돌아갈게. 당신이 루시를 호텔로 데려갈 수 있으면 내가 그쪽으로 갈게. 그렇게 하는 게 제일 좋은 방법인 것 같아. 루시를 이 근처에 두는 건 좋지 않아. 당신이 할 수 있는 일도 없고." 나는 벤턴에게 전화로 말한다. 그가 FBI라는 사실도, 무슨 일을 하고 어떤 힘을 가지고 있든 상관하지 않는다. "여기 있으면 안 돼. 지금 당장은. 제발 루시를 보살펴줘."

"그럴게."

"호텔로 만나러 갈게."

"알았어."

난 벤턴에게 호텔 방을 바꿔야겠다고 말한다. 가능하면 작은 주방이 달린 스위트룸을 원한다. 방들이 연결된 곳이 좋다. 앞으로 일어날 일에 대해 강한 느낌이 들기 때문이다. 우리가 할 일이 무엇인지 확실히 알고 있다. 무엇보다 우린 함께 있어야 한다.

"내가 알아서 할게." 벤턴이 말한다.

"우린 같이 있어야 해. 무조건 말이야. 그리고 당신이 차를 빌리거나, 공무차량를 가져와야 할 것 같아. 우린 차가 필요하니까. 마리노의 밴을 타고 다닐 순 없어. 여기 얼마나 오래 있어야 할지 알 수가 없으니까." 나는 말한다.

"마리노도 확실하지는 않으니까." 벤턴이 나직하고 단호한 어조로 말한다.

직접 말을 한 건 아니지만, 벤턴이 한 말은 제이미가 살해당한 거라면 마리노가 경찰과 문제가 생길 수도 있다는 뜻이다. 경찰 쪽에서는 마리노를 용의자로 생각할 것이다. 그는 제이미의 집 열쇠를 가지고 있고, 보안 장치 암호도 알고 있을 것이기 때문이다. 마리노는 그녀와 가까운 사이고, 경찰들은 이미 지난밤 두 사람이 말다툼이나 싸움을 했는지 물었다. 다시 말해 두 사람이 연인이라고 가정한 것이다.

"정확하게 어떻게 된 일인지 모르겠지만, 의심이 가는 곳은 있어. 그것도 제법 강하게. 그쪽에 맞춰 움직여볼 생각이야. 내가 할 수 있는 한 말이지." 나는 벤턴에게 말한다.

제이미가 살해당했다는 것을 믿고 있다는 뜻으로 한 말이다.

"하지만 마리노도, 우리도 확실한 건 아니지." 나 역시 비슷한 상황에 처해 있다는 말이다.

마리노가 유일한 용의자는 아니다. 지난밤 스시 배달 봉투를 전달한 사람은 나다. 내가 전해준 흰색 종이봉투 안에 들어 있던 것이 제이미를 죽였을 수도 있다.

"난 여기 있을게. 도움이 된다면 무슨 일이든 할 생각이야."

"알았어." 벤턴은 짧게 대답한다. 그는 루시가 옆에 있기 때문에 말을 많이 하지 않는다.

나는 전화를 끊는다. T. J. 할리라는 명찰을 단 서배너 채텀 경관과 함께 제이미의 시신이 있는 방에 있다. 그는 입구에 선 채로 시신을 쳐다보고, 주위를 둘러보고 있다. 여기서 무엇을 찾아야 하는 건지, 내가 요청한 대로 나와 함께 있어도 되는 건지에 대해 자기 파트너를 부르거나 상관이나 강력반 형사에게 알릴 생각이 없는 것 같다. 나는 할리 경관의 눈에서 수많은 생각이 오가는 것을 볼 수 있다.

"핸드백 속 내용물이 다 나와 있는 것 이외에 의심스러운 점이 있나요?"
그가 묻는다.

"일단 누가 그랬는지 알 수가 없으니까요. 제이미가 직접 그랬을 가능성도 있지만." 내가 대답한다.

"약 말고 다른 게 있을까요?"

"우리는 제이미가 약을 과다 복용한 건지 아닌지 모르니까요."

"피해자는 지갑에 현금을 많이 가지고 다녔습니까?"

"제이미가 평소 지갑에 돈을 얼마나 넣어가지고 다녔는지 모르겠어요."
내가 대답한다.

"만일 그랬다면 동기가 될 거예요."

"아직 뭘 훔쳐갔는지도 모르잖아요."

"교살이나 질식사일 가능성도 있을까요?"

"삭흔이나 점상 출혈은 없어요. 이렇게 눈으로 보는 것만 가지고는 아무것도 알 수가 없죠. 어쨌든 좀 더 주의 깊게 살펴봐야 할 필요가 있어요. 부검을 해야 한다는 거죠. 지금은 제이미의 사인을 알 수가 없어요." 내가 대답한다.

"피해자와 그 친구분과는 어떤 관계인지 아세요?" 마리노를 지칭한 것이다.

"그 사람은 뉴욕 경찰국에서 제이미와 함께 일했어요. 최근에는 개인 자문으로 돕고 있었죠. 당연히 마음이 안 좋을 거예요."

"뉴욕 경찰국이요?"

"조사 담당이었죠. 제이미와 함께 성범죄 전담반에 있었어요."

"그쪽 일과 관련이 있을 수도 있겠네요." 경관이 단정 짓듯 말한다.

"제일 먼저 할 일은 제이미가 지난밤 주문한 스시 집이 어딘지부터 찾는 거예요. 명백한 가정 대신 말이에요. 아마 가까운 곳에 있는 누군가가 이런 끔찍한 짓을 저질렀을 테니까요." 내가 말한다.

"보통 그렇죠."

"보통 그렇다고요? 나도 종종 그런 말을 하지만 항상 그렇거나 보통 그렇진 않아요."

"그렇군요. 먼저 뒤뜰부터 살펴봐야겠어요." 그가 자신만만하게 말한다.

"증거가 있는 곳을 봐야죠." 내가 말한다.

"스시는 농담인 거죠?" 경관이 묻는다.

"아니요."

"아, 생선을 암시하는 건 줄 알았어요. 제가요? 전 생선 같은 건 만지지 않아요. 특히 지금 같은 상황에서는요. 석유 유출에 방사성 물이잖아요. 이젠 생선도 먹지 않으려고요. 요리된 거라고 해도 말이에요."

"쓰레기통에 포장 용기, 봉투, 영수증이 있을 거예요. 냉장고엔 남은 음식도 있고. 혹시 당신이나 파트너가 만진 건 없는지 확인해봐요. 주방에 있는 건 건드리지 말고 청 수사관이나 덴게이트 박사, 혹은 그들의 지시를 받은 사람들에게 맡겨야 해요."

"그럼요. 수사관은 제가 아니라 새미죠. 그러니까 전 현장을 어지럽히지 않을 거예요. 그렇게 할 수도 없고요. 저도 조만간 수사팀으로 옮기게 될 것 같아요. 저한테 잘 맞는 것 같거든요. 수사 업무에서 가장 중요한 건 세밀한 부분에 관심을 기울이는 건데, 전 지나칠 정도로 세심하거든요. 새미와는 전에도 같이 일했어요. 아까 말했던 마약 과다 복용 사건 말이에요." 할리 경관은 무전기를 꺼내 송신한다. "노출될 수 있음. 주방이나 쓰레기통에 있는 건 아무것도 건드리지 말 것."

"뭔가?" 파트너 경관의 목소리가 침실에 울려 퍼진다.

"아무것도 건드리지 말 것. 아무것도."

"알았다, 오버."

나는 더 이상 스시나 의심 가는 점에 대해서는 말하지 않기로 한다. 지난밤 제이미와 보낸 시간에 대해서도 말하지 않을 것이다. 청과 콜린, 아니면 수사를 담당한 다른 사람에게 말할 것이다. 마리노와 나는 개별적으로 진술하게 될 것이다. 아마 서배너 살인 전담반에서 나온 형사가 담당할 것이다. 하지만 T. J. 할리 경관은 아니다. 형사 노릇을 하기에는 지나치게 사람이 좋고 순진하다. 관할권에 따라 청 수사관이 마리노와 내게 그 날 밤의 모임에 대해 질문할 것이다. 아마 합동 수사가 이루어질 것이다. 이번 사건은 GBI와 지역 경찰이 함께 수사할 것이다. 그다음이 FBI다. 만일 제이미의 죽음이 매사추세츠 사건, 특히 독극물에 당했다고 하는 던 킨케이드와 관련 있다면 이 사건은 주 경계선을 넘어가게 되므로, FBI가 북부 지역에서 일어난 사건과 마찬가지로 서배너에서 일어난 사건 역시 주관하게 될 것이다.

나는 커튼을 살짝 걷고 거리를 내려다본다. 청이 SUV에서 범죄현장 도구를 꺼내고 있다. 건물 지붕을 두드리는 빗소리가 마치 작은 자갈들이 부딪치는 소리 같다. 주택들과 유서 깊은 건물들, 나무들의 나지막한 스카이라인 위로 번쩍거리며 번개가 내려친다. 천둥은 마치 케틀드럼이나, 멀리서 대포를 발사한 것 같은 소리를 내며 대기를 가른다. 난 케임브리지가 여기서 1,600킬로미터 떨어져 있지 않았다면 무엇을 했을지 알고 있다.

지금 당장 서배너로 이동형 밀폐 부검 시설인 트럭을 보내라고 지시했을 것이다. 하지만 그 계획은 불가능한 건 아니어도 거리 때문에 실현시키기 어렵다. 콜린은 부검을 하기 위해 이틀을 기다리지 않을 것이다. 그리고 그렇게 해서도 안 된다. 우리는 조금도 지체할 수 없다. 기다려선 안 된다. 우린 혈청이 필요하다. 조직 샘플이 필요하다. 위 내용물 분석이 필요하다. 물론 질병 관리 센터, 바로 CDC가 애틀랜타 근처에 있다. 하지만 콜린은 아마 CDC의 트럭도 기다리지 못할 것이다. 우리는 노출되었지만, 아무 이상이 없다. 수많은 사람들이 노출되었지만, 괜찮은 것처럼 보인다. 나는 캐슬린 롤러의 감방 안에 있었다. 그녀의 몸을 만지고, 그 안에서 숨을 쉬었다. 그리고 세면대의 냄새를 맡았다. 캐슬린의 몸에서 나온 혈액과 위 내용물에도 노출됐었다. 속이 메스꺼운 느낌은 없다. 마리노, 콜린, 청도 마찬가지다. 위험에 처했을지도 모를 우리 세 사람에겐 아무 증상도 나타나지 않았다.

캐슬린과 제이미를 죽이고, 던 킨케이드를 중독시킨 물질은 전부 같은 독극물일 것이며, 비교적 효력이 빠르게 나타나는 것 같다. 그 독극물은 소화를 지연시키고, 호흡을 방해한다. 마비약의 일종으로, 음식이나 음료수에 탔을 것이다. 새벽 1시경 제이미의 집에서 나서기 전에 봤던 그녀의 모습이 떠오른다. 눈꺼풀이 무겁게 내려앉아 있었다. 제이미는 발음이 불분명했고, 말을 잘 하지 못했다. 동공은 팽창되었다. 나는 그녀가 취했거나 졸린 거라고 생각했다. 하지만 주방 조리대에 놓여 있는 제산제로 보아 제이미는 속이 거북했던 것이다. 맞은편 감방에 갇혀 있던 여자의 말이 사실이라면 캐슬린도 같은 증상을 보였다.

"바디 팜(테네시 인류학 연구소)이 있는 녹스빌의 법의학 아카데미에서 훈련받은 뒤부터 모든 범죄현장에 나오고 있죠······." 할리 경관이 말한다.

그는 계속 이야기하고 있지만, 나는 늦은 오후 몰아치는 폭풍우를 쳐다보느라 그 말을 거의 듣고 있지 않다. 바람에 나무들이 요동치는 사이로 에버콘 스트리트를 따라 전조등 불빛이 보이기 시작한다. 그리고 랜드로버가 나타난다.

"GBI 요원들은 모두 그곳에서 훈련을 받아요. 아마 전국에서 범죄현장 수사 훈련을 받은 사람들 중에 최고일 거예요." 할리 경관이 자랑스럽게 말한다. 마치 침대에 쓰러져 있는 시신에 아무 감정이 없는 것처럼, 지금 일어난 일이 얼마나 끔찍한 사건인지 모르는 것처럼 말이다.

T. J. 할리 경관은 제이미 버거를 모른다. 그는 그녀가 누군지, 우리가 누군지, 우리가 서로 어떤 사이인지 모른다. 콜린이 차를 세우고 전조등을 끄는 모습을 보며, 나도 마음속에서 뭔가 변한 것을 느낀다. 아주 큰 일이 일어났을 때처럼 한결 차분해지면서 객관성을 되찾는다. 나는 내가 할 수 있는 일을 해야만 한다. 그것도 최고 수준으로 말이다. 바보가 아닌 다음에야 내가 무엇을 해야 하는지는 알고 있다. 난 바지 주머니에 손을 넣으며, 지난밤 이 방의 커튼 뒤에서 왔다 갔다 하던 제이미의 형체를 떠올린다.

마리노와 내가 도로 위 밴에 앉아 있을 때, 제이미의 그림자가 안절부

절못하는 것처럼 창문 앞을 왔다 갔다 하고 있었다. 그때 옷을 벗은 것이다. 함께 있을 때 입고 있던 옷가지들은 옷장 옆에 있는 의자 위에 놓여 있다. 술에 취했거나, 정신이 없거나, 몹시 서둘렀거나, 몸 상태가 좋지 않은 사람들이 옷을 벗어 던진 것처럼 보였다. 제이미는 지금처럼 밤색 가운을 입은 채, 창문으로 우리가 떠나는 모습을 지켜보다가 목숨을 잃었을 것이다. 나는 모르겠다. 여기서 일어난 일의 단서도 없고, 이번 일에서 내가 무슨 역할을 했는지도 모른다.

26

나쁜 경찰, 좋은 경찰

나는 창문에서 돌아선다. 제이미 버거는 여전히 달리 그림처럼 침대 한 쪽으로 늘어진 채, 뻣뻣하고 부자연스러운 자세로 쓰러져 있다.

그녀의 생물학적 존재로서의 시간은 끝났다. 연극이 끝난 뒤 무대가 해체되는 것처럼, 피와 살도 무너지기 시작한다. 그녀는 떠났다. 다시 돌아오게 할 방법은 없다. 이제는 남은 일을 처리해야만 한다. 난 어떻게 대처해야 하는지를 알고 있고, 이번 사건을 도울 강력한 동기가 있다. 하지만 그러기엔 복잡한 문제들이 있다.

"난 아무것도 손대지 않았고, 적절한 지시 없이 아무 일도 하지 않았어요. 이제 덴게이트 박사가 올라올 거예요. 그래도 경관님은 계속 나와 같이 있어줘야 해요. 만일 내가 이 아파트의 다른 곳에 간다면 그땐 같이 가야 할 거예요. 난 틀림없이 경관님이나 청 수사관과 같이 있었어요. 그 사실을 맹세해줄 사람이 필요해요." 난 할리 경관에게 그 점을 상기시킨다.

"알겠습니다." 그는 어째서 나를 혼자 두면 안 되고, 그런 맹세를 해야 하는 건지 전혀 모르겠다는 눈으로 나를 쳐다본다.

"난 지난밤에 여기 있었어요. 이 방에 들어오진 않았지만. 하지만 이 아파트 안에 있었죠. 아마 제이미가 살아 있는 모습을 마지막으로 본 사람이 나일 거예요."

"이런 종류의 일이 그렇죠." 할리 경관이 문틀에 기대서자, 허리에 차고 있는 권총 대가 나무에 스치는 소리가 난다. "무슨 일을 겪게 될지, 누구를 만나게 될지 모르는 일이니까요. 저 같은 경우 저번 현장에 나갔을 때는 피해자가 아는 사람이었어요. 얼마 전에 오토바이 사고로 죽은 남자가 있었는데, 고등학교 동창이었죠. 정말 이상한 일이었어요."

나는 제이미의 시신을 움직여 드러난 몸을 덮어주고, 구부러진 머리핀처럼 머리와 팔이 침대 가장자리에 축 늘어져 있는 자세를 바꿔주고 싶다는 충동이 든다. 제이미의 얼굴과 목은 연지색으로 물들어 있다. 혈액 순환이 멈추면서 중력으로 인해 피가 고인 것이다. 입술은 윗니가 살짝 보일 정도로 벌어져 있고, 한쪽 눈은 감고 다른 한쪽 눈은 실눈을 뜨고 있다. 죽음은 그녀의 모습을 기분 나쁘고, 기괴하게 비틀고 뒤틀어 제이미 버거의 완벽한 미모를 조롱했다. 나는 루시가 이런 모습을 사진으로라도 보는 것을 원하지 않는다. 다시 한 번 쓰러진 술잔과 비어 있는 전화 충전기를 본다. 바닥을 살펴보니 침대 아래에 무선전화기가 떨어져 있다. 마치 제이미가 그 전화기를 잡으려다가 떨어뜨린 것처럼 보인다. 나는 그 전화기를 집지 않는다. 아무것도 손대지 않는다.

"어젯밤 9시부터 새벽 1시까지 주방과 거실에 있었어요. 여기서 나가기 전에 손님용 욕실을 이용했죠. 그러면서 여기저기 손을 많이 댔어요. 서류도 만졌고, 주방 물건에도 손을 댔죠. 청 수사관에게 그 점을 확실히 알려야 해요." 나는 할리 경관에게 말한다.

"그럼 피해자를 만나러 보스턴에서 오신 거군요."

"아뇨. 서배너에는 다른 일로 왔어요. 내가 여기 내려오자, 제이미가 보자고 한 거예요." 나는 그 이상으론 설명하지 않는다. 사건 수사 담당도 아니고, 그저 신고를 받고 처음 출동한 정복 경관에게 할 이야기는 아니다.

"우린 오래 알고 지냈고, 관계가 복잡하죠. 그 이야기를 할 때가 되면 누구한테든 기꺼이 자세히 털어놓을 거예요. 그때까지 경관님은 계속 옆에서 목격자로 내가 여기서 뭘 했고 무엇을 하지 않았는지를 지켜봐야 해요."

"그러죠. 그런 거라면 차라리 밖에 나가 있는 게 낫지 않을까요?"

"이미 아파트 안에 들어왔으니, 도울 수 있는 일이 있다면 도울 생각이에요." 나는 단호하게 말한다.

일반적인 상황이었다면, 벌써 이 자리를 떠났을 것이다. 하지만 직업상 보존 행위로 간주되는 일을 생각하지 않으려고 한다. 나는 여기서 바로 나가야 한다는 생각을 무시한다. 더 이상은 타협하지 않는다. 이런 위치에 있고 싶어 하는 법의관은 없지만, 제이미에게 일어난 일의 진상을 밝히는 것을 도울 수 있다면, 도덕적인 의무감에 따를 것이다. 실제로 그래야만 한다. 이건 제이미 때문만은 아니다. 그녀를 구할 수는 없다. 나는 다른 사람들을 걱정한다.

중독 살인은 드물고, 아주 무섭다. 왜냐하면 항상 대상으로 정해진 희생자가 있는 게 아니며, 설령 있다고 하더라도 죽는 사람은 그 대상이 아닐 수도 있기 때문이다. 배리 루 리버스는 비소를 넣은 참치 샌드위치를 누가 먹든 신경 쓰지 않았다. 그 범행에서 가장 잔인하고 냉혹한 점은 특정 인물을 대상으로 노릴 필요가 없었고, 그 식당에서 포장해간 음식을 먹는 누구든 대상이 될 수 있다는 것이었다. 독에는 지문이나 DNA가 남지 않는다. 총알이나 칼날처럼 크기나 형태도 알 수 없다. 그리고 상처처럼 측정할 수 있는 흔적을 남기지 않는다. 나도 지금껏 일하면서 중독 살인 사건을 다뤄본 적은 몇 번밖에 없다. 그리고 그 사건들은 모두 절망적이고 끔찍했다. 범인을 막는 건 시간과의 싸움이었다.

청이 돌아와 침실 바닥에 범죄현장 도구들을 내려놓더니, 내가 파트너라도 되는 것처럼 장갑을 건넨다. 나는 그 장갑을 받아 낀다. 그때 복도에서 다른 발소리가 들리자, 나는 손을 주머니에 집어넣는다.

"침대 밑에 전화기가 있어요." 내가 그쪽을 가리켰을 때, 콜린이 방 안으로 들어온다. 그는 격자무늬 셔츠에 회색 바지, 감청색 GBI 윈드브레이커를 입고 있다. 안경에는 빗방울이 튀어 있다.

그는 오늘 아침 교도소에 들고 왔던 것과 똑같은 상자를 들고 있다. 콜린은 바닥에 그 상자를 내려놓더니 나를 보며 말한다. "알아낸 건?"

"확실한 외상은 없는 것 같아. 하지만 제이미를 살펴보진 못했어. 그렇게 하면 안 되니까. 떨어뜨린 전화기를 찾다가 술잔을 쓰러뜨린 것 같아. 스카치일 거야. 새벽에 내가 여기서 나갈 때도 스카치를 마시고 있었으니까. 전화기는 침대 아래 떨어져 있어."

"스카치를 마셨단 말입니까?" 청이 몸을 굽히고 장갑 낀 손으로 침대 커버를 들어 올리며 묻는다.

"네. 포도주도 같이 마셨어요."

"어디서든 지문이나 DNA가 나왔으면 좋겠네요."

"이제 나가봐도 돼요. 도와줘서 고마워요. 하지만 이 안에는 사람이 적을수록 좋아요. 알겠죠? 말하지 않아도 알겠지만, 여기선 아무것도 먹거나 마시면 안 되고 물건에 손이 닿지 않게 각별히 주의해야 해요. 희생자들이 뭔가에 노출된 것 같은데, 아직 원인이 뭔지 모르니까 말이에요." 콜린이 할리 경관에게 말한다.

할리 경관이 말한다. "마약 같은 걸 말씀하시는 건가요? 여기서 약병 같은 건 보지 못했어요. 하지만 서랍이나 찬장을 열어보진 않았어요. 박사님과 함께 있어야 해서 주위를 살피지 못했거든요." 그는 그들에게 계속 나를 지켜보고 있었다는 사실을 알린다. "욕실 확인은 할 수 있을 것 같은데요. 괜찮다면 약품 수납장을 살펴보고 오겠습니다."

"아까도 말했지만, 원인이 뭔지 몰라요. 마약일 수도 있고, 다른 물질일 수도 있어요. 얼음 총알 같은 것일 수도 있고." 콜린이 말한다.

"그런 건……."

"사실 우리도 뭘 찾고 있는지 모른다는 말이오. 그래서 현장에 사람이 적을수록 좋다고 한 거요." 콜린이 방을 둘러본다.

"얼음 총알 같은 게 진짜로 있을 리가……."

"이렇게 더우니 녹아서 없어졌겠죠." 콜린이 말한다.

"여긴 우리가 알아서 하죠. 괜찮으면 밖에 나가서 아무도 안에 들어오지 못하게 지켜줬으면 좋겠군요. 다른 사람들이 막 들어오지 않았으면 좋겠어요. 누가 열쇠를 가지고 있는지 알지 못하니까 말이에요." 청이 경관에게 말한다.

"어젯밤 여기서 제이미, 마리노와 같이 저녁을 먹었어요. 스시 배달이 왔죠." 나는 현장 사진을 찍는 청을 방해하지 않기 위해, 플라스틱 현장용 도구 가방을 열고 시신을 검사할 준비를 하는 콜린을 방해하지 않기 위해 창가로 물러서며, 두 사람에게 말한다. "서배너 스시 퓨전을 확인해보는 게 좋을 거예요. 혹시 내가 여기 있는 게 불편해진 않나요?" 내 의사와 상관없이 두 사람이 원하면 밖으로 나가야 할 것이다. "아무래도 상황이 좀 그러니까요. 어제 오후 늦게 캐슬린 롤러를 만났는데, 오늘 아침에 그 여자가 죽었죠. 어젯밤 늦게, 새벽 1시까지 제이미와 같이 있었는데, 지금 이렇게 죽었잖아요."

"뭐든 자백할 게 아니라면, 난 당신이 이 사람들이 죽은 것과 관련 있다고 생각하지 않아. 당신만 괜찮으면 난 상관없어. 그건 새미, 마리노, 나도 마찬가지야. 정상적인 경우라면 당신이 피해자와 아는 사이고, 지난밤에도 같이 있었으니 현장에 있는 게 좋은 생각은 아니라고 했겠지. 그래도 여기 있어. 당신은 조사에 도움이 되니까. 만일 밖에 있는 게 편하다면 그렇게 하고." 콜린이 장갑을 끼며 말한다.

"내가 지금 걱정하는 건 다른 피해자가 더 나올 경우야. 만일 우리가 독을 상대하고 있는 거라면 말이지. 당신도 내가 무슨 걱정을 하고 있는지 알 거야."

"그건 우리 둘 다 마찬가지지."

"뭔가 다른 게 있는지 알아볼 수 있는 사람은 박사님밖에 없어요. 그러니까 같이 돌아보면 도움이 될 겁니다." 청이 말한다. 그는 플래시를 터트리며 침대 밑에 떨어져 있는 전화기의 사진을 찍는다.

청은 내 생각과 전혀 다른 종류의 도움을 청한다. 나는 그가 지금 무슨 일을 하려는지 알고 있다. 사실 청의 접근 방식은 올바르다. 그날 하루를 같이 보내면서 나는 그를 존중하게 되었다. 새미 청이라는 사람 자체나, 그의 생각을 과소평가하거나 탓할 일이 아니다. 충분히 예상했던 일이다. 그는 빈틈없고, 영리하며, 관찰력이 뛰어나고, 고도의 훈련을 받은 수사관이다. 그리고 청이 하는 일은 객관적이면서도 끈기가 있어야 한다. 그가 나를 어떻게 생각하는지와 상관없이 자신이 얻을 수 있는 정보는 모두 모을 수 있는 사람이다. 만일 청이 나를 주의 깊게 지켜보지 않는다면 그건 그의 과오가 될 것이다. 그로서는 나와의 전문적인 상호 작용에서 아무것도 알아내지 못했다고 하더라도 의심할 수밖에 없다.

"지금까지는 제이미가 나와 마리노 이외에 다른 누군가와 같이 있었다는 흔적은 없는 것 같아요." 내가 말을 꺼낸다.

"두 사람 사이에 무슨 일이 있습니까?" 청이 묻는다.

"일적인 관계 말고 말인가요? 내가 알기론 없어요. 나로선 상상조차 하기 힘든 일이에요. 마리노는 CFC에서 2주 전에 휴가를 받아 여기 내려왔고, 제이미가 맡은 조던 일가 사건을 돕고 있었어요. 내가 알기로 마리노는 이 아파트에서 제이미와 같이 일했어요."

"그 전에도 아무 일이 없었나요? 직업적인 관계 이상이었던 적이 한 번도 없습니까?"

"그런 일은 상상조차 해본 적이 없어요." 나는 다시 말한다. 그때 콜린이 침대 옆 탁자에 디지털 체온계를 올려놓는다.

그는 시신의 굳어진 오른쪽 팔을 움직여, 겨드랑이에 두 번째 체온계를 끼운다.

"어째서 상상조차 해본 적이 없다는 겁니까?" 청이 묻는다. 다시 심문이 이어진다.

나는 대답하지 않을 수도 있다. 변호사인 레너드 브라조의 동석 없이는 아무 말도 하지 않을 권리가 있다. 하지만 그렇게 하지 않는다.

"제이미와 마리노가 직업적인 관계 이외에 다른 관계가 있을 걸로는 전혀 보이지 않았으니까요. 그리고 어떤 이유로든 마리노가 제이미를 해친다는 건 상상조차 할 수 없는 일이에요." 나는 청에게 말한다.

"그럴 겁니다. 하지만 박사님은 마리노와 아는 사이죠. 누구나 자기가 아는 사람에 대해서는 객관적이기 힘듭니다. 박사님 입장에서는 마리노를 안 좋게 생각하기 어려울 거예요." 청은 내 편인 것처럼 말한다. 이건 아주 오래전부터 있었던 나쁜 경찰, 좋은 경찰 놀이다.

"마리노에 대해 안 좋게 생각해야 할 이유가 있다면 난 솔직하게 말했을 거예요." 내가 대답한다.

"하지만 박사님도 그 두 사람 사이가 사적으로 어떤지 모르지 않습니까." 그는 침대 밑에 있는 전화기를 손가락 두 개로 조심스럽게 집어 든다. 장갑을 끼고 있음에도, 표면에 닿는 면적을 최소화하는 것이다. "사실 이건 조사할 필요가 없을 겁니다. 전화기를 만진 사람은 피해자밖에 없을 테니까 말이에요. 하지만 만일에 대비해서 가져가야죠. 박사님이라면 어떻게 하실 겁니까?" 그가 나를 쳐다본다.

"나라면 이 전화기를 가져가서 지문과 DNA 검사를 할 거예요. 다른 이상한 점은 없는지 추가로 화학적인 분석을 의뢰할 거예요."

"누군가 전화기에 독을 묻혀놨을 거라고 생각하는 겁니까?" 청이 정색을 하고 묻는다.

"나라면 어떻게 할 거냐고 물었잖아요. 화학물질이나, 생물학적 작용제들은 피부를 통해 퍼질 수도 있어요. 점막이나 피부를 뚫고 들어가는 거죠. 아직까지 우리가 상대하고 있는 물질이 무엇인지 모르는 상황이고, 더 많은 피해자가 나올 수도 있어요. 우리를 포함해서 말이에요."

"박사님은 이 전화를 쓸 일이 없었겠군요." 그가 장갑 낀 손으로 전화기의 메뉴 버튼을 누른다.

"지난밤 이 아파트에 왔을 때 이 방에는 들어오지 않았으니까요."

"새벽 1시 32분에 917로 시작하는 전화를 걸었어요." 청이 제이미가 걸었던 마지막 전화를 확인한다.

"뉴욕이네요." 나는 다시 한 번 스카치에서 나는 탄 과일 냄새를 맡는다. 순간 감정이 솟구쳐 올라온다.

"피해자가 마지막으로 건 전화처럼 보이는군요." 청은 큰 소리로 번호를 부르며 수첩에 받아 적는다.

익숙한 번호다. 나는 이내 그 이유를 알아차린다.

"내 조카, 루시 전화번호예요. 그 애가 뉴욕에 살 때 쓰던 휴대전화번호요." 나는 감정을 드러내지 않으려고 애쓰며 설명한다. "조카는 보스턴으로 이사 오면서 번호를 바꿨어요. 올해 초인가, 아마 1월일 거예요. 확실하진 않지만, 루시는 이제 그 번호를 쓰지 않아요."

제이미는 루시가 번호를 바꾼 것을 몰랐던 모양이다. 그녀가 루시에게 다시는 연락하지 말라고 했을 때는 정말 그렇게 할 생각이었을 것이다. 오늘 새벽 이전까지는.

"피해자가 새벽 1시 32분에 루시에게 전화하려 한 이유를 아십니까?"

"제이미와 루시에 대해 이야기했어요. 두 사람의 관계와 헤어진 이유에 대한 이야기였죠. 그러다 보니 감상적이 됐던 모양이에요. 나도 잘 모르겠어요." 내가 대답한다.

"그 두 사람은 어떤 관계였습니까?"

"몇 년 동안 함께 지냈어요."

"정확하게 무슨 의미죠?"

"파트너요. 연인 사이였어요."

청은 증거용 봉투에 전화기를 집어넣는다. "지난밤 피해자와 정확하게 몇 시에 헤어졌습니까?"

"오늘 새벽 1시쯤이었어요."

"그럼 그 뒤로 30분 뒤에 피해자는 루시의 예전 전화번호로 전화를 걸었고, 전화기를 제자리에 놓으려다가 떨어뜨린 모양이군요. 침대 밑으로 말이에요."

"모르겠어요."

"지난밤 이전에는 언제 이 아파트에 왔었다고 했죠?"

"지난밤 이전에는 이 아파트에 한 번도 온 적이 없다고 했어요." 나는 그에게 상기시킨다.

"그러니까 이 집에 처음 왔다는 말이군요. 지금 말고는 이 침실 안에 들어온 적도 없고요. 박사님은 지난밤 이 방에는 들어오지 않았고, 새벽에 이 아파트를 떠나기 전까지 침실에 붙은 욕실이나, 이 전화를 사용하신 적이 없단 말이죠."

"네."

"마리노는 어떨까요?" 내가 우세한 것 같은 착각을 주려는 듯, 청은 침대 옆에 쭈그리고 앉은 채로 나를 올려다본다.

"지난밤에는 마리노도 여기로 다시 돌아오진 않았을 거예요. 하지만 내가 그 사람과 계속 같이 있었던 건 아니니까요. 내가 여기 도착했을 때 마리노는 벌써 와 있었어요." 내가 대답한다.

"흥미로운 건 마리노가 열쇠를 가지고 있다는 점이죠." 청이 자리에서 일어나 증거 봉투에 라벨을 붙이며 말한다.

"두 사람은 이곳을 사무실로 썼으니 그럴 수도 있죠. 하지만 열쇠에 대해서는 마리노한테 직접 물어봐요." 지금 당장이라도 청이 나를 체포하면서, 미란다 원칙을 읽어줄 것 같다는 생각이 든다.

"나로선 약간 이상하다는 생각이 들어서요. 만일 이런 곳이 있다면 박사님도 마리노에게 열쇠를 주실 겁니까?" 청이 묻는다.

"필요하다면 마리노에게 열쇠를 맡길 수 있어요. 그 사람을 믿으니까요. 내 의견 같은 건 중요하지 않겠지만, 난 사실대로 말한 거예요." 그리고 내가 마리노에 대해 객관적이지 않을 거라는 청의 말에 대꾸한다. "스시를 제외한 다른 음식들은 제이미가 샀어요. 제이미는 거실에 있는 우리에게 음료와 음식을 주었죠. 그런 뒤에 10시 30분이나 45분 정도 되었을 때, 마리노가 우리만 남겨놓고 나갔어요. 그리고 새벽 1시에 날 차에 태워 주기 위해 아파트 앞으로 돌아왔죠. 헤어질 때 제이미는 제법 취한 것처럼 보였어요. 포도주와 스카치를 마셨는데, 말할 때 발음이 꼬였죠. 이제 와서 다시 생각해보니, 제이미는 단순히 술에 취한 게 아니라 다른 증상도 보였던 것 같아요. 동공 팽창에, 말을 제대로 못 했고, 눈꺼풀도 늘어졌죠. 그때가 스시를 먹고 두 시간 반이나 세 시간쯤 지났을 때였어요."

"동공 팽창은 아편뿐만이 아니라 다른 약물을 썼을 때도 많이 나타나는 증상이야." 콜린이 장갑 낀 손으로 제이미의 팔과 다리를 누르고, 창백해지는 정도를 확인한다. "암페타민, 코카인, 진정제. 알코올은 물론이고. 같이 있는 동안 제이미 버거가 뭔가 약을 먹었다면 당신이 알았을 텐데?"

"난 제이미가 약 같은 걸 먹는 건 못 봤어. 그런 약을 먹을 이유도 모르겠고. 제이미는 나와 같이 있는 동안 술을 마셨어. 포도주 몇 잔, 스카치 몇 잔."

"여기서 나간 뒤에는 어떻게 됐죠? 박사님은 뭘 했습니까? 어디로 갔죠?" 청이 묻는다.

난 대답할 필요가 없다. 변호사가 동석한 것 같은 조건이 갖추어진 상태라면 기꺼이 협조하겠지만, 지금은 그런 상황이 아니라고 말했어야 한다. 하지만 난 숨길 것이 없다. 마리노도 죄가 없다는 것을 알고 있다. 우리 모두 같은 편이다. 나는 마리노의 차를 타고 조던 일가가 살던 동네를 거쳐, 사건에 대해 의논한 뒤 2시쯤 호텔로 돌아갔다고 설명한다.

"마리노가 방으로 들어가는 걸 봤습니까?"

"마리노는 밴에 놔두고 온 게 있다고 다시 나갔어요. 그래서 나 혼자 방에 올라갔어요."

"그건 좀 이상하군요. 그러니까 마리노는 박사님과 같이 호텔에 들어갔다가, 다시 밴으로 돌아갔다는 말이잖습니까."

"그 시간에 근무했던 주차요원이 마리노가 자기 말대로 뒷좌석에 놔두고 온 먹을 걸 가지러 간 건지, 아니면 다시 차를 몰고 나갔는지 말해줄 거예요. 그리고 그 밴에 문제가 좀 있어서 마리노는 오늘 아침 일찍 정비소에 갔다 왔어요." 나는 날카롭게 대답한다.

"걸어갔을 수도 있죠. 그 호텔에서 여기까지 도보로 20분이면 올 수 있으니까요."

"마리노에게 직접 물어봐요."

"주변 온도는 22도야. 시신 체온은 23도고." 콜린이 말한다. 그는 제이미 버거의 시신을 침대 옆으로 옮긴다.

제이미의 팔과 머리가 뜻대로 움직이지 않자, 콜린은 억지로 누른다. 지켜보기 힘든 광경이다. 나도 사후 강직 상태인 시신을 수천 번, 셀 수 없이 여러 번 억지로 몸을 내리누른 적이 있다. 그렇게 죽은 자들의 고집스럽고 부자연스러운 자세를 똑바로 펴는 것에 대해 더 생각하지 않는다. 하지만 지금 그 광경은 지켜보기 힘들다. 내가 받아서 가져온 스시를 생각하자, 죄책감이 든다. 내 탓인 것 같다. '어째서 나는 지난밤, 컴컴한 거리에서 갑자기 나타난 사람한테 아무것도 물어보지 않은 걸까? 제이미가 스시를 주문하지 않았다는 말을 듣고도 왜 신경 쓰지 않았던 걸까?'

"달리 생각나는 일이 있으십니까?" 청은 자신이 정말 알아야 되는 것과는 상관없는 질문만 계속하고 있다.

"쓰러진 술잔이요. 나라면 탁자 위에 쏟아진 스카치도 면봉으로 채취하겠어요. 하지만 그전에 남은 음식들과 쓰레기통에 있는 물건들을 먼저 처리해야 되겠죠. 그것들은 모두 같은 방식으로 다뤄야 할 거예요. 제이미가 먹었거나 마셨을 수 있는 건 전부 다 말이에요."

나는 방 안에서 걸음을 옮기면서 계속 주머니에 손을 넣고 있다. 그리고 새미 청에게 교도소에서 했던 것과 똑같은 부탁을 한다. 현장을 살펴봐도 괜찮은지, 그의 허락 없이는 아무것도 손대지 않겠다고 말이다. 우리는 욕실부터 조사하기로 한다.

27

중독 살인

거울이 달린 약품 수납장은 활짝 열린 채, 그 안에 들어 있던 물건들이 전부 다 선반과 화강암으로 된 화장대, 세면대, 바닥 위에 어지럽게 널려 있다. 마치 폭풍우가 쓸고 지나갔거나, 침입자가 화장실만 뒤지고 나간 것처럼 보인다.

큐티클 가위, 핀셋, 손톱줄, 안약, 치약, 치실, 치아 미백 스트립, 선크림, 일반 의약품 진통제, 바디 스크럽, 세안제 등이 흩어져 있다. 처방용 약은 수면제인 주석산 졸피뎀, 엠비엔, 항불안제로 아티제로 알려진 로라제팜이 있다. 제이미는 잠을 잘 자지 못했다. 그녀는 불안증이 있고, 자만심이 강했다. 그래서 나이가 드는 것을 잘 받아들이지 못했다. 일상적인 불편함이나 불만 사항을 해결하기 위해 가지고 있던 물건들 중에 제이미가 인생의 마지막 시간, 최후의 순간에 직면했을 때 적을 물리칠 수 있는 건 아무것도 없었다. 그 난폭한 공격자는 가학적이고 강력하며 눈에 보이지도 않는다.

나는 제이미의 사후 인공물들과 혼란스럽게 어질러진 주변을 둘러보며 그녀가 죽음에 이른 과정을 이해한다. 오늘 새벽 어느 시점에 제이미는 극심한 통증을 느꼈고, 공황 상태와 신체적인 통증을 완화시킬 수 있을 만한 것을 필사적으로 찾아다녔다. 그러다 보니 범인이 아파트 안을 돌아다니다가 제이미를 살해한 것처럼 보이는 현장이 만들어진 것이다.

집 안에 침입자는 없었고, 제이미밖에 없었다. 나는 그녀가 가방의 내용물을 쏟아내는 모습을 상상한다. 아마 고통을 덜어줄 진통제를 찾기 위해서였을 것이다. 나는 제이미가 정신없이 욕실로 뛰어 들어가, 고통을 잠재워줄 약을 찾기 위해 선반의 물건들을 휘젓는 모습을 그려본다. 다른 사람이 직접적으로 그녀를 죽인 게 아니다. 나는 제이미의 시신이 뒤틀려 있을 만큼 강력한 독극물이 원인일 거라고 생각한다. 그때 난 여기에 없었다.

난 이 자리에 없었다. 그전에 이곳을 나섰다. 그 자리를 벗어날 수 있다는 안도감에 그대로 밖으로 나가 컴컴한 나무 그늘 아래에서 마리노가 데리러 올 때까지 기다렸다. 내가 그때 화를 내고 상처받지 않았더라면 그 경고를 알아차렸을지도 모른다는 생각을 멈출 수가 없다. 제이미가 단순히 취한 것이 아니고, 뭔가 잘못됐다는 사실을 알아차렸어야 했다. 나는 루시를 지켰다. 언제나 그 애는 내 약점이었다. 그리고 이제 루시가 사랑하는 사람, 어쩌면 평생의 사랑일지도 모르는 사람이 죽었다.

"수사관님이 양해해주신다면 말이에요." 나는 청이 사진을 찍는 동안 현장을 살펴봐도 좋은지 묻는다.

제이미가 위험한 상황이었을 때, 내가 여기 있었다면 그녀를 구했을 것이다. 징후와 증상이 보였는데도 모른 척했다. 그 상황을 조카에게 어떻게 설명해야 할지 모르겠다.

"그러시죠. 피해자가 가지고 있는 무언가를 누군가 노렸던 건 아닐까요? 거실에 컴퓨터도 몇 대 있고, 사건 기록이나 다른 비밀 서류처럼 보이는 것들이 있던데요. 피해자의 컴퓨터에 민감한 정보가 있나요?"

"난 제이미의 컴퓨터 안에 뭐가 들어 있는지 몰라요. 뭔가 있다 해도 말이에요."

　내가 구조대를 부를 수 있었을 것이다. 제이미에게 심폐소생술을 할 수도 있었을 것이다. 구급대원이 암부백(호흡 정지 시 사용하는 구급 소생백-옮긴이)을 들고 나타나 제이미를 응급실로 데려가기 전까지 내가 인공호흡을 할 수도 있었을 것이다. 그랬다면 지금 그녀는 병원에서 인공호흡기를 달고 있었을 것이다. 제이미는 무사했을 것이다. 이렇게 침대 위에서 차갑고 뻣뻣하게 굳어 있지 않았을 것이다. 그리고 이제 난 루시에게 제이미를 구하지 못했고, 그 애를 실망시켰다고 말해야 할 것이다. 루시가 날 용서해줄 거라는 확신이 없다. 만일 그 애가 날 용서해주지 않더라도 탓하지 않을 것이다. 오랫동안 루시는 같은 말을 되풀이했고, 계속해서 이의를 제기했다. 왜냐하면 내가 같은 실수를 하기 때문이다. '나 대신 싸우지 마. 내 감정을 생각하지 마. 모든 일을 해결하려고 하지 마. 이모가 그럴수록 상황만 더 나빠지니까.'

　내가 상황을 악화시켰다. 더 이상 상황을 악화시킬 순 없다. 그래서 난 청에게 말한다. "수사관님도 제이미가 서배너에서 무슨 일을 하고 있었는지 알 거라고 생각해요. 지금 말씀하신 문서들은 그 일과 관련된 거예요. 조금 전 수사관님의 질문에 대답하자면, 제이미가 아파트 안에 다른 사람이 노리는 뭔가를 숨겨놨다고 해도 난 몰라요. 거실에 있는 컴퓨터에도 뭐가 들어 있는지 모르고요."

　"피해자가 누군가로부터 위협을 받고 있다는 말을 하거나, 그런 느낌을 주진 않던가요?"

　"보안에 신경을 많이 쓰고 있었어요. 하지만 누군가에게 어떤 위협을 받고 있다는 구체적인 이야기는 없었어요." 내가 대답한다.

　"뉴욕에서 여기로 올 때 보석이나 값비싼 물건들을 가지고 왔을 수도 있죠. 하지만 시계는 저기 그대로 있네요." 청이 화장대 위에 물이 조금 담겨 있는 유리잔 옆 금으로 된 카르티에 검은색 가죽 손목시계를 가리킨다. "훔쳐갈 만한 물건인 것 같은데 말입니다. 피해자가 술에 취한 상태로 약이든 뭐든 찾은 건지도 모르겠네요."

나는 세면대에 떨어져 있는 베나드릴(항히스타민제) 상자를 집어 든다. 누군가 아주 급하게 뜯은 것처럼 상자 위쪽이 찢어져 있다. 바닥에 떨어져 있는 은색 패킷에는 분홍색 알약 두 알이 비어 있다.

"제이미는 술에 취한 게 아니었던 것 같아요. 적어도 아주 많이 취한 건 아니었어요." 나는 베나드릴 상자의 가격표를 본다. "멍크 약국. 그런 이름의 약국이 또 있는 게 아니라면, 조지아 교도소 근처 총기상 옆에 있는 상점가의 약국이에요."

"피해자도 거기서 샀을 겁니다. 제이미 버거 역시 사람들을 만나러 교도소에 갔으니까요. 알레르기가 있었던 모양이군요. 박사님은 피해자가 서배너에 와서 이 집을 빌린 시기가 언젠지 아십니까?" 청이 묻는다.

"나한테 말하기로는 몇 달쯤 됐다고 했어요."

"아마 4월이나 5월일 겁니다. 여긴 봄이면 꽃가루가 아주 심하게 날리거든요. 사방이 노르스름한 초록색 스프레이로 칠한 것처럼 보일 정도죠. 그때는 밖에서 조깅을 하거나 자전거를 탈 수가 없을 정도예요. 숨을 쉴 때마다 그놈의 꽃가루 때문에 눈도 아프고 목도 막히니까요." 청 수사관이 우호적으로 대화를 이어나간다. 지금은 좋은 경찰 행세를 하며 나와 잡담을 하는 것이다.

새미 청은 지금 협조적이다. 그리고 나는 그게 다 수법이라는 것을 알고 있다. 긴장을 풀게 해서 마음을 열게 만들고, 친구로 여기게 한다. 나도 그를 친구로서 대할 작정이다. 왜냐하면 나는 적이 아니니까. 나는 숨길 것이 없다. 거짓말 탐지기 조사도 받을 것이다. 사실만을 말하겠다고 맹세도 할 것이다. 청이 내게 미란다 원칙을 고지하지 않아도, 무엇이든 물어봐도 상관없다. 내가 죄책감을 느끼고 있다는 것도 인정할 것이다. 실제로 그러니까. 하지만 제이미 버거를 죽게 만들었다는 죄책감이 아니다. 그녀의 죽음을 막지 못했다는 죄책감이다.

"통이 뜯어진 거나, 패킷이 바닥에 떨어진 걸로 봐서 제이미는 지난밤에 베나드릴을 먹은 것 같아요. 만약 그녀가 두 알을 먹었다면 상당히 증세가 심각했을 거예요. 아마 호흡 곤란이 있었을 거예요. 물론 약물 검사 결과가 나올 때까지는 항히스타민제를 먹었는지 알 수 없지만요."

"제이미 버거가 뭔가 잘못 먹어서 심한 알레르기 반응을 보였을 수도 있어요. 아마 스시겠죠. 어패류 알레르기가 있는 거 아닐까요?"

"아니면 제이미 스스로 심각한 알레르기 반응이 나타났다고 생각했을 수도 있어요. 숨을 쉬기 어렵다거나, 침을 삼키기 힘들었거나, 눈을 뜨고 있기 힘든 증상이 나타났다면 말이에요." 나는 제이미가 세면도구들은 어디서 샀는지 확인하면서 말한다. "몇 시간 전에 교도소에서도 캐슬린 롤러가 운동장에서 돌아온 뒤에 숨을 쉬기 힘들어했다는 증언이 있었어요. 아마 말하는 것도 힘들었을 것이고, 눈도 뜨고 있었을 거예요. 이완 마비와 연관된 증상들이죠."

"그게 뭡니까?"

"신경이 더 이상 근육을 자극하지 못하는 거예요. 보통은 머리 쪽부터 시작되죠. 눈꺼풀이 처지고, 눈앞이 흐려지거나 물체가 두 개로 보이기도 해요. 그리고 침을 삼키거나, 말을 하는 것도 힘들어지죠. 마비는 아래쪽으로 내려가면서 진행돼요. 숨을 쉬는 게 힘들어지다가, 호흡 부전으로 사망하게 되죠."

"원인이 뭡니까? 말씀하신 대로 뭔가에 노출된 건가요?"

"신경 독 종류일 거라고 생각해요."

나는 던 킨케이드에 대해 말한다. 매사추세츠에서 일어난 여러 건의 살인 사건과 나에 대한 살인 기도 혐의로 기소되어 있는 캐슬린 롤러의 생물학적인 딸도 오늘 아침 버틀러의 병실에서 호흡 곤란을 겪다가 호흡 정지에 이르렀다는 사실을 말한다. 던 킨케이드는 뇌사 상태에 빠진 것으로 보이며, 공식적으로 독극물을 원인으로 보고 있다고 설명한다.

"내가 알기로 제이미는 어패류 알레르기가 없어요. 최근에 생긴 게 아니라면 말이에요. 물론 어패류로 인한 과민성 반응으로 이완 마비를 일으키게 되거나 사망하는 경우도 있긴 하지만. 다른 종류의 독성 물질일 수도 있어요. 제이미는 먹스에서 물건들을 많이 구입한 걸로 보여요. 이 안에 있는 물건들 중에 그곳에서 구입한 게 뭔지 확인해보는 게 좋을 거예요. 제품들, 일반 의약품들, 조제약들, 지금은 보이지 않아도 제이미가 예전에 샀던 것들까지 포함해서 전부 다 말이에요. 제이미가 직접 사지 않은 물건이 있거나, 구입한 것 중에 누군가 손을 댔을 가능성도 배제해선 안 되고요."

"누군가 약국 안에 있는 물건에 손을 댔을 가능성도 있다는 말이군요."

"모든 가능성에 대해 생각해볼 필요가 있어요. 이 아파트에 있는 물건들은 한 개도 목록에서 빠지는 게 없도록 주의를 기울여야 해요." 나는 다시 한 번 반복해서 말한다. "남아 있던 잠재적인 독성 물질 때문에 누구라도 다치거나 목숨을 잃는 일이 있어선 안 되니까요."

"자살 가능성도 생각해봐야죠."

"난 그렇게 생각하지 않아요."

"아니면 우연히 그렇게 된 걸 수도 있어요."

"수사관님도 내가 무슨 생각을 하는지 알 텐데요. 누군가 제이미를 독살했어요. 그것도 고의적이고 계획적으로 말이에요. 내가 지금 생각하고 있는 건, 어떤 방법으로 제이미를 중독시켰는가 하는 거예요." 내가 대답한다.

"뭔가를 음식에 섞었다고 한다면, 박사님이 설명한 증상들에 맞지 않을까요? 몇 시간 안에 사람을 이완 마비로 죽이려면 음식에 무엇을 집어넣겠습니까?"

"나라면 사람이 먹는 음식에는 아무것도 집어넣지 않아요."

"박사님이 그랬을 거란 의미는 아니었어요." 청은 계속해서 욕실에 있는 물건들의 사진을 찍는다. 화장품, 목욕용품, 미용용품은 물론, 심지어 비누까지 모든 물건들을 다 찍는다. 그리고 수첩을 꺼내 일일이 기록한다. 나는 청이 지금 무슨 생각을 하는지 안다.

시간을 벌면서 체계적이고 근면하고 끈기 있게 정보를 모으고 있다. 우리가 같이 있는 시간이 길어질수록 내가 말을 더 많이 할 것이기 때문이다. 나는 순진하지 않고, 청도 내가 그렇다는 것을 알고 있다. 그리고 그 게임은 내가 멈추지 않기로 결정했기 때문에 계속된다.

"신경 독에는 어떤 게 있습니까? 설명 좀 해주시죠." 그는 제이미를 죽인 사람이 난지, 아니면 다른 사람인지, 범인을 알고 있는지 정보를 모으고 있는 것이다.

"신경 조직을 파괴하는 모든 독성 물질을 말해요. 목록이 아주 길죠. 벤젠, 아세톤, 에틸렌글리콜(부동액으로 쓰이기도 한다-옮긴이), 인산 코데인, 비소." 내가 대답한다.

하지만 나는 그런 물질들에 대해서는 걱정하지 않는다. 제이미가 벤젠이나, 부동액, 매니큐어 지우는 아세톤처럼 흔히 가정에서 쓰는 물질들에 노출되었거나, 스시나 스카치, 기침약에 살충제가 섞여 있었을 거라고는 생각하지 않는다. 그런 독극물들은 보통 돌발적이거나 비이성적인 범행에 쓰인다. 그런 물질들은 내 악몽의 대상이 아니다. 내가 두려워하는 건 훨씬 끔찍한 것들이다. 테러에 쓰이는 생화학물질들. 액체나 분말, 가스로 만든 대량 살상 무기들은 우리가 마시거나 만지거나 숨을 쉬는 것만으로도 목숨을 앗아갈 수 있다. 아니면 우리가 먹는 음식에 독성이 있을 수도 있다. 색시톡신(어패류에 들어 있는 식중독-옮긴이), 라이신(피마자 씨에 들어 있는 식중독-옮긴이), 복어 독, 시구아테라(생선으로 인한 식중독-옮긴이). 나는 새미 청에게 지구상에 있는 가장 강한 독인 보툴리눔 독소에 대해 생각해봐야 한다고 제안한다.

"보툴리누스 중독증은 스시를 먹다가 걸릴 수 있는 거죠? 아닙니까?" 그가 샤워실의 문을 열면서 말한다.

"보툴리누스균, 독이나 신경 독을 만드는 혐기세균은 아주 흔해요. 그 박테리아는 흙이나 호수나 연못의 퇴적물 속에 있죠. 실질적으로 어떤 음식이나 액체를 오염시킬 수 있는 위험한 균이에요. 만일 제이미가 그런

341

독에 노출된 거라면, 이례적으로 증상이 빨리 나타난 거예요. 보통 그런 증상이 나타나기까지는 최소 6시간, 일반적으로는 12시간에서 36시간 걸리니까요."

"가스가 차서 불룩해진 야채 통조림처럼. 그렇게 보이는 건 항상 먹지 말라고 했죠. 보툴리눔 식중독에 걸린다고 말이에요." 청이 말한다.

"보툴리눔 식중독은 보통 상한 통조림이나 비위생적인 조리 과정, 마늘이나 허브에 스며든 기름, 그리고 냉장 보관을 제대로 안 한 음식을 먹었을 때도 걸려요. 생야채를 제대로 씻지 않거나, 알루미늄 포일에 싸서 구운 감자를 그대로 식혔을 때도 위험하죠. 보툴리눔 식중독의 원인은 아주 많아요."

"젠장. 그런 거라면 못 먹을 음식들이 많겠군요. 만일 박사님이 악당이라면……."

"난 악당이 아니에요."

"박사님 말씀대로라면, 그 박테리아를 어떤 식으로든 만들어 음식에 집어넣으면 누구든 보툴리눔 중독으로 죽일 수 있다는 말인가요?" 청이 묻는다.

"어떻게 된 건지는 나도 몰라요. 보툴리눔 독소가 원인일 경우에 대해 이야기한 것뿐이니까."

"박사님은 우리도 중독됐을 가능성에 대해 염려하고 있고요."

"심각하게 생각해볼 문제예요. 아주 심각하게 말이에요."

"중독 살인에 흔히 사용되는 독성 물질인가요?"

"아니요. 그런 사건은 들어본 적이 없으니까요. 하지만 보툴리눔 독소는 따로 의심할 만한 병력이나 다른 이유가 있지 않은 한 감지하기가 어려워요." 내가 대답한다.

"만일 제이미 버거가 호흡 곤란을 일으켰다면, 그것도 박사님이 설명한 증상들 중 하나에 들어간다고 볼 수 있겠죠? 그런데 어째서 911에 전화하지 않았을까요?" 그는 욕조 옆에 놓여 있는 배스 솔트와 양초 사진을 찍는다. 라벤더와 바닐라. 유칼립투스와 발삼.

"얼마나 많은 사람들이 911에 전화를 하지 않는지 알면 놀랄걸요." 나는 대답한다. 그리고 처방약들을 살펴봐도 좋은지 동의를 구한다. 청은 상관하지 않는다. 그는 자신이 원하는 방향으로 나를 끌고 가기 위해 내가 무슨 짓을 해도 상관하지 않는다. "사람들은 괜찮아질 거라고 생각하거나, 집에 있는 약품으로 해결할 수 있다고 믿어요. 그러다 때를 놓치는 거죠." 내가 덧붙인다.

엠비엔 병을 열어본다. 라벨에 적힌 대로라면 어제 내가 공중전화를 이용하기 위해 들렀던 교도소 근처 약국에서 열흘 전에 받아온 약으로, 10밀리그램 서른 정이다. 나는 약의 개수를 센다.

"스물한 정이 남았네요." 나는 그 약들을 병에 다시 집어넣은 뒤, 그 옆에 있던 아티반을 살핀다. "이것도 같은 약국에서 같은 날 받아왔네요. 멍크 약국에서 대부분 구입한 것 같아요. 약사 이름이 허브 멍크였어요."

아마 그 약국의 주인일 것이다. 어제 애드빌을 살 때 약사 가운을 입고 있던 남자가 떠오른다. 그 약국에서는 배달 서비스를 한다고 했다. '당일에, 집 앞까지.' 약국 안에는 그런 표지판이 붙어 있었다. 문득 제이미가 음식 이외에 배달 서비스도 받았을지 궁금하다.

"이건 1밀리그램 약이 열여덟 정 남아 있네요. 둘 다 카를 디에고라는 의사가 처방했어요." 내가 청에게 말한다.

"죽고 싶어 하는 사람들은 대부분 한 통을 전부 다 먹죠." 청이 장갑을 벗더니, 카고바지 주머니에 집어넣는다. "디에고 박사가 누군지 알아봐야겠군요." 그가 블랙베리를 꺼낸다.

"자살할 작정으로 약을 과다 복용했다는 증거는 없어요." 내가 강조해서 말한다.

나는 서랍과 벽장을 열어본다. 그 안에는 향수와 제이미가 가게나 온라인에서 받았을 화장품 샘플들이 들어 있다. 물건들은 배달된다. 삶은 문을 통해 들어오고, 죽음은 포장용 가방에 싸여 건네진다. 내게 전해진다.

"이런 일을 또다시 저지를 수 있는 누군가가 여전히 밖을 돌아다니고 있는 상황에서 제이미가 자살했다는 생각에 매달려선 안 돼요. 이미 여러 명이 목숨을 잃었어요. 더 이상 피해자가 있어선 안 돼요." 나는 청에게 말한다.

그리고 단도직입적으로 나나 마리노에게 집중하는 실수를 저지르지 말라고 말한다. 만일 청이 우리만 쳐다본다면 다른 쪽을 보지 못할 것이다.

"뉴욕 이스트 81번가에 있는 의사군요. 아마 제이미의 주치의겠죠. 여기로 처방전을 보내달라고 전화한 모양입니다." 청이 인터넷으로 검색하며 말한다. 그는 나를 함정에 빠뜨리기 위한 여지를 많이 두고 있다. "만약 제이미 버거의 음식에 의도적으로 무언가를 넣었다면, 냄새도 없고 아무 맛도 나지 않아야 할 겁니다. 그렇게 생각하지 않으세요? 특히 스시라면 말이에요."

"그래요. 우리가 알기로는 아무 맛이 없죠." 내가 말한다.

"무슨 뜻입니까?"

"독을 맛본 사람이 살아서 그 맛을 알려주진 않으니까요."

"맛도 없고 냄새도 없는 강력한 독극물로는 어떤 게 있을까요?" 마치 내가 품고 있는 악의적인 진실을 밝혀낼 수 있다는 것처럼 말한다. "박사님이 살인범이라면 어떤 독약을 사용할 건지 말씀해주세요."

"난 아무것도 사용하지 않을 거예요. 설령 방법을 안다고 해도 누구한테 독을 쓰진 않을 거니까요." 난 청의 눈을 쳐다본다. "다른 사람에게 독을 쓰는 사람을 돕는 일도 없을 거예요. 설령 무사히 빠져나갈 수 있다 할지라도 말이에요."

"정말 그렇다는 의미가 아니라, 박사님이라면 그런 상황에서 어떻게 했을지 물어본 것뿐입니다. 냄새도 없고 맛도 없는 독극물을 스시에 넣는다면, 보툴리눔 독소 이외에 어떤 게 있을까요?" 그는 주머니에 블랙베리를 집어넣고, 새 장갑을 꺼낸다. 아까 썼던 장갑은 증거용 봉투에 넣은 뒤, 안전하게 처리할 수 있게 단단히 봉한다.

"어디서부터 시작해야 할지 모르겠군요. 요즘엔 어떤 독극물이 있는지 알아내기도 어려워요. 실험실에서 만들어낸 정말 무서운 생화학물질들을 우리 군에서 무기로 쓰기도 하니까요."

28

자전거를 탄 여자

우리가 침실로 돌아오자, 콜린이 방 안을 서성이며 휴대전화로 시신 운반에 대한 지시를 내리고 있다. 그는 제이미의 시신을 일회용 시트로 덮어놓았다. 반드시 해야 하는 일은 아니었지만, 고인에 대한 존중과 친절함을 보여준 행위였다. 그는 제이미가 보았던 것보다 훨씬 사려 깊은 모습을 보여주었다.

"최소한 두 겹 가방으로 준비해야 해." 콜린은 전화로 말한다. 그는 여전히 커튼이 드리워진 창문 앞을 지나친다. 시간이 어느 정도 됐는지 알 수가 없다. 밖에는 여전히 비가 쏟아지고 있다. 지붕을 두드리고, 창문에 튀는 빗소리가 들린다. "그래. 전염성에 대비해서 준비하란 거야. 물론 아직 어떤 상황인지 모르지만, 우린 항상 전염성 위험에 대비하면서 시신을 다뤄야 하니까. 알아들었나?"

"펜타닐(진통제)과 소위 데이트 강간 약이라고 불리는 로히프놀, 타분, 사린, 오크실리딘, 탄저병 같은 신경계 물질들이 있죠." 나는 청에게 목록을 불러준다. "하지만 이 물질들 중에는 증상이 즉시 나타나는 것도 있어요. 예를 들어 음식에 로히프놀이나 펜타닐을 넣었다면, 제이미는 저녁 식사를 끝내지 못했을 거예요. 우선적으로 보툴리누스균 검사를 하는 게 나을 거예요."

"보툴리눔. 와, 정말 무섭네요. 다른 독성 물질들이 아니라고 생각하는 이유는요?" 그가 침대 발치에 사용한 장갑을 담은 봉투를 내려놓으며 묻는다.

"증상들 때문이죠."

"박테리아에 사람이 중독됐다고 생각하니 이상한데요."

"박테리아는 박테리아뿐만이 아니라 독소도 만들어요. 바로 그런 점 때문에 군대에서도 주목하게 된 거죠. 박테리아는 무기로 쓸 수 없어요. 하지만 냄새도 없고 아무 맛도 없는 독소는 무기가 될 수 있죠. 상대적으로 사용하기도 쉽고, 추적도 어려워요." 이제 청은 나를 더 의심할 것이다. "쥐한테 실험할 시간이 없어요. 쥐한테 그런 실험을 하는 것도 좋을 것 없고. 혈청에 주사한 다음, 죽는지 안 죽는지를 살피면서 며칠 동안 기다리는 거니까요."

콜린은 손으로 전화기를 막으며 내게 묻는다. "보툴리눔이 왜?"

조사해봐야 할 것 같다고 대답한다.

"그쪽으로 정한 거야?"

내 생각은 그렇다고 말한다.

그는 고개를 끄덕인 뒤 다시 시신 운반 관련 통화로 돌아간다. "맞아. 누출이 되지 않는 가방과 이동식 침대를 이용하되 평소와 같은 방식으로 하는 거지. 나도 다 알아. 솔직히 말하자면 일을 마친 뒤에는 방호복이나 장갑을 포함해 오염된 건 전부 다 두 배 세 배로 고압 살균하거나 소각해야 해. 간염이나 에이즈 바이러스, 뇌막염, 패혈증이 걱정될 때와 동일한 절차로 진행하는 거야. 제발 그 가방들은 재사용하지 마. 내 뜻은 그래. 그리고 모든 것들을 깨끗하게 씻고 제대로 살균 소독해. 표백……. 그래, 그래야지."

"박사님 생각이 그렇다고요?" 청이 묻는다.

"그것도 적극적이고 공격적으로 말이에요. 합리적인 가능성이 있는 물질들을 조사하되, 보툴리눔을 제일 먼저 검사해야 해요. 가능한 한 빨리, 그러니까 즉시 말이에요. 24시간 동안 두 사람이 죽었고, 한 사람은 생명 유지 장치를 달고 있어요. 좀 더 새롭고 빠른 방법이 있는데, 구식 실험 방식을 써서 결과가 나오기를 며칠씩 기다리는 건 사치예요. 단일클론항체나 전기 화학 발광, 그러니까 ECL을 써야죠. USAMRIID, 그러니까 포트 데트릭에 있는 미 육군 전염병 의학 연구소에서 그 검사를 할 수 있어요. 만약 필요하다면 기꺼이 그쪽에 연락해서 검사를 도와달라고 할 수 있어요. 하지만 좀 더 현실적이고 효율적인 방법은 CDC에서 처리하는 거죠. 난 그 방법을 권해요. 불필요한 요식도 간소화할 수 있고, 보툴리눔 신경독, 포도상구균 독소, 라이신, 탄저균 같은 화학물질 검사를 할 수 있는 분석기도 가지고 있으니까요."

"USAMRIID? 어째서 우리가 군대에 도움을 청할 생각을 해야 하지? 보툴리누스균은 대체 뭐고, 탄저균 얘기도 들린 것 같은데?" 통화를 끝낸 콜린이 묻는다.

"이번 일만이 아니라 다른 사례들까지 포함해서 가능성을 제시한 것뿐이야. 세 건 모두 똑같지는 않아도 증상이 비슷했어." 내가 대답한다.

"이번 일이 안보나 테러와 연관 있다고 생각하는 거야? USAMRIID는 그런 사안이 아니면 도와주지 않아. 물론 당신한테 연줄이 있긴 하겠지만 말이야."

"지금 이 상황에서 가장 정확한 대답은 우린 이게 뭔지 모른다는 거야. 하지만 당신이 이야기했던 사례들이 떠올랐어. 조지아 교도소에서 갑자기 의심스럽게 죽은 배리 루 리버스와 다른 재소자들 말이야. 뭔가 일이 있었고, 사람들이 숨을 거뒀어. 부검이나 일상적인 약물 검사에서는 아무것도 찾지 못했지. 그리고 당신은 그들을 상대로 보눌리눔 독소 검사를 하지 않았을 거야." 내가 대답한다.

"누구라도 그런 검사까지 하진 않았을 거야." 콜린이 대답한다.

"그게 내가 하려던 말이야. 지금 나는 연쇄 독살범이 아닐까 걱정하고 있어. 이 생각이 틀리기를 나보다 더 바라는 사람은 없을 거야." 그리고 나는 지난밤 이 아파트에 왔을 때 자전거를 타고 배달 왔던 사람에 대해 자세히 이야기한다.

나는 제이미가 스시를 주문하지 않았을지도 모른다는 느낌이 들었다. 배달 온 여자는 제이미의 신용카드가 그 가게에 등록되어 있다고 했으며, 정기적으로 음식을 배달한다는 말도 했다.

"이제 와서 생각해보니, 그 사람은 많은 정보를 줬어. 지나칠 정도로 많은 정보를 알려줬어. 그 당시에도 어딘가 모르게 불안한 느낌이 들었어. 뭔가 이상했으니까."

"아마 그 여자는 배달원이 아니니까, 진짜 배달원인 것처럼 보이려고 그런 거겠지." 콜린이 생각에 잠겼다. "누군가 그 식당에서 음식을 주문해서 독을 넣은 뒤에 배달 온 사람인 척했을 수도 있어."

"만일 그 식당에서 일하는 사람이 저지른 짓이라면 추적하기 어렵진 않을 겁니다. 실제로 그랬다면 아주 큰 위험을 무릅쓴 거죠. 명청한 짓이기도 하고요." 청이 말한다.

"식당 직원이 아닐 것 같아 걱정이군. 그렇게 되면 추적이 어려워질 테니 말이에요. 만일 아주 잠깐 동안이라도 그 식당에서 일한 거라면, 아주 명청한 인간인 거고." 콜린이 말한다.

"확실한 건 제이미 버거의 습관을 알고 있는 사람이에요." 청이 침대 위에 시트를 덮어놓은 시신을 보며 말한다. "어디서 음식을 주문하는지, 무엇을 좋아하는지, 어디 사는지, 그런 것들을 전부 다 말이에요. 제이미 버거한테 이 지역에 아는 사람이나 친구가 있는지 마리노가 말하던가요?"

나는 그런 말을 들은 적이 없고, 전날 저녁 메뉴에 스시는 없었다고 대답한다. 언뜻 보기에 제이미는 스시를 먹거나 우리한테 대접할 생각이 없는 것 같았다. 실제로 마리노나 내가 스시를 먹지 않는다는 것도 알고 있었다. 내가 아파트에 도착했을 때, 제이미는 근처 식당에 음식을 사러 갔고, 세 사람이 먹기에 충분한 양의 음식을 사 가지고 돌아왔다. 그런 상태에서 스시가 보이자, 제이미는 자기가 중독됐다고 농담하면서 일주일에 적어도 세 번은 먹는다고 했다. 그리고 그녀 혼자 그 배달 음식을 먹었다.

"캐슬린 롤러도 식단에 없는 음식을 먹었어요. 그 여자의 위 내용물을 보면, 치킨과 파스타, 치즈로 보이는 음식을 먹었어요. 다른 재소자들이 분말 달걀과 굵게 빻은 옥수수를 먹는 동안에 말이에요." 나는 두 사람에게 설명한다.

"캐슬린 롤러가 매점에서 치킨과 파스타를 사진 않았을 겁니다. 쓰레기 봉지도 없어졌고, 세면대에 뭔가 이상한 것도 남아 있었죠. 만일 세면대에 있던 게 독약이었다면 무색무취라고 볼 순 없겠지만." 청이 말한다.

"그 특식을 먹으러 어딘가 간 게 아니라면, 누군가 피자와 파스타, 치즈처럼 보이는 음식을 감방으로 배달해줬을 거예요. 아마 현관과 아파트 입구에 제이미가 달아놓은 보안 카메라를 봤을 거예요. 뭔가 녹화된 게 있을지 모르겠지만, 일단 자세한 건 마리노가 알고 있을 거예요. 아니면 디지털 비디오 리코더를 찾아볼 수도 있겠죠. 어딘가 한 대는 있을 거예요." 내가 말한다.

"제이미 버거가 달아놓은 거라고? 아파트 입구에 있는 것도 원래 건물에 달려 있던 게 아니라 그 여자가 따로 달았다는 거야?" 콜린이 묻는다.

"제이미가 달아놓은 거야."

"완벽하군요. 그 배달원이 어떻게 생겼는지 기억납니까?" 청이 묻는다.

"주위가 어두운 데다, 워낙 순식간에 일어난 일이라서요. 그 여자는 자전거와 헬멧에 달린 등을 켜고 있었고, 배낭처럼 보이는 가방에서 배달 음식을 꺼냈어요. 백인 여자였고, 상당히 젊었어요. 검은색 바지에 밝은 색상의 셔츠를 입고 있었죠. 그 여자가 배달 음식이 든 봉지를 건네주면서 주문을 확인했어요. 그리고 내가 팁으로 10달러를 주었죠. 그런 뒤에 나는 안으로 들어가 엘리베이터를 타고 제이미의 아파트까지 올라왔어요." 내가 대답한다.

"배달 음식 봉지에는 뭔가 특이한 점이 없었나요?"

"그냥 식당 이름이 새겨진 흰색 봉지였고, 영수증이 붙어 있었어요. 마리노가 그 봉지에서 음식을 꺼내 냉장고에 집어넣었죠. 그 음식은 제이미가 직접 꺼내서 거의 다 먹었어요. 여러 가지 롤과 해초 샐러드였죠. 내가 냉장고 안에 해초 샐러드 남은 걸 넣어뒀어요. 어젯밤, 아니 정확하게 말하면 자정 지나서네요. 12시 30분에서 45분 정도에 제이미를 도와 음식 접시들을 치웠어요. 남은 음식들을 모으고, 포장 용기들은 쓰레기통에 넣었죠."

"비닐봉지와 영수증도 남아 있겠군요. 연구실에 지문과 DNA 감정을 의뢰해야겠어요." 청이 말한다.

"내가 보기에 제이미 버거의 사망 시기는 최소 12시간 전이야." 콜린이 범죄현장 도구들을 챙기며 말한다. "아주 이른 아침이라는 거지. 정확한 건 아니지만 말이야. 새벽 4시에서 5시 사이로 추정할 수 있어. 명백하게 알 수 있는 사실만 제외하면 무슨 일이 있었는지 알지 못해. 다른 두 사람도 중독된 거라고 했지?" 콜린은 캐슬린 롤러와 던 킨케이드를 말하는 것이다. "어떻게 그런 일이 가능해? 1,600킬로미터도 넘게 떨어진 곳에 각자 감금된 재소자들에게 어떻게 독을 먹일 수 있다는 거지? 더군다나 이쪽은 또 어떻고?" 이번에는 제이미를 말하는 것이다. "좋은 소식은, 물론 가장 좋은 소식은 이 일의 진상이 밝혀지는 것이겠지만, 어쨌든 약물인지 독소인지 몰라도 투여 경로가 섭취나 피내 주사, 흡입이 아니라는 거야. 한마디로 우리들은 괜찮을 거란 말이지."

"다행이네요. 아까는 피해자의 감방을 여기저기 들쑤시고 다녔고, 지금은 여기서 다른 피해자의 쓰레기통을 뒤지고 있는 상황에선 말이죠." 청이 말한다.

나는 거실로 돌아온다. 커피 테이블은 욕실과 비슷하게 어질러져 있다. 제이미가 가방을 거꾸로 들고 안에 있던 내용물을 다 쏟아낸 모양이다.

일반 의약품 진통제 병. 립스틱. 콤팩트. 빗. 휴대용 향수병. 입 냄새 제거
제. 화장지. 라니티딘(소화 궤양 치료제-옮긴이)과 슈다페드(비염 치료제-옮
긴이)의 텅 빈 블리스터 팩(알약 포장). 청이 악어가죽 지갑을 살펴보다가 신
용카드와 현금을 찾아낸다. 그는 도난당한 흔적이 전혀 없다고 말한다. 나
는 청에게 제이미가 숨겨둔 무기도 찾아보라고 한다. 커다란 갈색 가죽
가방의 옆 수납 칸에서 총신이 짧은 스미스 앤드 웨슨 38구경 권총이다.
청은 그 총구를 천장으로 향한 채, 이젝터 로드를 밀어 손바닥 위에 총알
여섯 개를 빼낸다.

"스피어 플러스 피 골드 돗츠. 제이미 버거는 이 총에 손을 댄 적이 없
어요. 아무것도 쏘지 못했을 거란 생각이 드네요." 그가 말한다.

"쓰레기통을 살펴보죠." 나는 주방으로 향한다. "쓰레기봉투 안에서 어
젯밤에 가져왔던 포장 용기들을 찾을 수 있어요. 지난밤 여길 치울 때 상
자들을 봤어요. 상자가 튼튼하면 좋은데. 편의상 110리터짜리 쓰레기봉
투들을 쓰죠."

나는 개수대 밑에 있는 찬장에서 검은색 쓰레기봉투들을 꺼내 펼친 뒤,
스시 식당에서 가져온 포장 용기들을 각각 싼다. 내가 주방 쓰레기통의
물건들을 처리하는 동안, 청은 냉장고 문을 열더니 손을 대지 않고 눈으
로만 살핀다.

"방수 테이프는 가지고 있죠?" 내가 그에게 말한다. 금속 캔에서 상한
해초류 냄새가 올라온다.

"냄새 지독하네." 청이 투덜거린다.

"제이미는 지난밤에 쓰레기를 버리지 않았어요. 내가 대신 버려주려고
하다가 그만둔 게 지금으로선 다행이네요. 하느님께 감사할 일이죠. 가능
한 한 물이 새지 않게 꼼꼼하게 포장하는 게 좋겠어요. 특히 증거품들을
당신 차로 가져갈 생각이라면 말이에요."

"그게 좋겠군요." 청은 현장 장비 중에서 증거용 테이프를 찾아 조리대
위에 올려놓는다. 그는 마스크를 쓰더니, 내게도 마스크를 준다. "여기 위

험 물질이 있을 수도 있으니까요."

"그게 필요할 정도면, 내가 당신 옆에서 돕지 못했을 거예요."

나는 비닐봉지로 조리대 위를 덮는다. 마스크는 필요 없다. 내 코는 내 친구다. 비록 좋아하지 않는 냄새가 난다 하더라도 말이다.

"어제 여길 치우면서 모든 물건들을 다 만졌기 때문에 장갑을 낄 필요도 없고, 다른 것도 걱정할 필요가 없어요. 콜린이 CDC에 연락할 거예요. 혹시 안 한다면 내가 하죠. 연락해서 증거품 수송 방법에 대해서는 그쪽에 맡길 거예요. 예를 들면 여기 있는 모든 것이 규제 관리 대상이 될 거예요. 부검할 때 채취한 체액과 조직들, 음식물이나 포장 용기, 기타 여러 가지 물건들에 병원균이나 독소가 남아 있을 수도 있으니까. 하지만 우리가 여기서 해야 할 첫 번째 일은 여기 있는 모든 물건들을 가능한 한 꼼꼼하게, 세 겹씩 포장하는 거예요. 서류까지 전부 다 말이에요. 당신이나 콜린이 생물학적 위험 라벨이나 전염성 물질 라벨, 기타 누출 방지 포장지를 가지고 있을지 모르겠네요. 우리는 여기 있는 모든 것을 연구실로 보낸 뒤, 바로 냉장 보관해야 해요." 내가 말을 잇는다.

"보통 이런 식으로 물건들을 취급할 일이 없어요. 그래서 특수 생물학적 위험 물질 보관함 같은 건 없어요."

"우리가 할 수 있는 선에서 최선을 다하면 돼요. 이런 식으로 말이에요." 나는 냉장고에서 지난밤에 먹다 남은 해초 샐러드 그릇을 꺼내 뚜껑을 잘 닫는다. "먼저 봉투에 넣고, 테이프로 둘둘 감을 거예요. 그런 뒤에 다시 봉투에 넣고, 첫 번째와 똑같이 테이프로 둘둘 감는 거죠. 마지막으로 세 번째 봉투에 넣고, 역시 테이프로 둘둘 감을 거예요. 그 정도면 아마 1.2미터 높이에서 떨어뜨려도 괜찮을 거예요. 하지만 쓸데없이 위험한 짓을 할 필요는 없죠. 내가 증거물을 포장할게요. 당신이 도와줄 수도 있고, 아니면 그냥 거기 서서 지켜보고 있어도 돼요. 어느 쪽이든 좋을 대로 해요. 콜린이 같이 할 거예요."

"무슨 일인데 날 끼워 넣는 거야?" 콜린이 복도로 나오면서 묻는다.

"이 증거품들은 실험실까지 어떻게 가져갈 겁니까? 박사님 말로는 냉장 상태로 옮겨야 한다는데." 청이 콜린에게 묻는다.

"그러니까 시원찮은 에어컨이 나오는 SUV 안에 독성 물질이 남아 있을지도 모르는 쓰레기를 가져가고 싶지 않다는 말인 것 같은데."

"그러고 싶진 않군요."

"그럼 내 차 뒷좌석에 던져놔요. 뚜껑 열고 세차해서 오염 물질들 제거하면 되지. 예전엔 어땠는지 아무도 모를 거요. 다만 내 고급 시트에 표백제는 사용할 수 없어요." 콜린이 말한다.

청은 현장 도구 가방을 다양한 색의 파일 무더기 옆에 내려놓더니, 노트북 두 대를 살핀다. 먼저 자판과 마우스 패드를 면봉으로 문지른다. 청은 누군가 제이미의 컴퓨터를 건드렸을지도 모르는 상황에서 노트북 조사를 뒤로 미루고 싶지 않았던 모양이다.

"노트북들은 가져갈 겁니다. 하지만 그전에 먼저 좀 보고 싶군요. 암호가 걸려 있지 않으면 말입니다." 그가 장갑 낀 손으로 마우스를 움직인다. "빙고. 박사님이 봤다는 배달원이 실제 인물이라면 우리 모두 보게 될 겁니다. 여기 DVR 카드가 있는 걸 보니, 아파트 입구와 현관에 달아놓은 보안 카메라 영상이 있는 것 같아요."

나는 검은색 쓰레기봉투를 더 많이 꺼낸 뒤, 콜린과 함께 오늘 새벽에 쓰레기통에 버렸던 용기들을 각각 개별 포장한다.

"오디오도 나오네요. 아파트 입구에는 아주 좋은 카메라를 달아놨군요. 누가 나타나는지 한번 볼까요. 원거리에, 상하좌우로 360도 회전도 가능해요. 열적외선 기능이 있으니, 칠흑 같은 어둠이나 안개, 연기, 아지랑이 속에서도 다 보이겠군요. 박사님은 어젯밤 몇 시에 여기 왔다고 했죠?"

"9시쯤일 거예요." 나는 쓰레기 속에서 젓가락을 찾아낸다.

"위스키 잔도 포장해야겠군. 당신 말대로 침대 옆 탁자도 면봉으로 채취해야겠어. 잊은 게 없는지 확인해보지."

"저 안에 스카치가 있어." 나는 찬장을 가리킨다. "하지만 저건 괜찮을 것 같아. 어제 새로 병을 딴 거니까. 여기 포도주병 있어." 나는 쓰레기 속에서 포도주병을 꺼내 비닐봉지 위에 놓는다. 그 피노 누아를 마시며 대화를 나누던 기억이 떠오르자, 위가 조이는 것 같은 느낌이 든다. 숨이 막히는 기분이다.

"상한 해산물이 들어 있었나." 콜린이 얼굴을 찡그리며 말한다.

"새우 비스크야. 가리비하고."

"부유물 같은 냄새가 나는 것 같아. 맙소사. 정말 지독하군." 콜린이 텅 빈 용기를 비닐봉지에 넣는다.

"이거 좀 이상한데. 이 여자 머리에 뭘 쓰고 있는 거죠? 이런 건 본 적이 없는데. 젠장. 이거 정말 짜증나는데요." 책상에 앉아 있던 청이 말한다.

우리는 지저분한 장갑을 벗고, 책상 쪽으로 가서 청이 보고 있는 화면을 본다.

"여자가 카메라에 처음 잡혔을 때로 돌려볼게요." 청이 마우스를 움직인다.

고해상도의 아주 선명한 흑백 화면이다. 벽돌 건물 입구, 현관 계단 철난간, 보도, 나무들. 지나가는 차 소리와 함께 전조등 불빛이 번쩍이고, 길 저쪽에서 그 여자의 모습이 보인다. 청이 화면을 멈춘다.

"보세요, 이 여자는 왼쪽 방향에서 건물 앞으로 왔어요." 그는 건물 입구 쪽 길을 가리킨다. "저기 자전거를 타고 오는 여자 모습이 보일 거예요." 청이 컴퓨터 화면 왼쪽 위를 가리킨다.

"당신이 여기서 인터컴 버튼을 누르고 있을 때, 저 여자가 멀리서 보이는군. 그런데 자전거를 타지 않고 걸어서 길을 건너고 있어. 이건 좀 이상한데." 콜린이 말한다.

"안전등도 껐어. 마치 사람들이 자기를 알아보지 못했으면 하는 것처럼 말이야." 나는 화면을 보면서 대답한다.

"내가 보기에도 그래." 콜린이 동의한다.

"이제 더 잘 보일 겁니다." 청이 마우스를 움직이자, 영상이 재생된다.

"실제로는 그렇지도 않지만."

그 여자는 다시 컴컴한 골목 쪽으로 들어간다. 여자의 형체는 알아볼 수 있지만, 얼굴은 보이지 않는다. 잿빛 그림자는 자전거처럼 보이는 물건 앞으로 다가간다. 그리고 여자가 오른손을 들자, 갑자기 주위가 환해진다. 깜짝 놀랄 정도로 눈부신 빛이다. 백색의 불덩어리가 여자의 머리를 덮어버린 것처럼 보인다.

"헬멧이에요. 헬멧에 달린 안전등을 켠 거죠." 내가 말한다.

"자전거를 타지도 않았는데, 왜 안전등을 켠 거지? 무슨 이유로 당신이 도착할 때까지 기다렸던 걸까?"

"저 여자는 뭔가 다른 목적이 있었던 겁니다." 청이 말한다.

29

악마의 덩굴

마리노와 나는 밤 9시가 다 되어서야 호텔에 도착한다. 밴 뒷자리에는 식료품과 생수를 포함해 냄비, 프라이팬, 조리 도구들, 토스터 오븐, 휴대용 부탄 스토브 같은 생활용품들이 담긴 봉투가 쌓여 있다.

청과 콜린이 현장을 정리하는 동안, 제이미의 아파트 앞으로 나를 데리러 온 마리노에게 호텔로 돌아가기 전 몇 가지 부탁을 했다. 제일 먼저 월마트에 들러 우리에게 필요한 생필품들을 마련했다. 그런 뒤에 프레시 마켓에 들러 기본적인 식재료를 사고, 주류 판매점으로 갔다. 마지막으로 드레이턴 스트리트에 있는 특산품 가게에 들러 지난밤 제이미가 추천했던 무알코올 맥주를 샀다. 문득 한편으론 가깝고, 다른 한편으로는 무감각할 수도 있다는 생각이 든다.

본질적인 무작위성의 개념은 알고 있다. 물리학자들이 좋아하는 우주의 탄생이 빅뱅 때문이라는 이론으로, 우리의 일상생활에 특별한 이유가 없는 혼란스러움을 기대할 수 있다는 것이다. 나는 그 이론을 받아들일 수가 없다. 솔직히 믿을 수 없다. 자연은 그 자체의 균형과 법칙을 가지고 있다. 설령 우리가 이해할 수 있는 한계를 뛰어넘는 경우라고 할지라도 말이다. 특정 사건들, 특히 어떤 방법으로도 이해할 수 없는 끔찍한 사건들의 경우 우리가 의지할 수 있는 건 우연이 아니라 라벨과 정의다.

치폐와 마켓은 제이미의 아파트와 조던 일가가 예전에 살았던 저택에서 불과 몇 블록 떨어진 곳에 있다. 그리고 모퉁이를 돌면 롤라 대거트가 살인죄로 체포됐던 리버티 스트리트의 사회 복귀 훈련 시설이 있던 자리가 나온다. 하지만 서배너 스시 퓨전은 제이미가 살던 곳에서 북서쪽으로 24킬로미터 떨어진 곳에 있다. 실제로 그곳은 서배너의 5.6제곱킬로미터 역사 지구보다 조지아 여성 교도소와 가깝다.

"이 위치들이 뭔가 말해주는 것 같아요. 뭔가 이유가 있고, 전하고자 하는 뜻이 있을 거예요." 나는 밴에 올라타며 마리노에게 말한다. 후덥지근한 밤공기에, 도랑에서는 물이 흘러내려가고, 나무에서는 물방울이 떨어진다. 바다와 같은 높이의 거리에 고인 웅덩이들은 작은 연못 같다. "제이미는 악의 뒷마당에 걸린 그물망 한복판이나 마찬가지인 곳에 들어와 있었어요. 그리고 그 스시 식당은 북서쪽으로 한참 벗어난 곳에 있어서, 공항에서 시내로 들어오든가 교도소로 가는 길에는 발견하기 힘든 장소에 있어요. 제이미가 스시를 일주일에 몇 번씩 배달시켜 먹을 정도로 좋아한다면 어째서 집에서 좀 더 가까운 식당을 이용하지 않았을까요?"

"서배너에서 제일 유명한 스시 집이라는 광고를 봤던 모양이오. 제이미가 그 스시를 집에 들고 오면서 그런 말을 한 적이 있소. 내가 그런 걸 어떻게 먹느냐고 했더니, 제이미가 여기서 제일 잘 하는 집에서 가져온 건데, 뉴욕에서 먹던 것보다는 맛이 없다고 했어요. 맛이 좋을 리가 없지. 낚시 미끼는 낚시 미끼고, 촌충은 촌충이니 말이오." 마리노가 대답한다.

"어떻게 거기서 자전거로 여기까지 배달을 올 수 있죠? 고속도로도 일부 지나야 하는 걸로 아는데. 날씨가 험할 때 거리까지 그 정도면 말할 것도 없잖아요."

"이봐요. 카트 두 대 부탁하오." 마리노가 호텔 종업원에게 소리친다.

"저 많은 걸 다른 사람한테 들고 올라가라고 시킬 수도 없을 테니까." 마리노가 말한다. "박사가 저 물건들이 안전하다는 것을 확인하려면 계속 지켜봐야 할 테니 말이오. 직원들 중에 누군가 이 물건들에 손댈 가능성은 전혀 없지만. 나야 박사가 이상하다고 말하지 않겠지만, 다른 사람들 눈에는 이상하게 보일 거요. '유쾌한 브래디 가(1969년에서 1974년까지 방영된 미국 드라마–옮긴이)'가 여름휴가를 온 것처럼, 햄버거를 먹으러 나갈 수도 없고 피자도 주문할 수 없으니 말이오."

난 아무것도 믿지 않는다. 직접 사지 않은 건 커피 한 잔, 물 한 병조차. 이번 사건의 진상이 밝혀질 때까지는 서배너에서 지내는 편이 나을 것이다. 그때까지는 룸서비스나 식당에서 배달시킨 음식이나 음료수를 먹지 않을 것이다. 포장 음식은 먹지도 말고 건드리지도 않을 것이다. 호텔 방 청소도 하지 말라고 단단히 주의를 주었다. 우리들 이외에 아무도 방에 들어올 수 없다. 우리가 신뢰하는 경찰이나 요원을 제외한 다른 사람들은 아무도 방 안에 들어가거나 물건들에 손대지 못하게 할 것이다. 왜냐하면 지금 우리는 누구를 상대하는지, 무엇을 상대하는지 모르기 때문이다. 마치 격리된 것처럼 침대 정리나 쓰레기통을 비우는 일, 청소는 우리가 직접 할 것이며, 음식도 내가 만든 것만 먹을 것이다.

마리노가 밴 뒤쪽으로 밀고 온 카트 두 대에, 냄비와 가전기기, 물과 무알코올 맥주, 포도주병과 커피, 신선한 야채와 과일, 고기와 치즈, 파스타, 향신료, 통조림, 양념들을 옮겨 담기 시작한다. 우리도 《유개 화차 아이들(제르트루드 챈들러 워너와 필리스 뉴먼이 쓴 소설로, 네 명의 아이들이 유개 화차에서 지내면서 사건을 해결하는 이야기–옮긴이)》처럼 적응할 것이다.

"우연의 일치는 아닌 것 같아요. 조감도를 구해야겠어요. 아마 루시가 위성 지도를 텔레비전 화면에 옮겨줄 거예요. 자세히 보다 보면 무슨 의미가 있는지 알 수 있겠죠." 나는 지리에 대한 이야기를 계속한다. 그리고 짐을 가득 실은 카트들을 끌고 호텔 로비로 들어가, 프런트 데스크와 바를 지나친다. 수사복을 입은 두 사람이 전초 기지라도 세우는 것처럼 짐을 끌고 들어가는 모습을 쳐다보는 사람들의 시선이 느껴진다. 나는 실제로 그럴 생각이다.

"하지만 그 일이 있었을 때 제이미는 여기 없었소. 악의 뒷마당인지 뭔지의 그물망 한복판에 있는 아파트에서 살지 않았지. 제이미는 조던 일가가 살해당했던 2002년에 이곳에 있지 않았으니 말이오." 유리 엘리베이터를 향해 카트를 밀고 가면서 마리노가 말한다. 그는 엘리베이터 버튼을 여러 번 누른다. "사건이 있던 당시에는 그 위치들이 아무 의미가 없었을 수도 있어요. 지금과 똑같았을 거라는 보장이 없으니까. 아무 관련 없는 일일 거요. 박사가 너무 겁을 내는 걸 수도 있어요. 물론 난 스시 집이나 자전거에 대해선 모르지만 말이오."

"아무 관련 없는 게 아니에요."

"음식에 독을 타는 건, 상대방이 어떤 식당의 단골손님이고, 항상 음식 배달을 시키는 경우라면 어렵지 않을 거요. 그게 내가 알고 있는 유일한 연관성이지. 제이미는 계속 그 식당을 이용했어요. 식당 위치는 문제가 아니오."

"그럼 당신은 제이미가 그 식당을 계속 이용하고, 배달이 왔을 때 그녀가 없으면 가게에 등록해놓은 신용카드로 계산한다는 걸 어떻게 알았어요? 본 적이 있나요? 어쩌다 그 식당에 같이 간 적이 있어요?"

"무슨 생각을 그렇게 많이 해요? 난 지금 아무 생각도 나지 않소. 그리고 담배를 피우고 싶어서 죽을 지경이오. 인정하리다. 알겠소? 박사를 속인 건 아니오. 아까 가게에서 담배를 사진 않았잖소. 하지만 지금 나한테는 뭐든 독한 게 필요해요. 그래도 버클러 여섯 캔 두 팩으로 어떻게든 버텨보겠소."

"무슨 말을 해야 할지 모르겠네요." 그때 엘리베이터 문이 열린다. 우리는 카트를 밀고 엘리베이터에 올라탄다. 물건들이 담겨 있는 비닐봉지들이 흔들린다.

"게다가 지금 배가 너무 고파요. 기분이 나아질 만한 게 하나도 없단 말이오." 마리노가 점차 투덜거리기 시작한다. 겉으로 표시가 나기 시작할 정도다.

"간단하게 스파게티하고 샐러드를 만들 거예요."

"난 룸서비스로 베이컨이 들어간 치즈버거와 감자튀김을 먹고 싶소." 그는 짜증난 것처럼 우리가 내릴 층의 버튼을 여러 번 누른다. 그런 뒤에 엘리베이터 닫힘 버튼을 다시 누른다.

"오래 걸리지 않을 거예요. 버클러를 마시고, 뜨거운 물로 샤워를 하고 나면 기분이 좀 나아질 거예요."

"지금 내가 원하는 건 빌어먹을 담배요." 마리노가 말한다. 유리 엘리베이터는 느린 헬리콥터처럼 천천히 움직이기 시작한다. 층층이 보이는 포도 넝쿨이 드리워진 발코니들을 지나쳐 위로 올라간다. "내 기분이 나아질 거라는 말은 할 필요 없소. 바로 그게 사람들이 모임에 나오는 이유거든. 왜냐하면 그 사람들은 엿 같은 기분이 들 때, 기분이 좋아질 거라고 말하는 사람들을 모두 죽여버리고 싶기 때문이오."

"AA 모임(알코올중독자들 모임)이 필요하면, 찾을 수 있을 거예요."

"말 같지도 않은 소리 말아요."

"당신을 망치는 것들을 다시 시작하는 건 아무 도움이 되지 않을 거예요." 난 마리노에게 말한다.

"나한테 설교하지 말아요. 지금은 아무것도 안 들리니까."

"설교할 생각 없어요. 제발 담배만 다시 피우지 말아요."

"바에 가서 담배를 빌릴 수만 있다면 지금 갈 거요. 내가 박사를 속이는 걸 바라는 건 아니잖소? 그래서 말하는 거요. 난 지금 빌어먹을 담배가 필요해요."

"그럼 내가 같이 갈게요. 아니면 벤턴이랑 같이 가요."

"아니, 싫소. 벤턴 얼굴은 오늘 볼 만큼 봤으니까."

"당신은 좌절하고, 실망하게 될 거예요." 내가 조용히 말한다.

"실망할 일이 아니오." 그가 반박한다.

"실망하게 될 거예요."

"젠장. 나한테 더 이상 그런 식으로 말하지 말아요."

우리는 그가 느끼지 못하는 문제를 가지고 잔뜩 쌓여 있는 짐들 때문에 얼굴도 제대로 보이지 않는 상태로 싸운다. 나는 마리노의 분노와 고통이 극에 달했으며, 그가 짓밟혔다는 것을 안다. 마리노가 제이미에게 어떤 감정을 가지고 있는지 어느 정도 알고는 있지만, 그 깊이는 모른다. 마리노가 제이미에게 끌린 건지, 사랑에 빠진 건지는 알 수 없다. 그리고 나는 마리노가 제이미에게 자신의 앞날을 맡기려 했던 것을 알고 있다. 그는 그녀를 돕기로 했다. 자기가 좋아하는 날씨와 생활방식으로 살 수 있는 이곳에서 제이미의 일을 도우며 살기를 희망했다. 이제 그 모든 것들이 바뀌고 말았다.

"이봐요. 때로는 그 어떤 걸로도 기분이 나아지지 않을 때가 있어요. 난 제이미에게 일어난 일을 견딜 수가 없어요. 알아듣겠소? 그 집 거실에서 제이미와 같이 식사를 했는데도 아무것도 몰랐다는 게 미칠 것 같단 말이오. 그녀가 우리 눈앞에서 독을 먹고, 그것 때문에 죽었는데, 우린 전혀 눈치채지 못한 채로 내가 먼저 그 자리를 떠났고 그다음에 박사가 나왔잖소. 빌어먹을. 제이미 혼자 그 끔찍한 일을 겪었어요. 대체 왜 911에 연락 안 한 건지 모르겠소." 엘리베이터가 호텔 맨 위층에서 멈추자 마리노가 말한다. 그는 새미 청이 했던 말과 똑같은 말을 한다. 대부분의 사람들은 그렇게 생각할 것이다.

우리는 호텔의 아트리움(건물 중앙 높은 곳에 유리로 지붕을 만든 공간—옮긴이) 주위를 감싸고 있는 발코니를 따라 카트를 밀고, 우리 본거지로 삼은 방 쪽으로 향한다. 벤턴과 내가 쓰는 스위트룸의 한쪽에 연결된 방들을 마리노와 루시가 쓸 것이다.

"제이미는 술을 마셨어요. 올바른 판단을 내리는 데 도움이 되진 않았을 거예요. 하지만 인간 본성 때문이었을 거예요. 보통 사람들은 구급차를 부르는 일에 과감하지 않아요. 이상하게도 구급대나 소방차를 부르는 것보다 경찰에는 연락을 빨리 해요. 그건 아무래도 부상을 당했다거나 집에 불이 났다는 사실에 당황하거나 부끄러워하기 때문인 것 같아요. 사람들은 차라리 경찰을 부르는 걸 더 편안하게 생각해요."

"맞아요. 예전에 우리 집 굴뚝에서 불이 났을 때 기억나요? 사우스사이드에 있던 낡은 집 말이오. 그때 나도 소방서에 전화를 안 했어요. 불을 끄겠다고 지붕 위에 호스를 들고 올라갔어요. 정말 멍청한 짓이었지."

"사람들은 자꾸 미루고 늦춰요." 나는 카트를 밀고 가다가 호텔 각층 발코니에 드리워진 포도 넝쿨을 보면서 타라 그림과 소장실에 있던 악마의 담쟁이덩굴을 떠올린다. 타라 그림은 재소자들에게 인생 교훈을 주기 위해 그대로 자라게 내버려둔다고 했다.

뿌리를 내릴 때 조심하지 않으면 나중에 이렇게 된다고. 그 여자의 안에 무언가가 뿌리를 내렸고, 나머지는 전부 악이다.

"사람들은 자기가 괜찮아질 거라고 생각하고, 혼자 힘으로 해결할 수 있을 거라고 생각해요. 그러다 돌아올 수 없는 지점까지 가게 되는 거죠. 양동이를 들고 있던 여자처럼 말이에요. 그 여자 기억나요? 그 여자는 양동이로 물을 퍼 나르다가 일산화탄소 중독으로 죽었잖아요. 집이 다 타고, 소방관들이 새까맣게 탄 여자의 시신을 찾았을 때 그 옆에 양동이가 놓여 있었죠. 사실 우리 같은 직업을 가진 사람들이 더 문제예요. 당신이나 제이미, 벤턴, 루시, 나, 우리 모두 경찰이나 구급대에 연락하는 걸 꺼리죠. 너무 많이 알고 있으니까요. 우린 진상 환자가 될 거예요. 대개는 규칙을 따르지 않겠죠."

"난 모르겠소. 내가 숨을 쉬지 못한다면 구급대에 전화할 것 같으니까." 마리노가 말한다.

"아니면 베나드릴이나 슈다페드, 혹은 흡입기나 에피펜을 찾을 수도 있죠. 그 약들이 제대로 듣지 않는다면 그때는 아마 어디에도 전화할 수 없는 상황일 거예요."

벤턴이 옥외 베란다를 통해 우리가 오는 소리를 들은 모양이다. 우리가 도착하기도 전에 문이 열린다. 그는 밖으로 나와 문을 잡고 있다. 머리카락이 젖어 있고, 옷은 갈아입었다. 샤워를 해서 말끔해 보이지만, 지금까지 일어난 일들과 여러 가지 걱정거리 때문인지 눈빛이 어둡다. 지금 벤턴이 제일 걱정하고 있는 건 루시일 것이다. 나는 제이미의 아파트로 올라가는 엘리베이터 앞에서 그 애를 본 뒤로 아직까지 말을 나눈 적이 없다.

"좀 어때?" 나는 벤턴에게 조카의 상태를 묻는다.

"우린 괜찮아. 당신은 지쳐 보이네."

"철도 사고라도 난 것 같아. 그편이 맞는 표현일 거야." 내가 대답한다. 벤턴이 우리를 도와 카트를 방 안으로 끌어준다. 나는 그 자리에서 신발을 벗는다. "잠깐만 씻을게. 하지만 바로 저녁 식사 준비할 거야. 난 괜찮아. 온종일 에어컨이 없는 차를 타고 다녔고, 비를 맞았으니 끔찍해 보이고 냄새도 좋지 않을 거야. 하지만 걱정할 일은 아무것도 없어."

나는 마치 범죄현장이나 영안실에 갔다 온 뒤의 내 모습을 그들이 처음 보는 것처럼 말한다.

"아파트를 나와서 옷을 갈아입을 만한 곳이 없었어." 나는 계속해서 사과하듯 말한다. 루시의 기척이 느껴지지 않기 때문이다. 그건 좋지 못한 징조다.

루시는 우리가 왔다는 걸 알고 있을 것이다. 하지만 그 애는 우리를 보러 방에서 나오지 않는다. 내가 보기에 그건 위험 신호다.

"하지만 제이미가 뭘 먹었는지는 알아낸 것 같아. 음식에 보툴리눔 독소를 탔을 거라고 생각해. 아마 캐슬린 롤러의 음식에도 그 독소가 들어 있었을 거야. 던 킨케이드는 MGH(하버드 의대 부속병원)에서 검사하겠지. 그쪽에서도 그 점을 고려하고 있을 수 있어. 형광체 검사를 하면 아주 예민하고 빠르게 반응하니까. 그쪽에 있는 사람한테 슬쩍 말해보는 것도 괜찮을 것 같아. 던 킨케이드 사건을 담당한 요원한테 말이야." 나는 벤턴에게 다시 한 번 말한다.

"던 킨케이드는 증상을 보였을 당시 아무것도 먹지 않았어. 난 음식 때문에 중독된 건 아니라고 생각해. 하지만 보툴리눔 중독일 수도 있다는 당신 생각은 그쪽에 전할게."

"먹지 않았으면 뭔가 마셨을 수도 있어." 내가 말한다.

"그럴 수도 있지."

"감방에 있는 물건들이나, 뭐든 그 여자가 접촉했을 수 있는 것들에 대해 자세히 알아볼 수 있어?"

"그 정보를 당신한테 알려주지 않을 거야. 아마 나한테도 알려주지 않겠지. 명백한 이유가 있으니까. 던 킨케이드가 당신을 비난했던 걸 생각하면 말이야."

"박사는 그날 밤 그 여자를 손전등으로 더 힘껏 내려쳤어야 했소." 마리노가 말한다.

"지금 그 여자의 상태를 가지고 날 비난할 수는 없죠. 스시 식당은 어때요? 알아낸 게 있나요?" 내가 묻는다.

"케이, 지금 나하고 얘기하는 중이었잖아?" 벤턴이 참을성 있게 말한다.

"그래. 난 그저 누군가 다른 사람을 죽이는 걸 막고 싶은 생각밖에 없는데, 전부 다 비밀이라는 건가."

"그건 우리도 마찬가지야. 하지만 당신은 던 킨케이드, 캐슬린 롤러, 제이미와 연관이 있어. 그런 당신과 정보를 공유한다는 건 보통 일이 아니야. 당신은 이 사건들을 조사할 수 없어. 케이, 당신은 하면 안 돼." 벤턴이 말한다.

"사실 보툴리눔 같은 신경 독은 옷이나 신발을 통해 옮기진 않아. 그래도 전부 갈아입긴 해야지. 안타깝게도 샤워기와 드라이어가 있는 곳이 없었어. 그래서 그냥 이렇게 온 거야. 내가 조금 전에 사 온 물건들 중에서 쓰레기봉투 좀 찾아줄래." 나는 벤턴에게 말한다. "셔츠와 바지까지 한꺼번에 넣어서 세탁소에 보내야겠어. 아니, 그냥 버리는 게 낫겠다. 신발도 같이 버려야지. 잘은 모르지만, 전부 다 버리는 게 나을 거야. 가운 좀 갖다 줘."

"나도 씻고 오겠소." 마리노는 차갑지도 않은 무알코올 맥주 두 병을 들고, 거실을 지나 자기 방으로 들어간다.

나는 가방에서 살균 티슈를 찾아 얼굴과 목, 손을 닦는다. 오늘 하루 여러 번 했던 일이다. 벤턴이 가운을 가져다준 뒤, 쓰레기봉투를 벌린다. 나는 해가 뜬 뒤로 계속 입고 있던 작업복을 벗는다. 이 검은색 카고바지와 검은색 셔츠는 마리노가 몇 주 전에 챙겨서 여기까지 들고 온 것이다. 물론 이건 그가 세운 계획이 아니다. 제이미는 우리 모두를 속였다. 나는 제이미가 어디까지 속였는지, 동기는 무엇인지, 궁극적으로 무슨 생각을 하고 있었는지 모른다. 옳은 일도, 공정한 일도 아니었다. 몹시 불쾌한 일이었지만, 제이미가 죽을 일은 아니다. 그것도 이렇게 잔인하게 목숨을 잃을 일은 아니다.

작은 주방의 찬장에는 접시와 은제품 들이 있고, 냉장고와 전자레인지도 있다. 나는 부탄 스토브와 토스터 오븐을 제자리에 놓고, 식품들과 물건들을 정리하기 시작한다. 루시는 아직도 기척이 없다. 식탁 구역에서 오른쪽에 붙어 있는 그 애의 방문은 닫혀 있다.

"약국에 들를 시간이 없었어." 나는 식기들의 포장지를 풀고, 조리 도구들에 붙어 있는 상표를 떼어낸다. "병원에 가지 않고 이 안에서 모든 걸 해결하려면 필요한 게 좀 있는데. 가정 의료용품이나 도구들을 파는 약국은 전부 여섯 시 전에 문을 닫았지 뭐야. 마리노한테 목록을 줘야겠어. 그럼 아침에 내가 필요한 것들을 구해다 줄 거야."

"모든 걸 당신이 알아서 하는 것 같군." 벤턴의 목소리가 너무 차분해서 더 불안하다. 마치 폭풍 전의 고요 같다.

"암부백이 적어도 한 개는 있어야지. 아주 단순한 준비물이지만 그게 있는지 없는지에 따라 삶과 죽음이 나뉘니까. 예전에는 차에 하나씩 가지고 다녔어. 지금은 왜 안 가지고 다니게 된 건지 모르겠네. 안일함은 무서운 거야."

"루시는 방에 들어가서 계속 컴퓨터로 일했어." 벤턴이 말한다. 내가 직접적으로 루시의 상태를 묻지 않았기 때문이다. 그는 그 이유를 알고 있다. "그러다 그 애가 뛰고 싶다고 해서, 같이 체육관에 갔다 왔어. 지금은 샤워하고 있거나, 막 끝냈을 거야."

나는 새로 산 도마와 냄비 두 개를 씻는다.

"케이, 지금보다는 좀 더 잘 대처해야 해." 벤턴이 냉장고에 물병을 넣으며 말한다.

"루시를 잘 다독이고, 제이미에게 일어난 일을 잘 처리하라고? 모두 다 내가 아무것도 하지 않기를 바라는 이런 상황에서 대체 뭘 어떻게 하라는 거야?"

"그렇게 방어적으로 나오지 마." 벤턴이 서랍에서 코르크 마개뽑이를 꺼낸다.

"아니." 난 양파 껍질을 벗기고, 피망을 씻으면서 말한다. 벤턴이 키안티 병을 꺼낸다. "방어하려는 거 아니야. 도리에 따르고 안전을 지키기 위해 책임감을 보이려는 것뿐이지." 나는 야채들을 썰기 시작한다. "내가 할 수 있는 건 뭐든 할 거야. 이번 일에 모두를 끌어들였다는 느낌이 드는 건 맞아. 그래서 이번 일을 어떻게 사과해야 할지 모르겠어."

"당신이 우리를 끌어들인 게 아니야."

"당신이 여기 있잖아. 아니야? 지금 조지아 주 서배너의 호텔 방에서 문을 걸어 잠그고 입고 있던 옷을 전부 다 버려야 할 필요가 있는 여자랑 같이 있지. 집에서 1,600킬로미터 떨어진 데다가 물 한 잔 마시기도 무서운 곳에서 말이야."

벤턴은 포도주병을 딴다. 내가 서배너로 오기 전날 밤, 케임브리지에서 함께 보냈던 저녁 시간이 되풀이되고 있는 것 같은 느낌이다. 그때 벤턴은 내가 서배너로 가는 걸 반대했다. 지금처럼 나는 주방에서 야채를 썰고 물을 끓이며 요리를 하고 있었다. 우리는 포도주를 마셨고, 음식 먹는 것을 잊을 정도로 열띤 토론을 벌였다.

"온종일 루시와 이야기를 못 한 건 밖에서 일하고 있었기 때문이야." 내가 말을 꺼내자, 벤턴은 아무 말 없이 나를 쳐다본다. 그는 내가 본심을 털어놓길 기다리고 있다. "그리고 얼굴을 보고 직접 말하는 게 낫다고 생각했어. 마리노의 요란한 밴을 타고 가면서 전화로 통화를 하고 싶진 않았으니까."

벤턴이 포도주잔을 내게 건넨다. 나는 포도주를 마실 기분이 아니다. 술을 마시면 유리창 전체를 깨고 싶을 것 같다. 한 모금 마시자, 효과가 즉시 나타나는 걸 느낀다.

"루시를 어떻게 대해야 할지 모르겠어." 나는 갑자기 눈물이 차오르면서, 서 있을 수 없을 정도로 피곤함을 느낀다. "그 애가 나를 어떻게 생각할지 모르겠어. 이번 일에 대해 루시는 어느 정도 알고 있지? 지난밤 제이미가 말이 꼬이고 눈꺼풀이 내려앉는 걸 보고서도 혼자 내버려두고 내가 그 집을 나왔다는 것도 알고 있을까? 제이미한테 너무 화가 나고 넌더리가 나서 그냥 나와 버렸다는 것도?"

내가 물병을 꺼내 냄비에 물을 붓기 시작하자, 벤턴이 나를 말린다. 그는 내 손에서 물병을 가져가 옆에 내려놓더니, 냄비를 들고 개수대로 간다.

"나도 수돗물에까지 독이 들어 있는 건 아닌가 의심하긴 했어. 만일 그런 거라면 우리는 물론이고, 다른 사람들도 모두 죽었을 거야. 안 그래?" 벤턴은 물을 받은 냄비를 스토브 위에 올리고 불을 켠다. "당신이 경계심을 가지고 조심하는 건 이해하지만, 그중에는 적절한 것도 있고, 그렇지 않은 것도 있어. 지금 당신이 뭘 해야 하는지는 알고 있는 거야? 난 확실히 알 것 같은데."

"난 좀 더 잘할 수 있었어. 좀 더 많은 일을 할 수 있었고."

"당신은 모든 일을 자기 탓으로 돌리잖아. 그 이유는 알고 있을 거야. 나도 지난 일들, 당신의 어린 시절, 당신이 겪었던 특정 사건들을 다시 꺼내고 싶진 않아. 이제는 지나치게 단순한 일처럼 들릴 수도 있으니까. 당신도 나한테서 이런 이야기를 더 이상 듣고 싶어 하지 않는다는 것도 알고."

나는 냄비에 소금을 뿌린다. 그리고 으깬 플럼 토마토 통조림 뚜껑을 연다.

"당신은 죽어가는 아버님을 보살피면서 어떻게든 살리려고 했어. 대부분의 어린 시절을 그렇게 보냈지." 벤턴이 전에 했던 말을 다시 꺼낸다. "아이들은 어른과 달리 여러 가지 일들을 진심으로 받아들이고 깊이 각인시켜. 안 좋은 일이 일어났을 때 막지 못하면 당신은 자신을 탓해."

나는 신선한 바질과 오레가노를 섞은 소스를 만든다. 손이 떨린다. 슬픔이 파도처럼 밀려온다. 나 자신에 대한 실망이 큰 건 좀 더 잘할 수 있었기 때문이다. 벤턴이 무슨 말을 해도 내가 부주의했다. 끔찍했던 어린 시절. 그때 그 일도 내가 부주의했기 때문이다. 변명의 여지가 없다.

"루시에게 전화했어야 했어. 그런데도 전화하지 않은 건 피했던 거야. 그것밖에 이유가 없어. 난 제이미의 아파트에서 당신과 루시와 헤어진 뒤로 계속 피하고 있었던 거야." 내가 벤턴에게 말한다.

"그럴 수 있어."

"그건 옳은 일이 아니야. 루시가 나한테 아무 말도 하고 싶지 않다고 해도 들어가 봐야겠어. 그 애를 탓할 수 없지."

"루시는 당신을 탓하지 않아. 나와 같이 있는 게 좋진 않았겠지. 하지만 당신을 탓하진 않아. 난 루시와 몇 마디 나누긴 했어. 이제 당신 차례야."

"내 잘못이라는 생각만 들어."

"그런 생각 그만해."

"어젯밤에는 정말 화가 났어, 벤턴. 그래서 밖으로 뛰쳐나갔던 거야."

"케이, 그 생각은 더 이상 하지 마."

"루시한테 한 짓 때문에 제이미가 너무 미웠어."

"제이미가 당신한테 한 짓을 생각하면 미워해도 돼. 루시한테 저지른 짓도 나쁘지만, 당신은 나머지 일들을 모르잖아."

"그 나머지 일들은 오늘 아파트에서 알아냈지. 제이미가 죽었으니까."

"그 일은 차이나타운에서 시작됐어. 두 달쯤 전이었지. 제이미는 당신을 끌어들인 것처럼, 기차를 타고 뉴욕에 온 마리노를 끌어들였어. 모든 건 3월에 시작된 거지. 다시 말해 당신이 던 킨케이드의 공격을 받은 지 얼마 되지 않았을 때 시작됐다는 말이야."

"차이나타운?" 나는 벤턴이 무슨 말을 하는지 알지 못한다.

"제이미는 당신이 서배너로 내려오게끔 만들었어. 당신 도움을 받기 위해서 말이야. 그리고 FBI를 조종하고 마리노를 조종했지. 포를리니. 당신도 기억할 거야. 제이미와 여러 번 갔던 곳이니까." 벤턴이 말한다.

포를리니는 변호사, 판사, 뉴욕 경찰들, FBI에게 유명한 술집이자 이탈리아 식당으로, 경찰 총감이나 소방 총감들, 제이미 말에 따르면 자신을 검사직에서 물러나게 했다는 이른바 정치적 인사들도 많이 드나드는 곳이다.

"솔직히 어젯밤에 제이미가 당신에게 얼마나 자세히 이야기한 건지 모르겠어. 하지만 당신이 나한테 전화로 해준 이야기에 몇 가지 의문이 들어서 조사를 좀 해봤지. 적어도 FBI 요원들이 제이미의 집에 찾아가 당신에 대해 심문했다는 건 사실이 아니야. 둘 다 뉴욕 지부에 있는 요원들인데, 두 사람 모두 제이미의 집에 찾아간 적이 없다고 했어. 3월 초에 포를리니에서 제이미가 두 사람을 만나 이야기를 나눈 것뿐이야. 이미 어떻게 할 것인지 확실히 정했던 제이미가 밑밥을 뿌린 셈인 거지."

"나에 대한 정보를 밑밥으로 뿌린 거라고? 그래서 얻는 게 뭔데?" 나는 파스타를 물에 넣는다. "그럼 제이미가 날 일부러 곤란하게 만든 뒤에, 자기 도움이 필요하다는 걸 보여주려고 했다는 거야?"

"그런 것 같아." 벤턴의 표정이 굳어 있다. 하지만 슬퍼 보이기도 한다. 나는 축 처진 어깨와 얼굴에 드리워진 그림자에서 그가 얼마나 실망했는지 알 수 있다. 벤턴은 예전부터 제이미를 많이 좋아했다. 그래서 나는 제이미가 살았든 죽었든, 그가 그녀를 어떻게 생각하는지 알고 있다.

"그건 너무 비열한 일인데. FBI에 그런 소문을 퍼트리면, 던 킨케이드 변호의 근거가 될 수도 있잖아. 내가 잠재적인 폭력성을 가지고 있고, 정서가 불안정하며, 질투심 때문에 그런 일을 저질렀다고 말이야. 제이미가 무슨 말을 했는지 누가 알겠어. 대체 제이미는 왜 그런 짓을 한 거야? 어떻게 그럴 수가 있지?"

"그만큼 필사적이고 불행했으니까. 질투심과 경쟁심, 검사로서의 가치가 없어지자, 모든 사람들이 제이미를 떠났거든. 우리가 남은 평생 동안 제이미의 심리를 분석한다고 해도 왜 그랬는지는 절대 알 수 없을 거야. 하지만 제이미는 잘못을 저질렀어. 당신을 자기 마음대로 하기 위해 누명을 씌우고 위험하게 만든 건 용서할 수 없는 일이야. 더군다나 제이미가 그런 식으로 깎아내린 건 당신만이 아니었어. 제이미 주변에 있던 요원들과 이야기해봤는데, 많은 일들이 있었다고 하더군." 벤턴이 말한다.

"당신은 이번 일이 어떻게 된 건지 알아? 제이미를 죽인 사람은 누구야? 대체 누가 이런 일을 저지른 거지? FBI에서 아는 게 있어?"

"케이, 솔직히 말할게. 우리도 단서가 없어."

나는 신선한 마늘을 다지고, 소스에 올리브 오일을 똑똑 떨어뜨린다. 그리고 갈아놓은 파르메산 치즈통을 찾는다. 마리노가 냉장고 서랍 안에 넣어두었다. 나는 필요한 재료나 양념을 찾아 사방을 돌아다닌다. 전부 이상한 곳에 놓여 있는 재료들을 찾아 빙글빙글 돌다 보니 제대로 생각할 수가 없다.

"식탁 준비 좀 도와줘." 내가 벤턴에게 말했을 때, 거실 오른쪽에 붙어 있는 방문이 열린다. 순간 나는 하던 일을 멈추고 그 자리에 우뚝 선다.

루시가 젖은 머리를 뒤로 빗어 넘긴 채 방에서 나온다. 맨발에, 잠옷 바지, 아카데미 때부터 가지고 있던 회색 FBI 티셔츠를 입고 있다.

나는 뭔가 말을 건네고 싶지만, 아무 말도 할 수가 없다.

"이모가 봐야 할 게 있어. 들어봐야 할 것도 있고." 루시가 아무 일도 없다는 것처럼 말한다. 하지만 난 조카의 눈 주위가 부어 있고, 입가가 굳어진 것을 알아차린다.

루시는 울고 있었다.

"보안 카메라에 접속해봤어." 루시가 말한다. 나는 벤턴을 쳐다보지만 그의 표정을 읽을 수가 없다. 하지만 루시가 한 짓을 그가 어떻게 생각할지 알고 있다.

벤턴은 그 일에 연루되고 싶어 하지 않는다. 그는 돌아서서 토마토소스를 젓기 시작한다. "내가 마무리할게. 파스타 삶는 법 정도는 기억하고 있어. 다 되면 부를게. 둘이 가서 이야기해."

"마리노가 암호를 알려준 거야?" 나는 루시를 따라 방 안에 들어가며 묻는다.

"아저씨가 이 일을 굳이 알 필요는 없지." 루시가 대답한다.

30

음모

검은색 타이어 범퍼를 단 빨간색 예인선 두 대가 화물선 한 대를 강의 서쪽으로 밀고 있다. 다양한 색상의 컨테이너들이 벽돌처럼 높이 쌓여 있는 화물선을 보며, 내가 앞장서서 짊어지고 가야만 하는 것들을 떠올린다. 어쩐지 혼자 감당할 수 없을 것 같은 느낌이 든다. 할 수 있을지 자신이 없다. 나는 강인함을 달라고 기도한다.

'주여.' 어린 시절에는 신을 부르곤 했다. 하지만 최근에는, 아주 오랫동안 신을 찾은 적이 없었다. 솔직히 말하자면, 나는 신이 누군지 어떤 존재인지 잘 모르겠다. 실제로 누구한테 물어보느냐에 따라 남자일 수도, 여자일 수도 있는 신은 각각 다르게 정의 내려진다. 권능을 가졌거나, 황금 왕관을 쓴 위풍당당한 존재일 때도 있고, 지팡이를 들고 먼지가 자욱한 길을 따라 여행하거나, 물 위를 걷거나, 죄가 없는 자가 먼저 돌로 치라며 우물 앞에 주저앉은 여인에게 친절함을 보여주는 소박한 남자일 때도 있다. 아니면 자연에서 찾아낸 여성의 영혼이나 우주의 집단의식인 경우도 있다. 나는 정말 모르겠다.

나를 훌쩍 뛰어넘는 존재라는 것만 제외하면 내가 믿고 있는 신에 대해 명확하게 정의를 내릴 수가 없다. 그래서 나는 생각한다. '도와주세요, 제발.' 나는 강인함을 느낄 수가 없다. 정당함도 느낄 수 없고, 나 자신에 대한 확신도 없다. 만일 루시가 크리스털이나 보석 같은 빛으로 나를 비추며 이제까지 그 애가 몰랐던 내 결점을 지적한다면 그것만으로도 나는 파멸하게 될 것이다. 나는 그 애의 눈 속에서 창문에 드리운 차양처럼, 상대방을 내쫓거나 다른 누군가로 교체하고 싶어 하는 사람의 머뭇거림과 더이상 사랑하지도 존경하지도 않는 눈빛을 보게 될 것이다. 나는 제이미 버거의 죽음을 정면으로 응시한다. 거기서 벗어나기 위해 줄 수 있는 건 거울밖에 없다. 나는 루시가 생각하는 그런 사람이 아니다.

해안을 따라 불빛이 깜박거린다. 별이 뜨고, 달이 밝게 빛난다. 나는 루시 방에 있던 여분의 의자를 끌어온다. 푸른색 천을 댄 팔걸이의자다. 강이 내려다보이는 창문 앞에 놓여 있던 의자를 양탄자를 지나 책상 앞으로 끌고 온다. 루시는 책상 위를 조종석이나 사무실처럼 꾸며놓았다. 그 애가 직접 만든 보안 무선 네트워크도 설정되어 있다. 루시는 원하면 무엇이든 해킹할 수 있다. 하지만 다른 사람들은 루시를 상대로 그렇게 할 수 없다.

"화내지 마." 내가 자리에 앉자 루시가 말한다.

"네가 나한테 그런 말을 하니 재미있구나. 우린 지난밤 일에 대해 이야기해야 해. 난 그 일에 대해 이야기할 필요가 있어." 내가 말한다.

"마리노 아저씨한테 암호는 묻지 않았어. 이런 일에 아저씨를 끌어들이고 싶지 않았으니까. 아저씨한테 물어봐야 할 필요도 없었고." 루시는 내가 제이미와 관련해 꺼낸 말을 듣지 못한 것처럼 말한다. 사실 난 너무 화가 나서 제이미를 버리고 나왔다. 그리고 지금 그녀는 죽었다. "이모부는 못 본 척, 못 들은 척, 기억 상실인 척할 거야. 그렇게 진지한 척하지 않아도 될 텐데."

"우리가 할 일은……." 우리가 할 일이라고 말을 꺼내긴 했지만, 다른 말이 나오지 않는다. 나는 어젯밤에 제대로 일하지 못했다. 그래서 무엇을 할 것인지 루시에게 직접 말할 것이다. 다른 사람들에게도. "벤턴은 네가 곤경에 빠지는 걸 원하지 않아." 난 덧붙인다. 그 말이 우스꽝스럽게 들린다.

"이 보안 영상을 보지 않으면 방법이 없잖아. 이모부한테 망할 FBI는 때려치우라고 해."

"그렇다면 넌 이미 봤다는 말이구나."

"규칙을 지키면서 여기 가만히 앉아 기다리다 보면, 그 사이에 저 망할 것이 이모한테 누명을 씌울 거야." 루시가 컴퓨터 화면을 쳐다보며 말한다. "범인이 새처럼 거리를 활보하고 다니는 동안, 우리는 이렇게 호텔 방에 숨어서 음식을 먹거나 물을 마실 때마다 벌벌 떨라는 말이잖아. 저 여자는 다른 사람도 죽일 거야. 준비만 된다면 더 많은 사람들을 죽일지도 몰라. 내가 프로파일러나 범죄 정보 분석가는 아니지만 이 정도는 말할 수 있어. 난 벤턴 이모부처럼 하진 않을 거야."

루시는 벤턴에게 화가 나 있다. 나는 그 이유를 알고 있다. "망할 것이라니? 누굴 말하는 거야?" 내가 묻는다.

"나도 몰라. 하지만 알아낼 거야." 루시가 다짐한다.

"그럼 벤턴은 저 여자가 누군지 안다는 거야? 나한텐 모른다고 하던데. FBI에서도 모른다고 했어."

"내가 알아낼 거야. 저 여자를 잡고 말 테니까." 루시가 맥북의 마우스를 클릭하더니, 나한테 보이지 않게 암호를 입력한다.

"네 손으로 이 일을 해결할 순 없어." 하지만 그런 말은 소용없다. 루시는 이미 뛰어들었다. 그리고 나는 그런 말을 할 자격이 없다.

나도 일을 내 손으로 직접 해결하기 위해 서배너에 왔다. 지난밤에도 그랬고, 오늘도 그랬다. 나로선 최선이라고 생각한 일을 했지만, 실은 그저 내가 하고 싶은 대로 한 것일지도 모른다. 그리고 제이미가 죽었다. 나는 이 사건을 통해, 그 범죄 현장에서 확실히 타협했다고 말할 수 있다. 이제 자책감과 마음의 상처를 떨쳐버리고, 고칠 수 없는 것을 어떻게든 고

쳐보기로 마음먹었기 때문이다. 잭 필딩은 여전히 살아 돌아올 수 없고, 그가 저지른 짓은 아직도 끔찍했다. 이제 나는 모든 사람들에게 가책을 느낀다. 그리고 다른 사람들이 죽었다.

"벤턴은 너를 위한 일이라고 생각해서 그런 거야. 네가 아파트에서 막아선 것 때문에 벤턴한테 화가 나 있다는 건 알아." 나는 루시에게 말한다.

"이모가 그곳에 도착했을 때 배달 가방을 든 여자가 나타난 건 우연이 아니야." 프린터가 출력을 시작하자, 루시가 말한다. 제이미나 벤턴에 대한 이야기는 하지 않는다.

그 애는 내가 부주의했으며, 맹세를 지키지 못했다는 것을 고백하지 못하게 한다. 내가 아무것도 하지 않은 것이 해를 끼쳤다.

"저 여자는 이모한테 배달 가방을 주고 싶었던 거야. 이모가 직접 들고 가는 걸 바랐던 거지. 그래야 지문과 DNA가 남을 테니까. 이모가 가게에서 직접 주문한 스시를 들고 건물로 들어가는 모습이 선명하게 보안 카메라에 찍히도록 말이야." 루시가 말을 잇는다.

"내가 주문했다고?" 캐슬린 롤러가 받았던, 내가 쓴 것 같은 위조 편지가 떠오른다.

"다른 사람들보다 먼저 내가 서배너 스시 퓨전에 전화해봤어."

"그건 아무래도 좋은 생각이 아닌 것 같은데."

"마리노 아저씨한테 배달 음식에 대한 이야기를 듣자마자, 가게에 전화해서 물어봤어. 어젯밤 7시쯤 스카페타 박사라는 사람이 음식을 주문했고, 음식값은 63달러 47센트, 음식은 직접 가져간다고 했대."

"난 그런 적 없어."

"그리고 7시 45분에 음식을 가져갔다고 했어."

"난 아니야."

"당연히 아니지. 음식값은 신용카드가 아닌 현금으로 냈어. 심지어 그 사람의 신용카드가 가게에 등록되어 있는데도 말이야." 루시는 제이미를 언급한다.

"그 배달 가방을 들고 온 여자는 신용카드가 등록되어 있는 걸 알고 있었는데. 나한테 말했거든."

"나도 알아. 보안 DVR에 녹화되어 있으니까. 현금은 깨끗해. 전화로 확인할 것도 없고. 무조건이지. 스카페타라는 이름을 가진 사람이 어째서 다른 사람의 신용카드로 결제를 하는지 따질 필요도 없었어. 가족이 운영하는 작은 식당이라 자리가 많지 않아. 그래서 포장 손님이 많지. 나와 통화했던 사람은 그 주문을 한 사람의 인상착의는 별로 기억나는 게 없다고 했어."

"자전거는?"

"자전거 이야기를 꺼내니까 좀 기억이 나는 모양이더라. 젊은 여자였고, 백인이었대. 체형은 중간. 영어로 말했고."

"제이미의 아파트 앞에서 내가 만났던 여자도 그런 인상이었어. 도움이 될지 모르겠지만."

"이모로서는 이번 일이 던 킨케이드의 짓이라고 생각할 수도 있을 거야. 다만 그 여자가 보스턴에서 뇌사 상태로 쓰러져 있다는 게 문제긴 하지만."

"내가 제이미를 만난다는 것과 그 시각에 정확하게 아파트 건물 앞에 있을 거라는 걸 어떻게 알았을까? 나조차도 제이미를 만나는 건 그 직전에야 알았는데?" 불가능한 일처럼 보인다.

"이모를 지켜보면서 기다렸겠지. 오래된 맨션들과 길 건너 광장이 블록 전체를 차지하고 있어. 오언스 토머스 하우스는 박물관이라서 밤에는 문을 닫고. 그림자를 드리울 커다란 나무들과 관목들이 많으니까 누군가를 숨어서 기다리기에 좋은 곳이야." 루시가 말한다. 나는 지난밤 제이미의 아파트 앞에 서서 마리노가 오기를 기다렸던 것을 떠올려본다. 그때 길 건너 어둠 속에서 뭔가 움직이는 것을 봤다고 생각했다.

루시는 출력한 종이들을 모아 똑바로 정리해서 단정히 쌓아놓는다. 맨위 페이지는 보안 카메라 화면을 뽑은 사진이다. 잿빛 음영이 들어간 확대 사진으로, 길 건너편에 자전거를 끌면서 걸어오는 사람이 보인다. 밤이어서 그런지 배경에 보이는 배경이 거대하게 보인다.

"아니면 호텔에서부터 미행당했을 수도 있고." 내가 말한다.

"그건 아닐 거야. 너무 위험하니까. 음식 봉투를 들고 길 건너편에서 기다렸을 거야."

"내가 거기로 올 거라는 걸 그 여자는 어떻게 알았을까?"

"그게 빠진 고리야. 공통분모가 누굴까?" 루시가 말한다.

"정말 모르겠어."

"내가 찾아줄게. 내 평판에 걸맞게 말이야."

"난 내 평판에 걸맞게 행동하지 못했어." 내가 대꾸한다. 하지만 루시는 내 말을 듣고 있지 않은 것 같다.

"불량 요원이고, 해커라는 평판에 걸맞게 말이지." 루시가 지난밤 제이미가 했던 말을 그대로 말한다.

"그런 말을 들으니까 화가 났지." 난 계속 고백한다. 하지만 루시는 계속 못 들은 척한다. "난 정말 화가 났어. 그러지 말았어야 했는데."

루시가 맥북의 메뉴를 클릭하자, 책상 위에 있는 다른 노트북 컴퓨터 두 대가 검색을 시작한다. 뭘 하는 건지 알 수가 없다. 그리고 블랙베리 한 대가 충전 중이다. 루시는 더 이상 블랙베리를 쓰지 않는다. 그 전화기를 쓰지 않은 지 한참 됐다.

"뭘 찾는 거야?" 나는 노트북 두 대의 화면 위로 읽을 수 없을 만큼 빠르게 지나가는 단어들, 이름들, 숫자들, 상징들을 쳐다보며 묻는다.

"평소에 하는 데이터 마이닝(거대한 분량의 자료를 가지고 새로운 정보를 찾는 것 – 옮긴이)이야."

"그게 뭔데?"

"이모라면 뭔가를 찾을 때 어떤 걸 이용하겠어?" 루시는 컴퓨터와 보안 카메라, 데이터 마이닝에 대해 기꺼이 이야기한다. 딸처럼 사랑하는 조카의 눈에 내가 제이미와 함께 보냈던 그날 밤의 일을 듣고 싶어 한다거나,

그녀의 죽음을 방치한 나에 대한 용서의 빛은 보이지 않는다.

"생각이 잘 떠오르지 않는데. 일단 위키리크스나 그런 것들부터 보지 않을까. 더 이상은 비밀도 아니고, 안전한 건 아무것도 없으니까." 내가 대답한다.

"통계야. 데이터를 모아야 패턴을 찾고 예측할 수 있어. 이를테면 범죄 패턴 같은 것 말이야. 그래서 정부는 나쁜 사람들을 길거리에서 몰아내기 위해서는 통계학에 지원하는 게 낫다는 것을 기억하고 있는 거지. 통계는 제품 판매나 서비스, 이를테면 보안 회사에도 도움이 돼. 10만 명이나 1억 명의 소비자 기록을 데이터베이스로 만들면, 고객으로 만들고 싶은 사업 상대나 보통 사람들에게 그 정보를 막대 그래프로 보여줄 수 있어. 이름, 나이, 수입, 재산, 위치, 예측까지 말이야. 강도, 무단침입, 공공기물 파손죄, 스토킹, 폭행, 살인, 더 많은 것들도 예측할 수 있어. 만일 누군가 말리부의 고급 저택으로 이사를 하고, 새 영화사 사업을 시작한다면 통계를 이용해 저택이나 회사 건물에 침입할 것 같은 수상쩍은 인물들에 대해 알려줄 수도 있고, 주차장에서 회사 직원에게 강도질을 하거나, 계단에서 강간을 저지른 범인들도 알아낼 수 있다는 거지. 우리 회사 최첨단 보안 시스템을 설치하고, 그 사용법을 기억한다면 말이야."

"조던 일가." 루시는 조던 일가의 경보 회사를 조사한 것이다.

"고객 데이터는 황금이나 마찬가지야. 빛의 속도로 끊임없이 팔리고 있지. 모든 사람들이 원하거든. 광고계나 조사원들부터 국토안보부, 빈 라덴을 제거한 특수 부대까지 말이야. 아주 사소한 것까지 모든 것들을 다 알아내는 거지. 웹에서 무엇을 검색했는지, 어디로 여행을 갔는지, 누구한테 전화를 걸고 메일을 썼는지, 무슨 약을 처방받았는지, 가족이 어떤 백신을 접종했는지, 신용카드와 사회안전보장번호에 지문과 홍채 스캔까지 말이야. 일부 공항 검색대의 민영화된 보안 검색 서비스는 개인 정보를 주고, 매달 일정 요금을 지불하면 다른 사람들처럼 줄을 길게 서 있을 필요가 없거든. 만일 사업체를 매각하게 되면 고객 정보를 원하는 사람이 있어.

그들은 다양한 정보를 원하지. 고객이 누군지, 돈은 얼마나 쓰는지. 우리와 계속 함께할 사람인지. 그렇게 데이터는 팔리고, 다시 팔리고, 또 팔리는 거야."

"방화벽이 있을 텐데." 나는 루시가 그 정보를 해킹한 건지 알고 싶지 않다.

"보안 정보가 공공 도메인에 저장된다는 보장은 없어. 특히 회사 자산이 팔렸거나 데이터가 다른 사람의 손에 들어간 경우에는 말이지." 루시가 말하는 투로 보아 합법적인 방법으로 알아낸 것 같진 않다.

"내가 알기로 서던 크로스 시큐리티는 팔리지 않았어. 파산했다고 들었는데." 내가 지적한다.

"잘못 알고 있는 거야. 3년 전에 영업을 접고 폐업했어. 하지만 전 주인인 대릴 시먼스는 파산하지 않았어. 그 사람은 서던 크로스 시큐리티의 고객 데이터베이스를 다국적 민간 보호 기업에 팔았어. 민간 보호 서비스, 보안에 관한 조언, 경호원 파견과 보안장치 설비에 관련된 모든 일들, 고객이 원할 경우에는 스토킹 범인에 대한 위협 분석까지 해주는 기업이지. 그다음에 그 다국적 기업도 고객 데이터베이스를 같은 방식으로 팔았을 거야. 그래서 나는 거꾸로 따라가기로 했지. 정성껏 공들여 만든 웨딩 케이크를 분해하는 것처럼 말이야. 일단 나는 사이버 공간의 제과점에서 그 웨딩 케이크를 찾았어. 그런 뒤에 원재료들을 찾기 시작했지. 관심을 가지고 있는 패턴이 데이터 저장소에서 뽑혀나갔을 때의 데이터 세트를 채취하는 거야."

"거기엔 결제 정보도 포함되어 있겠구나. 아니면 경보 오작동에 대한 정보라든가."

"서던 크로스 시큐리티 서버에는 오작동과 위기 상황, 경찰 응답, 신고받은 내용들이 남아 있는데, 전부 통계 분석용으로 꾸며낸 정보들이야. 그러니까 조던 일가에 대한 정보는 어딘가 다른 곳에 보관되어 있겠지. 밀가루 한 숟가락으로는 요리를 만들 수 없잖아. 궁극적으로 내가 찾으려고 하는 건 파일들이 저장되어 있는 서던 크로스 시큐리티의 인터넷 링크야. 다시 말해 죽은 사이트에 개인 고객들의 결제 정보가 남아 있을 거란 거지. 이 과정이 너무 느려서 싫어."

"언제부터 찾기 시작했는데?"

"조금 전에. 검색을 돌리기 전에 알고리즘을 써야 했거든. 이젠 자동으로 돌아가는 중이야. 그게 지금 이모가 보고 있는 화면이지."

"글로리아 조던을 포함시키는 것도 좋을 것 같아. 부인 이름으로 결제했을지도 모르니까. LLC(유한회사)가 있을지도 모르고." 내가 제안한다.

"그 여자를 따로 신경 쓸 필요는 없을 것 같아. LLC에 대해서도 걱정하지 않고. 글로리아 조던의 데이터는 남편과 아이들, 회사와 소득 신고서에 연결되어 있을 거야. 언론, 블로그, 범죄 기록, 모든 것에 링크되어 있기도 하고. 의사 결정 나무(전략, 방법 등을 나뭇가지 모양으로 그린 것—옮긴이)를 생각해봐. 혹시 지난밤에 누군가 자기를 미행한다든가, 감시한다든가, 건물 앞에서 마주친 사람이 있다는 이야기 못 들었어?"

"제이미 말이구나." 나는 루시가 누구를 지칭하는지 알아차린다.

"이상한 느낌을 주는 사람이 있다고 하지 않았어? 아니면 너무 친하게 구는 사람이라든가?"

"물어보지 않았어."

"왜 물어봐야 한다고 생각하는데?" 루시의 시선은 데이터에 고정되어 있다.

"보안 시스템과 카메라 때문에. 그리고 제이미가 총을 가지고 있었어. 고성능 할로포인트 탄을 장착한 스미스 앤드 웨슨 38구경으로." 내가 대답한다.

루시는 아무 말 없이 데이터만 쳐다보고 있다.

"총은 네가 권한 거야?" 내가 묻는다.

루시가 대답한다. "난 총에 대해서는 몰라. 추천해준 적 없어. 총을 권한 적도 없고, 총 쏘는 걸 가르쳐준 적도 없어. 그리 잘 쏠 것 같지 않았거든."

"단지 최남동부 지역이 위험 지대라서 제이미가 그렇게 불안해했을 것 같진 않아. 제이미한테 겁이 나는 건지, 위험을 느낀 건지, 불안정한 상태나 비이성적인 상태인 건지, 기분이 울적한지 물어보고, 그 이유가 뭔지 물어봤어야 해. 하지만 난 물어보지 않았어." 그 말을 내뱉고 나니 마음이 놓인다. 하지만 부끄러운 마음으로 루시가 나를 공격하고 비난하기를 기다린다. "지난밤 그 집에서 나오기 전에, 제이미가 괜찮은지 제대로 확인했어야 했는데 그러지 못했어. 네가 어릴 때 이모가 했던 말 기억하지?"

루시는 대답하지 않는다.

"내가 늘 말했잖아. 화난 채로 가지 말라고."

그 애는 대꾸하지 않는다.

"해가 질 때까지 화난 채로 있지 말라고 했지." 내가 덧붙인다.

"난 그걸 '쓸모없는 잔소리'라고 했지. 세상 모든 것이 누군가 죽거나, 죽음을 초래할 수 있는 가능성이 있어." 루시가 나를 쳐다보지 않고 대꾸한다. "사람의 나이나 노쇠 상태와 상관없는 어린이 보호 장치. 베니션 블라인드 줄, 계단이나 발코니의 낮은 난간, 목에 걸릴 수도 있는 딱딱한 사탕들. 가위나 연필처럼 뾰족한 것을 들고 걸어 다니는 것도 안 돼. 운전하면서 전화하는 것도 안 되고, 폭풍우 속에서 조깅하는 것도 안 되지. 일방통행 길이어도 항상 양쪽을 보고 다녀야 하고." 루시는 데이터를 보면서 말한다. 여전히 나를 보지 않는다. "싸운 뒤에 그냥 가는 것도 안 되지. 교통사고나 번개에 맞거나, 동맥류 파열로 죽을 수도 있으니까."

"난 정말 짜증나는 사람이었구나."

"우리 모두가 느끼는 감정을 이모만 안 느끼는 것처럼 생각할 때 짜증나. 그래, 이모는 이모 말대로 '화난 채로' 나왔지. 이모가 얼마나 화가 났었는지 알아. 새벽 3시까지 통화하면서 계속 그 이야기만 했잖아. 기억나지? 이모는 정말 화를 많이 냈어. 화가 날 만한 상황이기도 했지. 입장을 바꿔서 그 사람이 이모에 대해 그런 식으로 말했으면 나도 그랬을 거야. 이모한테 한 짓도 그렇고."

"그때 그냥 나오지 말고 그 일을 해결했어야 했어. 만일 그렇게 했다면 제이미의 몸 상태를 좀 더 눈여겨봤을 거야. 제이미가 보여준 증상들이 술 때문이 아니라는 것을 알아차렸을지도 모르지." 내가 대답한다.

"'해커스 어나니머스(Hackers Anonymous)'도 이런 식으로 하는지 모르 겠네." 루시가 중얼거린다. 내가 아무 말도 하지 않은 것처럼. "HA라면 이 정도는 할 거야. 나 같은 사람들이 이런 일을 못 한다고 하면 그건 농담이 라고 생각해야지. 이모, 이 빠진 접시는 고칠 수 없어. 그대로 쓰거나 버리 는 게 답이야."

"넌 이 빠진 접시가 아니야."

"실제로 그 사람은 나를 금 간 찻잔이라고 불렀는데."

"그렇지 않아. 그건 아주 기분 나쁜 말이야. 잔인한 표현이기도 하고."

"사실이 그런걸. 이게 증거고." 루시가 컴퓨터 화면을 가리킨다. "내가 이 DVR에 얼마나 쉽게 들어갔는지 알아? 애초에 그 사람은 암호에 신경 쓰지 않았어. 잊어버릴까 봐 같은 암호를 반복해서 사용했지. 이 IP 주소 로 들어가는 건 식은 죽 먹기였어. 이 보안 카메라 앞에 서서 아이폰으로 나한테 메일을 보내는 것만으로 고정된 IP 주소에 접속할 수 있었지."

"내가 제이미의 아파트 안에 들어가 있는 동안 이런 생각을 했던 거야?"

"빗속에서 벤턴 이모부와 같이 현관 지붕 아래 서 있는 동안에."

내가 놀라야 하는 건지, 무서워해야 하는 건지 알 수가 없다.

"이모부가 내 팔을 잡았는데도, 나는 예의 바르고 점잖게 행동했어. 이 모부가 운이 좋은 거지. 난 원래 그러지 않거든. 이모부는 정말 운이 좋았 던 거야."

"벤턴은……."

"난 무슨 일이든 해야 했어." 루시가 내 말을 가로막는다. "현관 앞에서 새것 같은 불릿 카메라를 봤어. 최근에 설치했다는 말이지. 가변 초점 렌 즈가 달린 오케이 시스템으로, 마리노 아저씨가 골랐을 것 같은 종류였어. 하지만 아저씨한테 물어보진 않았지. 물어볼 필요도 없었고." 루시가 다시 본론으로 들어간다. "그래서 난 어딘가에 DVR이 있을 거라는 걸 알았지만, 할 수 있는 일이 없었어. 이런 상황에 빌어먹을 허가가 떨어질 때까지 가만히 앉아 기다릴 사람이 어디 있어? 그놈은 그러지 않을 거야. 이 모든 문제를 일으킨 자식은 가만히 있지 않을 거라고. 그 사람 말이 맞아. 난 고칠 수 없어. 아마 내가 고치고 싶지 않은 거겠지. 난 안 돼. 안 되는 거야."

"넌 망가지지 않았어." 나는 또다시 분노를 느낀다. "프리멈 논 노체르 (Primum non nocere, 치료하지 않는 게 최선이다－옮긴이). 무엇보다 해가 되지 않는다는 전제라면 말이야. 우리가 할 수 있는 최선만 다하면 돼. 이모가 널 실망시켰다면 미안하구나." 그 말이 내 입에서 나오지만 설득력이 없는 것처럼 들린다.

"이모는 아무 잘못도 하지 않았어. 그 사람이 자초한 일이야."

"그건 그렇지 않아. 어떻게 말해야 할지 모르겠지만……."

"그 사람이 오래전부터 자초했던 일이야." 루시는 마우스를 클릭하더니, 맥북 화면에 떠 있는 제이미의 아파트와 길거리가 찍혀 있는 보안 영상을 멈춘다. "그 사람은 거짓말할 작정으로 비행 계획서를 제출했고, 그런 상황이라면 설사 다른 사람이 조종했다 하더라도 결국에는 충돌 사고를 냈을 거야. 그 사람은 말 그대로 살해당한 거고, 나의 철학적인 관점으로 봐도 이번 일은 이모와 무관해."

"의혹만 있지 아직 입증된 건 아니야. CDC에서 분석이 끝날 때까지는 모르는 일이지. 혹시 그전에 던 킨케이드한테서 뭔가를 찾아낸다면 같은 종류의 신경 독에 의한 연쇄 중독 사건으로 봐도 될 거야."

"알게 되겠지. 우리보다 자기가 영리하다고 생각하는 자가 누군지 말이야. 공통분모로 연결되는 건 교도소야. 그럴 거야. 모두에게 접점이 되는 장소니까. 심지어 던 킨케이드조차 그렇지. 그 여자의 어머니가 거기 있으니까. 그리고 두 사람은 서로 편지를 주고받았어. 모두가 조지아 여성 교도소와 연결되어 있는 거야." 루시가 담담하게 말한다.

파티 장식이 그려진 편지지와 15센트 우표가 떠오른다. 누군가 캐슬린에게 보내준 물건이다. 어쩌면 던 킨케이드가 보냈을지도 모른다. 편지지 뒷장에 남아 있던 눌린 자국을 통해 드문드문 내용을 알아냈던 편지가 떠오른다. 캐슬린은 독특한 서체로 누군가에게 편지를 썼다. PNG와 뇌물에 대한 언급이 있었다.

"내가 잡고 말 거야." 루시가 컴퓨터 화면에 떠 있는 제이미의 건물 영상을 보면서 말한다. "어떤 빌어먹을 인간인지 모르겠지만. 이모가 그 사람 옆에 얼마나 오래 있었는지와는 상관없는 일이야." 루시는 내게 말한다. 하지만 여전히 나와 눈을 마주치지 않는다.

내가 옆에 앉은 뒤로 그 애는 나를 한 번도 쳐다보지 않았다. 루시가 누군가를 쳐다보지 않을 때는 울었기 때문이라는 것을 알고 있음에도, 나는 그 사실에 상처받고 불안해진다.

"그 사람 목소리는 술에 취한 것처럼 들렸어. 전화를 걸기 전부터 이미 술에 취해 얼이 빠진 것 같았지." 루시는 뭔가 알고 있는 것처럼 말한다.

"같이 살 때 그랬다는 거야? 아니면 그 이후에?" 책상 위에 놓여 있는 블랙베리가 다시 눈에 들어오면서 나는 어떻게 된 일인지 알 것 같다.

"이모는 그 사람이 술에 취했다고 말했어. 아니, 더 정확하게 말하면 술에 취했다고 생각했다고 했지." 루시가 자판을 두드리며 말한다. "이모는 그 사람이 어디가 아프다거나 잘못된 것 같다는 생각을 하지 않았어. 그러니까 자책하지 마. 이모가 자책하고 있다는 건 알고 있어. 그보다 이모는 아까 그 사람 아파트에 날 들여보내 줬어야 해."

"그렇게 하지 못했던 이유는 알잖아."

"어째서 날 열 살짜리 애처럼 보호하려고 하는 거야?"

"널 보호하려고 해서 그런 게 아니야." 나는 정직함이 선의라는 산들바람을 타고 멀리 떨어져 나가는 것을 느낀다. 거짓말은 친절함과 다정함 속에 숨긴다. "다른 이유가 있었어." 난 사실대로 말한다. "내가 본 걸 네게 보여주고 싶지 않았어. 제이미에 대한 마지막 기억이……."

"그게 뭐? 검사였던 내 파트너가 다시는 연락하지 말라고 했던 이유를 뭐라고 했는지 알아? 나랑 헤어질 이유가 부족하니까, 금지 명령이라도 내리는 것처럼 이렇게 말하더라. 넌 불결해. 무섭고, 파괴적이야. 넌 미쳤어. 그러니까 가."

"법적으로 넌 그 아파트에 들어갈 수 없었어, 루시."

"이모도 거기 들어가면 안 되는 거였어, 케이 이모."

"난 이미 그곳에 갔으니까. 하지만 네 말이 맞아. 문제를 일으킬 소지가 있지. 너도 그곳에 지문이나 DNA를 남기고 싶진 않았을 거야. 그걸로 경찰이 너를 주시할 수도 있으니까." 나는 루시가 이미 알고 있는 사실을 말한다. "그런 식으로 말한 건 제이미가 잘못한 거야. 솔직하지 못하게 자기 자신에게 참을 수가 없었던 점을 인정하는 대신, 너한테 문제를 떠넘긴 거지. 어쨌든 지난밤 그곳에서 나오기 전에 내가 그 점을 바로잡고 나왔어야 했어. 좀 더 주의 깊게 대했어야 하는 건데."

"지금 그 말은 이모가 좀 더 잘 보살펴줬어야 했다는 거네."

"난 너무 화가 나. 충분히 신경 쓰지 못해서. 미안하고⋯⋯."

"왜 이모가 보살펴야 하는 건데? 이모가 어째서 그런 것까지 신경 써야 하는 거야?"

나는 대답을 찾는다. 그 질문에 맞는 답은 거짓이기 때문이다. 사람은 항상 다른 사람을 배려해야 하기 때문에 나도 그랬어야 했다. 그렇게 하는 게 옳으니까. 하지만 난 그렇게 하지 않았다. 솔직히 지난밤에는 제이미에게 그렇게 해주고 싶지 않았다.

"아이러니한 것은 그 사람이 그런 사람이 아니었다는 거야." 루시가 말한다.

"다른 사람을 그런 식으로 판단해선 안 돼. 제이미도 그렇지 않았을 수 있어. 난 제이미가 어떤 지점에서든 그런 점을 깨달았을 거라고 생각해. 사람은 변할 수도 있어. 누구한테든 그런 기회를 빼앗는 건 옳지 않아." 나는 신중하고 조심스럽다. 살얼음판을 걷는 것 같은 느낌이다. "제이미와의 마지막 만남이 그리 유쾌하지 않았던 건 유감이야. 그런 걸 좋아하는 사람은 없을 테니까. 제이미가 그때…….”

“난 그 사람을 용서할 수 없어.”

“슬퍼하는 것보다는 화내는 게 나을 거야.” 내가 말한다.

“난 용서하지도, 잊지도 않을 거야. 그 사람은 내게 누명을 씌웠고, 거짓 말을 했어. 내게 누명을 씌웠고, 거짓말을 했단 말이야. 그 사람이 거짓말 을 시작하자, 더 이상 진실은 없었어. 그래서 전부 헛소리라고 생각했던 거야.”

루시는 커서를 ‘재생’으로 옮긴 뒤, 마우스를 클릭한다. 그러자 영상이 재생되기 시작한다. 잿빛 음영 속에 벽돌 건물과 계단, 철 난간이 보인다. 그리고 제이미의 아파트 건물 앞 차도를 지나는 자동차 소리가 들리고, 전조등 불빛이 지나친다. 루시가 다른 창을 열고, 다른 파일을 클릭하자, 어두운 거리 저편에서 누군가 다가오는 모습이 보인다. 호리호리한 체 격의 젊은 여자가 걸어오고 있다. 내가 봤던 여자와 동일인인 것 같은데 자전거를 타고 있지 않다. 지난밤에 봤을 때와 옷차림도 다르다. 그 여자 는 길을 건너기 시작하다가, 갑자기 외계인이나 신이라도 되는 것처럼 깜 짝 놀랄 정도로 눈부신 백열광을 내뿜는다. 여자는 머리에서 원광처럼 빛 을 내뿜으며, 아주 편안하고 수월하게 제이미의 아파트 건물 입구로 올라 온다.

“내가 봤던 것과 옷차림이 다른데.” 내가 루시에게 말한다.

“스토킹이야. 예행연습이고. 지난 2주 동안 저런 모습이 다섯 번은 잡혔 다고.”

“지난밤 저 여자는 밝은색 셔츠를 입고 있었어. 그럼 내가 지금 보고 있 는 영상은 언제…….” 나는 물어보려다가, 제이미 버거의 목소리를 듣고 말을 멈춘다.

“……내가 연락하지 말라고 해놓고 이번에도 내가 어기네.” 스피커에서 익숙한 목소리가 흘러나온다. 루시가 볼륨을 올리자, 제이미의 집 앞 어두 운 거리를 비추던 영상이 사라진다. “지금쯤이면 너도 케이가 여기 있고,

나를 도와주기로 했다는 걸 알고 있을 거야. 지금 막 저녁을 같이 먹었어. 케이가 나한테 화가 난 것 같아서 걱정이야. 네가 여기 올 때마다 같이 오던 암사자가 도와주지 않아. 절대 도움이 안 돼. 운 나쁘게도 삼각형 안에 끼어든 거지. 어쩐지 어딘가에 그 사람이 계속 있는 것 같은 느낌이 들어. 불이 꺼졌네. 안녕. 케이 이모. 거기 있어요? 오, 그래. 우리 그 일은 지겹도록……."

"잠깐." 내가 말하자, 루시가 파일들을 멈춘다. "제이미가 네 새 전화번호로 전화한 거야? 언제 전화한 거지?" 하지만 나는 웬지 알 것 같은 느낌이 든다.

제이미의 목소리는 자꾸 멈칫거리고, 발음도 불분명하다. 지난밤, 내가 마지막으로 봤을 때처럼 목소리 상태가 좋지 않았는데, 그보다 상태가 더 안 좋은 것처럼 들리기도 한다. 난 충전기에 꽂힌 블랙베리를 쳐다본다.

"네가 예전에 쓰던 전화구나. 넌 번호를 바꾼 게 아니었어. 그냥 아이폰을 사면서 새 전화번호를 만든 거지." 내가 루시에게 말한다.

"그 사람은 내 새 번호를 몰라. 알려준 적이 없으니까. 물어보지도 않았고. 그리고 난 이 전화를 더 이상 쓰지 않아." 루시가 블랙베리를 가리키며 말한다.

"제이미가 계속 전화를 하니까 가지고 있었던 거지."

"그 이유 때문만은 아니야. 하지만 그 사람이 전화를 하긴 했어. 자주는 아니지만. 대부분 밤늦게, 술에 잔뜩 취한 채로 말이야. 그 사람이 남긴 음성 메시지는 전부 저장해서 오디오 파일로 컴퓨터에 옮겼어."

"그 메시지를 컴퓨터로 들을 수 있게 말이지."

"어디서든 이 메시지들을 들을 수 있어. 중요한 건 그게 아니야. 이 메시지들을 저장했고, 잃어버릴 일이 없다는 거지. 메시지들은 지금 들은 것과 내용이 다 비슷해. 그 사람은 나한테 아무것도 묻지 않아. 전화해달라는 말도 없고. 그저 2분쯤 혼자 이야기하다가 갑자기 인사도 하지 않고 끊어버려. 우리 사이가 끝난 방식과 비슷하다고 할까. 그 사람은 나한테 헤어지겠다는 선언만 하고, 내 말은 듣지도 않고 연락을 끊어버렸어."

"제이미가 그립기 때문에 메시지들을 저장한 거잖아. 아직도 제이미를 사랑하니까."

"내가 그 사람을 그리워하지 않고, 사랑하지 않아야 할 이유를 자각하기 위해 저장해둔 거야." 루시의 목소리가 떨린다. 나는 그 애의 슬픔과 좌절과 분노를 느낀다. "이모한테 이 메시지를 들려준 건, 그 사람이 아프거나 신체적인 고통을 겪지 않았다는 걸 알려주기 위해서야." 루시는 목소리를 가다듬는다. "그 사람은 취한 것처럼 말했어. 이모가 떠난 지 30분 정도 지났을 때야. 이모가 그 사람과 조금 더 같이 있었다고 해도 상태가 크게 나빠졌을 것 같진 않아."

"몸 상태가 나쁘다거나 이상하다는 말은 없었네. 그런 말은 하지도 않았어."

루시가 고개를 젓는다. "이모가 원한다면 전부 다 들려줄 수도 있지만, 그런 말은 없었어."

나는 제이미가 밤색 가운을 걸치고 있던 모습을 떠올린다. 그 상태로 집 안을 여기저기 돌아다니면서 값비싼 스카치를 마셨고, 창문으로 마리노의 밴이 출발하는 모습을 내려다보고 있었다. 우리가 그곳을 떠난 정확한 시간은 모르지만, 내가 나오고 30분 뒤에 제이미가 루시에게 메시지를 남겼다는 시간을 넘기진 않았을 것이다. 확실히 그녀의 증상이 심해진 건 좀 더 나중이다. 나는 쓰러진 술잔과 텅 빈 무선전화 충전기, 침대 밑에 떨어져 있던 전화, 그리고 욕실 사방에 흩어져 있던 화장품과 약품 들을 떠올린다. 어쩌면 제이미가 잠결에 그런 것일 수도 있다. 새벽 2시나 3시경 자다가 깨보니 숨이 막히고 말을 할 수 없었을지도 모른다. 그래서 그 무서운 증상들을 완화시켜줄 만한 약을 미친 듯이 찾아다닌 걸 수도 있다.

문득 그 증상이 제이미가 설명해준 배리 루 리버스의 경우와 이상할 정도로 비슷하다는 생각이 든다. 어쩌면 핼러윈에 처형당할 롤라 대거트도 같은 일을 겪을 수 있다. 사람을 죽이는 잔인하고 특이하고 무서운 방식이다. 제이미의 말에 따르면 일부러 잔인하게 죽인 거라고 했다. 극적으로 꾸며낸 이야기일 거라고 생각했는데, 어쩌면 그렇지 않을지도 모르겠다. 아무래도 제이미가 알고 있는 것보다 훨씬 진실에 가까운 이야기였던 모양이다.

"의식은 있지만, 말할 수가 없어. 움직일 수도 없고, 작은 손짓조차 할 수 없지. 눈도 뜨지 못해. 의식을 잃은 것처럼 보이지만, 횡격막 근육이 마비되면서 고통과 함께 숨이 막히는 공포를 느끼는 거야. 자신이 죽어가는 것을, 온몸이 굳어지는 것을 느끼는 거지. 고통과 공포심. 그냥 죽음이 아닌 아주 가학적인 처벌인 셈이야." 나는 제이미에게 들었던 치사 주사로 인한 죽음이 마취가 풀릴 때와 비슷한 증상인 것 같다고 설명한다.

범인이 숨을 쉴 수 없고, 말을 하거나 도움을 청할 수 없게 만드는 독에 피해자들을 노출시킨 방법을 생각해본다. 그것도 노리는 대상이 따로 있는 경우라면 어떻게 한 것일까.

"누군가 재소자에게 20 몇 년 전의 우표를 보내준 이유가 뭘까?" 난 의자에서 일어난다.

"그런 우표들은 더 이상 안 파는 건가? 수집가들한테는 가치가 있을 수도 있는데. 어쩌면 그쪽에서 나왔을 수도 있겠어. 최근에 어떤 수집가나 우표 회사에서 구매한 거지. 보푸라기, 먼지 같은 것도 없었고, 뒷면이 아무것도 붙은 것 없이 깨끗했거든. 몇십 년 동안 서랍 속에 잘 보관되어 있었다면 구겨지거나 더러워지지 않았을 테니까. 그리고 편지지 상단 주소와 CFC 봉투도 똑같이 위조하고, 내가 쓴 것처럼 위조한 편지도 있었어. 그런 것도 가능하겠지? 전혀 아닌데, 캐슬린은 내가 자기한테 잘해준다고 생각하는 것처럼 보였어. 내가 보냈다는 그 편지는 봉투가 아주 큰 데다가, 추가 요금까지 붙어 있었지. 뭔가 다른 게 들어 있었던 거야. 어쩌면 우표였을지도 모르지." 그제야 루시가 내 눈을 쳐다본다. 그리고 난 그 애의 눈 속에 담겨 있는 것을 본다. 짙은 초록색 눈은 엄청난 슬픔과 분노로 빛나고 있다.

"미안해." 조금 전 제이미의 죽음을 끔찍하게 묘사했던 것을 사과한다.

"어떤 종류의 우표였는데? 어떻게 생겼는지 정확하게 말해봐." 루시가 말한다.

나는 캐슬린 롤러 감방의 침대 밑에 달려 있는 사물함 안쪽에서 찾은 15센트 우표 전지에 대해 설명한다. 봉투 뚜껑이나 라벨을 붙일 때처럼, 뒷면에 풀이 붙어 있어 침을 묻히거나, 물 묻힌 스펀지로 문지르면 붙일 수 있던 옛날 우표였다. 그리고 내가 쓰지도 않은 편지와 캐슬린이 교도소 매점에서 산 것처럼 보이지 않는 파티 장식이 그려진 이상한 편지지에 대해서도 이야기한다. 누군가 캐슬린에게 우표와 편지지를 보내준 것으로, 어쩌면 내가 보낸 것일 수도 있다. 정확하게 말하면 나인 척 가장한 누군가가 보낸 것이다.

컴퓨터 화면에 그 우표가 나온다. 눈부시게 푸른 바다 위로 구름 한 점 없는 하늘을 갈매기가 날아다니고, 넓게 펼쳐진 백사장 위에 빨간색과 노란색 파라솔이 꽂혀 있는 그림이다.

31

테러의 가능성

한밤중이 돼서야 우리는 저녁 식사 자리에 앉는다. 벤턴이 간신히 만든 저녁 식사로, 파스타는 너무 오래 익혔고 샐러드 야채도 숨이 죽어 있다. 하지만 그 순간, 특별히 음식에 집중하고 있는 사람은 없다. 적어도 좋은 쪽으로는 말이다. 지금 당장 내 눈앞에 있는 모든 것이 질병과 죽음의 잠 재적인 원인이 될 수도 있다고 생각하면 결코 다시는 먹고 싶지 않다는 생각이 바로 떠오른다.

볼로네즈 소스, 양배추, 샐러드 드레싱, 심지어 포도주를 보면서도 나는 이 행성의 평화롭고 건강한 공존이 깜짝 놀랄 정도로 연약하다는 사실을 떠올린다. 재앙은 금세 일어난다. 쓰나미, 이상 기온, 허리케인과 토네이 도, 그중에서도 최악이라고 할 수 있는 인간의 만행이 지구의 지각판 이 동을 만든다.

콜린 덴게이트가 한 시간 전에 이메일을 보냈다. 아마 내게 알려주면 안 되는 정보일 것이다. 하지만 그는 자기 말대로 시골 사람이다. 지독한 더위 속에서 오래된 랜드로버를 타고 주위를 돌아다니면서 무장과 위험에 대해 이야기하길 좋아하며, 옳은 일을 하지 못하게 방해하는 정책이나 정치, 공포증을 앞세우는 사람들을 총칭하는 관료들까지 포함해 아무것도 무서운 것이 없다. 콜린은 어떤 정보든 숨기지 않을 것이다. 내가 중독된 사람들과 아는 사이라는 이유만으로 합리적 의심의 틀에 나를 가두려고 애쓰는 뻔뻔한 사람은 아니다.

콜린은 제이미가 사망 당시, 캐슬린 롤러와 마찬가지로 건강에 아무 이상이 없었다는 것을 알려준다. 겉으로 봐서는 제이미를 죽음에 이르게 할 만한 요소가 보이지 않았지만, 소화되지 않은 위 속 내용물 중에서 라니티딘(위궤양 치료제), 슈다페드, 베나드릴 정으로 보이는 분홍색, 빨간색, 흰색 정제나 약 들을 발견했다. 그는 새미 청에게 검사 보고서를 받아본 결과, 캐슬린이 중금속 중독으로 죽었을 가능성이 있는 게 아니라면 별다른 건 없었다고 설명했다. 그리고 콜린은 캐슬린이 중금속 중독으로 죽었을 가능성은 확실히 없다고 했다. 그의 말이 맞다. 캐슬린은 중금속 중독으로 죽지 않았다. 그는 마그네슘과 철, 나트륨의 미량 원소가 나온 것이 무슨 의미가 있는 건지 알고 싶다고 했다.

"나도 그 점은 이해해요." 벤턴이 서배너 강이 내려다보이는 창문 앞에서 서성이며 전화를 받고 있다. 불빛들이 흩어져 있는 반대편 강변에는 깜깜한 밤하늘을 배경으로 조선소 크레인들이 우뚝 서 있는 모습이 어렴풋이 보인다. "하지만 정말 알아야 할 건 그다음이오. 치명적인 독성일 수도 있어요." 그는 지금 FBI 보스턴 지부에 있는 더글러스 버크 특수요원과 통화하는 중이다.

더글러스 버크는 멘사 살인 사건 전담반에서 일했던 요원 중 한 명이다. 전화기 너머로 들리는 소리로 보아, 매사추세츠 종합병원에서 언론에 발표한 성명서 내용을 확인하는 벤턴의 질문에 대답하는 걸 꺼리는 것 같았다. 던 킨케이드는 보툴리누스 중독으로 뇌사 상태며, 생명 유지 장치를 달고 있다. 벤턴은 비치 파라솔이 그려진 15센트 우표가 던 킨케이드가 있던 버틀러의 감방에서 발견되지 않았는지 물었다.

"어떤 식으로든 독소를 접했을 거요. 버틀러에서 음식 말고 다른 경로로 중독됐다는 건데, 그 부분이 의심스럽다는 거지. 버틀러에서 보툴리눔 중독을 일으킨 다른 사람은 없어요? ……맞아요. 우표 뒷면 풀이 독소 노출의 원인이 되었을 수도 있어요."

"그럭저럭 먹을 만했소. 딱히 욕하는 건 아니지만, 그래도 벤턴은 음식을 만들지 않는 게 낫겠어요." 마리노가 다 먹은 파스타 접시를 내민다. 접시에는 이제 끈적끈적해진 볼로네즈 소스만 남아 있다. "보톡스 다이어트로군. 박사는 보툴리눔 중독 생각에 제대로 먹지도 않았잖소. 그러다 살 빠지겠어요. 예전에 도리스는 직접 통조림을 만들었는데." 그가 헤어진 아내에 대한 이야기를 덧붙인다. "지금 생각하니 소름 끼치는군(상한 통조림으로 보툴리누스 식중독을 일으킴 – 옮긴이). 꿀을 먹어도 중독될 수 있잖소."

"주로 아기들한테 위험하죠. 아기들은 성인보다 면역 체계가 약하니까. 당신은 꿀을 먹어도 괜찮아요." 나는 벤턴의 통화를 듣느라 건성으로 대답한다.

"아니. 난 설탕이나 인공 감미료를 멀리하고 있소. 꿀이나 집에서 만든 통조림, 그리고 샐러드 바 음식들도 전혀 먹고 싶지 않아요."

"20달러만 내면 그 독이 들어 있는 약병을 중국에서 들여올 수 있어." 루시가 식탁 위에 맥북을 올려놓고는 한 손으로 자판을 두드리고, 다른 한 손으로 빵을 든 채 말한다. "가명, 가짜 이메일 계정을 써도 되고, 구매자가 반드시 의사나 실험실에서 일하는 사람이 아니어도 돼. 주문만 하면 자기 집에서도 받아볼 수 있어. 이 자리에 앉은 채로 주문할 수 있다는 거지. 이제껏 이런 일이 없었던 게 더 이상한 일인 거야."

"없었으니 망정이지." 나는 브리그스 장군에게 전화를 해야 할지 말아야 할지 고민하며 접시를 치우기 시작한다.

"지구상에서 가장 강력한 독을 이렇게 쉽게 구하면 안 되지." 루시가 말한다.

"예전에는 사용되지 않았어. 하지만 보툴리눔 독소가 수많은 질병의 치

가 뜨거운 물이 튀었을 것이다.

캐슬린의 발등에 난 1도 화상은 최근에 생긴 것이고, 그녀의 음식에 대한 집착이나 내게 했던 말들을 생각하면 그냥 넘어갈 수 없는 일이다. 사라진 일기에는 브라보 포드로 옮겨진 뒤에 캐슬린이 무엇을 했는지, 어떤 생각을 했는지, 그리고 무엇을 먹었는지에 대한 기록이 적혀 있었을 것이다. 타라 그림은 캐슬린에게 잘 대해주고, 챙겨줬다고 했다. 캐슬린은 시험용 주방을 이용하는 것을 좋아했다. 그녀는 감방 안에서 스위트 번과 국수를 먹었고, 팝 타르트로 딸기 케이크를 만드는 법도 알고 있었다. 자신이 감방의 줄리아 차일드라고 착각하고 있었다. 어쩌면 타라 그림은 캐슬린이 호의를 베풀거나 도와준 대가로 가끔 대접을 받는 것을 알고 있었을 것이다. 결국 그러다 그날 아침에 음식에 독이 들어 있는 전투식량을 대접받은 것이다.

"카메라에 찍힌 범인도 있잖소." 마리노가 내가 해야 할 일을 가리키듯 말한다. "적외선으로 적외선을 상대한 거요. 루시의 생각대로 그 여자의 자전거용 헬멧에는 적외선 장치가 달려 있었소. 누군지 몰라도 카메라에 찍히지 않는 법을 알고 있었던 거지. 실제로 그 여자가 카메라 가까이 다가오자 하얀빛에 머리가 완전히 가려졌으니 말이오. 루시는 그 영상을 고치거나 복구할 수 없다고 했어요. 망할 중국이 레이저로 우리 감시 위성을 가로막고 있는 것처럼 말이오. 그러니 브리그스한테 전화해야 해요."

"그렇게 되면 대통령 집무실까지 전달될 거예요. 브리그스 장군이 정보망을 가동하면 곧장 펜타곤과 백악관까지 전달되니까요. 우리 군이 표적일 가능성이 조금이라도 있다면, 테러의 예비 단계가 아니라 전체 단계로 상대해야 해요." 내가 설명하고 있을 때 벤턴이 나타난다.

"그녀가 솔직하게 말을 안 해." 그는 조금 전 통화한 더글러스 버크 특수요원에 대해 말한다. 버크 요원은 여자다. "하지만 속뜻을 보면 맞는 것 같아. 던 킨케이드의 감방에서 우리가 말한 것과 똑같은 15센트 우표가 나온 모양이야. 열 장짜리 전지인데, 아직 보내지 못한 편지에 세 장이 붙어 있다고 했어. 변호사한테 보내는 편지였다는군."

"던 킨케이드는 그 우표를 어디서 구한 거야?" 내가 묻는다.

"어제 오후에 캐슬린 롤러한테서 편지를 받았다고 했어. 더글러스는 그 편지 안에 우표가 들어 있었다고 확실하게 말하진 않았지만, 편지를 언급할 걸로 봐서 그게 맞을 거야." 벤턴이 말한다.

"편지지에는 파티 장식이 그려져 있고?"

"그런 말은 하지 않았어."

"편지에 PNG나 뇌물에 대한 내용이 있었대? 다시 말해 나에 대해 비웃는 내용이 있었어?"

"더글러스는 그 정도로 자세하게 이야기하지 않았어."

"캐슬린의 감방에서 편지지 뒷장에 눌린 자국을 보고 내용을 부분적으로는 확인했어. 나를 비웃는 것 같은 내용으로, 그 편지지와 우표를 내가 보내준 것처럼 썼던데. 내가 버리지도 못할 싸구려 물건을 보냈다는 것처럼 말이야." 캐슬린이 재소자들에게 쓰레기 같은 물건을 보내는 사람들을 헐뜯던 것을 떠올리며 말한다. 그녀는 사람들이 버리고 싶은 물건들을 보낸다고 했다. "난 그런 물건을 보낸 적이 없어. 아무래도 서배너 소인으로 6월 26일에 받은 위조 편지에 동봉되어 있었던 것 같아. 결국 캐슬린이 그 우표 전지들 중 한 장을 던에게 보냈다는 거네."

"그런 것 같아. 더글러스는 자세하게 말하지 않았지만. 그리고 당신에 대한 언급은 없었어. 누군가 얼토당토않게 당신에게 누명을 씌웠다는 것과 위조문서에 대해 내가 확실히 말하기도 했고." 벤턴이 대답한다.

"결국 사고였던 거야. 교도소에 갇힌 엄마가 교도소에 갇힌 딸한테 우표를 보내줬어. 그래야 서로 편지를 주고받을 수 있으니까. 우표 뒷면에 독이 묻어 있을 거라는 걸 전혀 모른 채 말이지. 하지만 캐슬린은 너무 이기적이라 좋은 걸 보내지 않았어." 내가 단정 짓는다.

"좋은 거라니?" 마리노가 얼굴을 찡그린다.

"캐슬린은 최근에 나온 45센트짜리 우표를 가지고 있었어요. 하지만 그

걸 나누고 싶진 않았던 거죠. 그래서 소위 아무도 원하지 않는 '쓰레기' 같은 걸 보낸 거예요. 캐슬린이 PNG(환영받지 못한 사람)에게 받은 거라고 생각했던 거죠. 바로 나 말이에요."

"아주 못된 여자네. 자기 딸을 버렸고, 23년 뒤에 그 딸한테 보툴리누스 독을 준 거잖소." 마리노가 말하는 동안, 벤턴은 그릇에 남아 있는 딱딱하게 굳은 파스타를 쓰레기통에 비운다. "이건 미안해. 양상추를 뜨거운 물로 씻은 것도 좋은 생각이 아니었던 것 같아." 주방에서는 별 도움이 안 되는 남편이 말한다.

"보툴리눔 독소를 파괴하려면 양상추를 끓는 물에 10분 동안 삶아야 해. 보투리누스균은 열에도 강하거든." 내가 말한다.

"제대로 된 게 하나도 없는 셈이군." 마리노가 고소하다는 듯 말한다.

"던이 의도된 피해자가 아니었다면, 뭔가 시사하는 바가 있을 거야." 벤턴이 말한다.

"캐슬린은 우표로 중독된 게 아니오. 그 여자는 우표에 손도 대지 않았으니까. 그 역시 시사하는 바가 있지." 마리노가 말한다. 우리가 식당으로 돌아가자, 루시는 여전히 컴퓨터 앞에 앉아 일을 하고 있다. 그 애가 유일하게 범죄라고 인정하는 바로 그 일이다.

종이. 사실 루시는 출력물을 좋아하지 않는다. 하지만 분류해야 할 정보와, 살펴보고 연결해야 할 정보들이 너무 많다. 사진, 보안 회사 결제 정보와 로그 기록, 의사 결정 나무들, 데이터 세트, 루시는 계속 검색하고 있다. 그리고 그 애는 최선을 다해 우리들이 보기 편하게 만들어 다른 방에 있는 프린터로 출력하고 있는 중이다.

"캐슬린은 독이 든 음식을 먹은 걸로 보이잖소. 안 그래요? 우표가 아니라 치킨과 파스타, 치즈 스프레드에 독이 들어 있었을 거요." 마리노가 의자에 앉으며 말한다. "대단하긴 하네. 어쩌면 자기 딸이 변호사한테 보낼 편지에 붙일 우표 세 장을 핥다가 그 지경이 됐다는 걸 알지 못하고 죽은 게 그 여자로서는 행운일 수도 있소. 대체 우표 세 장에 보툴리눔이 얼마나 많이 묻어 있었던 거요?"

"보툴리눔 독소 350그램이면 지구상에 있는 사람들이 모두 죽어요. 어쩌면 12온스만 있어도 가능하죠." 내가 대답한다.

"농담하지 말아요."

"독성이 강한 물질이라 우표 뒷면에 약간 묻어 있던 것만으로도 그렇게 증상이 바로 나타난 거예요. 던 킨케이드는 그 독에 노출된 지 몇 시간도 지나지 않아 몸 상태가 안 좋은 걸 느꼈을 거예요. 만일 캐슬린이 그 우표를 받자마자 바로 사용했더라면, 난 만나보지도 못했을 거예요. 이미 죽고 없었을 테니까." 내가 덧붙인다.

"원래 의도가 그거였겠군." 벤턴이 말한다.

"모르겠어. 하지만 그 점에 대해선 생각해봐야 할 것 같아." 내가 말한다.

"하지만 캐슬린 롤러는 우표 때문에 죽지 않았어. 그게 이상한 점이지." 루시가 지금까지 작업한 내용을 출력한 종이들을 건네주며 말한다. "누군가 그 여자한테 보툴리눔 독소가 묻은 우표를 보냈어. 그리고 그 우표를 사용할 때까지 기다리지 않았잖아. 왜 그런 거지? 캐슬린 롤러도 언젠가는 그 우표를 사용했을 테고, 그럼 죽었을 텐데."

"그 우표를 보낸 사람은 교도소에서 일하지 않는 사람일 거야. 캐슬린에게 접근할 수가 없으니, 그 여자가 감방에서 무슨 일을 하는지, 편지를 보내는지 아닌지 알 수가 없었던 거지. 그래서 우표는 효과가 없다고 생각했을 수도 있어. 캐슬린이 그 우표들을 쓰는 데 시간이 걸릴 거라는 걸 생각하지 못한 거야. 그래서 그자는 다른 방법을 쓰기로 마음먹은 거지." 벤턴이 말한다.

"우표가 확실히 효과가 없긴 하지." 마리노가 대꾸한다.

"그런데 범인은 그 독이 효과가 있는지 어떻게 알았지? 제대로 듣는지 확인하기 위해 누구한테 시험해보기라도 한 걸까? 자기가 직접 시험해보진 않았을 테고." 벤턴이 지적한다.

재소자들에게 독을 시험한 걸지도 모른다. 나는 그날 저녁 내내 그 가능성을 생각하고 있다. 교도소장이 경우에 따라 통제와 처벌이라는 필요에 의해 움직이는 성향일 수도 있다. 타라 그림은 그랬을 것이다. 어제 교도소장실에 앉아 있을 때 남부인의 매력으로도 숨길 수 없었던 타라 그림의 딱딱한 눈빛을 기억한다. 그녀는 곧 처형당할 사형수에 대한 판결이 잘못된 것으로 곧 석방될 수도 있다는 것과, 캐슬린 롤러가 일찍 출소시켜달라는 조건으로 거래를 한 것에 대해 몹시 불쾌하게 여기고 있었다. 타라는 제이미 버거가 나타나, 존경받고 칭송받는 교도소장과 그 딸이면서 동시에 유능한 교도소장인 자신의 뜻을 거스르고, 온당하게 자신의 것이라고 생각한 교도소에서 재소자들의 삶에 간섭한다는 것에 화가 났을 것이다.

캐슬린이 내게 몰래 쪽지를 건네준 것을 타라 그림이 몰랐을 것 같지 않다. 어쩌면 교도소장은 그 모든 것을 알고 있으면서도 개의치 않았을 뿐만 아니라, 내가 제이미와 만나는 것에 대해서도 생각하고 있었을지 모른다. 어쩌면 나를 이용해 보툴리눔 독이 들어 있었던 걸로 보이는 스시와 해초 샐러드를 제이미에게 전해줄 이상적인 기회라고 생각했을 수도 있다. 타라는 2주 전부터 내가 여기 온다는 것을 알고 있었고, 그 음식 배달 봉투를 전해준 여자도 내가 제이미의 아파트로 간다는 것을 알고 있었다. 루시가 말한 것처럼 그 여자는 그 근처에서 나를 기다리고 있었을지도 모른다. 그리고 밤새 그곳에 숨어서 새벽에 자기가 노리는 대상이 창문 앞을 오가는 모습과 방 불이 꺼지는 모습을 보고 돌아갔을 수도 있다. 그리고 그 대상이 죽기를 기다렸을 것이다.

교활하고 꼼꼼한 누군가가 사람을 염탐하고 미행하고, 꼭두각시처럼 조종한다. 범인은 끈기 있고 정확하며, 드라이아이스처럼 냉정하다. 누군가를 실험실의 쥐로 삼기에 죄수들보다 더 알맞은 먹잇감은 없다. 특히 그 교정시설에서 일하면서 죄 많은 연구에 공모하는 배후 세력이 있는 경우라면 말이다. 엄청난 공격을 계획하면서 해야 할 일과 하지 말아야 할 일을 알고, 적당한 때가 오기를 몇 달이고 몇 년이고 기다린 것이다.

배리 루 리버스는 집행을 기다리다가 갑자기 죽었다. 레아 애버너시는 감방 안에서 변기에 쓰러져 죽은 채 발견되었다. 샤니아 플레임스는 죄수복 바지로 다리와 목을 묶어, 자살한 것처럼 보이는 모습으로 발견되었다. 그리고 캐슬린 롤러, 던 킨케이드, 제이미 버거는 거의 동일한 충격적인 죽음을 맞이했다. 부검에서 나오는 것이 없고, 배제 진단이다. 적어도 예전 사건에서는 일반적인 독극물 검사에서 나오지 않는 중독 살인을 의심할 이유는 없었다.

새벽 2시가 다 된 시간이다. 나는 존 브리그스와 이런 시각에 마지막으로 통화했던 게 언젠지 기억나지 않는다. 이럴 때마다 나도 불편하긴 하지만, 언제나 그럴 만한 충분한 이유가 있었다. 난 증거를 가지고 있다. 루시가 내가 가지고 있던 서류 위에 출력물들을 더 얹는다. 난 그 서류들을 가지고 침실로 들어가 문을 닫는다. 브리그스가 내 전화를 받을 때 일하고 있을지 잠자고 있을지 생각한다. 델라웨어 주 도버 공군 기지에 있을 수도 있다. 그곳은 군법의국의 본부이기도 하고, 군 사망자들이 비행기로 이송되는 기지 안치소이기도 하다. 정중하게 이송된 군 사망자들은 3D CT와 폭발물 검사를 포함한 정밀한 법의학 검사를 받는다. 브리그스는 파키스탄이나 아프가니스탄, 아프리카에 가 있을 수도 있다. 미르 우주 정거장에 가 있지는 않겠지만, 그럴 가능성도 있다. 농담이 아니다. 군 법의국은 연방 관할권을 가지고 있기 때문에 죽은 사람이 있는 곳이라면 어디든 갈 수 있기 때문이다. 브리그스가 필요로 하는 건 불필요한 걱정이다. 그는 나나 내 직감을 필요로 하지 않는다.

"존 브리그스요." 무선 이어폰에서 그의 깊은 목소리가 흘러나온다.

"케이예요." 그리고 나는 전화 건 이유를 말한다.

"근거가 뭐요?" 그가 그렇게 물을 줄 알았다.

"간단하게 대답할까요, 아니면 상세하게 대답할까요?" 나는 베개를 등 뒤에 쌓고 기대앉아, 루시가 출력해준 자료들을 눈으로 살핀다.

"카불행 비행기를 타야 해요. 하지만 몇 분 정도 시간이 있어요. 그 뒤로는 24시간 동안 연락이 되지 않을 거요. 나야 간단한 쪽이 좋지. 어서 말해봐요."

나는 콜린이 말해주었던 조지아 여성 교도소에서 일어난 의심스러운 죽음들부터 시작해 사건을 설명한다. 그리고 지난 24시간 동안 내가 서배너에 와서 겪었던 일들을 이야기한 뒤, 던 킨케이드가 보툴리누스 중독이라는 것이 확인됐으며, 명백하게 우려할 만한 상황이라는 것을 강조한다. 그리고 처음 겪는 일이니만큼 배달 체계를 강화해야 한다고 제안한다.

"이론상으로는 보툴리누스 독소에 노출되면 2시간에서 6시간 사이에도 사망, 혹은 중증 장애가 일어날 수 있어요. 일반적으로는 12시간에서 24시간 정도 걸리고, 일주일 뒤에 나타나는 경우도 있긴 하지만요." 나는 설명한다.

"음식 감염 사례는 익숙하니까." 브리그스가 말한다. 나는 루시가 뽑아준 출력물들 중에서 지난밤, 보안 카메라에 찍힌 스시 배달 봉투를 전해준 여자의 사진을 들여다본다.

사디스트고 독살범이다.

"이제껏 순수한 독에 노출된 사례는 없었소. 한 건도 생각나지 않는 걸 보니." 브리그스가 말한다.

여자의 머리와 목은 완전히 하얀빛으로 가려져 있다. 하지만 루시가 그 여자의 나머지 부분을 확대하고 화질을 높여 사진을 선명하게 만들었다. 그 여자는 길을 건너오더니, 끌고 온 은색 자전거를 가로등에 기대 세운다. 검은색 바지를 입고, 런닝화에 양말을 신고 있다. 벨트는 차지 않았고, 밝은 색상의 반팔 블라우스를 바지에 넣어 입고 있다. 드러난 신체 부위는 팔뚝과 손밖에 없다. 그리고 크게 확대한 왼손 약지에는 화이트골드인지 노란색인지 백금인지 모를 바게트 컷의 각진 반지를 끼고 있다. 사진들마다 적외선 촬영이라 흑백 음영이 드리워져 있다.

"보툴리누스 포자에서 만든 독소가 음식을 오염시키죠. 그 독소는 소화기관을 통과해 혈관에 들어가기 전에 소장에서 흡수된 뒤 신경근 단백질을 공격하기 시작해요. 기본적으로는 뇌를 공격하고 신경 전달 물질 방출을 막는 거고." 브리그스가 말한다.

보안 카메라에 찍힌 여자는 시계도 차고 있다. 루시가 손목을 확대한 다른 사진을 보니 고강도 피버셸에 방수, 방진 케이스의 검은색 자판 마라톤 시계로, 미국과 캐나다 정부에서 군 인사들에게 배포하기 위해 제작한 것이다.

"만일 순수하고 강력한 독소가 점막에 노출되면 어떻게 될까요?" 나는 범인이 군대와 연관된 인물일까 봐 걱정하면서 묻는다.

어쩌면 범인의 진짜 목표는 군 인사와 접촉할 수 있는 사람일 수도 있다.

"입이나 질, 직장에 약을 넣는 사람들을 생각해봐요. 코카인을 생각해 보면, 무슨 일이 일어날지 알 수 있죠. 만일 보툴리누스 독소 같은 맹독을 직접 넣는다고 상상해봐요." 내가 말한다.

"정말 큰 문제요. 이제껏 들어본 적도 없고, 선례도 없어서 비교할 수 없는 일이지. 하지만 엄청 심각한 문제가 될 거요." 브리그스가 말한다.

"입 속 점막 안에 순수 독이 닿는다고 생각해봐요."

"실제 미생물, 박테리아 보툴리누스균과 포자에 오염된 음식을 섭취하는 것보다 훨씬 흡수가 빠를 거요. 박테리아가 자라서 독소를 만드는 데 시간이 걸리니까. 아마 안면 마비부터 시작해서 증상이 퍼지는 데 며칠 정도 걸릴 거요." 브리그스가 생각에 잠긴다.

"아무것도 소화기관을 통과할 수가 없어요. 그 독에 노출된 사람들은 실제로 위 기능이 마비될 거예요." 나는 대답한다. 그리고 내가 자전거를 자세히 보기를 루시가 바란다는 걸 알아차린다.

경량 자전거로, 바퀴가 아주 작다. 루시는 인터넷에서 뽑은 기사를 첨부해두었다. 접이식 자전거다. 범인은 군과 연관 있을 가능성이 있고, 접이식 자전거를 가지고 있다.

"또한 심한 스트레스를 유발할 거요. 투쟁 도주 반응(갑작스러운 반응에 투쟁할 것인가 도주할 것인가의 본능적인 반응―옮긴이)에 소화 기능이 멈출 테니까. 하지만 증상의 시작이 그렇게 빨랐다면 그것도 사실일 거요. 아까도 말했지만, 비교할 수 있는 사례가 없으니까. 혈류에 직격탄을 맞으면, 생명 유지 기능들이 닫히기 시작할 거요. 눈, 입, 소화, 폐." 브리그스가 말한다.

알루미늄 플레임에 신속 분리 경첩이 달린 접이식 자전거로 30×63×73센티미터 패키지다. 그 뒤로 보안 카메라 영상에서 딴 고화질로 확대한 사진들이 나온다. 루시는 여자의 배낭과 그 배낭을 여는 모습, 그 속에서 서버너 스시 퓨전 포장 봉지를 꺼내는 것을 보여주고 있다. 뒷장에는 스포츠 아웃도어용품 온라인 사이트의 광고가 첨부되어 있는데, 똑같은 배낭이 29.99달러다. 음식 배달용 단열식 가방이 아니라 접이식 자전거를 운반하거나, 들고 다닐 때 쓰는 배낭이다.

"사실 우린 실험실에서 제조한 독성을 최대한 끌어올린 보툴리눔 독소가 어떤지 알지 못해요." 브리그스가 말을 잇는다. 나는 그의 말을 들으면서, 침대에 앉아 서류들을 살핀다. 나는 여러 방향으로 다각적인 사고를 해보지만, 결국에는 한 가지로 돌아온다.

'도대체 누가, 무엇 때문에, 왜?'

"아까도 말했지만, 지금껏 그런 것을 이용한 죽음도, 살인 사건도 본 적이 없으니까 말이오." 브리그스가 덧붙인다. "단 한 번도 말이지."

루시는 접이식 자전거가 보안 카메라에 얼굴이 찍히는 것을 막아줄 자전거용 헬멧을 쓰기 위한 핑계이자, 계략이자, 소품 이외에는 다른 의미가 없다고 생각한다. 자전거도 없는데 안전등이 달린 자전거용 헬멧을 쓰는 건 이상해 보이기 때문이다. 불빛이 나오는 모자나 머리띠를 하는 것도 마찬가지다. 그것이 내가 제이미의 아파트에 도착했을 때, 그 여자가 건너편에 자전거를 세워두고 걸어서 내 앞에 나타난 이유다. 바게트 컷의 반지를 끼고, 군용 시계를 찬 그 여자는 자전거를 전혀 타지 않았다. 아마 어딘가에 차를 세워두었을 것이다.

"뭐든 정량이 있잖소. 물을 포함해서 무엇이든 지나치게 많이 먹으면 독이 되는 법이오. 비소화구리가 많으면 벽지 옆에 서 있기만 해도 중독될 수 있어요. 클레어 부스 루스는 이탈리아에 대사로 갔을 때 침실 천장에서 떨어진 페인트 조각 때문에 중독된 적이 있었지." 브리그스가 말을 잇는다.

"보툴리눔 독소로 무기를 만들려는 시도는 없었는지 궁금하네요. 아주 폭력적이고 반사회적인 사람이면 시도해볼 만한 기술이잖아요. 이를테면 나쁜 군인도 있을 수 있죠. 탄저 백신을 개발하던 군 과학자가 탄저균으로 사람들을 공격해 최소 다섯 명을 죽였던 것처럼 말이에요." 내가 말한다.

"당신은 항상 군대를 헐뜯는군. 그나마 그자는 FBI에 체포되기 전에 스스로 목숨을 끊어서 다행이었소." 뼛속까지 군인인 브리그스가 말한다.

"혹시 그런 연구를 하다가 금지당한 과학자는 없어요? 군대와 관련된 사람들 중에서 말이에요." 내가 묻는다.

"필요하다면 알아보겠소." 브리그스가 말한다.

"내 생각엔 필요한 일이에요."

"당신 의견이 그렇게 확실하니까, 이 야밤에 아프가니스탄에 있는 내게 전화한 거 아니겠소."

"군대에서 알고 있는 새로운 기술은 없나요? 기밀 사항이라면 뭔지 말해줄 필요는 없어요. 단지 그런 가능성이 있다는 것을 염두에 두어야 할 것 같아서요."

"아니. 내가 알기론 없어요. 순수 결정 독소 1그램이면 숨만 들이마셔도 백만 명의 목숨을 앗아갈 수 있을 거요. 그걸 무기로 만들려면 대형 연무제를 만들 방법이 있어야지. 다행히 그건 아직 비효과적인 방식으로 보고 있어요."

"소형 연무제를 만들어서 많은 사람들한테 나눠주면 되잖아요? 다른 말로 접근 방식을 달리하면 더 힘들어진다는 거죠. 아니면 작은 독약을 전투식량처럼 대형으로 생산할 수도 있을 거예요."

"당신이 전투식량을 언급하는 이유가 궁금하오."

나는 캐슬린 롤러에 대해, 발등에 남은 화상과 세면대에 남아 있는 잔여물, 치즈 스프레드에 치킨과 파스타가 나오는 전투식량 메뉴와 비슷한 위 내용물에 대해 이야기한다.

"재소자가 어떻게 전투식량을 손에 넣은 거지?" 브리그스가 묻는다.

"맞아요. 모든 음식에 독을 넣을 수 있는데 왜 전투식량인 걸까요? 대형 목표물에 이용하기 전에 시험해보려고 하는 게 아니라면 말이에요."

"그건 정말 엄청난 일이 되겠군. 그렇게 하려면 아주 체계적이며 고도로 조직적인 방식으로 접근해야 할 거요. 전투식량 생산공장에서 일하는 사람이 생산 과정이나 포장 단계에서 독을 주입하거나, 아니면 당신이 말한 대로 독소가 들어 있는 피하 주삿바늘들을 준비하고, 배달 트럭들을 납치해야겠지."

"테러가 목적이라면 체계적인 접근을 할 필요가 없어요." 내가 대꾸한다.

"그건 그래요. 극장이나 군 기지, 작전 지역 같은 곳에서 한 번에 백 명, 삼백 명, 천 명의 사상자들이 나면 불안감이 조성될 거요. 사기가 떨어지는 재난이 될 것이고, 적들은 더 강해지겠지. 나아가 미국 경제는 제 기능을 하지 못하게 될 거요."

"그렇게 되지 않게 무슨 일이든 해야죠. 우리 정부 쪽에서는 적들의 사기를 꺾고 경제를 무력화시키는 연구는 하지 않으니까요. 테러를 하기 위해서는 말이에요."

"그건 실용적이지 않기 때문이오. 정말 다행인 건 러시아도 우리와 마찬가지로 보툴리눔 독소를 무기화하는 것을 포기했다는 거요. 그렇게 끔찍한 걸 만드는 기술은 아무도 못 하게 했으면 좋겠지만, 그건 단지 내 바람일 뿐이지. 점오염원(공장폐수, 생활폐수처럼 오염원이 고정된 경우를 말함-옮긴이)에 그런 독성이 들어간 연무제를 분사하면 바람 부는 방향에 있는 사람들 중 10퍼센트가 죽게 되고, 500미터 반경 안에 있는 사람들은 모두 다 죽거나 불구가 될 거요. 학교나 쇼핑몰 쪽으로 떠가지 않기만 바라야지. 이제 우리가 알아내야 할 것은 어떤 사람만 죽고 그 외 대상이 아닌 사람들은 죽지 않은 이유요." 브리그스가 말한다.

"던 킨케이드는 애초에 범행 대상이 아니었을 거예요."

"하지만 그 여자의 모친과 검사는 대상이었을 거라고 생각하잖소."

"맞아요."

"당신 말대로라면 누군가는 정말 그 검사가……."

"제이미 버거와 캐슬린 롤러는 그래요. 누군가 그 두 사람이 죽기를 바랐을 거라고 생각해요."

"만일 당신이 의심하고 있는 것이 사실이라면, 다른 죽은 재소자들처럼 그 두 사람에 대해서도 조사할 필요가 없어요. 어렵고 복잡한 일이 될 거요. 보툴리눔 독소로 살해당했을지도 모르는 사람의 죽음이 하찮다는 뜻으로 하는 말이 아니오. 운이 나쁘면 죽을 수도 있다는 거지."

"뭔가 달라진 것 같은 느낌이 들어요. 마치 꼼꼼하게 계획을 세웠는데, 그 여자가 예상하지 못한 일이 일어난 것 같은 느낌이요. 어쩌면 제이미 때문일 수도 있어요. 누군가 제이미가 하는 일을 원하지 않았던 거죠."

"당신은 범인이 여자라고 생각하는군."

"지난밤 스시를 배달한 여자가 범인이에요."

"그건 확인해봐야 해요."

"난 그럴 거라고 생각해요. 이제 어떻게 하죠?" 내가 브리그스에게 묻는다.

"보툴리눔 독소를 전투식량에 넣은 것까지 포함해 총 세 건의 중독 살인이 일어났소. 지금 당장 도망쳐요, 케이. 최대한 멀리 가는 거요. 거기서 160킬로미터는 떨어져야 해요." 브리그스가 말한다.

32

알려지지 않은 사실

비가 내린 후 맑아진 하늘에 태양이 높이 뜬다. 무더위는 로컨트리에서 좀처럼 물러나지 않고 있다. 콜린 덴게이트의 말은 사실이 아니었다. 이런 날씨에 에어컨이 없는 차를 타고 다니는 사람은 아무도 없다. 비록 벤턴이 내 옷을 챙겨온 덕분에 더 이상 찌는 듯한 검은색 옷이 아니라, 여름용 작업복을 입고 있긴 하지만.

7월 2일 토요일, 시간은 오전 10시 무렵이다. 콜린의 사무실 직원들은 당직을 제외하고 아무도 없다. 콜린은 내게 필요한 것들을 준비해주기 위해 몇 가지 편의를 제공해야 했다고 말했다. 그리고 그는 나를 데리러 호텔로 왔다. 내가 혼자 갈 수 있는 상황이 아니었기 때문이다. 마리노는 루시를 할리 데이비드슨 대리점에 내려주고, 내가 적어준 의료용품들을 사러 갔다. 루시는 여기 있는 동안 오토바이를 이용할 생각인 것 같다. 난 아직 렌터카를 구하지 못한 벤턴을 혼자 남겨놓고 싶진 않았지만, 그는 그냥 호텔에 남아 있겠다고 했다. 내가 호텔 방을 나설 때 벤턴은 통화 중이었다. 애틀랜타 지부의 FBI 요원이 서배너로 오고 있는 중이다. 우리가

CDC에서 소식이 오기를 기다리는 동안, 그는 그들에게 지금 상황에 대해 자세히 설명할 것이다.

캐슬린 롤러와 제이미 버거의 위 내용물에서 보툴리눔 독소가 확인되었다. 그 독소는 목요일 밤, 제이미의 아파트로 연쇄 독살범이 가져왔던 스시가 담겨 있던 봉투에서부터, 해초 샐러드가 담겨 있던 빈 용기, 냉장고에 남아 있던 음식에서도 검출되었다. 난 브리그스에게 최신 소식을 전할 수는 없었다. 그는 지금 군 화물 수송기를 타고 중동으로 가는 중이기 때문이다. 하지만 나는 브리그스에게 아무것도 하지 말라는 소리를 또다시 들을 생각이 없다. 그가 내게 그런 말을 되풀이하는 걸 듣고 싶진 않다. 그래서 나로서는 브리그스와 연락이 되지 않는 편이 나았다. 난 그 명령에 따를 생각이 없기 때문이다. 적어도 완전히 따를 생각은 없다.

사건이 국토안보부나 FBI 같은 연방 정부의 관할권으로 곧장 넘어갈 것으로 예상되는 상황이라 조사하는 데 제재와 한계가 있다. 나는 1미터 장대 규칙에 따라 가능한 한 멀리 떨어져 있어야 한다는 것을 알고 있다. 그리고 브리그스나 다른 사람들이 중독 사건이 일어난 곳에는 가까이 가지 말라고 하면, 가지 않았다고 말할 것이다. 9년 전 서배너에서 있었던 조던 일가 살인 사건과 그 사건의 범인으로 유죄 판결을 받은 정신 장애가 있는 여자에 대해 지금은 FBI나 국방부, 백악관을 비롯해 아무도 관심을 보이지 않을 것이다.

그 사건은 그대로 마무리되었고, 롤라 대거트는 여전히 사형 집행이 예정되어 있다. 제이미가 그 여자의 살인죄에 대한 유죄 판결을 무효화해야 한다는 청원서를 아직 내지 않았기 때문이다. 새로 검사한 DNA 결과들은 제이미가 시작한 일을 마무리해줄 다른 변호사를 기다리고 있다. 그때까지는 조던 일가 살인 사건은 이번 일과 무관한 오래전 사건이라고만 여기며, 연쇄 독살범을 대량 살상을 계획한 테러범으로만 생각했다. 나는 지금까지 일어났던 일들을 자세히 살펴보면서 끊임없이 이 사건들이 일어난 이유가 무엇인지를 생각한다. 테러범이 무고한 시민들이나 군인들을 불구나 사상자로 만들기 위해서라는 건 그 답이 아니다. 유감스럽게도 기회만 있으면 그런 파괴 행위를 저지를 정신 나간 사람들이 이 세상에 무수히 많기 때문이다. 난 다른 점에 주목한다.

만일 조지아 여성 교도소에서 이전에 있었던 사망 사고들이 보복 살인이자 대규모 공격을 계획하고 있는 독살범의 실험 대상이었다면, 캐슬린 롤러와 제이미 버거는 어떻게 그 대상에 들어가게 된 것일까? 테러를 계획하고 있는 독살범이라면 제이미가 조던 일가 살인 사건을 다시 파헤치는 건 아무 상관이 없었을 것이다. 그렇지 않다면 범인이 위험을 무릅쓰고 제이미를 제거해야 할 만큼 그 사건을 중요하게 생각한다는 뜻이다. 독살범은 제이미와 캐슬린을 죽이고, 실수로 던 킨케이드를 중독시키는 바람에 전과 다르게 주목을 끌게 되었다. 전투식량에 독을 넣었을지도 모르는 사건을 비롯해, 보툴리눔 독소를 이용한 연쇄 중독 살인 사건이 일어나자 미 정부는 범인에게 집중하게 되었다. 궁극적으로 범인은 도망갈 수 없게 되었고, 자제력 상실이나 살인과 고문에 대한 충동의 결과로 볼 수 없는 몇 년간 준비했던 일의 기회를 날려버리게 생겼다. 뭔가 예상치 못한 일이 일어난 것이다.

병리학자로서, 그리고 확실히 타고난 성향으로 결과보다는 원인에 집중한다. 나는 사방에 흩뿌려진 피나 조직보다 피해자가 스스로 방아쇠를 당기지 않았음을 알려주는 사입구의 각도에 관심이 있다. 그리고 그로 인한 고통 이상의 극적인 징후들에 대해서는 관심 없다. 내 방식은 질병을 추적하기 위해, 오롯이 집중해서 뼛속까지 해부한다. 필요하다면 조던 일가 사건의 사건 현장을 다시 살필 것이다. 처음 조사하는 것처럼 모든 증거들과 사진들을 살피고, 뭔가 남아 있다는 생각이 든다면 조던 일가의 옛집을 찾아갈 것이다.

"어제 봤던 것과 같은 기록이야." 우리가 아무도 없는 연구실 건물의 텅 빈 복도를 따라 걸어가는 동안 콜린이 말한다. 천장에 달아놓은 박쉬와 뼈들이 천천히 빙글빙글 돌고 있다. "주방에서 회수한 칼들. 옷가지들. 현장에서 모은 다른 물건들. 그리고 당시 시신들과 같이 보낸 물건들이 있어. 검사가 상관없다고 생각하는 것들만 제외하고 전부 다 재판에서 증거로 제출했지. 맨디가 당신과 같이 있을 거야. 다행히 벌써 와 있는 모양이군. 시간을 낭비하지 않아도 되겠어. 어쨌든 어제와 같은 절차야. 난 사무실에 있을게. 당신이 내 의견을 듣는 것보다는 직접 보고 싶어 한다는 것을 잘 알고 있으니까. 당신이 증거들을 살피는 동안 방해하지 않을게."

맨디 오툴이 수술복을 입고 실험용 장갑을 긴 채, 흰색 방습지를 깐 회의실 탁자 위에 아이들 잠옷을 가지런히 놓고 있다. 내가 어제 보던 사건 기록들은 의자 위에 쌓여 있다.

"아이들 물건을 만지는 건 정말정말 너무 힘들어요." 맨디가 말한다. 나는 어제 사건 자료 사진에서 봤던 것과 동일한 물건들이 탁자 위에 놓여 있다는 것을 알아차린다.

흰색 방습지 위에 아이들 잠옷 두 벌이 가지런히 펼쳐져 있다. 한 벌은 스펀지 밥, 다른 한 벌은 헬멧을 쓴 조지아 불도그가 그려진 풋볼 디자인의 잠옷이다. 남성용 사각팬티와 티셔츠는 클라렌스 조던이 침대에서 찔려 죽었을 당시 입고 있던 옷이고, 푸른색 플란넬 레이스 잠옷은 부인의 것이다. 옷가지들에는 전부 오래된 핏자국인 검은 얼룩이 남아 있고, 날카로운 흉기에 찔릴 때 생긴 구멍 자국들과 DNA 분석을 위해 뜯어낸 작은 자국들이 여러 개 있다.

나는 탁자 위에 놓인 상자에서 장갑을 꺼내 끼고, 법정에서 표시한 증거용 라벨이 붙어 있는 증거들을 집어 올린다. 칼은 비닐을 통해서도 잘 보이기 때문에 증거용 봉투에 들어 있는 채로 살핀다. 칼날의 길이는 15센티미터 정도, 나무 손잡이에는 오래된 피가 묻어 있다. 부분 지문과 온전한 지문에는 옻칠한 나무나 강철의 매끈한 표면에 초강력 접착제로 빈틈없이 흰색 필름이 붙어 있다. 아마 범인이 주방에서 샌드위치를 만들 때 사용했던 칼일 것이다. 그 칼로 사람을 죽였을 리가 없다.

그 주방용 칼은 감자 눈을 제거하거나 야채나 과일 껍질을 벗길 때 사용하는 클립 포인트, 속칭 '그래니'다. 칼등을 가운데까지 잘라내, 엄지손가락을 올릴 수 있는 뭉뚝한 부분을 남긴 뒤 칼끝까지 깎아낸 형태의 칼이다. 칼날이 굴곡을 그리며 휘어져 있어 관통하는 데 비효율적이고, 찌를 때 좋은 칼도 아니다. 더 나아가 칼날이 5센티미터로 넓어서 부검 보고서에서 봤던 시신의 상처와 일치하지 않는다. 나는 탁자 끝으로 가서 의자에 놓여 있는 두꺼운 사건 자료들 중에서 어제 아침에 봤던 상처 부위가 묘사된 보고서를 찾아낸다.

네 건 모두 사인은 다발성 예기 손상이다. 나는 그중에서도 가슴과 목에 난 상처를 유심히 살핀다. 조직이 두껍고, 비어 있는 공간이 있어서 칼날의 길이를 밝히기 좋은 부위기 때문이다. 클라렌스 조던의 오른쪽 측면 흉부에 난 상처는 너비 2.5센티미터, 깊이 7.5센티미터로 심낭과 심장을 관통했다. 오른쪽 측면 목에 난 상처는 앞에서 뒤로 밑으로 자국이 남아 있으며, 경동맥 절단에 깊이는 7.5센티미터다.

다른 피해자들의 상처들도 모두 측정해본 결과 흉기의 길이는 최대 7.5센티미터, 너비는 2.5센티미터로 보인다. 손잡이를 뭔가로 감싸고 있었는지 네 사람의 상처는 모두 평행이었지만, 그 주변에 불규칙적인 찰과상이 생겼다. 내가 알기로 주방 칼이나 그래니 칼로는 그런 상처 패턴을 보일 수가 없다. 당시 콜린은 살해 도구가 뭔지 알 수 없으며 현장에서 수거한 어떤 것과도 일치하지 않는다는 결론을 내렸다. 범인은 특이한 절단 도구로 보이는 흉기를 가지고 갔으며 나중에 버린 것으로 보인다.

클라렌스 조던은 팔이나 손에 베인 상처나 방어흔이 남아 있지 않았다. 범인이 공격했을 당시 싸우기는커녕, 심지어 깨어 있지 않았을 가능성이 있다. 혈중알코올농도는 0.04로, 클로나제팜(간질약) 치료약을 복용하고, 불안을 가라앉히고 수면을 돕기 위해 술 한두 잔에 적정량의 진정제, 벤조다이아제핀 1밀리그램 정도를 복용한 것으로 보인다. 그런 생각을 하면서 탁자 반대편으로 돌아가 약병 여섯 개가 들어 있는 증거 봉투를 집어든다. 증거용 표식이 붙어 있지 않고, 클라렌스 조던의 이름만 쓰여 있는

베타 차단제 프로프라놀롤(부정맥 치료제)이다. 항생제, 항우울제, 클로나제팜이 들어 있는 약병에는 아내 이름만 쓰여 있다. 다른 사람의 처방약을 복용하는 건 일상적인 일이 아니다. 난 클라렌스 조던이 그런 짓을 했다는 사실에 깜짝 놀란다.

그는 의사라 어떤 약이든 접근이 쉬웠을 것이고, 원하는 약을 처방하기도 쉬웠을 것이다. 그리고 다른 사람의 처방약을 나눠 먹는 건 불법이다. 물론 이 경우 반드시 클라렌스 조던이 1월 5일에 지역 비상 대피소에서 자원봉사를 하고 집에 돌아온 날 밤에 아내의 클로나제팜을 먹었다는 뜻은 아니다. 진정제 역시 그가 직접 먹지 않았을 가능성도 있다. 알약을 가루로 만들어 누군가의 음료수에 타는 건 쉬운 일이다. 나는 보안 시스템 기록을 떠올려본다.

보안 회사의 내부 기록에 따르면, 조던 일가는 2001년 11월에는 아무 문제 없이 경보장치를 설정하고 해제했다. 그러다 12월에 들어서면서부터 아이들의 짓으로 여겨지는 오작동이 일어나며 문제가 생기기 시작한다. 조던 일가가 살았던 마지막 달에는 오작동으로 인한 경보 해제가 다섯 번 있었는데, 모두 주방 문 쪽에서 발생했다. 경찰은 응답하지 않았고, 경보 회사 쪽에서 연락했을 때는 이용자가 오작동이라고 대답하는 바람에 아무 문제도 없었다. 보안 회사의 기록을 살펴보니 크리스마스 휴가 기간 동안 조던 일가의 경보 설정은 점점 더 불규칙적으로 변했다. 하지만 대부분 밤에 설정되었는데, 1월 5일 토요일 데이터에서 이상한 것을 발견했다. 경보장치는 저녁 8시가 되어서야 설정되었고, 밤 11시 무렵에 해제된 뒤 다시 설정되지 않았다. 그건 그동안 기자나 경찰들이 알고 있던 것과 반대되는 사실이었다.

실제로 조던 박사는 자원봉사를 마치고 집에 돌아온 뒤 경보장치를 설정한 것으로 보인다. 그리고 세 시간 뒤 누군가 그 경보장치를 해제한 것이다. 그리고 나는 조던이 자기가 처방받은 것도 아닌 약을 먹었다는 사실이 계속 마음에 걸린다. 피투성이인 부부 침실을 찍은 사진에서, 침대 위에 있던 조던 부부의 시신에 목까지 이불이 덮여 있다는 점도 신경 쓰인다. 살해당한 사람들은 인체 모형이 아니기 때문에, 범인에게 심리적인 문제가 있거나, 누군가의 명령에 따른 것이거나, 자기가 한 짓을 숨기려고 하는 경우가 아닌 한 시신을 이불로 덮어주는 경우는 없다. 콜린은 피해자들을 조롱하기 위해 그런 짓을 했을 거라는 의견을 냈다. 나는 콜린이 조던 부부의 시신을 살펴보기 위해 이불을 젖힌 뒤에 찍은 사진들을 살펴본다.

클라렌스 조던은 똑바로 누운 채 베개를 베고 있다. 입을 약간 벌린 채, 앞을 똑바로 쳐다보고 있으며, 양팔은 옆에 가만히 놓여 있다. 팬티의 벌어진 틈으로 생식기가 튀어나와 있다. 나는 그의 자세가 죽었을 때 자세라고 보지 않는다. 누군가 그의 자세를 바꾼 것이다. 사건에 대해 알면 알수록 경찰과 검사, 다른 사람들이 그 방에서 자기가 죽인 사람들을 노골적으로 비하하고 무시하면서 즐거워했을 롤라 대거트를 떠올리며 분노하는 이유를 알 것 같다.

조던 박사가 흘린 피는 티셔츠와 팬티의 허리 부분을 완전히 적신 뒤, 시트에 스며들어 매트리스 가장자리까지 얼룩을 남겼고, 부인의 시신 아래쪽까지 온통 시트를 피투성이로 만들었다. 그는 가슴과 목을 아홉 번 찔렸다. 자상과 함께 손잡이 부분을 감싸고 있는 무언가로 인해 생긴 찰과상을 남긴 잔인한 공격에 맞서 싸우거나 반항한 흔적은 전혀 없다. 조던의 오른쪽에 있는 부인은 양손을 턱밑에 모은 채, 고개를 돌려 창문으로 보이는 공동묘지 쪽을 쳐다보고 있다. 부인 역시 죽을 당시에 그런 자세를 하고 있었을 것 같지는 않다. 그녀의 시신은 기도를 하고 있는 것처럼 거의 경건한 모습이었지만, 잠옷은 허리 위로 올라가 가슴이 다 드러나 있었다.

나는 조던 부인의 플란넬 잠옷을 집어 든다. 긴 소매에, 단추는 목까지 달려 있고, 칼라에 레이스가 달려 있다. 피에 물든 침대 위에서 이런 저속한 자세로 사진을 찍히기 이전에, 크리스마스 때 찍었다는 가족사진 속에서 봤던 얌전하고 진지해 보이는 얼굴의 여자와 어울리는 잠옷이다. 탁자를 덮고 있는 흰 종이 위에 오래된 검붉은 핏자국들이 떠돌고 있는 것 같다. 난 부인의 얼굴과 머리, 가슴, 등, 목, 추가로 베어낸 목에 있는 총 스물일곱 개의 자상을 전부 다 살핀다. 잠옷은 온통 피로 물들어, 소매 부분과 밑단 쪽을 보고서야 푸른색 꽃무늬의 플란넬이라는 것을 알아볼 수 있을 정도다.

나는 맨디 오툴이 창가 쪽에 있는 의자에 앉아 있다는 것을 알아차린다. 그녀는 나를 호기심 어린 눈으로, 내가 피 때문에 페티코트처럼 빳빳해진 잠옷을 원래 놓여 있던 대로 방습지 위에 내려놓는 것을 쳐다보고 있다. 맨디는 말을 붙이거나 방해하지 않기에, 나도 머릿속에서 점점 더 커져만 가는 어둡고 험악한 생각들을 털어놓지 않는다. 그리고 글로리아 조던 사건 파일을 다시 확인한다. 시신 도해와 잠옷의 혈액 검사 보고서를 살핀다. 잠옷에서는 부인과 남편, 다섯 살 된 딸의 DNA가 검출되었다. 어째서 브렌다의 피가 검출된 것일까?

콜린이 작성한 보고서에 따르면 글로리아의 목에 난 상처는 왼쪽 귀 뒤에서 시작해 턱밑으로 내려가 오른쪽 귓불 아래까지 깔끔하게 절개되어 있으며, 인후가 절단된 것과 일치한다. 콜린은 경동맥이 잘린 거라면 부인은 아무것도 알지 못했을 것이며, 방어흔이 많이 없는 것도 설명이 된다고 했다. 하지만 그 상황은 답이 나와 있는 것보다 더 많은 의문점들을 불러일으킨다. 나는 침대 위에 있는 부인의 사진 중에 발을 근접 촬영한 사진이 있다는 것을 알아차린다. 핏방울이 발과 발바닥에까지 남아 있다. 부인이 칼에 찔릴 때 그 자세로 누워 있었다면 도저히 튀었을 것 같지 않은 부위다. 물론 단정하기는 어렵다. 사방이 피바다이기 때문이다. 나는 조던 부인이 클로나제팜을 먹고 침대에 누워 잠든 뒤에 범인이 부인의 인후를 절단하는 모습을 그려보려고 애쓴다.

나는 피를 흘린 자국, 문지른 자국, 고여 있는 곳을 지나 계단에 튄 핏자국을 따라간다. 아마 목에서 쏟은 피일 것이다. 아마 글로리아 조던의 목을 벨 때 경동맥에서 쏟아진 피일 것이다. 심장 박동이 멈추기 전까지 동맥에서 규칙적으로 피가 솟구쳤을 테니까. 하지만 이것만으로 누군가가 위로 올라갔는지, 아래로 내려갔는지, 안으로 들어갔는지, 밖으로 나갔는지 어떻게 안단 말인가? 범죄 현장 수사관, 새미 청처럼 유능한 수사관이라 할지라도 현장에 있는 모든 핏자국의 샘플을 채취하진 못했을 것이다. 그리고 그 모든 것을 분석하는 것도 불가능한 일이다.

계단을 따라 내려가면 맨 밑에 브렌다가 쓰러져 있다. 나는 그 애의 피가 침실 침대에서 죽은 엄마 잠옷에 어떻게 묻은 건지 알아낼 생각이다. 현관과 계단, 복도나 집 안 다른 곳에 피를 닦아낸 흔적이 없는지 찾아보지만, 아무것도 나오지 않는다. 내가 본 자료 중에 그런 가능성을 나타내는 정보는 없다. 나는 계속 브렌다의 시신이 쓰러져 있는 현관 앞 계단 밑을 살펴본다. 주방 유리가 깨진 것을 본 옆집 사람의 신고로 도착한 경찰은 아주 끔찍한 광경을 보게 되었을 것이다.

정상적인 사람들 중에 죽은 아이를 보는 것을 좋아하는 사람은 없다. 그것도 이렇게 가까운 곳에서 보고 싶진 않을 것이다. 현관 근처 바닥에는 온갖 핏자국과 웅덩이, 피 묻은 지문과 신발 자국, 맨발 자국처럼 보이는 것들이 어지럽게 남아 있다. 발가락과 발뒤꿈치 자국은 죽은 아이 것으로 보기에는 너무 크다. 난 다시 스펀지 밥 잠옷을 집어 든다. 잠옷에도 발자국이 남아 있다. 맨발 자국은 브렌다가 계단을 뛰어 내려와 현관문 쪽으로 도망치면서 남긴 것이 아니다. 나는 다시 글로리아 조던의 왼손에 난 베인 자국이 무엇인지 생각한다.

콜린은 조던 부인이 정원 손질을 하면서 엄지손가락을 베었을 거라고 생각한다. 나는 사진들 속에 남아 있는 실마리를 따라, 베란다와 후원에 있는 정원으로 돌아간다. 테라코타 타일과 판돌, 나뭇잎에 대략 45센티미터 간격으로 떨어져 있는 마른 핏방울을 다시 찾아본다. 조던 부인의 피지만, 사건과는 관계가 없는 것으로 보고 재판에서 증거로 쓰이지 않았다. 내 생각과 달리 콜린의 생각이 맞다면 조던 부인은 가지치기를 시작하자마자 바로 손을 베었을 것이다. 하지만 내가 보고 있는 사진들 어디에도 가지치기 도구가 없다. 잘라낸 가지나 솎아낸 것들이 보이지 않는다. 겨울이라 청소가 필요 없을 정도로 정원은 황량하다.

마리노가 조던 일가의 이웃이었던 레니 캐스퍼에게 1월 5일 토요일 오후 정원에 있는 조던 부인을 봤다는 말을 들었을 때, 다친 것처럼 보였다는 말은 없었다. 어쩌면 캐스퍼는 알아차리지 못했을 수도 있다. 하지만 개를 데리고 다니거나, 창문으로 밖을 유심히 내다보는 사람이라면 대부분 누군가 피를 뚝뚝 흘리며 집으로 뛰어 들어가는 걸 알아차렸을 것이다. 이웃의 무심한 관찰과 글로리아 존스의 피를 끔찍한 살인 사건의 맥락에서 이해하지 못했기 때문에, 그녀가 전날 손가락을 베었다는 결론에 도달하게 된 것이다. 존스 부인은 집으로 돌아왔고, 베란다와 손님용 욕실 앞 복도에 떨어진 피를 닦는 걸 잊었다. 그리고 비상 대피소에서 자원봉사를 하고 집에 돌아온 의사 남편은 아내가 다쳤는데도 밴드조차 붙여주지 않았다. 난 그런 상황을 믿을 수가 없다.

조던 부인의 혈액에서는 알코올과 클로나제팜이 검출되었고, 남편보다 혈압이 많이 높았다. 그리고 항우울제인 세르트랄린을 복용하고 있었다. 살인 사건이 일어난 뒤 침실에 붙어 있는 욕실에서 그 약들을 모두 찾아냈다. 난 증거 봉투를 다시 한 번 들여다보다가 이전에는 미처 몰랐던 사실을 알아차린다.

"나 좀 도와줄래요?" 나는 계속 암청색 눈으로 나를 지켜보고 있던 맨디에게 묻는다.

"그럼요." 그녀는 벌써 자리에서 일어난 상태다.

"배리 루 리버스 사건 파일을 볼 수 있을까요? 서류 형태가 아니라 데이터로 있을 거예요. 그 여자가 죽은 건 사무실에서 종이를 쓰지 않게 된 뒤였으니까."

"출력해드릴까요?" 맨디가 묻는다.

"그럴 필요는 없어요. 하지만 그 자료를 찾을 수 있다면 한번 보고 싶어서요."

"노트북을 가져올 테니까 잠깐만 기다리세요."

"복도에 나가 있을게요." 나는 회의실 밖으로 나간다.

33

페이더트

맨디 오툴이 조직학 연구실에서 노트북을 가지고 돌아와 배리 루 리버스의 기록을 찾기 시작한다. 그 사이 나는 혹시 놓친 게 없는지 확인하기 위해 롤라 대거트의 옷가지들을 살핀다.

롤라가 샤워기 아래에서 빨고 있었다는 윈드브레이커, 푸른색 터틀넥, 황갈색 코듀로이를 살펴본다. 그걸 근거로 그녀는 1급 살인으로 기소돼 사형 선고를 받게 되었다. 빨아서 그런지 핏자국은 많이 남아 있지 않다. 바지 허벅지 부분에 짙게 색이 변한 자국과 소매, 윈드브레이커 앞쪽과 소매에 얼룩이 드문드문 남아 있다. 롤라가 범인이라면 신발에도 피가 많이 묻어 있어야 한다는 생각을 다시 떠올린다.

"파일 찾았어요. 독극물과 다른 조사 결과 보고서, 부검 기록이에요. 정확하게 어떤 자료를 보고 싶으세요?" 맨디가 노트북을 무릎에 올려놓고 창가에 있는 의자에 앉은 채 말한다.

"당신한테 있을지 모르겠는데 제이미는 가지고 있었던 거예요. 부검 계획서와 독극물 보고서가 포함된 한 장짜리 서류죠. 조지아 여성 교도소의 관리 연속성 양식으로 처형 약물에 관련된 거예요. 배리 루 리버스가 사형 집행 이전에 죽었기 때문에 그 처방전을 쓰진 못했어요. 부검 기록에 속하진 않지만, 그쪽 어딘가에 있을 것 같은 이상한 문건이죠."

"내가 좋아하는 종류네요. 포함되지 않아야 할 세부 사항인데 어딘가에 있다는 거니까." 맨디가 말한다.

나는 롤라 대거트의 옷을 계속 살피면서 피해자들이 죽을 때 얼마나 많은 피를 쏟았는지 떠올려본다. 흑백 체크무늬 주방 타일과 자작나무 바닥에 남아 있는 피 묻은 신발 자국으로 보아 한 명인지 두 명인지 모를 범인이 집 안 전체를 돌아다녔다는 것을 보여준다. 발자국의 패턴이 전부 다 똑같진 않다. 경찰이 도착한 뒤에 범죄 현장이 사람들 때문에 오염되었거나, 던 킨케이드가 그 끔찍한 범죄를 저지를 때 공범이 있었을 수도 있다.

롤라는 아니다. 그 이른 아침, 조던 일가의 집 안을 돌아다녔다면 틀림없이 신발에 피가 묻었을 것이다. 그렇지만 그녀는 자원봉사자가 나타났을 때 샤워기 밑에서 신발은 빨고 있지 않았다. 속옷이나 양말도 빨지 않았다. 몸에 할퀸 자국 같은 것도 없었고, 희생자의 시신이나 현장에서 롤라의 DNA나 지문도 발견되지 않았다. 그 사실에 아무도 관심을 가지지 않았다는 것이 비극이었다. 던 킨케이드의 경우 DNA는 발견되었지만 지문은 없었다. 나는 캐슬린 롤러가 '애들'이라고 말했던 것을 떠올린다. 마치 자식이 한 명 더 있기라도 한 것처럼.

"페이더트(횡재했다는 의미)." 맨드가 말한다. 나는 '페이백'을 떠올린다.

롤라가 만든 괴물.

"맞아요. 이게 바로 내가 찾던 거예요." 나는 맨디가 찾아 화면에 띄워놓은 서류를 읽으며 말한다. 2년 전, 3월 1일 배리 루 리버스의 사형집행일 정오에 극약을 가져다준 약사는 로베타 프라이스였고, 타라 그림이 서명했다.

그 서류 양식의 빈칸에는 티오펜탈나트륨, 취화팬크로늄을 교도소장 사무실에 보관했다가 오후 5시에 사형집행실로 옮겼다고 되어 있다. 하지만 그 약들은 사용되지 않았다.

"이게 무슨 의미가 있나요? 박사님은 뭔가 생각이 있으신 모양이네요." 맨디가 질문을 퍼붓는다. 나는 그녀에게 노트북을 돌려준다.

"롤라 대거트와 관련된 물건은 옷가지밖에 없나요?" 나는 맨디의 질문을 질문으로 받으며, 처방전 약들이 들어 있는 증거 봉투를 집어 들고 오렌지색 플라스틱 통에 들어 있는 라벨을 확인한다. "신발은 없는 건가 싶어서요."

"콜린이 가지고 있는 것과 GBI에서 보관하고 있는 건 이것밖에 없을 거예요." 맨디가 대답한다.

"이 사건에서는 범인도 피가 많이 묻었을 거예요. 신발에 피를 묻히지 않는 건 불가능해요. 어째서 옷은 빨면서 피 묻은 신발은 빨지 않은 걸까요?"

"한번은 콜린이 시신이 신었던 구두 밑창에 붙어 있던 껌에서 머리카락을 찾은 적이 있어요. 바로 범인의 머리카락이었죠. 그래서 우린 티셔츠도 만들었어요. 껌 붙은 신발 콜린 뎅게이트."

"콜린을 불러줄래요? 밖에서 보자고 전해줘요. 차를 좀 얻어타야 할 것 같아요. 가능하다면 소급 방문을 해야 할 것 같으니까."

롤라 대거트는 샤워기 밑에서 신발을 빨지 않았다. 방에 놓여 있던 피 묻은 옷가지들 중에 신발은 없었기 때문이다. 그녀는 아무도 죽이지 않았다. 그리고 조던 일가의 고색창연한 저택에는 한 번도 들어간 적이 없었다. 살인이 일어났던 날에도, 다른 날에도. 나는 불량 청소년이었던 롤라가 저명한 상류층인 클라렌스와 글로리아 조던, 그 부부의 예쁜 쌍둥이와 만날 일이 없었을 거라고 생각한다. 조던 일가를 죽인 죄로 심문을 받기 전까지 그들이 누군지도 몰랐을 가능성이 있다.

나는 또한 롤라에게 아무 책임이 없다고 생각한다. 마약이나 소액 현금, 살인의 쾌감 이상의 동기를 가진 사람 혹은 사람들, 원대한 계획을 가진 괴물 혹은 괴물들을 사회 복귀 훈련 시설에서 지내는 지능이 떨어지는

10대 소녀가 알고 있을 이유가 없다. 만일 롤라가 알고 있다면 캐슬린 롤러나 제이미처럼 죽었을 것이다. 지금 나한테 누명을 씌우려는 것처럼, 롤라 역시 누명을 쓴 거라고 생각한다. 그리고 그 모든 일들이 던 킨케이드의 단독 소행이라고는 생각하지 않는다.

나는 연구실 건물에서 나오면서 가방에서 휴대전화를 꺼내 벤턴의 전화번호를 누른다. 예쁜 빨간색 꽃이 핀 쇠뜨기 관목에 내려앉을 장소를 찾는 벌새와 눈이 마주친다. 눈부신 햇살을 보자 마음이 놓인다. 에어컨이 시원하게 나오는 회의실에서 나를 에워싼 증거품들이 기괴한 비밀들을 외쳐대는데, 거기에 누가 반응할지 확실하지 않은 상황이다 보니 뼛속까지 서늘해지는 느낌이다.

나는 콜린을 믿는다. 마리노와 루시도 당연히 관심을 보일 것이다. 그 두 사람에게는 로베타 프라이스라는 이름에 무슨 뜻이 있는지, 글로리아 조던에 대해서 더 알아보라는 문자를 보냈다. 내가 읽은 기사에서는 조던 부인에 대한 이야기는 별로 없었다. 몇 가지 신상 명세 외에 문제 될 만한 것은 보이지 않는다. 하지만 분명히 뭔가 있었고, 그 시점이 최악이었을 것이다.

만일 벤턴이 내 남편이 아니었다면, 이렇게 공포스럽고 선정적이며 꾸며낸 것 같은 이야기는 들으려고 하지 않았을 것이다. 사실 FBI나 국토안보부가 9년 전 사건에 대해 관심을 가질지 의문이다. 상황이 상황이니만큼 이해는 하지만, 그래도 내 말을 들어주고, 무슨 일이든 해줄 사람이 필요하다.

"애틀랜타 친구들이 도착했나 보네." 벤턴이 전화를 받자 뒤에서 북적거리는 소리가 들린다.

나는 벤턴의 인내심을 시험한다. 때가 됐음을 느낄 수 있다.

"지금 막 시작했어. 무슨 일이야?" 그는 시끄러운 방 안을 돌아다니면서 정신이 딴 데 팔린 채 긴장된 목소리로 묻는다.

"당신이 동료들이랑 같이 알아봐 줬으면 하는 일이 있어서."

"뭔데?"

"입양 기록. 나한테 집중 좀 해줘. 지금 상황에 조던 일가 사건 이야기를 하는 게 적합하지 않다는 건 알지만, 아무래도 해야 할 것 같아."

"난 항상 당신한테 집중하고 있어." 벤턴의 목소리는 짜증난 것처럼 들리지 않는다. 하지만 난 그가 어떤지 잘 안다.

"캐슬린 롤러나 던 킨케이드와 관련이 있어. 이름도 모르고, 언제 태어났는지도 몰라. 그리고 그 여자를 제일 먼저 입양한 가족의 이름도 모르고. 던은 수많은 위탁 가정과 가족들을 거쳤는데 마지막으로 캘리포니아에 있는 부부한테 가게 됐지. 그 부부도 죽었지만. 어쨌든 FBI에서 아직 찾지 못한 걸 찾아야 해. 특히 던이 누구와 연락했는지 알아봐 줘. 아마 누군가한테 연락할 수밖에 없었을 거야. 던이 자기의 생물학적 부모를 찾고 있던 2001년에서 2002년 사이에 여기 있는 단체에 연락했을 가능성도 있어. 누구라도 같은 과정을 거쳐야 할 테니까."

"캐슬린 롤러가 당신한테 한 말이 사실인지 아닌지도 모르잖아. 그리고 그 이야기는 나중에 해."

"던이 2002년 초에 서배너에 왔다는 건 알잖아. 그리고 지금 당장 해야 할 이야기야." 면회실에서 캐슬린 롤러가 감방에서 산기를 느꼈던 때의 일을 말하던 모습을 떠올린다. 그리고 그때 그녀가 했던 말이 기억난다.

동물처럼 갇혀 있는 상황에 대해서 말했고, 그래서 애들을 보낼 수밖에 없었다는 말을 했다. 그렇다고 열두 살밖에 안 된 잭 필딩에게 애들을 맡길 수는 없지 않느냐는 말도 했었다.

"아직 확실한 건 아니야." 벤턴이 말한다. 그는 지금 동료들과의 일 때문에 마음이 급하다. 그래서 이 이야기를 하고 싶지 않기 때문에 반대하는 것이다.

"재검사 결과 2002년 조던의 집에서 던 킨케이드의 DNA가 나왔어. 당신은 다른 검사를 더 해보라고 하겠지. 그건 앞으로 해볼 거야. 던 킨케이드는 생물학적 엄마를 만나려고 캘리포니아에서 여기까지 온 걸까, 아니면 다른 목적이 있었던 걸까?"

"그 사건이 당신한테 중요하다는 건 알고 있어." 벤턴이 말한다. 그 말은 던 킨케이드가 2002년에 서배너에 왔다는 사실이 자신에게는 전혀 중요하지 않다는 의미기도 하다. 지금은 연방 수사국과 미 정부, 심지어 대통령까지도 잠재적인 테러에 대한 생각밖에 없다.

"던이 자기 엄마 이외에 다른 사람을 만났을 가능성도 있어. 어딘가에 아무도 확인할 생각을 하지 못한 기록이 남아 있을 거야. 이 일은 아주 중요해. 정말이야." 나는 계속 말한다.

벤턴은 전화를 받으며 방 안을 서성거리고 있다. 누가 커피를 줬는지, 고맙다고 인사를 한다. 그런 뒤에 그는 내게 말한다. "지금 무슨 생각을 하고 있는 거야?"

"자기와는 아무 상관 없는 범죄 현장의 칼 손잡이와 라벤더 손비누통에 피 묻은 지문이 남아 있는 일이 가능할까?"

"피 묻은 지문에서 DNA라도 나온 거야?"

"피해자와 신원을 알 수 없는 DNA가 나왔지. 이제 그 인물은 던 킨케이드로 밝혀졌어. 하지만 지문은 그 여자 것이 아니었지. 그러니까 조던 일가와 던의 것으로 추정되는 DNA가 나왔지만, 지문은 다른 사람의 것이라는 뜻이야." 내가 대답한다.

"추정된다고?"

"손에 피를 묻힌 누군가가 주방 칼과 비누통에 손을 대는 바람에 피가 묻었지. 하지만 지문은 던 킨케이드의 것이 아니었어. 그 지문이 누구 것인지 밝혀지지 않자, 현장이 오염된 것으로만 생각했지. 기자를 포함해 사람들이 많이 드나들었으니까. 어쩌면 피투성이 현장에서 증거를 수집하러 다니던 경찰이나 감식 요원이 묻혔을 수도 있고. 확실히 보존이 잘 된 현장은 아니었어. 내가 할 수 있는 설명은 이게 다야."

"그럴 수도 있지. 배제의 목적으로 지문을 등록하지 않은 사람들이 손댔을 수도 있으니까. 난 이제 그만 가봐야 해, 케이."

"그래, 충분히 그럴 수 있어. 특히 사건에 관련된 사람들은 롤라 대거트를 잡았다는 이유로 그런 설명들을 아주 쉽게 받아들인 데다가, 다른 사람은 찾아볼 생각도 안 했으니 말이야. 전체적으로 모든 문제들을 간과하고, 의구심을 갖지 않았지. 피 묻은 옷을 빨고 있었다는 이유만으로 사람을 범인으로 몰아넣고 사건이 해결되었다며 깊이 파보지도 않았지. 말도안 되는 온갖 거짓말들만 난무했고."

"금방 간다고 전해줘." 벤턴이 누군가에게 말한다.

나는 건물에서 콜린이 나오는 것을 본다. 그는 내가 통화 중인 걸 보자, 랜드로버에서 기다리겠다는 손짓을 한다.

"당신과 동료들이 로베타 프라이스에 대해 알아봐 줬으면 해. 9년 전, 글로리아 조던의 처방약을 조제해준 약사야. 그 여자가 누구인지, 던 킨케이드와는 어떤 관계인지 조사해줘." 나는 더 이상 말이 없는 벤턴에게 말한다.

"대표 약사일 경우에는 따로 기재하지 않더라도 모든 처방약 통에 이름이 들어간다는 건 당신도 알고 있을 텐데."

"교도소 전담 의사나 사형집행관들이 연락한 약사가 아닐 수도 있어. 만일 대표 약사가 이름을 남기고 싶지 않아서 티오펜탈나트륨과 취화팬크로늄에 따로 기재하지 않았다고 생각해봐. 사형집행과 관련해 자기 이름을 넣고 싶지 않았던 거지."

"지금 무슨 말을 하려는 건지 모르겠어."

"조던 부인의 처방약을 조제했던 약사와 같은 이름을 가진 로베타 프라이스가 2년 전, 배리 루 리버스의 집행에 사용될 티오펜탈나트륨과 취화팬크로늄을 조제했어. 배리 루 리버스가 집행 전에 죽은 것도 이상한 게아니야. 그 약물은 조지아 교도소로 배달되었고, 타라 그림이 서명했어. 소장과 로베타 프라이스는 서로 아는 사이가 분명해."

"그 여자는 멍크 약국의 약사야. 허버트 멍크라는 사람이 주인인 작은 약국이지." 벤턴이 로베타 프라이스의 이름을 검색해서 알려준다.

"제이미가 약을 샀던 약국이야. 하지만 제이미의 처방약에는 로베타 프라이스의 이름이 적혀 있지 않았는데. 그 이유가 뭘까?"

"이유라고? 미안해. 무슨 말을 하는지 못 들었어." 벤턴은 완전히 정신이 딴 데 팔린 것 같다.

"아마 제이미가 멍크 약국에 갔을 때 로베타 프라이스는 좀 떨어진 곳에 있었겠지." 내가 덧붙인다. 그리고 내게 애드빌을 팔았던 가운을 입은 남자가 로비라는 사람이 조금 전까지만 해도 안에 있었는데 갑자기 보이지 않는다고 했던 것이 기억난다. "로베타 프라이스가 어떤 차를 모는지 말 안 해줘도 알 것 같아. 아마 검은색 메르세데스 왜건일 거야."

한참 동안 말이 없던 벤턴이 이렇게 말한다. "그 여자 이름으로 등록된 차는 없어. 적어도 로베타 프라이스라는 이름으로는 말이야. 다른 이름을 쓸 수도 있겠지. 글로리아 조던도 같은 약국에서 약을 구입했어?"

"조던 일가가 살던 집에서 가까운 곳에 있으니까. 그때만 해도 렉솔이 편의점을 대신했을 때잖아."

"그렇다면 그 살인 사건이 있은 뒤에 로베타 프라이스가 직장을 바꿨을 수도 있어. 결국에는 조지아 교도소와 아주 가까운 곳에 있는 작은 약국으로 옮겼을지도 모르지." 벤턴이 말한다. 그리고 다른 사람에게 잠깐만 기다리라고 말하는 소리가 들린다. "글로리아 조던의 처방약과 조지아 교도소의 처방전에 이름이 남아 있다는 이유만으로는 그 약사를 뒤쫓을 순 없어. 이 지역에 그런 사람은 수도 없이 많을 테니까. 그렇다고 우리가 조사하지 않겠다는 말은 아니야. 알아볼게."

"조지아 교도소에서 사형집행을 돕는 데 아무 문제가 없는 약국일 거야. 아마 남자 교도소 쪽도 돕고 있겠지. 특이한 일이긴 해. 약사들은 보통 스스로를 환자들의 상태를 호전시키기 위한 약물치료 관리자로 생각하잖아. 보통은 환자를 죽이는 일에 관여하지 않지." 내가 지적한다.

"로베타 프라이스는 그런 점에 대해 윤리적인 문제는 없고, 그저 자기가 맡은 일을 하는 거라고 생각할 수도 있어."

"어쩌면 마취에서 깨어나거나 뭔가 잘못되는 걸 좋아할 수도 있지. 조지아에서는 얼마 전에도 그런 사건이 있었어. 사형 집행 시간이 두 배로 길어지면서, 사형수는 아주 고통스럽게 죽어갔지. 그 약을 조제한 사람이 누군지 궁금해지네."

"한번 알아볼게." 벤턴이 말한다. 하지만 지금 당장 알아보겠다는 뜻은 아니다.

"제이미가 일을 맡겼던 DNA 검사실에 연락해보는 것도 도움이 될 거야." 벤턴이 이 일을 중요하게 여기든 말든, 나는 엔진 소리가 요란한 콜린의 랜드로버 쪽으로 걸어가며 말한다. "군에서 쓰는 새로운 기술보다 빠르진 않겠지만."

내가 말하는 건 도버 공군 기지에 있는 AFDIL(군 DNA 식별 연구실)이다. 전사자들을 상대하면서 DNA 검사 기술은 세심하고 정밀한 새로운 단계에 이르렀다. 현장에서 일란성 쌍둥이 중 한 명 혹은 두 명 다 죽은 채로 발견되었을 경우 어떻게 할 것인가? 기본적인 DNA 검사는 그 두 사람을 구분하지 못한다. 지문은 똑같지 않지만 비교해볼 손가락이 남아 있지 않은 경우도 있다.

"IED(급조폭발물)에 당했거나 아주 상태가 심한 경우에는 완전히 알아볼 수 없는 경우도 있지. 남아 있는 것이라고는 오염된 피가 미세하게 흩뿌려진 천 조각이나 불에 탄 뼛조각밖에 없는 경우 신원 확인하는 일이 아주 힘들어져. AFDIL에는 후생 유전학적 현상을 분석하는 기술이 있어. 다른 타입의 분석 방법으로는 불가능한 DNA 비교를 위해 메틸화와 히스톤 아세틸화를 이용하는 거야."

"우리한테 그런 방법까지 써야 할 일이 있나?"

"일란성 쌍둥이는 동일한 DNA를 가지고 태어나. 하지만 나이를 먹어가면서 유전자 발현이 다르게 나타나기 때문에, 그 차이를 알아내는 기술만 있으면 구분이 가능해지는 거지. 게다가 쌍둥이가 떨어져 지낸 시간이 길수록 그 차이는 점점 더 커져. DNA가 자신이 누구인지를 결정하지만,

나중에는 자기가 DNA를 결정하는 거지." 나는 랜드로버의 조수석 문을 연다. 송풍기에서 뜨거운 공기가 불어온다.

34

예고 없는 방문

문을 열어준 남자는 땀에 젖어 있고, 햇볕에 그을린 커다란 이두박근에는 정맥이 밧줄처럼 도드라져 있다. 우리가 사전에 예고도 없이 찾아갔을 때 한창 운동 중이었던 모양이다.

남자는 낯선 사람들을 보자 불쾌한 표정이 역력하다. 현관에 서 있는 두 사람 중 한 명은 랜지 팬츠에 GBI 폴로셔츠, 다른 한 명은 카키색 작업복을 입고 있다. 그리고 이웃집과 정원을 구분하기 위한 재스민으로 덮여 있는 격자 구조물 옆 참나무 그늘에는 낡은 랜드로버가 한 대 서 있다.

"방해해서 죄송합니다." 콜린이 지갑을 열고 법의관 신분증을 보여준다. "잠깐만 시간을 내주시면 감사하겠습니다."

"무슨 일이죠?"

"게이브 멀레리 씨인가요?"

"뭔가 문제가 생긴 겁니까?"

"공무상 찾아온 건 아닙니다. 문제가 있는 것도 아니고요. 사적인 방문이니 나가라고 하면 그냥 가겠습니다. 하지만 잠깐만 설명할 시간을 주신다면, 찾아온 이유를 말씀드리고 싶습니다만." 콜린이 말한다. "이 집의 주인인 게이브 멀레리 씨죠?"

"맞아요." 그는 우리한테 악수를 청하진 않는다. "여긴 내 집이에요. 아내한테 무슨 일이 생긴 건 아니겠죠? 정말 아무 일도 없는 겁니까?"

"제가 알기론 그렇습니다. 놀라게 했다면 죄송합니다."

"어떤 일이 있어도 난 놀라지 않아요. 무슨 일입니까?"

검은색 머리에 회색 눈동자, 강해 보이는 턱. 제법 미남인 게이브 멀레리는 짧은 운동복 바지에 'U.S. NAVY NUKE : 뛰고 있는 나를 봤을 땐 이미 늦었다'라고 쓰인 흰색 티셔츠를 입고 있다. 그는 무슨 이유에서든 연락도 없이 들이닥친 낯선 사람들을 반기지 않는다는 뜻을 명확하게 보여주겠다는 듯 근육질의 몸으로 현관문을 가로막고 서 있다. 하지만 우리로서는 예전 조던 일가가 살던 집에 현재 살고 있는 남자의 허락이 필요하다. 글로리아 조던이 1월 5일 오후에 뭘 하고 있었는지 알아내기 위해서는 정원을 직접 봐야 하기 때문이다.

난 조던 부인이 그날 가지치기를 했다고 생각하지 않는다. 그리고 그녀가 다음 날 아침 일찍 정원에 다시 나왔던 이유를 알고 싶다. 지하 저장실 자리에 갔을 것이다. 어쩌면 부인이 그날 밤 칠흑같이 어두운 밤에 다시 나갔기 때문에 가족들이 살해당한 것일 수도 있다. 지금까지 해석한 증거들을 바탕으로 내가 세운 시나리오에서는 좋게 말해 조던 부인이 무고한 희생자는 아닐 거라는 것이다. 여기 오는 동안 받은 루시의 이메일에 담긴 내용은 그런 내 생각을 더욱 공고하게 해주었다.

1월 5일 밤에 클라렌스 조던이 잠에서 깨지 않게 음료수에 클로나제팜을 탄 건 부인의 짓일 거라고 나는 생각한다. 밤 11시경, 부인은 아래층으로 내려와 경보를 해제한 뒤 집 밖으로 나왔다. 그로 인해 범인의 무단 침입을 용이하게 만들었고, 그녀로서는 전혀 예상하지 못했던 결과를 초래한 것이다. 아마 조던 부인의 계획이 생각대로 되지 않았을 것이다. 결혼에서 벗어나면서 자신들이 원하는 것은 무엇이든 가져갈 권리가 있다고 믿는 불행한 사람들이 세운 계획들은 대체로 어리석다.

　조던 부인은 아마 이 일로 아이들은 물론, 자기 자신, 심지어 남편까지도 다칠 거라는 생각을 하진 않았을 것이다. 당시 부인은 증오까진 아니더라도 남편에게 화가 많이 나 있었을 것이다. 그녀는 남편을 떠나기로 마음먹었지만, 원했던 건 남편의 죽음이 아니라 숨겨둔 비상금 정도였을 것이다. 계획은 단순했다. 루시가 보내준 당시의 날씨 정보에 따르면 간헐적인 뇌우와 쌀쌀한 바람이 거세게 몰아쳤던 그날 밤, 절도 사건이 있었던 것으로 꾸밀 생각이었다. 그런 상황에 정원을 정리할 마음은 없었을 것이다. 실제로 조던 부인이 죽기 전날 오후에 웃자란 가지를 잘라내거나 관목을 다듬었다는 증거는 없다.

　사진으로 봐서는 오래전 지하 저장고였던 흔적만 남은 그곳에서, 무너진 벽과 푹 꺼진 땅 옆에서 부인은 무엇을 했던 것일까? 어쩌면 공범이나 공범들보다 한 수 앞서 뭔가를 할 작정이었을지도 모른다. 여기서 무서운 아이러니는 그녀가 존경받을 만한 사람이었다고 할지라도 어차피 살아남지 못했을 거라는 것이다. 부인은 친구로 믿었던 사람이 악마라는 것을 의식하지 못했으며, 애초에 나눠 가지기로 했던 금이 없더라도 용서해줄 거라고 생각했던 것이다. 그래서 그녀는 그 금을 자기가 먼저 찾아 남몰래 숨겨두기로 마음먹었을 것이다.

　"이런 일로 귀찮게 해드리고 싶진 않습니다." 콜린은 햇살을 받아 뜨거운 현관 앞에 서서 말한다. 흰 기둥이 서 있는 현관에서는 미국 독립혁명 시절부터 있었던 묘지가 보인다. 풀 냄새가 깃든 뜨거운 바람이 불어온다.

　"그 사건이 문제가 아니에요. 당신 같은 사람들과 기자들이 문제지. 관광객들은 최악이에요. 구경하겠다고 초인종을 눌러대니까." 게이브 멀레리가 말한다.

　"우린 관광객이 아닙니다. 그런 식으로 구경하고 싶은 것도 아니고요." 콜린이 나를 소개한다. 그리고 내일이나 모레 보스턴으로 돌아가야 하는데, 후원에 있는 정원을 보고 싶어 한다고 덧붙인다.

"무례하게 굴고 싶진 않지만, 무슨 일로 이러시는 겁니까?" 멀레리가 말한다. 그 뒤로 브렌다 조던의 시신이 발견된 자작나무 계단 밑바닥이 보인다.

"이러시는 게 당연하죠. 우리한테 집을 보여줘야 할 의무는 없으니까요." 내가 대답한다.

"이 집은 아내가 완전히 새로 꾸몄어요. 바깥 별채는 아내 작업실로 쓰고 있죠. 뭘 보고 싶은 건지는 몰라도 옛날에 있었던 건 더 이상 남아 있지 않아요. 그 점이 이해가 가지 않는다는 겁니다."

"양해해주신다면 빨리 돌아보고 갈게요. 확인해야 할 게 있어서……." 내가 말한다.

"그 사건을 생각하면, 이 집을 얻은 건 실수였어요. 더군다나 사형 집행이 있을 핼러윈도 다가오고 있으니. 그때까지는 계속 이럴 거예요. 대문을 닫아걸고 주 방위군이라도 부르고 싶은 심정이에요. 그리고 모든 일이 끝날 때까지 하와이에 가 있고 싶어요. 안으로 들어오세요." 그가 화가 나는 듯 한숨을 크게 내쉬며 말하더니 우리가 들어갈 수 있도록 옆으로 물러난다.

"이런 대화를 하고 있는 것도 웃기지만, 이런 무더위 속에서 할 필요는 없겠죠. 이놈의 집을 사지 말았어야 했는데. 처음부터 아내한테 말했지만, 듣지 않았어요. 여긴 관광지나 마찬가지니까 좋은 생각이 아닌 것 같다고 말했지만, 아무래도 집에서 많은 시간을 보내는 사람은 아니니까요. 난 끊임없이 여행을 다니거든요. 그러니 아내가 살고 싶은 곳에서 사는 게 공정하죠. 물론 여기서 사람들이 죽은 건 안타까운 일이지만, 죽은 사람은 죽은 사람이잖아요. 사람들이 사생활을 침해하는 것이 너무 싫어요." 멀레리가 계속 짜증스럽다는 듯 말한다.

"충분히 이해합니다." 콜러이 대꾸한다.

우리는 전에도 찾아왔던 적이 있는 것처럼 익숙한 느낌의 현관으로 들어간다. 나는 푸른색 꽃무늬의 플란넬 잠옷을 입은 글로리아 조던이 계단 위에 맨발로 서 있는 모습을 그려본다. 그녀는 함께 음모를 꾸민 공범이 오기를 기다리며 주방 쪽으로 향한다. 어쩌면 공범이 유리를 깨고 손을 집어넣어 거기 놓여 있으면 안 되는 열쇠로 데드볼트를 풀고 있을 때 부인은 집 안의 다른 곳에 있었을지도 모른다. 남편이 살해당했을 때 부인이 어디에 있었는지는 모른다. 하지만 침대에는 없었다. 그녀가 스물일곱 번 칼에 찔리고 목이 베인 곳은 침실이 아니다. 부인에 대한 범행 수법이 지나친 것은 갈망과 분노 때문이다. 그녀는 현관 앞에서 죽었을 것이다. 그래서 부인의 피와 딸의 피가 같이 묻어 있는 것이다.

"내가 여기 출신이 아니라는 걸 알았을 겁니다." 멀레리가 말한다. 처음에는 영국 출신인가 했는데 억양이 오스트레일리아 쪽에 가깝다. "시드니, 런던, 그 뒤에 노스캐롤라이나로 갔고, 듀크 대학에서 고압의학을 전공했어요. 그 살인사건이 있은 지 한참 뒤에 서배너로 왔기 때문에 이 집의 사연은 나한테 별 의미가 없지만, 몇 년 전에 이 집이 매물로 나왔을 때 구경하러 오지 말았어야 했어요. 처음 보자마자 로비는 이 집에 홀딱 반했으니까요."

'천생연분이 아니라 그런 척했던 모양이야.' 루시가 보낸 이메일에 첨부된 자료에는 1997년 클라렌스 조던과 결혼해 조시와 브렌다라는 이란성 쌍둥이를 낳았던 우울한 여자의 비참한 과거가 나와 있었다. 겉으로 보기엔 신데렐라 스토리였다. 그녀는 스무 살 때 조던 박사 병원의 접수원으로 취직했고, 두 사람은 그때 만났다. 아마 클라렌스는 그녀를 구해줬다고 생각했을지도 모른다. 그전에 부도수표 때문에 미수금 처리 대행회사에 쫓겨 다니고, 공공장소에서 술을 마시고, 6개월이나 12개월마다 싸구려 아파트를 옮겨 다니는 혼란스럽고 문제가 많은 생활을 하던 터라 글로리아도 한동안은 안정적인 생활을 했을 것이다.

"킹스 베이?" 콜린은 게이브 멀레리가 여기서 160킬로미터도 떨어지지 않은 곳에 있는 핵무기를 장착한 트라이던트 2호 잠수함들을 위한 대서양 함대 모항과 연계되어 있다는 것을 알아낸다.

"다이빙을 할 줄 아는 의료 구조대원이 대기하고 있어야 하니까요. 하지만 낮에는 보통 지역 병원에서 일해요. 응급 진료를 하죠." 멀레리가 말한다.

나는 이 집에 또 의사가 들어왔다고 생각한다. 클라렌스 조던보다는 멀레리가 행복하기를 바란다. 조던은 아내를 통제하려고 했고, 매사 행동에 조심하면서 당시 신문사와 텔레비전, 라디오 방송국을 여러 개 소유하고 있던 회장과의 친분을 이용해 자신이 위원회와 자선단체에서 헌신적으로 봉사하는 능력 있는 사람으로 보이게끔 언론을 조작했다.

언론은 조던 부인의 되풀이되는 비행에 대해서는 한 마디도 보도하지 않았다. 글로리아 조던은 2001년 1월부터 굴욕적이고 서글픈 사건들을 연이어 저질렀다. 쇼핑몰에서 값비싼 드레스를 태그도 떼지 않고 옷 속에 숨겨 가지고 나오려다가 체포되었다. 주의를 끌기 위한, 도움을 청하는 외침이었지만, 그보다 더 위험한 것일 수도 있다. 루시가 보낸 이메일을 보면서 난 그런 생각이 들었다.

조던 부인은 자신을 무시하고, 아내의 역할과 처신에 대해 엄격한 기대만 하는 남편을 벌하기로 하고 조던의 자존심, 이미지, 불가능할 정도의 높은 기대치를 날려버리는 것으로 보복했다. 심지어 오글소프 몰에서 드레스를 훔친 뒤 두 달도 되지 않아 차로 나무를 들이박고 음주 운전으로 기소됐다. 그리고 넉 달 뒤인 7월에는 술에 취한 채 공격적인 태도로 경찰을 부르더니 집에 도둑이 들었다고 주장했다. 결국 형사들이 나서자, 그녀는 가정부가 다락방 단열재 밑에 숨겨둔 20만 달러 가치의 금화를 훔쳐갔다고 진술했다. 그 뒤에 조던 박사가 그 금화들을 최근 다른 곳에 옮겼다고 말해 가정부에 대한 기소는 취하되었다. 박사가 지난 몇 년간 모은 금화들은 안전하게 집 안에 보관되어 있었고, 없어진 건 없었다.

하지만 그해 7월과 다음 해 1월 6일 사이에 조던 박사는 금을 팔았다. 루시의 말에 따르면 2001년 내내 금값은 1온스에 3백 달러로 하락세였음에도 불구하고 말이다. 한동안 금을 간직하고 있던 박사가 금값이 오를 때까지 기다리지 않은 것은 좀 의외의 일이긴 했다. 그에게 돈이 필요했던 흔적은 없었다. 박사의 2001년 소득신고서를 보면 수입과 배당금, 투자액을 모두 합쳐 소득이 100만 달러가 넘었다. 어떻게 된 영문인지 몰라도 실제로 그 금은 살인사건이 일어난 뒤에 사라진 것으로 보인다. 사건 당시에 도난당한 물건은 없었다. 수사 보고서에 따르면 조던 일가가 소유하고 있던 보석과 은에는 아무도 손댄 흔적이 없었다.

글로리아 조던은 결국 그 금으로 한 재산 챙기지 못했을 것이다. 그 금들을 다른 곳으로 옮긴 건, 살해당하기 전날 오후일 가능성이 높다. 물론 무슨 일이 있었는지는 아무도 모른다. 나는 내가 알고 있는 사실들을 근거로 가설을 세운 것뿐이다. 조던 부인은 그 금을 자신이 훔친 뒤, 도둑이 훔친 것처럼 꾸미려고 했다. 그런 뒤에 공범에게도 금을 찾지 못한 척하면서 나누어주지 않을 작정이었다. 남편이 금을 다시 숨겼는데 어디 있는지 모른다. 유감스러운 일이지만 자기 잘못은 아니라고 할 생각이었다.

나는 글로리아 조던이 공범이 나타났을 때 무슨 말을 했을지 알 것 같다. 하지만 상대는 조던 부인의 악몽에 나오는 것보다 훨씬 더 잔인하고 영리한 악마들이었다. 1월 6일 토요일 이른 아침, 조던 부인은 어쩔 수 없이 공범에게 예전 후원 정원의 지하 저장실 근처에 금을 숨긴 것을 말할 수밖에 없었을 것이다. 그리고 그곳에서 첫 번째 칼에 찔렸거나 경고를 받았을 것이다. 아니면 공격을 당한 뒤, 집 안으로 도망쳤다가 그곳에서 목숨을 잃었을 수도 있다. 그리고 범인은 그녀의 시신을 침실로 옮긴 뒤, 죽은 남편 옆에 그런 외설적인 모습으로 눕혀놓았을 수도 있다.

"여기 와서 둘러보니 정말 좋은 곳이더군요. 아주 인상적이었던 건 사실입니다. 더군다나 가격이 아주 좋았죠. 그런 뒤에 부동산 중개인이 2002년에 여기서 있었던 일을 자세히 말해줬습니다. 더 생각할 것 없이 계약했죠. 그런 것들을 연상한다거나, 사람들이 말하는 카르마 같은 걸로 겁먹지 않으니까요. 미신이나 유령 같은 건 믿지 않죠. 여기 와서 내가 믿게 된 건 관광객들과 비둘기 같은 매너와 감각을 가진 멍청이들이 있다는 겁니다. 이제 사형집행일이 다가오면서 시작될 축제 분위기도 바라지 않고요." 게이브 멀레리가 우리에게 말한다.

핼러윈에 사형집행은 없을 것이다. 난 확신한다.

"부끄러운 말이지만, 사실 판사가 사형 집행을 연기하는 바람에 우리 계획대로 되지 않은 거지요. 그 일이 모두 끝나고 조용해진 뒤에 이곳에 자리 잡고 싶었거든요. 언젠가 이 일이 잊히고, 더 이상 견학시켜 달라는 사람도 오지 않았으면 좋겠어요."

나는 롤라 대거트가 사형 집행실에 들어가지 않도록 무슨 일이든 할 것이다. 그때는 그녀도 더 이상 두려워하지 않아도 될 것이다. 타라 그림도 없고, 조지아 교도소의 교도관들도 없고, 페이백도 없을 테니까. 그리고 그 일의 대가는 로베타라는 이름을 가진 사람이 치르게 될 것이다. 무엇이든 너무 많이 먹으면 물조차 독이 된다고 브리그스 장군이 말했다. 약사보다 약물이나 미생물, 그로 인한 치사 가능성에 대해 많이 아는 사람이 어디 있겠는가. 그 사악한 연금술사는 치료약을 고통과 죽음의 약으로 바꿔버렸다.

"뭘 보고 싶은 건지 말해보십시오. 도움이 될지 안 될지 모르겠지만요. 우리가 이 집을 사기 전에 여기 살던 사람이 있었어요. 사실 난 그 사람들이 죽었을 당시 이곳이 어땠는지 잘 모릅니다." 게이브 멀레리가 나한테 묻는다.

주방은 알아볼 수 없을 정도로 완벽하게 개조된 상태다. 새로 짠 찬장과 현대식 스테인리스 스틸 기기들이 있고, 바닥에는 검은색 화강암 타일을 깔았다. 밖으로 통하는 문은 제이미의 말대로 유리가 없는 단단한 문이다. 그녀가 그 사실을 어떻게 알았을지 궁금하지만, 추측할 수 있다. 제이미는 주저 없이 성큼성큼 집 안에 들어왔을 것이다. 관광객인 척했을 가능성도 있다. 아니면 과감하게 자신이 이 집에 관심을 가지는 이유를 말했을지도 모른다. 나는 아무도 없는 조리대 위에 노트북 컴퓨터가 놓여 있다는 걸 알아차린다. 탁자 위에는 무선 번호판이 놓여 있다. 보안 카메라를 포함하여, 눈앞에 보이는 모든 창문에 연결된 업그레이드된 보안 시스템이다.

"보안 시스템이 훌륭하네요. 아무래도 호기심으로 기웃거리는 사람들을 고려한 거겠죠." 내가 게이브 머렐리에게 말한다.

"네. 브라우닝 나인 밀이라고 부르는 보안 시스템이에요. 전부 다 아내가 쓰는 장치들이에요. 유리 파손 탐지기, 동작 감지기, 보안 카메라까지 제대로 갖췄죠. 늘 우리가 마약을 가지고 있다고 생각하는 성가신 사람들이 있으니까요." 그가 싱긋 웃는다.

"도시 괴담 같은 거죠. 의사들은 집에 약이 있고 돈이 많다." 콜린이 말한다.

"게다가 내가 늘 집을 비우니 아내가 마약을 판다고 생각해요." 머렐리가 주방문을 연다. "또 다른 괴담으로 약사는 집에 마약을 숨겨둔다는 거죠." 우리는 계단을 내려가 잔디 위에 깔린 디딤돌을 따라간다. 체육관처럼 꾸며놓은 베란다에서 음악 소리가 들린다. 게이브 머렐리는 저기서 운동을 하고 있었던 모양이다. 그리고 운동을 하기 전에 잔디를 깎은 것 같다.

벤치와 프리웨이트 운동기구가 놓여 있는 유리 뒤쪽 바닥은 붉은색 테라코사 타일이 깔려 있다. 그리고 집 뒤쪽에는 작은 바퀴에 경첩이 달린 알루미늄 프레임 자전거 두 대가 세워져 있다. 한 대는 빨간색으로 손잡이와 좌석이 높이 달려 있고, 남은 은색 자전거는 키가 약간 작은 사람이 타게 맞춰져 있다. 그 옆으로 잔디 깎는 기계와 갈퀴, 풀들을 모아둔 봉지들이 놓여 있다.

"편하게 둘러봐도 좋아요." 머렐리가 말한다. 그의 태도를 보면 우리를 조금도 경계하지 않을 뿐만 아니라 그래야 한다는 생각도 없는 것 같다. "정원 관리는 내가 안 해요. 여긴 로비의 영역이죠." 머렐리는 전혀 관심 없다는 것처럼 말한다. 예전에 있던 것들은 아무것도 남아 있지 않다.

목서류와 원래 있던 관목, 조각상, 암석정원, 무너진 벽은 사라지고, 예전 지하 저장고 자리로 보이는 위쪽에 석회석 테라스를 지었다. 그 테라스 뒤쪽에는 공장처럼 보이는 맨사드 지붕 위에 환기구가 달린 연노란색 작은 별채가 있다. 처마 밑에는 보안 카메라가 달려 있다. 지금까지 본 것만 세 대째다. 그리고 회양목 뒤에 냉난방 환기 장치와 작은 예비 발전기가 보이고, 창문에는 폭풍우용 덧문이 달려 있다. 게이브 머렐리의 아내는 허리케인과 함께 정전을 대비하고, 다른 사람이 엿보거나 염탐하는 것을 걱정하는 것 같다. 별채는 삼면을 막아놓았으며, 흰색 페인트를 칠한 격자창에는 크림슨 글로리와 피라칸타가 휘감겨 있다.

"로비는 여기서 무슨 일을 하나요?" 나는 머렐리에게 일상적인 질문을 하듯 물어본다.

"약화학으로 박사 학위를 따려고 해요. 온라인으로 강의도 듣고, 논문도 쓰죠." 만일 그가 결백하지 않다면 이런 식으로 나서지 않았을 것이다. 이 체격 좋고 힘센 남자는 자기가 적과 함께 살고 있다는 것을 전혀 모른다.

"여보? 당신 거기 있어?" 목소리가 들리더니, 어떤 여자가 별채 옆쪽에서 조용히 걸어 나온다. 남편을 보는 것이 아니라, 날 보고 있다.

흰색 리넨 바지와 푸크시아 블라우스를 입고, 머리를 뒤로 늘어뜨린 여자는 던 킨케이드가 아니다. 하지만 던이 보스턴에서 뇌사 상태가 아니고, 살이 조금 더 찐다면 이 모습일 것 같다. 나는 여자가 끼고 있는 바게트 컷의 반지와 커다란 검은색 시계를 알아차린다. 그리고 무엇보다 여자의 얼굴을 알아본다. 눈과 코, 날카로운 입매가 잭 필딩과 똑같다.

"손님이 오셨으면 말해줘야지." 여자는 여전히 나를 쳐다보면서, 남편에게 말한다.

"법의관 분들인데 옛날 살인사건 때문에 집을 좀 둘러보고 싶다고 해서." 해군 예비역자, 의사로 바쁘게 일하는 잘생긴 남편이 대답한다. 여자는 원하는 만큼 충분히 혼자 시간을 보낼 수 있을 것이다. "오늘은 일찍 왔네?"

"기분 나쁜 경찰이 찾아와서 이상한 걸 물어보기에 집에 왔어." 그녀는 여전히 내게 시선을 떼지 않으면서 남편에게 대답한다.

"당신한테 물어봤다는 거야?"

"나에 대해 묻잖아. 뒤쪽에 있어서 다 들렸거든. 아무래도 귀찮아질 것 같아서." 그녀는 잭 필딩과 똑같은 눈으로 나를 쳐다본다. "암부백을 사면서 제세동기가 있냐고 물어보는 거야. 그렇게 허브하고 잡담을 좀 하더니, 둘이 같이 담배 피우러 나가잖아. 그때 약국에서 나왔어."

"허브는 바보야."

"잔디를 너무 대충 깎았잖아." 그녀는 주위를 둘러보지도 않고 불평을 늘어놓는다. 여자는 나를 쳐다본다. "이렇게 하면 내가 안 좋아한다는 거 알면서. 나머지 부분은 갈퀴로 확실하게 모아줘. 좋은 비료가 되면 상관없으니까."

"아직 다한 거 아니야. 당신이 이렇게 빨리 집에 올 줄 몰랐지. 내가 보기엔 이제 정원사를 부를 때가 된 것 같은데."

"당신은 가서 마실 것하고 내가 구운 쿠키 좀 가져다줄래? 손님들 안내는 내가 할게."

"콜린? 난 왼쪽에 뭐가 있는지 정원을 마저 둘러보고 올게. 당신은 여기서 나 대신 벤턴한테 말 좀 전해줘." 난 여자에게서 시선을 떼지 않은 채, 콜린에게 말한다. 그도 뭔가 이상하다는 것을 알아차렸을 것이다.

난 콜린에게 벤턴의 휴대전화번호를 알려준다.

"벤턴과 동료들한테 로비가 자기 정원에서 뭘 하고 있는지 알아야 할 거라고 전해줘. 예전 지하 저장고 자리가 이제껏 본 적 없는 기능적인 작업실로 바뀌었잖아. 세상에, 로베타의 로비였어." 나는 계속 그 여자를 쳐다보면서 콜린에게 말한다. 그리고 나는 콜린이 전화하는 소리를 듣는다.

"그래요. 후원이에요." 콜린이 조용히 말한다. 하지만 우리가 어디 있는지 주소는 말하지 않는다. 벤턴이 벌써 이쪽으로 오는 중일 수도 있다.

"내가 집에서 하고 싶은 게 바로 이런 거예요. 후원에 포트 녹스(켄터키

주 루이빌 근처 군용지로 연방 금괴 저장소가 있다.-옮긴이)처럼 안전한 작업실을 짓는 거요. 그것도 예전에 훔친 금이 묻혀 있던 장소에 말이죠." 나는 로베타 프라이스의 얼굴을 쳐다보며 말한다. "예비 발전기와 전용 환기구, 지나칠 정도의 사생활 보호, 책상에 앉은 채로 확인할 수 있는 보안 카메라들. 아니, 그보다 더 멀리서도 확인할 수 있죠. 누가 오고 가는지를 늘 감시할 수 있게 말이에요. 당신만 괜찮다면 내 남편과 동료들도 이쪽으로 올 거예요." 나는 로베타에게 말한다. 그때 주방문이 닫히는 소리가 들린다. 콜린이 무기를 가지고 있을지 궁금하다.

"프라이스라고 부를까요, 아니면 머렐리라고 부를까요? 아마 남편 이름을 쓰겠죠. 머렐리 부인. 당신한테 아주 특별한 추억이 있는 근사한 저택에서 살고 있군요." 난 냉정하게 말한다. 멀리서 요란한 엔진 소리가 어렴풋이 들린다.

그녀는 내 앞으로 몇 발짝 다가오다가 멈춰 선다. 로베타의 분노가 끓어오르는 것이 보인다. 이제 끝났다는 것을 그 여자도 알고 있다. 나는 다시 한 번 콜린이 무기를 가지고 있을지 생각해본다. 혹시 로베타가 무기를 가지고 있을 수도 있지만, 이 와중에 제일 걱정되는 건 집 안에 들어간 여자의 남편이 9밀리미터 총을 들고 뛰어나올 경우다. 만일 콜린이 로베타에게 총을 겨누거나 바닥에 쓰러뜨리는 일이라도 생기면, 머렐리에게 죽도록 얻어맞거나 총에 맞을 수도 있다. 반대로 콜린이 게이브 머렐리를 쏘는 것도 원치 않는다.

"당신 남편이 집에서 나오면 경찰이 올 거라고 말해요. FBI가 오는 중이에요. 당신도 남편이 다치는 걸 원하지 않을 거예요. 섣부르게 행동하다간 남편이 다칠 수도 있어. 도망가지 말아요. 아무것도 하지 말아요. 아니면 남편이 중간에서 다쳐요." 난 로베타에게 말한다. 콜린이 우리 쪽으로 다가온다.

"당신이 이긴 게 아니야." 로베타가 멀건 눈으로 어깨에 메고 있던 가방에 손을 집어넣는다. 여자는 숨을 거칠게 몰아쉬고 있다. 극심한 불안 때문일 수도 있고, 공격할 생각일지도 모른다. 요란한 엔진 소리, 오토바이 소리가 점점 더 가깝게 들린다. 로베타의 남편이 쟁반에 받친 물병을 들고 나온다.

"가방에서 손을 떼요. 천천히." 요란한 엔진 소리가 갑자기 멈춘다. "아무것도 하지 말아요."

"손님이 더 많아진 것 같은데." 게이브 머렐리가 막 자른 잔디밭 위를 성큼성큼 가로질러 오다가 로베타가 가방에서 흰색 부츠 모양의 통을 꺼내자 물병과 쟁반을 바닥에 떨어뜨린다. 바로 그때 집 쪽에서 총성이 울린다.

로베타가 한 걸음 옆으로 가더니 그대로 바닥에 쓰러진다. 이마에서 피가 흐른다. 그 옆에는 천식 흡입기가 떨어져 있다. 루시가 양손으로 권총을 잡은 채, 후원을 가로질러 온다. 그리고 게이브 머렐리가 움직이지 못하게 총을 겨눈다.

"천천히 무릎 꿇어." 루시는 충격받은 듯 꼼짝도 하지 못하고 서 있는 머렐리에게 계속 총을 겨누고 있다.

"아내를 도와야 해요. 제발, 아내 옆에 가게 해줘요!" 그가 소리친다.

"무릎 꿇어!" 루시가 외친다. 그때 차 문이 닫히는 소리가 들린다. "나한테 보이게 양손 들어!"

이틀 뒤

시청의 반구형 탑에서 천천히 종이 친다. 폭죽이 아니었다면 기억도 하지 못했을 독립기념일을 기념하며 종소리가 묵직하게 울린다. 그날은 월요일이다. 원래는 아침 일찍 헬리콥터를 타고 집으로 돌아갈 계획이었지만, 시간은 이미 정오다.

오전 8시나 9시에 출발했다면 지금쯤 한스컴 공군 기지에 도착했을 것이다. 이렇게 출발이 늦어진 건 기상 상태 때문이 아니라, 이랬다저랬다 끊임없이 생각이 바뀌는 마리노의 변덕 때문이다. 그는 자기 화물용 밴을 타고 찰스턴으로 가겠다고 고집을 부렸다. 아직 확실한 건 아니지만, 그는 우리와 함께 집에 돌아가고 싶어질 경우에 대비해 우리가 중간 지점에 착륙하기를 바란다. 어쩌면 이대로 로컨트리에서 좀 더 지내면서 낚시도 하고 생각을 정리할 수도 있고, 중고 보트를 찾아 휴가를 즐길 수도 있다. 어쩌면 매사추세츠로 돌아올 수도 있지만, 아직 단정 지을 순 없다. 그가 지금까지와는 다른 방법으로 자신이 할 수 있는 일이 없을지 고심하고 있기 때문이다.

마리노는 커피를 더 마셔야 할 것이다. 어쩌면 북부에서는 먹을 수 없는 스테이크 달걀 비스킷을 마지막으로 먹으러 갔을지도 모른다. 아니면 체육관에 갔을 수도 있다. 어쩌면 루시 대신 오토바이 대리점에 빌린 오토바이를 반납하러 갔을지도 모른다. 루시는 경찰과 FBI와 면담을 거쳤고, 온갖 관공서식에 따라 총을 쏜 과정을 설명해야 했다. 더군다나 가방에서 무기가 아닌 지갑이나 운전 면허증, 흡입기를 꺼내는 사람에게 총을 쏜 것을 알게 되면 기분이 좋지 않은 법이다. 상대가 그런 짓을 당해도 괜찮은 쓰레기 같은 인간이라고 해도 기분은 나아지지 않는다. 누군가는 항상 그때의 판단에 의구심을 품을 것이기 때문이다. 솔직히 말하면 마리노가 계속 저러는 것도 사람을 죽인 것만큼 스트레스일 것이다. 마리노는 지금 당장 루시의 오토바이를 반납하고 싶지 않을 것이다. 그리고 루시의 정신 상태를 상상하며, 비행을 걱정하고 있을 것이다.

루시는 괜찮다. 상태가 좋지 않은 건 마리노다. 그는 온갖 심부름들을 다 처리했고, 마침내 찰스턴으로 출발할 준비가 다 되었을 때, 내가 샀던 물건들을 모두 가져가겠다고 나섰다. 헬리콥터에 실을 수가 없어서 뉴잉글랜드로 가져가지 않기로 한 냄비와 프라이팬, 통조림과 2구 버너 스토브를 자기가 가져가겠다고 주장했다. 마리노는 찰스턴에 새로 얻은 거처에 아무것도 없다면서 주류 판매점에서 가져온 상자에 먹다 남은 과자 봉지와 고프(등산객을 위한 식품으로 건포도나 땅콩 등을 굳힌 휴대용 음식—옮긴이), 쓰던 그릇, 세제와 손 세정제, 심지어 대머리라 필요도 없는 휴대용 헤어드라이어에, 합성섬유 옷만 입어 사용할 일이 없는 휴대용 다리미까지 챙겼다.

그는 향신료와 몇 개 남지 않은 올리브 병, 피클, 조미료, 건과일, 바나나, 소스, 크래커, 냅킨, 플라스틱 식기류와 일회용 접시, 포일, 접어놓은 쇼핑백까지 다 챙겼다. 그러고는 수집가라도 되는 것처럼 방마다 돌아다니며 호텔에서 주는 세면용품들을 모았다.

"저렇게 뭐든 다 집어가는 사람, TV에서 뭐라고 부르던데. 그런 사람들은 남이 버린 헌 옷이나, 쓰레기까지 전부 뒤지고, 아무것도 버리지 못한다고 했어. 마리노한테 새로 강박증이 생겼나 봐." 내가 단정 짓는다.

"두려움 때문이지. 마리노는 뭔가가 없어지거나 필요할 때 보이지 않을까 봐 무서운 거야." 벤턴이 무릎 위에 노트북을 올려놓은 채 말한다. 의자 옆에 있는 테이블에는 휴대전화가 놓여 있다.

"문자 메시지를 다시 보내야겠어. 우리와 같이 돌아가는데 핑계 같은 건 필요 없다고 말이야. 생각도 제대로 못 하고, 저런 새로운 강박증까지 생긴 상황에 마리노를 여기 혼자 남겨두고 싶지 않아. 그 사람이 뭐라고 하든 찰스턴에 착륙해야겠어. 필요하다면 마리노의 집까지 찾아가서 끌고 나와야지."

"마리노도 강박증 쪽으로는 선택할 게 별로 없겠어." 벤턴이 전자 서류들을 살피며 말한다. "알코올도 안 되지. 담배도 안 되지. 살찌면 안 되니까 음식도 안 될 것이고. 그래서 물건들을 모으기 시작한 모양이네. 강박증보다는 섹스가 낫겠어. 상대적으로 비용도 적게 들고, 저장 공간도 필요 없으니까 말이야." 그가 다른 이메일을 열어본다. 내가 앉은 자리에서는 FBI에서 보냈다는 것만 알 수 있다. 조금 전 통화한 필이라는 이름의 요원이 보낸 것일 수도 있다.

오늘 아침, 호텔 스위트룸의 강과 항구가 한눈에 들어오는 근사한 경관이 내려다보이는 거실에서 우린 많이 바빴다. 해가 뜨자, 벤턴과 나는 집으로 돌아갈 준비를 하면서 빛의 속도로 모아둔 정보들을 처리해야 했다. 나는 군과 경찰의 다른 부서들이 여러 전방에서 다중 공격을 하는 전쟁 같은 수사에 익숙하지 않았다. 모든 일들이 현란한 속도와 힘으로 진행되었다. 하지만 루시의 말대로 내가 맡는 대부분의 사건들은 이번처럼 국가 안보를 위협하거나, 대통령의 관심을 받거나, 검사실과 수사팀이 전력으로 덤벼드는 일이 아니다.

지금까지 정보들은 언론에 새어 나가지 않게 잘 지켜지고 있으며, FBI와 국토안보부에서는 로베타 프라이스가 독을 넣은 전투식량들이 군사

기지 매점, 군인들이 많이 타고 있는 구축함이나 대형 수송기, 핵미사일로 무장한 잠수함, 그 외 전장에 나가 있는 군인들의 손에 들어간 것은 아닌지 계속해서 끈질기게 확인하고 있다. DNA와 지문 분석, 대조를 통해 로베타 프라이스와 던 킨케이드는 같은 악마의 양쪽 면, 일란성 쌍둥이, 클론임이 밝혀졌다. 일부 수사관들의 말대로라면, 서로 떨어진 채 성장한 쌍둥이 자매가 다시 만나 끔찍한 기술을 만들었고, 셀 수 없이 많은 사람들의 죽음을 야기시킨 것이다.

"두려울 거야. 도시를 떠나 다람쥐 쳇바퀴 돌 듯 사는 것도. 마리노는 매일 죽음과 마주했으니까. 하지만 이 일을 하면서 죽음을 통제할 수 있을 것 같은 감정이 들거나, 죽음에 대해 너무 잘 알기 때문에 자신에게는 일어나지 않을 거라고 생각하는 건 착각이야." 내가 말한다.

"멍크 약국에서 담배를 피운 것도 위안을 얻기 위해서였을 거야." 벤턴이 말한다. 그때 휴대전화가 울린다.

"지하 저장실 안에서 뭔가 보고 난 뒤였지? 그런 것 같았어. 무슨 일이 일어날지 확실히 알고 있었으니까." 나도 동의한다.

벤턴이 전화를 건 사람에게 말한다. "내가 말할 수 있는 건, 기본적으로 자신이 정당하다고 생각하는 사람이란 거요. 그 여자는 나쁜 사람들을 없애는 것이 세상을 위한 일이라고 여기니까."

나는 그가 타라 그림에 대해 말하고 있다는 것을 알아차린다. 타라 그림은 체포되었지만, 아직 어떤 범죄로도 기소되지 않은 상황이다. FBI는 조지아 교도소에 있는 다른 사람들, 이를테면 메이컨 교도관처럼 소장 옆에서 처벌을 받아 마땅한 재소자가 누군지 결정하는 것을 돕고, 연습이 필요했던 악마 같은 영리한 독살범에게 긴밀히 협력한 사람들에 대한 정보를 알아내기 위해 타라 그림과 협상하고 있는 중이다.

"그 여자의 진실에 호소해야 할 거야. 바로 그 여자는 아무것도 잘못하지 않았다는 진실 말이지. 배리 루 리버스에게 필터에 손을 댄 마지막 담배를 준 것도……. 맞아. 그게 내가 하려던 말이야. 하지만 그 여자가 잘못

하지 않았다고 생각하는 이유를 이해하는 것처럼 해야지……. 그래. 그게 좋은 방법이야. 사형 집행으로 죽는 건, 그 여자가 비소로 사람들을 중독 시킨 죄에 비하면 너무 자비로운 죽음이라는 거지. 맞아요. 보툴리눔 독소를 넣은 담배를 준 건 자비가 아니야. 아주 고통스럽게 죽이려고 했던 거지. 하지만 그건 언급하지 말고." 벤턴이 전화 상대에게 말한다.

그는 상대방의 말을 들으면서, 강을 내다보며 커피를 마저 마신다. "그 여자가 자신에 대해 믿고 싶은 대로 놔둬. 그렇지, 자네도 나쁜 사람들을 증오하고, 자기 손으로 직접 정의를 구현하고 싶은 마음을 이해할 수 있 잖아……. 이론적으론 말이지. 아마 타라 그림한테는 그 여자의 힘을 인정 해주는 것처럼 그림 소장이라고 불러주는 게 좋을 거야……. 항상 권력이 문제지. 아마 그 여자는 그 제안을 받아들일 거야. 방법이야 마지막 식사 든 담배든 배리 루 리버스나 다른 사람들은 그런 일을 당해도 마땅한 자 들이었고, 그 여자는 희생자들을 대신해 약간의 복수를 해준 셈이니까. 이 미 박혀 있는 칼을 한 번 더 비튼 셈이지."

"난 그 사실을 마리노에게 어떻게 알려줘야 할지 모르겠어." 난 벤턴이 통화를 끝내자 말한다. 마리노는 제이미에게 일어난 일이 너무 끔찍했고, 성격상 자신에게는 더 나쁜 일이 일어날지도 모른다고 느끼고 있다.

"마리노는 그런 통찰력이 부족해. 그 친구는 어리석은 기회를 잡았어. 술을 마시고 차에 올라타 사고가 많이 나는 고속도로를 달리는 것과 마찬 가지지. 필이 내가 말한 대로 해야 할 텐데." 필은 이틀 전에 만났던 수많 은 요원들 중 한 명이다. "이런 경우에는 그자들이 그 일을 하게 된 신념에 호소해야 돼. 자아도취에 심취하게 만드는 거지. 자기들은 이 세상을 위해 그런 일을 했다고 생각하고 있으니까."

"맞아. 그런 자들은 그렇게 믿고 있지. 히틀러처럼 말이야."

"타라 그림이 명확하게 드러나지 않았던 건, 아주 모범적으로 교도소를 운영하는 인도주의자라는 인상을 주었기 때문이지. 일자리를 제공하고, 관계자들한테 잘 보였으니까."

"교도소장실 벽에 걸려 있는 상장들을 봤어."

"당신이 교도소에 갔던 날, 캘리포니아 남자 교도소 관계자들이 찾아와 조지아 여성 교도소를 둘러본 뒤, 타라 그림을 캘리포니아 최초의 여성 교도소장으로 고용할 생각이었다고 하더군." 벤턴이 덧붙인다.

"아이러니하게도 타라 그림이 브라보 포드에 갇힐 수도 있겠네. 어쩌면 롤라 대거트가 예전에 쓰던 감방에 갇힐지도 모르고." 내가 말한다.

"루시가 던 킨케이드의 생명 유지 장치를 끌 결정권은 게이브 머렐리한테 있다고 했다는데."

"어떻게 될지 모르겠어." 비록 게이브 머렐리는 던 킨케이드의 생명 유지 장치를 끊으라는 결정을 내리진 않았지만.

확실히 그는 매사추세츠 살인사건에 대한 뉴스에서 비슷한 이름을 들었던 것 이외에는 던 킨케이드에 대해 한 번도 들은 적이 없었다. 그는 아내인 로베타 프라이스가 명절 때면 가끔 만나는 애틀랜타에 있는 가족들에게 입양된 건 알고 있었지만, 여동생이 있다는 건 전혀 알지 못했다.

"던 킨케이드는 다른 시설로 옮겨질 거야. 국립 병원에서 임상적인 사망신고를 받을 때까지 인공호흡기를 달고 살게 되겠지." 내가 말한다.

"어떤 희생자보다도 더 큰 배려를 받고 있군." 벤턴이 말한다.

"보통 그렇지. 마리노가 아드레날린과 CO 수치가 높게 나왔다는 걸 지적하면서, 담배가 금지된 교도소에서 배리 루 리버스가 어떻게 담배를 피운 건지 모르겠다고 말했을 때 내가 귀담아 듣지 않았던 게 마음에 걸려. 별로 관심이 가지 않아서 신경 쓰지 않았어. 그때 난 다른 쪽에 집중하고 있었으니까. 만일 내가 그때 말해줬더라면, 마리노가 조심성 없이 멍크 약국에서 담배를 얻은 걸로 이렇게 자신을 나무라고 있진 않았을 거야."

"같은 이유니까 당신도 날 나무라진 말아줘." 벤턴이 내 눈을 쳐다보며 말한다. 그 문제로 이미 여러 번 말다툼을 했기 때문이다. "당신이 중요한 얘기를 했을 때 나도 다른 생각을 하고 있었어. 무슨 말인지 알 거야."

"커피 한 잔 더 마셔야겠어." 내가 말한다.

"그러는 게 좋겠어. 별다른 영향은 없으니까. 그때 다정하게 대해주지 못해서 미안해."

"이미 말했잖아. 일이 관련됐을 때는 다정하게 대해줄 필요 없어. 그저 진지하게만 대해줘. 내가 바라는 건 그게 다야."

"난 항상 당신을 진지하게 대해. 그땐 다른 일들이 더 중요한 것 같아서 그랬던 거야."

"제이미가 죽었고, 마리노도 그 담배 때문에 죽을 수도 있었어. 그래, 그것 때문에 충격이 큰 거지." 난 화제를 돌린다. 벤턴의 사과에 대해서는 더 이상 이야기하고 싶지 않았기 때문이다. 갑자기 주방이 휑하게 비자, 우리가 벌써 떠난 것 같다. "마리노는 그 사실을 이해해야 해. 그렇지 않으면 다시 술을 마신다거나, 일을 완전히 그만두고 친구라는 보트 선장과 어울려 남은 평생 낚시만 하면서 보내겠다는 어리석은 생각을 할 수도 있어."

나는 호텔 방에 비치된 커피메이커로 커피를 끓인다. 내가 산 큐리그 (미국제 커피 메이커 브랜드-옮긴이)는 마리노가 가져가 버렸기 때문이다.

"독살범이 일하는 약국 앞에서 담배를 피웠으니까. 아직 확실한 건 아니지만, 그 여자에 대한 질문을 했을 거야. 그럴 생각으로 갔으니까." 내가 말을 잇는다.

"마리노한테 말하지 않았어? 확실한 게 아니면 먹거나 마시지 말라고 말이야." 내가 커피를 들고 가자 벤턴이 말한다.

"타이레놀 같은 건 무섭겠지. 사람이 무슨 일이든 일어날 수 있다는 것을 깨닫게 되면 아무것도 믿고 싶어지지 않는 법이잖아. 아니면 거절하거나. 우리가 이번 일을 알게 됐을 때 내가 선택한 건 거절이야." 나는 주방으로 돌아가며 생각에 잠긴다. 일가족이 살해된 저택 뒤에 있는 지하 저장실 자리를 떠올린다. 당시 스물세 살이던 로베타 프라이스는 그 살인을 거들었다. "아무것도 먹거나 마시지 않고, 진열대에 있는 것도 사지 않기로 한 거지." 내가 말을 덧붙인다.

조던 일가의 시신마다 남아 있는 자상의 크기와 이상한 찰과상에 일치하는 날개를 편 독수리 모양의 손 보호대와 칼날의 길이가 7.5센티미터인 스테인리스 스틸 접이식 칼을 찾았다. 누가 그 칼을 직접 휘둘렀는지는 아직 모른다. 하지만 사람을 칼로 찌른 건 쌍둥이 동생 던이고, 로베타는 멀찌감치 떨어져서 지켜보고 있었을 것 같다. 그 칼은 그 오랜 시간 동안, 기념품이나 아이콘처럼 온도와 습도가 조절되고 특별한 환기구까지 설치된 정교하게 지어진 건물 지하실에 있는 장미목 상자 안에 보관되었을 것이다.

지하 저장실 자리에 세운 별채에 들어가 작업실 바닥에 깔려 있는 양탄자 밑에 숨겨진 문을 열어보니, 독이 든 담배와 전투 식량, 피하 주사기, 로베타 프라이스가 보툴리눔 독소를 판매하는 중국 회사에 주문 제작한 물건들이 있었다. 위험물질 전담팀에서는 여러 가지 끔찍한 물건들 중에 침을 바르면 녹는 풀이 붙어 있는 우표와 편지봉투들을 발견했다. 파티 장식품이 그려진 편지지와 비치 파라솔이 그려진 우표뿐만이 아니라, 인터넷에서 주문한 듯 다양한 종류의 편지지와 우표들이 있었다.

대부분의 물건들이 재소자들에게 보내질 것들이었다. 모양과 상관없이 우표나 편지지는 갇혀 있는 사람들에게는 바깥세상과의 소통을 위해 반드시 필요한 물건들이다. 우리는 로베타가 얼마나 많은 사람을 죽였는지 알 수 없을 것이다. 천식 발작과 비슷한 고통스러운 살해 방법을 선택한 데에는 로베타뿐만 아니라, 1979년 4월 19일에 조지아 교도소와 가까운 서배너 지역 병원에서 같이 태어난 쌍둥이 동생 던까지도 천식을 앓고 있었기 때문일 것이다. 두 사람은 아기 때 헤어져 서로의 존재를 전혀 모르고 살았다. 9.11 테러 직후, 던이 생물학적 부모를 찾겠다고 나섰을 때에야 일란성 쌍둥이라는 사실을 알게 되었을 것이다.

2001년 12월, 쌍둥이 자매는 서배너에서 처음 만났다. 벤턴이 봤다면 두 사람 모두 심한 인격 장애를 가지고 있다고 진단 내렸을 것이다. 반사회적 인격에 가학적인 성향, 폭력성을 가지고 있으면서, 믿을 수 없을 정도로 영리했던 그들은 이상할 정도로 비슷한 삶을 살았다. 던 킨케이드는 대학 졸업 후 공군 신병 모집에 대해 말했고, 사이버 안보나 의료 공학에 관심이 있었다. 그리고 1,600킬로미터 떨어진 곳에 살고 있던 쌍둥이 언니는 해군의 과학 훈련 프로그램을 살펴보고 있었다.

로베타와 던은 정반대 해안에서 각자 개별적으로 천식 때문에 입대를 거절당하자, 대학원에 진학했다. 던이 버클리에서 재료 과학을 공부하는 동안, 로베타는 조지아 주의 아테네에서 약학 대학을 다녔다. 그리고 그녀는 2001년부터 조던 일가 저택 근처에 있는 렉셀에서 일하기 시작했다. 주말이나 명절이면 리버티 사회 복귀 훈련 시설을 찾아가 메타돈(헤로인 중독 치료에 쓰이는 약물—옮긴이)을 나눠주다가, 헤로인 중독 치료를 받고 있던 롤라 대거트를 만났다.

롤라가 최근 수사관에게 한 진술 내용은 제이미에게 했던 말과도 일치했다. 롤라는 1월 6일 토요일 새벽에 무슨 일이 있었는지 전혀 몰랐다. 그날 로베타는 롤라의 방이 있는 층에서 메타돈을 나눠주기로 되어 있었다. 그리고 시설에 있는 방들은 자물쇠가 없다.

지적으로 문제가 있고, 분노 조절 장애도 있는 마약중독자는 함정에 빠뜨리기 쉬운 대상이었다. 무슨 일이 있었는지 정확하게 재현할 수는 없지만, 로베타는 어느 땐가 롤라의 방에 들어가 옷장에서 코듀로이 바지와 터틀넥 스웨터, 윈드브레이커를 가져갔을 것이다. 그리고 그녀나 던이 그 옷을 입고 살인을 저질렀다. 그런 뒤에 로베타는 롤라가 잠들어 있는 틈을 타서 그 방에 들어간 뒤 피 묻은 옷을 욕실 바닥에 놔두고 나왔을 것이다. 그리고 오전 8시에 메타돈을 나눠주기 시작했다.

"죽음은 아주 개인적이고 외로운 과업이야. 실제로 준비가 되어 있는 사람은 아무도 없지. 어떤 식으로든 우리 스스로가 확신한다 해도 말이야." 나는 커피를 들고 자리에 앉으며 벤턴에게 말한다. "지금 당장은 루시가 잘못될지도 모른다는 생각에만 집중하는 편이 마리노한테 나을 거야. 그렇지 않으면 마리노 집 벽장이 물건들로 넘쳐나게 될 테니까."

"이제 시작 단계인 것 같던데."

"내 생각도 그래. 만일 마리노가 주방에 음식과 도구를 잔뜩 쌓아둔다면 죽지는 않을 거야. 만일 내가 A를 하고, B를 하면, C는 일어나지 않아. 마리노는 피부암이었어. 그래서 갑자기 CFC를 그만두고, 개인 자문 상담 일을 하겠다고 마음먹었지. 아마 그것도 시작 단계일 거야. 만일 마리노의 생활에 큰 변화가 있다면 그에게도 아직 미래가 있다는 뜻이겠지."

"제이미가 가장 큰 요인이었을 거야." 벤턴이 이메일을 확인하며 말한다. "피부암이 아니라. 제이미는 항상 마리노에게 뜬구름 같은 존재였으니까. 그에게 가장 좋은 일은 일어나지 않았던 거지. 마법 같은 일은 아직 일어나지 않았어. 이제 당신이 필요 없다는 마리노의 그릇된 믿음을 제이미와 함께 입증할 참이었지. 앞으로 남은 인생은 당신을 따라 다니면서 보내지 않겠다고 말이야."

"그 사람이 더 이상 나를 뜬구름으로 보지 않는다니 아쉽네." 내가 중얼거린다. 그때 초인종이 울린다. "그래도 나 때문에 인생의 절반을 낭비했다고는 느끼지 않았으면 좋겠어."

"낭비했단 뜻은 아니야. 낭비할 게 어디 있다고." 벤턴이 내게 키스한다.

우리는 다시 키스하고 서로를 끌어안은 뒤, 문 앞으로 간다. 콜린이 수레를 들고 서 있다. 루시가 헬리콥터에 짐을 실었기 때문에 우리한테는 필요 없는 물건이다.

"이럴 줄은 몰랐네." 콜린이 수레를 밀고 방 안으로 들어오면서 말한다. "뭔가 쓸 데가 있을 줄 알았는데."

"다음번에 더 좋은 걸로 가져다줄게." 내가 대답한다.

"북부인들이 그럴 리가 없지. 교회 종을 포탄으로 바꾸고, 농장을 불태우고, 기차를 폭파시켰으면서. 좀 돌아서 공항 대신 SCH 쪽으로 갈 거야. 별로 가깝진 않아. 하지만 루시가 탑과 피클 옷을 입고 뛰는 사람들을 상대하고 싶지 않다고 해서 말이지. 피클 옷이 뭔지는 전혀 모르겠지만."

"군복이오." 벤턴이 말한다.

"아, 비행복이 초록색이라서 그렇군요. 루시가 쉴 새 없이 계속 말하기에 무슨 소린가 했더니. 난 피클처럼 옷을 입은 사람들을 상상했어요." 콜린이 말한다. 난 그 말이 농담인지 아닌지 알 수가 없다. "어쨌든 어느 정도 확인이 된 모양이야. 이쪽에서도, 헌터에서도. 경사로는 확실하게 확인했어. 루시가 직접 경사로 확인도 끝냈고. 우리가 그쪽에 도착할 때쯤 연락하라고 하더군. 병원에서 기다리고 싶지도 않고, 조종사가 오면 이동해야 하니까 말이야. SCH답진 않지만, 미안한 것보다는 안전이 우선이니까."

우린 엘리베이터에 탄다. 유리로 된 엘리베이터가 밑으로 내려가기 시작하자 층층이 있는 베란다와 넝쿨 식물들을 스쳐지나간다. 나는 교도소 마당에서 일하던 여성 재소자들과 그레이하운드들을 떠올린다. 그들은 모두 예전 자아와 학대한 사람, 학대받은 자의 유령으로, 비밀스런 죽음의 사업이 이루어졌던 장소에 갇혀 있다. 나는 캐슬린 롤러와 잭 필딩이 특수학교에서 처음으로 눈이 마주쳤을 때를 상상해본다. 그 뒤로 이어진 일련의 사건들을 통해 그들의 인생은 변했고, 이제는 두 사람 다 영원히 이 세상을 떠났다.

"브루인스(보스턴 아이스하키 팀), 아니 레드삭스가 낫겠다. 표 좀 구해봐. 조만간 보스턴에 갈 거니까." 콜린이 말한다.

"GBI를 떠날 생각이 있다면야." 호텔 로비를 나서자 무더위와 뜨거운 바람이 느껴진다.

"직장을 그만두겠다는 뜻은 아니었는데." 콜린이 랜드로버에 올라타며 말한다.

"CFC로 오겠다면 언제든 환영이야. 좋은 남성 사중창단도 있어. 그런데 여기 확실히 덥긴 덥다." 내가 말하자, 콜린이 송풍기를 튼다. "거긴 눈더미, 눈보라, 진눈깨비도 있을 테고."

난 마리노에게 전화를 건다. 밴을 타고 찰스턴으로 가는 중인지, 어딘가 다른 곳으로 가는지 몰라도 요란한 엔진 소리가 들린다. 난 마리노가 어떻게 할 작정인지 알 수가 없다.

"어디예요?" 내가 묻는다.

"남쪽으로 30분쯤 달렸소." 마리노는 목소리가 좀 가라앉은 것 같다. 슬픈 모양이다.

"우린 2시에 찰스턴에 착륙할 거예요. 난 당신이 거기 있었으면 좋겠어요." 내가 말한다.

"아직 잘 모르겠는데⋯⋯."

"내가 알아요. 마리노. 우린 늦은 저녁을 먹을 거예요. 개 봐주는 사람한테서 삭을 데려온 뒤에, 모두 함께 모여 독립기념일을 축하하면서 뭐든 맛있는 음식을 먹는 거죠." 내가 마리노에게 말한다. 바로 그때 오래된 병원이 시야에 들어온다.

남북 전쟁이 끝나고 얼마 뒤에 세워진 서배너 지역 병원이다. 33년 전, 캐슬린 롤러는 흰색 가장자리에 붉은 벽돌로 된 저 건물에 실려가 쌍둥이를 낳았다. 종합 진료를 하지만, 응급 환자 치료는 하지 않는다. 콜린은 이 부근에 헬리콥터가 착륙하는 일이 별로 없다고 말한다. 헬리콥터 이착륙지는 뒤쪽에 울퉁불퉁한 오렌지색 바람개비가 서 있는 작은 녹지에 있다. 뒤로 살짝 미끄러지듯 내려앉아 있는 검은색 407기가 천둥 같은 굉음을 내며 주변을 둘러싸고 있는 나무들을 뒤흔든다.

프로펠러 소리가 요란한 가운데, 우린 콜린에게 큰 소리로 작별 인사를 한다. 그런 뒤 나는 헬리콥터 조종석 옆자리에 올라타고, 벤턴은 뒷좌석에 올라탄다. 안전벨트를 한 뒤, 헤드셋을 쓴다.

"여긴 조금 좁은 것 같네." 내가 말한다. 검은색 옷으로 차려입은 루시는 계기판을 살피고 있다. 중력을 이겨내고, 장애를 이겨내는 건 루시가 가장 좋아하는 일이다.

"여기처럼 옛날에 만들어진 곳은 다 이래. 나무들도 정리해주지 않고." 헤드셋을 통해 루시의 목소리를 들으면서, 헬리콥터가 떠오르는 것을 느낀다. 병원이 우리 발 아래쪽에 있다.

수직으로 높이 올라가자, 지상에서 손을 흔들고 있는 콜린의 모습이 점점 작아진다. 우리는 수평을 유지하면서 오래된 도시의 건물들과 옥상 위를 지나간다. 그 너머로 강이 나타난다. 우리는 바다를 따라 북쪽으로 날아간다. 먼저 찰스턴으로, 그곳에서 다시 집으로 갈 것이다.

〈끝〉

붉은 안개

1판 1쇄 인쇄 2017년 7월 3일
1판 1쇄 발행 2017년 7월 10일

지은이 퍼트리샤 콘웰
옮긴이 권도희

발행인 양원석
편집장 김지연
디자인 RHK 디자인팀 지현정, 김미선
해외저작권 황지현
제작 문태일
영업마케팅 최창규, 김용환, 이영인, 정주호, 박민범, 이선미, 이규진, 김보영, 임도진
독자교정 김혜진, 송창일

펴낸 곳 ㈜알에이치코리아
주소 서울시 금천구 가산디지털2로 53, 20층(가산동, 한라시그마밸리)
편집문의 02-6443-8846   **구입문의** 02-6443-8838
홈페이지 http://rhk.co.kr
등록 2004년 1월 15일 제2-3726호

ISBN 978-89-255-6171-4 (04840)
      978-89-255-3038-3 (SET)